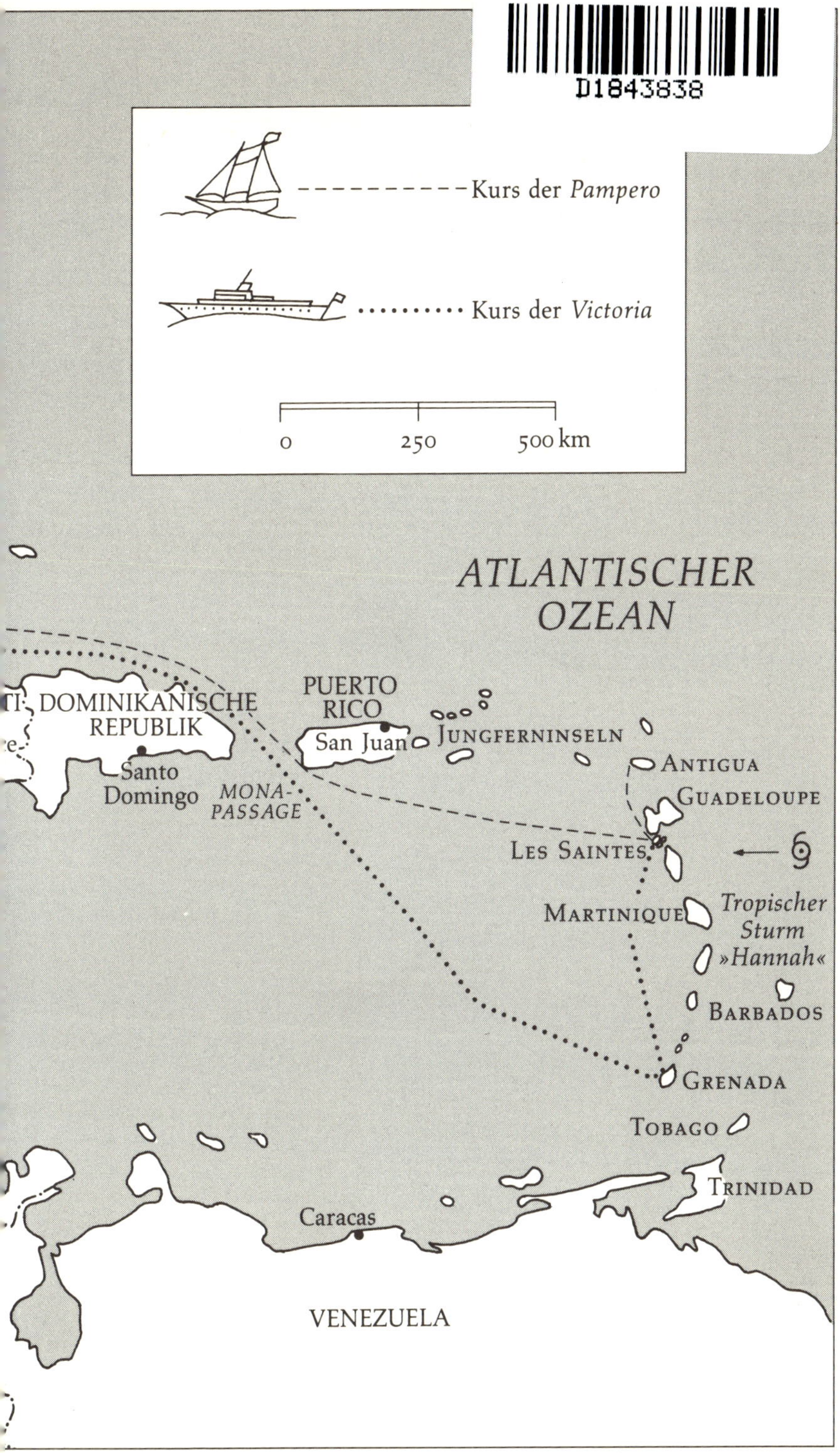
Kurs der *Pampero*
Kurs der *Victoria*
0
250
500 km
ATLANTISCHER OZEAN
DOMINIKANISCHE REPUBLIK
Santo Domingo
MONA-PASSAGE
PUERTO RICO
San Juan
JUNGFERNINSELN
ANTIGUA
GUADELOUPE
LES SAINTES
MARTINIQUE
Tropischer Sturm »Hannah«
BARBADOS
GRENADA
TOBAGO
TRINIDAD
Caracas
VENEZUELA

Douglas Terman
Operation Star Shot

Douglas Terman

Operation Star Shot

Thriller

Aus dem Amerikanischen von
Lore Straßl

Gustav Lübbe Verlag

Titel der Originalausgabe: Enemy Territory
Originalverlag: Bantam Books, New York,
A Division of Bantam Doubleday Publishing Group, Inc.

Aus dem Amerikanischen von Lore Straßl
Schutzumschlag: Klaus Blumenberg, Köln,
unter Verwendung eines Fotos von The Image Bank, München
Satz: Friedrich Pustet, Regensburg
Druck und Einband: May & Co., Darmstadt

Printed in Germany
ISBN 3-7857-0550-6

Gewidmet

Tom Clark (Walroß)
Harry-Ott
dem Schoner *Jacinta* (*Pampero*)
und all jenen, die dem Ruf der See folgen

Bedanken möchte ich mich bei allen, die mir bei
meinem Quellenstudium mit Rat und Tat zur Seite standen:
Tom Alibrandi, Clive Cussler, Jake Eddy,
Dr. Sandy Foot, Milan Frysack, Captain David Howe,
George Lowe, Colonel Don Masuret, Lt. Colonel Ojalehto,
Preston Peters, Dr. Porter Smith, Chip Taylor,
Greg Tobin und Dr. Chuck Wagner.

Erster Teil

Die Ära Vietnam

1

10. Juli 1969

In Flughöhe 180 schoß Bracken in seinem F-4-D-Phantom-Jagdbomber über den Golf von Tonkin. Das Wasser unter ihm glitzerte in der blendenden Sonne wie zersplittertes Glas. Sein Blick wanderte wachsam über den Horizont.

Im Nordosten des Golfs sah er das V des Kielwassers hinter einem kleinen Schiff. Er schaute rasch auf das Klippbrett, das er sich an den Oberschenkel geschnallt hatte. »USN-Küstenboot *Roxbury* auf Foxtrott-Station«, hatte er mit seiner kaum entzifferbaren Schrift gekritzelt. Er wußte, daß sich auf dem Heck des Schiffes ein Rettungshubschrauber befand, eine letzte Chance, seinen Arsch in Sicherheit zu bringen, wenn es nötig wurde.

Unbewußt atmete er ein bißchen tiefer. Das Mikrophon nahm das Zischen des Sauerstoffs auf und leitete es in die Kopfhörer weiter.

»Meldung!« sagte er ins Mikro.

»Schlimmer Fall von Ohrensausen, Klingeln und einem Schwarm Hornissen, wenn du dich nach meinem persönlichen Befinden erkundigt haben solltest.«

Das war das Problem mit Willie. Wenn eine Frage mit zwei Worten beantwortet werden konnte, machte er zwanzig daraus. Er hätte wahrscheinlich einen guten Politiker abgegeben.

Im konvexen Rückspiegel sah er, etwas verzerrt, auf dem Sitz knapp zweieinhalb Meter hinter sich seinen Waffenelektronikoffizier, Captain Eugene Williams. Willie hatte drei Jahre Wehrdienst gemacht und war dann bei Ausbruch des Vietnamkriegs als Reservist einberufen und nach »'Nam« geschickt worden. Kaum zu glauben, aber er machte gute Miene dazu, ja sprach sogar davon, als Berufsoffizier dabeizubleiben! Stinkende Dämpfe im Chemielabor einer unbedeutenden High-School in Ohio zu produzieren brachte ihm weniger ein als der monatliche Scheck, der ihm bei der Air Force sicher war und ihm sogar ermöglichte, sich ein gutes Fettpolster zuzulegen.

Aber in letzter Zeit war Willie zu oft an der Bar im Offizierskasino gesehen worden. Ein schlechtes Zeichen für jemanden, der nur noch zwei Wochen Kriegseinsatz hatte.

»Abschiedsparty für Major Dumdum«, sagte Willie ins Mikrophon. »Hab' eine halbe Flasche Sake gekillt. Die andere Hälfte hätte fast mich gekillt. Pearl Harbor in Neuauflage, und die Guten haben wieder verloren.« *Dumdum*, wie man ihn allgemein nannte, war Major Daniel D. Dunn, der Nachrichtenoffizier der Staffel – ein völlig falscher Name für ihn!

Bracken grinste in die Sauerstoffmaske. Warum, zum Teufel, überhaupt jemand japanischen Reiswein trank, war ihm unerklärlich. Außer, Willie wollte die Höllenangst jetzt am Ende seiner Dienstzeit betäuben. Aber das ging ihn nichts an. Willie war trotz seiner ständigen Kater einmalige Klasse an den Instrumenten.

»Sprechen wir jetzt nicht von deiner Leber, verrat mir lieber, was die kleinen schwarzen Kästchen sagen.«

Willie bildete mit Daumen und Zeigefinger eine große Null, die Bracken im Spiegel sehen konnte. »Radar nichts, ECM nichts. Kurz gesagt, großer Führer, das System ist völlig normal.«

Bracken nickte. Die Elektronik funktionierte also. Er schaute auf die Uhr. Noch acht Minuten bis zur Küste, dann weitere sieben zum Zielgebiet.

Ein Stück entfernt flogen hinter seiner rechten Tragflächenspitze gestaffelt zwei weitere Phantoms. Er wackelte leicht mit den Tragflächen. Funkstille, aber sie bestätigten mit einem ebensolchen Wakkeln. Gutes Karma! Casey flog neben ihm, und der Neue, Springmaker, neben Casey. Wieder zum Angriff, dachte er.

Er entspannte sich eine Minute, um die Maschine mit den Sinnen zu erfühlen statt durch die Instrumentenwerte und Radarbilder. Schließlich zog er einen Handschuh aus und strich mit den Fingerspitzen behutsam die Aluminiumleiste der Kanzel entlang, so konnte er den Gesundheitszustand dieses Raubtiers spüren, das da unter ihm grollte.

Er hatte festgestellt, daß sich bei den besseren Maschinen eine Art Hochspannung zwischen ihm und dem Flugzeug bildete: eine minimale, aber pulsierende Elektrizität, als habe der Flugkörper ein Nervensystem wie ein Lebewesen. *Triple Nickel* (offizielle Bezeichnung AF048-555) hatte einen eigenen Puls, und an diesem Nachmittag war der Pulsschlag gleichmäßig und kräftig.

Zufrieden schlüpfte er wieder in den Handschuh und entspannte sich unmerklich. Vor ihm tauchte die Küste aus dem Dunst auf. Die zerklüfteten Berge, der dampfende, stickige Dschungel und das Hochland dahinter nahmen Form an. Wie immer, wenn er sich der Küste näherte, spürte er, wie sein Herz heftiger schlug und sein Schließmuskel sich zusammenzog.

Bei dieser Mission heute besonders stark.

Es war Zeit, sich wieder um die Routine zu kümmern. Er überprüfte die Anzeigen: restliche Treibstoffmenge, Bewaffnung, Abgastemperatur, Triebwerksleistung und Radar.

»Alles ruhig?« fragte Bracken.

Willie zögerte, mit dem Kopf fast im Radargerät. »So ruhig wie Ashtabula am Sonntagabend. Ein bißchen Bewegung bei einer Radaranlage oben an der Küste – aber nur ab und zu. Wahrscheinlich bloß, um zu beweisen, daß sie nicht schlafen. Keine elektronischen Gegenmaßnahmen, kein Boden-Luft-Raketen-Radar ...« Er hielt inne. »Jedenfalls bis jetzt.«

Aber es würde noch kommen, daran zweifelte Bracken nicht. Sein Dreierverband hatte für die heutige Mission den Damm des Quin-Ho-Reservoirs gezogen. Das war der dritte Angriff auf das verfluchte Schlammloch. Aus Aufnahmen von Aufklärern war zu erkennen, daß der erste Angriff am Montag ihm nur geringfügigen Schaden zugefügt hatte. Das Geschwaderhauptquartier hatte am Dienstag einen zweiten Angriff starten lassen. Die Aufklärer meldeten daraufhin beachtlichen Schaden. Dann drei Tage schlechtes Wetter; genug Zeit für die Nordvietnamesen, ihre Boden-Luft-Raketen und ihre radargelenkte Flugabwehr zu verdreifachen. Der heutige Angriff – »der *coup de guerre*«, wie Major Dumdum ihn siegesbewußt genannt hatte, und *er* brauchte ja schließlich auch nicht *seinen* Arsch hier in Gefahr zu bringen – würde verdammt heikel werden.

Bracken langte hoch und drückte auf den Bauch des Plastikschweinchens, das an einer Schnur vom Rückstellknopf des Kurskreisels baumelte. »Bring mich noch die nächsten drei Wochen sicher zurück, kleiner Freund, dann kauf ich dir eine Dauereintrittskarte für Disneyland.«

»Hast du was gesagt?« erkundigte sich Willie.

»Ich habe nur mit mir selbst geredet. Symptome vorzeitiger Senilität.«

»Daß du das noch erlebst«, antwortete Willie tonlos.

Manche hatten Püppchen; einer in der Charlie-Kette trug angeblich bei jedem kritischen Einsatz dieselbe ungewaschene Unterwäsche. Andere hatten andere Talismane. Besonders in Mode waren zur Zeit geschnitzte Tikifigürchen.

»Möchtest du meinen neusten Entenwitz hören?« fragte Willie.

Williams mußte wenigstens zwei pro Einsatz loswerden, vor allem, wenn sie in Zielnähe gelangten. »Schieß los.«

»Eine Ente kommt in die Redaktion der New York Times und fragt: ›Ist noch eine Stelle für 'ne Ente frei?‹«

»Au ...!«

»Hab' noch einen ...«

Bracken schaute auf die Uhr. »Heb ihn dir für den Rückflug auf. Es ist soweit. Wir müssen auf Annäherungshöhe runter. Bist du bereit?«

»Hab' ich eine andere Wahl?«

Er drückte auf die Taste des Funkgeräts. »Foxtrott-Kette, hier ist Eins. Waffenschalter an, ECM bereit, Schub auf 83 Prozent drosseln. Hängt euch an, gestaffelt. Sinkflug *jetzt!*«

Die drei Phantoms scherten schwerfällig aus. Eine Maschine folgte der anderen, mit gedrosseltem Schub, aber zunehmender Geschwindigkeit, als sie tiefer gingen. Unter jeder Tragfläche hingen sechzehn 500-Pfund-Bomben, die maximale Bombenlast.

Sie wissen, daß wir kommen, dachte Bracken. Sonne und Schatten streiften über das Cockpit, als er den Kurs korrigierte. Jetzt genehmigen sie sich ihre Mittagsration aus Reis, Mangos und Tee, dann werden sie angespannt in ihren Stellungen hocken und dabei Zigaretten rauchen und sich mit alten Witzen anöden. Sie sind genauso müde und gelangweilt und haben nicht weniger Schiß als wir.

Der Anflug auf den Damm erfolgte durch ein schmales Tal mit Linkskurve. Er hatte sich sechsmal den Film angesehen, den die Aufklärer am vergangenen Abend geschossen hatten. Zwei ZSU-23mm-Vierlingsflakstellungen waren darauf zu sehen, eine an jeder Dammseite, aber inzwischen waren es vermutlich schon dreimal so viele. Dann befanden sich auch noch zwei ZSU-57mm-Zwillingsflaks auf den Kämmen der Berge über dem Tal. Und sicher hatten sie jetzt auch SAM-2er und SAM-7er einsatzbereit. Das spürte er. Er hatte es in den Knochen.

Die 7. Luftflotte hatte keinen Zweifel daran gelassen, daß sie maximalen Einsatz und maximale Ergebnisse bei dieser Operation erwartete. Der Einsatzleiter war ein ehemaliger Bomberpilot vom Strategic Air Command – kurz SAC, ironisch «squares and checks« genannt, »Kästchen und Kreuze« –, der stolz auf seine »Einsatzleistung« war. Für ihn bedeutete das, Kästchen mit Kreuzen zu füllen, und diese Kästchen und Kreuze waren vermißt gemeldete Männer und Maschinen. Ein klassisches Beispiel war: *Einsatz 187B, 17. Januar 1968. Sechs bewaffnete Patrouillenboote im Hafen von Dong Hoi zerstört und/oder versenkt. Hafentankanlagen schwer beschädigt* ... Im Klartext hieß das, daß ein Haufen alte Männer in Fischerkähnen in Hundefutter verwandelt, ihre Sampans zu Kleinholz gemacht und ein paar Wasssertanks wie Schweizer Käse durchlöchert worden waren.

Zur Zeit versteifte er sich auf den Damm – was Einsatz 393, 397 und 404 bewiesen –, und er würde Leben und Maschinen opfern, bis das Ding gesprengt war. Das Operationsziel lautete wörtlich: »Zerstörung des befestigten Dammes und Vernichtung der dort konzentrierten Truppen, um den Anbau im unteren Hotal und damit die Versorgung des Gegners zu verhindern.«

Soviel Bracken vom Führer der Bravo-Kette gehört hatte, war der Damm ein Erdwall, oben etwa dreihundert Meter breit und am Fuß wahrscheinlich dreimal soviel. Er nahm 500-Pfund-Bomben auf wie ein trockener Schwamm Regentropfen. Und jeglicher Schaden, den sie ihm heute zufügen konnten – wenn überhaupt –, würde bereits bis zum Morgengrauen wieder behoben sein. Dann würde ein neuer Einsatz gestartet werden und andere Kameraden mußten Kopf und Kragen riskieren, um das Ding zu löchern. Für Bracken war der Damm das Symbol für die Sinnlosigkeit des ganzen Krieges.

Bei dreihundert Fuß fing er *Triple Nickel* ab.

»Vierzehn Sekunden bis zum Taleingang. Sechs Grad nach rechts.« Willies Stimme klang heiser. »Boden-Luft-Radar voraus.«

Bracken schaute im Rückspiegel nach Willie, konnte jedoch nur die Wölbung des Helms sehen. Sein Gesicht steckte fast in den Instrumenten. Immer noch besser, als hinausschauen zu müssen, dachte Bracken.

Die zwei anderen Phantoms folgten dichtauf und ließen Streifen von Kerosinabgasen hinter sich.

Leuchtspurgeschosse kamen ihnen am Talzugang entgegen. Das war neu und bedeutete, daß die NVA für Verstärkung gesorgt hatte. Unwillkürlich kauerte Bracken sich tiefer in den Schleudersitz, erhöhte den Schub um weitere fünf Prozent und wappnete sich.

Er jagte die Phantom ins Tal, flog fünf Sekunden geradeaus, riß *Triple Nickel* um die Biegung, fing sie wieder ab und hielt Ausschau nach dem Erdwall und dem glänzenden Wasser des Sees hinter dem Damm.

Das Tal war übersät mit den schwarzen Rauchwölkchen der Flak, und von den Bergen krümmten sich ihnen die Rauchspuren von

Geschossen entgegen. Er überprüfte die Bombenauslösung und warf einen Blick in die Visiereinrichtung.

»Wir haben eine Fernlenkpeilung«, sagte Willie alarmiert.

Auch Bracken hörte den schrillen Ton des Radarleitstrahls, der das Geschoß lenken würde.

Aber er kümmerte sich nicht darum. Nur irgendein NVA-Klugscheißer, der sie verunsichern wollte, denn die SAM-2 taugte nicht gegen tieffliegende Maschinen. Unbeirrt jagte er durch das Tal, schwang hin und her zwischen den Hängen, als der Flakbeschuß zunahm.

Der Rumpf der *Triple Nickel* erhielt kleinere Treffer. Die Maschine erzitterte unter einem Regen von Granatensplittern.

Dichter Rauch bedeckte den Talboden. Er stammte vermutlich von Lastwagenreifen, die von NVA-Artilleristen angezündet worden waren, um das Ziel zu verbergen. Die Hänge des windlosen Tales hielten den Rauch in einer dicken Schicht zusammen, die jede Bodensicht unmöglich machte.

Ein heftiger Ruck ging durch die Maschine und ließ sie erbeben. Schwerer Treffer. Er wagte nicht, auf die Armaturen zu blicken. Voraus sah er Rauchspuren, die in der Talmitte zusammenliefen und von zwei Geschützstellungen stammten, die er an den Enden des Dammes vermutete. Das vermittelte ihm wenigstens eine ungefähre Vorstellung, wo der Damm war. Er stieß darauf zu und grub die Zähne in die Lippe. Er schätzte, daß er die Bomben in weniger als drei Sekunden abwerfen konnte.

Weitere Treffer am Rumpf versetzten die Phantom in heftige Schwingung, daß er sie kaum auf Kurs halten konnte. Die Armaturen vibrierten so stark, daß sie vor den Augen verschwammen. Willie rief etwas.

Die Maschine wurde von schweren Stößen hin und her gerissen. Bracken hieb auf den Bombenauslöser. Dann riß er die *Triple Nickel* hart nach rechts. Die Gravitationskräfte zerrten an seinem Körper, zogen Augenlider, Wangen und Lippen nach unten. Mehrere Sekunden jagte er tief über den Baumwipfeln dahin, um den Schweinehunden eine Infrarotortung zu erschweren. Dann stieß er automatisch den Hebel in die Nachbrennerstellung und hörte fast gleichzeitig die Explosionen und das Grollen hinter sich, das *Triple Nickel* in den Overdrive riß.

Dann war er durch und jagte tief an den Hängen des Tales hoch, nur ein paar Flügelspannweiten über den Baumwipfeln. Wie Glühwürmchen leuchtete es zwischen den Blättern – leichte Waffen hauptsächlich.

Jetzt!

Er riß den Knüppel zurück und stellte die Phantom auf den Schwanz. Der Höhenmesser raste in seinem Glaskäfig, während die Maschine kostbare Höhe gewann. Er sah beide Phantoms hinter sich. Casey hatte sich wie abgesprochen nach dem Abwurf links gehalten, und Springmaker war noch vor dem Ziel, stieß darauf zu, als wäre er die letzte Hoffnung des Westens. Springmaker kam nicht mehr hoch. Da war ein greller Feuerschein, der sich in den Boden bohrte und Metall und Leiber und Träume in einem wirbelnden schwarzroten Feuerball zerfetzte.

Willie brüllte in die Sprechanlage: »Hauptleitung tot, Radar ebenfalls. Das einzige, das hier hinten noch lebt, bin ich.«

»Hast du was abbekommen?« Er fing an wieder klar zu denken und die Lage zu sondieren. Schreiende gelbe Warnlichter überall am Instrumentenbrett ließen am Zustand der *Triple Nickel* keinen Zweifel. Sie hatte dreitausend erreicht und stieg weiter. Wie ein gutes Pferd würde sie rennen, bis sie zusammenbrach. Und der Zusammenbruch, das wußte Bracken, war unausbleiblich.

»Mein rechtes Bein ist gefühllos und meine Hose ist naß. Hatte gehofft, es wäre nur Pisse, aber das Zeug ist rot. Außerdem ist es verdammt windig geworden hier hinten.«

»Wie schlimm ist es?«

»Bei McDonnell-Douglas kriegen die das in drei bis vier Monaten spielend wieder hin. Bis dahin betrachte diesen Vogel als einen Haufen Aluminiumplatten, die in Formation fliegen.«

»Gib mir den Kurs zur Küste.«

»Habe ich bereits vor dem Start berechnet. Halte die Nadel auf 097, etwa neunzig Kilometer.«

Bracken ging vom vertikalen Aufstieg in einen steilen Bogen nach rechts über, bis er die Mittagssonne vor der Nase hatte. Der Richtungsanzeiger funktionierte nicht. Er warf einen Blick auf den Ersatzkompaß und nahm eine letzte Korrektur mehr oder weniger auf gut Glück vor. Sollte er den Nachbrenner anlassen oder abschalten? Das war eine wichtige Frage, denn wenn er Treibstoff verlor, wollte er jeden Tropfen für einen weiteren Meter Höhe nutzen. Er entschied sich, das Feuer unterm Hintern brennen zu lassen, und warf einen raschen Blick auf die Armaturen. Er hatte sechstausend erreicht.

Er starrte nach vorn, in der Hoffnung, das Meer zu entdecken, doch er wußte, daß die Entfernung zu groß war. Dann beobachtete er den Horizont. Der Kurs schien okay zu sein. Er konnte die Hügel um die Stadt Ha Tinh und die Berge im Südwesten dahinter sehen. Zeit für eine Meldung.

»Fox Zwei, hier ist Eins. Kannst du mich hören?«

Caseys Stimme antwortete augenblicklich; sie klang glatt und unberührt, als ob er sie jeden Morgen mit Spucke und Polierlappen blankrieb. »Roger Eins. Bin hinter dir, fünf Uhr, Entfernung etwa zweihundert Meter, abnehmend. Eine deiner Triebwerksklappen ist ab, der hintere Teil des Rumpfes hat einiges abgekriegt, und du verlierst Treibstoff.«

Kaltschnäuziger Bastard, dachte Bracken.

Aus den Augenwinkeln blickte er auf Porky, und das Schwein schielte mit seinem doofen, nichtssagenden Grinsen zurück. »Bring mich nach Hause, du lahme Ente«, fluchte Bracken unterdrückt. Das Schwein, das wahrscheinlich über diesen Vergleich mit dem Federvieh verärgert war, blieb stumm, drehte sich nur langsam an seinem Band, bis sein Gesicht im Schatten lag.

Kurz vor siebeneinhalbtausend erlosch die *Triple Nickel.* Einen Augenblick lang erstarrte Bracken und lauschte auf das Auslaufen der Triebwerke und wollte nicht glauben, daß es so früh zu Ende war. Unter ihnen lag offenes, hügeliges Gelände, während in Küstennähe das Land aus Sümpfen und Urwald bestand. Und wenn Willie Blut verlor, würde er rasch medizinische Versorgung brauchen. Bracken hielt die Maschine, solange er konnte, um Zeit und Abstand vom Damm zu gewinnen.

»Fox Zwei, wir schaffen es nicht zur Küste, und der Dschungel ist wenig verlockend. Wir steigen aus.«

»Roger, Eins. Wir passen auf.«

Casey, immer der Profi. Keine Sentimentalitäten wie »viel Glück« oder ähnlichen Quatsch.

Triple Nickel fiel nun wie ein Stein auf sechstausend, dann fünftausend. Er fuhr Fahrgestell und Landeklappen aus und glich mit dem Steuerknüppel aus, bis der Schrotthaufen der *Triple Nickel* auf fast gemächliche hundertfünfundfünfzig Knoten verlangsamte. »Fertig, Willie?«

»Du zuerst, John.«

In seinen letzten Augenblicken als Kommandant der *Triple Nickel* riß Bracken das Schwein aus der Schlaufe und stopfte es in die Tasche seiner Montur und schloß sie. Er ließ sich in den Schleudersitz sinken, schloß das Helmvisier und preßte die Beine zusammen. Dann sprengte er das Kabinendach ab und zog am Schleudergriff.

Und die ganze Zeit über lauschte er auf das Schwein in seiner Tasche, das mit seiner Trickfilmstimme stotterte: »Da-da-da-das war's, Leute.«

2

13. September 1969

Der Mann, der sich Lu Duc Lee nannte, saß auf seinem Stuhl. Er hatte die Finger verschränkt und rieb die Daumenballen langsam aneinander. Drei oder vier Minuten, wie jedesmal vor einem Verhör, studierte er Bracken schweigend.

Lu trug keine Uniform, kein Rangabzeichen – nur eine verschossene schwarze Maojacke und Hose. Er war glatt rasiert, wahrscheinlich Mitte Dreißig, vielleicht auch eine Spur älter, wenn man aus dem Haar schloß, das sich zu lichten begann.

Er hatte seine randlose, getönte Brille, von der Art, wie die Franzosen sie trugen, einmal flüchtig in Brackens Gegenwart abgenommen. In diesen paar Sekunden hatte Bracken erkannt, daß Lu trotz seiner orientalischen Züge – ein fast haarloses Gesicht, vorstehende Backenknochen, mandelförmige Augen – kein reinrassiger Orientale war. Östliche und westliche Gene hatten sich bei seinen Vorfahren vermischt, wahrscheinlich die eines französischen Kolonisten und einer Vietnamesin. Seinesgleichen hatte Bracken in Saigon viele gesehen. Lus Gesichtsmuskeln verrieten Energie, und wenn er lächelte, entblößte er regelmäßige Zähne, die durch seine zwei Schachteln Zigaretten am Tag gelbgefärbt waren. Doch als einziges hatte Bracken in diesen paar Sekunden festgestellt, daß Lus Augen graublau waren – wie Gletschereis in der arktischen Sonne.

»Und welche Information geben Sie mir heute, Bracken?«

»Captain John R. Bracken, U.S. Air Force, Personenkennziffer 29574A.«

Lu strich bedächtig mit einem Finger über seine Nasenseite und lächelte. »Sie sind eine Unperson, Bracken. Sie haben keinen Offiziersstatus. Ihr Land hat dem vietnamesischen Volk nie den Krieg erklärt. Deshalb sind Sie ein bezahlter Killer. Als solcher haben Sie keine Rechte oder Privilegien unter irgendwelchen Konventionen. Sie leben nur noch aufgrund meiner immer schneller schwindenden Güte.« Die Worte klangen gleichmütig, ausdruckslos, sie gehörten zum täglichen Ritual.

Das waren die ersten Züge eines Spiels, das sich bei jeder Vernehmung wiederholte. Die Eröffnung durch Lu, die Standarderwiderung von Bracken, die gelangweilte Drohung durch Lu, Brackens Beschwerden über die Haftbedingungen (die stets ignoriert wurden), gefolgt von Lus sorgfältig ausgewählten Zeitungsausschnitten, die seine Behauptung bestätigen sollten, daß Amerika einen Krieg verlor, den es gar nicht wirklich führen wollte.

Lu warf eine Schachtel Zigaretten über den Tisch, auch das gehörte zum Ablauf des Rituals. Selten dieselbe Marke hintereinander. Diesmal waren es Marlboros, manchmal Luckies, hin und wieder Pall Malls. Bracken schloß, daß sie toten oder gefangenen Amerikanern abgenommen worden waren – eine subtile, nicht ausgesprochene Bestätigung von Lus Nachrichten, Teil der psychologischen Kriegsführung, des Spiels, das Lu so gut beherrschte.

»Hab' das Rauchen in der Fastenzeit aufgegeben«, brummte Bracken. Er wollte die Packung nicht ansehen, seine Augen taten es trotzdem. Wie sehr ihn nach einer Zigarette verlangte! Doch wenn er auch bloß eine annahm, gab er den letzten Rest seiner Unabhängigkeit auf.

Lu nickte höflich und holte sich das Päckchen zurück. Er zündete sich eine Zigarette an, machte mit sichtlichem Genuß einen Lungenzug, dann blies er den blauen Rauch durch das Licht seiner abgeschirmten Schreibtischlampe.

Nun lehnte er sich zurück und studierte Bracken eingehend, als wäre er ein seltener tropischer Fisch, den man als Schauobjekt in einem winzigen Aquarium untergebracht hatte. Dieses Gefühl wurde durch Lus Gewohnheit verstärkt, auf einen Punkt in der Luft zu tupfen, als versuche er, die Aufmerksamkeit des seltenen Exemplars hinter der nicht vorhandenen Glasscheibe auf sich zu lenken.

»Es ist mir eine Freude, Ihnen mitteilen zu können, daß der Krieg für Ihr Land gar nicht gut steht.« Lus perfektes, akzentfreies Englisch war nach seinen eigenen Angaben das Ergebnis eines sechsjährigen Studiums, an einem nicht näher erwähnten Ort. Er durchblätterte einen Stoß Papiere. »Bisher sind auf amerikanischer Seite vierundvierzigtausend Tote zu verzeichnen, hundertdreiunddreißigtausend Ausfälle insgesamt. Gestern wurden von nordvietnamesischen Bauern sechs amerikanische Besatzungsmitglieder einer abgeschossenen B-52 mit Mistgabeln aufgespießt. Sie müssen wissen, daß Ihre heldenhaften Kameraden ein Kinderkrankenhaus bombardierten.« Er machte eine Pause und blickte hoch. »So, wie Sie friedliche Feldarbeiter bombardierten, die Reis unterhalb des Ho-Damms anbauten.«

»Und womit sie mich beschossen, war Wasserbüffelmist, was?«

Lu lächelte. Er bückte sich und hob einen Hefter auf. Nach einem weiteren flüchtigen Blick auf Bracken wandte er sich dem Inhalt des Hefters zu.

»Ich möchte ärztliche Behandlung für Captain Williams«, verlangte Bracken.

Lu schüttelte den Kopf. »Sie kennen die Hausregeln, Bracken. Ich frage, Sie antworten. Was *Sie* möchten, interessiert mich nicht. Da Sie die Regeln nicht eingehalten haben, muß ich Ihre heutige Ration auf die Hälfte herabsetzen.« Er hob die dünnen Brauen. »Gibt es sonst noch etwas, was Sie *möchten*? Einen Einsatz auf doppelt oder nichts, etwa?«

»Die Hälfte von nichts ist nichts«, entgegnete Bracken heftig. »Williams' Bein wurde nie ordentlich gerichtet und heilt immer noch nicht. Ohne ärztliche Behandlung wird er es verlieren!«

Ein flüchtiges Nicken. »Ja – man sagte es mir. Aber unsere medizinische Versorgung hier ist beschränkt. Und solange er kein Geständnis unterzeichnet, daß er ein Kriegsverbrecher ist, muß er in unserem Straflager bleiben. Sobald er es tut, überführen wir ihn in ein Krankenhaus, wo er die nötige Behandlung bekommt. Und nach seiner Genesung kommt er zu den anderen Gefangenen im Hanoi Hilton, wie ihr Amerikaner es nennt. Wenn Sie kooperieren, werden auch Sie dorthin verlegt.« Er kratzte sich leicht am Kinn. »Kissinger ersucht um einen Waffenstillstand, wie ich hörte. Das könnte für die Amerikaner, die rehabilitiert wurden, bedeuten, daß sie nach Hause dürfen – vielleicht schon bald.«

Das war etwas Neues und Unerwartetes. Bracken wollte lieber gar nicht daran denken, daß es möglich sein könnte. Er sah sich in einer Lage, in der es weder wirkliche Gegenwart noch Zukunft noch Vergangenheit gab, lediglich ein Vegetieren von Sekunde zu Sekunde, solange sein Herz schlug. Er konnte damit fertig werden, ohne Hoffnung. Doch Hoffnung würde seine Perspektive verändern, und darin bestand die Gefahr.

Lu zündete sich am Stummel der letzten eine neue Zigarette an und sagte: »Ich sehe, daß Ihre Lippen eine weitere Frage stellen. Möchten Sie auch um Ihre morgige Ration spielen?«

Bracken war klar, daß er sich das nicht leisten konnte. Eine Tagesration bestand aus schwachem Tee, einem Schöpflöffel halbgekochtem Reis und Orangenstampf, den Lu »Kürbissuppe« nannte. Hin und wieder gab es zu Ehren eines nordvietnamesischen Feiertags zusätzlich eine überreife Banane. Bracken schätzte, daß er die Hälfte der ihm zugebilligten Kalorien durch Durchfall wieder verlor. Schließlich schüttelte er den Kopf.

»Eine weise Entscheidung.« Lu schaute auf seine Uhr, dann auf die Papiere, die er aus dem Hefter genommen hatte. Mehrere Minuten las er stumm, hin und wieder verzogen sich seine Lippen dabei zu einem Lächeln, dann legte er die Papiere auf den Tisch und beugte sich vor. »Bis jetzt stand ich unter dem Eindruck, daß Sie nur Pilot waren. Aber aus Ihrer Personalakte geht mehr hervor.«

»Was haben Sie da?«

»U.S.-Air-Force-Formblatt ...« Er kniff die Augen zusammen und studierte den unteren Rand des Schriftstücks. »Zwo-zwölf.«

»Wo haben Sie das her?«

Lu zog die Brauen hoch. Das war immer ein bedrohliches Zeichen. »Dafür könnte ich Ihre Ration noch weiter kürzen, aber ich werde es Ihrer momentanen Bestürzung zuschreiben. Es gibt auch im Süden Patrioten. Sie arbeiten für unsere Regierung, indem sie für Ihre arbeiten. Sie scheuen keine Gefahr, uns Informationen zukommen zu lassen.« Er tippte auf die Papiere. »Hier habe ich Ihren Lebenslauf oder zumindest Ihren militärischen Hintergrund in allen Einzelheiten, Bracken. Erzählen Sie mir als erstes über die Black-Hangar-Ausbildung.«

Bracken empfand plötzlich eine schmerzhafte pochende Leere im Magen, als wäre etwas ohne Betäubung mit einer chirurgischen Greifzange herausgerissen worden. Black Hangar war ein Sonderwaffenkurs, der in der Lowry Air Force Base in Colorado für Berufsoffiziere gegeben wurde. »Sonderwaffen« war ein Euphemismus für Kernwaffen. Und der Kurs vermittelte nicht nur ein Grundwissen, sondern gab auch Einblick in die Wirkungsweise der Waffen: Explosion, Hitzeentwicklung, Strahlung, Fallout und elektromagnetischer Impuls.

»Es war nur ein Einführungskurs. Ein bestimmter Prozentsatz aus jeder Staffel mußte ihn besuchen, und meine Nummer wurde gezogen. Ich habe überhaupt nicht richtig aufgepaßt.«

»Bracken – was soll ich nur mit Ihnen tun?« fragte Lu sanft und schüttelte den Kopf. »Sie lügen so schnell und überzeugend. Nach diesem peinlich genauen Bericht haben Sie dort sieben Monate studiert und schlossen als Drittbester von sechzehn ab. Dieses Dokument wirft ein völlig neues Licht auf unsere Beziehung. Ich glaube, ab morgen werde ich die Dauer unserer Gespräche erhöhen. Inzwischen habe ich ein paar Änderungen getroffen, was Ihre Unterbringung anbelangt.« Er klopfte auf den Tisch, woraufhin zwei Wachen aus den Schatten traten und die Hacken zusammenschlugen.

Lu stand auf; sein Gesicht lag jetzt im Schatten. «Bereiten Sie sich darauf vor, Captain John R. Bracken, U.S. Air Force, Personenkennziffer 29574A, mit mir in allen Einzelheiten über die amerikanische Mark-17-Kernwaffe zu sprechen.«

Die beiden Nordvietnamesen, die offenbar immer zusammen zur Wache eingeteilt wurden – Bracken nannte sie »Huff« und »Puff«, aufgrund der wiederholten drohenden Gesten des ersteren und der Hamsterbacken des letzteren –, faßten ihn an den Armen und brachten ihn in eine neue Zelle, die sie hinter ihm krachend zuschlugen. Er hörte, wie die verschiedenen Verschlüsse betätigt wurden.

Wie in der Zelle, in der er die vergangenen zwei Monate zugebracht hatte, waren auch hier der Betonboden etwa zweivierzig mal einsachtzig, die Wände ungefähr drei Meter hoch und ohne Fenster, und die stählerne Tür hatte ein Guckloch in Augenhöhe und eine kleine verschließbare Klappe unten, durch die der Fraß geschoben wurde. Die Ausstattung bestand aus einer Strohmatratze, einem Eimer für die Notdurft und einem Wasserhahn. Doch in einem unterschied sie sich: In die beiden Seitenwände waren Maschendrahtgitter eingelassen, wahrscheinlich zur Belüftung und Entlüftung.

Bracken ließ sich müde auf die Matratze fallen, aber seine Gedanken überschlugen sich. Er dachte über die Hintergrundinformation nach, die Lu nun hatte. Er schauderte. Lu würde jetzt nicht mehr lockerlassen.

Obgleich Bracken wußte, daß es eine gefährliche Einstellung war, empfand er Achtung für Lu: er war verhältnismäßig kultiviert und bewies manchmal sogar Humor. Da er keinerlei anderen menschlichen Kontakt hatte (irgendwie konnte er Huff und Puff nicht als Menschen sehen), freute er sich gewöhnlich regelrecht auf die Ablenkung, die Lus tägliche Vernehmung bot.

Natürlich hatte er Lu Informationen gegeben, doch nur solche, die Lu zweifellos schon von hundert anderen Piloten bekommen hatte, die über Vietnam abgeschossen worden waren. Und selbst diese Informationen hatte Bracken ein wenig verdreht. Aber er war nicht so weit gegangen, irgendein Geständnis zu unterschreiben. Es hatte immer die Chance bestanden, daß Lu schließlich genug von ihm bekam und ihm den normalen Gefangenenstatus zubilligte.

Doch mit seiner Personalakte in Lus Hand hatte sich ein neuer

Unsicherheitsfaktor ergeben. Von einer etwas groben Behandlung durch die nordvietnamesischen Soldaten abgesehen, als Willie und er gefangengenommen wurden, und Lus Methode, einem Gefangenen den Willen durch Hunger zu brechen, war er von niemandem körperlich mißhandelt worden. Das mochte sich jetzt jedoch ändern. Wie andere Gefangene, die mit Folterung rechnen mußten, fragte auch er sich, wieviel er aushalten würde.

Und er machte sich Sorgen um Willie, denn sie kamen vielleicht auf die Idee, Willies sich zusehends verschlechternden Zustand als Druckmittel zu benutzen. Vor zwei Wochen hatte er Willie flüchtig auf dem Rückweg von einer Vernehmung gesehen. Das rechte Bein von Willies Fliegerkombi war abgetrennt, und er hatte sich auf zwei Bambusstöcke gestützt. Obwohl er gut fünfzehn Kilo abgenommen hatte, war Willies rechtes Bein zu doppeltem Umfang angeschwollen, und der Verband war braun verfärbt gewesen. Willie hatte Bracken angesehen und ihn mit einem kaum merklichen Kopfschütteln gewarnt zu reden.

Die flüchtige Begegnung hatte auf dem Korridor stattgefunden, während beide von ihren Wachen angetrieben wurden. Selbst jetzt vermochte Bracken den Geruch von verfaulendem Fleisch nicht zu vergessen, der von Willies Bein aufgestiegen war.

Das Geräusch war schon ein paar Minuten zu hören, doch er hatte bisher nicht wirklich darauf geachtet – es war nicht mehr als ein gedämpftes, aber hartnäckiges Klicken. Bracken stand auf und stiefelte in der Zelle herum, um festzustellen, von woher es genau kam. Jedenfalls nicht von der Stahltür, nicht vom Entlüftungsgitter, nicht von den Wänden, jedenfalls nicht direkt. Vom Wasserhahn? Er bückte sich und drückte das Ohr dagegen. Die Vibration war jetzt ganz deutlich. Bracken klopfte dreimal mit den Knöcheln darauf.

Das Klicken verstummte ein paar Sekunden, ehe es wieder einsetzte. Zwei Gruppen von einem bis fünf Klicks, eine Pause, dann eine weitere Gruppe. Da erinnerte er sich: Es war der Gefangenenkode, der während des Koreakriegs von Kriegsgefangenen ausgearbeitet worden war und den man jetzt allen US-Piloten beim Überlebenstraining beibrachte.

Er ignorierte das Klicken und machte sich fieberhaft daran, mit dem Griff eines Metallöffels Reihen von Buchstaben in die weißgetünchte Wand zu kratzen. Er brauchte dreißig Sekunden, bis er das Alphabet vor sich hatte und zwar auf folgende Weise:

A	B	C	D	E
F	G	H	I	J
L	M	N	O	P
Q	R	S	T	U
V	W	X	Y	Z

Das K fehlte, doch das C stand als Ersatz.

Er ging neben dem Hahn in die Hocke und klopfte achtmal hintereinander, um zu sagen, daß er bereit zum Übermitteln war. Das Klicken verstummte. Dann begann er mühsam mit seiner eigenen Botschaft. Er sendete die Buchstaben, indem er zunächst mit den ersten Klicks die Reihen- und mit den zweiten die Spaltennummer durchgab. Er brauchte über eine Minute für die kurze Frage: WER DU.

Nach einer Pause kam die Antwort: LT RON LEVIN USN – WER DU.

Lu hatte Bracken bei der ersten Vernehmung gewarnt, daß jeder Versuch, mit einem anderen Gefangenen Verbindung aufzunehmen, bestraft würde, und zwar durch Schläge mit einem gespaltenen Bambusrohr auf die nackten Fußsohlen. Lu hatte es eine »Lagerregel« genannt.

Bracken war mißtrauisch. Ein Trick von Lu? Er zögerte, dann klickte er WARTE, kauerte sich auf die Fersen und überlegte. Er mußte sich eine Frage ausdenken, durch deren Beantwortung er die Echtheit des anderen feststellen konnte.

Militärjargon war nichts. Darin kannte Lu sich aus. Aber angenommen, sein Zellennachbar war in seinem Alter und Amerikaner, dann müßte er sich eigentlich mit Ausdrücken seiner Altersgruppe auskennen. Vielleicht irgendwas über Mädchen, oder was sie als Jugendliche an Samstagabenden in einem Drive-in-Restaurant gegessen hatten? Da fiel ihm etwas ein. Angestrengt klickte er: WAS IST GRINDER.

Der kurzen Pause folgte eine lange Antwort. ENTWEDER STRIPPERIN ODER RIESENSANDWICH – JE NACHDEM, WAS DU BEFRIEDIGEN WILLST.

Erleichterung, Hoffnung und Freude durchströmten Bracken. Rasch klickte er: CAPT JOHN BRACKEN USAF.

Die nächsten drei Stunden wurde er auf den neuesten Stand gebracht.

Levin, ein Flugzeugträgerpilot, war erst vor zwei Wochen abgeschossen worden, bei einem Einsatz gegen Torpedobootstützpunkte bei Hon Gay. Von ihm erfuhr Bracken über den eskalierenden Krieg und die schweren B-52-Angriffe auf Hanoi. Er erfuhr von den Friedensaktivisten und davon, daß Kissinger mit den Nordvietnamesen verhandelte. Außerdem erwähnte Levin die Entlüftungsgitter – nachts, nachdem die Wachen sich in ihre Wachstube zurückgezogen hatten, konnte man sich auf den Scheißkübel stellen und ohne allzu große Schwierigkeiten mit den Nachbarn flüstern.

Bracken erkundigte sich schließlich nach Willie. Levin klickte, daß er Verbindung zu einem anderen Gefangenen gehabt hatte, und dieser hatte wohl in der Latrine mit Williams gesprochen. BEIN SCHLIMM.

Bracken klickte zurück: WO IST WILLIAMS.

Als Antwort erfolgte: LETZTEN MITTWOCH AUF ANDERER SEITE VON DIR.

Als die Lichter ausgeschaltet wurden, versuchte Bracken mit Willie Verbindung aufzunehmen, indem er durch das Gitter flüsterte. Doch die einzige Antwort war schweres Atmen.

»Fangen Sie damit an, wie Sie für den Sonderwaffenkurs ausgewählt wurden, Bracken.« Lu übersprang das bisherige Frage-und-Antwort-Spiel.

»Ich habe ein freundliches Gesicht.«

»Wenn Sie mir nicht vernünftige Antworten geben, Bracken, werden Sie noch vor Tagesende überhaupt kein Gesicht mehr haben. Also, weshalb wurden Sie ausgewählt?«

Bracken wußte, daß die wahrheitsgetreue Antwort in diesem Fall keinen Schaden anrichten konnte. Aber sie wäre der erste Schritt auf dem Weg zu anderen Fragen und schließlich weiteren Antworten, die Geheimnisse verraten würden und, schlimmer noch, er würde den Eid brechen, den er abgelegt hatte.

»Ich habe nicht die leiseste Ahnung, alter Freund.«

Lu holte tief Atem und stieß ihn langsam aus. »Kommen wir zum Wesentlichen. Wie groß ist die Sprengkraft des Mark-17-Sprengkopfs?«

»Ich war nie nahe genug am Krater, um es abzumessen.«

Lu stützte die Ellbogen auf den Tisch und das Kinn in die Hände. Er blickte Bracken verärgert an. »Die Hausregeln haben sich geändert. Ich habe hier eine vorläufige Liste mit Fragen, die Sie studieren werden. Ich will, daß Sie die Antworten in allen Einzelheiten niederschreiben, an die Sie sich erinnern können. Das ist nur der Anfang. Unsere Sitzungen in diesem Zimmer werden acht Stunden pro Tag und sieben Tage in der Woche stattfinden. Andere werden mich bei der Vernehmung unterstützen. Davon sind einige nicht so geduldig wie ich, und ihre Methoden sind direkter.«

»Ich werde keine Fragen beantworten.« Bracken wurde bewußt, wie dünn seine Stimme klang. Seine Achselhöhlen waren tropfnaß, und Schweiß sickerte ihm über den Rücken.

»Ich denke schon, Bracken. Sie werden diese Fragen und noch mehr beantworten, bis sie alles gesagt haben. Schließlich werden Sie nichts weiter als eine leere Schale sein, die der Wind davonbläst.« Er schob die Fragenliste, einen Block und einen Kugelschreiber über den Tisch. »Ich gebe Ihnen dreißig Minuten, sich über Ihre Zukunft klarzuwerden. Ich kann Ihnen nur raten, bedingungs- und rückhaltlos und aus freiem Willen zu kooperieren.« Lu stand auf und verließ das Zimmer.

Die Liste war in Lus ordentlicher Schrift abgefaßt. Für Ordnung und Organisation verdiente der Mann eine Eins mit Stern. Die Fragen verrieten eingehende Kenntnis über die Konstruktionsweise von Nuklearwaffen.

Frage 3: Welche Art von Abdichtung findet für den Elektronikbereich der Mark 17 Verwendung? Überleitungsventil - wie verläßlich? Leckage? Wie oft wird die Abdichtung erneuert? Sind Mängel an diesem Ventil während des Fluges aufgetreten?

Frage 13: Beschreiben Sie die Sicherheitszündung des Sprengkopfs. Befestigung des Quarzstoßwellensenders. Geschraubt oder geschweißt? Art des Dichtungsmaterials und Hersteller.

Frage 21: Beschreiben Sie die Sequenz des APCHE-Checkouts im Zuverlässigkeitstest-Modus.

Frage 28: Beschreiben Sie die Legierung und Eigenschaften der Sprengkopfwandung. Dicke? Rockwellhärtegrad? Verformungswiderstand?

Großer Gott, dachte Bracken. Darüber konnte doch die NVA nichts wissen! Nicht in diesen Einzelheiten. Die Chinesen? Nein, schon eher die Sowjets. Da erinnerte er sich plötzlich an Lus graublaue Augen. Konnte es sein, daß Lus westliche Vorfahren gar nicht Franzosen, sondern Russen gewesen waren? Das würde mancherlei erklären: das Fehlen von Rangabzeichen an seiner Uniform, seine guten Manieren, seine fast perfekte Beherrschung des Englischen. Das Ganze paßte zusammen, wenn auch vielleicht nicht vollkommen. Die

Sowjets belieferten die Nordvietnamesen mit Waffen. Wäre es da nicht logisch, daß sie quasi als Entschädigung gefangene amerikanische Offiziere als erste verhören durften?

Bracken konnte zumindest ein paar Brocken Russisch. Er hatte es drei Monate in der Air-Force-Sprachenschule in Monterey gelernt und sich dann noch eine Weile allein damit beschäftigt. Somit hatte er zumindest ein grobes Grundwissen. Die nächste Viertelstunde überlegte und übte er.

Lu kam zurück. Außer den Wachen begleitete ihn ein Unbekannter, der im Schatten stehenblieb und sich gegen die Betonwand der Kellerzelle lehnte. Lu stellte ein Tonbandgerät auf den Tisch und ein Mikrophon mit einem Ständer vor Bracken. Er schaltete das Gerät ein, dann tupfte er mit dem Fingernagel auf das Mikrophon und pegelte es ein.

Nach einem Blick auf den leeren Block sagte er: »Sie haben noch gar nicht mit Ihren Hausaufgaben begonnen.«

»Ich glaube, ich kann einige der Fragen beantworten. Ich bin nicht gut in technischen Dingen, aber ich erinnere mich zumindest an ein bißchen.«

Lu bedachte ihn mit einem dünnen Lächeln. »Es wird mit der Zeit immer besser werden, je mehr Sie Ihr Gedächtnis anstrengen.«

Mit einem Finger deutete Bracken auf die Zigarettenschachtel und fragte scheinbar beiläufig. »Dürfte ich eine haben?«

Offenbar erfreut, schüttelte Lu eine aus der Packung und warf sie über den Tisch. Sie rollte bis knapp vor Brackens Fingerspitzen. Er griff danach, klopfte sie gründlich und steckte sie zwischen die Lippen.

»Feuer bitte ebenfalls?« Die untertänige Masche.

»Ja, natürlich.« Lu ging zu Brackens Seite des Tisches und betätigte sein Feuerzeug. Er hielt die Flamme an Brackens Zigarette.

»*Spasibo*«, dankte ihm Bracken scheinbar gleichmütig auf russisch.

Automatisch antwortete Lu: »*Njo scha ... schto ...*«

Beim letzten Wort hatte Lus Stimme gezögert und war zu einem Wispern verklungen.

»*Wji es kakoj tschjastje Sowjetskaja Sojusa?*« fragte Bracken leise. »Lassen Sie mich raten. Vielleicht Chabarowsk? Nein, ich glaube nicht. Sie kommen wahrscheinlich aus wärmeren Gefilden – mehr aus dem Süden. Sind Sie ein Burjäte? Oder vielleicht aus der Inneren Mongolei?«

Lu riß Bracken die Zigarette aus dem Mund, ließ sie auf den Betonboden fallen und zermalmte sie mit dem Absatz. Dann drehte er sich zur Tür um und stieß einen Schwall Vietnamesisch hervor. Der Unbekannte brummte etwas, ehe er das Zimmer verließ und die Tür zuknallte.

Als er sich wieder umdrehte, sagte Lu: »Diese Unüberlegtheit werden Sie den Rest Ihres Lebens bereuen, Bracken.« Er winkte die beiden Wachen herbei, erteilte ihnen ein Befehl auf vietnamesisch und trat aus dem Lichtkegel der Schreibtischlampe heraus.

Die Wachen fesselten Bracken mit Handschellen, dann fixierten sie seine Arme mit zwei Leinengurten, einen um die Ellbogen, den anderen unmittelbar unter den Schultern, und schnallten dann Arme und Beine mit Lederriemen an den Stuhl. Huff blieb hinter ihm stehen, während Puff das Zimmer verließ und in wenigen Minuten mit zwei Holzstäben zurückkehrte. Bracken spürte, wie die Stangen durch die Gurte in seinem Rücken geschoben wurden.

»Das Problem bei dieser Zwangshaltung ist, daß man trotz der Schmerzen nicht die Besinnung verliert. Die Gurte werden mit Hilfe der Stäbe verkürzt, zuerst an den Ellbogen, dann an den Schultern. Nach geraumer Zeit springen die Gelenke aus den Pfannen. Das geht so weiter, bis Sie sich die Lunge aus dem Leib schreien, doch es gibt keine Erleichterung. Heute will ich gar keine Antworten von Ihnen. Damit fange ich morgen an.« Er nickte den beiden Wachen zu.

»*Dobrije djen*«, verabschiedete er sich und verließ den Raum.

Wie Lu vorhergesagt hatte, blieb Bracken, obwohl fast wahnsinnig vor Schmerzen, die nächsten vier Stunden bei voller Besinnung. Er schrie, bis seine Kehle wund war und er keinen Laut mehr herausbrachte. Kurz nach sieben Uhr übergab er sich und erstickte fast. Da lösten die Wachen seine Fesseln, stießen ihn auf den Betonboden und traten ihn in den Bauch, bis seine Luftröhre frei war.

Nahezu bewußtlos wurde er schließlich kurz nach Einbruch der Dunkelheit auf einer Bahre mit quietschenden Rädern zu seiner Zelle gebracht.

3

14. September 1969

Mit AK-Maschinenpistolen auf dem Rücken holten die Wachen Bracken im Morgengrauen. Unter seinen stummen Schreien hoben sie ihn auf die Bahre, schnallten ihn mit Gurten fest und rollten ihn durch die Korridore, vorbei an Gittertüren, über einen aufgeweichten Hof und schließlich durch die Tür der Sanitätsstation, von deren Wänden die grüne Farbe abblätterte. Sie blockierten die Bahrenräder und gingen.

Reglos, keuchend, mit heftig gegen den Brustkorb hämmerndem Herzen und getrübtem Bewußtsein lag er da. Bizarre Bilder zogen vor seinem inneren Auge vorbei wie unscharfe Figuren im Sucher einer Kamera – bis der Schirm schließlich dunkel wurde.

Er erwachte irgendwann. Wind ratterte an den Fenstern, doch der Sturm war zu Ende, und die Sonne brach bleich durch die Wolken. Bracken konnte nicht ins Freie sehen, weil gemustertes Wachspapier auf die Scheiben geklebt war, doch Schatten waren erkennbar. Er erkannte sie der Reihe nach als den eines Astes, eines Mannes, eines großen Vogels und den Schatten des Todes; dann schwand sein Bewußtsein wieder.

Etwa eine Stunde später, wie er nach der höherstehenden Sonne und den kürzeren Schatten schätzte, erwachte er wieder. Die Schmerzen waren noch groß, und er bemühte sich, sich nicht zu rühren. Seine Blase drückte, und ihm fehlte der Willen, gegen den Drang anzukämpfen.

Nun roch es nicht nur nach Kernseife und dem alles überlagernden Karbol, sondern auch noch nach seinem Urin. Zwei Brustbilder, eines von Ho Chi Minh und das andere von Vo Nguyn Giap, blickten in stummem Tadel auf ihn hinab.

Ansonsten war der Raum mit einem behelfsmäßigen Tisch aus Kisten ausgestattet und mit grob gezimmerten Regalen, auf denen ein karges Sortiment amerikanischer und französischer Medikamente lag, mit teilweise angesengter Verpackung. In der Nähe einer Glühbirne ohne Schirm hing eine noch glosende Petroleumlampe mit rußgeschwärztem Zylinder. In der Ecke nahe der Tür standen ein großer Spiegel und eine rostige Personenwaage, darüber hing an der Wand eine Visustafel.

Bracken war nun voll wach, aber er hatte keine Ahnung, wie spät es war.

Auf dem Korridor näherten sich Schritte, hielten an, und gedämpfte Stimmen waren zu hören.

Alsbald beugten sich zwei kräftige Frauen und ein alter Mann über ihn, alle drei in schwarzen Jacken und Hosen. Die jüngere Frau blickte voll sichtlichem Ekel auf die nasse Hose seiner Fliegerkombi.

Dem Alten hing ein dünner weißer Spitzbart vom Kinn, sein braunes, runzliges Gesicht erinnerte an einen nach schwerem Regen getrockneten Acker. Nachdem er die Bahrengurte geöffnet hatte, zog er den Reißverschluß von Brackens Montur vom Hals bis zu den Schenkeln auf und begann Bracken zu betasten. Seine Finger waren behutsam und geschickt, doch seine Augen verrieten nicht die geringste Regung, als wäre Bracken nicht mehr als eine Maschine mit einem plötzlichen Defekt.

Der Alte brummte zweimal und drehte sich um. Ungeduldig zog er mehrere Schubläden auf und schmetterte sie wieder zu, bis er gefunden hatte, was er suchte. Er kehrte mit einem hölzernen Tablett zurück, hielt eine nach der anderen der daraufliegenden Nadeln ins Licht, vergewisserte sich jeweils blinzelnd, daß es auch die richtige war, und steckte eine jede in einen anderen Körperteil Brackens: ins rechte Augenlid, in beide Ohrläppchen, in die Brust unmittelbar unter dem Herzen, in einen Schenkel und die linke Bauchseite. Eigenartigerweise verursachten die Nadeln keinen Schmerz. Bracken verspürte im Gegenteil ein warmes, fast euphorisches Glühen.

Die beiden Frauen nahmen links und rechts von ihm Aufstellung, und jede stemmte einen Fuß in seine Achselhöhle, ehe sie seine Arme ausstreckten.

Der Alte stand nun hinter Brackens Kopf und murmelte in rascher Folge ungeduldig Anweisungen. Die Frauen faßten einander an den Handgelenken und drückten mit der anderen Hand auf seine Oberarme. Fast gleichzeitig hörte Bracken ein zweifaches Knacken.

»Ich dich richten«, erklärte der Greis mit leicht krächzender Stimme. Er zupfte die Nadeln heraus und legte sie wieder auf das Tablett. Auf einen Wink des Alten verließen die Frauen das Zimmer. Dann wandte er sich wieder Bracken zu: »Ich denken, ich dich wieder richten, vielmal.«

Er hustete und schlurfte aus der Tür. Das Echo seiner Holzpantoffeln hallte durch den leeren Korridor.

»Diese Prozedur ist völlig unnötig«, sagte Lu, der sich über Bracken beugte. »Sie sind intelligent. Niemand wird Sie anklagen, wenn Sie uns Auskunft über Dinge geben, die wir ohnehin bereits wissen und die wir nur bestätigt haben möchten. Warum ersparen Sie sich nicht weitere körperliche Qualen?«

Bracken kniete nackt auf dem Boden. Er war gefesselt, eine doppelte Lederschnur war um seine Stirn geschlungen und mit seinen Knöcheln hinter ihm verbunden. Lu nickte, und Huff zog den Riemen mit dem Holzstab straffer.

»Weiß ... doch ... nichts«, wollte Bracken sagen, doch es kam kein Ton aus seiner Kehle – nur stumme Worte formten sich auf seinen Lippen und bildeten Speichelblasen. Es war schon der dritte Tag. Am zweiten hatten Huff und Puff Bambussplitter unter seine Zehennägel gestoßen; Lu, der sich die Hände nicht selbst beschmutzen wollte, hatte hinter der Tür gewartet.

»Noch einmal Frage 14, Bracken: Wie hoch ist die Signalintensität bei einem Sprengkopf von einer Megatonne?«

»Weiß ... nicht«, krächzte Bracken.

Über ihm stehend schüttelte Lu den Kopf und machte eine kreisförmige Handbewegung. Sofort lockerte Huff den Druck und durchschnitt die Schnur.

»Respekt, Bracken«, sagte Lu. »Für jemanden aus dem Westen ertragen sie Schmerzen ziemlich gut. Aber es ist vergeudete Zeit. Ich glaube, wir werden es anders versuchen.« Er winkte jemandem im dunklen Hintergrund des Raums zu. Kalte Luft streifte über Bracken, als die Tür geöffnet und wieder geschlossen wurde.

Zwanzig Minuten später rollten sie Willie auf einer Bahre herein. Der pestilenzialische Gestank seines Wundbrands ließ Bracken würgen.

»Ich habe Williams bereits die Hausregeln erklärt«, sagte Lu. »Er weiß, an welcher Information ich interessiert bin. Er und Sie haben eine halbe Stunde, sich einig zu werden. Dann setzen wir das Verhör fort.« Er warf eine Schachtel Pall Mall und Zündhölzer auf den Tisch. »Machen Sie das Beste draus.« Er verließ das Zimmer, gefolgt von seinen Leuten.

Bracken zündete eine Zigarette für Willie an und steckte sie ihm zwischen die Lippen. »Wie geht's dir, Kumpel?«

Willie blickte auf sein schwärendes Bein. »Wie soll's gehen«, antwortete er ohne Ironie.

Bracken holte die Zigarette aus Willies Lippen und nahm einen

Zug. Er wollte Willie von der Gegenwart ablenken und das alte Kameradschaftsgefühl wiederherstellen. »Was war das für ein Witz, den du mir kurz vor dem Angriff erzählen wolltest?«

Willie schloß die Augen und sagte mit reglosem Gesicht und tonloser Stimme: »Ein Mann mit einer Ente auf dem Kopf kommt zum Arzt. Fragt der Arzt: ›Was haben Sie für Beschwerden?‹ Sagt die Ente: ›Herr Doktor, ich habe ein Geschwür am Arsch.‹«

Bracken versuchte zu lachen, aber es kam nur ein gequältes Krächzen heraus. Er zog noch einmal an der Zigarette. »Da habe ich uns ganz schön in den Dreck gesetzt, Willie.«

»Wohin du gehst, et cetera.«

»Was hat der Scheißkerl dir gesagt?«

Willie legte den Kopf zurück auf die Bahre und starrte zur Zimmerdecke. »Daß du, ich zitiere, ›sehr unkooperativ‹ bist. Daß du nur einige Informationen, die er längst hat, zu bestätigen brauchst. Und daß er uns, wenn du es nicht tust, mit einem kräftigen Bambusstock massieren läßt.« Er drehte den Kopf und blickte Bracken in die Augen. »Lu will also Einzelheiten über die Mark 17. Shit, das Ding ist von vorgestern. Und woraus wollten die Vietnamesen überhaupt eine bauen? Aus Kuhfladen und Kokosnüssen? Was kann es schon schaden, wenn wir es ihm sagen?«

»Er ist ein Rußki«, erklärte Bracken, »kein Vietnamese.« Er erzählte Willie, wie er ihn mit seinen Russischbrocken überlistet hatte und wie er durch die blauen Augen auf die Vermutung gekommen war.

»Dann gibt es also keinen verdammten Zweifel daran«, brummte Willie. »Er ist eine beschissene Paul-Newman-Imitation, die Tolstoi im Original liest.«

Wieder drehte Willie den Kopf zu Bracken herum und blickte zu ihm hoch. »Ich werde es natürlich verlieren.«

»Was verlieren?«

»Mein Bein, du Arschloch. Eines dieser Dinge, die man zum Gehen, zum Laufen, zum Tanzen benutzt. Ich hab' rote Streifen bis zu den Eiern hoch. Wenn jemand mein Bein auch nur mit einer Feder berührt, geschweige denn mit einem Bambus, dreh' ich durch. Allein schon der Druck beim Liegen ist kaum auszuhalten.«

»Dann sag schon, Willie. Was meinst du, was soll ich tun?«

Williams legte den Kopf auf die Bahre zurück, ohne die Augen von Brackens zu nehmen. »Zweierlei. Du weißt, daß Marlene mich verlassen hat. Keine Ahnung, wo sie ist, und ehrlich, es ist mir auch scheißegal. Aber ich hab' eine zwölfjährige Tochter, Jill. Sie wohnt bei Marlenes Schwester. Klemm dich dahinter, wenn ich nicht zurückkomme, daß sie meine Versicherung kriegt. Sie wird auch noch ein bißchen zusätzliche Hilfe brauchen. Wie ihr alter Herr ist sie ein bißchen leichtsinnig.«

Bracken nickte stumm. Ihm zu widersprechen hätte keinen Sinn.

»Zweitens. Ich bin auf deiner Seite. Ich werde versuchen durchzuhalten. Also tu, was du für richtig hältst, ohne Rücksicht auf mich. Es steht fünf zu eins, daß ich sowieso keine Woche mehr durchsteh'.«

»Wir werden es beide schaffen ...«, begann Bracken.

»Komm, du weißt genau wie ich, daß das nicht stimmt. Ich möchte, daß du mir dein Wort gibst.«

»Du hast es.«

Willie seufzte erleichtert. »Dann kann das Spiel ja beginnen.«

Zwei Stunden und vierzig Minuten lang hielten sie durch.

Diese Ewigkeit sah folgendermaßen aus: Lu stellte eine Frage, und Bracken antwortete ohne Umschweife mit einer genauen Anleitung, wie Lu sich den Ellbogen tief in den Hintern rammen könne. Lu preßte die Lippen zusammen, dann nickte er Huff zu, der das gespaltene Bambusrohr betätigte. Willie verlor dreimal die Besinnung, und jedesmal holte Puff ihn mit Salmiakgeist zurück. Das vierte Mal überstieg es Willies Durchhaltevermögen. Er brüllte: *»O Gott, Bracken, sag's ihm, Bracken, sag's ihm!«*

Und Bracken tat es die nächsten sechs Stunden – hilflos, geschlagen und mit schlechtem Gewissen.

Gnädig ließen sie ihn daraufhin fünf Tage in seiner Zelle in Ruhe. Er hatte keine Verbindung mit Levin mehr; die Nachbarzelle war jetzt leer. Und Willie, in der Zelle auf der anderen Seite, wollte oder konnte nicht mit ihm reden. Doch Bracken war überzeugt, daß er noch da war; denn in den frühen Morgenstunden hörte er manchmal Murmeln, Schluchzen oder auch nur rasselnden Atem.

Am zweiten Tag wurde seine Ration beachtlich erhöht. Er bekam zwei Schöpflöffel voll Reis, doppelt soviel Orangenmampfe, zwei Bananen und sogar ein bißchen zähes Fleisch. In der Nacht, wenn die Wachen sich aus dem Korridor verzogen hatten, versuchte Bracken immer, Willie wenigstens irgendein Lebenszeichen zu entlocken. Dazu stellte er sich auf den Kübel und brüllte fast durchs Entlüftungsgitter. Doch Willie antwortete nicht. Bracken rollte zwei Drittel seiner Reisration zu Bällen und schob sie durchs Gitter in Willies Zelle und danach auch noch den größten Teil seiner Fleischration. Doch auch darauf erfolgte keine Reaktion.

An den folgenden Tagen wurde seine Zuteilung zusehends besser und allmählich kalorienreicher. Manche der Dinge stammten aus der amerikanischen Einsatzverpflegung, wie Schokoladenriegel und Kekse. Er teilte seine Ration immer noch mit Willie, indem er das Zeug durch das Entlüftungsgitter warf, doch es erfolgte auch weiterhin keine Reaktion.

Am frühen Morgen des sechsten Tages öffneten Huff und Puff die Stahltür. Lu trat an ihnen vorbei in die Zelle.

»Auf meine Empfehlung werden sie nun woandershin gebracht, Bracken. Doch zuerst müssen Sie sich frisch machen.«

Sie führten ihn über mehrere Gänge und durch eine Tür in die Wachunterkunft. Eine zweite Tür brachte ihn in eine enge Duschkabine aus Beton.

»Duschen Sie und waschen Sie sich das Haar«, riet ihm Lu. Er wirkte gelangweilt.

Das Wasser war nicht heiß, ja nicht einmal warm, die Seife roch nach Lauge und war sandig. Trotzdem empfand Bracken es als die herrlichste Dusche, die er je genommen hatte.

Mit dem fadenscheinigen Handtuch, das man ihm gegeben hatte, rubbelte er sich ab. Dann händigte Lu ihm eine in Wachspapier gewickelte Pappschachtel aus. Sie enthielt seine Fliegerkombination, frisch gewaschen, gebügelt und ordentlich ausgebessert und stinkend nach Desinfektionsmittel. Am Boden der Schachtel fand er seine Erkennungsmarke und das Plastikschweinchen.

Lu begleitete ihn zur Sanitätsstation, wo ihn eine zierliche alte Frau unter eintönigem Singsang rasierte und ihm das Haar mit einer stumpfen Schere stutzte. Als sie damit fertig war, reichte sie ihm einen Spiegel. Seine Augen lagen tief in den Höhlen, die Haut seiner Wangen hing schlaff herab. Es war das erste Mal seit über zwei Monaten, daß er sich wieder im Spiegel sah. Er wirkte um Jahre älter, fand er, aber nicht weiser.

»Wir werden jetzt ein letztes Gespräch führen, Bracken. Sie müssen noch einige Papiere unterschreiben, aber der unangenehme Teil ist vorbei. Ich habe Ihren Versetzungsschein nach Hanoi bereits ausgestellt. Sie werden dort ausreichend zu essen bekommen, sich im Lager bewegen und mit anderen Gefangenen unterhalten können. Wenn die Dinge wie geplant verlaufen, werden Sie Vietnam in etwa einem Jahr verlassen.«

Für Bracken war das wie eine Neugeburt – er sah das Licht am Ende des Tunnels, aus dem er befürchtet hatte nie mehr hinauszukommen. »Und Williams?«

Lu stand auf. »Wie die Dinge sich ändern. Sie haben die Hausregeln bereits vergessen. Aber ja, wir werden auch über Williams sprechen.«

Auf schwieligen, nackten Sohlen ließ die neue Hoffnung ihn den Korridor entlangschweben. Irgendwie hatte er überlebt. Vielleicht war es gefährlich, dieser Vorstellung Glauben zu schenken, aber er konnte dieses Gefühl der Neugeburt nicht unterdrücken.

Hinter Lu her stieg Bracken die Betontreppe hoch, durch eine Eisengittertür hindurch und hinaus in den Sonnenschein auf dem Kopfsteinpflasterhof. Weiden hingen über die zerbröckelnde Ziegelmauer, und als er noch höher blickte, sah er, daß Wolken am Morgenhimmel aufzogen.

Sie gingen durch das Unkraut, das zwischen den Steinen wuchs, dann eine knarrende Stufe hoch zur Veranda eines alten französischen Kolonialhauses. Bougainvilleen rankten sich Spaliere hoch und Cleomen wucherten in Tonampeln, die von den Dachbalken hingen. Lu trat durch die offene Flügeltür in ein großes, sonniges Arbeitszimmer mit weichgepolsterten Sesseln, einer Couch und einem Beistelltischchen mit einer Platte aus gepunztem Leder. An der Wand gegenüber der Couch stand eine Kommode mit leicht verbeulten und fleckigen Kandelabern auf beiden Enden, und darüber hing ein Spiegel in einem kunstvoll verzierten Goldrahmen aus ineinanderverschlungenen Amoretten. Bücherregale bedeckten eine andere Wand, und vor der dritten stand ein geschnitzter Mahagonischreibtisch. Lu bedeutete Bracken, sich auf die Couch zu setzen, und nahm selbst hinter dem Schreibtisch Platz.

Ein paar Sekunden wurde die Stille nur durch das Knarren der verzinkten Dachplatten gebrochen, die sich in der Hitze der Morgensonne ausdehnten.

Lu studierte Bracken lange, als wolle er zu einem Entschluß kommen. Schließlich nickte er und drückte auf einen Knopf an seinem Schreibtisch. Eine Frau kam mit einem Tablett herein, auf dem zwei Tassen aus dünnem Porzellan, eine Thermoskanne und ein silbernes Milchkännchen mit Dellen sowie zwei amerikanische Armeepäckchen Zucker standen.

»Der Kaffee ist eine ausgezeichnete Mischung aus Jakarta«, bemerkte Lu, als er Bracken einschenkte. Er bot ihm auch eine Packung

Lucky Strike und ein Messingfeuerzeug an. Warum auch nicht, dachte Bracken. Lu hatte von ihm bekommen, was er wollte. Er zündete sich eine Zigarette an, dann, als er es einstecken wollte, dachte er daran, sich das Feuerzeug näher anzuschauen. *Für Andy mit Liebe – Gwen* war eingraviert. Er ließ es auf Lus Schreibtisch fallen, als habe er sich die Hand daran verbrannt.

»Er wurde über Haiphong abgeschossen und anständig beerdigt. Behalten Sie das Feuerzeug, Bracken, es gehört jetzt Ihnen. Bringen Sie es in das Land zurück, aus dem es stammt.« Lu stützte die Ellbogen auf die Armlehnen seines Schreibtischsessels und hielt die Kaffeetasse in den Handflächen.

»Ich muß zugeben, Bracken, daß Sie das Spiel besser spielten, als ich von einem Ihres Schlages und Ihrer Rasse erwartete. Doch wenn Sie dieses Land verlassen, werden Sie die Überzeugung mitnehmen, daß massive Feuerkraft und Slogans keinen Krieg gewinnen. Ihr Land ist arrogant. Ihre Führer sitzen in sicheren Bunkern und planen den Sieg, indem sie Männer wie Sie in den Kampf schicken, ohne auch nur einen Gedanken an sie zu verschwenden.

Im Lauf der Zeit jedoch und wenn Ihr Land anderen Vietnamesen begegnet, wozu es bestimmt kommen wird, werden sie sich vermutlich an die Lektion erinnern, die sie in diesem Land gelernt haben: Daß die wahre Stärke der Revolution und letztendlich ihr Sieg im Willen der unterdrückten Massen liegt. Haben Sie Ihre Lektion nun gelernt, Bracken?«

Die Abschlußrede, reine Lu-Rhetorik. Bracken war etwas ausweichend mit seiner Antwort. »Natürlich habe ich was gelernt, aber jetzt möchte ich eigentlich über Williams reden.«

»Ja ... Williams«, murmelte Lu. »Er hat ein Kriegsverbrechengeständnis unterschrieben. Dem folgt gewöhnlich eine rasche Hinrichtung, doch aufgrund seines Gesundheitszustands kann ihm die Strafe erlassen werden. Das hängt von Ihrer Kooperation ab.« Er stellte die Tasse auf den Schreibtisch, spielte eine kurze Weile damit, dann schaute er auf und blickte Bracken in die Augen. »Es liegt in Ihrer Macht, ihm zur Freiheit zu verhelfen.«

»Geben Sie ihn frei.«

Lu schüttelte den Kopf. »So einfach ist es nicht, Bracken. Er kommt nur frei, wenn Sie noch ein paar Fragen über die kriminellen Aktivitäten Ihrer Air Force beantworten.«

»Was für Fragen? Großer Gott, das haben wir doch schon alles durch! Geben Sie mir doch eine Chance!«

Lu verlor einen Moment die Beherrschung, er preßte die Lippen zusammen und verzerrte ärgerlich das Gesicht. »Verstehen Sie denn immer noch nicht? Ihr Land hat der Volksrepublik Vietnam nicht den Krieg erklärt. Deshalb sind Sie kein Soldat, sondern ein Verbrecher. Sie haben keine Rechte außer jenen, die ich Ihnen zugestehe.«

Mehrere Minuten herrschte Schweigen zwischen ihnen, dann entspannte sich Lu allmählich in seinem Sessel und gewann seine Selbstbeherrschung zurück. Die Herbstsonne spiegelte sich fast auf seinem glatten schwarzen Haar, der Schatten seines Kopfes fiel als langer Streifen über das Mahagoni des Schreibtischs. Als er schließlich wieder sprach, war seine Stimme weicher. »Ich habe noch ein paar letzte Fragen an Sie. Wenn Sie sie wahrheitsgetreu beantworten, werden Sie nach Hanoi versetzt. Außerdem verhelfen Sie Williams damit zur Freiheit. Wenn nicht, sind es nur ein paar Schritte zurück zu Ihrer Zelle. Dort werde ich dann den schmerzhaften Prozeß Ihrer Umerziehung fortsetzen.«

Der Samthammer, dachte Bracken. »Lassen Sie mich die Fragen sehen.«

Lu öffnete die Schreibtischlade, holte drei doppelzeilige, ordentlich auf Schreibmaschinenpapier getippte Seiten heraus und gab sie ihm.

Dann stand er auf, ging um den Schreibtisch herum und setzte sich neben Bracken. »Ehe Sie zu lesen anfangen, möchte ich Ihnen noch ein paar Tatsachen erklären.« Seine Stimme klang freundlich, fast ein wenig entschuldigend. »Ich weiß, welche Meinung Sie von mir haben müssen, aber Sie sollten verstehen, daß jedem von uns befohlen wurde, mit den ihm gegebenen Waffen zu kämpfen: Sie mit einem Flugzeug, das eine todbringende Fracht beförderte; ich mit den Instrumenten, die erforderlich sind, andere zu überreden, mir die Informationen zu überlassen, die meine Vorgesetzten verlangen. Es ist seltsam, aber wir haben vieles gemeinsam, weil wir beide Opfer desselben Krieges und der Politik sind, die unsere Handlungsweise diktiert.« Er machte eine Pause, beugte sich vor und schenkte Kaffee nach.

Bracken wollte ihn unterbrechen, doch Lu schüttelte den Kopf. »Nein, John, noch nicht. Ich möchte die Sache bereinigen. Lassen Sie mich sagen, was ich zu sagen habe.«

Daß Lu ihn beim Vornamen nannte, erstaunte Bracken.

Lu streckte langsam die Hand aus. »Sie haben sich in der Schlacht gut geschlagen, doch jetzt ist sie vorbei. Vergessen wir die Vergangenheit und denken nicht an die Zukunft, denn wir wissen, daß wir uns nie wiedersehen werden. Wäre es da nicht möglich, daß wir für diesen flüchtigen Moment Freunde sein können – oder zumindest keine Feinde?«

Das war verdammt unglaublich, nach allem, was er durch Lu durchgemacht hatte, aber Bracken war auch klar, daß es dumm wäre, ihn jetzt zu beleidigen. Zu der Geste konnte er sich durchringen, egal wie seine Gefühle wirklich waren. Mechanisch nahm er Lus Hand.

Lu lächelte. Er hielt Brackens Hand fest und schüttelte sie heftig. »Gut, dann sind wir also Freunde, Captain John Bracken. Und wollen wie Sie alle Amerikaner Frieden und Freundschaft mit dem vietnamesischen Volk?«

Eine merkwürdige Formulierung, fand Bracken, so zusammenhanglos. »Ja«, antwortete er automatisch. »Ich glaube, das amerikanische Volk möchte, daß der Krieg beendet wird. O ja, da bin ich sogar verdammt sicher.«

Etwas verlegen zog Lu seine Hand zurück. Er drehte sich ein wenig und schaute über die Schulter. Bracken folgte seinem Blick. Auf der Wand hinter ihnen hing eine große elektrische Uhr, deren Zeiger stillzustehen schienen. Zehn Uhr dreißig. Bracken fragte sich, wie lange diese Show weitergehen würde.

Lu griff nach den Schreibmaschinenseiten und fächerte sie. »Das ist das übliche Geständnis, das wir eure Piloten zu unterzeichnen bitten. Einiges sind Tatsachen, anderes Annahmen, vieles ist nur Propaganda.« Lu runzelte flüchtig die Stirn und wandte sich wieder Bracken zu. »Da fällt mir gerade etwas ein. Sie sind Berufsoffizier, nicht wahr?«

»Ja.«

»Und es wird Ihrer Laufbahn schaden, wenn Sie das unterschreiben, auch wenn Sie Ihren Vorgesetzten versichern, wie ich vermute, daß Sie es unter Zwang taten. Habe ich recht?«

»Fördern wird es mich bestimmt nicht. Ich würde es auch nicht unterschreiben, wenn Williams dadurch nicht freikäme. Williams wird bestätigen, weshalb ich es unterschreiben mußte. Der Untersuchungsausschuß wird es berücksichtigen.«

Lu schürzte die Lippen und nickte nachdenklich. Nach ein paar Sekunden des Schweigens seufzte er. »Trotzdem brauche ich dies für meine Unterlagen. Sie wissen ja selbst, wie es mit dem Papierkrieg aussieht. Fehlte es, müßte ich mit einer Kritik durch meine Vorgesetzten rechnen.« Er blätterte durch die Papiere und schüttelte den Kopf. »Wie plump und unglaublich doch einige dieser Beschuldigungen sind. Giftgas, Bombardierung von Krankenhäusern. Ich bezweifle, daß die amerikanische Presse so etwas noch akzeptiert.« Nachdenklich rieb er sich die Schläfe. »Na gut, ich werde dieses letzte Interview so kurz wie möglich halten, John. Wie wär's, wenn wir es so machen – ich lese die Beschuldigung vor, dann wiederholen Sie sie mit eigenen Worten und sagen mir, was Sie darüber wissen. Ich mache eine kurze Notiz von Ihrer Entgegnung, und Sie unterschreiben. Einverstanden?«

Bracken staunte, daß es so leicht sein sollte. »Ich habe nichts dagegen.«

Lu kniff die Augen zusammen und las: »Die U.S. Air Force rüstete unsere Flugzeuge mit Raketen mit Giftgassprengköpfen aus. Wir wurden angewiesen, sie auf Ballungsräume der Zivilbevölkerung abzufeuern, vor allem auf Schulen und Krankenhäuser.« Er blickte zu Bracken hoch. »Wer das verfaßt hat, verfügt über eine blühende Phantasie.«

Bracken nickte bestätigend. »Sie und ich wissen, was das für ein idiotisches Geschwafel ist!«

Lu griff nach einem Kugelschreiber, nahm die Kappe ab und notierte etwas auf einem Schreibblock. Dann wandte er sich wieder Bracken zu. »Wiederholen Sie die Behauptung, die ich Ihnen gerade vorlas, mit eigenen Worten und sagen Sie mir, ob Sie sie für wahr halten oder nicht.«

»Hm. Es war so was wie: ›Das Hauptquartier hat unsere Maschinen mit Raketen mit Giftgasgeschoßköpfen bestückt. Man hat uns befohlen, sie in zivile Ballungszentren zu feuern, vor allem auf Schulen und Krankenhäuser.‹ Das war die Behauptung. Die Wahrheit sieht anders aus. Giftgas wurde nie eingesetzt, und wir wurden ausdrücklich angewiesen, auf gar keinen Fall zivile Ziele anzugreifen.«

»Vernünftige Aussage.« Lu machte sich wieder eine Notiz. »Sagen Sie mir, John, nur zu meiner persönlichen Information, konnten Sie Schulen und Krankenhäuser aus der Luft überhaupt von anderen Gebäuden unterscheiden? Ich meine, bei Hunderten von Stundenkilometern im Tiefflug, wie konnten Sie da sicher sein, ob Sie auf eine Fabrik oder auf ein Krankenhaus zielten?«

»Das war nie ein Problem. Schulen haben hier keine Schornsteine, und die Krankenhäuser haben rote Kreuze auf den Dächern. Sie sprangen einem gewöhnlich geradezu ins Auge. Außerdem trugen unsere Aufklärer sie auf den Karten ein, und jeder Pilot mußte sich vor seinem Einsatz genau einprägen, wo sie sich in seinem Abschnitt befanden.«

»Sie meinen, wo sich die Krankenhäuser und Schulen befanden?«

Leicht gereizt antwortete Bracken: »Natürlich, das sagte ich doch gerade – die Krankenhäuser und Schulen!«

Lus Kugelschreiber hüpfte die Seite hinunter. In der Mitte hielt er an.

»Dritte Behauptung: ›Piloten in meiner Staffel machten es sich zur Gewohnheit, nach Beendigung ihres Auftrags auf Ortschaften, Busse und Feldarbeiter zu feuern, wenn nach Beschuß des eigentlichen Einsatzziels noch Munition übrig war.‹ Was sagen Sie dazu?«

Bracken konnte sich nicht mehr genau an den Wortlaut erinnern, also improvisierte er: »›Wenn nach einem Einsatz noch Bomben übrig waren, warfen wir sie auf dem Rückweg über Dörfer, Busse und Landarbeiter auf den Feldern ab.‹ So was kann natürlich passiert sein, aber von oben kam die Anweisung auf keinen Fall. Und ich habe zwar gehört, daß südvietnamesische Piloten so etwas taten, doch nie meine Landsleute.«

Müde legte Lu die Seiten nieder und massierte sich die Stirn. »Mir hängt das zum Hals heraus, Bracken, aber leider müssen wir die ganze Liste durchgehen.« Er öffnete die oberen Knöpfe seiner Jacke und kratzte sich am Hals. »Ich habe Durst. Wie sieht es mit Ihnen aus? Möchten Sie noch etwas Kaffee oder vielleicht lieber ein schönes kaltes Bier. Ich glaube, meine Haushälterin hat San Miguel besorgt.«

Brackens Kehle war trocken. Er schloß kurz die Augen und stellte sich vor, daß es irgendwo auf diesem Planeten noch herrlich gekühltes Bier gab. »Für mich bitte Bier.« Er bemühte sich, seine Stimme gleichmütig klingen zu lassen.

Sie arbeiteten noch etwa zwei Stunden miteinander. Die Haushälterin brachte nochmals Bier, dazu mit Ölsardinen belegte Cracker und aufgeschnittenen Käse aus der Dose aus amerikanischer Marschverpflegung.

Bei den weiteren Behauptungen ging es um wahllosen Bombenabwurf, um Aufsässigkeit gegenüber Offizieren durch kriegsmüde Soldaten, um übermäßige Einnahme von harten Drogen. Bracken ging jede Behauptung durch und erklärte Lu, was er davon hielt. Von den meisten bestritt er, überhaupt etwas zu wissen. Er fand, daß es das wichtigste war, Lu zu überzeugen, daß die Behauptungen zum größten Teil stark übertrieben und deshalb unglaubhaft waren. Das gelang ihm trotz Lus Widerstreben offenbar auch, und Bracken hoffte, daß demzufolge andere abgeschossene Flieger nicht mehr gefoltert würden, um ihnen ein Geständnis zu entringen, das sowieso ans Lächerliche grenzte.

Lu streckte sich, stand auf und lächelte. »Das wär's. Was Sie sagten, klingt vernünftig. Das Kriegsende dürfte nicht mehr lange auf sich warten lassen, und wie Sie sagten, sind erzwungene Geständnisse gewöhnlich plumpe, durchsichtige Propaganda.«

Wieder streckte Lu Bracken, der ebenfalls aufstand und das Bier spürte, die Hand entgegen. Bracken schüttelte sie kurz. Endlich überstanden, dachte er.

Beiläufig drehte Lu sich um und schaute auf die Wanduhr, genau wie Bracken. Erst zwölf Uhr fünfzehn, obwohl er sicher gewesen war, daß mehr als drei Stunden vergangen waren. Der Minutenzeiger stand wieder, doch nicht am selben Platz wie zuvor.

»Ich nehme an, Sie möchten jetzt Williams sehen. Ich habe seine Entlassungspapiere unterschrieben. Es steht ihm frei, mit Ihnen zu gehen.«

Williams war auf den Operationstisch in der Sanitätsstation geschnallt. Schläuche von einem Sauerstoffgerät führten zu seiner Nase, er hing am Tropf, und Drainageröhrchen hingen von seinem Bein in eine Wanne unter dem Tisch. Der Raum stank nach Tod.

»Wo warst du so lange?« fragte Williams gepreßt. Er konnte die geschwollenen Augen kaum offenhalten.

»Du siehst aus wie der Alptraum eines Klempners, Willie. Aber jetzt kommen wir beide nach Hanoi.«

»So sehe ich es nicht.« Williams drehte schwerfällig den Kopf, um Bracken in die Augen zu schauen. »Glaubst du wirklich, ich würde es in einem Truck auch nur einen Kilometer schaffen? Überleg doch! Nicht bis zum Parkplatz draußen würde ich kommen. Geißbart sagt, daß mir das Bein heute nachmittag abgenommen wird, aber die Blutvergiftung hat sich schon zu weit verbreitet. Er hat keine Antibiotika. Selbst wenn ich die Operation überstehe, sagt er, würde ich in spätestens drei Tagen abkratzen. Die andere gute Mitteilung ist, daß er keine Anästhetika hat, außer dem bißchen, was für seine Leute reserviert ist.«

»Er benutzt Akupunktur. Das funktioniert wirklich!«

»Wie bei mir heut vormittag, Bracken. Er steckte eine Nadel in mein Bein, und die Fensterscheiben wären unter meinem Gebrüll fast zersprungen.«

Bracken legte eine Hand auf Willies Gesicht. Es war, als berührte er einen glühenden Kanonenofen. »Ich bleibe. Ich habe die gleiche Blutgruppe wie du.«

»Vergiß es, John«, sagte Willie hoffnungslos. »Red dir kein schlechtes Gewissen ein, sondern verschwinde, solange du kannst.«

»Ich bleibe, Willie!«

Willie hob die Rechte und krallte sie in Brackens Arm. »Hör mir zu, Kumpel, und zwar gut! Geißbart ist nur Tee trinken. Er wird bald zurück sein, und mehr Zeit haben wir nicht miteinander. Ich möchte, daß du tust, was ich dir sage, und keine Widerrede! Hörst du?«

Offenbar hatte sich eine Wolke vor die Sonne geschoben, denn das Zimmer schien sich zu verdunkeln, und die Schatten verschwammen.

»Ist gut, Willie.«

Williams ließ den Kopf zurück auf das besudelte Kissen fallen, seine Augen blickten ins Leere, und seine Stimme kam schleppend. »Mein alter Herr hat mich gelehrt, Listen von allem zu machen, was ich tun muß. ›Verlierst du die Liste, verlierst du den Kopf‹, hat er immer gesagt. Also hab' ich mir eine Liste gemacht, doch es stehen bloß drei Sachen drauf, John. Das oberste auf meiner Wunschliste: ein Grabstein an einem hübschen ruhigen Fleckchen, von dem aus man Aussicht auf ein Tal hat. Wo ist mir egal, solange es wirklich schön dort ist.«

Etwas zu sagen wäre sinnlos gewesen, also nickte Bracken nur stumm.

Schweiß glitzerte auf Williams' Stirn. »Zweitens: Lu ließ mich was unterschreiben. Ich weiß verdammt nicht, was es war, aber wenn du aus Vietnam rauskommst, dann sag Jill, daß ich nichts freiwillig unterschrieben hab'. Es ist mir scheißegal, was die Regierung denkt, aber meine Tochter soll die Wahrheit kennen.«

Bracken wollte etwas sagen, doch Williams kam ihm zuvor. »Das letzte auf meiner Liste …« Er richtete die Augen auf ein Regal. »Mein Chemieabschluß macht sich schließlich doch noch bezahlt. Im zweiten Fach von oben. Dunkelbraunes Fläschchen mit grünem Aufkleber. Bring's her.«

Die Aufschrift war auf französisch, und von der Flüssigkeit war nicht mehr viel übrig. Eine rote Flamme auf dem Aufkleber warnte, daß der Inhalt feuergefährlich war. Bracken tippte auf die Glasflasche, er war unsicher und wollte Bestätigung.

»Die?« Er drehte sich zu Williams um, der sich gerade die Sauerstoffschläuche aus der Nase riß.

»He!« Bracken rannte zum Tisch, langte nach den Schläuchen, doch Williams schob seine Hand zur Seite.

Seine Augen waren geschlossen, sein Atem kam röchelnd. »Laß es mich auf meine Weise machen – wenigstens dieses eine Mal ... Bring mir die verdammte Flasche. Gazetupfer sind auf der Nierenschale. Nimm zwei!«

Die Wolke war weitergezogen, und Sonnenstrahlen erhellten das Zimmer.

Willie zog Brackens Kopf zu sich herunter, bis er nur noch Zentimeter von seinem Gesicht entfernt war. Willies Atem roch süß und doch sauer. »Ich hab' recht schöne Zeiten gehabt, John. Und du warst mir ein Freund – der beste. Doch jetzt ist es an der Zeit, Schluß zu machen.« Er verschränkte die Hände über der Brust. Eine kurze Weile bewegten sich seine Lippen stumm.

Schließlich blickte er Bracken wieder an. »Zunächst bloß ein paar Tropfen, damit ich nicht würge. Dann den Rest der Flasche.«

Brackens Augen liefen über, er zitterte am ganzen Körper. Da hörte er näherkommende Schritte auf dem Korridor.

»Schlaf gut, Willie«, flüsterte er fast mehr zu sich. Er legte die Gaze auf den Mund des Freundes, dann ließ er Tränen von Chloroform mit seinen eigenen vermischt auf den Tupfer tropfen.

Lu, der ihn hinter dem von seiner Seite durchsichtigen Spiegel beobachtete, schluckte. Als er sich eine Zigarette anzündete, stellte er fest, daß seine Hand mit dem Feuerzeug zitterte.

Sie sind eine dumme, arrogante Rasse, dachte er. Aber tapfer.

4

2. März 1972

Nebelschwaden, Wolken und Regenschauer trieben in unterschiedlichen Abständen über die graue Bucht, gepeitscht von einem beißenden Pazifikwind. Das gedämpfte Heulen des Signalhorns von Alcatraz brach sich an den Fenstern des Restaurants und erzeugte seine eigenen Resonanzen. Bracken, mit einem Drink in der Hand und einem noch glimmenden Zigarettenstummel im Aschenbecher auf seinem Tisch, beobachtete die Möwen. Sie zogen enge Kreise über den Trawlern, die gegen den Pier von Fisherman's Wharf schaukelten; ihre glitzernden Augen ließen keinen Blick von ihnen, damit ihnen ja kein Brocken der Fischabfälle entging, die über Bord geworfen wurden.

Da er nicht gewußt hatte, wie lange er bis zum Restaurant brauchen würde, hatte Bracken das Hotel viel zu früh verlassen. Er hatte die Straßenbahn genommen und war den Rest des Weges vom Terminal an der Hyde Street zum Lokal, das über einem Komplex schikker Touristenfallen entlang dem Ufer kauerte, zu Fuß gegangen.

Er scheute zwar immer noch vor der bevorstehenden Begegnung mit Gilliam Williams zurück, aber noch länger konnte er sie nicht aufschieben.

Es war Anfang März, und Bracken war so gut wie der einzige Tourist in der Hafengegend. Die Stunde, die er zu früh angekommen war, hatte er für einen Ausflug durch die Läden hier benutzt, wo es nach Sandelholzräucherwerk roch, nach Seife mit Zitronenduft und nach Kräutertees. Für jemanden, der noch nicht durch die Straßen Saigons gewandert war, waren diese Düfte zweifellos exotisch, doch ihm drehten sie durch ihre Aufdringlichkeit den Magen um. Eine Weile suchte er Zuflucht in einem Töpferladen, wo man sich offensichtlich sehr für die Rettung der Wale einsetzte. Zumindest dachte er so, bis er den Krug umdrehte, auf dem ein lachender Wal den Käufer anflehte, *Rette mich*, und er feststellte, daß er in Japan hergestellt war, wo man Wale tötete, wie man Autos fabrizierte – sehr rationell, in großer Zahl und voll kollektivem Stolz. Die sommersprossige Brünette mit dem gelangweilten Gesicht hinter der Registrierkasse blickte nicht einmal von ihrem Liebesroman auf, als er gegen das klingelnde Keramikmobile am Eingang stieß.

Als nur noch eine halbe Stunde totzuschlagen war, hatte er sich ins Restaurant zurückgezogen, als einziger Gast, und sich an einen Tisch mit Blick auf die Bucht gesetzt. Um halb fünf hatte er bereits seine dritte Bloody Mary getrunken.

Jetzt versuchte er vergebens, die Kellnerin herbeizuwinken, die sich an den Rand der alten Mahagonitheke lehnte und auf den Bartender einredete, der aussah, als würde er sich mit jemandem seines Geschlechts wohler fühlen. Als er sie endlich auf sich aufmerksam gemacht hatte, nickte sie ihm abwesend zu, dann wandte sie sich wieder an den Bartender und setzte ihren Monolog fort.

Gillian kam noch vor seinem Drink an. Willie hatte sie sein »kleines Mädchen« genannt. Bracken hatte die Jahre zusammengezählt und geschätzt, daß sie jetzt fünfzehn oder sechzehn sein mußte. Doch ihre Züge verrieten ebenso eine gewisse Reife wie die von keinem Büstenhalter gestützten Rundungen unter der Bluse. Ihr Haar war ungekämmt und hing in wirren blonden Strähnen herunter, ihr Gesicht, völlig ohne Make-up, war zu bleich, zu pausbäckig. Sie trug eine Brille mit eckigen Gläsern in einer auf alt getrimmten Silberfassung. Müden Schritts kam sie an seinen Tisch und ließ sich auf die Polsterbank ihm gegenüber fallen. Ein Geruch von Feuchtigkeit, Schweiß und Seewind ging von ihr aus.

Kein Lächeln, keine Nervosität, nichts, was man von Teens in Gegenwart eines fremden Erwachsenen erwartete. Sie holte sich eine Zigarette aus einer Packung und zündete sie mit einem komplizierten Messingfeuerzeug an. Bracken war sich der falschen Höflichkeit bewußt, die von einem Erwachsenen mit noch glimmender Zigarette im Aschenbecher gefordert wurde, doch er ignorierte sie. Dafür versuchte er ein mißbilligendes Stirnrunzeln, was wiederum sie ignorierte.

»Sie waren der Pilot meines Vaters«, sagte sie.

Er streckte ihr die Hand entgegen und bemühte sich um ein Lächeln.

Sie ignorierte auch seine Hand und klopfte ihre aschenlose Zigarette erregt aufs Fensterbrett, dann drehte sie Bracken das Profil zu und schaute hinaus auf die Bucht.

Sie könnte hübsch sein, dachte er, wenn nicht bereits diese Härte um ihre Augen wäre. Hohe Wangenknochen, makellose Haut, ein etwas schiefer, aber humorloser Mund. Sie hob die Zigarette, nahm einen betont tiefen Zug und wandte sich wieder Bracken zu.

»Warum sind Sie gekommen, Captain Bracken?« Sie dehnte die Worte, als wären sie etwas Fremdes auf ihrer Zunge.

Wieder versuchte er ein Lächeln.

»Weil Ihr Vater mich darum gebeten hat. Willie hielt sehr viel von Ihnen«, fügte er hinzu. Das war eine Lüge, denn mit Willie hatte er nie über daheim und familiäre Dinge gesprochen. Diese Themen waren tabu für die Männer gewesen, die ständig in den Einsatz flogen und die Ausfallrate kannten.

»Und haben Sie einen Haufen Auszeichnungen eingeheimst?«

Es lief nicht gut. »Ein paar«, murmelte er, ohne zu wissen, was sie von ihm erwartete.

Sein Drink kam. Ein Stengel Bleichsellerie ragte welk heraus, und auf der Oberfläche schwamm irgendein Gewürz, das wie Fliegendreck aussah. Die blonde Bedienung warf zwei abgegriffene Speisekarten auf den Tisch und kehrte an die Theke zurück. Ihr aufdringliches Lachen wirkte unangenehm in dem ansonsten stillen, mahagonigetäfelten Raum.

Jill ignorierte die Speisekarte. »Und wofür haben Sie ihre Auszeichnungen bekommen, Captain Bracken?«

»Für das gleiche, wofür Ihr Dad sie bekam – dafür, daß wir Woche um Woche am Leben blieben. Sie wurden beim Samstagmorgenappell ausgehändigt. Orden gehörten in Vietnam zur Armeeversorgung – wie Chinintabletten und Aspirin.«

»Dann müßten Sie viel mehr haben als er. Sie lebten ja länger.«

»Ich habe sie nie gezählt.« Leicht gereizt blickte er hinunter auf die Speisekarte. Er wollte das Beste aus der Sache machen, aber er wußte, daß bereits alles falsch lief.

Zögernd langte er über den Tisch nach Jills kalter Hand und drückte sie sanft. »Ich mochte Ihren Vater, Jill. Ich mochte ihn sogar sehr. Ich bin hier, weil er ein feiner Kerl war und ein guter Freund und weil er gewollt hätte, daß ich mit Ihnen rede.«

Ihre Hand in der seinen reagierte nicht darauf. Sie hatte die Augen abgewandt und beobachtete die Regentropfen, die gegen die Scheiben prasselten und die Bucht in eine verschwommene Landschaft aus gesprenkeltem Grau verwandelten.

Noch waren ihre Augen trocken. »Ich habe meinen Vater geliebt«, gestand sie schließlich, »aber ich habe meine letzten Tränen vor Monaten vergossen. Ich hätte ihm das erste Mal verzeihen können, weil sie ihn da einberiefen. Aber das zweite Mal hat er sich freiwillig gemeldet – das hätte er nicht tun dürfen!«

»So hat Willie es nicht gesehen. Er tat nichts Halbes«, entgegnete Bracken. Sie hatte ihm die Chance gegeben, die Brücke wieder zu schlagen. Er legte die erste Planke. »Ihr Vater hatte sehr viel Schneid. Er war schon einmal im Kriegsdienst gewesen, und Männer, die so viele Einsätze überlebt hatten wie er, verstanden ihr Handwerk und halfen durch ihre Erfahrung, es für andere sicherer zu machen.« Das hörte sich wie ein Zitat aus einem Handbuch der Offiziersschule an, nur daß es wirklich stimmte. »Er war der Beste!«

Plötzlich entriß sie ihm die Hand. »So sehen Sie es, nicht wahr? Sie und alle Scheißkerle wie Sie!« Sie schrie es so laut, daß es von den Wänden des Lokals hallte. Die Bedienung und der Bartender wandten sich ihnen zu und starrten sie an.

»Wie viele kleine Kinder haben Sie und mein Vater in die Luft gejagt?« fauchte sie mit wutverzerrtem Gesicht. »Wie viele Frauen bringen Ungeheuer zur Welt, weil ihr Gas abgeworfen habt? Haben Sie dafür Ihre Orden bekommen?«

Sie warf das Gesicht zur Bucht herum, daß ihr Haar in feuchten, blonden Strähnen auffächerte, und Tränen strömten über ihre Wangen.

Wie in stummem Mitgefühl segelte eine Möwe in einem Aufwind des Gebäudes nicht viel mehr als einen Meter außerhalb des Fensters und beobachtete sie mit scharfen Augen, ehe sie hochstieg und zum Wasser flog.

Langsam senkte Jill den Kopf und vergrub das Gesicht in der Ellenbeuge. Ihre Brust hob und senkte sich heftig.

Bracken wußte, daß nichts, was er sagen könnte, ihr helfen würde.

Sie ging zur Toilette, und er bezahlte die Rechnung, nicht ohne sich danach zu verfluchen, weil er automatisch ein zu hohes Trinkgeld gegeben hatte. Die Kellnerin bedankte sich dafür, indem sie ihm mit gelangweilter Stimme einen wunderschönen Tag wünschte. So ein Blödsinn! Er hatte seit drei Jahren keinen schönen Tag mehr gehabt und erwartete auch in der näheren Zukunft keinen.

Stumm gingen Jill und er durch den Komplex zur Straße. Regentropfen glitzerten bernsteinfarben im Widerschein der Lampen auf der Plaza. Er nahm ihren Arm und führte sie unter die Markise eines Spielwarengeschäfts. Dort händigte er ihr den Umschlag aus.

»Ich möchte nicht, daß Sie jetzt hineinschauen, Jill. Tun Sie es erst in einer Woche, oder in einem Monat.«

»Was ist es?« fragte sie mißtrauisch.

»Einige Aufnahmen, die ich von Ihrem Dad in Vietnam machte. Sein Tagebuch. Ein paar Cartoons, die er gezeichnet hat.« Er hielt an, versuchte es zusammenzufassen. »Jill, er starb tapfer. Er hatte nur Pech.«

»Da täuschen Sie sich, Sie Arschloch!« fauchte sie mit brennenden Augen. »Es waren Kennedy und Johnson und Nixon und Hundesöhne wie Sie, die sich zu ihrem Werkzeug machen ließen - ihr Arschficker wart ja so scharf darauf, mit eurem Kriegsspielzeug zu fummeln.«

Sie riß sich von ihm los und rannte westwärts Richtung Leavenworth Street davon.

Bracken machte sich daran, ihr zu folgen. Der Regen durchweichte bereits seinen billigen Trenchcoat. Als er an einem VW-Bus vorbeikam, schwang die Tür auf, eine Frau stieg aus und stellte sich ihm in den Weg.

Sie war korpulent, in den Vierzigern, und, ganz offensichtlich ohne Büstenhalter, in einen geblümten Kimono gehüllt, den der pladdernde Regen ebenfalls zu durchweichen begann. Unwillkürlich dachte Bracken, daß es den Herstellern von Damenunterwäsche wohl auch schon mal besser gegangen war.

Die Fassung ihrer Brille war ein großes Unendlichkeitssymbol aus Kunststoff. Sie pflanzte sich mit verkniffenem Mund direkt vor Bracken auf.

»Jetzt reicht's, Bracken. Scheren Sie sich zum Teufel!«

Er wollte an ihr vorbei, da schwang sie mit der Faust nach ihm und streifte seine Wange. »Ich hab' Ihnen gesagt, daß Sie sie in Ruhe lassen sollen«, brüllte die Frau und fuchtelte mit den Fäusten. Zur Bekräftigung stieß sie ihren fetten Leib gegen seinen, daß er fast das Gleichgewicht verlor.

Er machte unter dem Anprall einen Ausfallschritt nach hinten, dann blieb er stehen, unsicher, wie er reagieren sollte.

Ein Ausdruck selbstzufriedenen Triumphs breitete sich über ihr Gesicht aus. Durch die Heftigkeit ihrer Attacke war ihr die Brille über die Nase gerutscht. »Ihr Kriegshelden seid alle gleich. Dreckskerle alle miteinander!«

Jill war inzwischen einen halben Block entfernt. Einmal blickte sie zurück, ihr Gesicht war ein verschwommener weißer Fleck in der Dämmerung. Dann ging sie weiter, und ihre Beine vergrößerten die Distanz zwischen ihnen ebenso wie ihr Unverständnis.

Es war bereits unmöglich, sie einzuholen. Er drehte sich zu der Frau um. »Wer sind Sie?« fragte er, doch er wußte es auch so.

»Willies Schwägerin. Wir haben bereits genug erlitten durch Ihren dreckigen kleinen Krieg! Scheren Sie sich zum Teufel, ehe ich Sie niederwalze!« Sie wippte auf den Füßen, ballte die Fäuste, und ihre Wangen blähten sich vor Zorn.

Der Regen fiel nun in harten, fast gefrorenen Tropfen. Die Straßenbahnhaltestelle war drei Blocks entfernt, er war schon völlig durchnäßt und fror bis auf die Knochen.

»Ich lasse sie in Ruhe«, brummte er. »Ich bin bloß gekommen, weil Willie es gewollt hätte. Das ist alles.«

Sie schob ihre Brille wieder hoch, rümpfte die Nase und stemmte ihre Masse wieder in den großen VW.

Bracken blieb in der Dämmerung des Spätnachmittags stehen und blickte dem Volkswagenbus nach, der ein Stück entfernt anhielt, um Jill mitzunehmen, ehe er sich im wachsenden Verkehr verlor.

Die Zeiten, stellte Bracken fest, in denen einem edlen Ritter gedankt wurde, wenn er sich bemühte, eine holde Maid vor dem bösen Drachen zu retten, waren vorbei.

»Es handelt sich nur um eine vorläufige Anhörung, die nicht unbedingt zu einer Verhandlung vor dem Kriegsgericht führen muß«, erklärte der Colonel. Das Licht der Neonröhren an der Decke spiegelte sich in seinen dicken Brillengläsern. Er war Ende Fünfzig, ein bißchen rund um die Mitte, und er trug keine Kampfabzeichen. Seine Uniform war so geschickt geschneidert, daß sie seine Fettpolster gut kaschierte.

»Ich verstehe, Sir.« Bracken drückte sich tiefer in den Sessel. Nur allzusehr war er sich seiner schlecht sitzenden Uniform bewußt, die er kurz vor seinem Heimflug rasch von der Stange in der PX, dem amerikanischen Marketendergeschäft, gekauft hatte.

Der Saal war wie ein Klassenzimmer: die Wände in dem üblichen Kotzgrün, Linoleumfliesen auf dem Boden, die Generationen von müden Berufssoldaten abgetreten hatten, bis die Fugen verschwunden und sie jetzt mit einer dicken Masse von Bohnerwachs und Dreck für immer verbunden waren. Die Ausstattung bestand aus zwei Schultafeln, zwei Feuerlöschern, einem Anschlagbrett und fünf Tischen mit Stühlen; einer stand nun am Kopfende des Zimmers.

Hinter dem Tisch, Bracken gegenüber, saßen sechs Offiziere. Bracken las ihre Geschichte aus ihren Ribbons – den schmalen farbigen Bändern an der linken Brust, die verrieten, welche Auszeichnungen sie verliehen bekommen hatten und an welchen Kriegsschauplätzen sie gewesen waren –, aus ihren Augen, aus der Art und Weise, in der sie miteinander flüsterten und Notizen von Hand zu Hand gehen ließen. Das alles machte ihm keinesfalls Mut.

Der andere Colonel, der neben dem Vorsitzenden, hatte vier Ribbons aus dem Zweiten Weltkrieg, doch keine von Korea oder Vietnam. Zu beiden Seiten der Colonels saßen Lieutenant Colonels, beide übergewichtige Verwaltungstypen, keiner hatte Auszeichnungen, keiner war an einem Kriegsschauplatz gewesen. Rechts davon saß ein Major mit Auszeichnungen aus dem Koreakrieg, eine davon für Flugeinsatz, was Bracken zuerst für ein gutes Omen gehalten hatte, und links ein First Lieutenant, der offenbar nur da war, um Kaffee für die fünf höheren Offiziere zu besorgen. Nach vier Tagen der Anhörung hatte Bracken keine Illusionen mehr über den Ausgang.

Durch die teilweise zugezogenen Jalousien warf die grelle Sonne Kaliforniens schmale gelbe Streifen über den Boden. Bracken wünschte sich, wenigstens eine Uhr würde ticken, um die Stille weniger drückend erscheinen zu lassen.

Der Colonel, der den Vorsitz führte, sprach nun mit schnarrender Stimme und holte in kurzen Abständen tief Luft: »Captain Bracken, haben Sie noch Fragen an diesen Untersuchungsausschuß, oder möchten Sie noch weitere Aussagen machen?«

»Nein, Sir.«

»Irgendwelche Bemerkungen?«

Bracken stand auf. Er spürte feuchte Flecken in seiner Uniform und roch seinen Schweiß – kein guter Schweiß, wie bei harter Arbeit, sondern Angstschweiß, Wutschweiß.

»Ich wurde von Lu hereingelegt. Ich wußte nicht, daß durch den Spiegel alles aufgezeichnet wurde. Man schnitt diesen Film dann so, daß ein völlig anderer Eindruck erweckt wurde!«

Einer der Lieutenant Colonels hob die Hand, und der Vorsitzende nickte ihm zu. Der Lieutenant Colonel funkelte Bracken an. »Die Wanduhr beweist, daß der Film ohne Kürzungen ist! Trotzdem behaupten Sie, er wäre geschnitten worden! Wie wollen Sie das erklären, Captain Bracken?« Er beugte sich über den Tisch und schob den Kopf auf dem dicken Hals wie ein Reptil vor, das die Witterung eines Beutetiers aufnimmt.

Bracken verlagerte sein Gewicht von einem zum anderen Fuß. »Sie drehten die Uhr nach den Schnittstellen zurück. Darf ich Sie auf den

Sonnenschein auf Lus Schreibtisch aufmerksam machen? Von einer Szene zur anderen springt das Lichtmuster. Das sieht doch jeder!«

Der Lieutenant Colonel lief rot an und seine Stimme wurde um eine Oktave höher: »Millionen auf der ganzen Welt, die diesen Film sahen, bemerkten es nicht, Captain Bracken! Und ich muß Sie noch einmal für das Protokoll fragen: *Sie* sind es doch, der spricht? Und *Sie* sind es auf dem Film, nicht wahr?«

Der Film, den Lu aufgenommen hatte, war von einem französischen Wochenschauteam veröffentlicht worden. Dieses Team behauptete, sie hätten Bracken mit seinem Einverständnis gefilmt. Er war zunächst in Europa im Fernsehen gezeigt, doch bald von amerikanischen Fernsehstationen übernommen worden. Eine Woche lang war Brackens Name in aller Munde gewesen, aber keineswegs auf schmeichelhafte Weise. Es hatte die zu erwartenden Lynchdrohungen gegeben, Haßbriefe und Verdammungen durch die Vereinigung der Kriegsveteranen. Doch was Bracken am schlimmsten zugesetzt hatte, waren zwei Glückwunschtelegramme gewesen: eins von einem Rockstar, der Millionen durch Antikriegslieder verdiente, dank einer permanenten Zurückstellung vom Wehrdienst; und das zweite von einem irgendwo in den Südstaaten geborenem Kongreßabgeordneten, der ihn als »Zeuge für den Frieden« lobte.

Bracken nickte schließlich.

»Ich habe Sie nicht gehört!« sagte der Lieutenant Colonel mit immer noch gerötetem Gesicht.

»Jawohl, Sir, das bin ich im Film.«

Der Major, der im Koreakrieg dabeigewesen war, hob jetzt die Hand. Seufzend nickte der Vorsitzende.

»Ich muß Captain Bracken beipflichten. Der Film weist wirklich Sprünge auf. Wie Bracken feststellt, wechselt das Tageslicht zwischen den Szenen beträchtlich.«

»Sie sind offenbar Fachmann im Filmschneiden«, sagte der Colonel.

Der Major erstarrte leicht. »Nun ... Nein, Sir, natürlich nicht. Es ist nur völlig offensichtlich, daß ...«

»*Nichts* ist offensichtlich, Major. Millionen in Europa und bei uns sahen diesen Film. Wenn es so verdammt offensichtlich ist, warum ist es ihnen dann nicht aufgefallen? Haben Sie vielleicht etwas in den Zeitungen gelesen oder im Radio oder Fernsehen gehört, das darauf hinweist?«

»Sir ...« Der Major zögerte offenbar, weil er als Berufsoffizier zweifellos an seine halbjährliche Beurteilung für die Personalakte dachte. Wenn er auf diesem Punkt beharrte, konnte er seiner weiteren Laufbahn sehr schaden. Er blickte Bracken mit einem Ausdruck unpersönlicher Entschuldigung an, als wäre er Zeuge, wie jemand verprügelt wurde, aber hielte es für sicherer, nicht in die Schlägerei verwickelt zu werden. Dann antwortete er: »Nein, *Sir*. Ich habe keine betreffenden Hinweise gehört. Ich habe auch keine weiteren Fragen.«

Bracken stand kurz davor, sich unmißverständlich darüber auszulassen, daß diese feisten Hundesöhne überhaupt nichts verstanden; sie waren ja nicht einmal im Einsatz gewesen, geschweige denn in Gefangenschaft, wo man sie fast verhungern ließ und folterte. Daß der Widerstandswille etwas sehr Vergängliches war. Daß der *Code of Conduct* – die Verhaltensregeln für in Gefangenschaft geratene Amerikaner – so veraltet war wie der Papierfetzen, den man die Genfer Konvention nannte.

»Und ich glaube, auch von uns hat keiner mehr weitere Fragen«, sagte der Vorsitzende. Er schaute sich dabei um und blickte die anderen fast drohend an. »Oder?«

»Sir!« rief Bracken. »Ich habe ...«

Der Colonel achtete überhaupt nicht auf ihn. »Diese Anhörung ist beendet. Meine Herren, Sie dürfen gehen. Bracken – Sie bleiben hier.«

Bracken beobachtete sie, wie sie hintereinander aus dem Zimmer gingen. Er hoffte, wenigstens der Major würde ihn ansehen, doch dessen Blick blieb unverwandt auf den Nacken des Mannes vor ihm gerichtet. Die Tür schloß sich hinter ihnen.

»Sie haben zwei Möglichkeiten, Sie elender Schweinehund«, fuhr der Oberst ihn an. »Sie können sich einem Kriegsgericht stellen oder freiwillig aus der Air Force ausscheiden. Ich persönlich würde die Verhandlung vorziehen, denn dann hätten wir die Chance, Sie wirklich ans Kreuz zu nageln. Da gäbe es hübsche Anklagen, wie ›Hilfe- und Vorschubleistung‹, ›Kollaboration‹ und ›Hochverrat‹. Aber das Divisionshauptquartier hält es für besser, wenn Sie einfach verschwänden. Also scheiden Sie aus, Bracken. Das letzte, was unser Land jetzt brauchte, wäre ein Prozeß wegen Hochverrats. Die Linken würden einen Heiligen aus Ihnen machen und die Rechten versuchen, Sie zu kreuzigen. Wenn es nach mir ginge, Bracken, würde ich Sie am liebsten an den Eiern aufhängen und dann erschießen lassen.«

Das Dröhnen eines startenden Jets rüttelte an den Scheiben. Bracken fiel es schwer zu glauben, daß alles vorüber war. »Ich bitte um Erlaubnis, sprechen zu dürfen, Sir.«

Der Colonel mahlte mit den Kiefern, sein Adamsapfel hüpfte, und seine Schläfenadern pulsierten bedrohlich. »Mit dem Reden ist es vorbei, Bracken. Ich habe Ihre Version gehört. Vier Tage mit dieser Anhörung vergeudet! Da ist ein Krieg, um den ich mich kümmern muß, genau wie die anderen loyalen Offiziere dieses Ausschusses. Sie hatten Ihre Gelegenheit. Viele der anständigen Männer, die Gefangene waren, spuckten nicht ein Wort aus! Was sind Sie denn so Besonderes, daß Sie sich einbildeten, Sie müßten den Nordvietnamesen einen Haufen Lügen über Ihr Vaterland erzählen?«

»Sir – Captain Williams ...«

»Das ist eine Menge Scheiße, Bracken!« unterbrach der Colonel ihn. »Williams war aus viel härterem Holz geschnitzt als Sie. Er hat sich für seinen zweiten Kriegseinsatz freiwillig gemeldet. Wie wir alle war er bereit, sein Leben einzusetzen.«

»Wie Sie und all die Arschlöcher wie Sie, die einen Kampfeinsatz nie anders kennengelernt haben als durch Kriegsberichte. Sie haben überhaupt nicht das Zeug dazu, Regeln aufzustellen, wenn Sie selber nie mitgespielt haben!«

Der Colonel war unwillkürlich einen Schritt zurückgewichen. Sein Kopf war tiefrot, und seine Augen verrieten, wie gern er Bracken mit eigenen Händen umgebracht hätte. Sekunden tickten dahin, während er heftig atmete. Als er allmählich seine Fassung wiedergewann, zischte er nur wenige Zentimeter vor Brackens Gesicht:

»Wenn ich nur könnte, wie ich wollte! Unter zwanzig Jahre Zwangsarbeit kämen Sie nicht davon! Aber um der Ehre der Air Force wegen will ich Ihre Worte nicht gehört haben. Ihr Abschiedsgesuch liegt auf dem Schreibtisch meiner Sekretärin. Ich will, daß es in spätestens zwei Minuten unterschrieben ist, *Mister.*«

Er wirbelte herum und schmetterte die Tür hinter sich zu.

Brackens Abschiedsgesuch wurde weitergeleitet und innerhalb von achtundvierzig Stunden genehmigt – eine bürokratische Meisterleistung, wie sie ihm noch nie zuvor bei den Streitkräften untergekommen war. Und egal, ob er sich seine Unterlagen in der Schreibstube oder bei der Finanzverwaltung holte, er brauchte sich nie anzustellen und wurde sofort drangenommen, ohne daß sich die anderen Wartenden beschwerten. Die Neuigkeit hatte sich bereits mit Überlichtgeschwindigkeit verbreitet.

Stempel klatschten auf Stempelkissen, Checklisten wurden abgehakt, Eintragungen vorgenommen, und alles wortlos von Leuten, die ihn nicht einmal ansahen. Bracken gab auf, freundliche Worte wechseln zu wollen, und nahm die Qual stumm hin.

An den Abenden, die er im Offiziersclub verbrachte, war der Vorgang genau umgekehrt. Den Drink, den er am Tisch bestellte, bekam er erst, wenn er ihn sich selbst an der Bar holte, und da wurde er widerstrebend bedient und bekam gewöhnlich etwas anderes, als er wollte. Trinkgeld, das er auf die Theke legte, wurde zurückgeschoben. Andere Offiziere machten zuviel Platz für ihn und drehten ihm scheinbar gleichmütig den Rücken zu. Bracken hatte sich bisher noch nie ausgestoßen gefühlt, doch dieses Verhalten der anderen war schlimmer, als wenn sie wütend über ihn hergefallen wären.

Nach zwei Tagen, in denen er von einem Büro zum anderen geschleust wurde, brauchte Bracken am nächsten Morgen bloß noch seine Entlassungspapiere und den Entlassungssold abzuholen. Er blieb bis zwanzig Uhr in seinem Zimmer im BOQ, dem Quartier für Offiziere ohne Familie, um nicht mit den Männern zusammenzukommen, die vor dem Abendessen noch einen Drink zu sich nahmen. Dann erst ging er in Zivil in den Offiziersclub und setzte sich an einen Tisch, der der Bar am entferntesten war.

Es war die Freitagabend-»Happy-Hour«. Ein paar Männer, die bereits tief ins Glas geschaut hatten, saßen an der Bar, zogen sich jedoch nach und nach zurück. Die restlichen widmeten sich ihren Gläsern, lachten voll Selbstvertrauen; ihre Hände zitterten nicht, und ihre Gesichter waren offen – die Besten einer Rasse von Kriegern. Eine kleine Tanzkapelle packte ihre Instrumente aus, stellte die Mikrophone auf und spielte sich mit ein paar Riffs und Arpeggien ein.

Unzählige Male war er in Offiziersclubs wie diesem gewesen. Hier war man eine Familie, zugegeben, eine etwas merkwürdige, ein Volk von Brüdern, die nicht Seife verkauften oder Sumpfland als Grundstücke an den Mann zu bringen versuchten. So seltsam es klingen mochte (und darüber sprach man nie zu Zivilisten), Fliegen war eine gefährliche Beschäftigung. Von den zweiundvierzig aus Brackens Ausbildungskurs lebten nur noch neunundzwanzig. Die durchschnittliche Lebenserwartung war für einen Flieger in Friedenszeiten dreiundfünfzig Jahre und im Krieg verdammt viel geringer. Gemeinsame Gefahr und Selbstvertrauen war, was sie zusammenhielt. Und Bracken fing ganz langsam zu begreifen an, daß er nicht mehr dazugehörte.

Er bestellte einen doppelten Gibson und ein nur leicht angebratenes Steak mit Salat und einer gebackenen Kartoffel, dann lehnte er sich zurück und bemühte sich, die Gedanken auszuschalten. Aber er wußte, daß er auch heute nacht, genau wie in den vergangenen Nächten, drei- oder viermal aufwachen und dem Knarren seiner Matratze lauschen würde, dem Ticken seines Weckers und dem fernen Dröhnen von Flugzeugen auf halbem Weg zum Mond.

Major McCarthy, der Korea-Veteran vom Untersuchungsausschuß, stand vor ihm, ehe er es bemerkte. Er wollte aufspringen, doch McCarthy winkte ab.

»Bleiben Sie sitzen, Bracken. Darf ich Ihnen ein paar Minuten Gesellschaft leisten?« Ohne auf eine Antwort zu warten, rückte sich der Major einen Stuhl zurecht und machte es sich darauf bequem. Er machte die Bedienung mit erhobener Hand und Fingern, die sich wie Hasenohren bewegten, auf sich aufmerksam. Ohne daß er den Mund zu öffnen brauchte, brachte sie ihm sogleich einen bernsteinfarbenen Drink.

Er hob das Glas und prostete Bracken zu. »Auf meinen Namensvetter und sein Vermächtnis.«

Verwirrt senkte Bracken sein Glas. »Was soll das heißen?«

McCarthy schluckte schwer, stellte sein Glas ab und wischte sich die Lippen mit dem haarigen Handrücken ab. »Senator Joe McCarthy – erinnern Sie sich an die Hexenjagd in den Fünfzigern? Das haben Sie durchgemacht, Bracken, ob es Ihnen bewußt ist oder nicht. Sie sind eines jener Opferlämmer, die auf dem Altar militärischer Selbstreinigung enden.« Er nahm einen weiteren Schluck aus seinem angelaufenen Glas. »Nichts Persönliches, verstehen Sie? Sie waren eben nur zur falschen Zeit am falschen Ort und äußerten die falschen Worte.«

»Ist es das, was Sie glauben? Daß ich mich gegen mein Land gewendet habe?«

McCarthy zuckte die Schultern. »Spielt es denn *wirklich* eine Rolle, Bracken? Denn was Sie oder ich denken, ist keinen Hundedreck wert. Sie wurden vom unberechenbaren Schicksal beschissen. Hätte ich in Ihren Schuhen gesteckt, würde man mich zweifellos in dieselbe

Falle gelockt haben, und dann säßen Sie jetzt auf meinem Stuhl, verlegen wie ich, daß Sie am gleichen Tisch sitzen, aber mit der festen Überzeugung, daß es Ihnen genauso hätte ergehen können.«

»Das haben Sie bei der Anhörung verdammt klargemacht, nicht wahr? Sie haben wirklich gesagt, was Sie dachten«, entgegnete Bracken verbittert. Er zündete sich eine Zigarette an, nahm zwei tiefe Züge, dann drückte er sie aus.

»Nein, weiß Gott nicht«, antwortete McCarthy leise. »Aber Gott weiß, wie sehr ich es wollte. Ich habe versucht, Ihnen zu helfen, aber das war nicht erwünscht. Wir wissen beide, daß Colonel Dingdong mir jedesmal mein fettes Maul stopfte, kaum daß ich es öffnete. Ich habe eine Frau und zwei Kinder, ein drittes ist unterwegs. Und ich habe eine Laufbahn, in der ich weiterkommen möchte. Ich gehöre nicht zu den blauäugigen Jungs, die für die Sterne bestimmt sind, aber ich werde meine zwanzig Dienstjahre schaffen, und dann bekomme ich den Rest meines Lebens eine schöne Pension. Es ist eine Sache der Prioritäten, mein Freund.«

Die Kellnerin brachte mit Brackens Steak einen zweiten Drink für McCarthy. Dem Steak, das er nur angebraten bestellt hatte, sah man auf den ersten Blick an, daß es viel zu lange geschmort hatte, es war außen regelrecht verbrutzelt. Die gebackene Kartoffel war schrumpelig und der Salat verwelkt und ohne Dressing. Er schob seinen Teller zur Seite.

McCarthy fuhr sich mit seinem beschlagenen Glas über die Wange und fragte behutsam. »Etwas würde mich noch interessieren. Was war mit Williams?«

»Was meinen Sie?«

»Sie sagten vor dem Ausschuß, daß Williams den Nordvietnamesen nicht das geringste sagte.«

»So war es. Sie wissen doch selbst aus den Akten, daß die NVA kein Geständnis von Williams veröffentlicht hat.« Es war Bracken selbst unerklärlich, weshalb sie Willies Geständnis nicht weitergegeben hatten, aber jedenfalls war dadurch Willies Ruf immer noch makellos, und Bracken wollte, daß es dabei blieb.

»Und deshalb glaube ich, daß Sie der NVA mehr sagten, als Sie zugaben. Ich habe Ihre Personalakte gesehen. Sie hatten eine Unbedenklichkeitsbescheinigung für Geheimmaterial, eine Ausbildung im Black Hangar und wußten eine Menge, worauf sie scharf waren. Aber Williams war verwundbar – eben weil er verwundet war und ärztliche Versorgung brauchte. Er hätte ihnen alles gesagt, um seinen Hintern zu retten, aber vielleicht wußte er nichts, was sie wirklich interessierte. Also ist es logisch, daß sie sich an Sie wandten und versprachen, daß Willie eine bessere Behandlung bekäme, wenn Sie auspackten.«

»Ich habe ihnen aber sonst nichts gesagt«, beharrte Bracken eisern. Scheiße – McCarthy hatte in ihm wie in einem Buch gelesen!

McCarthy schüttelte den Kopf. Seine Augen waren ein bißchen stumpf, und seine Bewegungen verrieten, wieviel er getrunken hatte. »Wenn ich Sie gewesen wäre, hätte ich ihnen sogar die Zahlenkombination für den Safe im Weißen Haus gegeben, um meinem Kumpel das Leben zu retten. Und das haben Sie auch, nicht wahr?«

Brackens Reflexe übernahmen die Kontrolle, er ballte die Faust, aber McCarthy bemerkte es und hob rasch die Hand, mit den Fingern zum V des Friedenssymbols gespreizt.

»Beruhigen Sie sich, Freund. Es war eine völlig private Meinung, also vergessen Sie es. Jedenfalls verstehe ich Sie. Er hatte keine Chance zu überleben, und tief in Ihren Knochen wußten Sie, daß Sie durchkommen würden. Schuldbewußtsein und der ganze psychologische Mist. Jeder, ich eingeschlossen, hätte das gleiche getan.« Er goß den Rest seines Drinks hinunter und stellte das Glas übervorsichtig auf die Tischdecke. »Wissen Sie, Bracken, als es zur Abstimmung kam, habe ich mit dafür gestimmt, Sie aus der Air Force zu werfen.«

»Sie selbstgerechtes Schwein!« Bracken hatte es so laut gesagt, daß sich alle ihnen zuwandten und angespannte Stille einsetzte.

»Aus einem ganz einfachen Grund. Wenn sie im Dienst geblieben wären, hätten Sie jeden Tag auf diesen Brief in der Post gewartet, mit einem Band Ihrer Stimme, wie Sie für einen NVA-Abwehrmann Geheiminformation heraussprudeln. Sie hätten Sie gleich in den Fängen gehabt – und können es immer noch. Ich sehe das als Sicherheitsrisiko.«

Daran hatte Bracken bisher noch gar nicht gedacht. Nicht, daß den Sowjets das Zeug über die Kernwaffen unbekannt war, sie waren schließlich in Forschung und Entwicklung ebensoweit wie die Amerikaner – aber sie könnten ihn damit erpressen, wenn er im Dienst blieb. Aus solchem Stoff werden Verräter gemacht! Zögernd mußte Bracken sich eingestehen, daß er nicht anders als McCarthy gestimmt hätte. Es gab einen Ausdruck für solche Fälle: Zum Besten der Streitkräfte entlassen.

Er lehnte sich auf seinem Stuhl zurück. Sein Kampfgeist hatte ihn verlassen.

»Also, was werden Sie jetzt tun, Bracken?«

»Abgesehen vom Fischen an der Küste von Maine mit meinem alten Herrn und Fliegen kann ich nicht viel. Vielleicht sehe ich mich bei einer Fluggesellschaft um. Sie brauchen Leute.«

McCarthy lehnte sich über den Tisch, drehte sein jetzt leeres Glas in kleinen Kreisen und verteilte die niedergeschlagene Feuchtigkeit über das Tuch. Er schüttelte den Kopf. »Versuchen Sie es erst gar nicht.«

»Warum nicht?«

»Der Draht ist kurz. Was passiert ist, macht rasch die Runde. Sie waren der vierte ehemalige Gefangene der Nordvietnamesen in fünf Monaten vor einem Untersuchungsausschuß, dem ich angehörte. Ich kenne jetzt die Grundregeln für die Handhabung von Fällen wie Ihrem. Man ist nicht an Logik, Wahrheit oder Vernunft interessiert. Dieses Land verliert einen Krieg, und man will entweder Sündenböcke oder Schweigen. In einem Fall wie Ihrem wird die Sache unter den Teppich gekehrt, indem man Ihnen die Gelegenheit gibt auszuscheiden. Sie haben doch einen Schrieb unterzeichnet, daß Sie der Presse gegenüber den Mund halten. Richtig?«

Bracken nickte.

»Also dringt nichts an die Oberfläche. Kein Brummeln bei den unteren Dienstgraden – wir sind schließlich alle stolze Soldaten! Aber heimlich, still und leise macht die Botschaft in Fliegerkreisen die Runde. Sie können sich den Arsch ablaufen und kriegen doch nichts.«

»Wie schön, das zu wissen!«

»Nicht schön, aber so sieht's jedenfalls aus. Und vergessen Sie einen Job im Staats- oder Gemeindedienst, versuchen Sie nicht einmal, sich als Straßenkehrer zu bewerben. Vergessen Sie alles, wozu eine Unbedenklichkeitsbescheinigung benötigt wird. Vergessen Sie die Industrie und auch kleine Firmen mit Staatsaufträgen. Ersparen Sie sich Kummer und gehen Sie fischen. Das ist angeblich ein schönes Leben.«

McCarthy schob seinen Stuhl zurück und stand langsam, ein bißchen wacklig auf. Er streckte eine Hand aus. »Ich bedauere es ehrlich, Bracken. Aber ich habe getan, was ich tun mußte.«

Die beiden drückten einander flüchtig die Hand. Paare an anderen Tischen beobachteten sie immer noch, ebenso wie einige Offiziere, die an der Bar standen. Vom Summen der Klimaanlage und einer einsamen Tonleiter auf der Klarinette abgesehen, war es still im Raum.

McCarthy kramte in einer Tasche seiner Ausgehuniform und brachte eine zerknitterte Geschäftskarte zum Vorschein. »Ich habe einen Bruder in Kansas. Er verkauft Schuhe. Wenn ich ihn darum bitte, wird er Sie einstellen.«

Bracken nahm die Karte, ohne sie anzusehen. »Ich bezweifle, daß ich gut darin wäre, die Ledersachen Ihres Bruders anzupreisen, trotzdem danke für das Angebot.« Es kam nicht richtig heraus, nicht so, wie er es beabsichtigt hatte.

McCarthy verzog das Gesicht. »Ich verstehe vollkommen. Fischen bietet einem Mann von Ihrer Intelligenz wahrscheinlich bessere Aufstiegsmöglichkeiten.« Er drehte sich um und ging auf Gummibeinen durch das Labyrinth von Tischen, nicht ohne hin und wieder dagegenzurempeln.

Bracken feierte den Beginn seines neuen Lebens als Zivilist mit drei weiteren Gibsons, wickelte das Steak in eine Serviette und aß es auf dem Rückweg zu seinem Quartier unter einem klaren kalifornischen Sternenhimmel.

Am nächsten Morgen holte Bracken seine Entlassungspapiere ab, zahlte seine Rechnungen und rief ein Taxi. Er verließ das BOQ in Zivil mit zwei Reisetaschen. Eine Kiste mit seinen wenigen restlichen Sachen würde man ihm schicken, sobald er eine feste Adresse hatte. Bracken fragte sich, wann das wohl der Fall sein würde.

Als der Wagen das Tor der Vandenberg Air Force Base durchfuhr, fragte der Taxifahrer ihn zum drittenmal: »Wohin wollen Sie?«

Gute Frage. »In die Stadt. Ich sag Ihnen dann schon, wo Sie halten sollen.« Ein Schulterzucken und ein Klicken des Gebührenzählers war die Erwiderung.

Die kahlen Hügel Südkaliforniens zogen an seinem Fenster vorbei. Es war leicht bewölkt, und stellenweise hielt sich Nebel in den Tälern. Hin und wieder war der Ozean zu sehen. Bracken bemühte sich, einen klaren Gedanken zu fassen, doch nur unausgegorene Ideen gingen ihm durch den Kopf. Er brauchte eine Unterkunft, wo er in Ruhe nachdenken konnte, und die Zeit dazu.

Zumindest würde er nicht so schnell am Hungertuch nagen müssen. Er war nie verheiratet gewesen und hatte während seiner Zeit in Vietnam einen großen Teil seines Solds sparen können. Und noch ein großes Plus: Eine Tante, die er nie persönlich kennengelernt hatte, hatte ihm ein bißchen Geld vermacht. Er schätzte, daß er insgesamt etwa dreiunddreißigtausend Dollar zur Verfügung hatte.

Er lehnte sich ins Rückenpolster und beobachtete, wie der Gebührenzähler die Dollars wegklickte. Es war nicht das Ende für ihn, sagte er sich immer wieder, obgleich es das wohl doch war. Fliegen machte süchtig, und er war keine Ausnahme, er spürte bereits Entzugserscheinungen. Ihm war klar, daß er sich einen fahrbaren Untersatz würde kaufen müssen, vielleicht einen Kombi. In Lompoc sah er das Schild eines Fordhändlers, und er bat den Taxifahrer, am Eingang zu halten.

Zwei Stunden später und dreizehnhundertfünfzig Dollar ärmer fuhr er in einem apfelroten 1968er Ford Lieferwagen, dessen Seiten mit gelben, züngelnden Flammen verziert waren, ostwärts in die Mojavewüste. Mit Spritzpistole war in Gold und Grün der Name aufgesprüht: *Das Ding*. Er hatte sich zwar etwas Unauffälligeres vorgestellt, aber nachdem er gesehen hatte, mit welcher Sorgfalt der Motor in Schuß gehalten worden war, und nachdem er die Kompression überprüft und den Getriebegeräuschen zugehört hatte, war er sicher, daß *Das Ding* viel länger rollen würde, als Detroit es beabsichtigt hatte.

Er fuhr den Tag und die Nacht, durch die Große Salzwüste, und machte erst im Morgengrauen westlich von Provo in Utah Rast. Dort schlief er vier Stunden mehr schlecht als recht hinten im Wagen unter einer Plane, ehe er weiterfuhr. Bei Sonnenuntergang erreichte er Blackhawk in Colorado.

Blackhawk war vor nicht ganz einem Jahrhundert eine blühende Silberminenstadt gewesen, bis das Erz ausging. Es hatte sich nie wieder wirklich erholt, allerdings wuchs in letzter Zeit im Sommer die Zahl der Ausflügler, die sehen wollten, wie der Wilde Westen wirklich gewesen war. Was ihnen geboten wurde, waren Bartender mit Filzhüten, Kellnerinnen in Cancanröcken, Auslagen voll Sandelholzseife in Revolverform und Schokolade in Form von Sheriffsternen.

Bracken war ein paarmal hiergewesen, als er in der Lowry Air Force Base in Denver gewesen war, hauptsächlich im Winter. Das Nest lag abseits des Après-Ski-Zirkus, hatte keine Skilifts, keine Ferienwohnungen, keine Hundeschlittenfahrten, keine Boutiquen und nur zwei Bars. Und das Beste war vielleicht, daß es, zumindest im Winter, nur sechzehn Einwohner hatte – das stand zumindest auf dem Ortsschild.

Er beförderte seine Reisetaschen auf die Veranda des Mine Shaft Hotels und trug sich ein.

Das Ehepaar, das das sogenannte Hotel führte, fragte lediglich, wie lange er bleiben würde und was er zum Frühstück wollte. Bracken hatte die Erfahrung gemacht, daß Menschen in abgelegenen Orten einen selten mit Fragen löcherten, und glücklicherweise machten die beiden keine Ausnahme. Sein Zimmer war winzig, hatte nur das Allernötigste an Mobiliar und war makellos sauber. Am Abend machte der Besitzer Feuer im Kanonenofen, der bald darauf stumpfrot glühte und ein eigenes Lied prasselte. Das Bett hatte eine Daunendecke, das Bettuch war aus reiner Baumwolle und das Bad mit Toilette dreiundzwanzig eiskalte Schritte entfernt auf dem Gang.

Die erste Woche verbrachte Bracken mit Wanderungen über Minenwege, dabei schaute er sich in den verlassenen Minen um und folgte einigen Bächen durch den schmelzenden Schnee zu den höhergelegenen einsamen Tälern. Drei Tage schaufelte er mit einer verbogenen Kuchenform im Wasser nach Gold und fand ein paar winzige Körner.

An ein paar bereits schneefreien Stellen tasteten sich Frühlingsblumen vorsichtig zwischen Grashalmen hoch, aber auf den Lichtungen zwischen den weißstämmigen Zitterpappeln lagen noch Schneewehen in tiefen Schatten, und vereinzelte Sonnenstrahlen brachen sich auf dem verharschten, körnigen Schnee. Fährten von Ottern, Bibern, Rehen und Luchsen waren zu erkennen.

Und die ganze Zeit dachte Bracken nach. Hatte er sich an seine Gefangenschaft erinnert, wie sie wirklich gewesen war, oder machte er sich jetzt im nachhinein etwas vor? Hatte er sich, Williams und sein Vaterland verraten? Wieso hatte Lu sich soviel Mühe gemacht, sein »Geständnis« aufzuzeichnen, obwohl er offenbar nicht weitergegeben hatte, daß Bracken zuvor in der Verhörzelle streng geheime Informationen über Kernwaffen ausgeplappert hatte? Antworten darauf waren nicht so leicht zu finden, und schließlich gab er die Selbstgeißelung auf; denn obwohl er kein Schuldgefühl empfand, machte er sich immer noch Gewissensbisse wegen Willies Tod, und darüber mußte er unbedingt hinwegkommen.

Am zehnten Tag lieh er sich eine alte Underwood-Schreibmaschine von den Hotelbesitzern und schrieb zwei Tage alles nieder, genau so, wie er sich daran erinnerte. Ihm fiel kein Grund ein, weshalb er es tat, es sei denn als geistiges Brechmittel. An den Abenden ging er in die Glory Hole Bar, wo er drei Stunden über zwei Gibsons saß und sich mit dem Barbesitzer unterhielt. Er erzählte von der Ostküste und der andere von den hohen Rockies. In der Bar lernte er auch einen wunderlichen Kauz kennen, der einsam irgendwo in den Bergen hauste und eine kleine Goldwäscherei betrieb. Er wollte um keinen Preis damit herausrücken, wo, doch nach dem zweiten Drink verriet er es von selbst.

Bracken spürte, wie das Leben langsam zu ihm zurückkehrte. Er fing an kribbelig zu werden, wollte weiter. Am letzten Abend nahm er seinen Stoß von etwa dreißig getippten Seiten und verbrannte sie im Kanonenöfchen, dann lauschte er, wie es bullerte, wie die Deckenbalken knarrten und der Wind stöhnte und wie all diese Geräusche sich zu einer harmonischen Einheit verbanden. Diesmal sah er Willies Gesicht nicht mehr im Traum, und er schlief zum erstenmal seit drei Monaten tief und fest.

Am folgenden Morgen lenkte er *Das Ding* im strahlenden Sonnenschein, bei schmelzendem Schnee und überlaufenden Bächen ostwärts, und der 4,8-Liter-Motor heulte eine V-8-Symphonie unter der Haube.

Bracken machte einen Umweg südwärts nach St. Louis zum Air-Force-Archiv. Seine Personalakte war offenbar noch nicht angekommen, jedenfalls behandelte eine dickliche Sergeantin ihn recht höflich. Ja, Captain Eugen Williams hatte seine Tochter Gillian als Erbin angegeben. Und ja, sie hatten ihre San Franciscoer Adresse, wie sie ihm auf einer etwas abgegriffenen Kopie des Air-Force-Formblatts 2889 zeigte.

Gegen Mittag verließ er St. Louis wieder. Er fuhr über die Grenze nach Illinois und ostwärts auf Route 70. In einem Städtchen namens Pocahontas – wohin er abgebogen war, als ihm ein verlockendes Schild ins Auge gesprungen war, das ihn aufgefordert hatte, sich mal wieder richtig sattzuessen – fand er eine Bank, deren Name sein Vertrauen hatte: Die *Grain Farmer's First Trust.* Sein Vater war immer für solche Banken gewesen, die mit den kleinen Leuten, wie Farmern und Fischern, zusammenarbeiteten. Sie sah aus wie eine, über die Butch Cassidy oder Sundance Kid die Nase gerümpft hätte. Sie hatte nur einen Schalter und einen einfachen Bankraum, der nach Kiefernholz roch. Am Schalter bediente ihn eine nette alte Dame, die aussah, als hätte sie lieber bei Gaslicht als unter Neonröhren gearbeitet.

Er eröffnete ein Treuhandkonto in Eugene Williams' Namen und zahlte darauf zweitausend Dollar ein. Dann füllte er den Papierkram aus, damit das Unterstützungsgeld von der Air Force hierher überwiesen würde. Dann mußte er weitere hundertfünfzig Dollar an einen hiesigen Notar zahlen, der nach Talkum roch und knarrende

Schuhe trug, damit er eine automatische monatliche Zahlung über einhundertachtzig Dollar an Gilliam Williams beurkundete. Dafür würde die Summe auf dem Konto fast ein Jahr reichen und bis dahin, glaubte Bracken optimistisch, würde die Veteran's Administration dazu gekommen sein, die monatlichen Schecks auszustellen.

Er verließ Pocahontas ostwärts, mit einer Taubenfeder im Haar, die er auf der Straße aufgehoben hatte, und stieß ein Indianergeschrei aus wie ein Dreizehnjähriger zu Ferienbeginn mit einem wundervollen, aufregenden Sommer vor sich. Seine Vernunft sagte ihm, wie unrealistisch diese Einstellung war: Er hatte begrenzte Finanzen und beschränkte Fähigkeiten – aber andererseits unbeschränkte Freiheit.

Er brauste durch den Mittelwesten, und die Nadel des Tachometers zitterte um die Neunzig-Meilen-Marke. Dreimal wurde er von der Verkehrsstreife aufgehalten, einmal bekam er eine gebührenpflichtige Verwarnung, die beiden anderen Male konnte er sich geschickt aus der Affäre reden. Doch als er die Alleghenies erreichte, ließ er sich Zeit und schaute sich die Gegend an. Vier Tage verbrachte er bei einem alten Fliegerkameraden in Latrobe in Pennsylvania, mit dem er viel zuviel Bier trank. Dann ging es nordwärts weiter zum Eriesee und am Ufer entlang in den Bundesstaat New York; er ernährte sich von Hamburgern und schlief auf dem Boden hinten im Wagen. Den Lake Champlain überquerte er mit der Fähre nach Vermont, wo er auf Landstraßen durch die Green Mountains fuhr, die weidenden Kühe bewunderte und in kleinen Dorfläden Twinkies und Cola als Marschverpflegung erstand.

Bei Wells River fuhr er über die Brücke nach New Hampshire und hielt bei einer Tankstelle an, um sich nach der angenehmsten Route nach Maine zu erkundigen.

Der Tankstellenwärter gab in seinem breiten Dialekt zu, daß er keine Ahnung hatte, wie man von hier nach dort kam, und sein Boß zuckte die Schultern und brummte, daß alles östlich der Stadt »feindliches Indianergebiet« sei.

Als er gerade wegfahren wollte, bemerkte er einen Porsche 911 auf einer Hebebühne, aus dessen Getriebe schwarzes Öl sickerte. Unter dem Porsche stand eine junge Frau in einem weißen Skiparka, die offenbar gar nicht darauf achtete, daß das schmutzige Wasser des schmelzenden Eises auf sie tropfte, während sie verärgert ihren Wagen von unten begutachtete.

Sie drehte sich zu ihm um. »Dieses Auto wurde zweifellos an einem Montagmorgen von verkaterten Schwarzwaldtrollen gemacht. Es bringt mehr Zeit in der Werkstatt zu als ein Mechaniker. Verstehen Sie was von Porsche-Getrieben?«

Sie hatte langes, rotbraunes Haar und graugrüne Augen, war zwar fast etwas zu dünn, hatte aber trotzdem eine hübsche Figur.

Bracken schüttelte den Kopf. »Alles Schwarze Magie für mich.«

»Sie haben gefragt, wie Sie am besten nach Maine kommen. Wohin wollen Sie denn?«

»Nach Boothbay.«

Sie schob die Sonnenbrille bis zum Haar hoch. »Erst nach Norden auf der 302, dann nach Osten auf der 2. An der Grenze nehmen Sie die 28, bis Sie zum Interstate kommen, ab dann brauchen Sie bloß noch den Schildern zu folgen.«

»Sind Sie von Maine?« Sie war ein bißchen von der harten Seite, fand er – aggressiv und offen, aber vielleicht gefiel sie ihm gerade deshalb. Es war erfrischend nach all den übertrieben lieben und netten Frauen von Air-Force-Offizieren, die er kennengelernt hatte.

»Meine Eltern haben ein Ferienhaus oben in North East Harbor.«

»Sind Sie dorthin unterwegs?«

Sie musterte ihn kurz abschätzend, ehe sie antwortete: «Nicht ganz so weit. Ich wohne etwa achtzig Kilometer von hier. Wenn Sie Platz haben, würde ich mich freuen, wenn Sie mich mitnehmen könnten. Es wäre kein Umweg für Sie.«

Er streckte ihr die Hand entgegen. »John Bracken.«

Sie nahm sie und schüttelte sie fest. »Penny Antee.«

Während sie über zahllose Frostaufbrüche holperten, machten sie sich näher miteinander bekannt. Sie hatte in Radcliffe bildende Kunst studiert, war jetzt dreiundzwanzig und noch nie verheiratet gewesen und befaßte sich mit Töpferei. Sie hatte einen Teilzeitjob beim Freund einer Freundin, der versuchte, ein Fliegerschule aufzubauen, aber sie hatte vor, im Herbst wieder nach Radcliffe zu gehen, um ihren Magister zu machen.

Bracken seinerseits erzählte ihr lediglich, daß er seine Offizierslaufbahn aufgegeben habe und beabsichtige, an der Küste von Maine zu fischen.

Ein Schild machte auf die bevorstehende Abzweigung zum Stone Mountain aufmerksam. Er erbot sich, sie hinzubringen und gestand ihr, daß er kleinen Flugplätzen einfach nicht widerstehen konnte. Schon als Kind hatte er sich ständig auf einem herumgetrieben, erzählte er, und war schon mit dreizehn eine Piper J-3 geflogen. Sein wirklicher Grund für den Umweg war jedoch Penny Antee selbst.

Der Flugplatz war nicht viel mehr als etwa achthundert Meter rissiger Asphalt, ein leicht durchhängender Hangar und ein kleiner flacher Bau, der unter seinem Dach Büro und Wohnung vereinte. Auf einem Schild an der Straße stand: *Rundflüge und Flugstunden. D. Hooper, Chefpilot.*

Bracken trug Pennys Gepäck zur Tür. Ein steifer Nordwestwind blies. Der Boden war noch kahl, aber die Bäume trieben Knospen. Über das Tal hinweg sah er, daß die Berggipfel noch weiß bepudert waren. Er fühlte sich gut hier. Es war wie ein Zuhause.

»Kommen Sie doch mit herein«, lud sie ihn ein. »Ich mache uns Kräutertee, der wird Sie bis auf die Knochen aufwärmen.«

Er dachte eigentlich an etwas anderes, das er aufwärmen wollte, aber er bedankte sich mit einem unschuldigen, sonnigen Lächeln.

Das Büro war eigentlich die Küche, von der ein Teil mit einem Schreibtisch abgetrennt war. Es gab natürlich das obligatorische schwarze Brett, an dem zwei mit Fliegendreck verschönte, inzwischen längst überholte Bekanntmachungen der Federal Aviation Agency hingen, ein gedruckter Anschlag, der besagte: NUR GOTT BEKOMMT KREDIT, STERBLICHE ZAHLEN BAR, darunter stand mit Filzstift: *Oder mit gültiger Kreditkarte.*

Auf einem Schild auf dem Tisch konnte man lesen, daß Dan Hooper, der Chefpilot, geschäftlich in Boston sei und erst Freitags zurück sein werde.

Penny schlüpfte aus dem Anorak. Darunter trug sie eine weiße Polobluse und darunter wiederum offensichtlich nichts. Bracken freute sich. In den Staaten hatte sich allerhand geändert und nicht alles zum Schlechteren.

»Aha, Don ist also wieder mal in Boston und versucht wahrscheinlich die Bank zu überreden, ihm den Kredit zu verlängern. Ich fürchte, da haben Sie keine Chance, ihn kennenzulernen.« Sie stellte einen Kessel auf und löffelte Kräutertee in eine Kanne. »Wie trinken Sie Tee? Mit Honig oder Milch?«

Bracken nickte abwesend. »Beidem. Wie geht die Flugschule?«

»Könnte besser sein.«

»Und das Chartergeschäft?«

»Ebenfalls. Dons Problem ist seine Schüchternheit, die leider manchmal als Menschenverachtung ausgelegt wird. Wenn jemand anderes die Sache in die Hand nähme, ließe sich wahrscheinlich viel mehr daraus machen.« Sie lächelte. »Ich wollte eigentlich gar nicht aus der Schule plaudern.«

Die nächste Stunde verbrachte er damit, sich alles anzuschauen. Als erstes den Hangar. Eine alte Aztec stand darin, deren blaue und weiße Farbe verblichen war, aber die Kanzel war sauber, die Matten waren gepflegt und die Scheiben blank. Ganz hinten in der Ecke des Hangars war eine einmotorige Cessna-150-Ausbildungsmaschine, äußerlich genauso heruntergekommen, aber auch ihr Motor und ihre Elektrik waren offenbar gewartet. Ohne daß es ihm wirklich bewußt wurde, machte er grob Inventur. Draußen joggte er die Rollbahn hoch und die Anlagen entlang zurück, er roch den Wind und schnaubte wie ein Fohlen mit einer Welt voll grünem Gras gleich hinter dem Zaun.

Penny, die im Haus geblieben war, hatte den Tee fertig und röstete ein paar Scheiben Weizenkeimbrot über einem der Brenner. Sie stellte ein Glas Himbeermarmelade auf den Tisch – ganz Natur, ohne Zucker oder Konservierungsstoffe, versicherte sie ihm.

Bracken ahnte es bereits, trotzdem fragte er: »Ich weiß, es geht mich nichts an, aber was hält Sie hier?«

»Don.« Sie lächelte ohne Verlegenheit. »Er ist ein lieber Kerl. Wir lernten uns vor einem Jahr kennen. Es hat sich alles wie von selbst gefügt. Viel Büroarbeit gibt es nicht, hauptsächlich Telefon bewachen, und bei der vielen Zeit, die ich habe, kann ich im Garten wühlen oder Wanderungen machen. Ich arbeite auch an meiner Töpferei und spare für die Hochschule. Aber die Aussichten, daß ein Kunstgewerbeladen in dieser Gegend viel einbringt, sind nicht groß.«

Bracken trank seinen Tee, der schmeckte, als wäre er aus getrockneten Grashalmen von der Piste gebraut, und dachte die ganze Zeit nach. Plötzlich platzte er heraus: »Was will er für das Ganze?«

Sie lud ihn zum Abendessen ein, und er ging die Bücher durch, während sie den Abwasch besorgte. *So* schlecht sah es gar nicht aus. Morgen würde er Probeflüge mit den beiden Maschinen und eine Inventur der Ersatzteile machen. *Bracken Airways*. Das klang gar nicht schlecht.

Er schlief die ersten zwei Nächte auf der Wohnzimmercouch und dann, nachdem sie am dritten Abend zwei Flaschen sauren kalifornischen Rotwein miteinander geleert hatten, in ihrem Bett.

Als Dan Hooper zurück war, machten sie das Geschäft in einem Tag perfekt. Für zweiundzwanzigtausend Dollar und die Hypothekenübernahme startete Bracken seine Fluggesellschaft. Hooper überließ ihm sogar noch seinen Kombi.

Penny fuhr mit Hooper weg, und Bracken wurde plötzlich bewußt, wie sehr sie ihm fehlte. Doch vier Tage später kam sie unangemeldet zurück, bot ihm einen Scheck über siebentausend Dollar aus dem Verkauf ihres Porsches als ihre Geschäftseinlage an und bat ihn um eine Stellung im Büro. Das war ein Angebot, das er nicht ausschlagen konnte.

Sie heirateten einen Monat später unter knospenden Apfelbäumen zu den Klängen eines Streichquartetts. Bracken wäre eigentlich für Banjos gewesen, doch Penny hatte dagegengestimmt. Was soll's, dachte er, endlich glücklich und zufrieden.

Zweiter Teil

Gegenwart

5

4. Mai

Ein schwaches Klopfen an der Tür seines Hotelzimmers weckte Lu. Einen Augenblick blieb er reglos auf der ausgelegenen Matratze liegen, das Federbett bis zur Nase hochgezogen. Abwesend studierte er die Risse im Stuck der Zimmerdecke und versuchte sie mit einer vage erinnerlichen Straßenkarte in Verbindung zu bringen. Frankreich? Die DDR? Iowa? Vielleicht Italien, denn in der Mitte war ein schlecht ausgebessertes Loch, von dem Risse in alle Richtungen verliefen, dadurch hatte Lu sofort an Rom gedacht. Denn führten nicht alle Wege dorthin?

Er wälzte sich aus dem Bett, tappte zur Tür, lauschte und öffnete sie. Auf dem Boden stand ein Tablett mit einem eingebeulten Teekännchen und zwei Zuckerwürfeln. Er trug es in sein Zimmer. Zwanzig Minuten saß er auf einem Stuhl, mit den Füßen auf dem Fensterbrett, und schlürfte das lauwarme Getränk. Immer wieder fiel sein Blick auf den Regen, der auf den Roten Platz niederprasselte, auf die Schlange vor dem Leninmausoleum und die ständig wechselnde Kette von Plastikregenmänteln und Schirmen. Auf dem Korridor rüttelte das Zimmermädchen ungeduldig am Türknopf.

Verärgert brüllte er: »*K tschortu!*« Er bezweifelte allerdings, daß sie sich geradewegs zum Teufel scheren würde, eher wohl zum Samowar in der Wäschekammer gleich neben dem Aufzug. Er hörte sie brummeln und mit ihrem quietschenden Putzwägelchen weiterziehen. Typisch, in der Sowjetunion wurde offenbar nie was geschmiert, außer mit Wodka, Bestechungsgeld und Lippenbekenntnissen.

Die andere Seite seines Bettes war zerknüllt, die Frau im ersten Morgengrauen gegangen. Nur der schwache Duft schwedischer Handlotion hing noch in der Luft wie der Geruch von Flieder, der schon viel zu lange in der Vase stand. Lu seufzte müde. Aus reiner Langeweile hatte er sie in der Interbar des Hotels National angesprochen. Sie war eine kleine lettische Parteifunktionärin, die zu einem Handelstreffen nach Moskau gekommen war, und somit politisch unbedenklich. Sie hatten sich über die Fehlschläge der Perestroika unterhalten, über die islamischen Aufstände in den südlichen Republiken und die kürzlichen Arbeiterunruhen im Ostblock, bis sich eine Gruppe finnischer Touristen an den Tisch hinter ihnen setzte, wo ihr

Gespräch allzu leicht hätte mitgehört werden können. Das hatte ihre Unterhaltung zum Stocken gebracht, woraufhin er sie auf sein Zimmer einlud. Es war für beide von Anfang an klar gewesen, daß der Abend so enden würde.

Er stellte die Teetasse auf den Teppich und nahm die gerahmte Fotografie aus seiner Aktenmappe. Steif, ausdruckslos, fast fremd starrte sein Sohn ihn an. Der Fotograf hatte das Bild getönt. Die Wangen waren unnatürlich rosig, die Mandelaugen verwestlicht, die Iris mehr braun als blau, alles Orientalische hübsch vertuscht.

Lu spürte, wie sich sein Herz zusammenzog, während er das Bild betrachtete. Ich werde ihn vor dem Mittagessen noch einmal anrufen, nahm er sich vor. Aber er wußte, daß die Haushälterin seines Vaters wieder eine Ausrede zur Hand haben würde. Gewöhnlich behauptete sie: »Sascha spielt draußen«, oder: »Sascha macht eine Besorgung für Ihren Vater.« Lu hatte gestern, am vierzehnten Geburtstag des Jungen, dreimal angerufen und immer nur gehört, daß sein Sohn nicht zu Hause sei. Die letzten zehn Jahre war es nicht besser gewesen.

Insgesamt hatte Lu seinen Sohn nur dreimal gesehen. Das erste Mal, kurz nach der Geburt, hatte er das quäkende Bündel runzligen roten Fleisches vorsichtig berührt, das an Jekaterinas Brust saugte.

Zwei Tage später hatte die Gebärmutterinfektion eingesetzt, aber Lu hatte die dreihundert Rubel für die »intensive Behandlung« nicht, die dieser Schlächter von Arzt verlangte. Verzweifelt hatte er Jekaterinas Bruder telegrafisch um Geld ersucht, die einzige Person, an die er sich wenden konnte. Die Telegraphenverbindung war jedoch fünf Tage gestört, und als sein Schwager das Geld schickte, war die Infektion bereits zu weit fortgeschritten. Der Arzt nahm das Geld trotzdem und tat, als könne er noch helfen. Lu beerdigte Jekaterina neun Tage nach der Geburt ihres Sohnes in einem aus der gefrorenen Erde von Ust Kut gesprengten Grab.

Der Tod seiner Frau ließ Lu keine große Wahl. Er war der Vater eines Säuglings ohne Mutter, die für ihn gesorgt hätte. Und Lus Reisen führten ihn oft monatelang aus der Sowjetunion, manchmal sogar Jahre. Er könnte Sascha in ein staatliches Waisenhaus geben, aber er wußte, wie es dort zuging. Es gab nur eine Alternative.

Mit viel Brummen hatte sein Vater schließlich Sascha zu sich genommen, unter der Bedingung, daß Lu voll für den Jungen und den Lohn einer Haushälterin aufkäme. Das hatte Lu die nächsten zehn Jahre die Hälfte seines Einkommens gekostet.

Lu sah Sascha wieder, als er gerade fünf geworden war. Lus Vater war Pensionär und wohnte in Manontowka, einem Vorort von Moskau. Der alte Mann trank zu der Zeit noch mehr als früher und war gewöhnlich schon mittags nicht mehr ansprechbar. Er weigerte sich, mit Lu zu reden, der vom U-Bahnhof aus anrief, mit neuen Hauptmannssternen auf den Achselklappen. Lu gelang es eine Stunde später die Haushälterin zu sprechen, die ihm mit gedämpfter Stimme eine Begegnung mit seinem Sohn versprach, wenn es sich heimlich und außer Haus machen ließe. Er traf sie im Park, wo ihm zwei Minuten mit Sascha beschieden waren, der den Fremden in der senffarbigen Uniform mißtrauisch musterte, ehe er davonrannte, um sich mit seinem Gummiball im Gebüsch zu verstecken.

Das dritte und letzte Mal hatte Lu Sascha vor zwei Jahren gesehen, als er zwölf war. Statt es diesmal in der Wohnung zu versuchen, rief Lu in allen Schulen von Manontowka an. Er gab sich als Saschas Großvater aus und bat um die Durchwahl von Saschas Mathematiklehrer. Er sagte etwas von einem Buch, das Sascha verloren habe und deswegen er eine Strafe bekommen solle.

Im Direktoratsbüro der Distriktsschule Nummer 7 bestätigte man ihm, daß Sascha hier Schüler war, doch von einer Strafe sei nichts bekannt. Den Unterlagen nach war der Junge ein Musterschüler. Lu erkundigte sich nach Saschas Stundenplan und wie er Sascha das Buch geben könne. Die Frau am Telefon sagte es Lu nicht nur, sondern lobte ihn sogar noch, daß er ein verantwortungsbewußter Bürger sei und Staatseigentum schütze.

Lu fand Sascha mit drei anderen Schachspielern auf einer Glasveranda. Die Partie näherte sich ihrem Ende, Sascha drängte seinen Gegner mit einem Turm und zwei Bauern auf die Grundlinie zurück. Das war zwar kein elegantes Schachmatt, aber wirkungsvoll und mit ruhiger Überlegung gespielt.

Der Junge blickte stirnrunzelnd auf den Mann, dessen Gene er hatte, dann beendete er das Spiel. Sein Gegner bat um Revanche, aber Sascha stand auf und ging weg.

Lu folgte ihm, er wußte nicht, was er sagen sollte und wie. Der Junge stapfte auf den Schulhof, setzte sich auf eine Betonbank unter einer tropfenden Linde und ignorierte Lu. Lu blieb verlegen vor Sascha stehen, der das Gesicht abwandte, und lange Sekunden verstrichen. Schließlich zog der Junge eine Geldbörse aus der Jackentasche, öffnete sie und zog ein zerknittertes Bild heraus. Mit angespannter Miene hielt er es zu Lu hoch. Es war eine dreizehn

Jahre alte Aufnahme von Lu und der hochschwangeren Jekaterina am Ufer eines zugefrorenen Sees.

»Warum bist du nicht eher gekommen?« fragte er mit beherrschter Stimme. Als ihm bewußt wurde, daß er damit die Grenzen höflichen Benehmens überschritten hatte, senkte er die Augen.

»Weil ich nicht konnte«, antwortete Lu. »Ich habe versucht anzurufen. Ich war fort.« Das hörte sich dumm an.

Doch Sascha nickte, als verstehe er. »Ist schon gut. Ich weiß, daß sie dich nicht zu mir lassen wollen. Ich kann die Anrufe hören, wenn ich mich unter der Treppe verstecke. Großvater sagte, ich solle dich vergessen, denn du seist ein schlechter Vater und kümmertest dich nicht um mich. Aber ich weiß, daß der wirkliche Grund das Geld ist, das du ihm für mich schickst.« Er zögerte kurz. »Ehrlich, ich glaube nicht, daß du wirklich ein schlechter Vater bist. Ich habe heimlich Mutters Truhe geöffnet und darin herumgestöbert. Ich habe das Bild da gefunden und deine Briefe an sie gelesen.«

Der Junge war mager, seine Kleidung fadenscheinig, und seine Knie und Fingerknöchel waren rot vor Kälte. Er war auch klein für sein Alter, aber sein Gesicht verriet Stolz.

Lu sagte: »Ich habe deine Mutter über alles geliebt, und wir wollten einen Sohn, einen lieben Sohn, dem wir den Namen Sascha geben würden.«

Der Junge nahm es scheinbar ohne Gefühlsregung auf, er starrte nun ins Leere. Schließlich stand er auf, dann setzte er einen Schuh vor den anderen wie auf einem Drahtseil und folgte einer Mörtelfuge zwischen den Pflastersteinen zu einer Bank auf der gegenüberliegenden Hofseite. Rufend flog eine Schar Wildgänse über sie hinweg. Ein paar Sekunden folgten Vater und Sohn ihnen mit den Blikken, bis sie hinter den Dächern verschwanden.

Dann setzte Sascha sich auf die Bank und zupfte mit abgewandtem Gesicht an der abblätternden Farbe. »Ich erinnere mich, oder ich glaube es wenigstens«, murmelte er. »Du hast mich schon einmal besucht. Vor langer Zeit. In Uniform. Was machst du?«

»*Komitet gossudarstwennoi besopasnosti.* Ich bin jetzt Major.«

»Dann beschützt du unsere Grenzen. Ich habe in der Schule einen Film über den KGB gesehen. Es waren alles gute Männer und sie hatten Hunde, die ihnen halfen.«

»Ja, wir halten unsere Feinde aus dem Land.« Und unsere eigenen Leute im Land.

Der Junge stand plötzlich auf. »Ich muß jetzt zurück. Ich bin bei einem Schachturnier. Die nächste Partie beginnt in wenigen Minuten.«

Lu klammerte sich an einen dünnen Faden. »Möchtest du mich wiedersehen? Oder daß ich dir schreibe? Ich habe mich im Rektorat erkundigt. Ich könnte meine Briefe an den Schachclub der Schule adressieren. Und an meinem Absender weißt du, wohin du mir schreiben könntest.«

Der Junge dachte ein paar Minuten ernst darüber nach. »Ja, das würde ich gern«, sagte er schließlich. Förmlich gab er ihm die Hand. »Sehr gern sogar.« Dann schüttelte er Lu wie ein Erwachsener die Hand und ging zum Schulhaus – im Zickzack auf den Fugen zwischen den Pflastersteinen.

Lu nahm eine lauwarme Dusche, rasierte sich, setzte seine Kontaktlinsen ein, dann packte und verschloß er seinen Koffer und schob ihn unter das Bett; seine Aktenmappe nahm er mit. In der Hotellhalle vergewisserte er sich, daß sein KGB-Schatten ihn nicht bemerkt hatte, und verließ das Hotel durch den Hintereingang.

Das Lächerliche an der Sache war, daß Lu ein sehr geheimer KGB-Agent war, der nur seinem unmittelbaren Vorgesetzten, dem Oberst, Bericht zu erstatten hatte. Seine Tarnung für seine Anwesenheit in Moskau war die eines malaysischen Importeurs, der an einer Handelskonferenz teilnahm. Dadurch gehörte er automatisch zu dem Personenkreis, der von niederen KGB-*Apparattschiks* observiert wurde. Manchmal dachte er, es war, als lebe man in einem Spiegelsaal, wo jedes wiedergegebene Bild schwächer und verzerrter wurde, bis man nur noch die verschwommenen Umrisse eines Menschen sehen konnte, die selbst ihm fremd waren.

Der Frühling war spät gekommen, und die Bäume am Marxa Prospekt blühten noch nicht. Seit drei Tagen regnete es bereits ohne Unterlaß, und die Kanalgitter waren mit abgebrochenen Zweigen und Grasstücken fast verstopft.

Lu schlug den Kragen seines Kunststoffregenmantels hoch und machte sich in nördlicher Richtung auf den Weg. Die stumpf dahintrottende Menge verschluckte ihn sogleich. Während er den Marxa Prospekt hochstapfte, änderte er des öfteren sein Tempo. Manchmal blieb er vor einem Schaufenster stehen, und dann wieder eilte er an zusammengedrängten Gruppen von Leuten vorbei, die Einkäufe machen wollten, als wäre ihm plötzlich eine wichtige Verabredung eingefallen. Die Masse von Fußgängern bestand aus der üblichen Mischung von Studenten- und Arbeitergruppen, die von auswärts zu einer obligatorischen politischen Schulung hier waren, aus Hausfrauen, die unermüdlich nach Waren suchten, die nie vorrätig waren, aus einer Mischung von Militäruniformen, aus denen unbewegte Gesichter ragten, und aus ein paar wenigen wie ihm selbst, deren Kleidung und Benehmen auf mittlere Beamten hindeutete.

Die Kreuzung Petrowka Uliza und Marxa Prospekt überquerte er verkehrswidrig, dann blieb er stehen und schaute in das Fenster eines Metropolrestaurants, die Scheibe als Spiegel benutzend, um festzustellen, ob er beschattet wurde. Eine Frau überquerte die Kreuzung nach ihm, aber sie betrat einen Laden, in dem es Kunststoffschuhe aus Rumänien gab.

Dann ging er ein paar Minuten den Marxa Prospekt zurück, beobachtete Gesichter und achtete auf jede Richtungsänderung, die darauf hindeuten mochte, daß er beschattet wurde.

Da er noch immer nicht völlig überzeugt war, daß ihm niemand folgte, wechselte er die Richtung erneut. Er überquerte noch einmal die Straße, ging die Neglinnaja Uliza hoch, dann rechts auf die Solanka. An einem Kiosk kaufte er sich ein Päckchen Dörrpflaumen und die *Iswestija*; damit setzte er sich in dem Nieselregen auf eine Bank, wo er sich scheinbar in die Zeitung vertiefte, über den Rand jedoch ein wachsames Auge auf die Fußgängerflut hatte, die die Straße auf und ab wogte.

Als er endlich überzeugt war, keinen Aufpasser zu haben, zerknüllte er die Zeitung, warf sie in einen Papierkorb und ging über die Straße. Er trat durch eine unauffällige Tür auf einen mit schirmlosen Glühbirnen nur schwach beleuchteten Gang, dessen Fliesenboden fleckig und mit Sprüngen durchzogen war und in dem es muffig und klamm roch. Etwa in der Mitte des Korridors versperrte eine hölzerne Barrikade mit dem Schild *Bauarbeiten* den Weg. Das wäre mal was Neues in der Sowjetunion, dachte er.

Ohne auf die Warnung zu achten, ging er weiter. Am Ende des Korridors steckte er eine Plastikkarte in einen Postschlitz ohne Namen, und wartete. An der Decke drehte sich eine kleine Videokamera und nahm ihn ins Visier. Etwa dreißig Sekunden vergingen, dann summte der Öffner, und Lu trat durch die Tür.

Das Vorzimmer war steril, aber gut beleuchtet. Lu reichte seine Ausweispapiere einem bewaffneten KGB-Leutnant hinter einer dikken Panzerglasabtrennung. Wortlos und eingehend überprüfte der Leutnant sowohl die Ausweiskarte als auch Reisepaß des Mannes, welche diesen als Louis Alexandrowitsch Rogow identifizierten, und wies ihm den Weg zum Fahrstuhl.

Im sechsten Stock mußte Lu eine zweite Sicherheitskontrolle über sich ergehen lassen, dann bekam er einen Besucherpaß mit rotem Rand und wurde zu einem Büro am hinteren Gangende geführt.

Der Mann hinter dem Schreibtisch hatte blaue Kragenspiegel und die Rangabzeichen eines KGB-*Polkownik*. Sein Gesicht rötete sich bei der Anstrengung, seine Leibesfülle aus dem Sessel zu stemmen.

Er ging Lu entgegen, der die Hand ausstreckte. Oberst Michail Pawlowitsch Mischukow ignorierte sie. Er umarmte ihn statt dessen und küßte ihn flüchtig auf die Wangen. Dann machte er ein paar Schritte zurück.

Der Oberst musterte ihn über den Rand der Brillengläser hinweg. »Altern Sie überhaupt nicht, Louis Alexandrowitsch? Setzen Sie sich, setzen Sie sich. Rauchen Sie, wenn Sie möchten. Trinken Sie eine Tasse Tee mit mir?«

»Tee, gern. Aber ich rauche nur noch selten. Vielleicht nehme ich es wieder auf, wenn unsere Wissenschaftler die Transplantation vom Hals abwärts perfektioniert haben.«

Der Oberst lachte pflichtschuldig über diesen alten Witz, dann drückte er auf eine Taste seiner Sprechanlage und bestellte Tee mit Gebäck. Lu dachte, daß der Oberst seit dem letzten Treffen beachtlich gealtert war. Er hatte viele Kilo zugenommen, und sein Gesicht wies eine ungesunde Blässe auf. Man raunte, daß er herzkrank sei.

»Wie geht es Ihrem Vater?« erkundigte sich der Oberst höflich.

»Er lebt im Ruhestand, in Manontowka. Ich sehe ihn nicht oft.« Eine Untertreibung.

Der Oberst nickte abwesend, dabei rutschte seine Brille ein paar Millimeter die Nase hinunter. Automatisch schob er sie wieder hoch. An seinem Uniformhemd war ein Fettfleck. Der Man sah nicht gefährlicher aus als ein Lieblingsonkel. Doch dieses Aussehen trog. Der Oberst war zweiter stellvertretender Leiter der Abteilung V im ersten Hauptdirektorat des KGB.

»Und Ihrem Sohn?«

»Ich sehe leider auch ihn nur selten. Doch jetzt, da Sie mich nach Moskau zurückversetzt haben, werde ich sicher mehr von ihm haben.« Auch das war eine Untertreibung.

»Ja – Ihre Versetzung. Deshalb habe ich Sie gerufen.« Der Oberst zupfte abwesend an einer Hautfalte am Hals. »Mit zunehmendem Alter fällt es einem schwerer, alles im Gedächtnis zu behalten. Es ist, als seihe man dicke Milch durch ein Sieb. Nur die festeren Rückstände bleiben, der Rest rinnt durch. Ein unvermeidlicher Bestandteil des Alterungsprozesses.«

Das gehörte zu der Maskerade, die dem Oberst sowohl zum Überleben als auch zum Erfolg verhalf.

Die Sprechanlage summte, und Augenblicke später fuhr ein Sergeant einen Teewagen herein, auf dem ein silberner Samowar, eine Platte mit Rosinenbrötchen und ein paar Gläser englische Marmelade standen. Der Oberst schenkte ein, goß heiße Milch dazu, dann lehnte er sich wieder in seinen Sessel zurück.

Die Vorhänge aus Metallringen hinter dem Oberst gestatteten nur einen verschwommenen Blick auf die Umrisse des Dserschinski-Platzes und das Gebäude der alten Russischen Versicherungsgesellschaft gegenüber, die ein Teil der westlichen Presse immer noch »Lubjanka« nannte. Da es auf Mittag zuging, war ein Gedränge auf den Bürgersteigen, doch ernst und einsam erhob sich in der Mitte des Platzes, von frisch gepflanzten Blumen umgeben, die Statue von Felix Dserschinski, dem stolzen Gründer des KGB, der das rätselhaft lächelnde Gesicht dem Kreml zuwandte, als bemühe er sich noch jetzt um die Billigung seines lange schon toten Herrn und Meisters.

Der Oberst blätterte in einem Bericht und nahm zwischendurch immer wieder einen Schluck aus seiner Tasse. »Sie haben Ihre Sache in Kalifornien hervorragend gemacht, Louis Alexandrowitsch. Doch einige Fragen stehen noch offen. In Ihrer Zusammenfassung geben Sie an, daß es zu keinen offensichtlichen Rückwirkungen kam. Sind Sie sicher?«

Lu verlagerte sein Gewicht auf dem Sessel. Er bemühte sich, seine Anspannung zu verbergen. Der Oberst hatte ausdrücklich verlangt, daß er den Einsatzbericht persönlich und ohne Durchschläge tippe, er sei nur für seine Augen bestimmt. Das gab Lu zu denken.

»Nichts, was bekannt wurde. Bei diesem *Titan*-Versagen haben sich die Ermittlungen offenbar auf einen möglichen Konstruktionsfehler an der Feststoffrakete konzentriert. Wie Sie bestimmt zu würdigen wissen, hatte die *Challenger* eine geradezu Pawlowsche Wirkung auf die amerikanische Denkweise. Wenn jetzt eine Rakete explodiert, verdächtigen sie nun zuerst immer die Feststoffelemente, weil sie *erwarten*, daß sie versagen.«

»Der Mann, der die *Titan* wirklich sabotierte, war einer von der Operation Wallach?«

»Ja. Ein typischer Fall. Er war ein ehemaliger Hubschrauberpilot der US-Armee, den ich 1970 bearbeitete. Im Verhör gab er streng geheime Information über Kommunikationskodes, die beim Einsatz im Mekong-Delta benutzt wurden. Wir filmten das Standard-Kriegsverbrechengeständnis, das wir auf üblichem Weg an ein französisches Fernsehteam weiterleiteten.«

»Hatten Sie irgendwelche Probleme, ihn zu rekrutieren oder ihn unter Kontrolle zu halten?«

»Keine wesentlichen.«

Der Oberst war damit offenbar nicht zufrieden und wollte Einzelheiten wissen. »Erzählen Sie mir, was er nach Vietnam machte und wie Sie an ihn herantraten? Das ist sehr wichtig, weil ich vorhabe, einen der anderen Wallache für eine zukünftige Operation einzusetzen.«

»Nach seiner Rückkehr drohte ihm ein Kriegsgerichtsverfahren, aber man ließ ihm die Wahl, den Dienst zu quittieren. Er entschied sich dafür, dann arbeitete er ein Jahr in der Maklerfirma seines Bruders. Seine Wiedereingliederung machte Fortschritte, bis seine Frau unerwartet starb. Danach fing er zu trinken an, wurde gefeuert und wechselte die Jobs, die er fand, rasch. Er wurde mehrmals wegen Drogenkonsums und Trunkenheit am Steuer verhaftet. Als ich ihn aufspürte, arbeitete er als Nachtwächter in Long Beach. Ich steckte ihm ein Band mit seinen Aussagen beim Verhör in den Briefkasten und die Adresse seiner Stammkneipe. Dort trafen wir uns zwei Tage später. Es war nicht schwierig, ihn zu rekrutieren.«

»Und nach dem Versagen der *Titan* konnten alle ›losen Enden‹ beseitigt werden?«

Lu nickte. »Sasjadko, einer unserer Leute im Konsulat in San Francisco, kümmerte sich darum. Auf dem Rückweg nach Los Angeles geriet der Wallach eines Nachts im Nebel vom Pacific Coast Highway ab und stürzte über eine Klippe. Offenbar war seine Bremse defekt. Der Wagen verbrannte. Der Mann ebenfalls.«

Der Oberst lächelte flüchtig. »Und das Gerät?«

»Der Wallach brachte es zu einem vereinbarten Ort. Sasjadko holte es ab und meldete zwei Tage später, daß er es zerstört und die Überreste in einer Müllaufschüttung vergraben habe.«

»Kein großer Verlust«, murmelte der Oberst. »Wir haben inzwischen ein verbessertes Modell entwickelt. Noch eine Tasse Tee?«

Lu schüttelte den Kopf. Also beabsichtigte der Oberst eine ähnliche Operation.

Minuten vergingen schweigend, während der Oberst mit einem

Bleistift auf den Schreibtisch trommelte und Lu studierte. Er blätterte kurz durch den Hefter, dann blickte er auf. »Ich hatte vorgehabt, Sie wenigstens drei Jahre in Moskau zu behalten und Sie vielleicht als Lehrer am USA-Kanada-Institut einzusetzen, doch das ist jetzt überholt. Das *Titan*-Projekt war ein Versuch: Marschall Njuchlows Idee. Offengestanden, als er es vorschlug, gab ich ihm nur eine Erfolgschance von eins zu drei. Offenbar täuschte ich mich. Marschall Njuchlow hat ein zweites, noch ehrgeizigeres Projekt ausgebrütet.« Der Oberst lehnte sich zurück, verschränkte die Hände über seinem Faßbauch wie ein Buddha und wartete auf Lus Reaktion.

»Habe ich eine Wahl? Denn wenn ja, würde ich einen Einsatz in Moskau vorziehen.«

Der Oberst schüttelte den Kopf. »Nein, Sie haben keine Wahl. Dafür verspreche ich Ihnen, daß Sie keine Überseeaufträge mehr bekommen werden, wenn Sie dieses Projekt erfolgreich durchgeführt haben.«

Das gefiel Lu nicht, oder vielmehr machte ihn der Tonfall des Obersts mißtrauisch. Er seufzte. »Worum geht es?«

Der Oberst lächelte dünn. »Das amerikanische Space Defence Command treibt seine Spielchen mit uns. Wir haben zwar noch nicht alle Agenten an den richtigen Stellen, aber unser Gewährsmann, ein Mitarbeiter des Senators im Nachrichtendienst-Unterausschuß, hat seinem Verbindungsmann gemeldet, daß die Amerikaner den geheimen Orbittest einer SDI-Waffe planen – das Projekt hat den Kodenamen *Star Shot*.«

»Wie zum Teufel könnten die Amerikaner das durchziehen, ohne daß etwas durchsickert? Ich dachte, unter dem letzten ABM-Vertrag dürften keine Versuche mit Weltraumwaffen außerhalb des Labors stattfinden.«

»Wie ich hörte, ist die eigentliche Entwicklung außerordentlich stark abgeschirmt. Unser Gewährsmann glaubt, daß nicht einmal der Präsident über die ganzen Einzelheiten des Projekts auf dem laufenden gehalten wird. Das rührt noch von der alten Administration her. Wie Sie wissen, haben solche Projekte ihr Eigenleben. Wir nehmen an, daß sie das Risiko eingehen, weil das Space Defense Command überzeugt ist, einen großen Durchbruch geschafft zu haben und deshalb zu diesem Wagnis bereit ist. Um die Gefahr einer Aufdeckung zu verringern und ihre wahren Absichten zu verschleiern, haben sie durchsickern lassen, daß dieser Test ein Laserkommunikationsexperiment mit zwei separaten Satelliten ist, einem japanischen und einem amerikanischen.« Er tippte auf den Hefter. »Es steht alles hier drin.«

»Ist unser Einsatz im Prinzip genehmigt, oder handelt es sich lediglich um eine Untersuchung im Alleingang?«

»Halb und halb«, antwortete der Oberst. »Wenn unsere Planung eine Erfolgswahrscheinlichkeit von mehr als neunzig Prozent ergibt, wird dem Politbüro der Plan vor der Durchführung in allen Einzelheiten vorgelegt. Letztendlich wird es zu heftigen Argumenten zwischen den Pazifisten und Patrioten kommen – aber war das schon je anders? Nach meiner Meinung wird es eine Stimmengleichheit geben, und unser progressiver Generalsekretär wird die Entscheidung fällen müssen. Ich erwarte, daß er sich dadurch zwischen die Stühle setzt und vielleicht endlich auf den Arsch fällt.«

Er schob die Akte über den Tisch. »Sie haben zwei Wochen, sich einen voll durchführbaren Operationsplan auszudenken, und zwar nach den Richtlinien, die ich niedergelegt habe.«

»Das heißt, daß ich wieder in den Westen zurückmuß.«

Der Oberst nickte. »Zum letzten Mal, mein Freund. Das verspreche ich Ihnen.«

Wieder befiel Lu dieses ungute Gefühl. Es war nichts, worauf er genau hätte deuten können, nur dieser merkwürdige Unterton in der Stimme des Obersts.

»Ich brauche volle Unterstützung: gefälschte Papiere und sowohl Zugang zu den Daten des Zentralcomputers als auch zu allen Unterlagen der Operation Wallach.« Er stellte diese Bedingungen von vornherein, damit es später nicht den Anschein haben würde, er wäre als einziger in diese Sache verwickelt; denn nur so konnte er die Wichtigkeit seiner Rolle herunterspielen, falls das Ganze schiefging.

Der Oberst nickte ungeduldig. »Natürlich. Ich habe auch bereits ein völlig sicheres Büro auf diesem Stock für Sie bereitstellen lassen. Sie werden dort arbeiten, essen und schlafen. Eine Sekretärin wird Ihnen nicht zugeteilt. Die gesamte Grundplanung übernehmen Sie, nur unter meiner Leitung. Ansonsten besorge ich Ihnen alles, was Sie brauchen. Im Hefter liegt eine von mir unterschriebene Blankovollmacht. Benutzen Sie sie nur, wenn unbedingt nötig, und ohne Hinweis auf die Operation.«

Lu drehte seine Tasse und studierte die Teeblätter, die ihm seine Zukunft voraussagen mochten. Sie waren auf dem Boden der Tasse zusammengeballt und wiesen auf Glück hin, verbunden mit Gefahr. Trotzdem gefiel ihm der Unterton des Obersts nicht, denn der Plan hörte sich wie ein Lieblingsprojekt der »Falken« im Politbüro an, nicht wie eine genehmigte KGB-Operation, hinter der das Politbüro einstimmig stand. Falls etwas schiefging, und wenn auch nur in den Anfangsstadien, würde man ihn abschreiben.

»Ich möchte, daß Sie allergrößte Geheimhaltung wahren!« mahnte der Oberst. »Planen Sie so, daß jeder einzelne Schritt absolut getrennt von den anderen ist. Ich möchte keine losen Enden.«

Lu stand auf, trat ans Fenster und schaute auf den Platz hinunter. »Werde ich ein ›loses Ende‹ sein, wenn etwas schiefgeht?«

Der Oberst hinter ihm brach in ein gezwungenes Lachen aus, das zu einem keuchenden Husten wurde. Schließlich räusperte er sich. »Louis, mein lieber, teurer Freund, Sie werden mir doch nicht paranoid werden? Sie sind mir wie ein Sohn. Wenn dieses Projekt erfolgreich abgeschlossen ist, werde ich Sie ganz aus dem Außendienst zurückziehen. Doch jetzt möchte ich, daß Sie Ihr Bestes für dieses Projekt geben.«

Nach sechs Zehnstundentagen hatte Lu die Umrisse eines Plans, die er nun ausfüllen mußte.

Ein kritischer Teil war, sich der Mitarbeit eines bestimmten japanischen Industriellen zu versichern. Lu studierte die Akte, dann brachte er einen Nachmittag damit zu, in der Datenbank des Zentralcomputers und im Mikrofichearchiv zu stöbern.

Nein, der Alte würde sich nicht so leicht kaufen lassen, schloß er. Wenn jemand Herr über ein milliardenschweres Imperium war, bedeutete ihm eine Million nichts. Lu grub tiefer, wie ein Hund nach einem Knochen. Sex, Perversion, ein schwarzer Fleck auf der weißen Weste? Nichts dergleichen. Da war natürlich seine Kriegsakte, doch da würden Beweise schwer zu erbringen sein, außerdem, wer in Japan würde sich darüber entrüsten? Insgeheim verehrten sie ihre alten Kriegsherren immer noch.

Hiroshi Katana war, was er zu sein schien: ein alter Witwer, mit einem einzigen Sohn als Erben; ein Mann von einfachem Geschmack trotz seines fast unglaublichen Reichtums. Was könnte Lu ihm anbieten, was er nicht hatte? Bis er über Anhang 15 von Katanas Akte stolperte – und da sprang es ihm ins Gesicht. Lu schlug sich die Hand gegen die Stirn, sowohl aus Begeisterung über die Entdeckung, als auch aus Ärger über die vergeudete Zeit. Männer wie Katana schätzten nur das Unschätzbare und nahezu Unerreichbare – Männer wie Getty, Hammer, Forbes, eben alle alternden Ultrareichen.

Für die letzte Flugverbindung war es bereits zu spät, doch er mußte sich so schnell wie möglich vergewissern. Mit dem Einverständnis des Obersts nahm er den Nachtzug nach Leningrad und bezog ein KGB-Quartier auf der Korablestroitelei. Nach nur vier Stunden Schlaf und zwei Tassen Tee, um die schweren Lider aufzukriegen, war er um neun Uhr im Büro des Direktors der Eremitage.

Er schob seinen KGB-Ausweis über den Schreibtisch. Der Direktor blinzelte verärgert zu ihm hoch, dann setzte er die Zweistärkenbrille auf die Hakennase und beugte sich über die Karte. Innerhalb von Sekunden glänzte Schweiß auf seinem erkahlenden Haupt. Langsam hob er den Kopf, um zu Lu hochzublicken, der bemerkte, daß echte Angst hinter den dicken Brillengläsern glitzerte.

»Es gibt – ein Problem?«

»Mit Ihrer Kooperation und meinen Befugnissen dürfte es hoffentlich nicht dazu kommen.« Lus Lächeln war beherrscht und beherrschend zugleich.

Die nächste Hauptkomponente des Plans war der Transport. Lu erklärte dem KGB-Mann in der technischen Abteilung lang und breit die Schwierigkeit seines Vorhabens. Er brauchte zwei separate Schiffe in der Karibik: Ein sehr schnelles Motorschiff und ein kleineres, vorzugsweise eine Segeljacht.

Er tätigte einen zerhackten Anruf nach Kuba zu einem Verbindungsmann, der ihm noch von früher einen Gefallen schuldig war. »Wir haben gewöhnlich mehrere Segelboote, welche von den Kubanern beschlagnahmt wurden, doch in der gewünschten Größe und Ausstattung ist momentan nichts da«, berichtete Sudoplatow. »Aber mit dem Rest, glaube ich, kann ich dir helfen.«

»Gut, aber halt das alles aus dem offiziellen Dienstweg heraus.«

»Kein Problem, alter Freund«, versicherte ihm Sudoplatow. Erst nach zwei Tagen meldete er sich wieder bei Lu.

»Sie ist genau das, was du wolltest«, erklärte Sudoplatow ihm. »Die Jacht gehörte Somoza, dem ehemaligen nicaraguanischen Diktator. Sie ist siebenundvierzig Meter lang, sehr schnell und mit sehr großem Operationsradius. Die Sandinisten gaben sie Fidel vor sieben Jahren für fünf MTB-4G-Küstenpatrouillenschiffe.«

Dadurch ergab sich doch ein Problem. »Dann ist es also Castros Privatjacht?«

»Nein. Sie wird ausschließlich für Geheimoperationen eingesetzt und hin und wieder zum Drogenhandel. Die kubanische DGI hat sie in Panama angemeldet und benutzt sie zum heimlichen Transport von DGI-Agenten und Material zu verschiedenen mittelamerikanischen und karibischen Ländern.«

»Hat sie einen Frachtraum?«

»Ja, aber keinen sehr großen.«

»Wie groß?«

»Drei Quadratmeter, kaum hoch genug, darin aufrecht zu stehen.«

Das würde genügen. »Ich schulde dir das beste Dinner, das Havanna zu bieten hat«, versicherte ihm Lu.

»Was wahrscheinlich aus Bohnen und Reis bestehen wird«, entgegnete Sudaplatow. »Aber willst du mir nicht sagen, wofür zum Teufel du das Boot brauchst, Louis?«

»Was glaubst du denn, Sudoplatow? Für eine Vergnügungskreuzfahrt. Wie sieht es mit der Besatzung aus?«

»Sie ist vom Sonderkommando der kubanischen Marine, gut ausgebildet für – äh – Vergnügungskreuzfahrten.«

Sie besprachen die finanziellen Details. Die Charter konnte unauffällig, außerhalb des Dienstwegs, abgewickelt werden, und zwar durch den stellvertretenden Leiter der DGI, der unmittelbar Fidels Bruder, Raul Castro, dem Verteidigungsminister, unterstand. Der Preis war ungeheuerlich: zweihunderttausend US-Dollar für die Charter und eine halbe Million Kaution, die nach Rückgabe des unversehrten Schiffes zurückerstattet würde. Sudoplatow bemerkte dazu, daß Raul einen teuren westlichen Geschmack hatte, und daß Fidel bei den Privatunternehmen seines Bruders ein Auge zudrückte.

Raul unterhielt ein Nummernkonto auf den Cayman Inseln für »Nebenausgaben«. Sudoplatow witzelte, daß das eine ebenso alte kubanische Sitte war wie eine russische. Es ist ja ohnehin Staatsgeld, sagte sich Lu und erklärte sich ohne weiteres Feilschen einverstanden.

Erstaunlicherweise erwies sich das Segelboot als viel kleineres Problem. Lu blätterte durch die Charterbroschüren der zwei Segelboote und dann in den Dossiers ihrer Besitzer, die beide die Operation Wallach hinter sich hatten. Jeder von ihnen war geeignet, aber er erinnerte sich ganz genau an einen, und er brachte den Abend damit zu, vor fast zwei Jahrzehnten in Vietnam aufgenommene Filme aus den staubigen Archiven der Moskauer Zentrale anzusehen.

Am Rand seiner Operationszustimmung hatte der Oberst mit Bleistift gekritzelt: *Wie die Amerikaner sagen, ›die Hühner sind zum Legen in ihren Stall gekommen‹,* Ihre *Hühner, Louis!*

6

10. Mai

Am Sonntag hatte der Operationsplan bereits feste Form angenommen. Lu beschloß, sich den Nachmittag frei zu nehmen. Immerhin hatte auch Gott am siebten Tag geruht. Warum nicht der KGB?

Er hatte nichts Besonderes vor, er wollte nur raus aus dem Gebäude, einen längeren Spaziergang in dem strahlenden Sonnenschein machen und vielleicht ins Kino gehen. Die Uniform tauschte er gegen eine billige Hose und einen groben Pullover aus, dann verschwand er durch die Hintertür des neuen Gebäudes.

Er spazierte aufs Geratewohl dahin und fand sich schließlich auf dem Kutusowski Prospekt direkt vor dem *Dom Igruschki,* dem »Haus des Spielzeugs«. In einem Schaufenster stand ein Schachspiel mit den weißen Figuren aus Elfenbein und den schwarzen aus Ebenholz. Das wäre genau das richtige Geschenk für Sascha! Er hatte beabsichtigt, sich nächstes Wochenende mit ihm zu treffen, aber warum eigentlich nicht heute? Sonntag war keine Schule und Sascha wahrscheinlich zu Hause, vielleicht ging er sogar selbst an den Apparat, der sich auf dem Gang des Mietshauses befand. Mit ein bißchen Glück ...

Aber die alte Frau nahm ab.

Lu versuchte seine Stimme zu verstellen, was zur Ausbildung eines Superspions gehörte.

»Ah, Sie sind es wieder, nicht wahr?« sagte sie tonlos.

»Ja, ich bin es, der Vater des Jungen«, antwortete er verärgert. »Verdammt, holen Sie ihn an den Apparat!«

»Sie sollten inzwischen wissen, daß Ihr Vater das nicht erlaubt! Geben Sie mir Ihre Nummer. Dann rufe ich Sie von einer Telefonzelle aus an.«

»Stimmt was nicht?«

Sie ignorierte seine Frage. »Geben Sie mir Ihre Nummer! Ihr Vater ist voll wie ein Schwein, das gärende Äpfel gefressen hat, ihm wird gar nicht auffallen, daß ich weg bin. Aber ich brauche gut zwanzig Minuten.«

Er nannte ihr die Nummer, kaufte sich an einem Kiosk auf der anderen Straßenseite eine Schachtel Zigaretten und rauchte eine nach der anderen, als hätte er es nie aufgegeben, während er auf ihren Anruf wartete.

Dreiundzwanzig Minuten nach seinem Anruf läutete das Telefon. »Ich muß Ihnen etwas sagen, das Sie wissen sollten, doch Sie dürfen Ihrem Vater gegenüber auf keinen Fall etwas davon erwähnen. Versprechen Sie mir das?«

Sein Herz hämmerte, und sein Puls pochte in den Ohren. Er nahm einen tiefen Zug von seiner *Papiroska*, die beißend schmeckte. »Ich verspreche es. Reden Sie schon!«

»Der Junge fühlte sich schon längere Zeit schlapp, und als er sich eine Erkältung zuzog, wollte sie nicht weggehen. Ich machte ihm Wickel und Tees, aber es wurde nicht besser. Dann bedrängte ich diesen Idioten von Direktor der Bezirksklinik, daß er er etwas unternahm. Sie nahmen Sascha Blut ab und eine Probe aus dem Rückenmark. Und die Tests ergaben, daß er Leukämie im Anfangsstadium hat.«

»O Gott!« Lus Knie wurden weich.

Nach einer kurzen Pause sprach sie weiter. »Ja, Gottes Hilfe ist dringend nötig. Ich bete jeden Tag. Die Ärztin sagt, daß Sascha mit ein bißchen Glück lange ein normales Leben führen kann, wenn er Blutübertragungen und Antibiotika bekommt.«

»Wie lange?«

»Sie sagte, daß er eine Chance eins zu drei für eine – einen Moment, ich habe mir das Wort aufgeschrieben – Remission hat. Ohne sie zwei Jahre, vielleicht auch mehr oder weniger. Es gibt noch andere Behandlungen, die helfen könnten, aber sie sind hier nicht möglich.«

»In welchem Krankenhaus dann?«

»In unserem Vaterland überhaupt nicht. Die Ärztin ließ durchblikken, daß man ihm im Westen helfen könne, aber sie wollte nicht mehr sagen, obwohl ich sie anflehte.«

»Wo ist Sascha jetzt?«

»Er schläft. Es geht ihm verhältnismäßig gut, er ist nur müde. Ab Mittwoch wird er regelmäßig Blutübertragungen bekommen.«

»Aber er sollte im Krankenhaus sein!«

»Die Ärztin ist da anderer Meinung. Falls er keine Infektion bekommt, kann er weiterhin zur Schule gehen. So ist es bei dieser Behandlungsmethode, hat sie mir gesagt.«

Lu lehnte sich gegen die Wand der Telefonzelle und drückte mit geschlossenen Augen und wie betäubt die Wange an das Glas. »Wie heißt die Ärztin, und wo wohnt sie?«

»Dr. Raja Tschebrikow. Sie können sie jedoch nur in der 28. Klinik erreichen und nur wochentags.«

»Bekommt Sascha die richtige Ernährung?«

»So gut ich es schaffe. Ich nehme heimlich Geld aus der Börse Ihres Vaters, um frisches Gemüse zu kaufen, das es bei uns normalerweise zu dieser Jahreszeit nicht gibt. Aber ich kann nicht zuviel nehmen, sonst fällt es ihm auf.«

Er hatte sie immer für seine Gegnerin im Kampf um seinen Sohn gehalten und wäre nie auf den Gedanken gekommen, daß sie ein mitfühlendes Herz haben könnte. Jetzt sah er sie in einem anderen Licht. »Warum haben Sie sich entschlossen, es mir zu sagen?«

»Ich habe den Jungen großgezogen, seit er in den Windeln lag. Ich hatte selbst keine eigenen Kinder. Ich liebe Ihren Vater, wenn ich auch nicht weiß warum, aber Sascha liebe ich noch mehr – vielleicht mehr als Sie.«

»Ich danke Ihnen, ich danke Ihnen sehr.« Er überlegte kurz. »Wie oft kommen Sie in die Stadt?«

»Gewöhnlich einmal im Monat, wenn ich meine Schwester besuche.«

»In der Dserschinski Uliza 16 ist ein Briefmarkenladen. Dort wird am letzten Wochenende jeden Monats ein Umschlag mit zweihundert US-Dollar für Sie bereitliegen. Behalten Sie die Hälfte für sich, und tauschen Sie den Rest auf dem Schwarzmarkt um, und kaufen Sie dafür, was Sascha braucht.«

Außer als Briefmarkenladen diente das Geschäft auch als Zahlstelle für kleine KGB-Informanten, die als Dolmetscher für die ausländische Presse arbeiteten. Mit so leichtem Zugang zu harter Währung konnte Lu das mühelos aus dem Sonderfond bekommen, ohne daß der Oberst Fragen stellte.

Am anderen Ende war es kurz still. Dann fragte die alte Frau: »Sie werden doch mit der Ärztin reden und etwas unternehmen?«

Auch wenn er es nicht glaubte, nicht ganz jedenfalls, sagte er: »Gott wird uns helfen.«

»Ich weiß, was Sie tun, ich kenne das *swolotschi*, für das Sie arbeiten, aber ich weiß auch, daß Sie Ihren Sohn lieben. Darum werde ich jeden Tag für Sie zu Gott beten, Louis Alexandrowitsch.«

Sie hängte auf.

»Ihr Sohn hat akute Lymphoblastie. Litt seine Mutter oder irgendein Verwandter unter einer solchen Krankheit?«

Sie war noch eine ziemlich junge Frau mit Nackenknoten und ohne jegliches Make-up. Und sie war mitfühlend.

»Nein – das heißt, ich weiß es nicht. Sie starb sehr jung.«

»Das tut mir leid, *Towarischtsch* Major.« Die Ärztin schaute auf ihre Armbanduhr. »Ich habe bedauerlicherweise nur noch wenige Minuten, ehe ich Visite machen muß. Ich versichere Ihnen, daß wir unser Bestes für ihn tun werden.«

»Gibt es Spezialkliniken?«

Sie schüttelte den Kopf. »Wir wissen noch nicht alles über diese Krankheit. Viele Forscher arbeiten an einer möglichen Heilmethode, aber ...«

»Wo?«

Sie lehnte sich in ihrem Sessel zurück und blickte ihn abschätzend an. Er bedauerte es jetzt, daß er seine Uniform mit den blauen Kragenaufschlägen des KGB trug, aber damit war er wenigstens ohne die übliche Bürokratie und ohne auf einen Termin warten zu müssen, sofort vorgelassen worden.

»Ich möchte, daß Sie es mir *sagen! Sofort!*«

Sie setzte sich mit ausdrucksloser Miene auf. »Sie verlangen eine Antwort. Stellten Sie die Frage in Ihrer offiziellen Eigenschaft?«

Er senkte den Kopf und drückte die Hände an die Schläfen. »Verzeihen Sie mir. Es ist nur zwischen Ihnen und mir.«

»Es gibt Kliniken im Ausland, die auf diese Krankheit spezialisiert sind. Die Chancen wären groß, vielleicht neunzig Prozent für eine Remission und über sechzig Prozent für eine völlige Genesung. Aber eine solche Behandlung ist nicht nur teuer, der normale Sowjetbürger kommt auch gar nicht an sie heran.«

»Wieviel?«

Sie zuckte die Schultern, dann rechnete sie es rasch im Kopf aus. »In Pfund Sterling über hunderttausend. Inzwischen könnte es schon doppelt so teuer sein. Ein finnischer Arzt erwähnte diesen Preis bei einer Ärztekonferenz in Polen vor etwa zwei Jahren.« Wie entschuldigend preßte sie flüchtig die Lippen zusammen, dann fuhr sie fort. »Ich bin leider nicht auf dem laufenden.«

»Wo?«

Sie blickte ihn eindringlich an. »Es ist Ihnen bestimmt klar, daß ich in große Schwierigkeiten geraten könnte, wenn diese Sache nicht unter uns bleibt!«

»Ich versichere Ihnen noch einmal, es ist eine Sache nur zwischen Ihnen und mir.«

Sie schrieb fünf Adressen auf, dann erhob sie sich. »Ich werde mein Bestes für ihn tun, *Towarischtsch* Major. Das verspreche ich Ihnen. Die Krankheit kann viele Monate unter Kontrolle gehalten werden.« Sie griff nach ihrer Arzttasche und verließ das Zimmer.

Mehrere Minuten blieb er reglos sitzen und starrte blicklos auf den leeren Schreibtisch. Dann schaute er auf den Zettel.

Zwei der Kliniken befanden sich in den Vereinigten Staaten, eine in Großbritannien und eine in Frankreich.

Die fünfte war in Singapur.

Der Oberst hatte sich besonders um die Tarnidentität bemüht, um eine, die es Lu gestatten würde, sich ungehindert im Westen zu bewegen. Und so sollte aus Lu nun Louis E. Kim, kanadischer Staatsangehöriger, werden, Entwickler von Software für Finanzprogramme, genauer gesagt, Programmierer für Termingeschäftsoftware.

»Aber wenn ich angeblich Software verkaufen soll, muß ich auch welche zum Vorführen haben und etwas, worauf ich sie vorführen kann«, gab Lu zu bedenken.

»Sie bekommen das Beste vom Besten«, versicherte ihm der Oberst. Er holte hinter seinem Schreibtisch einen Aktenkoffer aus Leder hervor und öffnete ihn. Er enthielt einen Laptop, einen tragbaren Computer. Der Oberst klappte den Monitor hoch und schaltete ihn ein. »Der Computer ist nicht nur für Ihre Tarnung nötig, sondern auch für die Daten, zu denen Sie ständig Zugang haben müssen, und er ist auch die ideale Möglichkeit, sie auszuwerten. Dieser Computer ist der neueste und beste, den unsere Handelspartner, die Japaner, herstellen. Er hat zwei Diskettenstationen und einen großen Speicher. Er arbeitet als Netz- und als Batteriegerät.« Er drückte auf drei Tasten und auf dem Schirm stand: *Louis E. Kim Associates Futures Trading Program.*

Die Software wurde in England entwickelt und ist erhältlich. Unsere Programmierer haben genügend Änderungen vorgenommen, um dem Programm seine eigene Identität zu geben. Falls Sie es wirklich vorführen müssen, wäre sogar ein Experte im Finanzwesen beeindruckt.«

»Aber die andere Information – Funkfrequenzen, Daten, Zeiten, Navigationsdaten?«

Der Oberst grinste wie ein Vater, der seinem kleinen Sohn ein kompliziertes Spielzeug zeigt. Er drückte auf einen verborgenen Mechanismus im Innern des Koffers. Ein dünnes Geheimfach öffnete sich. »Hier ist die Diskette mit dem eigentlichen Operationsprogramm sowie weiteres Material, das den Zoll mißtrauisch machen könnte.« Er steckte die Diskette in den Computer, dann tippte er rasch, und der Schirm zeigte:

PASSWORD APPROVED. PHASE ONE. SELECT MENU ITEM

Der Oberst drückte auf die Eingabetaste, und eine Liste von Dateien erschien. »Sie brauchen die jeweilige Datei nur aufzurufen – die für Telefonnummern, Funkfrequenzen, Backgroundinformation oder was immer – und Sie haben sofort, was Sie brauchen. Damit können Sie die Daten auch stets auf dem neusten Stand halten.«

»Was ist mit der Sicherung des Kodeworts. Bestimmt könnte es geknackt werden, wenn irgendein westlicher Geheimdienst die Software unter die Lupe nimmt. Die ganze Operation würde aufgedeckt und ich mit.«

»Ein sehr geringes Risiko«, beruhigte ihn der Oberst, »denn selbst ein Team der besten Dekodierer mit Zugang zu einer Zentraleinheit würde Monate für die Entschlüsselung der Kodewörter brauchen.«

»Sie sagten gerade *Kodewörter*. Gibt es denn mehr als eins?«

Der Oberst füllte zwei Gläser mit Wodka, dann ließ er sich in seinen Sessel fallen, daß die eingeschlossene Luft zischend entwich.

»Sie und ich, Louis, sind wie zwei Spezialisten mit unterschiedlichen, sich ergänzenden Fähigkeiten. Sagen wir, ich bin der Konstrukteur, und Sie sind der Techniker. Ich entwerfe etwas und sage Ihnen, wie es funktionieren und woraus es hergestellt werden soll. Sie nehmen dann meinen Plan und und stellen das Produkt nach meinen Spezifikationen her. Phase 1 ist Ihr Job. Das Konzept wurde im Frunse- Institut achtundzwanzigmal unter realistischen Umständen getestet, und die Erfolgsrate ist dreiundneunzig Prozent. Wir haben Filme der Ergebnisse, die Ihnen vorgeführt werden. Aber dreiundneunzig Prozent Erfolg lassen die Möglichkeit von sieben Prozent Mißerfolg offen. Deshalb Phase 2. Wenn Phase 1 aus irgendeinem Grund mißlingt, gibt es Phase 2 als Sicherung. Es ist nicht nötig, daß ich Ihnen die Einzelheiten darlege, ehe die Planung beendet ist.«

»Das sehe ich ein. Es interessiert mich ja auch nur, weshalb es zwei Kodewörter gibt.«

»Das ist Marschall Njuchlows Idee. Sie übernehmen Phase 1 und ich Phase 2. Sein Befehl. Er will eine Sicherung seiner Sicherungen.«

»Das sagt mir nichts.«

Der Oberst seufzte. »Für sich allein hat Phase 1 eine Erfolgserwartung von dreiundneunzig Prozent und Phase 2 eine von einundachtzig Prozent. Zusammen haben sie eine von nahezu neunundneunzig Prozent. Sie sehen das Problem jetzt, nicht wahr Louis? Wenn irgend etwas mit Ihnen wäre und Phase 1 mißlänge und Sie weg vom Fenster wären, würde es ohne mich überhaupt keine Sicherung geben. Deshalb ist Phase 2 mir persönlich unterstellt. Und sollte aus irgendeinem Grund Phase 1 nicht funktionieren *und* etwas mit Phase 2 schiefgehen, wären Sie die Sicherung meiner Sicherung. Vergessen Sie die komplizierten Statistiken und verlassen Sie sich auf mich. Wir erhöhen unsere Chancen auf diese Weise gewaltig.«

Lu hatte heimlich Recherchen über Marschall Njuchlow angestellt. Etwas Sicheres gab es nicht, aber in KGB-Kreisen wurde gemunkelt, daß er die Absetzung des Generalsekretärs betrieb, indem er auf eine aggressivere Außenpolitik hinarbeitete, möglicherweise sogar auf eine militärische Auseinandersetzung mit dem Westen. Aber ebenso waren Gerüchte im Umlauf, daß der Generalsekretär Njuchlow aus dem Politbüro haben wollte. Es sah aus, als könnte es zum tödlichen internen Machtkampf kommen, aus dem natürlich Gewinner und Verlierer hervorgehen würden.

Die Sonne war untergegangen, und in Moskau gingen allmählich die Lichter an. Beide saßen im Dunkeln, nur der Monitor warf Bernsteinlicht auf den Schreibtisch.

»Es scheint mir eine vernünftige Weise zu sein, die Operation so anzugehen«, sagte Lu schließlich. »Was sind die Kodewörter? Offenbar werde ich beide brauchen.«

»Sie sind beide Zeilen aus Gedichten. Wie Sie wissen, war ich Zweiter Stellvertretender KGB-Stationschef in England, gleich nach dem Krieg. Mein Englisch war immer gut, und ich las gern englische Literatur und geschichtliche Werke.«

Lu versuchte sich sein Staunen nicht anmerken zu lassen.

Der Oberst lächelte. »O ja, Louis, selbst ich habe ein Privatleben mit kleinen privaten Freuden. Andropow baute Segelschiffmodelle, und Stalin soll gehäkelt haben. Können Sie sich den alten Josef mit der Häkelnadel vorstellen, etwa wie Madame DeFarge, während er endlos an der Liste seiner Feinde arbeitete? Wenn er sie als Muster eingehäkelt hat, dürfte seine Häkelarbeit so groß geworden sein, daß sie halb Rußland hätte bedecken können. Und was ist Ihr Hobby, Louis?«

»Ich sammle kleine Jadetiere.«

»Und Frauen, wie ich hörte.« Der Oberst lachte.

»Und Frauen«, gab Lu zu. Es wurde spät, und er wollte endlich fertig werden. »Die Kodewörter ...«, erinnerte er.

»Das für Phase 1 ist ein Titel aus den *Mother-Goose*-Kinderreimen, *Humpty Dumpty*. Sie haben den Reim zweifellos schon mal gehört, oder?«

»Ich glaube schon«, antwortete Lu. »Ja.«

»Die Kodewörter für Phase 2 sind viel komplexer – es sind mehrere Sätze – und deshalb für einen Dekodierer nahezu unmöglich zu knakken. Es ist das beste, wenn Sie sie nicht kennen – ganz einfach, weil Sie sie noch nicht zu kennen brauchen. Wenn ich Sie in Kuba treffe, gebe ich sie Ihnen. Konzentrieren Sie sich inzwischen auf Phase 1.«

Der Oberst sog an seiner Zigarette, dann goß er den Rest seines Wodkas hinunter. »In Ihrem Bericht über Ihre Fahrt nach Leningrad schreiben Sie, daß Sie mit meiner Blankoerlaubnis drei Gemälde beschlagnahmten statt einem, wie wir ausgemacht hatten. Außerdem erwähnten Sie, daß sie bereits durch den KGB-Kurierdienst nach Kuba geschickt wurden. Erklären Sie mir das, Louis.« Seine Stimme hatte nun einen harten Unterton.

Lu setzte sein Glas ab. »Habe ich Ihr Vertrauen oder nicht?«

»Spielen Sie keine Spielchen mit mir. Das wäre sehr unklug.«

»Dann möchte ich mich entschuldigen, Oberst, daß ich mich nicht zuerst mit Ihnen in Verbindung setzte. Doch nachdem ich mich mit dem Kurator für westliche Kunst in der Eremitage über die Faibles von Sammlern unterhalten hatte, mußte ich sofort eine Entscheidung treffen. Wie jeder wählerische Sammler hat zweifellos auch Katana einen besonderen Geschmack. Für einen Sammler ist der Wert eines Gemäldes weniger wichtig, als wie es seine Sammlung ergänzt.«

Er trank betont langsam von seinem Wodka, ohne viel zu schlukken, nur um seiner Antwort mehr Gewicht zu verleihen.

»Ich werde Katana zunächst das am wenigsten wertvolle Gemälde anbieten – einen kleinen Manet –, als wäre es das einzige. Lehnt er ab, biete ich ihm das zweite an, einen Renoir. Beißt er auch da noch nicht an, spiele ich meine letzte und beste Karte – einen Gauguin. Aus seiner Akte geht hervor, daß er zwei Gauguins aus seiner tahitischen Periode besitzt, und gerade dieses Bild würde seine Sammlung dieser Periode abrunden. Ich brauche wohl nicht zu erwähnen, daß ich die beiden anderen Gemälde nach Leningrad zurückschicken werde.«

Mit halbgeschlossenen Augen, die Finger um ein Knie verschränkt, lehnte der Oberst sich zurück. Schließlich sagte er: »Dann kann ich Ihre Handlungsweise als vertretbar akzeptieren. Und selbstverständlich haben Sie mein volles Vertrauen.« Doch aus seiner Stimme schwang ein Hauch von Zweifel.

Lu spürte, wie ihm im Dunkel des Büros Schweiß über den Nakken rann. An diesem Abend schrieb er rasch einen Brief an Sascha und legte einen Fünfrubelschein und einen Stadtplan von Moskau mit in den Umschlag.

Vier Tage später, an einem Samstag, verließ Lu das Neue Gebäude in Kleidung der Arbeiterklasse. Er schlenderte gemächlich durch Moskau, hielt an einem fahrbaren Verkaufsstand an und gönnte sich ein Mineralwasser und fütterte Tauben. Hin und wieder rastete er auf einer Parkbank, um nach seinem Schatten Ausschau zu halten, der ihm ohne Zweifel zugeteilt worden war.

Bei einer solchen Rast fiel ihm auf, daß die Russen auf der Bank von ihm wegrutschten, als wäre er aussätzig.

Lu hatte sich inzwischen mit der Abneigung der Russen für Asiaten abgefunden. Es war eine subtile Scheinheiligkeit, die nie offen zugegeben wurde, sich aber auf vielerlei Weise bemerkbar machte. In KGB-Uniform hatte er nie Schwierigkeiten, wohl aber in Zivil. Selbst wenn er eine Ewigkeit Schlange gestanden hatte und endlich an der Reihe war, kam es immer wieder vor, daß ein Schalterbeamte oder Verkäufer ihn einfach ignorierte oder sich eine Ausrede einfallen ließ, um ihn nicht bedienen zu müssen. Beispielsweise, daß mit seinem Kupon etwas nicht stimmte, daß es an erforderlichem Wechselgeld fehlte, oder daß der gewünschte Artikel gerade ausgegangen sei. Doch die Russen hinter ihm in der Schlange wurden bedient, weil sie »vorbestellt« hatten, oder weil wie durch Zauberei plötzlich eine »Nachlieferung« eingetroffen war.

Es war jetzt Spätvormittag. Er blickte auf die Uhr. Noch eine ganze Stunde.

Ein alter Mann schlurfte vorbei, sein Gesicht war von zu vielem Trinken verwüstet, und er erinnerte Lu an seinen Vater. Er fragte sich vage, ob sein Vater ihm fehlen würde? Vermutlich nicht. Was sie einmal verbunden haben mochte, gab es längst nicht mehr.

Sein Vater war Eurorusse, ein ausgezeichneter Held des »großen vaterländischen Krieges«, ein Lokomotivführer, der einst die gewaltigen 4-10-4-Dampfloks der Transsibirien-Bahn gefahren hatte.

Am Bahnhof von Nikolajewsk am Ochotskischen Meer hatte der Lokomotivführer Rogov Lus Mutter kennengelernt.

Sie stammte von Sachalin. Ihr Vater war Japaner und ihre Mutter Chinesin gewesen. Nachdem ihre Eltern während der sowjetischen Einnahme getötet wurden, hatte man sie auf eine Staatsschule für Waisen in Nikolajewsk geschickt. Aus einem knochendürren Mädchen war sie zu einer ausgesprochen schönen und anmutigen Frau geworden. Als Rogov sie zum erstenmal traf, war sie die erste Tänzerin einer Volkstanzgruppe, mit der Intourist Tagesausflügler unterhielt. Rogov war kein Kostverächter, und er wußte, wann er zugreifen mußte, und quartierte sich bei ihr ein.

In einem seiner seltenen Briefe hatte er einmal im Scherz die Verbindung mit Lus Mutter als »Zwischenstation« bezeichnet. Die Verbindung wurde nie durch eine Ehe legalisiert und dauerte lediglich drei Jahre. Das einzige dauerhafte Nebenprodukt war ein blauäugiges Baby mit orientalischen Zügen gewesen.

Lu wurde bis zu seinem fünfzehnten Jahr von seiner Mutter aufgezogen, und sein Vater war nicht mehr als eine vergilbende Fotografie auf der Kommode gewesen. Doch nachdem er die höhere Schule mit Auszeichnung abgeschlossen hatte, änderte sich das alles.

Obgleich der Lokomotivführer Rogov seinen Sohn nicht direkt unterstützte, erklärte er sich doch einverstanden, seinem unehelichen Kind seinen Namen zu geben, und als loyales Parteimitglied war es ihm gelungen, ein Stipendium für den Jungen im Lenin-Institut für Politische Wissenschaften in Kiew zu arrangieren. Damit war die Verpflichtung des Vaters für den Sohn erledigt. Schon bald hatte Louis Alexandrowitsch Rogov erkannt, daß sich sein Vater seiner orientalischen Züge und seiner Unehelichkeit schämte, und er hatte nie versucht, sich ihm aufzudrängen.

Als die Aufnahme ins Institut gesichert war, erkannte Louis, daß dies seine einzige Chance war, einem Leben harter und schlechtbezahlter körperlicher Arbeit zu entgehen, und er nahm sie willig an.

Während seines ersten Jahres im Institut nahm er an politischen Versammlungen teil und war imstande, Lenins exaltierte Dialektik und Marxs fehlerhafte Ökonomie in deren eigenen Worten zu zitieren. Und dabei erkannte er ganz klar, wie die nackte Gewalt Josef Stalins davon sowohl geprägt als auch systematisiert worden war.

Im zweiten Jahr lud man ihn ein, als Unteroffizier bei den »Sicherheitskräften zum Schutz des Vaterlands« zu dienen. Er lehnte ab, weil er wußte, daß jemand seiner Rasse sich nie zum Offizier würde hocharbeiten können. Plötzlich verschlechterten sich seine Noten drastisch, und andere Studenten, reinrassige Russen, begannen ihn zu meiden. Er hörte auf, sich bei ihnen oder seinen Lehrern einschmeicheln zu wollen, und unterschrieb alles mit Louis A. Lu, sowohl zu Ehren des Familiennamens seiner Mutter als auch als Zeichen seiner Unabhängigkeit. Von da ab dachte er an sich nur noch als Lu.

Das dritte Jahr im Institut war miserabel. Es wurde ihm »auf Bewährung« gestattet, und das, obwohl Lu wußte, daß er ein hervorragender Schüler war. Er vertiefte sich nun ganz in sein Studium, wurde durch und durch mit sowjetischer Politwissenschaft vertraut und war imstande, das Gelernte wortgetreu wiederzugeben. Sein Notendurchschnitt erhöhte sich allmählich wieder. Einige Studentenführer näherten sich ihm »freundschaftlich«. Man lud ihn ein, sich exklusiven politischen Studiengruppen anzuschließen. Lu tat es nur bei den einflußreichsten.

Im vierten Jahr wurden seine Noten überragend. Er erhielt weitere »Freundschafts«-Angebote, die er wohlüberlegt akzeptierte oder ignorierte, doch nunmehr mit bedachter Höflichkeit. Er krönte seine Leistung, indem er bei einer »Selbstkritik«-Versammlung die moralischen und politischen Schwächen von mehreren mittelmäßigen Studenten anprangerte, deren Eltern der nötige Parteieinfluß fehlte. Nachdem er beim Abschluß mit der begehrten Lenin-Medaille ausgezeichnet worden war, ersuchte er um Aufnahme als Offiziersanwärter beim KGB und wurde sofort genommen. So kam es, daß der Oberst 1961, damals Oberleutnant, sowohl sein Mentor wie direkter Vorgesetzter wurde, der unmittelbar verantwortlich für ihn war.

Sein erster Einsatz war als Rohrschlosser in einem mongolischen Stahlwerk. Lu schleuste sich in eine abweichlerische Gruppe von Arbeitern ein, die der Meinung waren, daß Sowjetbürger orientalischer Abstammung den gleichen Lohn und dieselben Vergünstigungen bekommen sollten wie Großrussen. Lu löschte diese Zelle aus und sorgte dafür, daß vierzehn seiner eigenen Rasse einen Freifahrschein ins Arbeitslager bekamen. Dafür wurde er befördert und erhielt die Auszeichnung Sozialistischer Held, Dritter Klasse, und, was wichtiger war, er lenkte die Aufmerksamkeit seiner Vorgesetzten auf sich.

Sein zweiter Einsatz war als Austauschstudent von Trinidad an der Universität von Kalifornien in Berkeley. Er war angeblich der Sohn eingewanderter Chinesen, und seine Papiere wiesen ihn als Louis An

Lu aus. Der Oberst hatte diesen Namen ausgewählt und scherzhaft gesagt: »Um Ihre Unarten während Ihrer Schulzeit zu verewigen.«

Lu bereitete sich auf diesen Einsatz durch den Besuch der »Illegalen«-Schule des KGB in Swerdlowsk vor, und schloß auch sie mit Auszeichnung ab. Sein Ziel war, sein Englisch zu verbessern und aus erster Hand die sich neu bildende radikale Linke zu studieren, sich jedoch nicht in ihre Politik verwickeln zu lassen. Was Lu aufgrund des amerikanischen politischen Klimas Mitte der sechziger Jahre sehr schwerfiel.

Lu fand die vielgerühmte amerikanische Lebensart vergleichbar mit dem Weißbrot, das in den kalifornischen Supermärkten verkauft wurde: ein teures, zellophanverpacktes, geschmackloses, farbloses Zeug ohne Nährwert, das weder satt machte noch befriedigte.

Kurz vor dem Abschluß wurde Lu über Kuba in die Sowjetunion zurückbeordert. Er brachte eine Liste mit den Namen von neunundachtzig amerikanischen und zweiundzwanzig ausländischen Studenten mit, die möglicherweise zu einem späteren Zeitpunkt für die Vorstellung »Weltfrieden und Bruderschaft durch sozialistisches Recht und sozialistischen Wohlstand« zu gewinnen waren.

Sein dritter Einsatz war als Abwehrverbindungsoffizier bei den Nordvietnamesen, wo es seine Aufgabe war, amerikanische Kriegsgefangene zu verhören.

Von den neun KGB-Offizieren in der NVA erreichte Lu die höchste »Verräter«-Quote und wurde deshalb zum Einsatzführer ernannt. Für seine Leistungen beförderte man ihn zum Hauptmann, und er erhielt den Orden Held der Sowjetunion, Zweiter Klasse.

Von da ab hatte Lu unter der Führung des Obersts als »Offizier für Sonderprojekte« gearbeitet. Zuerst in Singapur, als nächstes in Japan, dann kurz in Kanada und schließlich in Kalifornien.

Wieder schaute Lu auf die Uhr. Noch zwanzig Minuten. Ein Mann in Arbeitsmontur saß zwei Bänke von ihm entfernt und blätterte in einer Zeitschrift. Die Kleidung war echt, doch das Gesicht des Mannes war zu gut rasiert, zu weich und blaß, als hätte die Haut nie Sonne oder Regen gekannt. Seine Nägel waren sauber, die Finger lang und schmal. Doch die Schuhe waren es, die ihn verrieten. Sie waren aus festem Leder und von guter Qualität, was sich kaum ein Arbeiter leisten könnte.

Das gehörte zu des Obersts vorhersehbarem Spiel: einen Agenten auf den anderen anzusetzen und so seine Untergebenen mit der Zange des gegenseitigen Mißtrauens zu neuen Leistungen zu zwikken.

Lu stand auf und schlenderte den Weg entlang zur Bedürfnisanstalt, die von dichten Bäumen umgeben war. Als er auf den Kiesweg dorthin einbog, sah er, wie sein Beschatter hastig aufstand, die Zeitschrift unter den Arm klemmte und sich daran machte, ihm zu folgen. Lu tat, als griff er nach den Knöpfen seines Hosenschlitzes und ging auf die Herrentoilette zu. Doch kaum befand er sich aus seiner Sichtweite, lief er los und hielt das Häuschen zwischen sich und seinem Schatten. Durch einen Sprint von fünfzehn Sekunden, der sein Herz hämmern ließ, erreichte er eine etwa hundert Meter entfernte Baumgruppe, wo er sich keuchend auf den Boden fallen ließ.

Sein Schatten betrat die Toilette nicht, sondern blieb in der Nähe des Eingangs stehen. Um seine offenbare Verlegenheit zu vertuschen, die seine Unerfahrenheit verriet, blätterte er wieder in der Zeitschrift.

Lu wartete, bis der Mann sich umdrehte, dann sprintete er weitere hundert Meter, sprang auf einen Bus und fuhr zwei Stationen. Dann stieg er aus und ging Richtung Ismailowo-Park. Sein Schatten konnte sich am Montag auf ein ordentliches Donnerwetter vom Oberst gefaßt machen.

Lu verspätete sich um zwei Minuten. Er konnte Sascha nahe der Flamme des Unbekannten Soldaten sehen. Junge Komsomolzen mit Karabinern paradierten davor auf und ab. Eine Hochzeitsgesellschaft brach gerade auf, nachdem sie Blumen an den Fuß des Denkmals gelegt hatte.

Der Junge war stark hochgeschossen und, seit Lu ihn vor zwei Jahren das letzte Mal gesehen hatte, um einen guten Kopf gewachsen, doch jetzt mitleiderregend dünn und bleich. Sein Gesicht war nun voll entwickelt und wies Jekaterinas Züge auf. Er wird groß werden, dachte Lu. Groß und stark und gesund.

Sanft tippte er ihm auf die Schulter. Sascha zuckte zusammen und drehte sich um. Ein paar Sekunden standen sie da und blickten einander an und wußten nicht, wie sie reagieren sollten, doch dann traf der Junge die Entscheidung für sie beide. Er warf sich an Lus Brust und hauchte das magische Wort »Vater«.

Es war ein herrlicher Nachmittag. Die Sonne war herausgekommen, es wurde wärmer, und der Duft von frischem, wachsendem Grün hing in der Luft. Ganz Moskau war nach dem kalten Frühling auf den Beinen, und auf den Bürgersteigen drängten sich alte Leute, hüpfende Kinder, Liebespaare und junge Eheleute, die Kinderwagen schoben. Ein usbekischer Straßenhändler verkaufte Piroggen, kleine Hefeteigtaschen, die mit Hackfleisch gefüllt waren. Sie erstanden vier Stück und aßen sie genießerisch. Dann hielten sie bei einem Eisverkäufer an, und das Eis floß aus den Waffeltüten, ehe sie sich auf eine Bank im Schatten eines Baumes setzen konnten. Sie lachten und leckten das süße, kalte Zeug. Alle Schranken zwischen ihnen waren gefallen. Lus Herz floß über.

»Hast du Schwierigkeiten gehabt wegzukommen?«

Der Junge fuhr mit der Zunge nachdenklich über die Eiskrem, ehe er, jetzt mit einem weißen Schnurrbart auf der Oberlippe, ernst zu seinem Vater hochblickte. »Ich habe Großvater nicht angelogen. Ich sagte ihm, daß ich einem ungarischen Schachmeister zuschauen würde, der im Majakowski-Theater spielt.« Er hielt eine Karte hoch. »Siehst du, ich mußte nicht lügen. Ich bin der beste Schachspieler in meiner Schule und habe die Eintrittskarte als Preis gewonnen.«

Er teilte seinen Sohn heute gar nicht gern mit anderen, aber ihm würde nichts anderes übrigbleiben. »Wann mußt du dort sein?«

Der Junge schürzte die Lippen zu einem lausbübischen Grinsen. Die Karte flatterte aus seinen Fingern. »Großvater sagt immer, daß ich unachtsam bin, er muß wohl recht haben, denn ich habe sie verloren.« Er lachte.

Nachdem sie das Eis geschleckt hatten, schlenderten sie durch den Park. Lu stellte schließlich die Frage, die ihn die ganze Zeit gequält hatte: »Du bist entsetzlich dünn, Junge. Warst du krank?«

Sascha zuckte die Schultern und wandte den Blick ab. »Nichts Ernstes. Eine Grippe, die umging. Ich fange nächste Woche mit so einer idiotischen Behandlung an, aber seit ich weiß, daß du in Moskau bist, fühle ich mich schon viel besser.«

Er weiß Bescheid, dachte Lu. Großer Gott, er weiß Bescheid! Rasch wechselte er das Thema. »Und wie geht es dir in der Schule?«

Sascha zuckte die Schultern. »Ich habe Einsen in Mathe, Zeichnen, Englisch, Chinesisch und Geographie. In allem anderen Fächern habe ich auch gute Noten, außer im sozialistischen Realismus. Tut mir leid, Vater, aber er ergibt keinen Sinn für mich.«

Kein Wunder, dachte Lu. »Und hast du gute Freunde?«

»Ein paar. Schachspieler hauptsächlich.« Er drehte einen Grashalm zwischen den Fingern, dann zerrieb er ihn.

Lu verfluchte sich, weil er diese Frage gestellt hatte. Es war bei seinem Sohn sicher nicht anders, als es bei ihm gewesen war. »Machen dir irgendwelche der anderen Jungen Ärger?«

»Einige. Die älteren. Sie nennen mich ›blöder gelber Affe‹.« Er preßte die Lippen zu blutlosen Strichen zusammen. »Sie täuschen sich. Meine Noten beweisen es. Und ich bin braun, nicht gelb. Ich sehe diese gleichen *duraks* im Sommer am Strand in der Sonne braten, wie Hähnchen am Spieß, nur damit sie eine Farbe wie meine bekommen. Wer ist da also der blöde Affe?«

Lu wußte, was der Junge erduldete und immer würde erdulden müssen, solange er in diesem kalten, fremden Land lebte.

»Was willst du werden, wenn du mit der Universität fertig bist?«

»Künstler, glaube ich. Maler, vielleicht aber auch Schriftsteller.«

»Und wo würdest du gern leben, wenn du die Wahl hättest?«

Die Antwort erfolgte ohne Zögern. »Bei dir.«

Sie wanderten quer durch die Stadt in Richtung Kalinin Prospekt. Immer wieder blieben sie stehen und betrachteten die Schaufenster. Einmal lachte der Junge, als Spielzeugsoldaten auf Trommeln schlugen und Trompete bliesen. Es war das erste wirkliche Lachen, das er von Sascha hörte. Es klang wie Jekaterinas und war ein Echo der Freude, die er in seinem Herzen spürte.

Er führte den Jungen durch eine verglaste Galerie zum Café Waldai, wo sie sich an einen Ecktisch setzten, Zitronentee schlürften und Gebäck aßen. Es wurde allmählich spät und der Junge mußte in einer Stunde die Elektrische nach Hause nehmen.

Es blieb nur noch wenig Zeit. Die Planung für die Operation *Star Shot* war fast beendet, und der Oberst schickte ihn möglicherweise bereits nächste Woche in den Westen.

Er mußte es jetzt tun. »Ich werde dir ein Geheimnis sagen, Sascha. Es ist nur für dich, niemand anderes darf davon wissen. Wenn du zu jemandem darüber sprichst, würdest du mich in eine sehr schwierige Lage bringen.«

Der Junge nickte mit ernstem Gesicht. »Du bist mein Vater. Ich werde natürlich mit niemandem darüber reden.«

Lu schaute sich im Café um. Nur zwei Paare saßen zusammen an einem Tisch und plauderten. Er beugte sich vor und senkte die Stimme. »Ich habe einen Regierungsauftrag in Übersee. Ich wollte ihn nicht, aber ich habe keine Wahl. Das bedeutet, daß ich dich frühestens in zwei, drei Monaten wiedersehen kann. Aber wenn ich den Auftrag zufriedenstellend durchführe, gestatten meine Vorgesetzten mir, aus dem Dienst auszuscheiden. Meine Pension wird hoch genug sein, daß wir beide gut davon leben können. Von da ab werden wir zusammensein.«

»Wo werden wir wohnen? In Moskau?«

Lu schüttelte den Kopf. »Nein. Du sagtest, daß du gut in Geographie bist. Wo ist Singapur?«

»Südlich von Malaysia.« Der Junge wirkte nicht selbstgefällig, nur stolz, daß er die Antwort kannte.

»Was weißt du darüber?«

»Es ist eine unabhängige Inselrepublik und sehr schön. Ich habe einen Film über sozialistische Gewerkschaften dort gesehen, mit vielen Stadt- und Landschaftsaufnahmen.« Sein Gesicht bewölkte sich flüchtig. »Wird es uns denn wirklich gestattet, außerhalb der Sowjetunion zu wohnen? In der Schule sagt man, daß die Juden sowohl Parasiten wie Verräter sind, wenn sie einen Auswanderungsantrag stellen. Würden wir dann Verräter sein?«

Lu hatte seine Entscheidung vor zwei Tagen gefällt. Er würde weder mit den Amerikanern oder Briten noch mit den Franzosen Kontakt aufnehmen. Und wenn er je vorgeladen wurde, würde er nichts verraten. Sollten die weißen Rassen ihre Kriege doch allein austragen. Er wollte nichts wie weg. »Nein«, antwortete er schließlich. »Wir wären keine Verräter.« Aus seiner Brusttasche zog er ein Päckchen mit Papieren und einen winzigen Jadetiger.

Er hielt das Figürchen ins Licht, dann streckte er es seinem Sohn entgegen. »Das kaufte ich vor drei Jahren einem Händler in Singapur ab. Das kleine Tierchen ist zweitausend Jahre alt. Wenn du es möchtest, schenke ich es dir.«

Der Junge griff danach, stellte es auf den Handteller und betrachtete es im Licht. »Er ist sehr schön, so lebensecht. Siehst du, wie die Muskeln angespannt sind? Als wollte er jeden Moment losspringen.« Er schloß die Hand um das Figürchen. »Ich kann sogar die Sonnenwärme in seinem Körper spüren. Ja, ich würde ihn gern behalten.« Er blickte auf das Päckchen. »Was soll ich damit tun?«

»Momentan nichts. Versteck es an einem sicheren Ort, wo dein Tiger es bewachen kann. In ein paar Monaten wirst du ein Telegramm aus Leningrad bekommen, eine Einladung zu einem Wochenendschachturnier, für das alle Auslagen bezahlt werden. Sobald du es erhalten hast, rufst du deinen Onkel Zymbal von einer Telefonzelle aus an. Seine Telefonnummer findest du in dem Päckchen. Onkel Zymbal wird alles mit deinem Großvater arrangieren und mit dir nach Leningrad fahren. Dort wird er dich in einen Zug nach Finnland setzen. Ich werde dich auf der anderen Seite der Grenze erwarten.«

Der Junge blickte ihn verblüfft an. »Ich glaube nicht, daß das geht. Dazu brauchte ich die nötigen Papiere.«

Lu tippte auf das Päckchen. »Die sind hier. Es enthält einen Transitschein, der zweiundsiebzig Stunden gültig ist. Das Datum ist noch nicht eingetragen, das mußt du tun. Du bist ein sowjetischer Junge, der seine Großeltern übers Wochenende besucht. Nach dem Krieg 1939 entschieden sich einige Sowjetbürger, in Finnland zu bleiben. Seit der neue Generalsekretär am Ruder ist, dürfen die Behörden Verwandtenbesuche über die Grenze genehmigen.« Er zauste Saschas Haar. »Mach dir keine Sorgen. Dein Onkel wird deine Geschichte mit dir durchgehen, aber sieh zu, daß du ein bißchen Finnisch lernst, damit du den Grenzbeamten imponieren kannst.«

»Warum können wir uns nicht in Moskau treffen?«

»Das kann ich dir jetzt nicht erklären, Sascha. Später einmal werde ich es. Hab Vertrauen zu mir.«

»Aber wir werden zusammensein?«

»Ja«, versprach Lu. Und fügte in Gedanken hinzu: Solange wir leben.

Am Montag hatte Lu seine letzte Besprechung mit dem Oberst.

Inzwischen war bereits sein Gepäck zum Hotel Berlin gebracht, eine Platzreservierung für die Bahnfahrt nach Tallin, der Hauptstadt der Estnischen SSR, gemacht und eine Kabine auf dem Dampfer *George Ott* gebucht worden, der am 21. Mai von Tallin nach Helsinki auslief.

Der Oberst lehnte sich in einem weichgepolsterten Schreibtischsessel zurück und kratzte sich am Kinn. »Sie haben Kaarlo mit voller Absicht abgehängt. Warum?«

»Weil Kaarlo so auffällig wie eine läufige Hündin war. Ich dachte, es sei ganz gut, dann strengt er sich das nächste Mal mehr an.«

»Was haben Sie an diesem Nachmittag gemacht?«

»Ein Mann hat gewisse Bedürfnisse, die nicht einmal der Staat befriedigen kann. Muß ich in Einzelheiten gehen?«

Der Oberst lehnte sich weiter zurück und zündete sich eine Zigarette an. »Nicht nötig. Ich weiß jetzt, daß ich Sie zu hart angetrieben habe.« Er machte eine Pause und kratzte sich am kahler werdenden Schädel. »Also, was meinen Sie? Sind Sie mit unserem Plan zufrieden?«

»Er ließe sich noch verbessern, aber nur unwesentlich, und ich mag es sowieso lieber simpel. Der Helsinki-Teil ist kritisch und der Grenada-Teil am schwierigsten. Der Rest ist mehr oder weniger einfach, vorausgesetzt die Kubaner lassen uns nicht im Stich.«

Der Oberst drehte sich mit dem Sessel, daß er durchs Fenster über den Platz sehen konnte, und strich abwesend mit den Fingern durch das sich lichtende Haar bis hinunter zum Nacken.

»Keine Ihrer Aufgaben ist schwierig, verglichen mit dem Problem, das ich haben werde, das Projekt dem Politbüro schmackhaft zu machen. Aber das ist meine Aufgabe.« Er drehte den Sessel zurück, stand auf und streckte die Hand aus. »Versagen Sie mir nicht, Louis. Es hängt sehr viel von Ihrem Einsatz ab.«

Lu blickte ihm fest in die Augen und nahm des Älteren Hände. Er drückte sie sehr fest und sehr lange. Es war mehr als ein Händeschütteln, es war ein Versprechen. »Ich denke nie an Versagen, Mischka, nur an Erfolg. Es wird das Geld wert sein, das Sie hineingesteckt haben.« Und er meinte jedes verdammte Wort davon. Nur hatte er dem Oberst den gegenwärtigen Wechselkurs nicht genannt.

7

25. Mai

Lu döste im trockenen Sonnenschein Helsinkis und achtete kaum auf die Stimme des nächsten Delegierten, die aus der Lautsprecheranlage dröhnte.

Der Sprecher von Angola redete und redete. Aus Langeweile schirmte Lu die Augen gegen die grelle nördliche Sonne ab und schaute sich um. An allen Seiten erstreckten sich die ansteigenden Sitzreihen des Olympiastadions, bunt behangen mit den Fahnen jeder nationalen Delegation. Es war heute der letzte Tag der Massenkundgebung unter dem Motto »Frieden im Weltraum«.

Von überallher hatten sich Gruppen eingefunden: aus Nicaragua, den USA, aus Großbritannien, der UdSSR, Mosambik, Bulgarien, Indien, Mexiko, Frankreich, Deutschland, Griechenland und vielen anderen Ländern. Die meisten Delegationen waren bunt zusammengewürfelte Gruppen mit Personen unterschiedlichsten Alters, ethnischen Hintergrunds und gesellschaftlicher Stellung. Doch alle waren begeistert und fast unangenehm ernst.

Schweiß perlte auf Lus Stirn, und seine Kopfhaut juckte. In der Mulde des Stadions war die Luft drückend. Für Helsinki war es ein ungewöhnlich warmer Tag mit nur einer leichten Brise von der Ostsee. Wattige Quellwolken trieben gemächlich am Himmel und warfen hin und wieder Schatten über das Stadion. Flüchtig wünschte sich Lu, er säße in einem Straßencafé der Stadt. Aber einem Redner mußte er noch zuhören, obgleich er die meisten Reden dieses Mannes vor einer Woche im Archiv in Moskau auf Videobändern studiert hatte.

Die drei Tage seit seiner Ankunft in Helsinki waren nicht anstrengend gewesen. Mit seinem kanadischen Reisepaß, der ihn als Louis E. Kim auswies, war er durch Einwanderung und Zoll gewinkt worden, dann hatte er in seinem Zimmer im Hotel Presidentti sechzehn Stunden durchgeschlafen.

Immer noch etwas benommen war er am nächsten Vormittag in der Kluuvi Gloet gejoggt und hatte anschließend an einen Saunabesuch ein gewaltiges Frühstück zu sich genommen, und zwar an einem Tisch mit einem netten amerikanischen Ehepaar und dessen weniger erträglichen Bälgern. Während er sich beiläufig über amerikanische

Politik unterhielt, spürte Lu, wie sich seine falsche Identität als Kanadier festigte.

Seine Flugtickets wurden an diesem Nachmittag in einem unbeschrifteten Umschlag abgegeben, und Lu beendete seine Aufträge, indem er dem Portier des Hotels Marski einen Brief übergab.

Er hatte eigentlich nicht beabsichtigt, ins Stadion zu gehen, doch irgendwie hatten die Videoaufnahmen ihn nicht recht befriedigt. Er mußte den Mann erst wirklich sehen, ehe er sich an ihn wandte, und ihn quasi abtasten.

Der Sprecher von Angola kam schließlich zum Ende, dann hob er segnend die Arme. Die Tribünengäste klatschten donnernd Beifall und verstummten erwartungsvoll.

Jetzt würde Hiroshi Katana die Abschlußrede halten. Der alte Herr wurde von einem Begleiter behutsam zum Mikrofon am Rand des Podiums geführt. Der Begleiter schob das Mikrofon tiefer in den Ständer, bis es die richtige Höhe für den alten Mann hatte, dann klopfte er probehalber sanft mit den Nägeln darauf. Katana verbeugte sich knapp vor den Versammelten und rückte die dunkle Brille über den blinden Augen zurecht.

»Ich bin ein unbedeutender Mann«, begann er gedämpft auf englisch, mit nur leichtem Akzent. »Und ich bin hier, um für den Frieden im Weltraum zu plädieren.« Seine Stimme wurde allmählich kräftiger. »Doch obgleich ich ein unbedeutender Mann bin, so wie wir alle hier eine unbedeutende Gruppe sind, sind unsere Stimmen ein Echo unseres kriegsmüden Planeten.« Nun sprach er noch lauter, klangvoller: »Und man wird uns hören!«

Der erste Applaus war wie ein Trommelwirbel, doch rasch folgte ihm das donnernde Stampfen von zahllosen Füßen. Hiroshi Katana – der alles andere als ein unbedeutender Mann war, wie Lu wußte – hob Schweigen gebietend die Arme.

»Wir leben in einer gefährlichen Zeit. Es gibt zwei Weltmächte, die über die Mittel verfügen, unseren Planeten zu zerstören. Eine ist für den Frieden, die andere nicht. Sollte je wieder ein Krieg mit Atombomben geführt werden, werden nicht nur wir alle seine Opfer sein, sondern auch unsere Kinder und Kindeskinder.«

Wieder ein betäubendes Beifallsstampfen.

Erneut bat Katana um Ruhe, dann fuhr er eine Narbe an seiner rechten Wange nach und sagte: »Vor über vierzig Jahren stand ich mit anderen Arbeitern auf einem Fabrikhof, um Blut zu spenden für die Opfer amerikanischer Luftangriffe auf unser wehrloses Vaterland. Ich schaute zum wolkenlosen Morgenhimmel hoch, als plötzlich die Sonne explodierte und ein Sturm stärker als ein Taifun blies. Rings um mich hörte ich Angst- und Schmerzensschreie, doch ich konnte nicht mehr sehen und werde es auch nie mehr können.«

Jedes Geräusch im Stadion war plötzlich verstummt. Katana beugte leicht den Kopf, dann hob er ihn langsam wieder, als koste es ihn größte Anstrengung. Seine Stimme gewann an Kraft, sie war brüchig, doch hart wie der Stahl, den er in seinen Werken in Osaka herstellte.

»Der Abwurf der amerikanischen Atombombe über Hiroshima war nicht lediglich eine Unüberlegtheit in ihrem unmenschlichen Krieg gegen Japan – es war ein vorsätzlicher, sinnloser Massenmord! Und zu so einem Verbrechen darf es nie wieder kommen!«

Das Stadion tobte förmlich, bis Delegationen auf einer Tribünenseite mit Rufen anfingen. Fast wie in religiösem Fanatismus wurden die Worte aufgegriffen, und die Gruppen auf der anderen Stadionseite stimmten mit ein.

KEIN – YANKEEKRIEG – MEHR!
KEIN – YANKEEKRIEG – MEHR!

Hiroshi Katana tastete nach Mineralwasser und trank aus der Flasche. Das war eine wohl berechnete Geste, wurde Lu bewußt. Der Alte wollte damit seine Verbundenheit mit dem einfachen Volk ausdrücken.

Dann stellte Katana die Flasche vorsichtig ab und hob die Hand. Im Stadion wurde es still, als hätte jemand den Ton abgeschaltet.

»Verhandlungen über Rüstungskontrollen wurden sowohl vom Osten und Westen aufgenommen. Geringe Fortschritte konnten in der Abschaffung von Kurzstreckenraketen und der Reduzierung von strategischen Langstreckenwaffen erzielt werden. Doch es muß noch viel getan werden. Von der Sowjetregierung wurden Vorschläge für eine kernwaffenfreie Zone gemacht, doch die Untätigkeit der Amerikaner und ihr ewiger Zank um winzige Details bringt den ganzen Planeten in Gefahr.«

Er machte eine kurze Pause, während der man eine Nadel hätte fallen hören können. »Die Amerikaner behaupten, dieses anrüchige Programm sei für ihren Schutz. Doch die ganze Welt weiß, daß die Anstrengungen der amerikanischen Militaristen nur schlecht getarnte Kriegsvorbereitungen sind.«

Die Tribünen brüllten auf und fingen wieder zu rufen an, doch Katana schüttelte den Kopf, und die Menge beruhigte sich. Er senkte jetzt die Stimme, und trotz der Verstärkeranlage beugten sich die Delegierten vor, um seine kaum vernehmbaren Worte zu hören.

»Ich bin auch ein ungebildeter Mann«, sagte er. »Ja, ich verstehe ein bißchen etwas vom Maschinenbau« – Lu wußte, dazu gehörten der Bau einer Werft für Supertanker, eine Flotte Kargojets, ein Automobilwerk in der Größe von zwanzig Hektar, mehrere Stahlwerke und eines der größten Halbleiterwerke in ganz Asien –, »trotzdem betrachte ich mich als ungebildet. Doch selbst als ungebildeter Mann weiß ich, wie ungleich ein Kampf ist, wenn sich zwei Gegner gegenüberstehen, von denen einer nur mit einem Schwert bewaffnet ist, der andere jedoch mit Schwert und Schild. Ist es nicht logisch, daß der Krieger mit Schwert und Schild in Versuchung kommt, seinen Gegner anzugreifen, weil er weiß, daß ihm selbst kaum etwas passieren kann?«

Fünftausend Kehlen brüllten ihre Zustimmung, zehntausend Füße stampften im Takt, Fahnen von fünfunddreißig Nationen flatterten leicht in der Nachmittagsbrise. Katana schüttelte den Kopf, und wieder verstummte die Menge. Nahezu eine Minute lang herrschte Stille im Stadion, während der alte Mann den Kopf wie im Gebet gebeugt hatte. Dann hob er ihn langsam, und die Sonne ließ sein Silberhaar wie in einem Heiligenschein aufleuchten. Als wäre Gott auf seiner Seite, dachte Lu. Der Papst hätte es nicht besser machen können.

»Ich schäme mich, gestehen zu müssen, daß einige meiner geldgierigen Landsleute, wie ich hörte, amerikanisches Blutgeld angenommen haben, um bestimmte *Star-Wars*-Mechanismen zu bauen, die bald im Raum getestet werden. Das ist eine offenkundige Verletzung der Abmachungen. *Sie* leugnen es ab und behaupten, diese Arbeit sei auf das Labor beschränkt. *Ich* sage, sie lügen! *Sie* erklären salbungsvoll, diese Arbeit diene der Verhinderung von Kriegen. *Ich sage, sie planen ihn im Gegenteil ganz bewußt!*«

Ein Donnergebrüll erhob sich von den Tribünen, das fünf Minuten anhielt.

Als es wieder ruhig war, sprach Katana: »Ich stehe vor euch und kann die Nachmittagssonne nicht sehen, die mein Gesicht wärmt. Ich wollte, ich könnte die Bäume sehen, den Himmel, die einfache, doch beredte Schönheit spielender Kinder, doch das kann ich nicht. Und trotzdem kann ich euch sehen, meine Freunde, wenn auch nur in meinem Herzen, und ich verspreche euch, daß dieser blinde alte

Mann alles tun wird, um die Ausbreitung amerikanischen nuklearen Wahnsinns zwischen den Sternen zu verhindern.«

Er verbeugte sich, drehte sich um und schlurfte zu seinem Stuhl. Schwarze, weiße, gelbe und braune Hände langten nach ihm in einem Solidaritätstaumel, Kameras klickten und surrten. Sein Begleiter wartete ein paar Minuten, dann führte er den alten Herrn aus der drängenden Menge zu seinem Platz. Mit höflichem Lächeln setzte Katana sich. Er wischte sich über die Stirn und nickte zu der donnernden Beifallskundgebung im ganzen Stadion.

Was für eine Show, dachte Lu. Seine Hände schmerzten vom Klatschen, seine Kehle war wund, denn auch ihn hatte der Zauber in den Worten des alten Mannes mitgerissen.

Wie eine gewaltige Maschine, die warmläuft, griff die Menge den Ruf auf, bis er immer stärker anschwoll, stampfte im Takt mit den Füßen, und die Fahnen flatterten dazu.

KEIN – YANKEEKRIEG – MEHR!
KEIN – YANKEEKRIEG – MEHR!
KEIN – YANKEEKRIEG – MEHR!

Lu drehte das Cocktailstäbchen in seinem Perrier und schaute auf seine Rolex. Siebzehn Uhr fünfundfünzig. So wie Lu die Japaner kannte, würde sich Katana genau um die angemessene Zeit verspäten. Wer auf wen wartete und wie lange, wurde durch die persönliche Bedeutung oder auch Hackordnung bestimmt.

Am Tag zuvor hatte Lu einen Umschlag in Katanas Hotel abgegeben, der seine Visitenkarte mit der Aufschrift *Malaysische Geschäftsleute stehen für den Frieden* enthielt, eine gefälschte Kopie eines Berichts des US-Verteidigungsministeriums über das Projekt *Star Shot*, eine handschriftliche Einladung, sich zu treffen, um über »eine Sache von gemeinsamem Interesse« zu sprechen, und ein Bankscheck in der Höhe von zehntausend Dollar, ausgestellt auf das Katana-Weltfriedensinstitut.

Eine Antwort erreichte Lu in seinem Hotel. Katana bedankte sich für die Spende und versicherte, daß er die Einladung annehme. Unterschrieben war sie von seinem Sohn.

Lu hatte das Restaurant Fen Kuan ausgewählt, da es auf der Eerikinkatu lag, abseits der Touristenstraßen. Es hatte Nebenzimmer für Gäste zu bieten, die ungestört sein wollten. Lu hatte dem chinesischen Geschäftsführer hundert Finnmark in die Hand gedrückt, um sicherzugehen, daß sie schnell bedient würden und niemand sie störte. Nun zwang er sich, sich zu entspannen, und warf wieder einen Blick auf die Armbanduhr. Achtzehn Uhr zehn. Er nahm an, daß Katana ihn noch mindestens fünfzehn Minuten warten lassen würde.

Um zwanzig nach sechs betrat Hiroshi Katana, von seinem Sohn geführt, das Zimmer.

Lu erhob sich. Katanas Sohn war einen Kopf größer als sein Vater, hager und doch kräftig gebaut. Die beiden Japaner verbeugten sich knapp, und Lu verneigte sich ebenfalls, um eine Spur tiefer als nötig.

»Mein Vater möchte Ihnen seine Dankbarkeit für Ihre großzügige Spende ausdrücken und die delikate Information, die Sie ihm zukommen ließen. Sie werden verstehen, daß der Terminplan meines Vaters sehr dicht ist und er Ihnen nur zehn Minuten widmen kann.«

»Ich fühle mich geehrt, daß Ihr Herr Vater sich überhaupt Zeit für mich nehmen kann.« Lu bedeutete den beiden, Platz zu nehmen.

Katanas Sohn rückte seinem Vater einen Stuhl zurecht, dann verbeugte er sich wieder vor Lu. »Ich werde in zehn Minuten zurückkommen.«

Katana streckte die Hand über den Tisch. Lu nahm sie. Der alte Mann hielt sie ein paar Sekunden, ehe er sie losließ.

»Sie sind nicht aus Malaysien. Ihr Akzent deutet auf viel weiter nördlich. Sie sind sportlich und agil, ein junger Mann um die Fünfzig. Sie wiegen ungefähr siebzig Kilo und sind von mittlerer Größe. Ihre Hände verraten mir, daß Sie ein ruhiges Wesen haben, und doch steckt eine gewisse Spannung in ihnen.« Katana lächelte. »Das Dokument über das *Star-Wars*-Projekt, das Sie mir schickten, ist wahrscheinlich gefälscht. Ich möchte noch hinzufügen, daß die Organisation, die zu vertreten Sie angeben, erst vor zwei Wochen in Kuala Lumpur eingetragen wurde, und ihr Vorstand besteht aus einem Anwalt mit Büropersonal, und einem gewissen Louis Sing unbestimmter Nationalität, der als Schatzmeister aufgeführt wird. Ich nehme an, das sind Sie.«

»Darf ich Ihnen eine kleine Erfrischung anbieten?«

Der alte Herr schüttelte den Kopf. »Nein, ich bin gekommen, um Ihnen zuzuhören, nicht um zu trinken.« Er tastete mit den Fingerspitzen über seine Brailleuhr. »Ich habe nur noch neun Minuten.«

»Mein Kompliment zu Ihren eingehenden Nachforschungen und Ihrer Beobachtungsgabe. Auch ich habe mich gründlich informiert. Sie sind lediglich auf einem Auge blind. Das andere hat eine Sehschärfe von zwanzig Prozent. Während des Zweiten Weltkriegs waren Sie nicht Arbeiter, sondern Leiter einer Fabrik Ihrer Familie, die Artilleriegeschosse für die kaiserliche Marine herstellte. Ich weiß auch, daß Ihre Familie ihre Munitionsfabriken im besetzten China mit Zwangsarbeitern betrieb – und daß nach dem Krieg ein großer Teil Ihres Familienbesitzes von den amerikanischen Besatzungsmächten beschlagnahmt wurden.«

Der alte Mann lächelte höflich, doch ohne Wärme, und schaute auf die Uhr. »Im Namen meines Instituts danke ich Ihnen und Ihrer Organisation für Ihren finanziellen Beitrag zum Frieden im Weltraum.« Er machte sich daran aufzustehen. »Vielleicht können wir ein andermal über Ihre Ermittlungen und Beobachtungen sprechen.«

Lu rührte sich nicht, er warf lediglich einen Blick auf seine Uhr. »Bitte behalten Sie Platz. Da Sie mir zehn Minuten zugesagt haben, bitte ich Sie, mir auch die restlichen acht noch zu gewähren. Es geht um eine Sache, von der wir beide Nutzen ziehen können.«

Der alte Mann zögerte, dann lehnte er sich wieder auf seinem Stuhl zurück. »Siebeneinhalb Minuten«, korrigierte er. »Und wen vertreten sie, Mr. Louis Sing?«

»Leute, die wie Sie denken, nur aus anderen Gründen. Leute, die die amerikanischen Forschungen im Bereich der Weltraumverteidigung stoppen möchten.«

Hiroshi Katana lächelte und nahm die Sonnenbrille ab. Eine Iris war verschleiert, die andere klar und braun. »Das könnte mir vielleicht Spaß machen. In meinem Alter und meiner Stellung kommt es selten vor, daß man mir eine Herausforderung bietet. Ich nehme etwas Sake, vielleicht eine Flasche Kiku-Mausane.«

Der Kellner brachte den Sake, genau zur richtigen Temperatur angewärmt. Sie prosteten einander zu und tranken. Katana beugte sich vor.

»Und welchen großartigen Plan haben Sie ausgebrütet, Mr. Sing? Zehntausend Dollar sind eine teure Einführung.«

»Sie möchten, daß das amerikanische SDI-Programm fehlschlägt?«

Katana nickte leicht. »Das ist eine Möglichkeit.«

»Aus welchem Grund?«

Der alte Herr zuckte die Schultern und leerte sein Sakeglas. »Warum? SDI stellt potentiell eine Gefahr für das Gleichgewicht der Kräfte dar. Es ist vielleicht, nur vielleicht, eine Technologie, der die Sowjets nichts entgegenzustellen haben. Das könnte zu einem Krieg führen, und Kriege sind unrentabel. Lassen Sie sich das von einem sagen, der es weiß. Und es könnte ein bißchen mit persönlicher Befriedigung zu tun haben«, fügte er hinzu.

»Das ist ziemlich vage.«

»Dann will ich deutlicher werden: Eine Stabilität der Supermächte ist gut für das japanische Geschäft, und in einem nicht geringem Maß für Katana Shioji Industries.

Die Dollars, die die Arbeiter der amerikanischen Verteidigungsindustrie verdienen, werden für Katana-Automobile, elektronischen Krimskrams und Stahlerzeugnisse ausgegeben. Und die Sowjets sind großzügig mit harter Währung in ihrer Unersättlichkeit, westliche Technologie für ihre Kriegsmaschine zu erwerben, in der Form von Computer-Software, optischen Geräten, Präzisionswerkzeug und Halbleiterchips – ebenfalls alles Erzeugnisse des Hauses Katana.

Schließlich werden beide Supermächte sich in den Bankrott manövrieren, und Japan wird endlich seinen Kampf um die Weltherrschaft gewonnen haben.« Er hob leicht die Hände mit den Handtellern nach oben. »Sehen Sie, Mr. Sing, wir Japaner haben endlich eine harte Lektion gelernt, die nur die Demütigung der Niederlage uns lehren konnte. Warum eine Eroberung mit Waffengewalt, wenn der Sieg auf friedliche und einträgliche Weise durch japanische Disziplin und den allmächtigen Yen errungen werden kann?«

»Sie verachten die Amerikaner und verkaufen Ihnen trotzdem Ihre Produkte. Ich halte das für einen philosophischen Widerspruch.«

»Nicht wirklich. Die amerikanische Regierung hat versucht, mein Land, meine Familie und mich zu vernichten. Es ist ihr fast gelungen. Doch die Dollargewinne, die sich in den Reserven von Katana Shioji Industries häufen, sind eine Teilzahlung für diese Ungerechtigkeit. Ich reinvestiere diese Dollars in Geschäftsanteilen von wichtigen amerikanischen Unternehmen. Wenn ich und andere wie ich genügend Anteile besitzen, werden wir die Kontrolle über amerikanische Schlüsselindustrien bekommen. Das Amüsante daran ist, daß wir bereits mehr als nur einen Fuß in ihnen haben. In zwei Jahrzehnten werden die Vereinigten Staaten eine wirtschaftliche Kolonie Japans sein.«

»Und wie sieht es mit Ihrer tiefen Liebe zur Sowjetunion aus?«

»Ich verachte die Sowjets wegen ihres Verrats. Sie haben mein Vaterland gedemütigt, indem sie geheiligtes japanisches Land an sich nahmen, eine Handlung, die mein Volk als unverzeihlich ansieht. Eines Tages werden wir uns dieses Land zurückholen. Doch momentan bin ich bereit, sowjetisches Gold und Öl für meine Produkte in Zahlung zu nehmen.«

»Aber ...«

Katana schob sein leeres Glas zur Seite und schaute auf die Uhr. »Lassen Sie mich Ihren Vorschlag hören, Mr. Sing. Unser Treffen war sehr interessant, aber ich habe noch andere Verpflichtungen.«

»Ich möchte Ihnen eine Liste von Aufgaben präsentieren, mit denen Sie mir behilflich sein können. Doch zuerst sollten wir uns über ihre Bezahlung unterhalten.«

Ein spöttisches Lächeln zog über Katanas Lippen. »Geld, fast egal in welcher Höhe, ist für mich wie eine Handvoll Reis für einen wohlhabenden Bauern. Sie können mich nicht kaufen, Mr. Sing, ja nicht einmal ausleihen. Wenn je öffentlich bekannt würde, daß ich in irgend etwas Illegales verwickelt war, würde ich das Gesicht verlieren und mein Imperium geriete in Gefahr.«

»Ich spreche nicht von Geld, sondern von etwas Unbezahlbarem, etwas, das nicht einmal Sie erstehen könnten. Das weiß ich, denn andere, ebenso reich wie Sie, haben es versucht.« Lu holte ein Farbbild aus seiner Brusttasche und schob es über den Tisch.

Katana griff danach und hielt es dicht an sein gutes Auge. »Paul Gauguin – *Frau mit Obst*. 1893!« flüsterte er. »Woher haben Sie es?«

»Es könnte Ihnen gehören, Katana-san. Als Anerkennung für Ihre Dienste.«

»Aber dieses Gemälde befindet sich in der Eremitage in Leningrad! Wie könnten Sie ...?«

»Es *befand* sich in der Eremitage. Inzwischen wurde es an einen Ort gebracht, wo Sie es ohne Schwierigkeiten abholen können, sobald Sie mir die gewünschte Hilfe haben zukommen lassen.« Lu machte eine bedeutungsvolle Pause. »Das heißt, wenn Sie es wollen.«

Die Augen des alten Mannes glitzerten in dem gedämpften Licht. »Sie haben dieses Gemälde hier in Helsinki?«

Lu schüttelte den Kopf. »Sie werden verzeihen, wenn ich mit einem alten Spruch antworte: ›Der Hund bekommt den Knochen erst, wenn er gezeigt hat, was er kann.‹«

»Und woher soll ich wissen, daß Ihr ganzes Projekt nicht ein Trick ist? Welche Sicherheit habe ich, daß ich dieses Gemälde auch tatsächlich bekomme?«

»Sowohl mein Ehrenwort als auch das meines Landes.«

Der alte Mann lehnte sich auf seinem Stuhl zurück und schwieg eine lange Weile, ohne das Bild aus der Hand zu legen. Schließlich sagte er: »Die Sache ist nun viel klarer, Mr. Sing. Was möchten Sie und Ihr Land?«

»Wissen Sie über die Arbeit Bescheid, die die japanische Industrie für das SDI-Programm macht?«

Der alte Mann nickte. »Das Projekt, auf das Ihr gefälschtes Dokument hinwies, dasselbe Projekt, von dem ich heute im Stadion sprach, ist der japanische GINGA-Satellit, der mit amerikanischen SDI-Geldern finanziert wird. Man sagte mir, daß er für ein verhältnismäßig unbedeutendes Laserexperiment entworfen wurde.«

»Und sobald der GINGA-Satellit fertiggestellt ist, wie würde er dann üblicherweise in die Vereinigten Staaten transportiert?«

Katana zuckte die Schultern. »Als Luftfracht, in einem Container. Aufgrund der Geheimhaltungsstufe wahrscheinlich mit einem japanischen Militärflugzeug.«

»Und das Feststoff-Kickstage-Antriebssystem, das schließlich damit verbunden wird?«

»Ebenfalls per Luftfracht. Zweifellos werden sie einen M-5R-Raketenmotor verwenden, ein Element, das üblicherweise bei japanischen kommerziellen Satelliten-Startprogrammen eingesetzt wird. Dazu gehört ein Feststoffantriebssystem, das am Satelliten angebracht wird, um ihn in eine höhere Umlaufbahn zu bringen, sobald er von einem Shuttle oder einer unbemannten Rakete ausgesetzt worden ist. Es würde jedoch aufgrund der Explosionsgefahr des festen Treibstoffs auf keinen Fall in derselben Maschine transportiert werden.«

»Aber es *könnte* doch auch als zivile Luftfracht versandt werden?«

Nachdenklich fuhr Hiroshi Katana seine Narbe mit der Fingerspitze nach. »Es wäre möglich, aber nicht wahrscheinlich. Die Versicherung, die dafür abgeschlossen werden müßte, wäre unvorstellbar hoch. Unter japanischem Gesetz muß der Transport von Regierungsgütern zuerst zivilen Luftfrachtgesellschaften angeboten werden. Doch in einem Fall wie diesem würde sich bestimmt niemand dafür interessieren. Deshalb wird die M-5R wahrscheinlich separat in einem Militärflugzeug transportiert werden.«

»Aber die Katana-Shioji-Luftfrachtgesellschaft könnte sich doch um den Transport der M-5R von Japan nach Amerika bewerben?«

Katana zog die Brauen kaum merklich hoch, dann blickte er wieder auf die Fotografie des Gemäldes. »Ich sehe da keine größeren Schwierigkeiten«, meinte er. »Sie haben sicher bestimmte Bedingungen für diese Charter?«

Lu zog einen Umschlag aus seiner Mappe. »Hier ist ein Flugplan mit Angabe der Zwischenlandungen zum Auftanken und ein Resümee über einen sehr tüchtigen Flugzeugmechaniker, der große Erfahrung mit der Boeing 747 hat. Der Flugplan und die Zwischenlandungen zum Auftanken müssen genau eingehalten werden. Und ich würde es begrüßen, wenn Sie den Mann für diesen Flug bekommen könnten.«

»Ich darf doch annehmen, daß weder dem Flugzeug noch seiner Besatzung etwas zustoßen wird?«

»Darauf haben Sie mein Wort. Außerdem werden Schwierigkeiten, die die Amerikaner möglicherweise haben werden, nachdem sie den Satelliten und das Antriebsaggregat erhalten haben, nicht zu Ihnen zurückverfolgt werden können.«

Katana warf einen flüchtigen Blick auf die Papiere und schaute wieder hoch. »Und wann bekomme ich den Gauguin?«

Lu zog eine Seekarte aus der Mappe. »Der Schiffahrtszweig von Katana Shioji verfügt über drei Frachter, die hauptsächlich für den Transport von elektronischen Geräten und Teilen zu den zollfreien Häfen in der Karibik eingesetzt werden, richtig?«

»Sie können kaum von mir erwarten, daß ich den exakten Aufgabenbereich meiner verschiedenen Unternehmensabteilungen kenne, doch ich bin sicher, daß Sie Ihre Hausaufgaben gut gemacht haben.«

»Angefangen sieben Wochen von heute sollen Ihre Leute in der Karibik jeden Tag um zwanzig Uhr Ortszeit auf den 6-Megahertz-Kanal schalten. Mein Kode wird *Kristall* sein. Sobald ich mit dem nächsten Schiff Kontakt aufgenommen habe, werde ich sowohl den Treffpunkt, wie Tag und Uhrzeit durchgeben.«

»Aber das Gemälde ...?«

»Wenn Sie tun, worauf wir uns geeinigt haben, Katana-san, werde ich es persönlich zu Ihnen oder einem von Ihnen bestimmten Mittelsmann bringen.«

»Wann?«

»Den genauen Tag kann ich leider noch nicht sagen. Aber in etwa sieben bis acht Wochen, möglicherweise auch neun.«

»Wie?«

»Ich werde das Gemälde in einem hermetisch versiegelten Container haben. Alle diese Schiffe laufen vor ihrer Rückkehr nach Japan die Bermudas an. Sie oder Ihr Beauftragter können dort, ehe ich aussteige, aufs Schiff kommen, um sich der Echtheit des Bildes zu versichern. Sind Sie damit einverstanden?«

»All diese kleinen Dienste werden mich ein Vermögen kosten, Mr. Sing.«

»Der Gauguin wird auf dem freien Markt auf über dreißig Millionen US-Dollar geschätzt, und das ist die Untergrenze. Ich glaube, Ihnen, Katana-san, dürfte er noch viel mehr wert sein.«

Katana lächelte und streckte den Arm zum Handschlag aus.

Sybil Ford warf ihren gefalteten Kleidersack auf den Schalter der Finnair, holte ihr Ticket aus der Handtasche und schob es über die zerkratzte Kunststoffplatte.

Die Finnair-Angestellte blätterte durch die roten Seiten, tippte eine Eingabe in ihren Computer und blickte auf den Monitor. Stirnrunzelnd drückte sie noch ein paar Tasten und schaute schließlich hoch. »Tut mir leid, es gibt eine Verzögerung. Flug 281 nach Montreal mußte wegen technischer Schwierigkeiten verschoben werden.«

»Großartig!« Verärgert zog Sybil eine Schachtel Zigaretten aus ihrer kleinen Handtasche und zündete sich eine Zigarette an. Als sie feststellte, daß sie geknickt war, warf sie sie auf den Boden und zertrat sie mit dem Absatz.

Verlegen blickte die Angestellte auf den Schirm, um ihr nicht in die Augen sehen zu müssen. »Das Flugzeug dürfte in vier Stunden starten können. Wir bedauern, wenn Sie durch die Verspätung Unannehmlichkeiten haben.«

Verdammt, fluchte Sybil innerlich. Bei einer Verspätung von vier Stunden würde sie erst nach drei Uhr morgens in Montreal landen. Dann konnte sie mit weiteren drei Stunden für die Zollabfertigung und die Fahrt mit dem Flughafenbus zu einem Hotel rechnen. Durch die Zeitverschiebung würde sie für die PISR-CANAM – die erste gemeinsame amerikanisch-kanadische Kundgebung für den Frieden im Weltraum – nicht ausgeschlafen haben. Der Rest ihrer Delegation war direkt nach New York zurückgeflogen, aber Sybil war als »Verbindungsfrau« für die kanadische Friedensgruppe eingeteilt worden.

»Gibt es denn kein anderes Flugzeug, das mich mitnehmen könnte?«

Die Angestellte schüttelte mitfühlend den Kopf. »Ich glaube nicht. Nach meiner Liste sind sowohl SAS wie Lufthansa voll ausgebucht.« Sie bückte sich, holte ein Exemplar des Fluglinienführers hervor und blätterte ihn durch. »Eine Möglichkeit bestünde. Wir haben zwar keine Reservierungsverbindung zu Aeroflot, doch sie hat in knapp einer Stunde einen Flug von Helsinki nach Neufundland. Das Flugzeug tankt dort auf und fliegt nach Kuba weiter. Wenn Sie erst in Gander sind, könnten Sie mit nur einer Stunde Aufenthalt einen Air-Canada-Flug bekommen, der Sie nonstop zum Dorval International in Montreal bringt. Mit ein bißchen Glück können Sie um dreiundzwanzig Uhr Quebeczeit in Montreal sein.«

»Aeroflot, die Russen-Fluglinie?«

Die Angestellte antwortete gleichermaßen verlegen wie entschuldigend: »Sie hat einen sehr guten Ruf.« Es kam zögernd, als wäre sie nicht überzeugt davon.

Sie griff nach ihrem Kleidersack und rannte wütend in die angewiesene Richtung.

Aeroflot hatte noch Platz. Sybil tauschte ihr Ticket um und mußte eine ganze Menge Finnmark draufzahlen, so daß ihr umgerechnet noch etwa dreißig Dollar blieben. Und sie hatte gedacht, sie könnte sich etwas Tolles im Duty Free Shop kaufen!

Das Einchecken ging gründlich, aber höflich vonstatten. Ihr Handtasche wurde durchsucht und ihr Kleidersack durchleuchtet. Ein Mann in Nadelstreifenanzug mit großen Revers, der wie aus einem George Raft-Film aussah, stand hinter dem Schalter mit dem Röntgengerät. Er studierte ihren Reisepaß eingehend, tippte etwas in einen Computer, dann händigte er ihr den Paß wieder aus. »Ich wünsche Ihnen einen angenehmen Flug, Miss Ford«, sagte er mechanisch und wandte sich bereits an den nächsten Fluggast.

»*Miss* Ford«, dachte sie verärgert, weil Männer wie dieser Chauviarsch nach zwanzig Jahren Frauenbewegung es immer noch nicht kapierten. Wütend packte sie ihren Kleidersack und sah sich um.

Etwa dreißig Personen saßen in der Wartehalle herum, hauptsächlich slawische Typen, die meisten grobschlächtig, sonnengegerbt und entweder in Leder- oder Seemannsjacken. Sybil zögerte und hielt Ausschau nach jemandem, bei dem sie keine Bedenken haben mußte, jemand, der nicht zu *ausländisch* wirkte. Am Fenster zur Rollbahn saßen ein älteres Ehepar, das Händchen hielt, ein junges rothaariges Mädchen und ein anständig gekleideter Gelber mittleren Alters, der harmlos wie ein Stück Seife aussah. Zwischen der Rothaarigen und dem Gelben war ein Platz frei, darauf ging sie zu.

»Ist hier noch frei?« wandte sie sich an die Rothaarige.

»Aber ja.« Die Rothaarige blickte mit warmem Lächeln hoch, das einen Mund voller nicht ganz gerader, aber erstaunlich weißer Zähne zeigte.

Sybil schob ihren Sack unter den Stuhl, warf einen flüchtigen Blick auf den Gelben – der den Börsenteil der Pariser Ausgabe des *Times Herald* studierte – und lehnte sich zurück.

Kurze Zeit verging, bis die beiden Mädchen sich beschnuppert hatten. Die Rothaarige brach das Schweigen als erste.

»Wohin fliegen Sie?«

»Nach Montreal.«

Das Mädchen grinste. »He, toll, ich auch. Sie gab Sybil die Hand. »Ich bin Di – wie die Prinzessin – Kaukins, mit K, aus Conneaut in Ohio, aber das ist nicht allzu weit von Cleveland, okay?«

»Sybil Ford.« Sie berührte die Hand der Jüngeren kaum. »Aus Boston – eigentlich Cambridge.«

»Wau!« hauchte die Rothaarige beeindruckt. »Was man darüber alles im *National Enquirer* liest – massenweise stinkreiche Studenten, Sex und billige Drogen. Stimmt nicht wirklich, oder?«

»Hm.« Sybil lächelte geheimnisvoll.

Di Kaukins riß staunend den Mund auf. »Wau! *Wirklich?*«

»Das ist nichts so Besonderes«, antwortete Sybil bereits gelangweilt. Worauf habe ich mich da eingelassen, fragte sie sich. Muß ich mich von diesem Hohlkopf jetzt sieben Stunden lang löchern lassen? Sie zog die Sonnenbrille über die Augen und bemühte sich, nicht zu auffällig in ihrer Suche nach einem anderen Sitznachbarn für den Flug zu sein.

Groß war die Auswahl nicht. Das ältere Paar würde zweifellos nebeneinandersitzen. Mit dem Kopf geradeaus studierte sie aus den Augenwinkeln die einzige Wahl, die ihr da noch blieb, den Gelben, den sie sich anfangs eigentlich nicht als Reisegefährten vorgestellt hatte.

Leicht abwesend blickte er auf die Seite mit den Börsenkursen. Er war Anfang Fünfzig, schlank, gut gekleidet, eigentlich *sehr* gut und doch leger, offenbar alles vom Besten im Westen. Sein ungewöhnlich großer Aktenkoffer, auf den er gleichmütig einen Fuß stützte, war aus Sattelleder und hatte teure Kombinationsschlösser aus Messing. Vielleicht ein Diplomat, dachte sie, und die herrlichen Möglichkeiten ließen sie erschauern. Sie malte sich aus, wer er sein mochte und in welcher Mission er unterwegs war. UN? Wahrscheinlich nicht, denn sonst würde er einen Direktflug nach New York nehmen. Okay, dann vielleicht ein chinesischer Botschaftsbeamter aus Havanna oder Ottawa? Oder vielleicht irgend so ein Spion, der in Kanada herumschlich und Karibuherden zählte oder das Geheimrezept für kanadisches Räucherfleisch ermitteln sollte. Unbewußt kicherte sie.

Der Gelbe senkte seine Zeitung und wandte sich ihr zu. »Sie beobachten mich jetzt bereits über eine Minute. Gibt es irgendein Problem?« Sein Englisch hatte eine ganz bestimmte warme Betonung, etwas, das fast auf *Kalifornien* hindeutete.

Sybil senkte die Stimme und versuchte sich ihre Verlegenheit nicht anmerken zu lassen. »Oh, tut mir leid. Das war sehr unhöflich von mir. Ich – nun, wissen Sie – ich habe Sie bloß angeschaut.« Sie hatte so gut angefangen, und jetzt stotterte sie. Sie spürte, daß sie rot wurde. »Ich meine, Sie sind so – so gut gekleidet und so ...«

Lu lächelte sie nun an und legte die Zeitung auf den Schoß. Er reichte ihr eine glatte, manikürte Hand. »Louis Kim«, stellte er sich vor.

Sie nahm seine Hand, spürte ihre Kühle und doch die Festigkeit einer inneren Kraft. »Sybil Ford«, antwortete sie.

»Und wohin reisen Sie, Ms. Ford? Etwa nach Kuba?«

Na, das ist mal was, dachte sie. Sein Gesicht war trotz seines geschätzten Alters faltenlos, die Augen waren warm, die Zähne ebenmäßig und gut gepflegt, und sein Rasierwasser roch, als kostete die Flasche wenigstens fünfzig Dollar.

»Nein, nicht nach Kuba. *Mon-re-all.*« So, wie die Einheimischen es aussprachen.

»Wie schön. Es ist eine sehr hübsche Stadt.« Er schob die Manschette zurück und schaute auf seine goldene Rolex. »Noch zwanzig Minuten, ehe wir einsteigen können. Ich wollte gerade noch einmal hinaus zum Duty Free Shop. Der Weißwein, den Aeroflot anbietet, ist entsetzlich süß, doch wie ich mich erinnere, gibt es im Duty Free Shop einen vorzüglichen Chablis. Dürfte ich Sie während des Fluges dazu einladen?«

Auf diesen Mann paßt die australische Redewendung: so glatt wie ein Soßensandwich, dachte Sybil. Laut sagte sie: »Gern.«

Er nickte freundlich, stand auf und griff nach seinem Aktenkoffer. »Fein. Halten Sie bitte meinen Platz frei.« Selbstsicher schritt er davon.

Di stupste sie mit dem Ellbogen. »Wer ist Ihr Freund?«

Sybil drückte nur flüchtig ein schlechtes Gewissen, weil sie ihren Bündnispartner wechselte. »Irgendein Diplomat. Aus Thailand, glaube ich.«

Di preßte die Lippen zusammen und blätterte durch die *Rock Ravens*, ohne auch nur einen Blick auf die Seiten zu werfen.

»Wollen Sie sich zu ihm setzen?«

Das gab den Ausschlag. Was wollte diese Raumkadettin von ihr? Einen Treueid? »Natürlich«, antwortete sie.

Die Passagiere wurden bereits aufgerufen, und Sybil Ford stand schon, als er zurückkehrte.

»O Gott, ich dachte schon, Sie würden das Flugzeug verpassen!«

Er hielt den Plastikbeutel in einer Hand, den Aktenkoffer in der anderen. Den Mantel hatte er sich in Humphrey-Bogart-Manier über die Schulter geworfen. »Jacques LeBren, Jahrgang 1981, ein einfacher, aber zufriedenstellender Tropfen. Ich glaube, er wird uns schmecken.«

Er sagte es so selbstverständlich, daß keinerlei Verlegenheit oder Unsicherheit aufkam und Sybil sich in seiner Gesellschaft wohl fühlte. Er war ein Kavalier der alten Schule, und sie fand diesen subtilen, aber echten Annäherungsversuch sehr befriedigend. Sie würde diesen Flug genießen, davon war sie überzeugt.

Er legte die Hand leicht auf ihren Arm und führte sie auf den Flugsteig und in die Maschine.

Eine Stewardeß, rotwangig glühend vor sowjetischer Gesundheit und offensichtlich eine Fitneßfanatikerin, hielt sie auf, ehe sie die Hauptkabine betraten.

»Bitte Ihre Flugscheine.« Die Stewardeß studierte sie eingehend und bedachte Sybil schließlich mit einem staatlichen Klasse-C-Lächeln. Louis war direkt hinter Sybil und hielt kaum an, um sein Ticket gleichmütig vor ihren Augen zu schwenken. Sybil spürte die Schwingung zwischen Louis und der Stewardeß: als wäre er der Rudelführer, der sein Revier markierte und dessen Autorität sie bereits anerkannte.

Die Stewardeß deutete ohne Zögern auf die erste Klasse. »Der Flug ist nicht stark gebucht, Sir. Vielleicht möchten Sie Ms. Ford mit in die Luxuskabine nehmen, wo es bequemer ist.«

Louis bedankte sich und führte Sybil zu zwei Plätzen an der Steuerbordseite der Maschine. Er nahm ihren Kleidersack ab und reichte ihn der Stewardeß. »Bitte bringen Sie das gut unter.«

Die Stewardeß nickte diensteifrig und öffnete die Tür zu einem Gepäckfach.

»Nein, nicht dort! Da wird es nur zerknittert. Bringen Sie es ins vordere Gepäckabteil und sorgen Sie dafür, daß es aufgehängt wird.« Er sagte es freundlich, aber fest, als wäre er es gewöhnt, daß man ihm sofort gehorchte. Die Stewardeß machte etwas wie eine

Verbeugung und zog sich rasch in Richtung Bug zurück. Sybils Gepäck trug sie mit derselben Hingabe in den Armen wie eine Mutter ihr Neugeborenes.

Nicht auszudenken, was dieser Mann mit einem Bostoner Taxifahrer machen könnte, staunte Sybil. Einfach Klasse!

Lu ließ ihr den Vortritt und deutete auf den Sitz neben dem Plexiglasfenster. »Bitte, nehmen Sie den Fensterplatz. Die finnischen und schwedischen Inseln sind im Zwielicht besonders schön.«

Sie machte es sich auf dem Platz bequem und blickte ihn an, als er sich neben sie setzte. »Fliegen Sie diese Strecke öfter?«

Mit einer harmonischen Geste strich er sich durchs Haar und lokkerte den Knoten seiner Krawatte. »Glücklicherweise nicht. Normalerweise, wenn ich den Atlantik überqueren muß, fliege ich von wo immer ich mich auf dem Kontinent aufhalte erst nach Paris oder London und nehme die Concorde.«

Beachtlich! Dieser Mann hatte Stil! Sie dämpfte die Stimme: »Darf ich Sie fragen, was Sie beruflich machen?«

Er lächelte. »Nichts von Bedeutung. Ich habe eine kleine Firma in Britisch-Kolumbien, die ein Computer-Software-Programm für spezialisierte Anwendung im Termingeschäftsbereich entwickelt hat. Doch jetzt bin ich fast ständig unterwegs, um meine internationale Kundschaft zu betreuen.«

»He ...!« Sie fing sich und senkte die Stimme. »Das ist ja – faszinierend. Ich habe nämlich auch mit Computern zu tun – in Cambridge, Massachusetts.« Das stimmte tatsächlich. Sybil arbeitete als Kundenbetreuerin für ein Computer-Partnersuche-Institut, das sich Yuppie Love Unlimited nannte, und verhalf Yuppies mit Hilfe einer Datenbank, der die unterschiedlichsten Wünsche ihrer Kunden eingegeben wurden, zu entsprechenden Partnern.

Louis nickte. »Ich kenne Cambridge sehr gut. Ich besuche häufig Kunden dort.« Louis legte leicht die Finger auf ihr Handgelenk. »Erzählen Sie mir doch, was alles zu Ihrer Computer-Arbeit gehört.«

Sybil verschränkte die Finger und lächelte ihn kollegial an. »Nichts Besonderes, wirklich. Meine Firma benutzt eine Datenbank, um Personen mit bestimmten Fähigkeiten zu erfassen, in der Hoffnung, sie passend unterzubringen.«

Als Aeroflot-Flug 39 sich im schwedischen Luftraum befand, hatten sie bereits das erste Glas Chablis geleert und beschäftigten sich mit dem zweiten.

8

25. Mai

Das Abendessen im Flugzeug war vorzüglich gewesen. Es hatte als Vorspeise Kaviar gegeben mit einem süßen georgischen Sekt, dann Lamm mit Ananasstücken, kleinen Fischtörtchen, Schwarzbrot und Salat. Die Nachspeise war Sahneeiskrem. Die Stewardeß versorgte sie mit einem Glas Sekt nach dem anderen.

Louis war ein herzlicher, charmanter Mann, offenbar vielgereist und mit teurem Geschmack. Das einzige, was er von sich aus über sich erzählte, war, daß er kanadischer Staatsbürger war und in den Sechzigern die Universität in Berkeley besucht hatte (ein Friedenskämpfer, hatte er fast schüchtern gesagt, als erwarte er einen Vorwurf) und daß er nicht verheiratet war.

»Waren Sie schon mal verheiratet?« Sie war blind ihren Instinkten gefolgt und hatte diese Frage fast automatisch gestellt.

»Einmal. Meine Frau starb kurz nach der Geburt unseres Sohns. Er ist ein feiner Junge.«

»Oh, Louis, verzeihen Sie meine Neugier. Ihr Junge – lebt er in Kanada?«

»Bei seinem Großvater. Er ist krank, aber er wird bald wieder gesund werden. Ich versuche einen Zeitplan auszuarbeiten, damit ich viel öfter und länger mit ihm zusammensein kann.« Seine Stimme war leiser geworden, weicher, fast abwesend. Sie bedachte ihn mit einem heimlichen Blick und sah, daß seine Rechte die Linke umklammerte und sanft drückte – als wäre sie die Hand seines Sohnes.

Sie wandte verlegen die Augen ab, sie wollte nicht in seine privaten Gedanken dringen. Er war verwundbar und deshalb, wie sie es empfand, mehr als nur ein charmanter Mann – er war ein wirklicher Mensch, voll echtem Gefühl. In diesen Sekunden hätte sie so gern die Hand auf seine gelegt und ihm versichert, daß sein Sohn bestimmt wieder gesund würde. Doch die Sekunden vergingen ungenutzt.

Sie schwiegen jetzt, in Gedanken Welten getrennt. Seltsam, vielleicht dumm, dachte sie, wie sich zwei Fremde in der Abgeschiedenheit eines langen Fluges die privatesten Dinge erzählen.

Genug davon, tadelte sie sich. Sie mußte für eine leichtere Stimmung sorgen. Das Leben war *jetzt*, sie wollte ein bißchen Spaß haben. Sie suchte nach einem Thema, das diese ernste, nachdenkliche Stimmung vertreiben würde.

Er hatte ein paarmal sein Software-Business erwähnt. Nur kleine Hinweise, die jedoch eine beachtliche Summe ergaben, wenn man zwei und zwei zusammenzählte. Etwas über einen Mittelwert von hundertdreiundachtzig Prozent Jahresgewinn durch irgendeine computerisierte technische Anlayse des zukünftigen Marktes.

Nicht, daß sie viel davon verstand, aber mit einem Software-Programm, das einem genau sagte, wann man Schweinebauch, Silber oder Kupfer kaufen und verkaufen mußte, konnte selbst ein Blindgänger ordentlich verdienen. Sogar eine Flasche wie Eric.

Sie hatte Eric vor sechs Monaten bei einer Friedensdemonstration kennengelernt. Er war ein netter Junge, aus guter Familie, etwa in ihrem Alter, und beide hatten die gleichen Ansichten, was die Friedenspolitik betraf. Vor kurzem hatte er versucht, sie zu einer »näheren Verbindung« zu überreden. Sie hatte nicht die Absicht, ihn bei sich aufzunehmen, nur damit er Geld sparen konnte, weil er bloß die halbe Miete zahlen mußte, aber sie hatte die Möglichkeit, ihn zu heiraten, ernsthaft in Betracht gezogen.

Die Plus- und Minuspunkte. Er sah nicht schlecht aus. Er würde schon früh eine Glatze haben und mit Vierzig einen Bauch. Aber sie war auch nicht gerade eine umwerfende Schönheit. Nun, vielleicht hinkte er hinter der sexuellen Revolution ein bißchen her, aber sie erteilte ihm gute Nachhilfe zur beiderseitigen Befriedigung. Was ihn für sie jedoch besonders anziehend machte, war, daß er wirklich lieb war. Er schickte ihr Blumen, rieb ihr hingebungsvoll den Rücken, versuchte ehrlich ihre Bekannten zu mögen, ja streichelte sogar trotz seiner Allergie ihre Katze. Das einzige Problem: Er war eine finanzielle Niete. Er arbeitete für eine drittklassige Maklerfirma; es war seine vierte Stellung in drei Jahren auf der Karriereleiter, die er, statt aufzusteigen, abstieg. Die nächste Sprosse wäre der erste Schalterbeamte der Welt mit Harvard-Abschluß als Magister. Aber vielleicht ging es doch wieder aufwärts.

Jedenfalls, mit ihr als Motor und ein wenig Glück konnte es eine recht gute Ehe werden, solange sie am Steuer stand und er sich ordentlich in die Riemen legte.

Louis riß sie, offenbar wieder beschwingterer Stimmung, aus ihren Gedanken. Er reichte ihr ein Glas mit armenischem Weinbrand. Sie stießen an.

Dann drehte sie sich ihm zu und legte die Hand auf sein Knie, die scheinbar gleichmütige Geste von Vertrautheit. »Dieses Computer-Programm, das Sie entwickelt haben, Louis, klingt faszinierend. Erzählen Sie mir doch davon.«

Er hatte sich wieder in die ursprüngliche, freundliche Verpackung gehüllt – teuer, elegant und inzwischen ein bißchen angeheitert. »Es ist leichter, es Ihnen zu zeigen, als zu erklären, wie es funktioniert.« Er griff in das Fach über ihnen und zog seinen Aktenkoffer heraus.

Als er die Kombinationszahlen eingab, schaute sie ihm beiläufig zu, mehr weil sie von Natur aus eine aufmerksame Beobachterin war, als aus einem anderen Grund. Die erste Zahl war drei, die zweite sieben, doch dann war seine Hand im Weg und sie konnte die dritte nicht sehen.

Er öffnete den Koffer, er enthielt in schwarzem Schaumstoff gebettet einen Laptop. Er hatte kein Markenzeichen, war aber dem tragbaren IBM-Computer sehr ähnlich, den Terry, ihr Chef für Interviews von Kunden außerhalb benutzte.

Lu klappte den Schirm hoch und drückte auf zwei Tasten. Der Monitor leuchtete auf und zeigte die Worte: *Louis E. Kim Associates Futures Trading Program.*

Er drückte auf weitere Tasten. Auf dem Schirm erschien nun ein wahres Labyrinth von Zahlen und Zeichen.

»Ganz einfach.«

»Nicht für mich«, gestand sie ehrlich verwirrt.

»Aber es ist wirklich einfach. Dieser Computer hat ein eingebautes Modem – damit kann man Daten direkt telefonisch übertragen. Der Kunde braucht sich lediglich in irgendeine Börsendienstdatenbank einzuschalten. Dann gibt er in den Computer alle Termingeschäftsangebote ein, an denen er interessiert ist. Mein Software-Programm errechnet die Qualitätswerteinstufung auf der Basis des Warenwerts, vergleicht sie mit den vorkalkulierten Preisen und gibt dann Kaufs- beziehungsweise Verkaufsempfehlungen.«

»So einfach?«

»Im Grund genommen ja. Natürlich hat das Programm nicht immer recht, aber wenn ein Kunde sich an alle Empfehlungen hält, fährt er recht gut dabei.«

Das mußte *die* Untertreibung überhaupt sein! »Was kostet diese Software Ihre Kunden, und warum verkaufen Sie sie überhaupt, wenn Sie das Programm für sich allein behalten und damit Geld nur so scheffeln könnten?«

Louis zuckte die Schultern. »Erstens einmal bezahlen meine Kunden mich sehr gut. Ich habe mich auf eine Obergrenze von nur fünfzig sehr vermögenden Großanlegern beschränkt; denn mehr würden anfangen, den Markt so stark zu beeinflussen, daß die Voraussetzungen für das Programm nicht mehr gegeben sind.«

Ein wenig entmutigt erkundigte sie sich: »Was müssen Ihre Kunden Ihnen bezahlen?«

»Einen Anfangsbetrag von achtzigtausend US-Dollar, dann acht Prozent ihres Gewinns. All das ergibt eine recht hübsche Summe unter dem Strich.« Er tippte auf seinen Aktenkoffer. »Aber ich teste eine noch bessere Version bei meinem eigenen Geschäftskonto.«

»Und sie übertrifft die ursprüngliche Version?«

Louis nickte. »›Übertreffen‹ ist nicht ganz das richtige Wort. In diesem Jahr hat sie jedenfalls die Standardversion der Software um fast ein Dreifaches ›übertroffen‹.«

Ihr wurden die Knie weich. *Beinahe fünfhundert Prozent Gewinn im Jahr!* Mit dieser Software könnte Eric auch zu was kommen. »Louis – ich habe einen guten Freund – einen Makler. Könnte er Ihr Programm kaufen? Mir zuliebe vielleicht mit einem kleinen Preisnachlaß?«

Lachend schüttelte Louis den Kopf. »Sybil, ich würde es Ihnen schenken, aber überlegen Sie doch, es würde zu einem Desaster führen. Ihr Maklerfreund würde es verständlicherweise benutzen, um seine Kunden zu beraten. In den ersten Wochen wären die Ergebnisse spektakulär, doch mein Termingeschäfts-Programm würde anfangen, den Markt zu dominieren, wenn sein Kundenstamm wächst und immer mehr darüber bekannt wird. Es wäre wie bei einem Alchimisten, der die Formel entdeckt hat, aus Blei Gold zu machen, und der unklugerweise diese Formel an eine größere Zahl Interessenten verkauft. Eine Zeitlang würden alle gewaltigen Gewinn machen, doch schließlich wäre der Weltmarkt mit Gold übersättigt, und der Goldwert würde zum Preis von Blei fallen.«

Während er redete, schaltete er den Computer ab, klappte den Schirm zu, schloß den Koffer und schob ihn unter den Sitz vor sich. Plötzlich fühlte sie sich verraten, verärgert. Er nahm ihr etwas weg, und doch war es da, in seinem Aktenkoffer, ganz nah.

»Es ist – es ist einfach großartig!« hauchte sie schließlich.

»Ach nein«, wehrte er ab und lehnte sich zurück. »Nur ein Mittel, ein paar Dollar mehr zu machen, wenn es doch so viele angenehmere Dinge zu tun gäbe.« Als genügte es ihm nicht, ihr einen finanziellen

Schaden zuzufügen, beleidigte er sie nun auch noch, indem er die Hand auf ihren Arm legte und ihn streichelte.

Sanft, aber entschieden löste sie die Hand und wandte sich von ihm ab. Sie drehte den Leselichtschalter so weit zurück, wie es ging, und drückte die Sitzlehne in Liegestellung.

Okay. Schritt für Schritt. In einem Kofferfach neben dem Computer befand sich eine Schachtel Disketten, vermutlich Sicherheitskopien. Der Computer hatte zwei Diskettenlaufwerke. Wahrscheinlich irgendein neues japanisches Modell, denn zweifellos würde er den neuesten und besten haben. Aber Computer waren Computer. Um die Daten von einer Diskette auf eine andere zu kopieren, brauchte man lediglich die zu kopierende ins Laufwerk A zu stecken, eine leere ins Laufwerk B und dann auf ein paar Tasten zu drücken. Es dauerte nur wenige Minuten, die Daten zu übertragen und so eine identische Kopie zu erhalten. Das wußte sie aus ihrer praktischen Erfahrung mit ihrem Computer in Yuppie Love. Das machte sie jeden Abend, um eine Sicherheitskopie der Daten zu haben, die sie im Lauf des Tages eingegeben hatte.

Aber sie brauchte Zeit. Zeit, in der sie allein war.

Louis war seit der Abweisung spürbar kühler. Er hatte seinen Sitz ebenfalls in Liegeposition gestellt und döste nun offenbar. Das Licht in der ersten Klasse war gedämpft, die paar anderen Passagiere in der Kabine schliefen anscheinend, ihre Köpfe waren in die Kissen gedrückt, und sie hatten ihre Decken bis zum Kinn hochgezogen. Die Stewardeß hatte sich in die Geheimkabine zurückgezogen, in der sich Stewardessen offenbar während des letzten Flugabschnitts verkrochen.

Zehn oder elf Minuten war alles, was sie brauchte. Fünfzehn wären besser. Früher oder später würde er doch mal austreten müssen! Zwei oder drei Minuten sich zu entleeren, plus etwa dreißig Sekunden, in denen er sein Ding schüttelte, wie sie alle es taten, als wäre es eine Art förmlicher Gruß. Dann vielleicht eine Schnellrasur und ein paar Spritzer erstklassiges Aeroflot Aftershave. Das würde nicht genügen.

Sie könnte ihn bitten, sich von der Stewardeß ein Aspirin für sie geben zu lassen. Nein, damit erreichte sie nichts; er würde lediglich auf den Knopf drücken und befehlen, daß man es ihr in Geschenkpakkung brächte.

Aber es gab noch eine Möglichkeit. Sie richtete sich auf dem Sitz auf und betrachtete ihn verstohlen. Sein Mund stand offen, und er hatte die Augen geschlossen. Hin und wieder zuckte sein Körper.

Vorsichtig hob sie die Armlehne, die sie trennte, dann senkte sie den Kopf über seinen Schoß und steckte einen Finger tief in den Hals. Es war ein sehr reichliches Abendessen gewesen.

»Verdammt, Louis! Tut mir ja so leid! Ich spürte es und habe versucht, an Ihnen vorbeizukommen, um zur Toilette zu laufen.«

Zunächst war er benommen, dann plötzlich hellwach und wütend, als ihm bewußt wurde, was passiert war. Ein großer nasser Fleck auf seiner Flanellhose breitete sich innen am rechten Oberschenkel aus.

Sie versuchte das Erbrochene mit einer winzigen Cocktailserviette zu beseitigen, verteilte es dabei jedoch nur noch weiter auf dem Hosenbein. »Es war der viele Wein und Sekt. O Louis, es tut mir ja so schrecklich leid.«

»Nicht so laut, Sie dumme ...« Er unterdrückte das letzte Wort. Dann sagte er etwas gefaßter: »Seien Sie etwas leiser, Sybil. Das ist verdammt peinlich!«

»Ich sagte doch, daß es mir leid tut. Wirklich!« flüsterte sie. »Schnell, gehen Sie in die Toilette und waschen Sie es mit Wasser und Seife aus. Es trocknet bestimmt in zehn Minuten.«

Lautlos fluchend stand er auf und ging zum Waschraum der ersten Klasse.

Sybil schaute sich vorsichtig um. Niemand hatte etwas bemerkt. Dann blickte sie auf die Uhr. Achtzehn nach. Unwillkürlich zitterte sie. »Ich tu es für dich, Eric-Schatz«, wisperte sie.

Sie zog Louis' Koffer unter dem Sitz hervor, drehte die erste Scheibe des Kombinationsschlosses auf 3, dann die zweite auf 7. Der Deckel ließ sich noch nicht öffnen. Methodisch drehte sie die dritte von einer Zahl zur anderen, bis das Schloß bei 9 aufsprang.

Sie hatte bereits alles sorgfältig geplant: Computer einschalten, das Programm auf eine leere Diskette kopieren, den Computer abschalten, die Originaldiskette an ihren Platz zurückstecken, die Kopie behalten. Es würde seine Zeit dauern und nicht ohne Risiko sein, aber Louis würde vermutlich nie merken, daß sein Programm kopiert worden war.

Rasch drehte sie die beiden Messingverschlüsse des oberen Kofferfachs. Es enthielt eine Mappe, die sie öffnete. Sie schaltete das Leselicht auf die niedrigste Stufe ein und warf einen Blick auf die Uhr. Zwanzig nach.

Verdammt! Keine Diskette in der Mappe, trotzdem blätterte sie den Inhalt schnell durch. Im ersten Bündel, das mit einem Gummiband zusammengehalten wurde, nur Charterbroschüren von zwei großen Segeljachten, der *Pampero* von Antigua und der *Panama Red* von Saint Thomas auf den Jungferninseln. Das Motto war offenbar: »Segle in den sonnigen Süden!«

Das andere Päckchen enthielt einen Reisepaß und einige Flugscheine. Den Reisepaß zuerst: Louis Kim – kanadische Nationalität – Techniker – usw. Stempel von allen Herren Ländern.

Als nächstes die Tickets, ein ganzer Stoß, auf allen mußte der Fluggastname erst noch eingetragen werden, ebenso die Flugdaten. Gander nach Montreal, Montreal nach Antigua, Antigua nach Guadeloupe, dann merkwürdigerweise ein Ticket von Bermuda zurück nach Helsinki. Sonst nichts.

Hastig tastete sie in dem Fach herum, aber es war leer. Scheiße! Er hatte sie also angelogen, was die verbesserte Software-Version betraf!

Rasch schaute sie wieder auf die Uhr. Zweiundzwanzig nach, schon vier Minuten vergangen. Die Diskette *mußte* da sein. »Es geht um unsere Zukunft, Junge!« hauchte sie. Okay. Ruhig Blut. Nehmen wir an, es gibt die Diskette wirklich. Sie ist wertvoll. Also muß sie logischerweise so gut verstaut sein, daß sie nicht durch Zufall beschädigt werden kann.

Nun tastete sie verzweifelt die Rückseite des aufklappbaren Fachs ab und drückte auf die mit Stoff überzogene Oberfläche. Sie spürte, daß sie ein bißchen nachgab, als wäre sie hohl – wahrscheinlich ein Geheimfach. Sie preßte fester auf die Seiten und hörte ein leichtes metallisches Klicken, dann noch eines. Das Geheimfach sprang auf.

Volltreffer! Eine Diskette in ihrer Schutzhülle und ein brauner Umschlag.

In dem Umschlag waren drei Reisepässe, zwei davon mit einem Foto von Louis Kim, nur daß sie auf einen anderen Namen und nicht in Kanada ausgestellt waren: einer in Malaysia auf den Namen Louis Sing; der andere in Singapur auf den Namen Lu Duc Lee. Der dritte Paß war ebenfalls aus Singapur und gehörte einem Sam Lee. Das Foto darauf war das eines Jungen, der Louis ähnlich sah.

Außerdem enthielt der Umschlag Bündel mit Tausenddollarreiseschecks, noch unausgefüllt. Sie blätterte nur flüchtig durch ein Bündel. Mindestens zwanzigtausend Dollar pro Bündel, und da waren noch sechs! Ganz schön, was der Mann da mit sich herumschleppte!

Wieviel Zeit war vergangen? Noch eine Minute, aber ihr schien es wie eine Stunde. Sie schaute auf den Mittelgang. Er war leer, und an der Tür zur Toilette war immer noch das *Besetzt* eingerastet.

Sie zog die Diskette heraus, klappte den Computerschirm auf. Rechts fand sie einen Knopf und drückte darauf. Der Computer erwachte zum Leben.

Hastig steckte sie die Diskette ins Laufwerk A, dann nahm sie eine leere Diskette aus der Schachtel und schob sie ins Laufwerk B. Ein rascher Blick auf die Uhr. Sechs Minuten vergangen. Vielleicht hatte sie genügend Zeit, vielleicht auch nicht.

Der Monitor sah normal aus, ein Positionsanzeiger blinkte rechts von der Eingabeaufforderung *A>*. Sie tippte den Befehl ein: *Copy A:*.* B:* und drückte mit angehaltenem Atem auf die Eingabetaste.

Wieder blinkte der Schirm. Die Laufwerke begannen zu surren. Eine Zeile leuchtete auf dem Monitor auf:

FILE COPYING IN PROGRESS. PLEASE WAIT.

Es funktionierte, Gott sei Dank, aber warum, zum Teufel, war sie so dumm gewesen, soviel Zeit zu vergeuden? Die Uhr verriet ihr, daß eine weitere Minute vergangen war. Wieder spähte sie den Gang entlang. Immer noch das Besetztzeichen an der Toilettentür.

Der kleine Computer zog seine Routine durch, ohne Rücksicht auf ihre Angst, ohne Rücksicht darauf, wieviel Zeit verging. *Surr, surr, surr,* als hätte er alle Zeit der Welt.

Endlich hörte er zu surren auf und seufzte höflich. Auf dem Schirm leuchtete eine letzte Mitteilung auf:

TWO PROTECTED FILE(S) COPIED.
PASSWORD(S) REQUIRED.
FILE(S) INVENTORY:
FILE NAME: PHASE ONE
FILE NAME: PHASE TWO

Ein Instinkt ließ sie aufblicken. Louis stand etwa in halber Höhe zwischen dem Waschraum und ihrem Platz. Er plauderte mit der Stewardeß, mit dem Gesicht in Sybils Richtung, doch offenbar durch das Gespräch abgelenkt.

Sybil riß die Kopie aus Laufwerk B und schob sie in die Zeitschriftentasche des Sitzes vor ihr. Dann zog sie die Originaldiskette aus Laufwerk A und steckte sie eilig in das Geheimfach zurück, klappte den Koffer zu und ließ die Verschlüsse zuschnappen. Hastig blickte sie auf. Louis war nur noch fünf Sitzreihen von ihr entfernt und kam gemächlich auf sie zu. Er lächelte jetzt und wirkte entspannt. Sie schob den Koffer unter den Sitz vor seinem, so wie sie ihn gefunden hatte.

Als Louis sich setzte, sagte er: »Ich habe meine Hose mit Wasser abgewischt. Sie ist zwar noch nicht ganz trocken, aber bis wir landen, dürfte sie trocken sein. Sobald wir durch den Zoll sind, ziehe ich mich um. Es sei Ihnen vergeben.« Er tätschelte ihr Knie. Als sie nicht reagierte, wandte er ihr das Gesicht zu. »Sie sehen gar nicht gut aus«, bemerkte er besorgt.

»Kopfweh und schlechten Magen. Ich vertrage Alkohol nicht gut.« Es fiel ihr schwer ihn anzusehen. Unwillkürlich zitterte sie.

»Ich fürchte, Sie haben sich erkältet, Sybil.«

Sie schüttelte den Kopf. »Es wird schon wieder. Wirklich.«

»Wissen Sie was. Wir übernachten in einem Hotel, das ich kenne. Dort nehmen Sie ein heißes Bad. Das hilft bei einer Erkältung. Was meinen Sie?«

Ohne zu antworten, drückte sie schwach seine Hand. Sie legte sich zurück, schloß die Augen und täuschte vor zu schlafen. Sie lauschte auf das gedämpfte Brummen der Triebwerke, die vereinzelten Schritte von Fluggästen, die durch den Gang stapften, das Zischen der Klimaanlage, und ihr wurde jetzt bewußt, daß sie etwas entsetzlich Dummes und Gefährliches getan hatte.

Wie sah es weiter aus? Louis würde die fehlende Leerdiskette vermutlich gar nicht vermissen, auf die sie kopiert hatte. Sie würde sie Eric geben und die zwölftausend Dollar, die sie auf einem Sparkonto hatte. Aber sie mußte ihn warnen, ja nicht zu gierig zu sein; denn wenn er sich nicht zurückhalten konnte, würde Louis Wind bekommen und Schritte unternehmen. Aber tief im Innern vermutete sie bereits, daß Louis' ganzes Gerede über diese phantastische Software nur eine Art Tarnung war. Für Drogenhandel möglicherweise oder für illegale Geldgeschäfte. Was immer auch, Louis war potentiell gefährlich, und sie würde sehr vorsichtig sein müssen.

Sie hob ganz leicht ein Lid und blickte auf die Sitztasche vor ihr. Sie konnte die Diskette nicht sehen, aber sie spürte ihre Gegenwart, als strömte sie eine ungeheure Hitze aus.

Sie dachte daran, sie dort zu lassen und auszusteigen und dann zurückzulaufen, um sie sich zu holen. Aber daraus würde nichts werden. Sobald die Passagiere in Gander ausstiegen, würde die Putzmannschaft mit der Arbeit anfangen, und irgend so eine verdammt tüchtige Putzfrau würde sie finden und jemandem von der Besatzung geben. Und bestimmt würden sie sich erinnern, wer dort gesessen hatte, und sie stolz zu Louis bringen, während sie auf ihren Anschlußflug nach Montreal warteten.

Nein, sie mußte sie unbedingt persönlich von Bord bringen. Das wäre auch kein Problem, wenn sie sie irgendwie in ihrem Kleidersack verstauen könnte. Doch das war unmöglich. Und wenn sie sie unter dem Kleid versteckte? Aber sie trug nur ein dünnes weißes Sommerfähnchen, da würde sich die steife schwarze Diskette im grellen Licht des Terminals abheben. Blieb ihr nur eine Alternative. Sie mußte sie zwischen den Seiten eines Journals herausschmuggeln und in ihren Kleidersack stecken, während Lu sich umzog.

Plötzlich wurde ihr bewußt, daß seine Finger um ihren Arm lagen und ihn schüttelten. Ihr ganzer Körper verspannte sich bei dieser Berührung, und ihr Herz hämmerte.

»Verzeihen Sie, Sybil«, entschuldigte er sich. »Ich wußte nicht, daß Sie schliefen. Aber wir sind in einer halben Stunde in Gander, und ich dachte, Sie möchten sich zuvor vielleicht noch rasch frisch machen.«

Jetzt mußte sie handeln. »Gute Idee.« Sie bückte sich und während ihr Körper ihre Handbewegungen verbarg, langte sie in die Sitztasche, fand die Diskette und schob sie zwischen die Seiten eines Magazins.

Louis stand auf, um sie vorbeizulassen. »*Soviet Life?*« Er deutete mit einem Kopfnicken auf das Magazin. »Großer Gott, Sie lesen diesen Mist?«

Sie zuckte die Schultern und lächelte schwach. »Ich brauche immer was zu lesen, wenn ich auf dem Klo sitze. Das hilft mir – na, Sie wissen schon.«

Da lächelte er breit, brachte sein Gesicht dicht an ihres und hauchte ihr einen Kuß auf die Wange.

Sie eilte den Gang hoch zu den Toiletten der ersten Klasse. Doch ehe sie sie erreichte, drängte sich die Spanierin, die weiter vorn gesessen hatte, in den Gang und versperrte Sybil den Weg.

Die alte Frau zupfte an ihrem Korsett, watschelte müde den Gang hoch und verschwand in der Toilette auf der rechten Seite. Die auf der linken war bereits besetzt.

Nervös trat sie von einem Fuß auf den anderen. Zwei Minuten vergingen. Verdammt, wie lange brauchten diese Leute?

Sie drehte sich zu Louis um. Er war nicht mehr da! Doch da tauchte sein Kopf auf. Er hatte sich nur nach vorn gebeugt. Sie ahnte sofort, weshalb.

Sie rannte fast den Gang zurück. Er hatte den Aktenkoffer auf dem Schoß und wollte sich daran machen, ihn zu öffnen. »Geht es Ihnen besser?« fragte er, als er aufblickte und sie sah.

»Noch nicht. Beide Toiletten sind besetzt. Ich gehe zur Touristenklasse.« Sie lächelte ihm schwach zu.

Er nickte. Seine Hände lagen auf dem Koffer, er wartete nur, daß sie ging.

Sie hastete zur Touristenkabine, ein Adrenalinstoß brachte ihre Reflexe auf Hyperdrive. Er würde es bemerken, ganz sicher! Irgendwas, das nicht mehr so war wie zuvor, das sie nicht in der richtigen Ordnung zurückgesteckt hatte. Da hatte sie was angerichtet! Ganz sicher würde er sie zur Rede stellen, sobald sie zurück war. Daran zweifelte sie nicht.

Sie hielt Ausschau nach Di (*wie die Prinzessin*) Kaukins (*mit K*) und entdeckte sie weiter hinten, schlafend über drei Sitze zusammengekuschelt. Sybil war sicher, daß Louis das liegende Mädchen nicht sehen konnte. Sie täuschte eine einseitige Routine alter wiedergefundener Freunde vor und winkte der Schlafenden zu.

Dann lachte sie laut und erfreut und stieß einen Strom sinnlosen Geplappers hervor. Kaukins runzelte mit schlafverquollenem Gesicht die Stirn, zog die Decke über die Augen und brummelte kaum hörbar, daß sie ihre Ruhe haben wollte, *verdammt*. Immer noch lächelnd beugte sich Sybil über sie. »Hören Sie!« flüsterte sie.

Kaukins stöhnte nur. Sybil zog ihr die Decke vom Gesicht und zwickte Di in die Wange. Das Mädchen wurde hellwach und starrte sie verwirrt an. »He!«

»Das Klo!« zischte Sybil. »Ich geh dort hin und stecke eine Diskette in den Kasten mit den Papierhandtüchern. Sie gehen nach mir hinein. Verstecken Sie die Diskette in Ihrer Handtasche. Aber achten Sie ja darauf, daß sie nicht geknickt wird. Schaffen Sie sie durch den Zoll, als gehörte sie Ihnen. Ich hole sie mir dann an der Gepäckausgabe ab.«

»Warum ...?«

»Ich bin Geheimagentin. Tun Sie, was ich sage, dann bekommen Sie einen Orden vom Präsidenten.«

Kaukins Gesicht leuchtete auf. »Wirklich? Ich meine, *wirklich?*« Dann runzelte sie die Stirn. »Nehmen Sie mich auf den Arm?«

»Es ist ein Notfall erster Ordnung! *Tun Sie es!*«

Sybil drehte sich um und lächelte. »War schön, Sie wiederzusehen«, sagte sie überlaut. Dann ging sie zur Toilette.

Sie ließ sich aufs Klo fallen, und ihre Gedanken überschlugen sich. Sie war schon wieder ein Risiko eingegangen, aber wenn Louis bemerkte, daß etwas mit seinem Koffer nicht stimmte, würde er sie wahrscheinlich durchsuchen. Die Rothaarige war ihre einzige Chance.

Sie wischte sich etwas Wasser übers Gesicht – das bleich wie Hefeteig war, wie sie feststellte – und massierte die Haut ein wenig, um Farbe zurückzubringen. Dann schob sie die Diskette tief in den Papierhandtuchhalter. Ein weiterer Blick in den Spiegel sagte ihr, daß sie nicht die Schönste im ganzen Land war, selbst wenn man den Jetlag als mildernden Umstand gelten ließe. Sie öffnete die Tür.

Kaukin stand davor. »Wenn das mal alles gutgeht«, brummte sie. Sie streifte Sybil beim Vorbeigehen und schloß die Tür hinter sich.

Nachdem er Sybil nachgeschaut und gesehen hatte, wie sie bei der Rothaarigen stehenblieb und mit ihr plauderte, ehe sie zur Toilette weiterging, dachte Lu über seine unmittelbare Zukunft nach. Zunächst mußte er den Louis-Kim-Reisepaß aus dem Koffer holen und ein paar Reiseschecks einstecken. Wegen des Passes gab es keine Bedenken, er hatte ihn schon mehrmals benutzt. Die Dokumentenabteilung der Zentrale leistete immer großartige Arbeit.

Er beugte sich über den Koffer, um das Kombinationsschloß zu öffnen, als ihm bewußt wurde, daß die Zahlen bereits richtig eingestellt waren, und so hatte er den Koffer ganz sicher nicht weggestellt. Er klappte die Messingverschlüsse hoch und überprüfte erschrocken den Inhalt, schließlich öffnete er das Geheimfach. Die Diskette befand sich zwar in ihrer Hülle, jedoch verkehrt herum, und die Sachen im Umschlag waren in einer anderer Reihenfolge.

Angst packte ihn. Es hatte so gut angefangen und ausgesehen, als würde er einen angenehmen Zeitvertreib während der Übernachtung in Montreal haben. Er mochte sie, ja, er mochte sie wirklich, etwa wie eine streunende Katze, die ihm als Dank für ein paar müßige Streicheleinheiten schnurrend um die Beine strich.

Er hatte natürlich ein bißchen dick aufgetragen, hatte sie beeindrucken wollen, um die Eroberung leichter zu machen, doch diese kleinen Lügen hatten zur Katastrophe geführt.

Und jetzt wußte er eigentlich nur eines mit Sicherheit: daß er sehr dumm gewesen war, daß er sich selbst verraten hatte und daß seine Indiskretion unangenehme Folgen haben würde. Er mußte seinen Reiseplan ändern; denn jetzt konnte er es nicht mehr wagen, in Kanada auszusteigen. Das bedeutete, daß er nach Kuba weiterfliegen, dort nach Mexiko umsteigen und dann über mehrere Anschlüsse seinen anstrengenden und zeitraubenden Weg nach Antigua machen mußte.

Sein Gehirn funktionierte langsam – das verdankte er der Kombination aus Jet-lag, Schlafmangel und Alkohol. Vielleicht arbeitete sie für irgendeinen Geheimdienst? Zunächst hatte er diese Vorstellung von sich gewiesen. War sie eine Diebin? Er blätterte rasch durch die Reiseschecks. Sah nicht so aus, als fehlten welche, aber sie könnte trotzdem ein paar herausgezogen haben.

Vielleicht war sie auch bloß neugierig? Es war bekannt, daß Amerikanerinnen sich gern heimlich über einen potentiellen Liebhaber informierten. Unschuldige Neugier möglicherweise, aber Neugier hatte schon so manchem das Genick gebrochen.

Und dann war ihm plötzlich alles sonnenklar. Es gab nur eine Erklärung: Jemand von einem westlichen Geheimdienst hatte ihn bei der »Frieden-im-Weltraum«-Kundgebung fotografiert – wahrscheinlich bloß zufällig. Aber diese Bastarde litten unter dem Zwang, Akten über alle Personen anzulegen, die auch nur im entferntesten etwas mit den Linken oder der Friedensbewegung zu tun hatten. Irgendein kleiner Beamter hatte mit dem Computer einen Routinevergleich mit vorhandenen Dateien und Fotografien gemacht, sich dann wahrscheinlich auch noch die finnischen Immigrationsakten angesehen und war so auf seinen Namen und seine Identität gekommen.

Die Operation *Star Shot* konnte nichts damit zu tun haben, denn sie hatten ja noch nicht einmal richtig damit angefangen. Nein, folgerte er, es war einfach ein dummer Zufall und sein Pech. Sie hatten ihm Sybil auf den Hals gehetzt, um soviel wie möglich aus ihm herauszubekommen, ehe sie ihn auf kanadischem Hoheitsgebiet verhafteten. Was bedeutete, daß die CIA die Hand im Spiel hatte.

Je länger er darüber nachdachte, desto logischer erschien es ihm. Sie waren sehr umsichtig vorgegangen, das mußte er ihnen lassen. Sie hatte gewußt, wer er war, als sie sich in der Wartehalle neben ihn gesetzt hatte.

Er traf seine Entscheidung nun rasch. Nachdem er seinen KGB-Ausweis herausgeholt und eingesteckt hatte, ließ er die Messingverschlüsse einschnappen und drehte das Kombinationsschloß. Dann hob er den Koffer in das Fach auf der anderen Gangseite, und wandte sich dem Cockpit zu.

Er hatte die Tür fast erreicht, als die Stewardeß aus der Bordküche schoß und ihn aufhielt.

»Die Tür ist verschlossen«, erklärte sie ihm höflich. »Bitte kehren Sie auf Ihren Platz zurück. Wir landen in fünfzehn Minuten.«

Er hielt ihr den Ausweis vors Gesicht. »Ich möchte den Flugkapitän sprechen – *sofort!*« sagte er auf russisch. »Nicht später, nicht in dreißig Sekunden, sondern *jetzt!*«

Sie wurde bleich, aber sie nickte, dann kehrte sie in die Küche zurück und trat an die Sprechanlage. Ein paar Sekunden später summte der Türverschluß, und Lu betrat die Pilotenkanzel. Die Tür verriegelte er hinter sich.

Der Bordingenieur und der Navigator beschäftigten sich mit ihrer Arbeit, offenbar hatte der Kapitän sie unterrichtet, und sie wollten nicht verwickelt werden, wenn es nicht nötig war.

Lu wies dem Offizier auf dem linken Sitz seine magische Karte vor. Er war mittleren Alters, mit ergrauendem Haar, aber festen Zügen und den für Russen typischen hohen Wangenknochen. Sein Haar war vielleicht eine Spur länger, als die Vorschriften es zuließen. Der Pilot warf einen Blick auf den Ausweis und nickte, als hätte er ihn nicht beeindruckt. Dann wandte er sich den Kontrollen zu und drehte an ein paar Knöpfen der Funkanlage.

»Sie haben einen Passagier in der ersten Klasse«, begann Lu. »Eine Amerikanerin namens Sybil Ford. Sie möchte sich nach Kuba absetzen. Wie werden Sie vorgehen?«

Der Flugkapitän bedeutetete dem Kopiloten zu übernehmen, dann öffnete er seinen Gurt und drehte sich zu Lu um. »Sie braucht nur auszusteigen, einer amtlichen Person am Flughafen ihre Absicht mitteilen und wieder an Bord zu gehen. Es wird uns eine Ehre sein, sie als Passagier mitzunehmen, vorausgesetzt, gewisse – äh – Dienststellen in unserem Heimatland bezahlen ihren Flug.«

Leicht gereizt sagte Lu: »Sie verstehen die Umstände nicht ganz, Genosse Kapitän. Die Frau möchte keine Publicity und nichts mit den kanadischen Behörden zu tun haben, sondern ganz einfach an Bord bleiben, während wir in Gander auftanken. Ursprünglich sollte ich auch dort umsteigen, doch nun ist es meine Pflicht, sie nach Kuba zu begleiten. Sie werden es arrangieren.«

Der Kopilot hatte die Kopfhörer über die Ohren gezogen und

spielte so den Affen des berühmten Trios, der nichts Böses hörte. Der Bordingenieur und der Navigator hatten ihre Gesichter in irgendwelchen Aufzeichnungen vergraben und stellten so den dar, der nichts Böses sah. Der Kapitän schaute sich im Cockpit um und stellte fest, daß er keine Unterstützung hatte, also kapitulierte er, indem er nichts Böses sprach. »Es wird arrangiert werden.«

Sybil saß bereits auf ihrem Platz, als er in die erste Klasse zurückkam. Sie hatte nun etwas Farbe im Gesicht, aber ihr Ausdruck war gefaßt, ja gleichmütig, und ohne Spur von Wärme.

Er zog seinen Aktenkoffer aus dem oberen Fach und setzte ihn auf dem Sitz neben ihrem ab. »Wir landen in fünf Minuten. Es wird guttun, die Beine auf kanadischem Boden zu vertreten.«

»Waren Sie im Cockpit?«

»Ja. Ich bat um die große Führung. Erstaunlicher Ort, mit all den Knöpfen, Schaltern und blinkenden Lämpchen.« Fast beiläufig, als wäre es ihm eben erst eingefallen, warf er ein: »Haben Sie wirklich geglaubt, Sie würden damit durchkommen?«

»Ich wollte doch nicht ...« Ihre Stimme verklang.

»Wollten nicht *was?*«

»Ich habe doch nichts genommen. Bitte, Louis ...«

Sie machte sich daran aufzustehen, doch er packte sie am Arm und drückte ihn grob, daß sie aufstöhnte. »*Sitzen bleiben!*« zischte er ihr ins Ohr. »Sie werden hierbleiben und *nichts* tun und *nichts* sagen, außer ich fordere Sie dazu auf. Verstanden?«

Tränen rannen ihr über die Wangen, vor Schmerzen hatte sie die Augen geschlossen. Sie gab sich geschlagen und nickte stumm.

Mit der freien Hand zog er eine Wolldecke aus dem Fach über ihnen und breitete sie über sie beide, wie zum Schutz gegen die kühle Luft der Klimaanlage.

Ganz langsam lockerte er seinen Griff um ihren Arm. »Sie haben keine Wahl, Sybil! Sie werden ruhig mit mir sitzen bleiben, während der Rest der Fluggäste aussteigt. Nach dem Auftanken fliegen wir nach Kuba weiter. Sie werden gut behandelt werden. Es wird Ihnen nichts passieren, wenn Sie uns die Information geben, die wir brauchen. In ein paar Jahren werden Sie auf die übliche Austauschmethode in die Staaten zurückkehren können.«

Sie riß die Augen weit auf und starrte ihn an wie ein in die Enge getriebenes Tier. Ihre Miene verriet sowohl Haß wie Furcht. Langsam, aber unerbittlich verstärkte er den Druck um ihren Arm wieder. »Tun Sie es nicht!« warnte er leise und eindringlich. »Wir befinden uns in einem sowjetischen Flugzeug mit vaterlandstreuer Besatzung. Machen Sie die Sache nicht noch unangenehmer, als sie ohnehin schon ist.«

Ein Zittern durchrann sie, und sie ließ sich schlaff in den Sitz zurückfallen. Aller Kampfgeist schien verschwunden.

Die IL-62 flog nun tief über die Landzungen Neufundlands und allmählich waren die verstreuten Lichter von Wohngebieten zu sehen. Sie setzte zur Landung an und näherte sich den Runwaylichtern.

Lu glaubte nicht, daß es nötig sein würde, aber er durfte nichts dem Zufall überlassen. Das Fahrwerk wurde ausgefahren, die Motoren donnerten im Gegenschub, die Bremsen quietschten. Sybil hatte ihm den Rücken zugewandt und schaute durchs Fenster auf die im schwachen Nebel verschwommenen Lichter des Terminals.

Lu drehte den Koffer um, daß er auf der Verschlußseite stand, und tastete nach dem Scharnier. Der Aktenkoffer trug das *Louis-Vuitton*-Markenzeichen, war jedoch nach genausten Angaben von einem russischen Sattler in Serpuchow, nur ein paar Stunden südlich von Moskau, angefertigt worden. Der einzige äußere Unterschied zum *Louis-Vuitton*-Modell bestand in der Art und Weise, in der die beiden Kofferhälften zusammengefügt waren. Die russische Version hatte Messingscharniere mit einem langen Verbindungsstift, und dieser Stift war sehr ungewöhnlich, obwohl er selbst dem erfahrensten Zollbeamten nicht auffallen würde, und auch beim Durchleuchten würde man ihn für einen normalen Teil des Scharniers halten. Dieser Stift war aus Titan, etwa halb so lang wie der Koffer und hohl. In ihm steckte in einer Federung eine Nadel, die sich löste, wenn man einen Druck von mehr als drei Kilo auf ihren Kopf ausübte, der den Stift verschloß.

Lu holte die Nadel heraus und steckte sie vorsichtig, mit der Spitze nach unten, in seine Brusttasche.

Es kam zum üblichen Holpern und Scharren, als die Maschine zum Halten ansetzte, dann legten die Motoren wieder los, die IL-62 rollte auf die Parkbahn und auf den Terminal zu.

»Können wir wenigstens kurz aussteigen?« bat Sybil. »Jemand erwartet mich in Montreal, und ich muß ihn anrufen. Sie dürfen gern zuhören.«

»Machen Sie sich nicht lächerlich. Wie viele Ihrer Kollegen warten auf mich? Von der CIA, der Royal Canadian Mounted, dem MI5 ... *Wer?*«

»*Niemand*, Louis. Wirklich, ich kann es erklären, Sie müssen es mich erklären lassen, bitte. Und Sie müssen mich gehen lassen. Sie können mich nicht gegen meinen Willen hierbehalten!«

»Schweigen Sie! Das hier ist ein sowjetisches Flugzeug und deshalb Hoheitsgebiet der Sowjetunion. Die gesamten kanadischen Streitkräfte könnten auf uns warten und hätten doch kein Recht, an Bord dieser Maschine zu kommen.«

Das Flugzeug hatte angehalten, die Motorengeräusche verklangen, die Tür öffnete sich zischend, als der Druck ausgeglichen wurde. Das Deckenlicht ging an, und als Hintergrundmusik klimperten Balalaikas zu einer Ballade, die von einer kehligen Frauenstimme gesungen wurde.

Lu hielt Sybils Arm unter der Decke, die er bis über ihre Brust gezogen hatte, schmerzhaft umklammert. Beide vibrierten vor Anspannung.

Der Großteil der russischen Seeleute an Bord drängte sich durch die erste Klasse, gefolgt von den restlichen Passagieren, aber irgendeine Verzögerung am Ausgang verstopfte den Mittelgang. Die Fluggäste scharrten mit den Füßen, schauten auf die Uhr oder zupften ihre Kleidung zurecht und kamen nur langsam voran.

Lu musterte die Gesichter und versuchte sie einzuordnen. Er sah niemanden, dessentwegen er sich Gedanken machen müßte – bis die Rothaarige sich dem Ende der Schlange anschloß.

Im Schutz der Decke zog er die Titannadel aus der Brusttasche, drehte sie in der Hand, daß die Spitze von den Fingerkuppen umgeben war. Dann tastete er über Sybils Rippen zur zweiten unterhalb des Elastikteils ihres Büstenhalters. Dort drückte er die Spitze fest, aber vorsichtig in den fleischigen Teil zwischen den Rippen.

»Sybil«, sagte er leise, »mit Ihrer Ausbildung wissen Sie, was das ist. Denken Sie nicht darüber nach. Schließen Sie die Augen und entspannen Sie sich. Ich wünsche mir mehr als alles, daß ich Ihnen nichts tun muß. Also zwingen Sie mich nicht dazu.«

Sie bemühte sich, ihren Körper nach und nach zu entspannen, und ihre Gesichtsmuskeln erschlafften.

Lu lockerte seinen Griff um die Nadel und den Druck ganz leicht. Es würde schon gutgehen. Die Rothaarige war die letzte der Schlange und nun bereits an ihnen vorbei. Ihr Blick war etwas zu gleichgültig gewesen.

Plötzlich handelte Sybil. Sie warf sich nach vorn, drehte sich und versuchte sich an ihm vorbeizuzwängen. Er spürte, wie die

Nadel durch das Gewicht ihres dagegendrückenden Körpers tief eindrang.

In ihr, irgendwo in der Gegend der linken Herzkammer, spritzte das MPTP-Neurotoxin aus der Spitze der hohlen Nadel und lähmte sofort das Herz. Zitternd starb sie innerhalb von drei Sekunden in seinen Armen.

Ihm wurde sofort bewußt, was geschehen war und daß die Rothaarige den Tumult gehört hatte und sich umdrehen würde. Verdammt! Er hätte schon eher daraufkommen müssen, daß sie als Team arbeiteten. Seine Hände suchten Sybils Rücken, tätschelten ihn und strichen über ihren Hals. Er konnte die Rothaarige aus den Augenwinkeln sehen, sie fragte etwas.

Er blickte auf und schüttelte den Kopf. »Sie ist immer noch luftkrank«, erklärte er. Das war das einzige, was ihm einfiel.

Die Rothaarige sah ihn argwöhnisch an, doch ehe sie etwas sagen konnte, faßte die Stewardeß sie am Arm und schob sie zum Ausgang.

Lu hielt Sybil noch eine lange Zeit und wünschte sich, ihr Busen auf seiner Brust würde mit Leben pulsieren. Aber sie war still. Wie sehr er es bedauerte!

Di Kaukins stand bei der Gepäckausgabe herum, eine halbe, eine dreiviertel Stunde wartete sie. Die nach Kuba weiterreisenden Passagiere machten sich mit Plastikbeuteln, aus denen Flaschen mit kanadischem Whiskey oder englischem Gin ragten, zögernd daran, zur Rollbahn zurückzukehren. Ein Motor sprang an, dann ein zweiter. Bremsen quietschten, und die Fenster des Terminals vibrierten unter dem Düsenausstoß.

Di Kaukins wandte sich verzweifelt an ein Paar Mounties und versuchte ihnen etwas zu erklären, das sie selbst nicht verstand. Innerhalb von zwei Minuten gesellte sich ein unauffälliger Herr in Zivil zu ihnen.

Die Männer blickten einander schulterzuckend an, als sie der Rothaarigen zum Fenster folgten und mit ihr zusahen, wie die Lande- und Antikollisionslichter der Aeroflotmaschine in dem leichten Nebel verschwammen und schließlich verschwanden, als das Flugzeug die Rollbahn hinunterdonnerte. Sie öffneten die Tür zur Startrampe, hörten, wie die Motorengeräusche immer leiser wurden. Es roch nach Abgasen, die der feuchte Labradorwind allmählich verwehte.

Sybil Fords Diskette wurde zunächst nach Toronto gebracht, dann nach Ottawa. Ein Telegramm wurde durch den Zerhacker geschickt. Achtzehn Stunden später wurde ein höfliches Telefongespräch mit Ottawa geführt, und zwei Tage danach reiste die Diskette in einem versiegelten Aktenkoffer, der ans Handgelenk des Kuriers gekettet war, nach Langley in Virginia.

9

7. Juli

Stackhill schob den gelbbraunen Umschlag über den Cockpittisch zu Bracken und lehnte sich gegen die Lukeneinfassung. Die Porzellankronen hinter den schmalen Lippen schimmerten unnatürlich weiß. »Eine reizvolle Alternative«, meinte er.

Braune Umschläge in amtlichem Format hatten immer dieselbe Wirkung auf Bracken wie noch ungeöffnete Telegramme. Er zögerte, und Stackhill beugte sich vor, um das Kuvert noch ein Stück näher zuzuschieben, etwa, als wolle man ein Kind dazu bringen, nach verbotener Schokolade zu greifen. »Na nehmen Sie schon«, forderte er ihn auf. »Freuen Sie sich.«

Bracken schlitzte den Umschlag mit dem Fingernagel auf und leerte den Inhalt auf den Tisch. Schönes Papier, hübsch bedruckt mit kleinen Konfettifarbtupfern auf den neuen Scheinen. Die Zahlen darauf bedeuteten, daß jeder ein gültiges Zahlungsmittel im Wert von tausend Dollar war, und es waren eine ganze Menge.

»Dreißigtausend«, erklärte Stackhill im Ton eines Dorfpriesters, der über Glauben und Moral spricht. Er schenkte sich noch einen Remy Martin ein und trank genießerisch, während er auf eine Reaktion wartete.

Bracken blickte eine lange Weile nur stumm auf das dicke Bündel American-Express-Reiseschecks. Weder die Zeilen für die Musterunterschrift noch für die Indossierung waren ausgefüllt. Er öffnete ein Heft und wischte mit angefeuchteter Fingerspitze über die Ziffern auf der linken Seite. Die Druckerschwärze verschmierte sich, genau wie von ihr zu erwarten war. Lösliche Druckfarbe ist sehr schwierig zu drucken, und man kann Fälschungen durch die Schmiermethode erkennen – und Bracken traute es Stackhill durchaus zu, ihm gefälschte Reiseschecks unterjubeln zu wollen.

»Sie sind wirklich echt!« tat Stackhill gekränkt. »Und sie gehören Ihnen, vorausgesetzt ...« Er schwenkte den Cognac im Glas, begutachtete seine Farbe, genau wie es einem im *Playboy* geraten wurde.

Die *Pampero* schlingerte schwach im leichten Wellengang des äußeren Hafens. Bracken lehnte sich zurück, er kniff die Augen zu und lauschte den Klagelauten des alten Schoners. Ein Fall schlug lässig gegen den Mast, und die Dirk knarrte in einem trockenen Block. *Altes Holzboot*, flüsterten diese Laute.

»Wofür ist das Geld?« fragte er Stackhill und schob die Reiseschecks in die Tischmitte.

Selbst dem Passat gelang es nicht, Stackhills gepflegtes silbergraues Haar zu zerzausen. Die Nase des Mannes war eine Spur zu breit, und die Muskelspannkraft um die Augen ließ trotz der kosmetischen Nachhilfe nach. Aber der allgemeine Eindruck war sicher immer noch für weitere fünfzigtausend auf seinem Einschußkonto gut.

»Chartergeld für zwei Freunde«, antwortete er, »plus genug für die Lösung Ihrer meisten Probleme.«

»Wieviel ist das Plus?« Bracken überschlug rasch im Kopf. Zwölftausend um die Antiguaer Werft zu bezahlen, viertausend ausstehende Heuer für die Besatzung. Und Gott weiß wieviel, um Öl auf die aufgewühlten Wogen gewisser amtlicher Stellen zu gießen.

»Das ist lediglich die Anzahlung. Wenn es zu Ende ist, bekommen Sie weitere zwanzigtausend. Stackhill bückte sich und kramte in seiner Gucci-Aktentasche mit dem teuren rotgrüngestreiften Seidenfutter. Farbige Reiter an Heftern ragten aus den Ziehharmonikafächern. Er zog einen Hefter heraus und schob ihn über das lasierte Teak.

»Moore, Spiegal & Hinstock«, stöhnte er mit falschem Mitgefühl. »Sie haben offenbar ein Talent, einen Sieger auszuwählen. Meine Anwälte haben mir versichert, daß diese Cramer überhaupt nichts gegen sie in der Hand hatte. Aber nein, Sie müssen sich diese Nieten aussuchen! Das haben Sie davon!«

In dem Hefter befanden sich Kopien von allem, was Bracken im Schiffssafe verstaut hatte. Die vollständige Akte, der Unfallbericht der U.S. Coast Guard, die Klageschrift der Cramer, die Gerichtsunterlagen und das Urteil, noch ein paar Coast-Guard-Sachen und ein Stoß unbezahlte Rechnungen.

Jean und Pam, Stackhills gegenwärtige Gespielin, saßen unten im Salon über einer Partie Backgammon. Ihr Lachen übertönte das Klikken der Würfel. Bracken zweifelte nicht daran, daß Stackhill Pam veranlaßt hatte, dafür zu sorgen, daß Jean unten blieb, bis die Verhandlungen abgeschlossen waren.

»Wo haben Sie das alles her?« fragte Bracken und versuchte cool zu bleiben. Er zündete eine Zigarette an, wobei er das Feuerzeug mit der Hand gegen den Abendwind abschirmte.

Stackhill legte ein Bein auf die Kissen und drückte die Fingerspitzen der gespreizten Hände zusammen.

»Anwälte sprechen mit Anwälten. Ich habe einen der besten. Er fuhr nach Newport, bezahlte die Hälfte Ihrer Rechnung und erhielt dafür die Akten.« Er blickte mit gerunzelter Stirn und hochgezogenen Brauen auf. »Sie sind jetzt in guten Händen.« Als wäre er der Allmächtige.

Stimmen klangen über das Wasser von Shirley Heights. Eine Frau sang. Leute lachten. Wahrscheinlich wurde auf dem englischen Kutter gefeiert, der nahe dem Ufer lag. Von der Klippe, auf der das Gasthaus sich an die feuchte rote Erde des English Harbour von Antigua klammerte, konnte Bracken die gedämpften Töne von Blasmusik hören. Die Nachtluft hüllte die Bucht in feuchte Watte, und Bracken schwitzte.

Stackhill hatte recht, was Moore, Spiegal & Hinstock betraf. Seine Verbindung zu ihnen war vom katastrophalen Anfang bis zum mehr als unbefriedigenden Ende beschissen gewesen.

Bracken bemühte sich, in Stackhills Augen zu lesen. »Wie ungesetzlich ist es?«

Stackhill griff nach Brackens Dunhill-Feuerzeug und zündete sich eine Mentholzigarette an. Dann drehte er es mehrmals, und das Licht der Petroleumlampe spiegelte sich auf der geriffelten Oberfläche. »Das hängt davon ab, wessen Gesetze Sie meinen.«

Penny hatte ihm das Feuerzeug vor sechzehn Jahren zum Geburtstag geschenkt. Bracken wußte, daß es mehr gekostet hatte, als die Charterflüge in einem Monat Gewinn gebracht hatten. Taschengeld von ihrem Daddy.

Er erinnerte sich, als wäre es gestern gewesen.

Er betrachtete das Feuerzeug, rollte es in seiner Hand, betastete die echt goldene Hülle, dann beugte er sich über sie und küßte ihr Gesicht. Selbst im Februar duftete sie wie Frühlingswind.

Er hielt es in die Wintersonne, die durch das Küchenfenster schien, und beobachtete, wie die gerillte Oberfläche das goldene Licht einfing.

»Es ist wunderschön«, versicherte er ihr. Fast unbewußt schätzte er, wieviel er von einem Pfandleiher dafür bekommen würde.

»Du auch, mein alter Furz«, flüsterte sie und küßte ihn. Dann zog sie zwei Karten aus einer Schürzentasche. »Noch weitere Perlen, die ich vor meine Lieblingssau werfe.« Sie hielt sie ihm vor die Augen. Bostoner Symphonie. Bach, Konzerte für Cembalo und Orchester. Das wäre wundervoll, dachte er, endlich wieder mal eine Berührung mit der Zivilisation. »Du weißt, daß ich nicht wegkann«, sagte er schließlich.

Sie schob die Hände tief in die Schürzentaschen, und Frustration vermischte sich mit Ärger auf ihrem Gesicht. »Du weißt *verdammt* gut, daß du wegkannst, John. Du hast seit zehn Tagen keinen Charterflug mehr. Wir müssen hier raus, sonst springen wir uns bald an die Kehle.« Sie blickte ihn mit den grauen Augen fest an.

Hinter den Scheibenvorhängen erstreckten sich die Wiesen, eine harsche weiße Decke lastete auf dem Gras. In New Hampshire dauerte der Winter ununterbrochen von Oktober bis Mai. Bracken liebte die Gegend ihrer stillen Schönheit wegen, doch manchmal wurde die Stille ein bißchen zu laut zum Denken.

»Ich kann nicht weg«, wiederholte er. Er drehte ihr den Rücken zu und starrte auf die Grate der White Mountains, die sich zerklüftet am westlichen Horizont abhoben. Wenn ich im Geschäft für Charterflüge bleiben will, muß ich auch jederzeit erreichbar sein. Man rechnet mit mir.« Sein Atem hinterließ Feuchtigkeit, die sich auf der Fensterscheibe zu Eisblumen verwandelte. Eine Tür schlug hinter ihm zu, und er hörte Penny die Treppe zum Schlafzimmer hochsteigen.

Am nächsten Morgen, nachdem sie ihm einen flüchtigen Abschiedskuß auf die Wange gehaucht hatte, verließ Penny ihn. Sie hinterließ ihm die Telefonnummer einer College-Klassenkameradin in Cape Cod und sagte, daß er es sich überlegen und am Freitag nachmittag hinfliegen solle, sie würde ihn in Logan treffen. Beide wußten, daß es dazu nicht kommen würde.

Eine Woche folgte der anderen, so vergingen zwei Monate. Während des Winters hielt Bracken die Landebahn geräumt und den Hangar warm. Als Friedensangebot zimmerte er ein Himmelbett für Penny und schnitzte Weinblätter in das tiefrote Mahagoni.

Im Spätmärz, während der Matsch- und Schlammzeit, kam sie zurück. Zwei Tage liebten sie sich in dem Himmelbett, und sie gestand ihm, daß sie sich einsam und elend und traurig gefühlt hatte, weil es ohne ihn nicht das Richtige war. Geschirr stapelte sich auf dem Teppich, und sie ließen den Hörer abgehängt. Die Zeit wäre richtig gewesen, trotzdem wurde sie nicht schwanger. Der Frühling kam in diesem Jahr früh, und das Geschäft ging gut. Sie versicherten einander, daß sie sich noch liebten.

Der zweite Winter war schwerer. Arktische Kälte zog in Wellen über New England und ließ den Schnee zu Eis erstarren. Ein Schneesturm folgte dem anderen und warf sich gegen die Granitfelsen der White Mountains. Wieder war das Land in Stille gehüllt.

Das Geld ging aus. Bracken war zwei Monate im Rückstand mit den Raten für die Aztec und vier mit der Hypothek für den Flugplatzkomplex; obendrein weigerte sich der Flugbenzinlieferant, weiteres Benzin zu bringen, solange seine Zwölfhundertdollarrechnung nicht bezahlt war.

Bracken hörte auf, die Piste zu räumen, und stellte den Thermostat im Hangar auf drei Grad ein. Weil es nichts anderes zu tun gab, setzte Bracken einen Lycoming-0-200-Motor auf dem Küchenboden zusammen. Diesmal verließ Penny ihn ohne eine Träne, und sie kehrte erst im Juni schweigsam und abwesend zurück. Sie stellte eine Töpferscheibe im Werkzeugschuppen auf und modellierte grobe Tongefäße – vier angespannte Monate lang, während derer sie nicht allzu viele Worte wechselten und von Liebe nichts zu spüren war.

Der dritte Winter machte sowohl ihrer Verbindung als auch ihrem Fluggeschäft ein Ende. Penny sprach eines Abends von einem Arzt in Boston, der zwar älter, aber einfach süß war. Ja, süß war das Wort, das sie benutzt hatte. Der Arzt hatte zwei Kinder, war verwitwet und brauchte sie. Sie würde Bracken zwar immer lieben, aber ihre Beziehung war vorüber, weil sie eben nicht funktionieren konnte.

Bracken versuchte sich ihre Worte einzuprägen, während sie sie sagte. Er hatte den Kopf gesenkt und drehte einen Bohrer vor den Augen, über die sich ein Tränenschleier zog. Als sie zu reden aufgehört hatte, ließ er den Bohrer in den Werkzeugkasten fallen und sagte blöde, daß dem Bohrer die Spitze abgebrochen sei, dabei habe er unbegrenzte Garantie. Dann ging er aus der Tür und den verschneiten Landeplatz entlang und blickte auf die Berge, die im Februarzwielicht wie Opale schimmerten.

Sie hatte offenbar schon vor ihrem Gespräch gepackt, denn er hörte bereits den Kombi starten, aber er drehte sich nicht um. Die Tränen gefroren auf seinen Wangen, was am Fuß der White Mountains im Februar recht schmerzhaft ist.

Sie fuhr los, und er konnte aus den Augenwinkeln die weißen Wölkchen der Auspuffgase sehen; der Wagen selbst war hinter Schneewehen verborgen.

Bohrer mochten eine unbegrenzte Garantie haben, Liebe hatte keine, wurde ihm bewußt.

Er verkaufte das Geschäft im Sommer, an den Flugzeugen verdiente er nichts, aber ein bißchen etwas am Grundstück, das er einem

Makler verkaufen konnte, der dort Eigentumswohnungen mit Flugpark bauen wollte. Bracken schickte Penny die Hälfte der Einnahmen, aber er erhielt den Scheck drei Wochen später uneingelöst und ohne ein Wort durch ihren Anwalt zurück. Bracken packte sein Werkzeug in *Das Ding* und machte sich in Richtung Maineküste auf den Weg.

Sein Vater lebte damals noch. Er hatte ein Häuschen auf einer Anhöhe über Boothbay Harbor. Bracken nahm sich Zeit und unterhielt sich mit seinem Vater über Frauen, Vietnam, Fliegen und Fischen, vermied es jedoch, sich Gedanken über die Zukunft zu machen.

»Also, was willst du den Rest deines Lebens tun?« erkundigte sich sein Vater schließlich, nicht, weil er sich Sorgen machte, sondern aus Neugier. Bracken sagte, vielleicht Fischen an der Küste, wie sie es gemeinsam getan hatten, als er noch ein Junge war. Sein Vater brauchte zwei Tage, um darüber nachzudenken, ehe er sagte: »Nein, das ist nichts.« Er drehte die Hände und massierte die Fingergelenke, die steif und geschwollen waren. Blaue Adern hoben sich wie eine Straßenkarte seines Lebens ab. »Nein«, wiederholte er. »Das ist gar nichts!«

Bracken wußte, daß der Alte recht hatte. Fischen war kein Einmanngeschäft mehr. Die Steuergesetze, der hohe Zinssatz und die nun viel weniger ertragreichen Fischgründe vertrieben die Kleinunternehmer. Doch in den stillen Stunden auf der Veranda kehrte ein bißchen Seelenfrieden zurück, den er hauptsächlich der Ruhe und Geduld seines Vaters verdankte und dem Meer, das im östlichen Dunst schimmerte. Bracken hatte irgendwo gelesen, daß die Analyse von Rückenmarksflüssigkeit eine Gleichheit mit der chemischen Zusammensetzung von Meerwasser ergeben habe. Wir sind also Teil davon, dachte er, und irgendwie wußte er, daß er zum Meer zurückkehren mußte.

Während dieses Augusts machte er mit dem alten Kat-Boot seines Vaters Streifzüge die Küste entlang durch neblige Morgen und sonnige Nachmittage. Er spürte den Südwestwind im Gesicht und den Geschmack von Gischt auf den Lippen. Die Nächte verbrachte er an Bord, auf dem taufeuchten Deck, und schaute zu den Sternen hoch und lauschte den Wellen, die unermüdlich und geduldig die Klippen zu Sand mahlten.

Im September war die Tagundnachtgleiche, und die Sonne glitt südwärts hinter den Äquator. Bracken packte seine Sachen in *Das Ding* und ging noch einmal zur Veranda hoch. Der Ahorn färbte sich schon früh, und der Rasen war mit seinen roten und goldenen Blättern übersät. Der Landwind brachte den Geruch von Apfelmaische und verbranntem Laub mit sich.

Der alte Mann sagte: »Nimm keins von diesen Kunststoffdingern. Kauf dir was Stabiles, wie sie es unten in Kennebunkport bauen, und gib Steinsalz in die Bilge. Hält das Verrotten auf, weißt du.«

Er gab Bracken ein Buch mit Leineneinband, das mit gelabsalbter Marlleine verschnürt war. »Bloß was zum Lesen«, sagte sein Vater.

Bracken hatte nie sehr gut Lebewohl sagen können. Er stapfte durch den Teppich bestaubter Blätter, deren Rascheln den Wind nachahmte. Ehe er in den Wagen stieg, blieb er stehen und drehte sich um. Sein Vater hatte es sich in dem Schaukelstuhl bequem gemacht, seine Mundwinkel verzogen sich in dem ansonsten ausdruckslosen Gesicht zu einem Lächeln. Das war das letzte Mal, daß Bracken seinen Vater sah, der im nächsten Frühjahr starb.

Am Abend knüpfte Bracken die Marlleine auf und öffnete das Buch, während er auf einem alten Bett in einem billigen Motelzimmer lag. Der Fernseher im anschließenden Zimmer war zu laut eingeschaltet, trotzdem hörte er die Laute eines Liebesaktes nebenan, und irgendwo im Stockwerk über ihm rauschte eine Wasserspülung.

Es war das Tagebuch seines Vaters an Bord eines finnischen Getreidefrachters, eine seiner letzten Fahrten auf einem Segelschiff. Er hatte mit zwölf anderen Jungen angeheuert. Der Steuermann war einundzwanzig gewesen und der Kapitän noch keine dreißig. Für die Fahrt von Sidney zum Hafen von Bosten brauchten sie zweihundertachtundzwanzig Tage. Die Eintragungen waren knapp und bündig und berichteten von ungenießbarem Schweinefleisch, nassen Kojen, von Mannschaftsausfällen und umsegelten Landspitzen. Ein Frau in Valparaiso war erwähnt. Kein böses Wort über das Schiff oder das Meer stand in dem Tagebuch, nur daß die See hart, aber gerecht war. Die Tinte der letzten Eintragung war noch frisch, sie war in der etwas zittrigen, gestochenen Schrift seines Vaters:

Ich seh' ein Schiff auf hoher See,
Wo die weiten Wogen schäumen,
Und mein Herz zieht mit ihm hin
Zu den Inseln meiner Träume.

Bracken trat ans Fenster. Der Rahmen war mit Klebestreifen versiegelt und dann überstrichen worden, das Email war alt und zum Teil abgesplittert. Er glaubte, keine Luft mehr zu kriegen, es war fast Klaustrophobie. Er nahm sein Taschenmesser, fuhr die Fugen nach und konnte das Fenster nun öffnen.

Ein steifer, feuchter Nordwestwind war aufgekommen, der das gefallene Laub aufwirbelte. Auf der Straße warf eine Leuchtreklame für Schuhe fahle Rot- und Grüntöne auf das nasse Pflaster. Doch außerhalb des Hafens blinkte das Licht des Leuchtturms von Monhegan Island einsam aus der Dunkelheit des Golf von Maine: seit über zweihundert Jahren eine willkommene Begrüßung für heimkehrende Seefahrer – und ein Abschiedgruß für die, die in See stachen.

Der Fregattvogel hatte bestimmt eine Spannweite von über eineinhalb Meter. Er erhob sich im ersten schwachen Schein der Morgensonne und stieg in Spiralen auf. Ohne einen Flügel zu bewegen, kreiste er höher, tiefschwarz, mit einem goldenen Schimmern seiner Schwingen im Sonnenschein. Wie schwerelos näherte er sich dem noch grauen Himmelsgewölbe. Wo der Passat den Bergkamm streifte, schwenkte der Vogel nach Osten und hob sich in den glänzenden Speichen des frühen Morgens noch schneller.

Abgelenkt schaute Bracken ihm nach, bis die Wolken den Fregattvogel verschlangen. Eine steife Brise rüttelte am Takelwerk und stöhnte dumpf. Es war bewölkt und würde noch vor Mittag regnen. Bracken lehnte sich gegen das stehende Gut und trank abwesend den Rest des kalten Kaffees, während er nach dem Vogel Ausschau hielt. Aber er war fort, irgendwo dort, wohin Fregattvögel sich in den Breiten südlich vom Wendekreis des Krebses hinbegeben.

Die *Pampero* wehrte sich gegen ihre Ankerkette und schlingerte. Bracken schätzte, daß draußen gut Windstärke 5 herrschte. Er konnte sehen, wie der Gischt sich aufbäumte, und Guadeloupe war nur ein undefinierbarer Punkt am Horizont.

Die meisten anderen größeren Charterjachten waren im inneren Hafen, heckvoraus vertäut, hatten Landstrom eingeschaltet, und ihre Klimaanlagen liefen. Nur zwei kleinere Jachten teilten sich den äußeren Hafen mit der *Pampero*, wahrscheinlich um die Hafengebühren zu sparen und der stickigen Atmosphäre des Jachthafens zu entgehen, der wie alle anderen Marinas zu den teuersten Slums der Welt gehörte.

Die Wasserpumpe unter Deck schaltete sich ein. Das Kombüsenluk schwang hoch, und eine Hand erschien. Bracken gab ihr seine Tasse. Nach dreißig Sekunden bekam er sie zurück, gefüllt mit einer schlammfarbenen Mischung aus Pulverkaffee und Dosenmilch. Wenig später tauchte Walroß' Kopf durch das Backluk auf, und tintenschwarzer Tee schwappte beim Abstellen aus seiner Tasse auf das Deck. Dann zog er sich mit beiden Händen am Lukensüll hoch, stützte einen Fuß auf das Deck, stemmte sich auf einem Ellbogen, kauerte sich schließlich auf die Fersen und blies über den Tassenrand. Er war mittelgroß und hatte einen Bauch, aber seine Brust war breit, seine Arme extrem muskulös. Er kratzte seinen Haarpelz auf der Brust, schwenkte die Teetasse und schaute blinzelnd hoch, als fände er etwas an einem nichtvorhandenen Bramsegel auszusetzen.

»Noch ein beschissener Tag im Paradies, Skipper«, brummte er und spähte über die See. Eine Antwort war nicht nötig. Mit dem Handgelenk strich er über den Schnurrbart, ehe er mit den Fingern durch das rote Kraushaar fuhr und damit seine Morgentoilette beendete.

Walroß war nun schon sieben Jahre Steuermann der *Pampero*, war es geworden, bald nachdem Bracken den leckenden alten Schoner gekauft hatte – für dreißigtausend Dollar und einen Schuldschein. Das Walroß war in jenem ersten Winter, mit einem Seesack über die Schulter geschlungen, im Hafen von Essex an den Kai gekommen und hatte stirnrunzelnd die Takelung und die Decks betrachtet.

»Kann man anheuern?« hatte er gefragt, und Bracken hatte nur genickt. Walroß hatte sich über die Greifleinen an Bord geschwungen, sich umgesehen und sich auf der Backbordkoje der Back ausgebreitet. Nie hatte er Bracken gefragt, wie hoch die Heuer war, wann er bezahlt würde, wie es mit der Kranken- und Unfallversicherung aussehe, ja nicht einmal, ob die *Pampero* sich überhaupt über Wasser würde halten können.

Um fünf am nächsten Morgen machte er sich daran, Ordnung im Maschinenraum zu schaffen. Rostiges Werkzeug und korrodierende Teile richtete er entweder wieder her oder verfrachtete sie zum Schrottplatz der Werft. Als er mit diesem Projekt fertig war, hatte er alle Nähte der Segel nachgenäht, der Bilgepumpe die Mucken ausgetrieben und zwei festgefressene Schotwinden wieder einsatzfähig gemacht. Bracken bezahlte Walroß, wann immer etwas übrigblieb, und Walroß nahm seine Heuer kommentarlos entgegen.

Bracken dachte heimlich, daß Walroß wohl eine Reinkarnation von Melvilles Billy Budd sein mußte. Er konnte Bekleiden, Spleißen, Beschlagen und Reffen. Er war gern allein, ging selten an Land, spielte das Schifferklavier und sang Seemannslieder mit Schnapsbaritonstimme. Widerwillig gab er zu, daß mit Frauen was zu *machen* war, wenn man nicht auf Fahrt war. Er trank nur Tee, Mount Gay Rum und Heineken Bier.

Ohne nach achtern zu schauen, ob Stackhill oder seine Gespielin sich im Cockpit aufhielten, hakte Walroß ein Bein über das Stag der Fock, klammerte eine Faust um das Drahtseil über dem Schnappschäkel und urinierte leewärts. In der Back war ein Kopf zu sehen, doch das war Walroß' Art zu sagen, daß er sich nichts aus Chartergästen machte, und das sein Vorrecht als Seemann war, das Vordeck als sein Revier abzustecken. Vielleicht war es aber auch nur seine Abneigung gegen mechanische Toiletten, wenn man doch bloß in die riesige, blaue Schüssel der Karibik zu pissen brauchte, wo man nie nachspülen mußte.

»Geht's auf nach Guadeloupe?« fragte er. Er schüttelte die letzten Tropfen aus, knöpfte sich die Hose zu und blickte auf die Gischtpferde, die der Passat außerhalb der Hafeneinfahrt vor sich herjagte.

Bracken nickte. »Kümmere du dich mit den Jungs um die Fock, und nach dem Frühstück reffen wir das Großsegel.«

»Ist Stackhill schon auf?« Walroß schwenkte wieder den Tee in seiner Tasse und sammelte die paar Teeblätter dicht unterhalb des Randes. Dann betrachtete er sie, als versuche er die Zukunft aus ihnen zu lesen.

»Nein. Es wurde ziemlich spät. Er ist mit einem Angebot rausgerückt.«

Walroß drehte sich um und schaute Bracken an. Sein Gesicht war tiefgebräunt, aber die Nase, die wie ein Stärlingschnabel hervorragte, schälte sich ständig. Er fischte eine Camel aus seinem Jeanshemd und rieb ein Streichholz an der Unterseite der Nagelbank um den Großmast. Als die Zigarette brannte, nahm er einen tiefen Zug und blies eine Fahne blauen Rauch aus. »Laß mich raten: Er will die *Pampero* zu einem schwimmenden Hurenhaus für Handelsmakler machen, die sich einen Tagesausflug gönnen?« Seine Miene verriet, daß er nicht viel von Stackhill im besonderen oder von Maklern im allgemeinen hielt oder von überhaupt sonst jemandem, der ordentliche Seeleute, die ordentliche Segelschiffe fuhren, dafür bezahlte, Arschlöcher von einer Inselbar zur nächsten überzusetzen.

Bracken nippte an seinem Kaffee. »Er möchte die *Pampero* chartern. Meiner Meinung nach für etwas nicht ganz Legales, aber in seiner unendlichen Weisheit hat er mir die Einzelheiten nicht unterbreitet.«

»Und bist du einverstanden damit?«

»Es brächte gutes Geld ein. Ich könnte die Werftrechnungen bezahlen und die Mannschaft und vielleicht sogar noch ein bißchen was zur Seite legen.«

»Was ist mit der Cramer-Sache?«

»Stackhills Anwalt sagt, sie hätte keine hochhackigen Schuhe tragen dürfen, wenn in meinem Prospekt extra steht, daß an Bord auch für Gäste Schuhe mit flachen Absätzen Vorschrift sind. Aber der Prozeß wird Unsummen verschlingen.«

»Schön und gut, Skip, aber du hast dich aus dem Staub gemacht. So was nehmen die Coast Guard, IRS und andere wie sie nicht auf die leichte Schulter.«

»Stackhill meint, daß sein Anwalt Berufung einlegen und wahrscheinlich auch den Haftbefehl rückgängig machen kann. Und was die Cramer-Sache angeht, so soll es sogar Beweise geben, daß die Dame trotz ihrer angeblich unerträglichen Schmerzen zwei Wochen nach der Urteilsverkündung oben in den Berkshires Tennis gespielt hat und zwar ohne ihre Halsmanschette.«

Walroß schneuzte sich die Nase zwischen zwei Fingern und schnippte die Hand leewärts. Es war eine gekonnte, automatische Geste.

»Und was hat Stackhill davon?« fragte er. Er lehnte sich gegen die Reling und balancierte seine leere Tasse auf seinem vorstehenden Bauch.

»Hat er nicht gesagt.«

Walroß zog das Backluk zurück, schwang ein Bein auf die Leiter und blickte hoch. »Weißt du, was man sagt, Skip?«

»Was?«

»Daß es auf dem Land viel mehr Haie gibt als im Meer.«

Wie wahr, dachte Bracken.

Stackhill hatte Bracken in der Zange. Im ersten Sommer, nachdem er die *Pampero*, mit Heimathafen Newport auf Rhode Island, erstanden hatte, hatte Bracken Charterangebote gemacht, damit genug Geld für die Werftrechnungen hereinkäme und er etwas für die Fahrt zu den Antillen zur Seite legen könne. Die Medien machten daraus einen "Zwölfersommer". Aber man brauchte bloß Newport zu nehmen – das Bracken für eine recht hübsche Stadt hielt – und dazu Nebel fügen, haushohe Preise, Jachtgroupies mittleren Alters, fünfzig Prozent der Einwohner von East Side Manhattan und vier oder fünf zerbrechliche Spielzeugjachten, die einander auf einer Vierzigkilometerstrecke jagten, dann hatte man Amerikas Pokalrennen. Der theoretische Preis war ein alter, eingebeulter Silberpokal. Der wirkliche Preis jedoch klingelnde Kassen für Ladenbesitzer, Hotels und Restaurants; und die großen Gelder steckten die Segelmacher ein, die Jachtdesigner und Werften. Wie Walroß in jenem Sommer nach einer Betrachtung der Newporter Szene bemerkte, hatte das Ganze herzlich wenig mit Männern, Schiffen und der See zu tun.

Die Cramer und ihre Gruppe machten einen Tagesausflug auf der *Pampero*. Sie war eine Mittfünfzigerin, aber wie eine Endzwanzigerin gekleidet, und hatte einen Begleiter, der wegen seines Glatzkopfs, den hängenden Ohrläppchen und der tief gefurchten Stirn an Walt Disneys Pluto erinnerte. Brackens Köchin, eine brave Engländerin mit roten Backen und einem guten Herzen, hatte Bracken scherzhaft gefragt, ob sie Mrs. Cramers Freund ein Schüsselchen Wasser und Trockenfutter zum Mittagessen vorsetzen solle.

Bracken hatte die übliche Tagestour gemacht und außer der *Australia II* und der *Liberty*, und die nur schwach im Nebel, kein anderes Schiff gesehen. Die beiden Einmaster quälten sich windwärts wie zwei alte Weiber und lehnten sich schwer in den nassen Wind.

Als sie zurück im Hafen waren, takelte die Mannschaft das Sonnensegel. Die Ausflugsgäste nahmen unter der tropfenden Plane noch ein paar Abschiedsdrinks zu sich und schauten lustlos zu, wie ein paar andere Schiffe einliefen.

Die Cramer hatte mehr als ihren Anteil Gin mit Tonic zu sich genommen. Als sie dann mit ihren hohen Absätzen nach unten zur Toilette ging, war sie auf dem Niedergang gestolpert und hatte sich den Kopf angeschlagen. Bracken verarztete sie mit einem Handtuch voll zerhacktem Eis, doch sie hatte gesagt, er solle sich keine Umstände machen, und: »Es ist doch *nichts* passiert, Kapitän.«

Danach war die Cramer ungewöhnlich still. Sie trennte sich vom Rest ihrer Gruppe und redete eindringlich auf Pluto ein, der schließlich auf den Kai sprang und entschlossenen Schrittes zur Front Street eilte. Er kehrte in Begleitung von zwei Weißkitteln mit einer Bahre zurück. Mit einer Schaumstoffmanschette um den Hals trugen sie die Dame von Bord. Das letzte, was sie zu Bracken sagte, war: »Verständigen Sie Ihre Versicherung, *Kapitän.*« Als hätte er eine!

Bracken setzte sich noch am selben Abend mit Malcolm G. Hinstock von Moore, Spiegal & Hinstock in Verbindung, mit ihnen ganz einfach deshalb, weil sie nach siebzehn Uhr noch das Telefon beantwortet hatten. Bracken mußte eine Anzahlung von vierhundert Dollar blechen, die er sich nicht leisten konnte. Hinstock notierte sich seine Angaben in fünf Minuten, dann fragte er ihn nach seiner Versicherung.

Bracken erklärte, daß er keine habe, woraufhin Hinstock ihn mit einem Blick bedachte wie die Polizei einen betrunkenen Autofahrer. Dann lehnte er sich in seinem teuren, alten Sessel zurück und hakte die Daumen in die Taschen seiner teuren Weste.

»Haben Sie flüssiges Geld in diesem Land?«

»Alles, was ich habe, steckt in meinem Boot.«

»Können Sie sich etwas leihen? Sagen wir zweitausend?«

Bracken hatte momentan knapp achthundert Dollar auf der Bank, die für Schiffsproviant reserviert waren. Aber er besaß noch ein rostiges Motorrad, eine anständige Gitarre und ein paar andere Dinge, die sich vielleicht zu Geld machen ließen. »Im Notfall vielleicht dreihundert, aber kaum mehr«, antwortete er. Er wollte wenigstens noch ein bißchen was zur Verfügung haben.

Malcolm G. Hinstock erhob sich und kam hinter seinem massiven Eichenschreibtisch hervor. Er reichte Bracken die Hand, die sich leicht klebrig anfühlte.

»Das könnte vielleicht genügen, die Sache ins Rollen zu bringen. Ich werde mich so bald wie möglich mit Ms. Cramers Anwalt in Verbindung setzen – das heißt, sobald wir den Rest Ihrer Anzahlung erhalten haben.« Er zauberte eine Geschäftskarte aus seiner Westentasche. Bracken war schon fast an der Tür, als Hinstock hinzufügte: »Und an Ihrer Stelle würde ich mein Schiff so rasch wie möglich aus US-Hoheitsgewässer schaffen, wenn Sie es nicht gepfändet haben möchten.« Er lächelte ironisch. »Meine persönliche Meinung, Kapitän Bracken.«

Gegen zehn am nächsten Vormittag hatte die *Pampero* den Breton-Reef-Leuchtturm hinter sich. Sie hatte Verpflegung, hauptsächlich Wurst und weiße Bohnen, für drei Monate an Bord, zwei seekranke Hippies als Mannschaftsmitglieder, einen erfreuten Walroß und ein begrenzt gültiges Kapitänspatent. Sobald sie an Block Island vorbei waren, stellten sie das Ruder in Lee, richteten den Kompaß auf Kurs und steuerten nach Südosten, mit Ziel auf die Bermudas.

Die Schiffsglocke schlug gedämpft zwei Glasen, und Bracken goß den Rest seines kalten Kaffees hinunter. Eine Regenbö trieb von Antigua auf die Küste zu und bedeckte die flechtenüberwucherten Mauern von Fort Barclay. Bracken schloß die Backluk und stapfte nach achtern.

Die Politur des Niedergangsgeländers wurde matt. Es würde bald neu eingelassen werden müssen. So war es bei einem Schiff – man fing am Bugspriet an und arbeitete sich zur Heckreling nach achtern, und dann durfte man auch schon wieder von vorn anfangen.

Aus der Kombüse roch es nach Schinken mit Speck, und sofort knurrte sein Magen. Halbherzig ließ er sich noch Stackhills Vorschlag durch den Kopf gehen, aber im Grunde wußte er längst, daß er gar keine andere Wahl hatte.

10

8. Juli

Die *Pampero* nickte noch einmal mit dem Vorsteven und stürzte sich ins Wellental, daß der Gischt windwärts sprühte. Dann, als die nächste Welle unter ihr heranrollte, hob sie den Stevenanlauf, trennte sich von einem Gischtbart und stürzte sich ins nächste Tal. Das Brausen und die Bewegung der wilden Wogen übertrugen ihre ungeheure Kraft auf jeden Spant und Gang. Ihre Decks vibrierten unter dieser ungebändigten Kraft, die im Nordostpassat lebte und brauste.

Bracken stand achtern vom Rudergängersitz, mit einer Hand am Großschot. Es war straff durch den Druck des Windes auf das Großsegel und fühlte sich mehr wie eine Eisenstange an als wie ein Kunststoffseil. Jede Naht des Segels war gespannt. Die Wanten und Backstage sirrten in dissonanter Resonanz, es klang wie eine gigantische Orgel, die ein Wahnsinniger spielte. Es war sowohl wild wie wundervoll.

Weit hinter dem schäumenden grünen Kielwasser lag die verschwommene Masse von Antigua. In jedem Wellental verschwand die Insel außer Sicht und erschien aufs neue, sobald die *Pampero* durch die nächste Welle brach. Fünfzig Kilometer südlich über dem gischtenden Wasser lag in Dunst gehüllt Guadeloupe.

Bis zum Vormittag war der Himmel grau und zerrissen geblieben; schwarze Böen fegten das Meer mit Regenbesen. Doch gegen Mittag zu hatte es aufgeklart, und der Wind war stärker geworden und hatte aus dem klaren Himmel im Nordosten geblasen.

Jean hatte das Ruder übernommen. Sie folgte dem Kurs und gab zusätzliche Spaken, wenn die See gegen den Rumpf hämmerte und die *Pampero* vom Kurs abzubringen versuchte.

»Ju-huuuuu!« juchzte sie begeistert wie ein Rodeocowboy, dem es gelingt, sich auf einem wilden Stier zu halten. Die zerzausten Strähnen ihres blonden Haares flatterten leewärts. Ihr Gesicht war mit salzigem Gischt überzogen. Eine Welle, höher als die anderen, schmetterte einen Schwall Salzwasser horizontal übers Deck. Jean bekam ihn voll ins Gesicht. Mit geschlossenen Augen, die Lippen leicht geöffnet und ohne sich zu ducken, empfing sie sie wie den Kuß eines leidenschaftlichen Liebhabers.

»Wieviel schaffen wir?« brüllte Stackhill gegen den Wind. Seine Haut war rot mit dünner Salzschicht. Er hatte die Kapuze seiner Windjacke ums Gesicht zusammengezogen und sah wie ein trinkfreudiger Mönch aus.

»Zwölf bis dreizehn Knoten«, brüllte Bracken zurück. Er übertrieb ein wenig. Sie machte genau elf und surfte auf der Rückseite größerer Wellen. Er verlagerte seinen Griff nun zum Backstag und spürte, wie der Mast sich in den heftigeren Böen gegen das Tauwerk lehnte. Er konnte nur hoffen, daß die Stagfock nicht riß. Nach zehn Jahren in den Tropen waren die Dacronsegel brüchig von der Sonne, und die Nähte waren so oft nachgenäht worden, daß sie schon eher aus Gewohnheit zusammenhielten als mit Faden. Noch etwas, was wir erneuern müssen, dachte er.

Pam stemmte sich gegen das Schlingern des Schiffes und kämpfte sich zum Niedergang. Drei Minuten später kehrte sie mit vier Bier zurück und verteilte sie. Das Heineken war etwas warm und schäumte aus der Flasche. Mit einem tiefen Zug leerte Bracken eine zur Hälfte. Er stemmte sich gegen das Backstag der Marsstenge und beobachtete, wie die See sich windwärts hob. Der Wind blies in der Flasche ein G über einem mittleren C. Gott, wie gut das tut, dachte er. Der Wind und die See und ein Sechsundfünfzig-Tonnen-Schoner, der durch den Passat brauste, als wäre er dazu geboren.

Stackhill fing an, *Kingstown Market* zu singen. Es klang hübsch. Ein bißchen falsch, aber hübsch. Er hatte einen Bariton, dessen Heiserkeit den Text ehrlich klingen ließ. Sein Arm lag um Pams Schultern, die mitsang, aber ihre Stimme war so dünn, daß der Wind sie forttrug. Jean begann einen Kontrapunkt zu pfeifen, für den sogar Brubeck eine gute Note gegeben hätte.

Bracken kauerte sich neben sie auf den Rudergängersitz. »Ganz schön anstrengend, nicht wahr?« Er berührte ihren Hals, und sie wich aus. Keine Geste, die mit Sicherheit aussagte, daß er sie nicht berühren solle, sondern eine leichte Bewegung, die vielleicht durch ihre Ruderführung verursacht war. Bracken dachte, daß sowohl die eine wie die andere Folgerung zutreffen mochte.

»Es geht noch«, antwortete sie. Sie schaute weiter geradeaus und beobachtete das Luvliek des Großsegels. Ihre graublauen Augen waren wie ein Spiegelbild der See; sie paßten gut zu dem sonnengebleichten Haar. Ihre Bewegungen waren im Einklang mit denen des Schoners. Sie fütterte Speichen, wenn die See sich unter der Gilling brach, dann ließ sie das Ruder los, und wenn das Steuerrad sich zurückdrehte, fing sie es genau richtig ab. Das wiederholte sich laufend. Sie hatte ein Gespür dafür, das angeboren sein mußte.

»Wieso – willst du übernehmen?« fragte sie. Die Kurve ihres Kinns verlief harmonisch mit dem Hals und floß weich zum Busen. Bracken wünschte sich, er hätte das Talent, diese klassische Linie zu zeichnen. »Ich versuche sie gerade zu halten, aber ich fürchte, ich fahre Schlangenlinien.« Sie wußte natürlich, daß das nicht stimmte. Sie steuerte großartig mit den sparsamsten Bewegungen. Das hätte selbst ein Blinder unter Deck erkannt.

»Nein, bleib du nur dran. Du machst deine Sache ausgezeichnet.« Er deutete auf ein verschwommenes Grau, das sich einen halben Strich leewärts aus dem Wasser hob. Allmählich wuchs Guadeloupe am Horizont, die Berge waren bereits deutlich zu erkennen. Er suchte nach dem Orientierungspunkt, dem Mount Lamentin, einem Kegelstumpf, dessen oberes Drittel momentan von Wolken verborgen war. »Geh etwa fünf Grad runter. Du wirst die Felsen sehen, sobald wir etwas näher sind. Halte darauf zu.«

Sie nickte. Ihr Haar hatte sich zu nassen Korkenziehern gedreht, ihre Zähne waren ebenmäßig und weiß, ihre Lippen feucht, ihre Brüste schwellend unter dem Bikinioberteil. Sie schenkte ihm ein blitzendes Lächeln, lehnte sich über das Rad, ganz ins Steuern vertieft. Bracken nahm an, daß er sie liebte, obwohl er nicht recht verstand wieso. Es beruhte jedenfalls nicht auf Gegenseitigkeit, aber so etwas kam häufig vor. Nach ein paar steifen Drinks hatte Walroß einmal seine Meinung dargelegt, daß alle schönen Weiber offenbar in dieselbe Schule gingen, wo sie lernten, Männer aufzugeilen, ohne sich dabei *wirklich* etwas zu vergeben.

Vorn zogen Walroß und die beiden Deckhands von Bequia das Fockfall hoch. Keine anständige Winsch auf diesem gottverdammten Yankeeimer, hatte Walroß sich ausgelassen, als er erstmals an Bord kam. Für Bracken war es eine einfache Gleichung: Wenn man eine Winde mit größerer Übersetzung hatte, war die Kraft, die man benötigte, um eine gespannte Leine aufzuwickeln, eine einfache Funktion, die mehr Zeit, aber weniger Anstrengung erforderte. Trotzdem hatte Walroß sich jedesmal mit Händen und Füßen gewehrt, wenn Bracken eine neue Winde anschaffen wollte. Auf seine störrische Weise war er darauf versessen, dem alten Schiff bloß mit seiner Hände Schweiß und den Taljen zu Leibe zu rücken. Mit den Bequia-Boys im Schlepptau eilte er jetzt in seinem kanariengelben Vinylanzug über das Deck, sicherte Leinen und schoß andere auf. Gischt peitschte horizontal über das Vordeck und ratterte wie Schrotkugeln gegen das steife Plastikmaterial seiner Regenkleidung. Er machte ein finsteres Gesicht, doch Bracken wußte, daß Walroß sich im siebenten Himmel befand, umarmt von seinem auserwählten Element und es seinerseits umarmend.

Guadeloupe war bereits deutlicher zu erkennen. Es hob sich aus dem Meer und gewann rasch Form und Umrisse. Bracken sprang ins Cockpit und zündete sich eine Zigarette an.

»Eine Fahrt wie die«, brüllte Stackhill in Brackens Ohr, »ist die ganze Scheißchartergebühr wert.« Er deutete mit dem kapuzengeschützten Kopf in Jeans Richtung. »Sie steuert diesen Eimer wie auf Schienen.«

Bracken bestätigte es mit ebenfalls einem Nicken. Windgeschützt im Cockpit brannte die frühe Nachmittagssonne heiß auf seinem windverbrannten Gesicht, und er fühlte sich fast wie ein ganzer Mensch.

»Wie hieß die Schiffsköchin, die Sie bei unserer letzten Charter hatten?«

»Nan Hoggen.«

»Was ist aus ihr geworden?« Stackhill sagte es in einem Ton, der deutlich machte, daß er weniger nach dem Mädchen, sondern nach ihrer Beziehung fragte.

»Sie bekam einen besseren Job angeboten, auf einem Motorschiff, droben bei den Jungferninseln. Dreizehnhundert Dollar im Monat, sagte sie. Ich konnte ihr bloß dreihundert geben. Eine schwierige Entscheidung für sie.«

»Sie war eine verdammt gute Köchin.« Stackhills Bauch, der über die Badehose hing, war ein Beweis für seinen Appetit.

»Und was halten Sie von Jeans Kochkünsten?«

Stackhill schwenkte eine Hand vor Brackens Gesicht. »Manchmal großartig, manchmal zweifelhaft. Ich habe hin und wieder das Gefühl, daß sie eine wahnsinnige Wissenschaftlerin ist und ich ihr Versuchskaninchen bin. Wie lange ist sie schon bei Ihnen?«

Die Zigarette hatte ein paar Spritzer abbekommen und war ausgegangen. Bracken sog noch einmal daran, dann warf er sie über Bord. Der Geschmack des nassen Tabaks lag bitter auf seiner Zunge. »Zwei Wochen. Sie tauchte in Antigua während des Maklertheaters auf. Sie sagte, sie habe Artikel übers Kochen für irgendein Jachtjournal geschrieben und würde nun gern praktische Erfahrung sammeln.«

Stackhill zog eine Braue hoch. »Und wie ist sie im Bett?«

»Wahrscheinlich phantastisch, persönlich weiß ich es jedoch nicht.«

Bracken stand auf und rutschte den Niedergang zum sogenannten Salon hinunter. Stackhills Lachen folgte ihm mit dem Kreischen des Windes.

Als Jean an Bord gekommen war, hatte Bracken angenommen, daß ihre Beziehung zur üblichen kurzzeitigen Bettgefährtenverbindung würde, wie man es auf Charterjachten für gegeben hielt. Er hätte nichts dagegen gehabt, denn er hatte Verlangen nach ihrem vollkommenen Körper.

Während der ersten paar Tage hatten sie wie alte Freunde bis spät in die Nacht hinein zusammengesessen, sich über Gegenden unterhalten, wo sie skifahren gewesen waren, über Seehäfen in New England, die sie beide kannten, und dann über Musik und Kunst, über Wirtschaft und Politik. Ihm wurde klar, daß sie nicht nur einen schönen Körper, sondern auch einen guten Verstand hatte.

Gegen Ende der ersten Woche hatten sie sich am Abend an Deck gesetzt und Händchen gehalten wie schüchterne Teenager, hatten gemeinsam den Sonnenuntergang genossen und den Geruch des Landes, der sich mit dem der See vermischte. Da wurde Bracken bewußt, daß er im Begriff war, sich in sie zu verlieben.

Doch zu mehr als Händchenhalten war es zwischen ihnen nicht gekommen. Nüchtern gesehen, wollte Bracken, daß es so blieb: einfach und unkompliziert. Doch ein tieferer, emotionalerer Teil seins Ichs begehrte sie – um eine Leere zu füllen, um seinem Leben ein bißchen gottverdammten Sinn zu geben. Er ertappte sich dabei, daß er sie nach Signalen beobachtete, wie sie über ihr Haar strich und ihn anblickte, eben nach den kleinen Zeichen, die auf Liebe und Verlangen hindeuten mochten.

Drei Tage ehe die Charterfahrt für Stackhill begann, zerbrach Bracken sein Sparschwein und reservierte einen Tisch zum Dinner im Admiral's Inn. Mit Stackhills Charteranzahlung auf seinem Konto bei der Barclay's Bank fühlte er sich nicht ganz so arm wie bisher. Sein blauer Blazer war leicht modrig, aber noch ganz passabel, und er hatte noch ein sauberes Hemd, dessen Kragen nicht durchgescheuert war.

Er rasierte sich an diesem Abend sorgfältig, studierte eingehend die Krähenfüße und Fältchen um seine Augen und mußte sich eingestehen, daß sie altersbedingt waren und von seiner nicht immer gesunden Lebensweise kamen, nicht von Wind und Sonne. Ach, zum Teufel, dachte er, fünfundvierzig ist noch kein Alter. Aber der gesprungene Spiegel schien ihn zu verhöhnen.

An diesem Abend zog Jean sich dreimal um, ehe sie mit ihrem Aussehen zufrieden war. Ihre endgültige Wahl fiel auf ein einfach geschnittenes weißes Baumwollkleid, dem sie Glanz durch eine goldene Halskette gab. Sie entschied sich gegen Schuhe. Der Effekt war eine Mischung aus sinnlicher Raffinesse und mädchenhafter Unschuld. Ehe sie die *Pampero* verließen, tranken sie noch Wein. Ihre ursprüngliche Blässe war tiefer Sonnenbräune gewichen. Ihr Haar glänzte im Lampenschein wie geschmolzenes Platin, und er schluckte vor Bewunderung. Sie trank drei Glas Riesling hintereinander, dann nahm sie seinen Arm und drückte ihn. Hand in Hand schlenderten sie unter dem fast vollen Mond durch den dunklen Hafen. Bracken summte vor sich hin und war glücklich wie seit Jahren nicht mehr. Ehe sie das Restaurant erreichten, hob sie das Gesicht und hauchte ihm einen Kuß auf die Wange.

Das Restaurant war zum Bersten voll. Akzente aus allen Gegenden waren zu hören, von Australien bis Schweden, von Kanadas Ostküste bis Kalifornien. Es war ein Treffpunkt für Matrosen auf Landurlaub, für die wenigen Seebären, die sich ihren Unterhalt mit Segelschiffen verdienten. Es hatte einen Fliesenboden und zeitgeschwärzte Dekkenbalken. Es roch angenehm nach Rum, den Generationen von Seeleuten hier genossen hatten.

McKenzie, der Skipper einer großen Herreshoff-Ketsch, winkte ihnen zu, als sie eintraten. Er warf Darts, riß sich jedoch von dem Spiel los, nahm einem Kellner drei Drinks vom Tablett und manövrierte die beiden hinaus auf die Veranda. Aus Brackens Vorstellung von einem romantischen Dinner zu zweit wurde nichts.

McKenzie nannte sie Sweet Jean. Aus keinem bestimmten Grund, eben nur, weil sie unverfälschte Unschuld ausstrahlte, mit unterschwelliger Sinnlichkeit gepaart. Und der Name paßte: Schneewittchen mit der Hand auf dem Hosenschlitz eines der sieben Zwerge.

McKenzie war wie üblich charmant. Er machte ihr den Hof und versuchte Bracken beiläufig aus dem Feld zu schlagen. Doch obwohl sie McKenzie aufmerksam zuhörte und antwortete, spielen ihre bloßen Füße unter dem Tisch mit Brackens Beinen. Nachdem sie ihr Glas ausgetrunken hatte, leerte sie Brackens, und inzwischen kratzten ihre Zehennägel bereits seine Haut auf.

Das Dinner war eine verschwommene Angelegenheit. Es gab Schildkrötensuppe, Snapper und Salat. McKenzie ließ eine Flasche Wein kommen, mit dem er ein großes Getue machte. Er schnupperte daran, gurgelte einen Schluck und erklärte schließlich, daß der Tropfen »schwach, aber ergötzlich« sei. Jean lachte oft und warf ihr Haar zurück, ihre Augen glänzten, und feiner Schweiß sammelte sich über ihren Lippen. Bracken fragte sich, wie wohl ihr Ohr schmecken würde. Sie bemerkte seinen Blick und errötete, dann drückte sie seinen Oberschenkel.

Nach dem Dinner schwankten sie zur *Pampero* zurück. In leichtem Zickzackkurs durchquerten sie lachend den Hafen. Die Lichter der vor Anker liegenden Jachten machten den Sternen Konkurrenz, und Bougainvilleenduft hing sinnbetörend in der Luft.

Sie setzten sich auf das Vordeck, und die *Pampero* wiegte sie sanft. Der Mond hatte unzähligen Sternen Platz gemacht. Bracken und Jean hielten sich bei der Hand und küßten sich, erst ein wenig und dann leidenschaftlicher.

Doch plötzlich, als hätte sich eine Warnanlage ihrer Gefühle eingeschaltet, entzog sie sich ihm.

»Das ist nicht gut. Wir werden einander nur weh tun«, sagte sie. Und ging nach unten. Er hörte, wie sie duschte, dann erlosch das Licht hinter dem Bullauge der Kabine.

Bracken blieb sitzen und lauschte dem Wind, der hohl in seinen Ohren klang. Irgendein metallener Beschlag über ihm klirrte.

Er trank noch zwei Glas Brandy und ging in die Kabine. In der Dunkelheit stieg ihm ein schwacher Hauch ihres Parfüms in die Nase, und sein Herz preßte sich zusammen. Sie atmete gleichmäßig, das Gesicht dem Bullauge zugewandt und den Körper schützend in eine Decke gehüllt.

Er legte sich nackt neben sie, ohne sie zu berühren, und starrte in die Schwärze über ihm. Er sah nichts und wünschte sich, er würde auch nichts fühlen.

Bracken beugte sich über den Navigationstisch und starrte blicklos auf die Karte. Vor seinem inneren Auge lief immer noch der Film von Jean, wieder und wieder. Schließlich schüttelte er ihn blinzelnd ab.

Er wußte im Grund genommen kaum etwas von ihr, außer daß sie bezaubernd, atemberaubend schön, gebildet, tüchtig und unendlich begehrenswert war. Männer von Welt in dreiteiligen Anzügen mit Luxusautos und allen Schikanen würden versuchen, einander mit

Theaterkarten und Wochenendeinladungen den Rang abzulaufen. Und was, zum Teufel, hatte er ihr zu bieten? Einen schlecht bezahlten Job als Schiffsköchin auf einem auseinanderfallenden Schoner, der gerade genug einbrachte, ihn und seine Mannschaft in edler Armut zu halten.

Doch mit Geld, einer Menge Geld, sähe es vielleicht ganz anders aus. Es wäre nicht das Geld als solches, sondern das, was er sich dafür leisten könnte. Damit wären alle Ausgaben für eine zweijährige Kreuzfahrt durch den Südpazifik gedeckt. So eine Fahrt war sein Traum, seit sein Vater ihm zum erstenmal davon erzählt hatte. Und er wollte sie machen, ehe all die schönen Atolle unter dem Gewicht von Ferienhochhäusern, Banken und fünf Kilometer langen Jetlandebahnen untergingen.

Er holte sich ein Bier aus dem Kühlschrank, und blätterte, während er es trank, in den Büchern und machte eine Aufstellung des Chartereinkommens, das für den Winter schon feststand. Stackhills Charter plus sieben weitere Wochen, also insgesamt neun. Er kramte den Taschenrechner hervor und tippte die Summen für den Unterhalt und alles sonstige Wesentliche ein. Viertausendachthundert pro Woche, minus – tipp, tipp – elfhundert Dollar Ausgaben die Woche mal neun – tipp – gleich – dreiunddreißigtausend und ein paar Zerquetschte. Damit würde er nicht ganz durch den Sommer kommen, nicht mit den Reparaturen, die unbedingt durchgeführt werden mußten. Aber mit Stackhills Blutgeld plus einigen zahlenden Passagieren für die Pazifikkreuzfahrt konnte er den alten Eimer drei Jahre lang mit einem annehmbaren Budget betreiben. Er konnte sich nicht vorstellen, daß Jean einen solchen Antrag ablehnen würde.

Walroß polterte den Niedergang herunter und in den Salon. Er paßte seine Bewegungen dem Schlingern genau an. Mit einem kurzen, gleichmütigen Blick tauchte er in den Maschinenraum. Eine Pumpe sprang an, sog zunächst Luft ein und begann dann mit einem regelmäßigen Gurgeln. Als er wieder herauskam, wischte er sich die Hände an Putzwolle ab.

»Stinkt, als hätten ein paar Straßenköter da drin gepißt«, brummte er und holte sich ein Bier aus dem Kühlschrank. Walroß war nicht gerade ein Freund von Maschinen, elektrischem und elektronischem Zeug. Er fand, daß alles, was ein Schiff brauchte, Petroleum für Lampen war, ein bißchen Wind zum Antreiben und ausreichend Eisblöcke, um das Bier kalt zu halten. Er lehnte sich gegen den Mast und legte eine Hand auf die Teakholzreling.

»Ich hab' nachgedacht«, sagte Walroß. »Über Stackhills Angebot.« Er goß gut ein Drittel des Biers in sich hinein. »Für mich ist es okay, aber nicht für die Boys.«

»Du hast doch nicht etwa mit ihnen darüber gesprochen?«

Er schüttelte den Kopf. »Verdammt, nein. Aber wenn wir etwas durchzögen, wie Stackhill es vorschlägt, würden sie wahrscheinlich nicht die Klappe halten. Du weißt doch, wie Cousin ist. Er braucht bloß ein paar Schluck Rum intus zu haben, und schon fängt er an, einem sein Mantra aufzusagen.«

»Wen sollen wir dann nehmen? Außer dir, Jean und mir, brauchen wir zumindest noch einen, besser aber zwei.«

Walroß legte den Kopf zurück und goß den Rest des Biers in den Schlund. »Wir werden übermorgen auf Saint Lucia sein, nicht wahr? Ich kenne dort zwei Engländer. Sie arbeiten in der Werft und wohnen auf dem Besankutter, den sie bauen. Einer war bei Special Air Services, der andere spricht spanisch wie ein Einheimischer. Ein Sprachtalent könnte nicht schaden, denke ich.«

»Okay, horch sie mal aus. Ich gebe den beiden zusammen viertausend und dir dreitausend. Einverstanden?«

Walroß zuckte die Schultern. »Ich bin hier, um diesen leckenden alten Eimer in Schwung zu halten, nicht um Drogen zu schmuggeln, aber wenn du was aus Stackhill rausholen kannst, habe ich nichts dagegen.«

Er wandte sich zum Niedergang um, dann zögerte er und drehte sich noch einmal um.

»Es geht mich ja nichts an, Skip ...« Er stocherte mit einem Fingernagel zwischen den Zähnen, holte eine Fleischfaser heraus und streifte sie am Ärmel seiner Regenjacke ab. »Aber als wohlmeinender Freund würde ich dir raten, die Dame loszuwerden, die du zum Kochen angeheuert hast.«

»Bullshit!« fluchte Bracken. »Das geht dich wirklich nichts an!«

Schulterzuckend drehte sich Walroß wieder um, ging den Niedergang hinunter und schüttelte den Kopf, als hätte er das alles schon mal gehört.

Bracken steuerte die *Pampero* kurz nach siebzehn Uhr zur Anse-Des-Hayes-Bucht. Kurz zuvor hatten sie sich hart in den Wind gelegt, jetzt legte der alte Eimer die Reling fast in den Gischt, der die Bucht zu einer weißen Schaumsee machte. Dann, im Schutz der Landzunge, pumpte Bracken zweimal die Arme. Daraufhin ließen die zwei Jungs von Bequia das Groß- und Schonersegel laufen, während

Walroß und Jean sich der Fock und des Vorsegels annahmen. Die *Pampero* hatte immer noch sieben oder acht Knoten Fahrt drauf, und Bracken nutzte den Schwung, um zum Buchtende zu kommen. Als sie zum Stehen kam, warf Walroß den Anker, und zwanzig Faden Kette rasselten los, daß eine Wolke rostigen Staubs aufstieg, während die *Pampero* abfiel und schließlich ruckhaft an einem guten Ankerplatz anhielt.

»Das wär's«, sagte Bracken zu seinem Plastikschweinchen, das an einer Schnur von der Baumstütze baumelte. Das Schweinchen schwieg – es schielte ihn nur blöd grinsend an.

Walroß, der ihn mit einer Handvoll Reffbändseln streifte, bedachte ihn mit einem dieser Blicke, die er gewöhnlich für Idioten, Landratten und anderes minderwertiges Gesindel übrig hatte. Er schlüpfte aus seiner Regenjacke und machte sich daran, das Großsegel festzumachen. Keith und Cousin kamen achtern, und innerhalb von zwanzig Minuten hatten die drei die Rahen vierkant gebraßt und das Sonnendeck gespannt.

»Brauchst du sonst noch was, Skip?« erkundigte sich Walroß. Eine winzige Spur von Herausforderung schwang in seiner Stimme mit. Cousin und Keith standen wie Schatten hinter ihm.

Es gab eine Menge, was Bracken noch gern gehabt hätte, wie beispielsweise einige Nähte des Stagsegels nachgenäht und Rauchflekken am Rumpf um den Auspuff weggescheuert, aber er schüttelte den Kopf, denn Walroß' Miene sagte, daß er für heute mehr als genug hatte. Nicht vom Segeln, sondern von der Gesellschaft an Bord. Dazu kam die Anziehung von Madame Racines Bar, die übersteifen Rumpunsch ausschenkte und fleischige Garnelen in einer kreolenheißen Soße, die das Metall eines M-1A-Panzers durchfressen könnte.

»Nein«, antwortete Bracken deshalb. »Geht ihr an Land?«

»Helles Köpfchen.« Walroß drehte sich auf dem Absatz, und die beiden Jungs folgten ihm. Alle drei verschwanden durch das Backluk.

Stackhill tauchte durch das Niedergangsluk auf, in der Hand ein Viertelliterglas mit Scotch, nur mit zwei Eiswürfeln verdünnt. »Behalten Sie ihn, wenn wir diese Fahrt machen?« Offensichtlich hatte ihm die kleine Meuterei mißfallen. Stackhill wollte, daß immer jemand von der Crew in Habachtstellung in der Nähe wartete, um sein Glas nachzufüllen, sobald es leer war.

»Zum Teufel, ja! Ich wollte, ich hätte vier von der Sorte.«

Stackhill zündete sich eine Mentholzigarette an. Das gehörte zu seinen periodischen Versuchen, das Rauchen aufzugeben. Langsam trat er an die Reling. Die Sonne war ein aufgeblähter roter Klecks am Westhorizont. »Und die beiden Einheimischen?«

»Wahrscheinlich nicht. Es sind gute Jungs, doch ungeeignet für so was.«

Stackhill schwieg. Sie wußten nun beide, daß es so gut wie abgemacht war, das wurde Bracken jetzt klar. Es mußte nur noch alles Nähere geklärt werden.

Die Sonne war fast verschwunden, und das restliche Licht hatte den weichen Sepiaton, der der Landschaft die Härte nahm. Die Landzungen von Anse Des Hayes schlossen sowohl die Stadt wie die Bucht mit zwei schützenden Armen ein. Die Hänge darüber, terrassenförmig bewirtschaftet, sahen aus wie eine Hochzeitstorte aus Sonnenschein und Schatten. Ein paar Neonstraßenlampen leuchteten im Dämmerlicht auf. Es war eine friedliche Szene, bei der nur Stackhill störte.

»Es gefällt mir von Mal zu Mal besser«, sagte er gerade. Das war seine zweite Charterfahrt auf der *Pampero* in zwei Monaten. Er nannte es »meine Batterien aufladen«. Pam trug offenbar ausschlaggebend dazu bei.

»Es ist nicht schlecht«, sagte Bracken unverbindlich.

Es wurde so unvermittelt dunkel, wie es in den Tropen üblich ist. Stackhill schnippte seine Zigarette in den Wind, daß ein Kometenschweif aus Funken aufleuchtete, ehe sie im Wasser verschwand. Er drehte sich wieder zu Bracken um.

»Haben Sie je genug davon?«

»Vom Chartern?« Das war eine Frage, die jede Fahrgastgruppe ihm stellte.

Stackhill ließ sich in das Cockpit fallen. Er streckte sich auf den Kissen aus und verschränkte die Finger unter dem Nacken. »Nein«, meinte er. »Von dem Leben an Bord, dem Segeln, den Inseln – davon, einen Wunschtraum wahr zu machen.«

»Nie.«

»Sie sind ein Glückspilz.« Stackhills Ton verriet seinen Unglauben. »Sie werden es weit bringen.«

Appetitanregende Gerüche stiegen von der Kombüse hoch. Pam war unten und half Sweet Jean. Jetzt ist vielleicht ein günstiger Augenblick, dachte Bracken.

»Ich habe mir diese Kolumbienfahrt durch den Kopf gehen lassen«, sagte er. »Ich mache sie, aber nur, wenn es bloß Grass ist. Nichts Härteres.«

Stackhill wandte Bracken das Gesicht in dem Halblicht zu, seine

Brauen zuckten. »Wer hat denn was von Drogen oder Kolumbien gesagt? Ich bin ein Verbraucher, kein Verkäufer. Ich spreche lediglich von einer Charter! Sie werden zwei Gäste an Bord haben, plus einer Ladung, die sie dabeihaben. Sie bringen sie die Ostküste der USA hoch, setzen sie und ihre Fracht ab und fahren zu den Inseln zurück.«

»Ich kann nicht in die Staaten zurück, ehe die Cramer-Sache nicht völlig geklärt ist und ich eine Verzichterklärung von ihr habe.«

»Stimmt, Freund, aber in diesem Fall spielt es keine Rolle. Das einzige auch nur ein wenig Illegale an dieser Charter ist, daß Sie das Schiff in den USA weder ein- noch ausklarieren werden. Sie fahren lediglich an der Küste entlang, setzen die beiden im Beiboot aus und verschwinden wieder. Kein Zoll, keine Immigration, nichts. Nur hin und wieder raus.«

»Wer sind diese sogenannten Gäste?«

»Keine Ahnung, Bracken, und ich will es auch gar nicht wissen.«

»Und die Ladung? Ich bin nicht auf schwere Fracht eingerichtet.«

Stackhill schwenkte seinen Drink. »Das weiß ich auch nicht. Das gehört nicht zu meinem Teil des Auftrags. Man teilte mir nur mit, daß das Gesamtgewicht etwa dreihundert Kilo ist, darunter etwas Elektronisches, das sie an Bord lassen werden.«

»Das genügt mir nicht, Stackhill. Ich will wissen, was ich transportiere.«

»Die Leute, die das eingefädelt haben, wissen zweifellos, was sie tun.«

Bracken holte tief Atem und stieß ihn langsam aus. »Und Sie sind bloß ein Mittelsmann, der nicht die geringste Ahnung hat, worum es geht?«

»Sie haben es erfaßt.«

»Warum Sie?« Bracken beobachtete ihn und versuchte in Stackhills Gesicht zu lesen.

Stackhill zündete sich eine neue Zigarette an. »Ganz einfach, man setzt mich unter Druck.«

»Erklären Sie.«

»Ich habe eine Menge Schulden. Vor einiger Zeit habe ich für einen Einwanderer aus Osteuropa – ein Ungar oder Pole, wer weiß, vielleicht war's sogar ein Russe – ziemlich große Terminverträge für den Yankee-Dollar abgeschlossen. Faszinierender Bursche. Hat vor zehn Jahren als Taxifahrer angefangen und seinen ganzen Verdienst ins Importgeschäft gesteckt. Er führt massenhaft Zeug aus den Ostblockländern ein – Schinken, Puppen, Kristall, Spielzeug, alles mögliche jedenfalls. Und er muß für das meiste dort drüben in harter Währung bezahlen. Also benutzt er den Terminmarkt, um sich gegen Kursschwankungen abzusichern.

Alles, was ich über den Devisenmarkt wußte, deutete darauf hin, daß der Dollar immer tiefer in den Keller ging, also habe ich die Verträge nie ausgeschrieben – bloß in meinen Büchern festgehalten, in der Annahme, daß er, wenn der Dollar erst tief genug gefallen war, aussteigen würde und ich eine ganz schöne Menge Geld einstecken könnte. Soweit alles klar?«

Nicht wirklich, aber Bracken nickte trotzdem.

»Aber anstatt zu fallen, ist der Dollar hochgeschnellt. Und ich hatte nicht die geringste Möglichkeit, für den Gewinn aufzukommen, der ihm zustand. Mir fehlten siebzig Riesen. Er fing an, mich zu erpressen, drohte mir, sich an die Securities and Exchange Commission zu wenden, also mußte ich auf seinen Vorschlag eingehen.«

»Was für ein Vorschlag?«

»Anfangs sagte er nichts Näheres, nur, daß ich mir keine Sorgen machen und cool bleiben solle, er würde mich nicht anzeigen; ich sollte nur anfangen, meine Schulden bei ihm abzubezahlen, und vielleicht würde er mich mal um einen Gefallen bitten. Ungefähr zwei Wochen später ruft er mich an. Er nennt mir die Namen von zwei Charterschiffen in der Karibik, Ihres und einen Besankutter, *Panama Red* von den Jungferninseln. Er schickt mir einen Stoß Reiseschecks mit der Anweisung, beide Schiffe zu chartern und ihm Bescheid zu geben.«

»Was wollte er wissen?«

»Seetüchtigkeit des Schiffes, ob der Eigner in finanziellen Schwierigkeiten stecke, ob er viele Charteraufträge habe oder sich gerade über Wasser halte und so weiter. Außerdem einen Plan des Schiffs, Fotos vom Deck, der Takelung, Ausstattung, ein Bild des Eigners, dessen Trinkgewohnheiten, Beziehung zu Frauen. Ich habe das andere Schiff bei den Jungferninseln unter die Lupe genommen und festgestellt, daß der Bursche unter ständiger Beobachtung durchs Rauschgiftdezernat steht und sein Schiff keine drei Meter weit bewegen kann, ohne daß es an Deck von Leuten der Coast Guard wimmelt. Blieben Sie. Ehe ich in Antigua zu Ihnen an Bord gekommen bin, ist so ein Kerl mit den Reiseschecks eingeflogen. Er hat mir aufgetragen, Sie für den Job zu nehmen. Glauben Sie mir, Bracken, Sie haben verdammt viel Glück, daß man Ihnen die Chance gegeben hat, soviel Geld zu verdienen.«

Zuvor hatte Bracken ein leicht ungutes Gefühl gehabt, das hatte sich jetzt um ein Vielfaches erhöht. »Was war das für ein Kerl? Ein Kolumbianer mit Goldketten und einer Schwellung unter der Jacke?«

»Ein englischsprechender Japaner, offenbar mit sehr guter Bildung. Er war sehr höflich. Keine Drohungen, keine Handgreiflichkeiten. Er wollte mir nur deutlich klarmachen, daß ich auf der Intensivstation landen könnte, wenn ich Sie nicht dazu brächte, daß Sie sich zu der Fahrt einverstanden erklären.«

»Ich glaube, die Sache stinkt zum Himmel. Ich brauche diese Charter nicht, ich brauche Sie nicht, und ich brauche das Geld nicht.«

Stackhill blickte auf die Küste. »Haben Sie sich gar nicht gefragt, woher ich etwas über den Prozeß wußte, den die Cramer gegen Sie angestrengt hat? Dieser Japaner hat sich genau über Sie informiert. Er hat gesagt, daß Sie gezwungen waren, aus der Offizierslaufbahn bei der Air Force auszuscheiden. Er erwähnte da was von Kollaboration mit den Vietnamesen, was bedeutet, daß es Ihnen verdammt schwerfallen würde, einen anständigen Job in den Staaten zu kriegen. Sogar Gerüchte gibt es, daß Sie den Burschen Geheiminformation gaben. Fügen Sie den Cramer-Prozeß hinzu und die Tatsache, daß Sie sich unerlaubterweise aus dem Land entfernt haben und es einen Gerichtsbeschluß über das Schiff gibt. Ich finde nicht, daß Sie den guten, alten USA was schulden, und Sie könnten das Geld verdammt gut brauchen. Die Bank ist nahe daran, eine Zwangsvollstreckung zu beantragen. Sie haben sich da in eine Ecke manövriert, Bracken. Und ich bin derjenige, der Sie herausholen kann.«

Jemand hatte einen Orden verdient für seine Anstrengung. Eine Jacht war die unauffälligste und sicherste Möglichkeit, kleinere Fracht in die Vereinigten Staaten zu kriegen. Man brauchte bloß an einem Sonntagnachmittag näher an die Küste zu segeln, sich unter die heimischen Jachtgrößen zu mischen und draußen im Hafen zu ankern, als mache man lediglich einen Küstenausflug. Die Coast Guard war durch Etatkürzungen dünn gesät und konnte sich nicht um die gesamte Küste kümmern.

Und nach welcher Art von Jacht suchte dieser Jemand? Ein Schiff, das verschuldet war und ein Eigner mit Behördenproblemen. So einfach war das! Und Bracken wußte, daß das genau auf ihn zutraf. Stackhill hatte da auch eine tiefe Quelle alten Grolls in ihm angezapft, den er seit über achtzehn Jahren vor sich selbst zu verbergen versucht hatte.

»Ich werde es mir durch den Kopf gehen lassen, und dann sprechen wir noch einmal darüber«, sagte Bracken. »Aber die Summe muß schon höher sein als Ihr Angebot.« Er gab Stackhill keine Zeit zur Antwort und ging rasch zur Backluk. Im Geist mixte er sich einen großen Drink mit viel Rum und wenig Tonic. Er schwitzte stark, und seine Nerven vibrierten vor Anspannung; denn er wußte jetzt, daß er tief in der Tinte steckte.

11

8.–9. Juli

Bracken setzte sich mit Jean, Pam und Stackhill zu einem geruhsamen Abendessen zusammen. Die Mädchen hatten verschiedene Soßen für ein Rindfleischfondue zubereitet. Stackhill, sichtlich entspannt, bemühte sich, die Unterhaltung in Gang zu halten.

»Woher kommen Sie, Jean?« Er füllte ihr Glas nach. Bracken, der schon etwas angeheitert war, fiel auf, daß Stackhill wenig trank.

»Aus Stone Harbor in New Jersey.« Sie blickte nicht hoch, sondern spießte ein weiteres Stück Fleisch auf die Gabel und tauchte es in das siedende Öl.

»Wie sind Sie auf den Inseln gestrandet?«

Sie zuckte die Schultern und drehte die Gabel im Topf. »Ich hatte genug von Büroarbeit«, antwortete sie. »Genug, immer das gleiche mit den gleichen Leuten zu tun. Ich wollte mal was anderes tun. Eine Freundin brachte mich auf die Idee, auf Jachten zu kochen und vielleicht darüber zu schreiben. Klang verlockend.« Sie blickte flüchtig zu Stackhill hoch, dann drehte sie ihr gares Fleischstück in einer Dillsenfsoße und steckte es in den Mund. »Und so bin ich eben hier gelandet.«

»Was haben Sie denn vorher gemacht?«

Sie zögerte kurz, dann blickte sie wieder auf, und ihre Augen begegneten sich. »Lebensmittelgroßhandel. In D.C.«

Bracken konnte fast hören, wie der Computer in Stackhills Kopf klickte und die Information speicherte. »Interessant«, sagte Stackhill schließlich, allerdings klang es nicht so, als fände er den Lebensmittelgroßhandel so interessant.

»Langweilig«, entgegnete sie. »Bristol and Whitbriar. Englische Marmeladen und Teegebäck, Importgesellschaft.«

»Und Sie, Käpten Hook?« fragte Pam. »Woher stammen Sie?«

Bracken gefiel diese Neugier nicht. Mußte denn jeder in alten Registern herumschnüffeln, um seinen Stammbaum zurückzuverfolgen? Aber was sollte es, die meisten wußten ja nicht einmal, wer sie selbst waren.

»Ich bin an der Maineküste aufgewachsen«, antwortete er.

»Dort haben Sie das Segeln gelernt, nicht wahr?«

Er erinnerte sich, wie er im Winter mit langer Leine geangelt hatte, bis seine nassen Fäustlinge steif gefroren waren. Und auch an die Herbsttage mit seinem Vater, wenn sie durch die Blue Hill Bay gesegelt waren, die Robben bellen gehört und beobachtet hatten, wie die auslaufende Flut bunte Blätter mit sich trug. »Ja«, sagte er.

»Sie waren verheiratet?« Das hörte sich an, als hielt sie es für eine Tragödie.

»Einmal.«

»Geht es Ihnen ab?«

Die Abendessen mit Penny auf der Veranda; wenn er ihr zuschaute, wie sie seine Socken stopfte; die nächtelangen Wortwechsel; wenn er mit ihr in der Abenddämmerung auf dem Rasen saß und sie im Juni auf die ersten Glühwürmchen warteten? Es war schon so lange her, daß er sich nicht mehr richtig erinnern konnte, wie es gewesen war, weder an das Schöne noch das weniger Schöne. Er hatte nur immer noch diese schmerzende Erinnerung an die Liebe, und das ließ sich nicht abschütteln.

»Nicht sehr«, log er.

»Das Schiff ist Ihre Liebste«, sagte sie kichernd.

Jean bedachte Pam mit einem regelrecht haßerfüllten Blick. Bracken war verwirrt. Er wurde sich nicht klar, wohin das führte, was diese unterschwelligen Anspielungen sollten. Aber er wußte, daß es ihm in seinem gegenwärtigen Zustand der Betrunkenheit egal war.

Stackhill blickte Pam mit einer wortlosen Aufforderung an. Sie nickte, stand auf und trippelte leicht beschwipst zur Achterkajüte.

»Raucht einer von Ihnen?« erkundigte sich Stackhill. Längeres Schweigen setzte ein.

»Meinen Sie Grass?« fragte Jean.

»Ja, was in der Art.«

Jean stand auf und ging zur Kombüse. Gleich darauf war das Klappern von Töpfen zu hören.

So was Idiotisches, dachte Bracken. »Sie sind da ein ganz schönes Risiko eingegangen, Drogen nach Antigua zu bringen. Hier ist alles gleich – Grass, Koks, Amphetamine.«

»Es gehört Pam.« Stackhill zuckte die Schultern, als wäre es nicht sein Problem, wenn man sie durchsucht hätte.

Wer brauchte da noch Feinde, wenn man einen Freund wie Stackhill hat, erkannte Bracken. Das war vielleicht etwas, woran er in Zukunft denken sollte.

Jean brachte eine Kanne Kaffee und setzte sich auf eine Polsterbank, weg vom Tisch. Nachdem sie ein Leselicht angeschaltet hatte, blätterte sie hektisch in einem Magazin, als ginge sie das andere alles gar nichts an.

Pam kehrte in einem kurzen Frotteebademantel in den Salon zurück. Sie legte eine kleine Tonpfeife und ein silbernes Röhrchen vor Stackhill und setzte sich neben Bracken. Jean warf Bracken einen mahnenden Blick zu, schüttelte den Kopf und blätterte weiter in ihrem Magazin.

Stackhill machte ein Ritual daraus. Er kratzte die Pfeife mit einem goldenen Taschenmesser aus, dann füllte er sie, zündete sie an und nahm einen tiefen Zug, schließlich gab er sie an Bracken weiter.

Der Rauch war nicht so scharf wie der von Marihuana – eher würzig und leicht süßlich. Bracken paffte und gab die Pfeife weiter an Pam.

»Was ist es?« erkundigte er sich ausatmend. Der Rauch bohrte bereits ein Loch in seinen Schädel.

Sie nahm wie Stackhill einen tiefen Lungenzug, daß ihr Busen sich hob. Ihr Bademantel sprang ein wenig auf, und ein sanfter, ungebräunter Hügel mit rosiger Spitze wurde flüchtig sichtbar. Sie atmete mit geschlossenen Augen langsam aus. »Ha . . . Ha . . . Hasch«, flüsterte sie, wobei Rauchwölkchen aus ihrem Mund stiegen.

Stackhill nahm die Pfeife und streckte sie Jean entgegen. »Sie sind dran.«

Wortlos stand sie auf und legte das Magazin mit übertrieben präzisen Bewegungen auf den Zeitschriftenstoß. Dann ging sie in ihre Kabine und schmetterte die Tür zu.

Pam kicherte. »Also nur wir drei.« Sie nahm Stackhill die Pfeife aus den Fingern.

Bracken sah zu, wie der Sekundenzeiger des Chronometers von einem Strich zum nächsten schwang. So präzis, dachte er, als wäre jedes Ticken ein Jahrtausend aus einer Ewigkeit.

Der Zentralsekundenzeiger machte zwei langsame Umdrehungen und die Pfeife eine Runde. Pam stand auf, torkelte in die Kombüse und kehrte mit einer weiteren Flasche Chablis aus dem Kühlschrank zurück. Zwei hatten sie bereits geleert. Vage wurde Bracken bewußt, daß er am meisten getrunken hatte. Sie zog den Korken heraus und füllte alle Gläser auf. Als sie sich über Bracken beugte, drückte ihr Busen auf Hals und Schultern. Ihr Parfüm duftete leicht süß und nach Moschus. Aus den Augenwinkeln bemerkte er Stackhills amüsierte Miene.

»Sie will Ihre Ausrüstung inspizieren«, sagte Stackhill.

»Was soll das heißen?«

»Professionelles Interesse. Sie will wissen, wie Sie im Bett sind. Betrachten Sie es als eine Art Probefahrt, Kumpel.«

Wieder kicherte Pam. Sie fuhr mit den Fingern durch Brackens Haar, ehe sie wieder in die Kombüse ging.

Es war alles wie ein Traum. Bracken beobachtete, wie das Chronometer durch ein weiteres Lichtjahr tickte. »Gehört das zum Geschäft? Kleine Aufmerksamkeit zum Abschluß?«

Stackhill schüttelte den Kopf. »Nein. Sie kann tun, was sie will, und ich bin kein eifersüchtiger Typ. Aufgrund persönlicher Erfahrung würde ich sie an Ihrer Stelle nicht abweisen, Bracken.«

Bracken leerte sein Glas und schenkte nach. Die Versuchung war groß. O Gott, *wie* groß. Er fühlte sich im Augenblick wie der Sexmaster des Universums und imstande, ganze Galaxien in einem Sprung zu nehmen. Aber etwas tiefer in ihm klingelte Alarm.

Schließlich stand er unsicher auf, griff nach seinem Glas und der Weinflasche. »Belassen wir es bei einer finanziellen Basis, Stackhill. Vergessen Sie die Dreißigtausend und Freikarte. Siebzigtausend, und wir sind im Geschäft.«

Stackhill reichte ihm die Hand. »Besiegelt, Kumpel. Jetzt kann ich ja zugeben, daß ich berechtigt war, bis auf fünfundachtzig zu gehen.«

Bracken seufzte und stellte sich vor, wie fünfzehntausend Dollar den Abfluß hinunterrauschten. Er stolperte in die Kombüse und ließ einen grinsenden Stackhill hinter sich. Als er an Pam vorbeitaumelte, lächelte sie mit verschmiertem Lippenstift auf den Zähnen und Kekskrümeln auf den Lippen.

Bracken tätschelte ihre Wange. »Sehr verführerisch, Pam. Vielleicht ein andermal.«

Sie kicherte. »Steht dir offen, Käpten Hook. Ich halt' mich gut.« Spitzbübisch öffnete sie flüchtig den Bademantel, um ihm einen Vorgeschmack zu geben. Das einzige Wort, das ihm dazu einfiel, war *beeindruckend*.

Jean lag mit dem Bauch auf der Koje, nur mit einem Badetuch zugedeckt. Sie hatte mit ihrem Laptop herumgespielt, den sie benutzte, um Rezepte für ihr »Projekt Kochbuch«, wie sie es nannte, zu speichern. Bracken schloß die Tür hinter sich. Sie blickte überrascht hoch, klappte den Computer zu und schob ihn in das Wandfach.

»Hast du bei deinen Charters immer solche wie die zwei?« Ihr Badetuch rutschte leicht nach unten und entblößte einen ungebräunten Teil ihrer Kehrseite.

Bracken wandte sich ab und stellte die Flasche auf die Kommode. »Bei der ersten Charter war Stackhill okay. Er hatte ein anderes Mädchen dabei, doch sie war – na ja – ganz normal.«

»Wirst du mit Peter Pam ins Bett gehen? Schweißüberströmte Leiber, Kekse, Hasch und so weiter?«

Verärgert drehte er sich zu ihr um. Sie hatte das Badetuch wieder hochgezogen. »Was hast du doch für scharfe Ohren, Großmutter!« Er hatte Schwierigkeiten, ihr Gesicht deutlich zu sehen.

»Falls du noch nicht selbst drauf gekommen bist, Skipper, Pamela ist eine Nutte. Sie behauptet, sie ist die Beste, eine wahre Künstlerin, tausend am Tag und ohne Zuhälter. Du solltest dich geehrt fühlen, daß sie bereit ist, es für dich kostenlos zu tun.«

»Und was du für einen großen Mund hast, Großmutter.« Gott, wie ihm das gefiel! Sie schien doch tatsächlich eifersüchtig zu sein. Er nahm einen Schluck Wein.

»Weißt du, was ich wirklich glaube, Hook? Stackhill will, daß du dich mit Pam einläßt, weil er annimmt, daß ich dann die Rolle der eifersüchtigen Geliebten spiele und gekränkt von Bord stapfe.«

Er setzte sich schwerfällig auf die Koje, und Wein schwappte über. »O ho ho – die Dame ist tatsächlich eifersüchtig!«

Sie schüttelte den Kopf. »Darauf würde ich nicht bauen, Bracken. Ich möchte bloß diesen Job behalten, bis das Buch fertig ist oder ich endlich genug habe zuzusehen, wie du alles vermasselst.«

Die gute Neuigkeit und die schlechte. Sie würde ihn nicht verlassen, aber es klang nicht so, als spiele er in ihrer Zukunft eine tragende Rolle.

Er langte nach dem Lichtschalter und drückte darauf. Dann setzte er sich in die Dunkelheit und wartete, bis seine Augen sich anpaßten, dabei dachte er an Pam. Als was würde Stackhill sie auf seiner Einkommensteuererklärung angeben? Als Spesen für Kundenbewirtung? Als passive Investition? Oder als abschreibbare Aktiva?

Jeans Finger begann sanft seinen Rücken zu massieren. »Was geht zwischen dir und Stackhill vor?« Geschickt klimperte sie mit den Fingerspitzen sein Rückgrat entlang und spielte ein Arpeggio auf seinen Wirbeln.

»Nichts Besonderes. Wir verhandeln nur über eine Charter für Freunde von ihm.« Er log ganz automatisch.

»Pam sagt, daß es um eine Menge Geld geht. Was ist es, Bracken? Drogenschmuggel? Bist du mit deinem nichtswürdigen Leben soweit gekommen?«

Er zog sein Hemd über den Kopf und warf es in eine Ecke, dann stieg er aus der Unterhose und rollte sich nackt zu ihr ins Bett.

»Pam weiß überhaupt nichts, sie läßt bloß ihre Phantasie spielen. Es geht nicht um Drogen.«

Eine lange Weile lagen sie in der Dunkelheit beisammen, ohne zu sprechen oder sich zu berühren.

Ihre Stimme klang schläfrig, als sie schließlich sagte: »Was immer es auch ist, Bracken, verbrenn dir nicht die Finger.« Sie tastete nach seiner Hand und drückte sie.

Er beugte sich über sie und küßte sie. Zunächst reagierte sie überhaupt nicht, doch dann schob sie ihn sanft, fast widerstrebend, von sich. »Nein«, flüsterte sie.

»Warum nicht, verdammt?«

Sie atmetete tief ein und aus und ließ sich Zeit dafür. »Feinfühligkeit ist nicht deine Stärke, Bracken. Es gab einen anderen Mann – in Washington. Verheiratet, zwei Kinder. Von Anfang an war alles verkehrt. Man braucht sehr lange, über so was hinwegzukommen. Vielleicht wird es einmal etwas mit uns zweien, aber im Augenblick wäre es beschissen.«

»Wir haben bereits eine beschissene Beziehung.«

»Stimmt, Bracken. Stimmt völlig. Aber ich kann dir nicht helfen, wenn du nicht bereit bist, dir selbst zu helfen. Ich habe das schon mit anderen Männern versucht, aber es war jedesmal ein Desaster. Nimmermehr!«

Das war der letzte Strohhalm und er löste in Bracken die Erinnerung an Zeilen aus einem fast vergessenen Gedicht aus. Etwas von Edgar Allan Poe.

Nimm deinen Stich aus meinem Herzen,
Heb dich hinweg von meiner Tür!
Krächzt der Rabe: »Nimmermehr!«

Verdammt, er würde nicht warten, bis Jean mit sich zurechtkam oder versucht hatte, daß er mit sich klarkam. Nicht, wenn Pam auf ihn wartete. »Nimmermehr«, flüsterte er betrunken in die Dunkelheit, doch Jean schlief bereits tief und fest.

Er erwachte am nächsten Morgen sehr spät, mit dem Geschmack von saurem Wein im Mund. Die Sonne stand hoch, sie spiegelte sich in grellem Schein im Wasser, der durch das Bullauge hereingeworfen wurde. Bracken sah zu, wie die Spiegelungen auf der Decke tanzten. Ein Hammer trommelte auf seinen Kopf, und seine Zunge fühlte sich an, als wäre sie fällig zur Transplantation.

Jean war natürlich schon auf. Er roch verbrannten Toast und heißes Schinkenfett. Bracken wälzte sich auf die andere Seite, drückte das Gesicht tief ins Kissen und wünschte die Welt zum Teufel.

Jean schob die Tür auf. »Kaffee, Darling. Alle sind bereits zwei Stunden auf und verköstigt. Sie möchten losfahren. Und, Skipper, du wirst begeistert sein von Pams Bikini.« Sie schmetterte die Tür zu. Gleich darauf hörte er Pfannen im Spülbecken der Kombüse klappern. Wie subtil, dachte er.

Er stieg in seine Shorts und trank den Kaffee, der kalt und bitter war – vielleicht ihre Art, auf die Beziehung zwischen ihnen hinzuweisen.

Stackhill und Pam waren im Cockpit und falteten das Sonnensegel. Pam trug drei winzige, dreieckige Stoffflecken, die aussahen, als wären sie aus einem Fischernetz für Elritzen geschnitten. Bracken krächzte etwas, winkte ihnen einen Gutenmorgengruß zu und tauchte über die Seite. Das Wasser war so erfrischend wie warmer, noch weicher Beton. Für Pam spielte er den typischen, bronzebraunen Jachtskipper, streckte sich und grub mit eleganten Bewegungen Händevoll Wasser, während seine Beine das Wasser weiß schlugen – das war seine Tarzannummer. Dann tauchte er hoch, sprühte Wasser zwischen den Zähnen, grinste und schaute hoch. Pam beobachtete ihn gar nicht. Niemand achtete auf ihn. Also vergebene Liebesmüh! Gegen zehn liefen sie aus.

Am frühen Nachmittag befand sich die *Pampero* immer noch im Windschatten von Guadeloupe. Geschützt vor der vollen Kraft des Passats durch die Bergkämme, die das Rückgrat der Insel bildeten, war der Wind im westlichen Küstengewässer eine wahre Wirrnis von laufend die Richtung wechselnden, trägen und widrigen Brisen. Doch indem er küstennah segelte, konnte Bracken die *Pampero* in Bewegung halten, obwohl sie selten mehr als vier Knoten schaffte.

Zum Mittagessen stopfte er zwei Schweinskoteletts in sich hinein, und um dem Magen die Verdauung zu erleichtern, trank er dazu drei Bier. Gegen fünfzehn Uhr fühlte er sich besser. Er beobachtete, wie die Berge in die Wolken stießen und wieder herauskrochen, wie die überwucherten Täler in der feuchten Hitze schimmerten. Unidentifizierbare, bunte Vögel flogen parallel zu seinem Kurs. Manchmal strichen Regenböen durch die Klüfte zwischen den Bergen und hinterließen Regenbogen.

Stackhill verschlang die landschaftliche Kulisse mit den Augen. Er saß auf dem Bugspriet wie in einem Sattel und verschoß eine Rolle Film nach der anderen. Als er keinen Film mehr hatte, ließ er sich erschöpft auf einen Liegestuhl nieder und döste in der Sonne. Pam hatte sich auf dem Kajütendach ausgestreckt, ihre Arme und Beine und der Rücken begannen sich rot zu färben. Bracken, der Pläne mit ihr für den Abend hatte, nahm sich vor, sie zu wecken, ehe sie einen zu schlimmen Sonnenbrand bekam.

Stackhill wurde es offenbar bereits zu heiß, jedenfalls ging er nach achtern und setzte sich ins Cockpit. Seine Sonnenbräune war nun tiefer und übertünchte die Fältchen um seine Augen. Obgleich er nicht sehr groß war, war er gut gebaut und muskulös, wenn man von seinem Bauch absah. Er zündete sich eine Mentholzigarette an und blies den Qualm langsam aus. In der schwachen Brise trieb der Rauch im Sonnenschein dunstig blau hoch.

»Ich mache mir was vor«, sagte er, eigentlich zu niemandem. »Über eine Menge Dinge, wie über das.« Er hielt die Zigarette hoch und starrte sie böse an. »Weil sie wie Pfefferminze riecht, bilde ich mir ein, daß sie mir nicht schadet.« Er blickte zu Bracken hoch. »Obwohl wir beide wissen, daß das Quatsch ist.«

»Und was macht Ihnen sonst noch zu schaffen?«

Stackhill legte sich in die Kissen zurück, stützte die Füße auf das Cockpitsüll und wackelte mit den Zehen. »Pam. Ich habe gestern nacht versucht, Sie zu bestechen. Nur eine kleine zusätzliche Verlokkung.«

Bracken lehnte sich gegen den Rudergängersitz. Er spürte die Nachmittagssonne heiß im Gesicht und den Wind kühl auf dem Nakken. Ausnahmsweise beherrschte er die Situation. »Machen Sie sich deshalb keine Gedanken, Stackhill. Dank Ihrer Großzügigkeit glaube ich, daß sich alles gut fügen wird – die Zweideutigkeit war nicht beabsichtigt.«

Stackhill stampfte auf seinen schweißigen Plattfüßen aus der Plicht und zeigte betont, daß er verärgert war, worüber sich Bracken freute. Seine gute Laune verging, als Stackhill eine halbe Stunde später mit Jean an Deck kam. Er hatte einen Arm um ihre Taille, während sie miteinander nach vorn gingen. Brackens Magen verkrampfte sich, als er sah, wie sie sich Stackhill zuwandte und ihm ein Lächeln schenkte, das Glas zum Schmelzen bringen könnte. Sie schaute flüchtig mit ausdruckslosem Gesicht zu Bracken zurück, dann ließ sie sich neben Stackhill auf dem Deck nieder, stützte das Kinn auf die Hand und schien gebannt seinem Gewäsch zuzuhören. Sie trug ihren weißen Baumwollbikini, den Bracken ihr auf St. Bart gekauft hatte. Er stellte ihren Körper nicht so sehr zur Schau wie Pam, sondern machte auf dezentere Weise auf das aufmerksam, was er verbarg.

Er bemühte sich, sie nicht zu beobachten, aber es fiel ihm sehr schwer, den Blick abgewandt zu halten. Stackhill war offensichtlich aufgekratzt, er gestikulierte und lachte. Sie nickte und lächelte ihn an. Dann beugte er sich zu ihr hinüber und flüsterte etwas in ihr Ohr. Bracken sah ganz genau, daß sie zuerst die Schultern zuckte, den Kopf ein paar Sekunden senkte und, als sie ihn wieder hob, nickte, als hätte sie über etwas Ernstes nachgedacht und schließlich zugestimmt.

Bracken winkte Walroß zu, das Ruder zu übernehmen, dann ging er hinunter und ließ sich in den Navigatorsitz fallen, seine Art, sich im schützenden Schoß zu verkriechen. Ihm wurde klar, daß Stackhill ihr wahrscheinlich einen Antrag machte. Es spielte keine Rolle, daß Bracken sich bereits entschlossen hatte, sie fallenzulassen. Es ging ums gottverdammte Prinzip der Sache. Er drehte sich um und musterte sich im Spiegelglas des Barfachs. Das Bild eines Mannes Mitte Vierzig in seiner Midlifekrise starrte zurück, das Gesicht ledrig von Wind und Wetter, mit dicken Tränensäcken unter den Augen von übermäßigem Alkoholkonsum. Es war auch das Bild eines Mannes, der bereits in zwei Karrieren versagt hatte und jetzt dabei war, seine dritte zu verspielen.

Siebzigtausend Dollar. Das war kein Vermögen, aber damit konnte er seine Schulden bezahlen, und es blieb sogar etwas übrig. Er durfte nur nicht an die moralische Seite seiner Handlung denken. Das wollte er lieber den Fernsehpredigern überlassen.

Kurz nach sechzehn Uhr hatte die *Pampero* die Südspitze von Guadeloupe hinter sich. Als sie erst querab vom Leuchtturm waren, frischte der Wind auf und blies aus dem Westen. Die *Pampero,* hart am Wind zu den Saintes, nahm Geschwindigkeit auf und ließ schäumendes Kielwasser hinter sich zurück.

Walroß und die Jungs hatten sich beim ersten Anzeichen des Wechsels der Windrichtung um die Segel gekümmert, und Bracken hatte langsam den Kurs genommen, der windwärts vom Baline Rock lag, und war in die Fahrrinne zur Ile de Borg gebogen. Die noch etwa zehn Kilometer entfernte Insel war bereits verschwommen zu sehen.

Auf halbem Weg kam Keith achtern und löste Bracken ab. Keith war mittelgroß, drahtig, fest und goldbraun. Wie bei vielen anderen Bequia-Boys war sein Urgroßvater Mitte des neunzehnten Jahrhunderts mit einem Walfänger von New England gekommen.

»Sie läuft gut«, stellte er fest und glitt auf den Rudergängersitz. Wahrscheinlich war er in seinem ganzen Leben noch nie weiter als drei Kilometer von der See entfernt gewesen. Er legte fast zärtlich die Hände um die Spaken und sah aus, als wäre er dafür geboren, was vielleicht auch der Fall war. »Ja, Skipper.« Er nickte. »Sie läuft wirklich gut.«

Bracken langte in den Kühlschrank und holte zwei Heineken heraus. Er zog den Ringverschluß einer Dose hoch und ging nach vorn, wo Walroß mit den Füßen gegen die Leerailing gestützt saß und an einem rattenschwänzigen Augspleiß arbeitete. Er hatte ein aus Fischbein geschnitztes Fitt, das er sorgfältig durch die Stränge führte; er nahm sich jeden einzeln vor, schnitt von dem einen oder anderen ein paar rebellische Dacronfasern ab, dann glättete er das Tau, indem er es unter seiner Hand auf dem Deck rollte.

Bracken setzte sich neben ihn und gab Walroß die andere Dose Bier. Dadurch, daß die *Pampero* leicht krängte und ziemlich schnell war, war das Vorüberrauschen der See fast hypnotisierend. Die bereits tiefstehende Nachmittagssonne spiegelte sich blendend im Kielwasser. Aufgestörte fliegende Fische sprangen von Wellenkämmen und ließen Schaumspritzer zurück.

»Was gibt's, Skip?« fragte Walroß. Er riß den Ring von der Dose und schnippte ihn ins Wasser, dann nahm er einen tiefen Schluck.

»Ich habe lange überlegt. Ich kann Stackhills Angebot nicht ablehnen. Wenn du möchtest, setze ich dich auf Martinique ab und hole dich wieder, wenn ich von der Fahrt zurück bin. Du mußt selbst entscheiden. Jedenfalls möchte ich nicht, daß du meinst, es wäre deine Pflicht und Schuldigkeit mitzukommen.«

Walroß schob die Unterlippe über den unteren Schnurrbartrand und wischte sich den Schaum ab. Bracken fiel zum erstenmal auf, daß sich unter den rötlichen Haaren ein paar graue befanden.

Walroß schnaufte schwer, doch es war nicht zu erkennen, ob aus Erregung oder Befriedigung.

»Wohin, glaubst du, müssen wir die – äh – Ladung bringen?«

»An die Südküste der USA – wahrscheinlich an irgendeinen abgelegenen Punkt. Wir laden zwei Passagiere aus und einen Teil der Fracht. Stackhill sagt, es hätte nicht mit Drogen zu tun. Wir sollen nur hin und wieder weg.«

Walroß bedachte ihn mit einem seltenen Lächeln. »Schei … ße. Meinst du, wir haben wenigstens soviel Zeit, daß ich rasch an Land und mir was besorgen kann?«

Walroß' Augen waren von klarem Blau auf Weiß, er zuckte mit keiner Wimper und lächelte immer noch.

»Du willst wirklich mit?«

»Jemand muß doch auf dich aufpassen.«

Bracken hatte in letzter Zeit ähnliches schon ein paarmal gehört. Er stand auf und lehnte sich gegen die Leewanten. «Wie kommt es, daß sie keine wie dich mehr machen, Walroß?«

»Weißt du, ich glaub', das ist ein Umweltproblem, Skip, kein genetisches. Es liegt an dem alkoholarmen Bier, das sie jetzt verkaufen. Wenn man genug von dieser Katzenpisse trinkt, kriegt man einen schlappen Schwanz.«

Die Saintes waren nahe. Durch die Fahrrinne zu segeln war nicht schwierig, aber zuerst mußte das laufende Gut aufgeklart und alles zum Überstaggehen bereitgemacht werden. »Ruf Keith und kümmert euch um die Backstagen, wir benutzen den Fischermann zum Ankern.«

Walroß steckte das Fitt in seine Hülle zurück. »Spiel nicht Küken, das der Glucke das Brüten beibringen will, Skip«, sagte er stirnrunzelnd. Er stapfte plattfüßig nach vorn und und brüllte durch das Backluk nach den Boys.

Ile de Borg erschloß sich beim Näherkommen, die Häuser an den Hängen und die kleine Stadt breitete sich vor ihnen aus. Es war ein einmaliger Ort mit vielen Läden und Bars, deren Besitzer darüber wohnten, und wo die Gendarmen im Schatten der Bäume Dame spielten. Ein Haus am Hang über der Stadt fiel sofort auf. Es war ein Betonbau von der Form eines Dampfschiffbugs, dessen Steven aus dem kahlen Gestein ragte. Das Vordeck hatte Sonnensegel, und als Fenster dienten Bullaugen in dem Beton. Wimpel flatterten vom Fall eines dicken Mastes. Bracken hatte gehört, daß das Haus einem französischen Kapitän im Ruhestand gehörte, der bei schlechtem Wetter unruhig auf der Veranda herumstapfte.

Die *Pampero* schoß durch die Hafeneinfahrt. Bracken hielt sie kurz ab, um an dem Riff vorbeizukommen, dann brachte er sie mit dem

Bug in den Wind, den Schoner- und Vorsegel auffingen. Die Bequia-Boys waren gut wie immer, gerade noch ohne zu übertreiben. Keith sprang auf den Fockbaum, holte das Segel herunter und sicherte das lockere Fall. Cousin war vor ihm mit Reffbändseln zwischen den Zähnen, und er schlang ein Bändsel nach dem anderen um die Fock. Es war eine gute Show, wie die Briten sagen würden.

Bracken drehte das Steuer und lief zwei Faden tief zwischen eine Kunststoffslup, die die Fahne von Barbados aufgezogen hatte, und eine riesige schwarze Motorjacht unter panamaischen Farben. Walroß fierte den Anker, und die Kette rasselte über die Bugrolle.

»Gute Fahrt«, sagte Stackhill. Pam war hinter Bracken getreten. Sie schlang besitzergreifend die Arme um seine Schultern, ohne etwas zu sagen, und ließ kaum einen Abstand zwischen ihren Körpern.

Bracken hatte den ganzen Nachmittag den Spruch für Stackhill auswendig gelernt. »Sie sagten gestern abend, daß Sie berechtigt sind, bis zu fünfundachtzigtausend zu gehen. Jemand anderes bezahlt, es ist nicht Ihr Geld. Ich möchte die volle Summe.«

Stackhill blickte ihn nicht an, sondern schaute über das Wasser auf die Motorjacht, die ein großes Zodiac-Schlauchboot mit Außenbordmotor zu Wasser ließ. Drei Männer in Sporthemd und -hose stiegen vorsichtig die Gangway zu dem Boot hinunter, das von zwei Mannschaftsmitgliedern in schicken Borduniformen für sie festgehalten wurde.

»Die Verhandlungen mit mir sind vorbei. Jetzt müssen Sie mit ihnen sprechen.« Stackhill deutete auf das Schlauchboot, das bereits auf die *Pampero* zudonnerte.

Edwardo X. Sanchez von Sanchez y Vierro, S.A. (*Panamaische Exporteure für Kühlanlagen nach Lateinamerika*, wie die vornehme Geschäftskarte besagte) lehnte sich in die Kissen der Polsterbank zurück. Sein frisch erstandenes Lacoste-Sporthemd paßte so gut zu ihm, wie es zu einem frommen Mennoniten gepaßt hätte. Sein Kopf war melonenförmig und ohne Fältchen, die seine Glätte verunstaltet hätten. Augen, Nase und Mund gruppierten sich dicht in der Gesichtsmitte, so daß größere Außenflächen sonnengeröteten Fleisches als eine Art Kontrast dieser ansonsten nichtssagenden Umgebung blieben. Er lächelte Bracken mit einer Paßfotogrimasse an, die so ehrlich war wie das Versprechen eines Politikers. Er verlagerte den Großteil seiner Masse auf den Polstern, lehnte sich nach vorn und betrachtete einen gelben Schreibblock.

»Wie ich hörte, haben Sie sich mit dieser Charter einverstanden erklärt, Kapitän Bracken.« Sanchez' Englisch war fast perfekt, es hatte nur einen leichten Akzent.

Die andere Hälfte des dynamischen Duos Sanchez y Vierro saß so entspannt auf einem Klappstuhl wie eine niedergedrückte Sprungfeder. Vierro war Mitte Dreißig, hager mit drahtigen Muskeln, als spielte er viel Squash oder machte ausgiebige Armübungen. Aknenarben überzogen sein längliches Gesicht, sein strähniges, braunes Haar lichtete sich, seine Augen waren hinter einer spiegelnden Pilotenbrille verborgen.

»Die Chartergebühr muß erst noch geklärt werden«, sagte Bracken ausdruckslos.

Wieder lächelte Sanchez, nicht so, wie die meisten lächeln. Es gibt eine Palette von Lächeln, angefangen mit einem Hauch von Grinsen, bis zu einem Einundzwanzigzähnesalut. Aber Sanchez hatte nur dieses eine Lächeln – die Lippen zusammen und an den Mundwinkeln leicht hochgezogen –, das er je nach Anlaß ein- oder ausklickte.

»Ich würde gern endlose Verhandlungen vermeiden, Kapitän Bracken. Wir sind bereit, Ihnen fünfundsiebzigtausend zu zahlen, vorausgesetzt, Sie nehmen diese großzügige Chartergebühr ohne weitere Einwände an. Falls nicht, gibt es da eine Komplikation, die Sie in Betracht ziehen sollten.« Sanchez ließ ein Dokument über den Tisch zu Bracken segeln – das U.S. Coast Guard Formular CG 1348, betitelt *Erste bevorrechtigte Hypothek auf das Schiff* der Seaman's Bank in Thomaston, Maine, doch seit kurzem im Besitz von Sanchez y Vierro, S.A., eingetragen in Colon, Republik Panama.

Bracken warf einen flüchtigen Blick darauf. »Na schön, ich bin also mit zwei lausigen Monatsraten im Rückstand. Sie kriegen Ihr Geld. Über die Chartergebühr müssen wir trotzdem noch verhandeln!«

Sanchez zuckte südlich elegant die Schultern. »Unsere Firma hat die nötigen Gelder aufgebracht, diese Hypothek von der Bank in Maine zu übernehmen. Das ist eine durchaus übliche Geschäftspraxis. Sie sehen also, daß die *Pampero* uns gehört. Da Sie mit Ihrer monatlichen Zahlung mehr als sechzig Tage im Rückstand sind, und das können Sie auf Seite 3 lesen, hat der Eigentümer der Hypothek das uneingeschränkte Recht, das Schiff zur Zwangsversteigerung zu bringen. Was nach Begleichung des Restbetrags, einschließlich Zinsen, und der anfallenden Kosten für Gerichtsbeschluß und Versteigerung, übrigbleibt, geht selbstverständlich an Sie.«

Obwohl es bereits Spätnachmittag war, brannte die Sonne noch heiß, und das Licht, das sich im Wasser spiegelte, fiel grell durch das Bullauge auf die vertrauten Dinge, die Bracken im Lauf der Zeit gesammelt hatte. Die Bücher der vergangenen zwanzig Jahre, die alle abgegriffen waren und von denen einige altersmuffig rochen. Ein allmächlich vergilbendes Bild von Willie in leicht grünspanigem Rahmen. Die Petroleumlampe, die sein Vater ihm geschenkt hatte und die sein Vater wiederum von seinem Vater hatte – sie stammte von einer holländischen Bark, die im Winter 1893 an der Küste von Maine gestrandet war. Ihr Messing glänzte wie frisch geprägtes Gold und warf das Sonnenlicht zurück.

Die *Pampero* rollte fast unmerklich und übertrug ihre Bewegung auf die Lampe, die in ihrem Kardangehänge knarrte. Der Schoner war Brackens Zuhause, und Hypothekenbrief oder nicht, er gehörte *ihm*, und was dazukam, er befand sich weit von jedem US-Hafen entfernt, wo er gerichtlich beschlagnahmt werden könnte. Dieser Gedanke erfüllte ihn mit Selbstvertrauen.

»Sie befinden sich in den Iles des Saintes«, entgegnete er, »nicht in US-Hoheitsgewässern.«

Die Muskeln unter Sanchez' glatter Gesichtshaut zuckten flüchtig und entspannten sich wieder. »Dessen bin ich mir durchaus bewußt, Kapitän Bracken.«

»Die Hypothek wurde in Maine aufgenommen und beurkundet. Die *Pampero* ist ein US-Schiff, egal, wem sie gehört.«

»Ich rechnete damit, daß sich das als Problem erweisen würde, Kapitän Bracken.« Er schlug eine Seite des Blocks zurück und fuhr mit dem Finger über einen dicht geschriebenen Absatz, dann klappte er den Block zu. »Deshalb veranlaßten wir, daß Mr. Stackhill Les Saintes auf die Charterroute setzte – weil diese Inseln zu französischem Hoheitsgebiet gehören.«

»Na und?«

Sanchez schüttelte tadelnd den Kopf, daß seine Kinnbacken wie die eines Beagles seitwärts schwangen. Sie kennen sich offenbar mit dem Seerecht nicht aus. Les Saintes gehört zu Guadeloupe, das ein Departement Frankreichs ist. Der springende Punkt ist, daß Panama und Frankreich ein Abkommen haben, das das Seerecht des anderen anerkennt und unterstützt.«

»Und?«

»Ich könnte Sie natürlich mit technischen Einzelheiten langweilen, aber ich will es kurz machen: Unter panamaischem Recht kann der Eigentümmer einer Hypothek auf ein Schiff, wenn die Rückzahlungen in Verzug sind, eine Verfügung erwirken, die die Übertragung des Schiffes in das panamaische Register veranlaßt. Und wieder ist der springende Punkt, daß die Franzosen panamaisches Recht in ihren Hoheitsgewässern anerkennen.«

»Sie haben doch nicht …«

»O doch, Kapitän Bracken. Mein Partner, Mr. Vierro, hat die nötigen Papiere, das panamaische Segelschiff *Pampero* sicherzustellen. Und wenn Sie nicht bereit sind, sofort die volle Hypothek, einschließlich Zinsen und amtliche Gebühren, zu bezahlen, kommt das Schiff in zwei Tagen in Guadeloupe zur Versteigerung.« Sanchez schaute sich um, als schätze er den Wert ab. »Ich glaube nicht, daß es hier viel bringen würde, Kapitän Bracken. Vielleicht würde ein Einheimischer es als Transportschiff ersteigern. Das wäre natürlich schade. So eine schöne Jacht …«

Das war das Stichwort für Vierro. Er hatte die Finger verschränkt und bog sie nun zurück, daß die Knöchel knackten. Als wäre er zu Tode gelangweilt, erkundigte er sich mit starkem Akzent in stockendem Englisch: »Können Sie Französisch lesen, Bracken?« Er zog ein Dokument aus seiner Aktenmappe und schob es über die eingelassene Tischplatte.

Soweit Bracken es beurteilen konnte, war es ein Gerichtsbeschluß. Die *Pampero*, John Bracken und die Firma Sanchez y Vierro waren erwähnt. Es hatte nicht weniger als neun Unterschriften von Zeugen und Beamten. Gestempelt war es mit *Palace du Justice, Guadeloupe*, dazu hatte es ein rotes Wachssiegel und eine rote Kordel. Bracken hatte mal gehört, daß der Papierkram französischer Behörden und deren Amtssprache an Komplexität und Unlesbarkeit höchstens noch von den Schriftrollen vom Toten Meer übertroffen wurden.

Bracken schob die Urkunde über den Tisch zu Vierro zurück. »Es ist Ihnen doch klar, daß ich bloß den Anker zu lichten brauche und in fünf Minuten von hier weg sein kann?«

Sanchez übernahm wieder. »Das glaube ich nicht. Das panamaische Gesetz gibt seinen Staatsbürgern das Recht, ihr Eigentum zu schützen. Mit Gewalt, wenn nötig, Sie verstehen? Und das französische Gesetz würde unsere Handlungsweise sanktionieren.« Er deutete auf das Deck. »Raul, unser Partner, ist bereit, dafür zu sorgen, daß Sie nichts Gesetzwidriges tun.« Er lächelte. »Um unsere Freundschaft nicht zu gefährden, rate ich Ihnen, ihn nicht zu verärgern.«

Sanchez hatte seine Trümpfe wirkungsvoll ausgespielt. Jetzt lehnte er sich vor und stützte das Kinn in die Hand. »Das ist alles sehr unschön, Kapitän Bracken, aber wir hielten es für erforderlich, unseren Standpunkt klarzumachen. Aber die Sache hat auch noch eine erfreuliche Seite. Sobald unsere Charterfahrt beendet ist, bekommen Sie nicht nur die vereinbarten fünfundsiebzigtausend Dollar, sondern ich überschreibe Ihnen auch noch das Schiff, frei von seiner Belastung mit vierzehntausend Dollar. Auch der Zivilprozeß gegen Sie wird durch Mr. Stackhills Anwalt ohne zusätzliche Kosten für Sie zu einem guten Ende geführt werden. Danach steht es Ihnen selbstverständlich frei, das Schiff wieder ins US-Register zu übertragen.«

Bracken stand auf, öffnete das Barfach und schenkte sich einen steifen Whisky ein. »Und wer bezahlt das alles?«

Von einem flüchtigen Brummen Vierros abgesehen, herrschte absolutes Schweigen.

Ein Weiser hatte einmal gesagt, daß es eine Zeit zum Säen und eine Zeit zum Ernten gab. Schwankte man, was man tun sollte, konnte es dazu führen, daß einen der Traktor überfuhr.

»Wo muß ich unterschreiben?« sagte Bracken schließlich.

Keith und Cousin hatten ihre Seesäcke gepackt. Gerade, als die Sonne unterging, rutschte Bracken die Backleiter hinunter. Er holte für jeden der zwei einen Tausenddollarreisescheck hervor, für sechs Wochen ausstehende Heuer, Reisekosten und fünfzig extra.

»Wieso zahlen Sie uns aus, Skipper?« fragte Keith offenbar bedrückt.

Es fiel Bracken nicht leicht, ihnen in die Augen zu sehen. »Ich zahle euch nicht aus, Keith. Ich bringe bloß eure Heuer auf das laufende und gebe euch Urlaub. Ich werde in etwa einem Monat in Bequia zurücksein. Ruht euch inzwischen aus und fischt ein bißchen in den Grenadines.«

Keith lächelte, aber Cousin wirkte ein wenig skeptisch.

»Nehmen Sie diese Männer mit?«

Bracken zuckte die Schultern. »Hat ganz den Anschein.«

Cousin schüttelte besorgt den Kopf. »Schlechte Neuigkeit, Skip. Der Mann an Deck ist bepackt.«

Das war westindischer Slang für bewaffnet. Wieder zuckte Bracken die Schultern. »Raul mag Haie nicht. Er hat gern eine Pistole einstecken, um auf sie zu schießen.« Er warf einen Blick auf seine Armbanduhr. »Beeilt euch jetzt besser. Walroß wartet im Beiboot. Ihr habt bloß noch fünfzehn Minuten, um das Postschiff nach Pointe-Pitre zu schaffen. Von dort könnt ihr morgen um sieben Uhr den LIAT-Flug nach Saint Vincent nehmen.«

Mit einem Glas Scotch in der Hand schaute er ihnen nach. Keith winkte zurück, Cousin nicht. Bracken hoffte, daß sie nicht aus der Schule plaudern würden. Er hatte Walroß gebeten, ihnen einzuschärfen, daß die Sache sonst niemanden etwas anging.

Jean stand neben ihm, ehe er es bemerkte. »Haust du nicht ein bißchen stark auf die Pauke, John?« sagte sie leise. Ihre Augen wichen seinen aus und sahen dem Beiboot nach.

»Nett, daß du dir um mich Gedanken machst, aber es geht Sie nichts an, meine Dame.«

Sie streckte die Hand aus. »Krieg' ich nicht auch noch ein paar Schläge mit dem Lineal auf die Knöchel?«

Er stieß den Atem aus. »Okay, tut mir leid. So habe ich es nicht gemeint, Jean. Es ist nur, daß mir viel durch den Kopf geht.«

»Und was, wenn überhaupt, *hast* du im Kopf?«

Er drehte sich zu ihr um. Sie trug das weiße Baumwollkleid, das sie am letzten Abend vor der Stackhill-Charter in Antigua angehabt hatte. Er spürte, wie es ihm die Kehle zuschnürte, und mußte wegsehen. »Vierro und Raul, Familienname unbekannt, quartieren sich bei uns ein. Sie nehmen die Achterkabine, Stackhill und Pam die vordere Passagierkabine. Sanchez hat mir meinen Fahrbefehl gegeben – direkter Kurs zur Mona-Passage und dann hoch durch den Alten Bahama-Kanal.«

»Und wo ist der Alte Bahama-Kanal?«

»Zwischen Kuba und den Bahamas. Jemand hat seine Hausaufgabe gut gemacht. Sanchez hat alle Karten mitgebracht, einschließlich einer Liste mit Navigationshilfen.« Er nippte an seinem Scotch. »Willst du tatsächlich immer noch mitkommen? Ich kann dich an Land bringen lassen, sobald Walroß zurück ist. Du könntest morgen um sieben mit AM fliegen. Und du bekommst deinen Lohn.«

»Ich bleibe«, sagte sie tonlos. »Aber ich würde verdammt gern heute abend von Bord gehen, damit ich ein bißchen allein sein kann. Die Atmosphäre hier ist drückend – Leute, die herumschleichen und falsches Spiel treiben, dann dieses Luder und jetzt auch noch Schußwaffen.«

»Ich fürchte, das wird sich nicht machen lassen.« Sanchez stand auf dem Niedergang, mit der Hand um ein Glas Portwein. Er stieg die restlichen drei Stufen hoch und schob seine Masse auf den Kajütaufbau. »Wie es so schön in den Filmen heißt: ›Der Landurlaub ist gestrichen.‹« Mit dem Kopf deutete er auf das zurückkehrende Beiboot. »Sobald Ihr Steuermann zurück ist, lichten wir Anker. Unser Beiboot wird Sie über die Bucht führen und zum Ankerplatz in der Bucht westlich von Terre-de-Haut.« Er deutete auf die schwarze Motorjacht. »Die *Victoria* wird Ihnen folgen. Beide Schiffen ankern dort über Nacht und laufen gleich am Morgen aus.«

»Warum der Ankerplatzwechsel? Der hier ist doch gut. Kein Wellengang, guter Ankergrund.«

Sanchez betrachtete seinen Port, roch daran und nahm schließlich einen vorsichtigen Schluck. Er war offenbar besseren gewöhnt. Jedenfalls schüttete er ihn über Bord.

»Ich möchte Sie nur daran erinnern, daß das Schiff jetzt meiner Firma gehört. Wenn wir möchten, daß es anderswohin verbracht wird, dann werden Sie es tun!«

Er rutschte vom Kajütaufbau und nickte Raul zu, der mit finsterem Gesicht in der Nähe des Steuerrads stand. »Raul und Vierro werden Ihnen beim Manövrieren helfen. Sie beide sind zum Abendessen an Bord der *Victoria* eingeladen. Ihr Steuermann, der Sie begleiten wird, bekommt sein Abendessen in der Mannschaftsback. Gegen acht.«

»Ich habe schon einen Braten in der Röhre«, protestierte Jean.

»Dann formuliere ich es anders.« Sanchez schaute über die Bucht zum näherkommenden Beiboot der *Victoria*. »Meine Einladung fällt in die Kategorie Teilnahmezwang. Abendkleidung oder etwas, das ihr nahekommt, wäre angebracht.«

Die Sonne war vor etwa eineinhalb Stunden untergegangen. Bracken und Walroß hatten die *Pampero* in zwei Faden unmittelbar vor einem verlassenen Strand verankert, und die *Victoria* ankerte unmittelbar hinter ihr. Bracken hatte eine feste Baumwollhose angezogen und dazu seinen modrigen Blazer, dann war er mit Jean und Walroß im Beiboot zur *Victoria* hinübergefahren. Sanchez, Stackhill und Pam hatten schon eine Stunde früher übergesetzt.

Bracken fühlte sich unbehaglich, wie jeder Kapitän, wenn er sein Schiff verläßt, ohne es in guten Händen zu wissen. Raul und Vierro waren zwar an Bord geblieben, aber das würde er nicht als ›in guten Händen‹ bezeichnen. Die beiden spielten im Salon Domino, mit einer zusehends leerer werdenden Flasche Rum zwischen sich, und beschimpften einander auf spanisch. Vorsichtshalber hatte Bracken die automatische Bilgepumpe eingeschaltet.

Aus der Nähe sah die *Victoria* größer aus, als Bracken sie anfangs geschätzt hatte, wahrscheinlich mehr als vierzig Meter lang, schwarzer Aluminiumrumpf und riesige Auspufföffnungen im Spiegel, die auf drei Hochleistungs-Turbodiesel hindeuteten. Sie konnte wahrscheinlich vierzig Knoten schaffen, schätzte er.

Ein lateinamerikanisches Mannschaftsmitglied in gestreiftem Trikothemd und Mütze mit Pompom nahm ihnen die Fangleine ab und führte sie stumm zum Decksalon; dann bedeutete der Mann Walroß, ihm durch einen Gang zum Mannschaftsback zu folgen.

Der Salon war geräumig, mit dickem weißem Teppich, und hatte Rauchglasfenster. Das Mobiliar war eine verrückte Mischung aus Couches mit velourüberzogenen Polstern und Stühlen aus dicken Chromrohren mit Ledersitzen und –lehnen.

Sanchez, in weißem Leinenanzug, watschelte über den Teppich auf sie zu und streckte ihnen eine fleischige Hand entgegen. «Willkommen an Bord meiner Jacht.«

Bracken nahm die Hand und schüttelte sie. Dann küßte Sanchez Sweet Jean die Hand. Ein bißchen zu lange für Brackens Geschmack.

Sanchez winkte einem Steward, der sofort fast lautlos aus dem Speiseabteil herbeieilte. Als sich Brackens Augen an das gedämpfte Licht gewöhnt hatten, sah er noch zwei Kellner in weißen Jacken, die Gesichter kaum erkennbar, vor dem Schott stehen. Und da behauptete man, daß gutes Hauspersonal schwer zu kriegen sei!

»Einen Malt Whisky für Kapitän Bracken«, bestellte Sanchez. »Und für die Dame ...?« Er hatte sich fragend zu Sweet Jean umgedreht.

»Chablis«, antwortete sie gleichmütig.

»Ein Glas vom Chablis Grand Cru les Clos«, befahl er. »Domaine de la Maladire, und zwar den 1981er, ja?« Der Kellner verschwand im Halbdunkel. Schließlich hörte man das leise Schließen einer Tür.

»Und wie gefällt Ihnen die *Victoria*, Kapitän Bracken?«

»Kühlschränke nach Südamerika zu exportieren scheint sich zu lohnen.«

»Wenn Sie meinen, Kapitän Bracken.« Sanchez schob eine Rauchglasscheibe zurück und schaltete eine Stereoanlage ein. Ein Streichquartett spielte Mozart durch verborgene Lautsprecher.

Als der Kellner die Drinks auf einem Silbertablett brachte, traten

Stackhill und Pam ein. Stackhill trug eine Smokingjacke, die nicht sehr gut saß, aber wahrscheinlich Sanchez genau paßte. Pam dagegen paßte das hautenge Abendkleid aus taubengrauer Seide sehr gut. Ihr Haar fiel weich und glänzte, und ihr Make-up war dezent. Während sie durch den Salon schwebte, wurde Bracken bewußt, daß sie nichts unter dem Kleid hatte als ihren wundervoll geformten Körper.

»Guten Abend, Hook.« Sie streckte ihre Hand aus, als erwartete sie, daß er sie küssen würde. Bracken begnügte sich jedoch mit einem knappen Händedruck. »Hi, Pam. Tolles Kleid.«

Sie erhellte den Salon mit ihrem Lächeln. »Ich bin froh, daß es Ihnen gefällt. Es ist so schwer reinzukommen, aber herausschlüpfen kann ich ganz leicht.« Sie zwinkerte ihm zu, und Bracken spürte, wie er von den Knien aufwärts errötete.

Sanchez bestellte zwei Flaschen Chablis, während er sie zu Tisch führte. Als sie saßen, nickte er den Kellnern zu. In dem gedämpften Licht sah Bracken, daß zwei sehr junge Lateinamerikaner waren, der dritte dagegen war älter, trug eine dunkle Brille und hatte orientalische Züge – der Obersteward, nahm Bracken an. Die beiden Jüngeren eilten zur Kombüse, während der Ältere reglos stehenblieb, das Gesicht im Halbdunkel verborgen. Bracken hatte ein komisches Gefühl, was ihn betraf, so als wäre er ihm schon einmal begegnet. Vielleicht war er Stackhills Verbindungsmann auf Antigua? Aber das war unwahrscheinlich – oder nicht? Er beschäftigte sich mit den Speisen, die vorgesetzt wurden.

Es war eines der besten Dinner, die Bracken je gegessen hatte. Der Fischgang war frisch gefangener Thunfisch, in Zitronenbutter und Schalotten sautiert. Sanchez spießte ein Stück behutsam auf und kostete, ehe er es kaute. »Finden Sie den Fisch nicht ebenfalls exquisit, Mr. Stackhill?«

»Ja, umwerfend. Bitte noch etwas Rebensaft.«

Sofort füllte einer der Kellner Stackhills Glas nach, und er leerte es in mehreren gluckernden Schlucken. »Gar nicht schlecht.« Er hob das Glas, um sich noch einmal einschenken zu lassen.

Während die beiden jüngeren Kellner den Fischgang abräumten, betrat ein Mann den Salon durch eine Tür vom Gang, der vermutlich zur Brücke führte. Er war etwa Mitte Vierzig, Lateinamerikaner mit Schnurrbärtchen: ein Erroll-Flynn-Typ in weißer Hose und weißem Hemd mit drei goldenen Streifen auf seinen Epauletten. Er sprach leise und sehr schnell auf spanisch zu Sanchez. Bracken verstand nur wenige Worte – etwas über *electronicas*.

Rang abgelaufen. Die Ausstattung deutete in nichts darauf hin, daß man sich auf einem Schiff befand. Zwei breite Betten standen an gegenüberliegenden Seiten, dazwischen befand sich ein Teppich mit so hohem dichten Flor, daß man in Versuchung kommen konnte, den Rasenmäher statt des Staubsaugers anzusetzen. Eine Tür führte in ein großes Bad.

Er sah sich näher in der Kabine um. Die Schubläden der Herrenkommode waren ebenso leer wie die Kleiderbügel im Schrank, von einem Bademantel in Zellophanhülle abgesehen. Ins Schott war ein Fernseher eingebaut. Er schaltete ihn ein, wurde jedc
mosphärischem Knistern und flimmernden weißen I
Er drehte ihn rasch wieder aus.

Das geflieste Bad barg wahre Schätze. Die Duschv
genug für einen ganzen Unterausschuß des Senats, u
ablage bot alles, was man sich in einem Bad nur vo
Rasiercreme, Wegwerfrasierapparat, Rasierwass
Shampoo, Haarwasser, Körperpuder und einen Luf
Toilette gehörte ein Bidet im selben Blaßrosé. E
nahm ein leicht rosa getönter Spiegel ein. Die Arr
sche, Waschbecken, WC und Bidet waren vergold
Wie alle anderen des S

Bracken trat ans Bullauge. Vage konnte er im schv
rauchfarbenem Kunststoff. die etwa hund
die Umrisse der *Pampero* erkennen, Ihre Außenlichter brannten, und e
vor Anker lag. aber es war unmöglich
sich an Deck bewegten, Er hatte keine Kontrolle darüber, also wa
machten. Schließlich war es nicht sein Geld.
zerbrechen?

Er seifte sich unter der Dusche ein, genoß das l
ser, trocknete sich mit einem weichen Badetuch a
Sein nasses Haar kämmte er zurück, putzte die Z
großzügig Körperpuder.

Als er in den weiten Bademantel schlüpfte, gab
gen Versuchung hin, legte sich jedoch aufs Bet
ihm, sich dem Schlaf des Gerechten zu ergeben,
rischen Drüsen erinnerten ihn immer wieder, da
A befand, wie er geduscht, parfümiert und zu a
lich begann sein drüsenbewegter Teil die Obe

Trotz seiner Erschöpfung versuchte er, lüst
seine Erstaufführung mit Pam heraufzubeschw
nunft wehrte sich standhaft: Pam war ein Sc

Sanchez gab seine Billigung und bedeutete dem Uniformierten mit einer ungeduldigen Handbewegung, zu gehen.

»Probleme?« erkundigte sich Bracken.

»Keine Probleme«, entgegnete Sanchez. Der nächste Gang wurde gebracht und das Tablett erst Sanchez angeboten. Er begutachtete die Poularde und sog genießerisch den köstlichen Duft ein. »*Suprêmes de Volaille Printanie*«, verkündigte er. »Mein eigenes Rezept.«

Er griff nach Pams Hand und tätschelte sie, als beruhige er ein Schulmädchen, daß ihre Zahnklammern ihrem Lächeln wirklich nichts anhaben konnten. »Lassen Sie es sich schmecken.« Pam schauderte sichtlich.

Er wandte sich nun an Bracken. »Sie werden heute nacht alle auf der *Victoria* bleiben. Auch Ihr Steuermann. Gästekabinen stehen bereit. Mein Maschinist und seine Leute werden auf Ihrem Schiff einige Geräte einbauen. Sie dürften bis Sonnenaufgang fertig sein.«

»Einen Moment, Sanchez. Niemand begibt sich ohne meine Erlaubnis an Bord der *Pampero!*«

»Machen Sie keinen Ärger, Kapitän Bracken. Ihr Schiff ist für diese Fahrt ungenügend ausgerüstet. Sie werden mehr als einen Sextanten brauchen, um ihre Position zu bestimmen. Und Señor Vierro muß ständig über Hochfrequenzradio mit der *Victoria* in Verbindung bleiben. Deshalb installieren meine Männer, unter der Anleitung meines Ersten Offiziers, Radar, eine Satellitennavigationsanlage und Einseitenbandradio. Sie dürfen die Anlagen gern behalten, wenn die Charter beendet ist.«

Bracken war sprachlos. Es ging um Ausrüstung für mindestens zehntausend, wenn nicht fünfzehntausend Dollar!

Jean trat ihm leicht gegen das Schienbein. »Mach den Mund zu, Bracken«, flüsterte sie. »Du sabberst.« Ein paar Sekunden später spürte er, wie ihr Bein seines sanft stupste. Zufall oder Absicht? Wie auch immer, es war erregend. Trotzdem konnte er den Blick nicht von Pams tiefem Ausschnitt nehmen, der in einem V zwischen den Brüsten hinunter verlief. Das reizte geradezu zur weiteren Erforschung. Während er sie anstarrte, schaute sie hoch, und ihre Augen, die seinen begegneten, bestärkten das wortlose Versprechen, das sie ihm gab, indem ihre Zunge über ihre Lippen strich.

Sanchez winkte den Kellnern, die Teller wegzuräumen. Als Nachtisch gab es Pfirsicheis, dann eine Auswahl an Drinks. Der volle Magen machte müde, und die fünf verfielen, ohne ein Gesprächsthema, das allgemein interessiert hätte, in Schweigen.

zweifellos köstlich, wenn man kleine Stücke davon naschte, aber aß man ihn ganz, verdarb man sich den Magen.

Die Entscheidung wurde für ihn getroffen. Jemand klopfte leise an seine Tür.

Er zog die Steppdecke hoch, machte Kuschelfalten ins Bettuch und die Decke, schaltete die Klimaanlage etwas höher, fuhr sich mit dem Kamm rasch durchs Haar und öffnete die Tür einen Spalt.

»Wie heißt die Parole?« flüsterte er der Gestalt zu, deren Umrisse im Korridorlicht zu erkennen waren, während die Züge im Dunkeln waren.

»*Shadow.*« Sie warf einen raschen Blick über die Schulter, dann schob sie sich an ihm vorbei und zog die Tür zu.

Sie ließ sich auf das gegenüberliegende Bett fallen. Ihr *Victoria*-Bademantel war ihr viel zu weit und stand, offenbar völlig ohne Absicht, vom Hals bis zu den Brüsten offen. Aber es war der falsche Körper. Brackens Drüsenaufputschteil stöhnte über die Aussicht, vom Platz gestellt zu werden.

Jeans Haar war noch naß und glitzerte wie Goldrute nach einem Sommerregen; ihre gebräunte Haut schien rosig und feucht von der Dusche. Sie duftete betörend. Brackens Drüsenaufputschteil schrie förmlich nach einer Wiederaufnahme des Spiels.

»Die *Victoria* ist nicht von Panama – sondern von Kuba!«

Bracken zog einen Stuhl unter dem Toilettentisch hervor, setzte sich mit der Lehne nach vorn darauf und blickte sie an. Da wurde ihm bewußt, daß sein Bademantel zweifellos das Ausmaß seiner rapide anschwellenden Degeneration kundtat. Rasch stand er auf und schob die Hände in die tiefen Manteltaschen, um die Form der verräterischen Ausbuchtung zu verbergen. Er bemühte sich, aufmerksam zu wirken, doch ein Hauch von Mißtrauen griff nach seinem Verstand, und seine Drüsen heulten nun protestierend, denn Betätigung wäre wahrscheinlich nur in Kabine A zu finden. Jean wußte offenbar, daß er und Pam eine Partie Sex spielen wollten, und funkte absichtlich dazwischen. Neid? Revierverteidigung? Oder ganz einfach Bosheit?

»Wie kommst du darauf?«

Sie zog einen Taschenspiegel aus dem Bademantel, und einen Kugelschreiber mit Lampenteil, wie man ihn für nächtliche Notizen im Dunkeln benutzt. »Okay, Bracken, bück dich und schau dir das Markenzeichen der Matratze an.«

Er tat es. Natürlich war es verkehrt herum, trotzdem konnte er *Garcia y Garcia, Industria Cubana* entziffern.

»Und jetzt sieh dir das an.« Sie streckte ihm ein Streichholzheftchen entgegen. »Einer der Kellner hat es benutzt, um die Kerzen anzuzünden, aber er hat es versehentlich fallen lassen, weil er sich dabei die Finger verbrannt hat.

Bracken betrachtete es. Die Werbung war für *Crystal Polar* Bier. »Und …?«

»Kubanisches Bier, *mon cher.*«

Er mußte sie dazu bringen, wieder zu gehen. Möglichst bald. »Was soll das?«

Sie rutschte vom Bett und schwebte zum Toilettentisch. Sie zog eine eingelassene Platte heraus, unter der ein kleiner Kühlschrank zum Vorschein kam. Darin standen mehrere Flaschen Sekt und zwei angelaufene Gläser. »Hast du das gar nicht entdeckt, oder wolltest du den Sekt mit Pam trinken?« Sie grinste wölfisch, während ihre Finger sich mit dem Verschlußdraht beschäftigten. Dann befreite sie den Korken so, daß es nur kurz *Puff* machte. Sie schenkte die beiden Gläser großzügig ein.

»Was es soll, Käpten Hook? Ich will dich damit darauf aufmerksam machen, daß dieser schwimmende Palast Kubanern gehört und nur zur Tarnung in Panama registriert ist.«

»Ein Zündholzbrief und eine Matratze sind keine schlagenden Beweise.«

Sie stieß mit ihrem Glas an seines. »Auch das Gegenteil ist nicht bewiesen, Bracken, aber die Indizien sprechen dafür.«

»Vielleicht hast du recht, vielleicht auch nicht. Statt voreilige Schlüsse zu ziehen, warten wir lieber erst mal ab, wie es weitergeht.« Er gähnte betont. »Wir können ja morgen noch mal darüber sprechen.« Er stand auf, trat an die Tür, öffnete sie einen Spalt und schaute den Korridor auf und ab. »Okay, Shadow, die Luft ist rein.«

Zögernd ging sie zur Tür, dann drehte sie sich um. Ihre Arme wanden sich wie Evas Schlange um seinen Hals und zogen ihn fest an sich. Sie küßte Bracken lange, dann sagte sie: »Gute Nacht, Hook. Mach nichts kaputt.« Sie schloß widerstrebend die Tür hinter sich.

»Verdammt!« fluchte er. »Verdammt, verdammt, verdammt!« In den wenigen Sekunden der Berührung hatte sie ihm bewiesen, daß er sie immer noch liebte und daß er darüber auch nicht so ohne weiteres hinwegkommen würde. Aufgewühlt kehrte er ins Bad zurück, putzte sich noch einmal heftig die Zähne und rieb Körperlotion in die Achselhöhlen. Dann klopfte er an das Schott, das zu Pams Kabine führte. Nach einer kurzen Pause erklang ein erwiderndes Klopfen. Sein Drüsending, das inzwischen auf der Strafbank eingenickt war, wachte wieder auf. Aus dem versteckten Kühlschrank holte er eine volle Flasche Sekt. Saubere Gläser waren nicht mehr da. Sie würden also aus der Flasche trinken – wie Cary Grant und Catherine Hepburn. Er begutachtete sich vor dem Gehen noch einmal im Spiegel und versuchte das jetzt trockene Haar zurückzukämmen, doch die sich lichtenden Strähnen waren widerspenstig, und eine Stirnlocke wollte sich absolut nicht bändigen lassen. Egal, dachte er, zumindest rieche ich sauber.

Er öffnete die Tür. Jean stand davor, die Hand erhoben, als hätte sie soeben klopfen wollen.

»Jean ...«, sagte er verstört. »Ich war ... ich wollte gerade zu ... ah ... dir. Kleiner Schlaftrunk. Noch ein bißchen über die Kubatheorie und so plaudern.«

Sie blickte an seinem Bademantel hinunter. »Was du wirklich brauchst, ist eine kalte Dusche, Bracken.« Sie schob ihn sanft in die Kabine zurück, zog die Tür hinter sich zu und drehte den Schlüssel. Sie nahm Bracken die Flasche ab und führte ihn zum Bett. Dort löste sie den Gürtel seines Bademantels.

»Hinlegen«, befahl sie leise.

»Wa-as soll das?«

»Leg dich hin. Ich kümmere mich um den Rest.«

Sie weckte ihn im frühen Morgengrauen. Weiches Licht umhüllte das Bullauge, und ihr sonnengebräunter Körper hob sich wie ein Schatten vom Weiß der seidenen Bezüge ab.

Zuerst massierte sie seinen Nacken und lockerte seine Muskeln auf wundervolle Weise, dann drehte sie ihn sanft um und beugte sich über ihn. Ihre Brustwarzen strichen über seine Haut und sandten kleine Stromstöße durch seinen Körper.

»Du bist ein Strolch und ein Gauner. Du bist auch süß und naiv und unglaublich durchschaubar. Und für all das liebe ich dich sehr.«

Sie drückte einen feuchten Kuß auf seine Lippen, und er spürte, wie sein Körper mit einem Vibrieren antwortete, als wäre ein starker Motor eingeschaltet worden, der sich warmzulaufen begann.

Sie richtete sich auf und kniete sich über ihn. Dann ließ sie sich auf ihm nieder.

»Das letzte Mal war eine Sieben«, flüsterte sie und begann sich sanft zu bewegen, und die Lust in ihm schwoll bis ins Unerträgliche. »Aber diesmal werden wir neun Komma drei ansteuern.«

»Dann versuch es, Shadow«, sagte er halb entrückt mit belegter Stimme.

Sie hielt einen Augenblick inne, nahm eine Strähne ihres Haars und legte sie wie einen Schnurrbart über die Oberlippe.

»Wer weiß«, sagte sie mit einer tiefen heiseren Stimme und nahm die sanfte Auf- und Abbewegung wieder auf, »was Ruchloses im Herzen einer liebenden Frau steckt?« Sie beschleunigte die Bewegung, daß ihr Kopf zuerst vor, dann zurück schwang und ihr langes Haar wie eine unendlich feine Mähne über seine Brust und sein Gesicht strich.

»*The Shadow knows*«, beantwortete sie ihre eigene Frage, obwohl Bracken sie schon nicht mehr hören konnte.

Die Sonne, die sich noch unterhalb des Horizonts versteckt hielt, beleuchtete langgestreckte Federwolken am blauen Himmel, die im Norden zu einer Pfeilspitze zusammenliefen. Der Wind trug vom Land den Geruch von Kochfeuer herbei.

Ein Papagei krächzte im Gebüsch und ging Sekunden später in einem Gestöber leuchtenden Rots und Grüns in die Luft, auf den unsichtbaren Feind schimpfend, der ihn bedroht hatte.

Lu lehnte sich, mit einer Tasse Kaffee in der Hand an die polierte Reling des Brückendecks der *Victoria*. Er hatte die Kellnerjacke abgelegt und trug nun eine Windjacke der *Victoria*-Besatzung.

Sanchez schob die Glastür der Brücke zurück und gesellte sich zu ihm. »Es ist die schönste Tageszeit.«

Lu nickte stumm. Er hätte sie gern allein verbracht und ärgerte sich über Sanchez' Anwesenheit.

»Sie haben Bracken gesehen. Ist er immer noch derselbe?«

»Ein gutes Stück älter – aber trotzdem derselbe.« Lu drehte sich leicht und lehnte sich nun mit der Seite an die Reling. »Vor fast zwei Jahrzehnten habe ich ihm den Mut gebrochen, Sanchez, und ihn dann geistig kastriert. Ist das zu hoch für Sie um halb sechs Uhr morgens, Genosse?«

»Er ist trotzdem ein gefährlicher, ein unberechenbarer Mann«, antwortete Sanchez gereizt.

»Bracken und Männer wie er lassen sich durch eine Mischung aus Habgier, Schuldbewußtsein, Rache und Verwundbarkeit kontrollieren. Er ist scharf auf Geld. Sein verpatztes Leben erzeugt Schuldbewußtsein in ihm. Er will Rache für die Art und Weise, wie sein Vaterland ihn behandelt hat. Und er ist durch Frauen verwundbar.

Die ersten drei Tatsachen sind bereits bewiesen. Was die letzte betrifft, nun, ich glaube, daß er vergangene Nacht mit seiner Schiffsköchin geschlafen hat, denn ihre Kabine war leer. Jedenfalls ist offensichtlich, daß er in sie verliebt ist. Wenn er nicht spurt, benutzen wir sie als Druckmittel.«

»Dann war Stackhills Hure unnötig?«

Welch eine Verschwendung, dachte Lu. Das war eine Frau, die geschaffen war, Männer zu erfreuen. Er schüttelte den Kopf. »Sie war der eigentliche Köder. Bracken hat nicht angebissen, dafür hat seine Schiffsköchin das Verwundbarkeitsproblem für uns gelöst.« Er blies über seine immer noch dampfende Kaffeetasse, dann schaute er südwärts nach Dominica. »Beauftragen Sie Vierro, sich zur gegebenen Zeit um Stackhill zu kümmern. Wir brauchen ihn nicht mehr.«

Sanchez nickte, als hätte er es erwartet.

Von der *Pampero* pflügten zwei Motorschlauchboote auf die *Victoria* zu.

»Sind sie fertig?« erkundigte sich Lu.

Sanchez nickte.

»Dann schicken Sie Ihre Stewards zu den Kabinen, damit sie unsere Gäste wecken. Sie sollen frühstücken und dann so rasch wie möglich aufbrechen. Sobald sie weg sind, soll die *Victoria* Südkurs nehmen.«

»Wohin?« fragte Sanchez vorsichtig.

»Nach Grenada«, antwortete Lu. »Wir warten auf ein Flugzeug.«

12

10.–11. Juli

Bracken verließ die *Victoria* als letzter. Einer von ihrer Mannschaft setzte ihn im Beiboot zur *Pampero* über.

Es war zwanzig nach sechs, die Sonne stand schon am Himmel, und der Morgenwind war noch frisch. Bracken saß auf der Ducht und blickte zur *Victoria* zurück.

Ihr Profil war eher das einer schlanken Korvette als eines jener schwimmenden Cadillacs mit Schwanzflosse, den die Jachtwerften jetzt bauten. Das einzige, was ihr Aussehen beeinträchtigte, war eine Kuppel, die hinter der Brücke angebaut worden war und deren Plexiglas nun die Morgensonne rosa tönte. Trotzdem sieht sie für eine Motorjacht recht gut aus, dachte Bracken.

Sein Blick wanderte über ihren Rumpf und den Aufbau, und er versuchte sich ein einprägsames Bild zu machen. In diesem Moment trat ein Mann aus der Rauchglastür der Brücke auf die Brückennock. Die Entfernung betrug zwar gute fünfzig Meter, aber Bracken glaubte das schmale Gesicht des Orientalen wiederzuerkennen, der beim gestrigen Dinner den Oberkellner oder was auch immer im Hintergrund gespielt hatte. Er trug jetzt eine Baumwollhose, ein weißes T-Shirt, Sonnenbrille und eine offene Windjacke.

Einen Augenblick schien die Zeit stillzustehen, während sie einander anblickten, dann hob der Orientale langsam die Hand. Irgendwie war die Geste mehr als ein gleichmütiger Gruß. Sie drückte Vertrautheit aus, als wären sie alte Bekannte. Zögernd hob Bracken die Hand in stummer Erwiderung. Der Orientale nickte, lächelte, dann drehte er sich um und kehrte zur Brücke zurück. Es war etwas an ihm, sein Gang, die Form seines Gesichts, die Bracken bekannt vorkamen, aber er konnte sich beim besten Willen nicht erinnern, woher. Aus früherer Zeit? Es fiel ihm nicht ein.

Der *Victoria*-Mann bremste und hielt neben der Jakobsleiter der *Pampero* an.

Bracken drehte sich um, bereit an Bord zu steigen. Walroß half ihm die Leiter hoch, sein Gesicht war blaurot vor Ärger.

»Du hast diesen Bastarden tatsächlich erlaubt, das zu tun?«

brüllte er Bracken an. »Nicht nur, daß es beschissen aussieht, wie, zum Teufel, glaubst du, daß wir das Stagsegel heißen können, mit diesem Ding da oben?« Er deutete mit dem Finger hoch.

Bracken folgte seinem Finger und sah das Plastikradom, das vom Großmast ragte und dessen Kabel mit Klammern am Mast befestigt waren. Wo sie den Fuß des Masts erreichten, war ein Loch durch das Deck gebohrt worden, durch das sie zum Salon führten. Das Loch hatte man provisorisch mit braunem Mastixkitt abgedichtet.

»Du solltest dich vielleicht erst stärken, bevor du hinuntergehst.« Jean war durchs Backluk gekommen und reichte Bracken eine Tasse Kaffee. »Ich habe ein bißchen Rum reingegeben.«

Sie hatte sich wie eine Polynesierin in einen Pareu gewickelt. Die oberen Rundungen ihrer nicht sonnengebräunten Brüste waren ein bißchen flachgedrückt, aber sie spitzten wie das Weiß von Spiegeleiern aus den Falten des Tuches.

Dankbar nippte Bracken an dem Rumkaffee. »Was ist denn unten los?«

Sie zählte an den Fingern ab: »Sie haben Radar installiert, eine Satellitennavigationsanlage und einen Langwellenseitenbandempfänger.«

»Und? Was ist daran auszusetzen?« Eine Ausrüstung im Wert von mindestens fünfzehntausend Dollar. Falls er sie nicht behalten wollte, konnte er wenigstens achttausend herausholen, wenn er sie verkaufte.

»Sie haben sich mit dem Einbau keine Mühe gegeben, Skip«, antwortete Walroß.

Bracken schüttete den Rest Kaffeerum über Bord und stieg den Niedergang hinunter.

Ja, installiert hatten sie die Anlage, aber wie! Sie hatten Löcher durch das Teak des Toilettentischs in der Achterkajüte gebohrt und Aluminiumleisten auf die Platte genagelt, um die Anlage zu befestigen. Gebündelte Drähte waren mit Schellen und Schrauben an der Decke angebracht. Dreck, Säge- und Hobelspäne, Schmiere und Stücke abgeschälter Kabelisolierung lagen auf dem Boden. Bracken hätte am liebsten geheult.

»Hübsch, nicht wahr?« Vierro stand grinsend hinter ihm, mit einer Bierflasche in der Hand.

»Hübsch? Eine Scheiße ist das!« brüllte Bracken. »Haben Sie eine Ahnung, wie schwierig das sein wird, das ganze Holzzeug wieder herzurichten?« Bracken hatte das Gesicht dicht vor Vierros gescho-

ben. Er schrie, daß seine Stimme sich fast überschlug, und Spucke spritzte auf Vierros Sonnenbrille.

Ungerührt wich Vierro zurück. »Ein paar hundert Dollar Materialkosten und eine Woche Arbeit. Sie können mir natürlich die Rechnung schicken.«

Bracken ließ sich auf eine der Kojen fallen und vergrub das Gesicht in den Händen. »Ihr Arschficker!«

Vierro erstarrte, seine Stimme wurde hart und ausdruckslos. »Ihre Ausdrucksweise läßt zu wünschen übrig, Kapitän. In diese Ausrüstung wurde viel Geld investiert. Wir hatten nicht viel Zeit, sie zu installieren. Wenn Sie mitten in der Nacht bei den Riffen der Bahamas navigieren, werden Sie der Firma Sanchez y Vierro dankbar für ihre weise Vorsorge sein.« Er leerte den Rest der Flasche mit einem Zug und ließ sie auf den Boden fallen, so daß das Holz auch hier eine Kerbe davontrug.

Die Beleidigung war so offensichtlich, so überlegt, daß Bracken zunächst gar nicht glauben konnte, daß sie tatsächlich beabsichtigt war. Vierro nahm ihm diese Illusion, indem er der Flasche einen Tritt versetzte, daß sie gegen eine Wandleiste prallte, die auch etwas abbekam.

»Ich wünschte, Sie würden Ihr Schiff sauberer halten, Kapitän«, sagte Vierro. »Glasflaschen, die über den Boden rollen, sind ein Sicherheitsrisiko für Ihre Passagiere. Sie könnten verklagt werden – *wieder* verklagt werden.« Vierros Lächeln war eine einzige Herausforderung.

Bracken ballte die Fäuste und war schon dabei aufzuspringen, als er sah, daß Vierro eine kleine 22er Pistole auf ihn gerichtet hatte.

»Ich würde Ihnen raten, sich zu beherrschen, Kapitän Bracken. Diese Waffe ist zwar nicht groß, aber nichtsdestoweniger tödlich. Und falls ich Sie verfehlte, gäbe es nur noch mehr Löcher im Holz – und keinen Kapitän mehr, der mir die Reparaturrechnung schicken könnte.«

Als Bracken zögerte, sah er Walroß lautlos hinter Vierro treten und den Fischbeinfitt verkehrt herum, mit dem stumpfen Ende nach unten, über seinen Kopf heben. Und ebenso lautlos näherte sich ihm Raul von hinten.

»Nicht, Walroß!« brüllte Bracken. Im selben Moment schlug Raul Walroß den Revolverkolben gegen die Schläfe. Walroß sackte zusammen, rollte die Augen zurück, und sein Schnurrbart zuckte.

Vierro drehte sich nicht einmal um. »Wie dumm, Bracken. Wenn ich es gewollt hätte, wären jetzt sowohl Sie wie Ihr Steuermann tot.« Er deutete mit dem Lauf seiner 22er. »Setzen Sie sich. Ich werde Sie über die Befugnisse an Bord dieses Schiffes aufklären.«

Furcht hatte Brackens Wut abgelöst. Er nickte stumm.

»Diese kleine Vorführung sollte Ihnen etwas klarmachen«, fuhr Vierro ruhig fort. »Raul und ich möchten sicher sein können, daß unsere Befehle widerspruchslos von Ihnen und Ihrer Besatzung ausgeführt werden. *Claro?*«

Bracken nickte.

»Wie schön, daß wir uns so gut verstehen. Ich möchte jetzt, daß Sie das Schiff in Fahrt setzen. Sie werden Kurs auf die Mona-Passage nehmen, die westlich von Puerto Rico liegt. Alle Steuerkurse und Entfernungen sind bereits auf den Karten eingezeichnet. Ich werde Ihre Fahrt durchs Satellitennavigationssystem im Auge behalten. Wenn Sie vom Kurs abweichen, bemerke ich es sofort, und es wird zu weiteren Unannehmlichkeiten kommen. Raul hat ein Auge auf Ihre Schiffsköchin geworfen. Ich gebe mir Mühe, ihn zu bremsen, aber nur solange, wie meine Befehle durchgeführt werden. *Claro?*«

Brackens Magen verkrampfte sich. Er sah, daß Vierros Gesicht ausdruckslos war. Er hatte seine Pistole eingesteckt, aber er stand mit gespreizten Beinen und angespanntem Körper da. »*Claro?*« wiederholte er eindringlicher.

Die halbautomatische Walther 9mm befand sich mit einem Magazin mit acht Patronen im Maschinenraum. Bracken hatte sie schon viele Jahre und behielt sie als Versicherungspolice gegen das Unwahrscheinliche. Er zweifelte nicht, daß er bis zum Hals in der Scheiße steckte und seine Lebensdauer nur noch Tage betrug, wenn er nichts tat.

»*Claro?*« brüllte Vierro jetzt.

»*Claro*«, antwortete Bracken endlich.

Das Barometer war seit dem Morgen um mehr als acht Millibar gefallen, als Bracken gegen Sonnenuntergang seine Ruderwache beendete. Er machte seine Eintragungen im Logbuch. Zweiundneunzig Meilen in den letzten elf Stunden, das war ein Durchschnitt von knapp über acht Knoten. Mit kremigem Kielwasser rollte das alte Mädchen raumachterlich, die Segel schimmerten rosig im Zwielicht der untergehenden Sonne. Doch das Fallen des Barometers beunruhigte ihn. Daß es sehr ernst wurde, dazu war es entweder zu spät oder zu früh in der Hurrikansaison. Auf jeden Fall aber mußte es irgendwo östlich ein Tief geben. Er trug Wind-, Himmel- und Seebedingungen ein als »Nordost bei 20 Knoten, hohe Zirrusbewölkung und Dreimeterwellen«. Doch das sagte nicht alles aus. Die Stärke des Windes nahm stetig zu, doch er veränderte die Richtung nicht, das bedeutete, *wenn* ein Tief ihn einholte, dann auf Kollisionskurs. Aber wie weit war es entfernt?

Bracken beugte sich über die Karte und spreizte den Stechzirkel entlang der Breitengradeinteilung und steckte zweiundneunzig Seemeilen entlang seinem eingetragenen Kurs ab. Dann maß er die restliche Entfernung zur Mona-Passage ab. Nur noch zweihundertzweiundsiebzig Meilen bis zur Passageneinfahrt. Das müßte die *Pampero* bis morgen nacht schaffen. Mit ein bißchen Glück entging er dem Sturm.

Es war jetzt nahezu dunkel. Er schaltete das Leselicht ein, doch es brannte nur schwach. *Verdammt,* fluchte er lautlos. Die Batterien waren fast hinüber. Er schwankte zum Maschinenraum mittschiffs und spähte auf den Spannungsmesser. Die Nadel war auf elf Volt gesunken. Obwohl er bereits wußte, wie es ausfallen würde, versuchte er den Generator zu starten. Er drehte sich schwerfällig und hielt an. Bracken konnte sich gut denken, weshalb. Vierros Spielzeug, das Radar und Radio, war offenbar noch an und saugte das bißchen auf, was die Batterie noch gespeichert hatte.

Er nahm eine Taschenlampe von der Halterung am Schott und untersuchte den Generator. Es war ein Einzylinder-Onan. Ein robustes Ding, wenn es sich entschloß zu laufen, aber verflucht mit einem schlimmen Temperament, wenn es sich dagegen entschied. Nach der Betriebsanleitung, die vermutlich von einem Ingenieur mit weißem Kragen geschrieben worden war, ließ er sich manuell in Betrieb setzen, indem man eine Kurbel drehte, doch dazu gehörte nicht nur die Kraft, sondern auch die Gelenkigkeit eines Gorillas. Bracken glaubte nicht, daß er sie hatte. Er hatte sich schon zweimal die Knöchel aufgeschlagen, als er versucht hatte, ihn manuell zu starten, beide Male in einem windstillen Hafen. Und als er Walroß gebeten hatte, es zu probieren, hatte der fast gemeutert. Schließlich hatte Bracken sich soweit demütigen müssen, daß er sich die Batterie eines Taxifahrers auf St. Lucia für einen Sprungstart auslieh.

»Der Strom ist sehr schwach«, sagte Vierro hinter ihm. Bracken hatte ihn nicht kommen gehört. Er drehte sich um.

»Sie blöder Wichser! Sie haben mit Ihrem verdammten Radar den ganzen Saft der Batterie verbraucht!«

Vierro machte ein finsteres Gesicht. »Ich dulde es nicht, daß jemand mich blöd nennt. Was bedeutet dieses andere Wort?«

»Es bedeutet 'Kamerad', 'Freund', 'Kumpel'. Das ist natürlich nur eine freie Übersetzung.«

Vierros Gesicht blieb finster. »Ich bin weder blöd noch Ihr Kumpel.« Er zog eine Kugelschreibertaschenlampe aus seiner Hemdtasche und leuchtete damit herum. »Was ist das Problem?«

»Daß die Batterien leer sind. Deshalb hat der verdammte Generator nicht genug Saft zum Starten. Ihr Radar verbraucht zuviel Strom.«

»Und wie wollen Sie dieses Problem beheben?«

Endlich begann Brackens Verstand wieder zu funktionieren.

Trotz des herrschenden moralischen Zwiespalts unter Jachtseglern, was Schußwaffen an Bord von Jachten betraf, fand Bracken schon lange, daß es sich als Lebensversicherung rentierte. Es gab Verrückte, Drogensüchtige und ganz gewöhnliche Diebe in den meisten Häfen, die er angelaufen hatte. Und seine halbautomatische 9mm Walther war in Putzwolle gehüllt hinter der Batteriereihe des Maschinenraums versteckt. Er würde mindestens zehn Minuten dazu brauchen, sie herauszukramen und sie vom Maschinenöl zu säubern. Aber wenn er Vierro mit einem Schraubenschlüssel in den Schlaf schicken könnte, wäre er in der Lage, Raul mit der Pistole in Schach zu halten, sobald er die Achterkajüte aufschloß, um zum Abendessen zu kommen.

Der Generator war auf einen Untersatz montiert. Die Handkurbel wurde von vorn gedreht, aber um sie richtig in Griff zu bekommen, mußte man sich wie ein Affe auf die Batteriereihe kauern. Im Hafen war das theoretisch möglich, doch auf See und bei dem gegenwärtigen Wellengang war das eine Aufgabe, die feste Entschlossenheit erforderte, Agilität und die Bereitschaft, sich das Genick zu brechen.

Bracken kaute an seiner Lippe und bemühte sich, sowohl ernst als auch fachmännisch dreinzuschauen, als er zuerst einen Finger an die Einspritzpumpe und dann an den Dekompressionshebel des Generators legte, als fühle er seinen Puls. »Schwierig, aber nicht unmöglich«, sagte er wie zu sich selbst, dann blickte er auf und in Vierros Augen. »Der erste Schritt ist, Startflüssigkeit in das Luftansaugrohr zu spritzen. Dann muß jemand die Kurbel drehen, während ein anderer zuerst das Framisventil drosselt, dann die Flagentia zieht und schließlich, wenn der Generator anfängt zu starten, diese Schraube am Flibertyjib festdreht.« Er suchte den größten Mutterstellschlüssel aus dem Werkzeugkasten und löste die Schraube von der Einspritzdüse. Der Schraubenschlüssel wog gut drei Kilo, und Bracken hatte sich bereits eine einladende Strähne grauen Haars über Vierros linkem Ohr als Angriffsziel ausgewählt.

»Gut«, sagte Vierro, »Sie zeigen mir, was der Reihe nach getan werden muß, und drehen dann die Kurbel.«

Bracken schüttelte den Kopf. »So einfach ist es leider nicht. Ich wünschte, das wäre es, aber gerade das Timing ist knifflig.« Er steckte den Schraubenschlüssel unter den Gürtel. »Okay, nehmen wir an, ich drehe die Kurbel. *Sie* müßten dann Startflüssigkeit hier hereinspritzen und zwar ganz genau achteinhalb Sekunden lang. Dann müssen sie das Framisventil berühren und warten, bis es sich ein bißchen erwärmt hat – Sie wissen schon, nur etwa ein paar Grad ...« Er hob seine Rechte über das Auslaßventil und drückte in synkopiertem Dreivierteltakt. »Dann ziehen Sie ein paarmal an dieser alten Flagentia ...« Er nahm den Schraubenschlüssel aus dem Gürtel, legte ihn um die Einspritzdüse und machte eine halbe Drehung. »Und schließlich müssen Sie den Flibertyjib festdrehen. Alles klar?«

Vierro blickte verwirrt drein. »Ich verstehe jetzt, wie schwierig das alles ist. Es ist schon besser, Sie machen all das und ich drehe die Kurbel. Aber entschuldigen Sie mich erst mal. Ich brauche Handschuhe, um meine Hände zu schützen.« Er zwängte sich an Bracken vorbei und schloß die Maschinenraumtür hinter sich.

Nach knapp drei Minuten war er zurück, dichtauf gefolgt von Raul, der seinen Revolver in der Hand hielt.

»Sie kurbeln, Bracken«, befahl Vierro, »und ich kümmere mich um die Kontrollen. Raul wird uns mit großem Interesse zusehen.« Der ganze vorgetäuschte spanische Akzent war weg. Die Betonung war fast amerikanisch, und der Ton seiner Stimme duldete keinen Widerspruch.

Das war das Ende von Brackens hoffnungsvollem Plan. Er kletterte auf die Batteriereihe und langte, angesichts des auf ihn gerichteten Revolvers, nach der Kurbel.

Vierro blickte Bracken voll Verachtung an. »Es ist der törichte Dünkel der Yankees, Lateinamerikaner wie Schwachköpfe zu behandeln. Ich wuchs auf einer Farm auf, wo uns nur Dieselgeneratoren Strom lieferten. Ich habe sie betrieben, gewartet, ja sogar selbst überholt. Außerdem habe ich mehrere Jahre in Miami gelebt, weiß also durchaus, was ein ›Wichser‹ ist. So, und jetzt drehen Sie die Kurbel, Bracken, als hinge Ihr Leben davon ab, denn so ist es nämlich.«

Bracken schwitzte jetzt. Er drehte die Kurbel ein paarmal und schürfte sich, wie erwartet, die Knöchel am Schott ab, als Vierro auf den Dekompressionshebel drückte. Langsam brachte Bracken den Generator mit der Kurbel auf die Mindestdrehzahl. Vierro spritzte die Ätherstarthilfe in den Luftfilter, drückte auf den Kipphebel und sah angespannt zu, wie das Dieselöl aus der Düse spritzte, zunächst zögernd, dann fließend. Rasch zog er die Mutter mit dem Schraubenschlüssel an und ließ den Einspritzdüsenhebel los. Der Motor knatterte, nahm Geschwindigkeit auf, stockte, doch schließlich kam er auf Touren. Der Spannungsmesser kletterte auf gesunde dreizehn Volt. Vierro schaltete das Maschinenraumlicht ein. Die Birne glühte hell.

Dann, als wäre es ihm plötzlich eingefallen, schwang Vierro den Schraubenschlüssel und schmetterte ihn gegen Brackens Rippen. Bracken keuchte und richtete sich auf, dabei prallte er mit dem Kopf gegen einen Deckenbalken. Seine Knie gaben nach. Er schrie und rollte sich von der Batteriereihe auf den Boden.

Vierro stellte den Fuß auf Brackens Rippen und drehte ihn, als wolle er Ungeziefer zerdrücken. Bracken schrie noch mal.

Vierro sagte leise: »Sie kämpfen gegen das System, Bracken. Wenn Sie sich richtig verhalten, werden Sie am Leben bleiben und Ihr Geld ausgeben können. Lehnen Sie sich jedoch noch einmal gegen mich auf, enden Sie als Fischfutter.«

Bracken wachte gegen zwei Uhr morgens auf. Er war benommen, und sein ganzer Körper pochte. Ein paar Minuten blieb er reglos auf seiner Koje liegen. Seine Sinne nahmen allmählich Bewegung, Geräusche und Vibrationen des Rumpfes und der Takelung der *Pampero* wahr. Er machte sich aus seiner Erfahrung mit dem alten Schoner heraus ein Bild. Er lief verdammt schnell; ganz deutlich war zu hören, wie die See am Rumpf vorbeizischte, aber er mußte sich unter seinen Segeln zu sehr plagen. Die Masten ächzten in ihrer Spur, und durch den Wind in den Segeln stöhnten die Spieren, Gänge und Spanten. In der Bilge schwappte das Wasser. Das alte Mädchen leckte, doch das war bei normaler Geschwindigkeit nicht so schlimm wie jetzt. Er mußte die Bilgepumpe einschalten.

Er knipste die Leselampe an und wollte sich aufsetzen, da schien ihn ein rotglühender Schürhaken zu durchbohren. Er sackte auf die Koje zurück, preßte die Lider vor Schmerzen zu, zählte langsam und setzte sich wieder auf, diesmal viel vorsichtiger und mit den Ellbogen als Stütze.

In diesem Moment knarrte der Boden auf dem Gang. Die Tür wurde zurückgeschoben, und Jean kam in tropfender Ölhaut und wirrem nassem Haar herein.

»Was gibt es?« erkundigte er sich.

»Walroß bat mich, dich zu wecken. Der Wind ist auf fünfunddreißig und nimmt noch zu. Er sagt, das Großsegel muß gerefft werden. Zu luvgierig. Ich wollte ihn ablösen, aber ich habe nicht die nötige Kraft, und er ist dem Umfallen nah.«

»Was ist mit Stackhill und Pam?«

Sie drehte die Hand. »Ich habe Stackhill aufgeweckt, und er schlüpft in sein Regenzeug. Pam kannst du vergessen. Sie ist nicht zurechnungsfähig.«

»Und die Goldstaubzwillinge?«

»Vierro hat sich in die Achterkajüte verzogen und sie zugesperrt, wahrscheinlich schläft er. Raul ist im Salon, er macht sich vor Angst fast in die Hose und gießt ein Glas Rum pur nach dem anderen hinunter. Also keine Hilfe von ihm.«

Die *Pampero* krängte, als sie von einer Welle fiel, kurz durch das Wellental pflügte, dann von der nächsten Welle gehoben wurde und schwerfällig Tonnen Wasser abschüttelte. Der Aufprall warf Jean gegen Bracken. Er schrie vor Schmerzen auf, aber sie klammerte sich an ihn. »Bracken – ich habe verdammte Angst. Nicht vor dem Sturm – sondern worauf du dich da eingelassen hast.«

»Es wird wieder okay, Baby. Ich habe alles unter Kontrolle.« *Lüge*, schrillten seine Gehirnzellen. »Sag Walroß, daß ich in einer Minute oben bin.«

Sie wich mit zweifelnder Miene ein wenig zurück und wollte offenbar etwas sagen, denn sie wußte, daß er gelogen hatte, doch schließlich nickte sie nur.

Bracken bemühte sich, nicht zu denken. Rasch kramte er in seinem Kulturbeutel, fand das Röhrchen mit Aspirin und schluckte drei. Er öffnete die Tür und wappnete sich gegen das Schlingern des Schiffes. Im Maschinenraum schaltete er die elektrische Bilgepumpe ein. Sie sog eine Sekunde Luft an, dann fiel sie in einen regelmäßigen gurgelnden Rhythmus.

Raul war im Salon, mit dem Rücken gegen die Ecke gegenüber dem Eßtisch und die Füße gegen den Barschrank gestemmt. Er wirkte wie hypnotisiert von der Petroleumlampe, die in verrückten Bogen schwang. Seine Augen waren glasig, die Pupillen zu schwarzen Punkten zusammengezogen. In der Hand hielt er eine fast leere Flasche

Rum. Er klammerte sich an sie, als wäre sie seine einzige Verbindung zur normalen, festen Welt. Schweiß glitzerte auf seinem Gesicht.

Es war weder Betrunkenheit, noch Seekrankheit, wurde Bracken bewußt, sondern nackte Angst. Er kratzte die paar spanischen Worte zusammen, die er kannte. »*Malo – muy peligroso.*« Stirnrunzelnd und mit fatalistischer Miene schüttelte er den Kopf.

»Wie schlimm ... Wie groß ist die Gefahr?«

Es war das erste Mal, daß er Raul Englisch sprechen hörte. Es war trotz des starken Akzents verständlich.

»Sehr groß«, antwortete Bracken. »Ein ziemlich schlimmer Sturm.« Tatsächlich war es ein großartiger Segelwind, doch ohne eine vollständige Crew würde das Reffen verdammt schwierig sein. Er klopfte betont auf das Barometer. Es hatte seinen freien Fall gestoppt und sich bei 992 Millibar stabilisiert, ein gutes Zeichen, daß das Tief sich entweder legte oder nach Norden abwanderte. Doch er spielte den tapferen Kapitän, der dem Tod ins Auge blickt und zusammenzuckt. »*Verdammt! Verdammt!*«

Raul kniff die Augen zusammen. »Was ist los?«

»Machen Sie sich keine Sorgen. Schiffe von der Größe der *Pampero* haben Hurrikane schon öfter ohne größeren Schaden überstanden.«

Rauls Gesicht verlor jegliche Farbe. »*Huracán?*«

»*Si, Señor Raul. Huracán es sicko-malo-grosso-tempesto-elshito.* Verflucht, verstehen Sie jetzt? *Comprende?*«

»Heilige Mutter Gottes, hilf uns!« Raul bekreuzigte sich. »Was werden Sie tun?«

»Das einzige, was ich tun kann, ist – beten«, antwortete Bracken und stieg schwerfällig den Niedergang hoch, als hätte er ein Rendezvous mit dem Tod. Hinter sich hörte er Raul würgen.

An Deck bemerkte Bracken, daß der Sturm stärker wurde, aber er hatte etwas von einer unverfälschten Schönheit an sich, die schwer zu beschreiben war. Die *Pampero* schulterte sich durch schwere Seen und raumte mit Rumpffahrt. Schwarze Regenvorhänge waren über den Osthorizont geschoben, mit dem Mond als Hintergrundbeleuchtung und von vorn immer wieder von Blitzen erhellt. Die See brüllte, und der Wind heulte. Das Ganze hatte eine Atmosphäre, wie Winslow Homer sie auf seinen Bildern eingefangen hatte. Die lebende Ausführung dessen, was ein reinblütiger Seemann sowohl liebte als auch fürchtete: einen Windjammer bis zum Äußersten zu treiben. In dieser Nacht hätte Bracken eine solche Erfahrung lieber aus zweiter

Hand gemacht, in einer Kunstgalerie, mit einem Glas Wein in der Hand.

Er hielt sich an den Backstags und der Takelung fest, um nach achtern zu kommen, und ließ sich schließlich im Cockpit neben Jean auf den Sitz fallen.

Walroß stand geduckt hinter dem Steuerrad, ganz in sein gelbes Regenzeug vermummt, so daß nur Augen und Schnurrbart aus der Kapuze schauten. Im roten Kompaßlicht sah er aus wie ein rotäugiger, patschnasser Kanarienvogel.

Stackhill hockte auf den Fersen im Schutz des Cockpits, und seine Zähne klapperten, obgleich die Temperatur, die des Winds und des Wassers, bestimmt gut dreiundzwanzig Grad hatte. Also war auch mit ihm nicht zu rechnen.

»Na, macht es dir Spaß, Walroß?« brüllte Bracken.

Eine Welle, höher als die restlichen, wälzte sich hinter der *Pampero* herbei. Sie spuckte und zischte, als ihr Kamm brach, und warf sich in einem Katarakt schäumenden Wassers gegen den Spiegel. Der Aufprall ließ das Schiff erzittern. Das dürfte Raul begeistern, dachte Bracken schadenfroh.

»Ziemlich gottverdammt interessant«, brüllte Walroß zurück. »Außer daß sie querschlagen will. Bei den großen muß ich ihr fünf oder sechs Spaken Ruder geben, um sie gerade zu halten.«

Bracken blickte achteraus. Eine Regenwand, schwarz wie Ruß, bedeckte den Horizont von Nord bis Süd und näherte sich der *Pampero* wie die Schlußszene von *Macbeth*.

Bracken hatte schon so manche tropischen Güsse erlebt und festgestellt, daß sie alle einen gemeinsamen Nenner hatten: Ehe sie loslegten, schwoll der Wind an. Dann fiel der Regen, als pißte eine Kuh auf einen Stein. Der Wind flaute ab, ja hörte manchmal sogar ganz auf, während die Regenwand über einen hinwegzog. Und schließlich tobte der Wind mit seiner vorherigen Stärke weiter.

Er blies jetzt mit vierzig, und die Regenwand würde zur durchschnittlichen Windgeschwindigkeit weitere fünfzehn Knoten hinzufügen. Worauf Bracken jetzt wartete, war die kurze Windstille, während die Regenwand direkt über ihnen war.

»Schaffst du es noch durch die nächste Bö hindurch? Während der Windstille können wir dann das Großsegel herunterholen.«

»Warum nicht? Ich habe sowieso nichts Besseres zu tun, als mir ein bißchen Rum zu gönnen, aus dem nassen Zeug zu schlüpfen und zu schlafen.«

Jean tastete nach Brackens Hand und hielt sie, während sie zusah, wie die Schwärze sie einzuhüllen begann, wie Gischtstreifen die Wellen bedeckten und einzelne Linien phosphoreszierend aufglühten. Sie drückte seine Hand, und ohne zu überlegen, erwiderte er den Druck.

»Werden die Segel es aushalten?« fragte sie, mit dem Gesicht nur Zentimeter vor seinem.

»Sicher«, antwortete er. Aber er war sich nicht sicher. Was ihm jedoch viel mehr Sorgen machte, war, ob Takelage und Spieren es durchhielten. Der vom Wind verursachte Druck ist proportional zum Quadrat der Windgeschwindigkeit. Eine Steigerung der Windgeschwindigkeit von vierzig auf fünfundfünzig Knoten würde den Druck auf die Segel nahezu verdoppeln. Aber er konnte bei einer Windgeschwindigkeit von vierzig Knoten das Großsegel nicht reffen; denn sobald das Großfall aufgefiert war, würde sich die Ausbauchung des Segels an Mast, Ausleger, und Takelage kleben. Die Alternative wäre, in den Wind aufzudrehen, aber bei fünf bis sechs Meter hohen Wellen wäre es ziemlich schwierig, die *Pampero* zu wenden, ohne daß sie querschlug, und die Kraft des Windes würde die Segel zerfetzen, ehe er sie reffen konnte. Es war der klassische Fall, was geschah, wenn man im anschwellenden Wind zu lange mit dem Reffen wartete.

Die frontale Wand hatte sie erreicht. Der erste eisige Regenguß traf sie mit der Gewalt einer Salve Musketenkugeln. Der Wind blies zuerst in unregelmäßigen, pumpenden Böen, dann schwoll er gleichmäßig an, bis er das Atmen fast unmöglich machte. Brackens Augen schmerzten vom Regen, er konnte nichts sehen, und sein Trommelfell platzte fast unter der plötzlichen Druckänderung.

Die *Pampero* ächzte, schlingerte um siebzig Grad und legte sich auf die Seite. Die Auslegerspitzen, die normalerweise fünfzehn Meter über dem Wasser lagen, streiften jetzt seine Oberfläche. Der Schoner war völlig außer Kontrolle.

Vor sechs Tagen hatte sich westlich der Kapverden ein kleiner Knick im Bermuda-Azoren-Hoch entwickelt. In diesem kleinen Flecken stiller See, mit einem ungefähren Durchmesser von hundertfünfzig Kilometern, hatte sich der Passat gelegt, und die Hitze des subtropischen Atlantik hatte ein kleines Tiefdrucksystem innerhalb dieser winzigen barometrischen Anomalie aufgebaut. Sobald sie erwärmt war, begann die Luft zu steigen und sich laufend mit warmer, feuchter Luft zu erneuern, die in ihre Basis gesaugt wurde. Während diese unsichtbare Luftsäule aufstieg, begannen die Drehkräfte, die als *Co-*

riolis-Kraft bekannt waren, die aufsteigende Luftmasse zu drehen. Ein kleiner, vorerst sehr lokaler und noch namenloser tropischer Sturm entwickelte sich.

Ein liberianischer Frachtdampfer mit einer Ladung Dörrfisch, Plastikspielzeug und Sojaöl durchquerte auf seiner Fahrt von Kapstadt nach Liverpool dieses Gebiet. Er wurde mit einigen Sturmböen und Regen eingedeckt, doch nach sechs Stunden dampfte der Frachter wieder unter klarem Himmel dahin, und die Freiwache sonnte sich auf Deck. Der Kapitän, ein umsichtiger Seemann, trug die kleine Störung im Logbuch ein und meldete sie der Küstenstation Senegal. Seine Meldung wurde notiert, doch aufgrund des Versehens eines Angestellten nicht an das National Hurricane Center in Miami weitergeleitet.

In zwei Tagen wuchs der tropische Sturm soweit, daß seine Wirkung in einem Umkreis von fünfhundert Kilometern gespürt werden konnte. Der Höhenwind trieb das Tief langsam westwärts über den südlichen Nordatlantik, ein Gebiet, das früher viel befahren wurde, doch jetzt – in der Zeit der Dampfturbinen, unsinkbaren Schiffsrümpfe und Buchhalter, für die der Betrag unter dem Strich der ultimate Wertmesser für die Rentabilität eines Schiffes war – fast leer war. Die alte Passatroute wurde bloß noch selten befahren, nur hin und wieder nahm eine Jacht sie oder ein langsamer Frachtdampfer. Jetzt fanden sich in dem stillen Gewässer lediglich noch Beerentang, Plastikmüll, Delphine und gelegentlich ein Tropikvogel.

Das nächste Schiff, das die Wirkung des Sturms zu spüren bekam, war eine neuseeländische Zehnmeterslup, unterwegs von den Kanaren nach Barbados und bemannt von einem neuseeländischen Zahnarzt im Ruhestand und seiner Frau. Nachdem er bereits ohne Schwierigkeiten halb um die Welt gesegelt war, ging der Dentist das Tief so routiniert an wie eine Wurzelbehandlung. Abgesehen von einem alten Klüver, der zerfetzt wurde, und nassen Kojen von Lecks im Deck, das er vergessen hatte in Gibraltar zu kalfatern, gab es keine Schäden; so war der tropische Sturm für das Ehepaar nicht viel mehr als lästig. Die beiden begossen seinen Abzug und die Rückkehr des sonnigen Himmels und milden Passats mit zwei Flaschen warmen spanischen Bier und gönnten sich dazu ein feudales Dinner aus Dosenfleisch.

Normalerweise hätte ein US-Wettersatellit die wirbelnde Wolkenmasse im Atlantik registrieren müssen. Noch vor ein paar Jahren hatten sich zwei Wettersatelliten – GEOS WEST und GEOS EAST –

in ständiger Position in geostationärer Umlaufbahn befunden und troposphärische Wetterformationen von der Mitte des Atlantiks zur Mitte des Pazifiks beobachtet. Als GEOS EAST durch eine defekte Endverstärkerstufe ausfiel, sollte er durch ein technologisch verbessertes Modell ersetzt werden, aber dieser Satellit ging bei dem mißglückten Start einer *Titan II/34D* verloren, so daß lediglich GEOS WEST zur Beobachtung der gesamten Hemisphäre blieb. Während dieser einen Woche war seine Optik auf das Pazifische Becken und das US-amerikanische Festland gerichtet. Die Wolkenmasse, die durch den tropischen Sturm gebildet wurde, der in den wenig befahrenen Gewässern des Atlantiks allmählich stärker wurde, blieb unbemerkt.

Fünfzig Kilometer östlich der *Pampero* befand sich ein schwerbeladener Schoner aus Tobago mit ungenügendem Ballast und mit einer Deckfracht Hartholz von der Küste Guyanas und dreißig Tonnen venezolanischem Zement im vorderen Laderaum. Die Fracht war für eine Baufirma auf St. Martin, noch hundertzehn Kilometer nordwärts, bestimmt. Der Schoner plagte sich durch die aufgewühlten Wellen und Sturmböen fünfzig Kilometer südwestlich von St. Kitts.

Die Lage beunruhigte den Kapitän und Teileigner des Schiffes nicht. Der Wetterbericht von Radio Antilles auf der Insel Montserrat hatte kein tropisches Frontensystem angesagt. Barbados, eine Insel im Südosten, meldete leichten Nordwestwind, Blitze und Nieselregen. Dem Wetterbericht folgte Lord Invaders neuster Reggae-Hit, *Rasta Man Got Mighty Sword*. Der Kapitän des Schoners hatte sich lächelnd entspannt und den Takt der jamaikanischen Popmusik auf dem Tisch mitgetrommelt. Es würde eine regnerische, etwas stürmische Nacht werden, aber er konnte seinen Bestimmungshafen bis morgen nachmittag bestimmt erreichen und dann einen ordentlichen Gewinn einstreichen.

Vorsorglich hatte er am Abend die Segel reffen lassen und den Dieselmotor gestartet, um die Segel beim Lauf durch die aufgewühlte See zu unterstützen. Seine nicht unbedeutende Erfahrung sagte ihm, daß sie das Unwetter bis zum Morgengrauen hinter sich haben müßten. Er legte sich auf ein paar Stunden nieder, schlief jedoch unruhig.

Von dem Rudergänger und einer Deckshand abgesehen, arbeitete nur der Koch noch. Er braute eine Kanne Kakao für die Mitternachtwache und kochte schon etwas für den nächsten Tag vor. Der Topf wurde durch Drahtbügel am Herd festgehalten, trotzdem schwappte sein Inhalt über. Dampf stieg auf und verstärkte die bereits drückende

Schwüle in der Kombüse noch. Kondenswasser sammelte sich am Bullauge, und er schwitzte entsetzlich. Er beschwerte sich brummelnd über den Zustand des Schiffes im allgemeinen und die See im besonderen und schüttete noch drei Pfund Reis in den Topf. Dann goß er sich eine Tasse Kakao ein, schlüpfte in sein Regenzeug und trat hinaus aufs Deck. Die Kombüsentür ließ er offen.

Das Schiff – ein aus Holz gebauter, dreißig Meter langer Schoner, der in den fünfziger Jahren, als Tobago noch britisch war, beim Stapellauf auf den überoptimistischen Namen *My Hope* getauft worden war – plagte sich in der aufgewühlten See nordwärts. Der Koch war in seinen jüngeren Jahren aus einem Fischerkahn ins Wasser gefallen und hatte zehn Stunden lang durch eine von Haien bevölkerte See schwimmen müssen, ehe er das Ufer erreichte. Daraufhin war er Baptist geworden. Er hieß Damian Collie, war Vater von neun Kindern und hatte ein treues Weib, das im Kirchenchor sang. Seit fast vierzig Jahren sparte er auf eine kleine Plantage oberhalb der Bocas, und er hatte die Absicht, sich nach zwei weiteren Fahrten dorthin zurückzuziehen. Den Rest seines Leben, so hatte er beschlossen, wollte er geruhsam Mangos züchten, um sie auf dem Samstagmarkt zu verkaufen, zusehen, wie jüngere Narren in See stachen, und in stillen heißen Sommernächten seine Frau an sich drücken.

Er suchte sich ein windgeschütztes Plätzchen hinter der Kombüse, nippte an seinem Kakao und beobachtete den Luvhorizont. Blitze, die die Wolken erhellten, zuckten über den östlichen Himmel.

Damian machte sich deshalb keine Sorgen. Er hatte Erfahrung mit solchem Wetter. Er verstand es zwar nicht, kannte jedoch seine Wirkung – Gottes Donnerkeile sausten aus dem Himmel, sein schwerer Atem wühlte die See auf, und seine Tränen ergossen sich gleichermaßen auf sündige wie fromme Seeleute. Bei einem Wetter wie diesem grollte er ein bißchen über Gottes Willen, denn er erschwerte einem anständigen und gottesfürchtigen Mann wie ihm die Arbeit. Und er war ein bißchen beunruhigt, weil er wußte, wie gereizt die gemeinen Seeleute bei so einem Wetter wurden – nicht nur aus Erschöpfung, weil sie ständig an Segeln und Tauwerk herumarbeiten mußten, sondern auch, weil es unter Deck so heiß war, daß ihr Schweiß nicht verdunstete und sie nicht schlafen konnten. Dann fingen sie zu fluchen und zu streiten an und gingen mit den Fäusten aufeinander los. Und das war eine Kränkung, sowohl des lieben Gottes als auch friedliebender Schiffsköche.

Während er einen weiteren Schluck Kakao nahm, wechselte der

Wind plötzlich. Eine fast eisige Bö blies aus dem Norden und brachte Regen mit sich. Damian fröstelte, leerte den Rest seines Kakaos in die See und war im Begriff, zurück in die Kombüse zu gehen, doch aus einem unerklärlichen Grund zögerte er.

Der Wind erstarb und die heiße, stille Luft, die ihn ablöste, hüllte ihn drückend ein. Seine Kopfhaut prickelte, als die Atmosphäre zu knistern schien und ein seltsames wimmerndes Summen laut wurde.

Ein Blitz zuckte ganz in der Nähe und war heiß und schmerzhaft wie des Teufels Dreizack. Er knisterte und ließ den ganzen östlichen Horizont aufleuchten, unmittelbar gefolgt von zwei fast gleichzeitigen Donnerschlägen.

»Gleich gibt's eine Sintflut, Mann«, sagte er laut zu sich, und das waren seine letzten verständlichen Worte.

Eine Windwand schlug gegen die Breitseite des Schoners und krängte ihn, bis die Decks der *My Hope* in brodelndem Gischt begraben waren. Damian wurde gegen das Schanzkleid geschmettert. Er hörte, wie sein Rückgrat brach, und sofort dachte er, daß sich das im Alter als sehr unangenehm für ihn erweisen würde, denn man mußte doch hochlangen, um Mangos von den Bäumen zu pflücken. Er öffnete die Lippen, um seinem Gott zuzurufen, weshalb ein frommer Christ wie er so gestraft wurde. Aber Gott war wohl anderweitig beschäftigt, jedenfalls gab es für Damian weder Hilfe noch eine Antwort, außer der eines schwarzen Brechers, der ihn von Deck in die stinkende nasse Finsternis spülte und alle Ungewißheit über seine Zukunft löschte.

Tonnen von Seewasser drückten die Luken der *My Hope* ein. Das alte Schiff mit seinen vierzigtausend Brettern Grünharzholz, sechshundert Säcken Zement und zwölf Menschen an Bord sank innerhalb von weniger als sechzig Sekunden.

Achtzehn Kilometer westlich davon und zehn Minuten später lag die *Pampero* auf der Seite, die Wellen spülten über sie, schäumendes grünes Wasser floß über ihre Decks, füllte das Cockpit, rauschte in tosender Flut über das zerschmetterte Teakholz-Setzbord und den Niedergang hinunter. Schreie gellten unten, während deutlich das Klirren von zerbrechendem Geschirr und das Krachen von gegeneinanderprallenden Töpfen zu hören war. Stackhill brüllte etwas Unverständliches, die Angst in seiner Stimme war wie das Schreien eines Tieres, das in ein Fangeisen geraten war. Walroß hatte das Steuerrad bis fast zum Anschlag gedreht und versuchte die *Pampero* wieder auf

Kurs zu bringen, aber sie lag fast lotrecht zu den Wellen, lag da wie ein Elefant mit Bauchschuß, der weder die Kraft noch den Willen hatte, sich wieder zu erheben.

Bracken plagte sich über das Cockpit zur Nische im Süll und schaltete die Auslegerlichter an. Sie beleuchteten das Deck mit bleichem, flackerndem Schein. Der Regen trommelte mit der Wucht von Gewehrkugeln und blitzte im Licht wie Leuchtspurmunition, ehe er auf dem Deck oder Wasser aufschlug. So konzentriert war der Guß, daß das Meer ringsum zu einer flachen, bewegten Bleischicht gehämmert wurde.

»*Laß das gottverdammte Ruder sein! Wir müssen das Großsegel herunterholen!*« brüllte Bracken. Aber Walroß war bereits losgekrochen. Er stemmte sich gegen Deckboxen und Kajütenwand – eine durchweichte menschliche Fliege, die sich plagte, auf einer Oberfläche voranzukommen, die normalerweise waagrecht und verhältnismäßig trocken war, doch jetzt in einem Winkel von siebzig Grad lag und glatt wie Eis war. Irgendwie gelang es ihm, die Großfallwinde zu erreichen und das Bremsband anzukurbeln. Ein guter Meter des Falls lief durch und hielt an, das Segel war durch den Druck des Windes gegen Mast und Takelage geklatscht.

Bracken, der sich an der Lüftung der Achterkajüte festklammerte, konnte es sehen und kommen hören. Eine See, viel größer als die restlichen, ein wahrer Berg grüner, flüssiger Ewigkeit, brauste spukkend und schnaubend von Luv herbei. Vor ihr schäumte und brodelte das Wasser.

»*Festhalten!*« brüllte er und tauchte ins Cockpit. Er warf sich auf Jean, stemmte die Beine gegen das Schott und klammerte sich an das Großsegel, das über die Plicht herunterhing wie eine patschnasse, um sich peitschende Anakonda. Er hörte, wie die See sich in einem gewaltigen Aufprall an der Seite und den Decks des Schiffes brach, und schon wurde er unter Tonnen von Meerwasser gehämmert. Danach war es sehr still, sehr friedlich, nur warm und naß, bis das Wasser mit saugenden Geräuschen, begleitet von der Kakophonie des donnernden Windes und der tosenden See aus dem Cockpit gespült wurde.

Bracken spuckte einen Mundvoll Salzwasser aus und wischte sich betäubt die Augen. Jean lag noch unter ihm. Sie übergab sich und wand sich fluchend unter ihm hervor.

Alle guten Dinge sind drei, dachte Bracken, oder in diesem Fall, alle schlechten; jedenfalls kamen die großen Wellen immer in einer Dreiersequenz, und gewöhnlich war die mittlere die größte und gefährlichste. Er blickte in den Wind, aber seine Augen brannten vom Salzwasser, und er sah alles ziemlich verschleiert. Noch zwei schwere Seen wie diese, und die *Pampero* würde untergehen. Wie viele Tonnen Wasser füllten bereits die Bilge? Der Abstand zwischen den Seen war etwa siebzehn Sekunden gewesen, und so viele waren es fast schon wieder.

Er schaute nach vorn. Walroß kauerte nicht mehr an der Großfallwinde. Er erschrak, bis er sah, daß er jetzt nach den Leewanten griff und fast waagrecht – wie ein Affe an einem Seil – lehnte, während er sich anstrengte, ans Fockschot heranzukommen. Er holte sein Messer aus dem Stiefelschaft und durchschnitt die Kunststoffleine. Die nun nicht mehr zurückgehaltene Fock begann heftig zu peitschen; die Wucht des klatschenden Segels erschütterte das ganze Schiff, die Takelung surrte wie die Saite einer Baßgeige. Innerhalb von Sekunden zerriß die Fock, die Fetzen flatterten im Wind, lösten sich und flogen leewärts. Doch ohne die Fock war die *Pampero* nicht mehr im Gleichgewicht, und nun setzte das Großsegel, das unter dem Druck des Windes noch straff war, Hebelkraft ein und drehte den Schoner langsam in den Wind. Dabei richtete sie sich auf, schüttelte Tonnen von Wasser ab, stieß es aus den Wasserpforten und spuckte es aus den Speigatten.

»Jean – starte die Maschine! Dreh das Schiff in den Wind!«

Er wandte sich nicht einmal um, um zu sehen, ob sie ihn gehört hatte, geschweige denn es tun konnte. Halb stolpernd, halb kriechend gelangte er vorwärts. Walroß wartete am Großsegel auf ihn. Als die *Pampero* gegen den Wind schlingerte, luvte das Großsegel an und begann zu peitschen. Mit einer Faustvoll um die andere holten sie es nieder. Sie fluchten, ihre Fingernägel brachen, die Haut schürfte ab, und Blut verschmierte das peitschende Segel, ehe es ihnen gelang, es um den Mast zu wickeln.

Die Auslegerlichter brannten plötzlich schwächer, offenbar wurden die Batterien schwerer belastet. Bracken spürte die Vibration des Motors, der ansprang, wieder erstarb und aufs neue ansprang.

Wie ein Lift begann die *Pampero* sich in die herankommende Welle zu heben, die den Wind kurz abhielt. Brackens Knie gaben nach. Aus den Augenwinkeln sah er Walroß über den Großbaum springen und sich mit beiden Armen und Beinen daran festklammern wie ein Faultier an einen windbewegten Ast.

Das Schiff stieg höher, die See zischte zu beiden Seiten, der Bug stieß nun direkt in Windrichtung. Dann waren sie über dem Wellenkamm, und Gischt davon schäumte über die Decks, und schon ging es auf der Rückseite der Welle wieder hinunter.

Die *Pampero* glitt mit zunehmender Geschwindigkeit ins Wellental, vergrub ihr Bugspriet im weißen Schaum, stieß wieder hoch und schüttelte das Wasser ab wie ein nasser Hund. Auch die dritte Welle war noch gefährlich, doch kleiner als ihre beiden Vorgängerinnen. Selbst unter voller Maschinenkraft war die *Pampero* fast hilflos wie ein Korken im Wasser. Aber von einem Guß abgesehen, ritt sie geschickt auf der dritten Welle. Bracken wußte jedoch, daß er sie rasch in Gegenrichtung bringen mußte.

Nach drei großen Wellen kam immer – oder fast immer – eine ruhige Phase. Auch jetzt, hoffte Bracken. Heiser brüllte er zur Plicht und verließ sich auf Jean, schon weil ihm gar nichts anderes übrigblieb: »*Reiß das Ruder herum! Jetzt!*«

Der alte Eimer reagierte schwerfällig, aber Bracken spürte, daß er zu wenden begann. Die Wucht des Windes traf das Vordeck, dann die Mastbalken, dann das Achterschiff, und die *Pampero* schlingerte schwer. Bis Bracken im Cockpit zurück war, hatte Jean sie genau im Lee.

Der Wind ließ kurz nach. Es fing wieder zu regnen an, doch nicht mehr so heftig. Walroß setzte die Fock. Sie peitschte ein paarmal, doch da hatte Bracken sie bereits angeschlagen. Dann drehte er das Ruder, bis das Heck im Wind war.

Die *Pampero* hörte mit dem heftigen Schlingern auf und beschleunigte allmählich. Bracken schob den Ganghebel in Leerstellung und nahm das Gas zurück. Der Übergang war magisch. Statt überbelastet durch die Wellen zu pflügen, lief der Schoner, in sein Element gehüllt, durch das aufgewühlte Meer und ließ glattes Kielwasser zurück, das die noch hinter ihm aufbegehrende See beruhigte. Bracken übernahm das Ruder. Jean kauerte sich auf den Boden. Ihr Gesicht war bleich im Schein der Auslegerlichter.

»War's das?« fragte sie.

»Nur die Sturmfront, aber sie ist gewöhnlich am schlimmsten.« Er hielt an und betrachtete sie. Ihr Haar war verklebt, ihr Ölzeug wies einen Riß auf, und sie hatte einen Gummistiefel verloren. »Es wird noch eine Weile ziemlich stürmisch sein. Wenn der Wind wieder zunimmt, beschlagen wir das Stagsegel und laufen mit nackten Nokken. Aber es besteht keine Gefahr – momentan.«

Er wollte unbedingt unten nach dem Rechten schauen. Wahrscheinlich sah es entsetzlich aus. »Kannst du noch eine Viertelstunde am Ruder bleiben?«

Sie nickte stumm, mechanisch, zu benommen zu protestieren.

Der Salon war nicht mehr wiederzuerkennen. Alles mögliche war losgerissen, und auf dem Boden schwappte über einen halben Meter hoch das Wasser. Schranktüren schwangen auf und schmetterten zu.

Kein Raul, kein Vierro, doch Bracken hörte, wie sie sich gegenseitig in der Achterkajüte anbrüllten. Die Tür von Stackhills Kabine war geschlossen. Bracken versuchte sie zu öffnen, aber sie war zugesperrt. Pam schluchzte und Stackhill nörgelte. Der Mann hatte sich von Deck verzogen, als man ihn am dringendsten gebraucht hatte.

Bracken schlingerte mit dem Rollen des Schiffes und kämpfte sich an der Deckengreifleine entlang zum Maschinenraum. Walroß war bereits dort. Der Diesel hämmerte noch dahin, aber es klang nicht gut. Walroß klemmte Keile in die Batteriereihe. Er hatte bereits die motorbetriebene Bilgepumpe eingeschaltet.

»Sieht nicht gut aus, Skip!« brüllte er über das Heulen der Maschine. »Drei Batterien mit gesprungenen Zellen. Der Kühlungskompressor hat Salzwasser geschluckt, und der Anlaßmotor ist noch unter Wasser.«

»Läuft das Bilgewasser ab?«

Walroß zuckte die Schultern. Sein nasser Schnurrbart hing herunter wie der eines mexikanischen Banditen. »Läßt sich noch nicht feststellen.«

Der Kühlungskompressor verursachte ihm am wenigsten Kopfzerbrechen. Der Elektromotor ließ sich jederzeit ersetzen. Der Batteriezustand beunruhigte ihn etwas mehr. Die gesprungenen Zellen mußten vom System isoliert werden, das reduzierte die normale Batteriekapazität auf die Hälfte. Wirkliche Sorgen aber machte Bracken sich wegen des Anlaßmotors. Im Salzwasser würden die Wicklungen kurzschließen, wenn er versuchte ihn zu starten. Die Chance, ihn zu retten, war nicht groß. Er müßte ihn aufschrauben – selbst im Hafen eine Prozedur, die die Knöchel arg in Mitleidschaft zog –, ihn mit viel Süßwasser ausspülen, die Bürsten herausnehmen und das Ganze im Ofen bei fünfundvierzig Grad backen. Doch selbst wenn sie diese Maßnahmen sofort ergriffen, würde er wahrscheinlich nicht mehr öfter als fünf- oder sechsmal anzuwerfen sein. Und ohne einen funktionierenden Anlaßmotor kein motorisiertes Paddel.

Walroß sah aus, als könne er sich keine Sekunde länger auf den

Beinen halten. Bracken schob ihn aus dem Maschinenraum und zur Kombüse. Dort holte Bracken die Flasche Rum hervor, die Jean versteckt hatte. Beide nahmen einen tiefen Schluck, während Bilgewasser bis über ihre Stiefelschäfte spülte und die Reste eines zerbrochenen Glases Erdbeermarmelade ein Schott herabrannen.

Walroß fischte eine feuchte Zigarette aus seiner Jacke, zündete sie an und lehnte sich erschöpft gegen das Spülbecken.

»Blöd, daß ich die Fock losschneiden mußte.«

»Mach dir deshalb keine Sorgen. Ich zieh es dir von der Heuer ab.«

Walroß lachte müde. »Welche Heuer, Spruchbeutel?«

Beide lachten ein wenig.

Die Flasche machte noch einmal die Runde.

»Und jetzt hau dich mal in die Koje, Walroß.«

»Mach ich, Skip.« Schon halb schlafend watete er nach vorn zu seiner Koje. »Und ruf mich, wenn es wieder schlimmer wird.«

»Darauf kannst du Gift nehmen«, versicherte ihm Bracken.

13

12.–13. Juli

Den Rest der Nacht hindurch und bis weit in den Morgen hinein ließ Bracken die Pumpe laufen. Das Wasser in der Bilge sank allmählich, und am Vormittag war es schließlich ganz abgesaugt.

Der Wind war immer noch stürmisch, doch nicht mehr schneidend. Er gab sich mit fünfunddreißig Knoten zufrieden und drehte nach Osten – was auf eine Rückkehr des Passats deutete. Unter grauen Wolkenfetzen war der Horizont nicht weiter als bis zur nächsten Welle entfernt, und die *Pampero* pflügte mit Dwarswind dahin.

Bracken konnte kaum noch die Augen offenhalten, als er die Logeintragungen machte. Das Barometer war leicht auf 998 Millibar gestiegen, auch das ein Zeichen, daß es aufklarte. Er berechnete ihre Position: Sie befanden sich zwischen fünfundzwanzig und dreißig Kilometer von der Dominikanischen Republik entfernt, irgendwo mitten in der Mona-Passage.

Plötzlich beugte sich Vierro über ihn. Sein Körpergeruch war aufdringlich, und er roch stark aus dem Mund.

»Unsere Position ist etwas weiter ostwärts«, erklärte er. Er ließ einen Zettel mit den Koordinaten auf die Karte fallen, die sein Satnav berechnet hatte. Bracken steckte ihn ab. Sie mochten stimmen, aber er würde sie noch mit dem Sextanten überprüfen, vorausgesetzt, die Sonne ließ sich sehen. »Ich nehme an, Sie haben auch den Wetterbericht gehört?«

»Es war ein tropischer Sturm, den sie *Hannah* nannten. Wir haben seine Ausläufer abgekriegt. Vorhersage ist mäßiger Ostwind.« Vierro zündete sich eine Zigarette an. »Sagen Sie Ihrer Schiffsköchin, daß wir Frühstück wollen. Sofort!«

»Sie war die halbe Nacht auf und hat jetzt das Ruder übernommen.«

»Dann richten Sie das Frühstück eben selbst, Bracken.« Vierro tupfte auf das Leder seines Schulterhalfters.

Bracken sah ein, daß es sinnlos wäre, aufzubegehren.

Kurz vor Mittag lugte die Sonne zwischen Wolkenfetzen hervor, und Bracken konnte die Position mit dem Sextanten berechnen. Sie stimmte in etwa mit der von Vierros Satnav überein. Der Wind war auf fünfundzwanzig Knoten abgeflaut, die Wellenhöhe auf fünf Meter zurückgegangen und das Barometer um zwei weitere Millibar gestiegen. Bracken holte Walroß aus der Koje, und gemeinsam beschäftigten sie sich mit dem Ersatzfock und dem einfach gerefften Großsegel.

Bracken schlief den ganzen Nachmittag wie ein Toter. Er erwachte gegen Sonnenuntergang, nahm eine Ganzwaschung mit dem Schwamm vor und bestaunte die zahlreichen Blutergüsse an seinem Körper. Ich sehe aus wie die Flagge einer Bananenrepublik, dachte er, und versuchte sein Spiegelbild anzugrinsen. Nachdem er sich verarztet hatte, schluckte er vier Aspirin, schlüpfte in sein Ölzeug und stolperte nach achtern, um auf die Karte zu schauen.

Walroß wie auch Jean hatten während ihrer Wache Eintragungen gemacht. Sie mußten eine gute Strömung haben, und bei neun Knoten Durchschnitt hatten sie bereits die Hälfte der Mona-Passage zurückgelegt.

Er setzte den Stechzirkel an, die Mona hoch, entlang der Nordküste der Dominikanischen Republik und Haiti, dann den Alten Bahama-Kanal zwischen Kuba und den Bahamas hoch.

Das war die Strecke, die ihm Sorgen machte. Um in tiefem Wasser zu bleiben, mußte er die Untiefen der Bahamas meiden, indem er sich an die kubanische Küste hielt. Allein schon diese Vorstellung mißfiel ihm.

Er hörte das Streichen eines Zündholzes und blickte auf. Vierro stand an der Tür zur Achterkajüte und rauchte eine Zigarre. Er blies eine Wolke blauen Rauchs zur Decke. »Ah, Captain Courageous ist endlich wach.« Er schnippte die Asche auf den aufgeweichten Teppichboden. »Ich habe Sprechfunkanweisung von der *Victoria,* einen Hafen anzulaufen. Ich stellte auch fest, daß Sie dem Schiff Schaden zugefügt haben. Ich will wissen, was ersetzt werden muß, damit eine sichere Fahrt gewährleistet ist. Geben Sie mir vor einundzwanzig Uhr eine Liste mit Bezeichnung der Teile, Hersteller und Bestellnummer.«

»Ich …«

Vierro wartete nicht auf die Erklärung. Er drehte sich um, trat in die Achterkajüte, und schmetterte die Tür hinter sich zu.

In welchen Hafen würden sie einlaufen, fragte sich Bracken. In einem an der Nordküste der Dominikanischen Republik, in Haiti oder – auf Kuba? Er hatte eine dumpfe Ahnung.

Nachdem er den Niedergang hochgestiegen war, stützte er sich kurz an den Koker, blinzelte zu den Segeln und der Takelung hoch und zum östlichen Horizont. Die Sonne ging eben unter. Er wandte sich um und schaute ihr ein paar Minuten zu. Auf den Sonnenuntergang folgte ein flüchtiger grüner Schimmer: Vorzeichen für gutes Wetter.

Der Wind war inzwischen auf achtzehn oder zwanzig Knoten. Eine lange Sturmwelle wälzte sich noch vom Norden heran, aber der Wind kam wieder aus dem Osten. Einige Wolkenfetzen zogen über den Himmel, aber im Osten war er bereits klar. Bracken schätzte, daß es eine ruhige Nacht mit unbehinderter Fahrt werden würde.

Pam stand am Ruder. Das Kielwasser der *Pampero* sah aus wie die Fährte einer beschwipsten Schlange, aber zumindest hatte ihre Ruderwache Walroß, Jean und ihm ein bißchen zusätzlichen Schlaf gestattet.

Bisher hatte Bracken sie berückend, schick und sexy gefunden und für etwas Besonderes gehalten. Doch jetzt, ohne Make-up, Modellkleider und sorgfältige Hautpflege, wirkte ihr Gesicht mitgenommen. Zum erstenmal fielen ihm der Anflug von Tränensäcken und die leichten Krähenfüße auf. Erstaunlich, daß die Begierde eines Mannes die beste Kosmetik für eine Frau war.

Sie schaute vom Kompaß auf und lächelte, als sie ihn bemerkte, dann strich sie verlegen die Finger durchs Haar. »Käpten Hook höchstpersönlich!« Sie blies in eine nichtvorhandene Trompete. »Tata!«

»Kein anderer.« Er glitt auf die Cockpitducht hinunter, hob ein Knie zum Kinn und schlang die Arme um das Bein. »Und wie gefällt dir das Leben auf der wogenden See?«

»So wie vergangene Nacht? Ich kann darauf verzichten. Ich will nichts wie herunter von diesem Kübel! Ich möchte ein Bad und eine gute Gesichtspflege. Ich will trockene Kleider, ein breites Bett mit Satinbezügen in einem Zimmer mit Klimaanlage. Ich möchte einen Krug voll Martini. Vor allem aber, Hook, möchte ich festen Boden unter den Füßen!«

Er wollte diese Unterhaltung nicht fortsetzen. Ihre Stimme klang nörgelnd, und das konnte er nicht ausstehen. Er wechselte das Thema. »Irgendwelche Schiffe in Sicht?«

»Wenn ich eins gesehen hätte, wäre ich hingeschwommen. Aber Stackhill hat während seiner Wache am Nachmittag eines gesichtet. Irgendein kleiner Tanker, der Richtung Süden, etwa acht Kilometer entfernt, dahindampfte. Er versuchte ihn über Ihr Hochfrequenzradio anzurufen, aber das gefiel Raul nicht, ab–so–lut nicht.«

»Und was ist passiert?«

»Er hat Stackhill in den Hintern getreten. Hat was über ›Funkstille‹ geschwafelt und ihm gedroht, daß er Haifutter würde, wenn er es noch einmal versuchte.«

Und das war ernst gemeint, dachte Bracken.

Jean kam an Deck. Sie balancierte zwei Teller mit gebackenen Bohnen und Würstchen. Im Gegensatz zu Pam hatte sie sich umgezogen. Sie trug hautenge Jeans und ein T-Shirt, das ihr um eine Nummer zu klein war, was ihre Figur noch betonte. Ihr Haar hatte sie gekämmt, aber ihr Gesicht war völlig ohne Make-up. Sie hatte eine herrliche Sonnenbräune und einen aufregend gebauten Körper, was sie, nach Brackens Meinung, zur physisch begehrenswertesten aller Frauen machte: dreißig Prozent Miß Universum und siebzig Prozent nettes Mädchen von nebenan – so eines, das man als pickelübersäter Teenager unermüdlich stundenlang durch ein billiges Fernglas aus dem dunklen Schlafzimmer beobachtet, in der Hoffnung, es einmal im Evaskostüm zu erspähen.

»Ich schlage vor, du gehst zum Mampfmampf hinunter, *liebe* Pam. Stackhill ist unten und schlägt sich bereits den Bauch voll. Schick ihn hoch, wenn er fertig ist. Er soll Walroß' Wache übernehmen.«

»Mach' ich, *Schatz*«, erwiderte Pam honigsüß. Sie überließ Bracken das Ruder, hauchte ihm einen Kuß auf die Wange und rief auf dem Niedergang über die Schulter. »Bis später, Käpten Hook, wenn nicht schon früher.«

Jean kochte vor Wut und gabelte stumm die Bohnen und Würstchen. Bracken war so klug, den Mund zu halten.

Inzwischen war es schon fast dunkel. Er schaltete das Kompaßlicht ein, schob das Steuerrad vier Grad in den Wind und nahm zur Kursbestimmung den Stern, der in der Takelage zu hängen schien. Das Kielwasser zischte unter dem Spiegel, der Wind sirrte in der Takelung, die Blöcke knarrten, und das Schiff rollte sanft in den leicht bewegten Wellen. Zwei langschwänzige Vögel flogen im letzten Zwielicht über das Schiff, kreisten einmal und setzten ihren Flug nach Westen fort.

Mehrere Minuten saßen sie schweigend und blickten auf Meer und Himmel. Das liebte Bracken am Hochseesegeln am meisten – es war sowohl das Beste wie das Schlimmste daran – daß jedes Extrem das andere betonte, was zu einer Aufhebung der Zeit führte, in der jeder Augenblick entweder zu kurz war oder eine Ewigkeit währte. In der Dunkelheit suchte er Jeans Arm und drückte ihn. »*I only have eyes for you*«, sang er schief, in einer sehr schlechten Imitation von Willie Nelson.

»Das ist auch gut so, Bracken. Denn wenn nicht, möchte ich nichts mit dir zu tun haben.« Sie drückte nun seinen Arm, sehr, sehr fest.

Das Licht der Venus spitzte am östlichen Horizont hervor. Die vereinzelten Wolken in diesem Himmelsquadranten schimmerten in diesem Hintergrundlicht mit silbrigen Rändern, waren in der Mitte jedoch dunkler als der Himmel ringsum. Unter vollem Segel schwang die *Pampero* die langen dunklen Wellenberge hoch und glitt sie auf der anderen Seite hinunter – eine schwerfällige, aber sanfte Korkenzieherbewegung, die den Eindruck zurückgehaltener, aber unbeschränkter Kraft vermittelte, als könne sie für immer so weitermachen, bis zu den entlegensten Winkeln des Universums.

»Diesen Abend werde ich nie vergessen, Bracken«, sagte Jean schließlich nach langem Schweigen. »Ich werde ihn mir immer wieder ins Gedächtnis rufen, wenn irgend etwas schiefgeht, weil ich dann weiß, daß schließlich alles gut enden wird.« Sie rückte auf dem Rudersitz etwas näher zu Bracken und schlang die Arme um ihn.

Er wollte etwas sagen. Etwas, um ihr zu versichern, daß er verstand, doch er fand keine neuen Worte. Sie hatte alles gesagt, was er auch gesagt hätte. So konnte er nur nicken.

»Wo geht's jetzt hin?« Sie kuschelte das Gesicht in seine Halsbeuge, und ihr weiches Haar schmiegte sich an seine Wange.

»Vierro sagte, daß wir irgendwo anlegen müssen, damit er sein gottverdammtes Radar repariert bekommt. Ich nehme an, Kuba. Und danach, vorausgesetzt daß sie uns nicht einsperren, wahrscheinlich nach Florida oder zu den Keys.«

Sie nahm es stumm auf, ihre einzige Reaktion war, ihn noch fester an sich zu drücken. Dann wollte sie etwas sagen, doch in diesem Moment tauchte Stackhill auf dem Niedergang auf. Er rülpste zunächst lautstark, dann machte er den Gasen des Bohnengerichts mit einer Reihe von Fürzen Luft.

»Stackhill an Deck«, meldete er und tastete sich nach achtern zum Cockpit. Er zündete sich eine Mentholzigarette an und ließ sich auf dem Polster nieder. »Verdammtes Abendessen.« Er rülpste erneut. »Hausmannskost, reich an Kohlenhydraten, das ist genau, was ich für das anstrengende Leben auf See brauche! Nichts Ausgefallenes, aber viel.«

Jean drückte Brackens Arm. »Brauchst du mich noch?« hauchte sie ihm ins Ohr.

»An Deck, nein«, erwiderte er flüsternd. »Ansonsten schon.«

»In zehn Minuten«, versprach sie ihm. Sie stand auf, stellte die Teller übereinander und schob die Gabeln in eine Tasche ihrer Jeans.

»Ich habe es nicht verstanden.« Stackhill lehnte sich vor.

»War auch nicht für Sie bestimmt«, antwortete sie.

Bracken schaute auf seine Uhr. Er spürte, wie seine Männlichkeit erwachte. Zehn lange, zehn unendlich lange Minuten noch!

Jean ging nach vorn und durch das Backluk hinunter. Das Kombüsenlicht ging kurz an. Bracken hörte, wie sich die Wasserpumpe vorn einschaltete.

»Glauben Sie, daß Sie den Kurs halten können?« fragte Bracken.

Stackhill glitt hinter das Steuerrad. »Sie trauen mir wohl nichts zu, Bracken? Ich bin mit richtigen Seeleuten auf einer Swan 51 – und das war kein Eimer wie dieser – zu den Bermudas gesegelt.«

Das hörte Bracken nicht zum erstenmal. Aber eine Hochseefahrt macht noch keinen Seemann. »Schon gut, Stackhill. Sie brauchen bloß Nordwestkurs, etwa drei-vier-null, zu halten. Gegen einundzwanzig Uhr müßten Sie das Leuchtfeuer von Cabo Engano sehen. Wenn das querab liegt, dann rufen Sie Walroß, damit er übernimmt.«

Stackhill griff nach Brackens Arm. »Letzte Nacht – habe ich meine Sache gut gemacht?« Seine Stimme flehte um Absolution.

Vergangene Nacht, als die Frontalböe zugeschlagen hatte, war Stackhill unter Deck getaucht wie eine Ratte, die sich in den Kanal retten will. »War schon gut, Stackhill«, log Bracken barmherzig. »Alles okay.«

Robert Stackhill langweilte sich zu Tode. Außerdem fror ihn, und er hatte schon Schwielen am Hintern von dem harten Rudersitz. Er schaute auf die Uhr. Drei Stunden saß er bereits da, und er schätzte, daß er noch qualvolle fünfundvierzig Minuten auf diesem gottverdammten Ding sitzen bleiben mußte. Er hatte das Gefühl, daß Bracken ihn mit voller Absicht die zweite Nacht hintereinander für diese verdammte Mitternachtswache bis vier Uhr eingeteilt hatte.

Der Leuchtturm an der Nordküste der zu Haiti gehörenden Ile de la Tortue, nun keine fünfzig Kilometer mehr entfernt, blinkte am Horizont.

Er schlängelte die *Pampero* hart am Wind und hielt den Kurs, den Bracken ihm gegeben hatte, plus oder minus zehn Grad, aber es war verdammt ermüdend. Der rot leuchtende Kompaß verhöhnte ihn, indem er kapriziös am gewünschten Kurs vorbeischwang. Den Schoner, die See, den Wind und Bracken verfluchend, versuchte er mit einer leichten Drehung nach Backbord auszugleichen. Dabei schoß er wieder übers Ziel hinaus und mußte es mit einer Drehung nach Steuerbord gutmachen.

»Scheiße«, knurrte er. Er ließ das Steuerrad los und angelte nach einer Mentholzigarette in seiner Windjacke, dann zog er sein Zippo-Feuerzeug heraus. Er versuchte sich Feuer zu geben, aber seine Hände waren kalt, und das Feuerzeug glitt ihm aus den Fingern. Klappernd schlug es auf dem Plichtboden auf.

Stackhill kochte vor Wut und Frustration. Alles, aber auch wirklich alles war schiefgegangen. Aus der erwarteten vergnüglichen Kreuzfahrt mit einer Sexbombe als Kojengefährtin war ein Alptraum à la Stephen King geworden. Raul und Vierro jagten ihm verdammte Angst ein. Das Scheißboot leckte und hielt sich mehr auf der Seite als aufrecht. Während des Sturmes hatte er sich fast in die Hose gemacht. Pam zeigte ihm die kalte Schulter. Und in den vergangenen vier Tagen hatte er weder eine anständige Mahlzeit bekommen noch acht Stunden am Stück geschlafen.

Er schaute auf den Kompaß. Er war nur minimal vom Kurs ab, schwankte jedoch nicht. Wunderbarerweise schien der Schoner zu wissen, wohin er wollte. Das Steuerrad bewegte sich so lässig, als würde es von einem Phantomrudergänger geführt. Du kannst dich ruhig ein bißchen ausruhen, sagte er sich.

Er stemmte sich aus dem Sitz und tastete auf dem Boden nach dem Feuerzeug herum, bis er es schließlich gefunden hatte.

Nun konnte er sich endlich eine Zigarette anzünden. Genußvoll sog er den Pfefferminzrauch ein und war froh, hier unten aus dem Wind zu sein. Eigentlich blies er gar nicht mehr so schlimm, etwa zwölf, höchstens fünfzehn Knoten, schätzte er. Und, bei Gott, gar keine so üble Nacht, wenn man an die jüngste Vergangenheit dachte. Er blickte hoch.

Sterne funkelten von einem Horizont zum anderen am Himmel. Hin und wieder fiel eine Sternschnuppe, weiß und grün leuchtend, auf flacher Bahn aus den Tiefen des Alls und verglühte wie eine Wunderkerze. Eine schmale Mondsichel stand am Himmel, sie brachte nicht viel Helligkeit, reichte jedoch aus, eine angenehme Stimmung zu verbreiten.

Er ließ sich auf eine der Cockpitduchten fallen, zog seine Windjacke um den Hals fester zu, und sog an der Zigarette. Das Steuerrad drehte sich müßig, ohne daß sich jemand darum kümmerte. Er hatte schon andere Jachten allein luvwärts steuern sehen, doch nicht für möglich gehalten, daß ein alter Eimer wie dieser es fertigbrächte. Aber er schaffte es tatsächlich. Er hätte Bracken umbringen können, weil er ihn nicht darauf aufmerksam gemacht hatte.

Stackhill entspannte sich und ließ einen befreienden Furz fahren. Er rutschte ein wenig weiter nach vorn in der Plicht, bis das Luk der Achterkajüte ihn vor dem Wind schützte. Am Stummel der ersten zündete er sich die zweite Zigarette an. Nun, da er nicht steuern mußte, konnte er die Aussicht genießen. Achtern hinterließ die Phosphoreszenz vom Kielwasser blinkende Lichtpünktchen, so daß es aussah wie ein Schwarm Glühwürmchen über einer dunklen Wiese. Sein Vater hatte ländliche Gegenden geliebt, und Stackhill erinnerte sich an die Glühwürmchen während lange zurückliegender Ferien in der nördlichen Provinz des Bundesstaats New York.

Er blickte hoch. Die Segel hoben sich als einander überlappende Dreiecke vom Himmel ab und blähten sich leicht im Wind. Der Mast zog langsame Kreise in den Nachthimmel, während die *Pampero* sich mit den Wellen hob und senkte. Unglaublich, er fing tatsächlich an, Gefallen daran zu finden, ein Sechsundfünfzigtonnenschiff durch die Nacht zu steuern. Er schien eine romantische Ader zu haben.

Ein kleiner Drink wäre schön – nein, mehr als das! Ein Toast auf seinen alten Herrn, zudem würde er seine kalten Knochen aufwärmen. Er hatte eine Flasche Wild Turkey in seiner Kabine, außerdem gingen ihm Zigaretten aus, er mußte sich eine frische Schachtel holen.

Er stand auf und warf einen Blick auf den Kompaß. Nur eine geringfügige Abweichung. Aber im großen und ganzen steuerte die *Pampero* allein einen genaueren Kurs als mit seiner Hilfe. Die Frage war, ob Vierro oder Raul Wachhund spielten. Sie würden sicher nicht dulden, daß er auf Ruderwache trank oder das Ruder kurz verließ. Dieses verfluchte Zwillingspaar wechselte sich laufend ab, so daß immer einer aufpaßte, während der andere schlief. Vermutlich war jetzt Raul auf, aber er saß nie ohne seinen Rum, und Stackhill war schon mehrmals aufgefallen, daß er während seiner Wache döste.

Ach, zum Teufel! Er vergewisserte sich rasch noch einmal, daß der Kompaß stimmte – das Ruder hielt den Kurs ziemlich genau –, dann kroch er zum Niedergang.

Die Tür der Achterkajüte war geschlossen. Also war einer drin, Vierro wahrscheinlich. Aus dem Salon fiel Licht, doch zu hören war nichts. Auf Zehenspitzen stieg Stackhill eine Stufe nach der anderen hinunter.

Raul hatte sich auf der Polsterbank ausgestreckt. Seine Augen waren geschlossen, sein Mund stand offen. Er hatte in einem beigen Hefter gelesen, der jetzt wie ein niedriges Zelt über seine Brust gebreitet war.

Stackhill beobachtete ihn eine ganze Minute. Vom gelegentlichen Knarren des Schiffes, dem Säuseln des Windes in der Takelung und dem leisen Rasseln des Ankergeschirrs abgesehen, war es still. Vorsichtig drehte er den Türknauf der Steuerbordkabine, hob die Tür ein wenig, damit sie nicht knarrte, und schlich in seine Kabine.

Pam lag nackt und schnarchend quer über der Koje. Er tastete am Wandfach entlang, bis er die Flasche in der Hand hielt. Dann schob er sie in seine Windjacke und steckte noch eine Schachtel Mentholzigaretten ein. Die *Pampero* rollte jetzt ein bißchen stärker als zuvor, wahrscheinlich durch eine höhere Welle. Stackhill stieß gegen den Kojenrand und seine Gürtelschnalle scharrte über das Leebrett.

Pams Schnarchen verstummte, vielleicht spürte sie seine Anwesenheit. Er erstarrte, bis sie nach Sekunden wieder gleichmäßig atmete.

Leise schlich er aus der Kabine und schloß behutsam die Tür.

Bevor er den Niedergang hochstieg, kehrte er noch einmal um, und schaute nach Raul. Dieser hatte sich inzwischen umgedreht, und lag nun schnarchend auf dem Bauch, mit einem Arm seitwärts ausgestreckt und den Füßen gegen die Kissen gestemmt. Der Hefter war auf den Salonteppich gefallen.

Das Gefühl, das ihn jetzt beschlich, war Stackhill vertraut. Er hatte es drei- oder viermal erlebt, während er in seinem New Yorker Kaninchenbau von Büro saß und zusah, wie sein Computer durch die weltweiten Börsenkurse klickte. Er hatte gespürt, daß eine größere Kursänderung ins Rollen kam. Nichts Definitives, auch keine Reaktion auf Sensationsnachrichten wie über Schwarze, die eine südafrikanische Goldmine übernommen hatten, oder über Frost, der die brasilianische Kaffeernte gefährdete. Nein, nichts so Genaues. Eben nur das Gefühl, daß sich etwas *Großes* tun würde, begleitet von mehrmaligem Ticken seines Fernschreibers, das auf Unsicherheit oder Optimismus von ein paar Maklern mit sechstem Sinn hindeutete. Es waren nie große, auffällige Bewegungen, wohl aber gleichmäßige, als verteilten sie ihre Orders über eine Menge kleiner Makler in Hongkong, Zürich, London und Chicago. Nicht genug, um eine größere Kursschwankung herbeizuführen, aber trotzdem ein erkennbarer Trend, wenn man den Fernschreiber im Auge behielt. Diesem Gefühl verdankte er den Riesengewinn bei einem Platingeschäft vor etwa einem Jahr. Er hatte es lediglich aufgrund einer Kombination von sechstem Sinn und der stundenlangen Beobachtung des Fernschreibers abgeschlossen, nachdem ihm ein kaum merklicher, aber steter Kauftrend aufgefallen war. Allein bei diesem Geschäft hatte er sechzigtausend Dollar Profit gemacht. Und dieses Gefühl befiel ihn jetzt, während er auf den Hefter starrte.

Er verfluchte sich zwar, konnte jedoch der Versuchung nicht widerstehen. So tat er zwei leise Schritte vorwärts, hob den Hefter auf und zog sich zum Niedergang zurück. Ein Blick über die Schulter beruhigte ihn. Raul schlief und wirkte fast verwundbar im Schlaf.

Wie ein Junge, der sich auf den verbotenen Speicher stiehlt, schlich er den Niedergang hoch und rutschte ins Cockpit. Er warf sofort einen Blick auf den Kompaß – nur drei Grad vom Kurs ab. Das Leuchtfeuer der Ile de la Tortue hatte sich ein bißchen achteraus verschoben, aber es würde immer noch eine halbe Stunde dauern, ehe er es querab hatte und Walroß wecken durfte.

Du bist ein komplettes Arschloch, verfluchte er sich. Bei dem Gedanken, was Vierro mit ihm tun würde, wenn er bemerkte, daß der Hefter fehlte, stellten sich ihm die Härchen im Nacken auf. Aber es war für Stackhill wie ein Zwang, Geheimnisse aufzuspüren und auszunutzen. Etwas, das er zu seinem Vorteil einsetzen konnte, vielleicht gleich, vielleicht später einmal, möglicherweise aber auch nie. Jedenfalls fand er, daß Schnüffeln, verbunden mit Intuition, zum Überleben gehörte.

Zuerst nahm er einen tiefen Schluck Wild Turkey und ließ ihn heiß die Kehle hinunterrinnen. Großartiger Stoff, der beste überhaupt. Er spürte, daß Mut ihn prickelnd durchzog. Die Dinge machten sich. Er summte vor sich hin, zog ein Kugelschreiberlämpchen aus der Jackentasche und blätterte durch die Seiten.

Das Ganze war in Spanisch getippt. Aber seine Kenntnis dieser Sprache beschränkte sich auf Speisekarten in mexikanischen Lokalen und ein paar Worte mit den Mexikanern der Autowaschanlage. Verärgert blätterte er weiter. Da waren Fotos von einer flachen Gegend mit ein paar komplexen Türmen im Hintergrund. Als er sie näher betrachtete, erkannte er, daß der Vordergrund so etwas wie ein Strand war – hauptsächlich Spartgras und Sand mit leichter

Brandung. Mit Tinte waren Pfeile und Ziffern eingetragen – Kompaßrichtungen, wahrscheinlich.

Rasch schaute er noch durch den Rest des Hefters. Seite um Seite spanisch geschriebene Anweisungen, ein paar Diagramme von einer Art Getreidespeicher mit Bändern ringsum, von denen jedes mit Zahlen markiert war, und schließlich zwei Seiten, bei denen es sich offenbar um einen Zeittabelle handelte.

Langweilig zu lesen, aber Stackhill hatte dieses Gefühl: Das war heißes Zeug! Leider hatte er nicht die geringste Ahnung, was es bedeutete.

Plötzlich ging das Licht in der Achterkajüte an, sein Schein leuchtete durch das gerippte Glas des Oberlichts. *Vierro war wach!* Er würde zweifellos in wenigen Minuten Raul ablösen. Es gab keine Möglichkeit, den Hefter in den Salon zurückzubringen. Er überlegte schon, ob er ihn über Bord werfen sollte, doch irgendwie spürte Stackhill, daß er für sein Überleben wichtig war. Scheiße – es gab kein Versteck dafür im Cockpit. Er konnte ihn auch nicht durch das Luk über seiner eigenen Kabine oder des Salons werfen, weil beide geschlossen waren.

Die Sekunden tickten dahin. Seine Haut prickelte. Weitere Bewegung in der Achterkajüte, das Licht ging aus, eine Tür schwang auf, Stimmen im Salon, zunächst im Plauderton, dann heftig.

Stackhill konnte nicht mehr klar denken. Er mußte den Hefter loswerden! Plötzlich kam ihm eine Idee, noch nicht ganz ausgereift, aber er handelte sofort. Er zog seine Leinenschuhe aus, schlich auf Zehenspitzen übers Deck und ließ den Hefter durch das offene Maschinenraumluk fallen. Falls er vermißt wurde, würde er leugnen, ihn je gesehen zu haben, schließlich war er ja während der ganzen Wache am Ruder gewesen. Wenn irgend jemand verdächtigt wurde, dann zweifellos Bracken.

In Sekunden war er zurück am Steuerrad und in den Schuhen. Er nahm einen raschen, tiefen Schluck von seinem Wild Turkey, ehe er die Flasche betrübten Herzens über Bord warf.

Als Raul und Vierro den Niedergang hochstürmten, döste Stackhill über dem Kompaß, die schweißfeuchten Hände um die Spaken des Steuerrads geklammert, und summte leise vor sich hin.

Sie kamen nach achtern und hockten sich links und rechts von ihn nieder.

Vierros Stimme war weich, eindringlich, ausdruckslos. Er dehnte die Worte und betonte sie sorgfältig. »Wo ist das Buch, Robert?«

»Was für ein Buch?« Er versuchte den Ton leicht zu halten. »Ach so, das Logbuch.« Er zuckte die Schultern. »Wahrscheinlich auf dem Navigationstisch. Zumindest lag es dort, als ich die Wache übernahm.«

»Ich meine *nicht* das Logbuch«, sagte Vierro hart. »Ich meine das Buch, das Sie Raul gestohlen haben!«

Wieder zuckte Stackhill mit den Schultern, um seine Unschuld zu betonen. »Ich hab' nicht die leiseste Ahnung, wovon Sie reden. Ich wußte nicht einmal, daß er überhaupt lesen kann.«

Raul schlang die Hände um Stackhills Hals, seine Daumen suchten Nervenstränge und drückten zu. Blitze zuckten durch Stackhills Gehirn. Rote Lichtringe bildeten sich auf seiner Netzhaut.

»*Das Buch*, Stackhill! Das, in dem Raul gelesen hat!«

Furcht hatte alle Gerissenheit verdrängt. Stackhill geriet in Panik und wurde sich seines schrecklichen Fehlers gar nicht bewußt, als sein Gehirn und seine Zunge durchdrehten.

»Er hat gar nicht gelesen. Er hat geschlafen. Der Scheißkerl hat – geschlafen.«

Die Finger um seinen Hals wurden schmerzhafter, die Daumen drückten fester. Aus dem Rot vor den Augen wurde Schwarz, alle Geräusche waren gedämpft, seine Sinne betäubt. Stackhills Füße trommelten ohne sein Zutun auf den Boden.

»*Wo haben Sie das Buch versteckt, Robert?*« Vierros Stimme kam aus weiter Ferne, die metallischen Worte waren von Störgeräuschen überlagert, so daß sie wie bei einer schlechten Telefonverbindung klangen.

»Über Bord«, krächzte Stackhill.

Der Druck um den Hals ließ nach, dafür drückte etwas Scharfes, Spitzes gegen seinen Bauch. Nach Luft keuchend starrte Stackhill hinunter. Das Scharfe war die Spitze einer fünfzehn Zentimeter langen Messerklinge, die Vierro an seinem Bauchfett angesetzt hatte. Der Mann bellte einen Befehl auf spanisch, und Raul rannte unter Deck. Sekunden später hörte Stackhill Pam völlig verstört wimmern, außerdem, daß Schubladen aus der Kommode gezogen und auf den Boden geleert wurden, dann ein Kreischen und einen Schrei, und schon kehrte Raul mit einer starken Taschenlampe zurück. Er nahm sich die Deckboxen vor, den Cockpitschrank, den Erste-Hilfe-Kasten unter den Plichtkissen, dann arbeitete er sich methodisch vor.

Als er zurückkam, schüttelte er den Kopf.

»Wieviel haben Sie gelesen, Robert?« fragte Vierro. Seine Stimme klang auch jetzt, als käme sie aus weiter Ferne. Der Druck der Messerspitze ließ ein wenig nach.

»Hören Sie doch auf, Mann.« Stackhill bemühte sich um einen leichten Ton. »Sie wissen doch ganz genau, daß ich kein Spanisch kann.«

»Aber wie ein neugieriger Junge mit schmutziger Phantasie haben Sie sich die Bilder angesehen, nicht wahr, Robert?«

»Nein.«

Die Messerspitze bohrte sich leicht in den Bauch.

»Okay, okay. Ja. Ich meine, oberflächlich. Nur eines. Ein Strand oder so was. Dachte, es handle sich um ein Bauvorhaben, Hotels, Ferienhäuser und dergleichen. Bin immer daran interessiert, in was Profitträchtiges zu investieren. Ist der Geschäftsmann in mir.« Er bemühte sich, verlegen zu klingen. »Sie wissen schon, die Neugier, aber es ist ja kein Schaden entstanden, nicht wahr?«

»Und Sie haben es über Bord geworfen, als Sie uns kommen hörten? Das beweist doch, daß Sie erkannt haben, daß es sich nicht um ein Freizeitbauvorhaben handelte, sondern um ein bißchen mehr, finden Sie nicht auch?«

»He – nicht so hastig. Ich hatte schließlich bloß wenige Minuten, mir das Ding anzusehen. Tut mir leid, daß ich es über Bord geworfen habe. Reine Panik. Ich meine, ich komme für den Schaden auf. So entsetzlich wichtig kann es ja nicht sein.«

»Da täuschen Sie sich, Robert. Es ist sehr wichtig, aber ich kann mir eine Kopie besorgen. Entspannen Sie sich. Ich wollte nur die Wahrheit wissen.«

Erleichtert atmetete Stackhill auf. Diese Burschen waren gefährlich, doch so schlimm auch wieder nicht. Er konnte ja verstehen, daß sie ein bißchen erregt waren, aber jeder machte halt mal einen Fehler.

»Weck den Steuermann in zehn Minuten auf«, wandte sich Vierro an Raul, dann drehte er sich wieder zu Stackhill um und zog das Messer zurück. »Sie können das Ruder loslassen, Robert«, sagte er ruhig.

Stackhill fühlte sich beschwingt. Er stand auf und streckte sich. »Auf Wache wird's ziemlich kalt.«

»Stimmt«, bestätigte Vierro freundlich. Nachdenklich blickte er nach achtern. »Das Wasser dürfte bedeutend wärmer sein als die Luft. Bracken meint, es hat fast Hauttemperatur. Angenehm zum Schwimmen, nehme ich an.«

»Ja, vermutlich«, murmelte Stackhill. Er kratzte sich unter der

Achselhöhle, dann räusperte er sich und spuckte über Bord. »Ich glaub', ich hau' mich jetzt aufs Ohr.« Er machte sich daran, zum Niedergang zu gehen, doch Vierro nahm seinen Arm. Sanft, aber fest.

»Robert, Sie können noch was für mich tun.«

Stackhill lächelte. »Alles, was Sie wollen.«

»Bitte, holen Sie mir das Buch zurück. Es würde mich in große Verlegenheit bringen, wenn ich Señor Sanchez erklären müßte, daß ich es verloren habe.«

Das brachte Stackhill geistig und physisch aus dem Gleichgewicht. Verwirrt sagte er: »Aber Sie wissen ja – ich meine – ich sagte Ihnen doch, daß ich das verdammte Ding ins Wasser geworfen habe.«

Er versuchte sich aus Vierros Griff zu lösen. Plötzlich spürte er einen stechenden Schmerz im Bauch. Diese verdammten Bohnen! Solche Blähungen! Wahrscheinlich würde er den Rest der Nacht mehr auf dem Klo als im Bett sein. Er blickte an sich hinunter und starrte ungläubig. Vierros Messer schien keine Klinge mehr zu haben, denn seine Hand hielt den Griff unmittelbar gegen Stackhills Bauch, und es war nichts Metallisches zu sehen. Erst da wurde Stackhill bewußt, daß die Klinge durchaus noch am Griff war, aber jetzt in seinen Eingeweiden steckte.

»Suchen Sie das Buch, Robert«, sagte Vierro sanft. Er zog die Klinge mit Gewalt hoch, dann drehte er sie, und erst jetzt riß er sie heraus. »Wenn Sie es finden, dürfen Sie zurückkommen, und alles ist vergeben.« Mit einem leichten Schubs stieß er Stackhill rückwärts über die Greifleine.

Das Wasser war warm, genau wie Vierro gesagt hatte, fast hautwarm. Zuerst war der Schmerz grauenvoll, doch er ließ allmählich nach, bis er seltsamerweise gar nicht mehr so schlimm war. Stackhill verlor literweise Blut, nur wußte er es nicht. Sein Körper schaltete sich ab, die Extremitäten wurden als erstes taub.

Es würde schön sein, ein bißchen zu schwimmen, dachte Stackhill, während sein Körper immer tiefer in Schock fiel und sein Verstand sich zusehends trübte. Wie in dem Bad auf der East Side, zu dem er wöchentlich einmal fuhr. Er schaffte fünf Runden hintereinander, ohne daß ihm die Puste ausging, wenn er sich Zeit ließ. Er war immer ein guter Schwimmer gewesen. Er lächelte, als er daran dachte, daß Fett es erleichterte, oben zu bleiben. Zum Teufel mit Diät. Die Blähungen durch die Bohnen würden auch helfen. Er stellte sich vor, ein Ballon zu sein, der auf den Wellen trieb. Ein bißchen schwach fühlte er sich zwar, immerhin war es ein langer Tag gewesen, aber sein Körper war wie ein Korken. Und Korken brauchten doch keine Energie, um zu schwimmen, oder?

Träge machte er sich daran, zur Küste von Haiti zu schwimmen. Er war ein bißchen schläfrig, entspannt, als befände er sich in einer riesigen Badewanne mit heißem Wasser. Ihm fiel auf, daß seine Hände bei den Schwimmbewegungen glitzernde Phosphoreszenz zurückließen, als tropften Sterne von seinen Fingern. Wundervoll, dachte er. Und wieder erinnerte er sich an seinen Vater und an jene längst vergangene Feriennacht, als Glühwürmchen den Sternen am Himmel Konkurrenz gemacht hatten.

Zweihundert Meter hinter ihm phosphoreszierte eine weitere Spur, die sich ihm zusehends näherte. Etwas witterte sein Blut und schoß auf Robert Stackhill zu, einen ehemaligen Termingeschäftsmakler, der, wenn er Herr seiner Sinne gewesen wäre, vielleicht erkannt hätte, daß seine Frist fast abgelaufen war.

»Hast du während deiner Wache Fische geangelt?« fragte Walroß. Bracken war gerade an Deck gekommen und hatte es sich im Cockpit bequem gemacht. Er trank seinen Kaffee gleich hier, ehe er um sechs übernahm. Die Sonne war eben erst aufgegangen, die Gipfel Haitis lagen im Süden, die Windward-Passage war vor ihnen und die Küste Kubas noch etwas über hundert Kilometer entfernt.

»Nein, wieso kommst du darauf?«

Walroß drehte um eine Spake, schaute luvwärts und betrachtete den bewegten Horizont. Die Sonne schien zwar, aber sie warf ein kaltes Licht; die hohen Wolken entzogen ihm die Wärme. »Auf dem Deck ist Blut, Skip.« Mit dem Kopf deutete er auf die dunkelbraunen Flecken auf den Teakplanken.

»Stackhill hat wahrscheinlich Hämorrhoiden.« Bracken lauschte seiner eigenen Stimme und glaubte nicht recht, was er hörte, sah und sagte. »Du hast ihn doch abgelöst, oder?«

Walroß schüttelte den Kopf. Die Spitzen seines Schnurrbarts hoben sich im stärker werdenden Wind. Bracken hatte ihm schon des öfteren den Rat gegeben, eine Schnurrbartbinde zu tragen, oder das Ding zumindest mit Bartwichse einzuschmieren, damit es nicht so traurig herunterhing.

Walroß senkte die Stimme. »Raul hat mich kurz vor vier aufgeweckt. Als ich hochkam, war Vierro am Ruder. Ich hab' ihn nicht nach dem Grund dieser Wachänderung gefragt.«

Bracken hatte ein ungutes Gefühl. »Ich bin in ein paar Minuten zurück.«

Zuerst schaute er ins Logbuch. Keine Eintragung über Stackhills Wache. Er schaute in die Klos. Keines besetzt. Die Achterkajüte war geschlossen und zugesperrt. Er warf einen Blick in den Maschinenraum, dann in die Kombüse. Raul verschlang ein Wurstbrot und trank Bier; er hielt Bracken den Rücken zugewandt und blätterte in einem Sexmagazin. So vertieft war er darin, daß er Bracken nicht hörte.

Bracken öffnete die Tür zu Stackhills Kabine. Pam war wach. Sie lag auf ihrer Koje, nur mit einem Bettuch zugedeckt, und schaute sich ein eselohriges Modejournal an. Sie blickte auf, blinzelte und fuhr sich automatisch durchs Haar. Sie bedachte Bracken mit einem echten Zahnpastareklamelächeln.

»Der berüchtigte Käpten Hook.« Sie rückte zur Seite, um Bracken Platz auf der Koje zu machen. Das Tuch rutschte ein wenig und entblößte keß eine Brusthälfte. »Wie geht's, wie steht's – kann ich irgendwas tun?«

»Wo ist Stackhill?«

»Stopft vermutlich seinen Bauch voll oder hält eine Sitzung oder liest im Salon oder zupft an seinem Schwanz, wer weiß? Komm, setz dich zu mir.« Sie rollte herum und entblößte ihren Rücken und die straffen Hinterbacken, dann hob sie einen Arm hinter sich und tupfte auf eine Stelle zwischen den Schulterblättern. »Kratz mal hier, Hook. Allah hält einen besonderen Platz für Rückenkratzer im Paradies frei. Ich auch, nur daß du auf meinen besonderen Platz nicht so lange warten mußt.«

»War Stackhill nach seiner Wache hier?«

Sie stöhnte. »Stell doch keine solchen Gewissensfragen, Hook. Wenn ich schlafe, schlafe ich. Ich hätte es nicht einmal gemerkt, wenn er sich auf mich gelegt hätte. Ich weiß bloß, daß Raul Narbengesicht hereingestürzt kam und irgendwas gesucht hat. Er war ein bißchen grob, aber das ist man von ihm ja gewohnt.« Sie wandte Bracken das Gesicht zu. »Komm schon, Hook. Eine schnelle Nummer. Das ist belebender als Orangensaft.«

Ihm war klar, daß sie ihm etwas vormachte, aber seine Drüsen ließen sich nicht zügeln, weil sie nicht auf Logik hörten. Wieder rollte sie herum und schob ein Kissen unter ihren Hintern. Dann zog sie Bracken auf die Koje. »Komm schon, Käpten. Gib mir deinen Hook.«

Bracken hatte sich nie als Hengst gesehen, im Höchstfall als enthusiastisches Pony. »Danke, aber nicht jetzt. Stackhill wird vermißt.« Das Gefühl in seinen Lenden war nicht zu ignorieren. Er preßte die Beine zusammen, um sein Fleisch zur Beherrschung zu zwingen, aber es schrie danach, zu handeln.

Ihre Augen verschleierten sich plötzlich, und sie setzte sich abrupt auf. »Was meinst du mit ›vermißt‹?«

»Er ist verschwunden. Nicht an Bord – zumindest kann ich ihn nicht finden.«

Sie zog das Bettuch bis zum Hals hoch. »Das – das ist unmöglich! Robert kommt auf Schiffen zurecht. Er ist ein dummer Arsch, aber doch nicht so dumm, daß er über Bord fallen würde.«

»Irgendwelche Probleme?« Vierro schob die Tür auf. Er trug Shorts und hatte ein Badetuch mit dem Aufdruck *Victoria* um die Schultern geschlungen. Offenbar hatte er die Stimmen gehört. Er wirkte noch schlaftrunken.

»Stackhill ist nicht zu finden«, erklärte Bracken.

»Aber wußten Sie denn nicht, daß er von Bord gehen wollte, sobald wir nördlich der Dominikanischen Republik waren? Er mußte nach New York in seine Firma zurück. Das gehörte zu seiner Abmachung mit Sanchez.«

»Das hat er mit keinem Ton erwähnt. Außerdem sind wir bereits an der Dominikanischen Republik vorbei, sogar schon an Haiti.«

»Es kam zu einer Verzögerung«, erklärte Vierro glatt. »Ich brauchte länger, um seinen Transfer zu arrangieren, als ich angenommen hatte. Ich saß gestern deswegen Stunden am Funkgerät. Eine schnelle Jacht hat ihn schließlich in der Nacht abgeholt.« Er schaute auf seine Uhr. »Er dürfte heute nachmittag in der Dominikanischen Republik ankommen. Von dort aus fliegt er mit einem Privatflugzeug nach Puerto Rico. Und von da mit einer Linienmaschine nach New York. Haben Sie etwas gegen diese Abmachung, Kapitän Bracken?« Das war weniger eine Frage als eine Herausforderung. Vierros Schulterhalfter hob sich unter dem Badetuch ab.

»Er hat nicht einmal seinen Reisepaß mitgenommen!« rief Pam. »Er hat mir nicht auf Wiedersehen gesagt und mir nicht einmal Geld dagelassen!«

Vierro zuckte die Schultern. »Durch die Verzögerung war die Eile groß. Es ging überstürzt. Er bat, Sie zu grüßen. Er rief es uns noch winkend zu.« Vierro erwiderte Brackens eindringlichen Blick. »Beantwortet das Ihre Frage, Kapitän?«

Bracken erinnerte sich an die Blutflecken auf Deck und nickte.

Den ganzen Vormittag und bis in den Nachmittag hinein rauschte die *Pampero* mit Rumpfgeschwindigkeit in raumachterlichem Kurs dahin. Die hohe Wolkenbank hatte sich gegen Mittag aufgelöst, die Sonne brannte, und die Decks waren trocken. Delphine tummelten sich in der Bugwelle, und ganze Schwärme fliegender Fische, vom Schoner aufgestört, tauchten auf und streiften über die Wellenkämme. Sie schillerten im Sonnenschein in allen Regenbogenfarben, während sie von Welle zu Welle hüpften. Es war großartiges Segeln.

Nur daß niemand den Mund aufmachte. Bracken spürte Stackhills Gegenwart noch überall, aber er zweifelte nicht mehr im geringsten daran, daß er von Raul und Vierro über Bord geworfen worden war.

Pam trug als Zeichen ihrer Trauer einen schwarzen Bikini und hatte aus Stackhills Vorrat an Wild Turkey tief in die Flasche geschaut. Ob sie nun glaubte, daß Stackhill tot war oder sich nur aus dem Staub gemacht hatte, sagte sie nicht. Sie lag auf einer Luftmatratze vorn im Lee des Beiboots, auf die Ellbogen gestützt und den Kopf in den Händen. So beobachtete sie ausdruckslos die See durch eine Zweihundertdollarsonnenbrille.

Jean hatte das Ruder übernommen, aber Bracken hatte noch nicht mit ihr sprechen können, weil auch Raul in der Plicht gewesen war, sich wortlos die Nägel mit einem Messer gesäubert, Rum getrunken und in einer Ausgabe von *Soldier of Fortune* geblättert hatte.

Walroß, der jetzt schlief, hatte die Blutflecken mit Seife und Wasser weggeschrubbt. Trotzdem waren dunkle Reste in der Maserung des Teakdecks zurückgeblieben, eine Mahnung an die Überlebenden, daß auch sie sterblich waren.

Gegen siebzehn Uhr konnte Bracken durch das Fernglas die Gipfel von El Yunke Baracoa und Majayara erkennen, die sich aus dem Dunst an der Küste hoben. Das bedeutete, daß die Nordostküste Kubas nur noch gute dreißig Kilometer entfernt war. Er peilte beide Gipfel an, dann übergab er dem halbdurchgebratenen Raul das Ruder und ging hinunter, um den Kurs zu bestimmen.

Auf dem Kartentisch lag ein Blatt Papier mit Vierros geschwungener Schrift. Es gab den durch Satnav ermittelten Schiffsort um sechzehn Uhr dreißig an, den einzuschlagenden Kurs und ihr Ziel: eineinhalb Kilometer seewärts von einer kleinen Bucht vor Kuba namens Cayo Mambi.

Bracken steckte die Entfernung mit dem Stechzirkel ab. Es waren -

ungefähr fünfundfünfzig Seemeilen. Da die Windstärke entlang der Küste wahrscheinlich geringer war, würden sie etwa sieben Stunden für die Strecke brauchen und etwa gegen Mitternacht querab der Bucht sein, spätestens um eins.

Wie üblich war Vierro lautlos hinter ihn getreten. Bracken wurde sich erst bewußt, daß er da war, als er das Streichen eines Zündholzes hörte, gefolgt von einem saugenden Geräusch. Er wandte sich um. Vierro trug Khakihemd und -hose mit messerscharfen Bügelfalten. Es war offenbar eine Uniform, auch wenn die Rangabzeichen fehlten.

»Können Sie in etwa sagen, wann wir ankommen werden?« Vierro paffte seine Zigarre.

»Frühestens gegen Mitternacht, es könnte aber auch eine Stunde später werden, je nachdem, wie sich der Wind hält.«

Wieder sog Vierro an seiner Zigarre. »Das habe auch ich geschätzt. Wir werden von einem Lotsenboot erwartet. Ich nehme Sprechfunkkontakt auf, sobald wir näher heran sind.«

»Und dann?«

Vierro zuckte die Schultern. »Nichts Besonderes. Ein bißchen Ruhe, Reparaturen, Übernahme von zusätzlicher Ausrüstung.«

»Ich hatte gehofft, daß Sie und Narbengesicht uns verlassen würden. Was nicht heißt, daß es uns nicht ein Vergnügen war, Sie an Bord zu haben.«

Vierro bedachte Bracken mit einem verkniffenen Lächeln. »Sie sollten Ihre Zunge hüten, Bracken. Ihr Mundwerk ist manchmal zu groß, verglichen mit Ihrer Gehirnkapazität.«

Bracken konnte nicht unterlassen zu fragen: »War Stackhills Mundwerk etwa zu groß?«

Vierro zuckte beredt die Schultern, die absolute Verkörperung des Südländers, der die Dinge nimmt, wie sie sind und wie sie kommen. »Das gehört der Vergangenheit an, Kapitän Bracken. Er hat seine Wahl getroffen, genau wie Sie.«

Bracken hielt es für angebracht, das Thema zu wechseln. »Wie lange werden wir auf Kuba bleiben?«

Vierro zuckte erneut die Schultern. »Mindestens ein paar Stunden, höchstens einen Tag. Ich weiß es selbst nicht genau.«

»Und von dort aus?«

»Westnordwest, Kapitän. Oder vielmehr, in etwa.« Vierro drückte seine Zigarre am Kartentisch aus, verließ den Salon und stieg den Niedergang hoch.

Bracken steckte einen ungefähren Westnordwestkurs ab. Er konnte zwischen den Florida Keys und Fort Lauderdale überallhin führen, vielleicht sogar noch weiter nördlich. Eine genauere Bestimmung war unmöglich. Jedenfalls deutete alles darauf hin, daß Vierro die Crew am Leben lassen würde, um die Lieferung ausführen zu können.

Er saß noch eine Weile über dem Logbuch und versuchte zu erraten, wie es weiterging.

Solange Vierro und Raul noch an Bord waren, gab es keine Möglichkeit, sie zu überwältigen. Aber mit ein bißchen Vorbereitungszeit ließen sich die Chancen ausgleichen.

Er stieg den Niedergang hoch und streckte die Nase über Deck, um zu sehen, was Vierro machte. Er saß achtern und befestigte einen gelben Federköder an seiner Hochseeschleppangel, dann warf er sie aus. Hier war gutes Thunfischgebiet. Jean saß am Ruder, und Pam lag noch vorn. Raul hatte sich vor fünf Minuten zurückgezogen. Die Tür der Achterkajüte war geschlossen und zweifellos zugesperrt. Bracken schätzte, daß er wenigstens zehn Minuten ungestört sein würde.

Auf Zehenspitzen schlich er in den Maschinenraum und verkeilte ein Brecheisen so, daß die Tür vom Gang aus nicht geöffnet werden konnte.

Die Walther befand sich noch, wo er sie, in einer Zigarrenkiste verstaut, versteckt hatte. Die Zigarrenkiste allerdings war von den verrutschten Batterien zerquetscht worden. Bracken zog die Waffe heraus. Sie war verrostet, von ausgeronnener Batteriesäure zerfressen. Er versuchte eine Patrone einzuführen, aber das Verschlußstück bewegte sich nicht. *Verdammt, verdammt, verdammt,* fluchte er lautlos. Er wollte den Ladestreifen auswerfen, aber der saß ebenfalls fest.

Er hatte seine ganze Hoffnung auf die verdammte Walther gesetzt, aber das war symptomatisch für sein ganzes Handeln. Fehlerhafte Planung, zuerst gar keinen Schneid und dann zu wenig, zu spät.

Die nächsten fünf Minuten versuchte er die Walther mit Scheuersand und Stahlwolle vom Rost zu befreien. Dann leerte er einen Plastikkanister mit destilliertem Wasser aus, schnitt ihn oben auf, füllte ihn mit Dieselöl und legte die Walther hinein, so daß sie ganz bedeckt war. Er war ziemlich sicher, daß er die beweglichen Teile wieder zum Funktionieren bringen würde, aber keinesfalls sicher, ob die empfindlichen Federn des Auslösemechanismus noch ihren Zweck erfüllen würden.

Als er den Kanister unter die Batteriereihe schob, stießen seine Finger auf ein Hindernis. Er zog es hervor. Es war ein Hefter, voll Ölflecken, der sich mit heraufgeschwapptem Bilgewasser vollgesogen hatte und dessen Seiten zusammenklebten.

Er fing zu lesen an.

14

13.–14. Juli

Lu lehnte sich an den Navigationstisch der *Victoria* und hörte sich den Wetterbericht von Radio Barbados an. Der Nachrichtensprecher gab bekannt, daß das National Hurricane Center im Morgengrauen einen Hurricane-Hunter C-130 von Puerto Rico ausgeschickt hatte. Die Besatzung meldete, daß ein kleines, aber intensives Tief, dem man inzwischen den Namen Hannah gegeben hatte, langsam nordwärts durch die Inseln über dem Winde wanderte. Die Windstärke im Auge betrug fünfundsechzig Knoten. Die Wettervorhersage von Barbados für das umliegende Gebiet war leichter Wind und für den nächsten Vormittag Regen, der jedoch bis Mittag nachlassen würde. Sehr gut, dachte Lu.

Er schaltete das Radio aus und schlenderte zum Brückennock zurück. Die Grenadinen lagen querab im Osten, die Berggipfel von Union Island und Carriacou waren mit scharfen Augen gerade auszumachen, und Grenada befand sich nur etwa hundertfünfzehn Kilometer südlich.

Achtern auf dem Oberdeck ließ Sanchez, in Bermudas und mit schweißglänzendem Oberkörper, von einem Besatzungsmitglied leere Bierflaschen über Bord werfen, auf die er im Flug mit einer AK-47-Maschinenpistole zielte. Er traf jedoch selten, und wenn die Flasche auf dem Wasser aufschlug, schoß er den Rest seines Ladestreifens hinterher, daß Gischt aufstieg. Die Flaschen schienen einen Schutzgeist zu haben, und Sanchez war hörbar frustriert. Er brüllte dem Mann zu, sie höher zu werfen, und dann wieder, sie langsamer fallen zu lassen, als stünde es in seiner Macht, die Schwerkraft beliebig zu regulieren.

Amüsiert schaute Lu ein paar Minuten zu. Die Sonne schien heiß, doch die Geschwindigkeit, mit der die *Victoria* durch die ruhige, klare See schnitt, verursachte einen Windzug. Er lehnte die Brust auf die Reling, spürte das Vibrieren der Schiffsmaschinen und entspannte sich.

Bisher war alles gut gegangen. Sowohl die *Victoria* als auch die *Pampero* waren für die Mission gut geeignet. Bracken war seine Hauptsorge gewesen, doch unnötigerweise, wie sich herausgestellt hatte. Er war noch derselbe, selbstbezogen, leicht manipulierbar.

Man brauchte bloß auf den richtigen Knopf zu drücken, dann reagierte er auf Wunsch. Doch mit dem intensiveren Stadium der Operation würden die Risiken und Unbekannten zunehmen. Trotzdem war Lu zuversichtlich.

Er schaute auf die Uhr, dann drehte er sich um und tauchte ins Deckshaus, um die Karte zu studieren. Der Rudergänger, ein schweigsamer Kubaner, paffte eine Zigarre und ignorierte Lus Anwesenheit.

Noch ungefähr hundertzehn Kilometer, schätzte er. Das würde sie gegen Sonnenuntergang etwa acht Kilometer querab von der Südspitze Grenadas bringen.

Noch heftig atmend von seiner Anstrengung schleppte sich Sanchez ins Deckshaus. »Das Visier dieses sowjetischen Ausschusses taugt nichts.« Er warf die AK-47 auf die gepolsterte Bank, dann wischte er mit beiden Händen den Schweiß von seiner Brust. Schließlich drückte er auf eine Taste der Sprechanlage und bestellte sich in der Kombüse Cola mit Rum. »Hat sich Vierro schon gemeldet?« Seine Haut war fleckig von Sonnenbrand.

»Er meldete sich mittags. Sie gerieten in das Unwetter des tropischen Sturms weiter nördlich und hatten einige Schäden. Aber jetzt ist alles wieder unter Kontrolle.«

Sanchez zuckte die Schultern. Er leerte sein Glas, dann kaute er die Eiswürfel. Lu empfand dieses Geräusch so schmerzhaft wie Kreide, die quietschend über eine Schultafel fährt. »Wie geht es weiter?«

»Wir steuern die *Victoria* um die Südküste Grenadas nach l'Anse aux Pines. Das ist ein Jachthafen mit Zoll- und Einwanderungsbüro. Ich habe alle erforderlichen Papiere von Guadeloupe. Wenn wir einklarieren, bekommen wir gleich die Ausklarierungen für Panama, und wir laufen morgen früh wieder aus. Für die amtlichen Stellen wird es wie eine ganz normale Zwischenstation zum Auftanken aussehen.«

Sanchez nickte. Er mochte exakte Anweisungen.

Zur Betonung trommelte Lu mit dem Finger auf den Schreibtisch. »Nach der Klarierung lassen Sie Ihre gesamte Besatzung antreten und gehen mit ihr an Land – zum Restaurant Red Crab. Nur ein kurzer Spaziergang vom Hafen aus. Unser dortiger Verbindungsmann hat das Lokal ausschließlich für die Besatzung der *Victoria* gemietet. Ihre Männer müssen die ganze Zeit beisammenbleiben! Jeder darf höchstens zwei Bier trinken – keine schärferen Getränke, Sanchez! –, und dasselbe gilt auch für Sie. Sie werden das Restaurant um drei Uhr morgens verlassen, keine Minute früher. Vier Stunden später läuft die *Victoria* aus, um nach Panama weiterzufahren. Sobald wir uns fünfundvierzig Kilometer entfernt haben, erhalten Sie weitere Anweisungen.«

Sanchez drückte das kalte Glas an seine Wange und beobachtete Lus Augen. »Und was werden Sie während dieser Zeit tun?«

»Meinen Auftrag ausführen, ohne Fragen zu stellen. Das gleiche würde ich auch Ihnen empfehlen!«

Kurz nach Sonnenuntergang glitt die *Victoria* mit zwölf Knoten an Point Saline vorbei, dann ging sie vorsichtig auf sechs Knoten herunter und fuhr ostwärts in das seichte Gewässer entlang der Südküste von Grenada. Am Himmel konnte Lu den Widerschein der Lichter von Saint George's gute acht Kilometer nördlich sehen. Über die Hänge verteilt waren vereinzelte Lichter von Häusern zu erkennen, und hin und wieder blinkte Scheinwerferlicht auf.

Er stand angespannt auf dem Brückennock und beobachtete die dunkle Küste durch sein Nachtfernglas, dann tauchte er in die Brücke, um nach dem Radar zu sehen. Es zeigte eine Reihe kleiner Einschnitte an der Küste an, ebenso die Hangars und den Kontrollturm des Flughafens etwa hundert Meter landeinwärts. Und dann erfaßte der Schirm noch etwas am östlichen Rand der Rollbahn. Er schaltete das Gerät auf die unterste Einstellung. Der auf der Rollbahn erfaßte Punkt war nun so groß und der Echoimpuls so stark, daß es das Flugzeug sein mußte. Unwillkürlich atmete Lu vor Erleichterung auf.

Er griff sich den tragbaren Hochfrequenzsender und ging auf das Brückennock zurück. Dort schaltete er das Gerät auf niedrige Leistung und drückte auf den Sendeknopf. »Zwei, hier spricht Eins. Over.«

Nach einer langen Pause kam: *»Eins, hier ist Zwei. Blinken Sie zur Identifizierung mit den Positionslichtern. Over.«*

Lu ging wieder in die Brücke. Er nickte Sanchez zu, der daraufhin einen Schalter drehte, ein paar Sekunden wartete, und ihn zurückdrehte.

»Sehe Sie, Mann. Alles klar hier. Wann?«

»In vier Stunden«, antwortete Lu. »Was ist mit dem Flugzeug?«

»Kam vor zwei Stunden an. Haben irgendein Problem mit der Hydraulik. Laden jetzt aus, damit sie rankommen.«

Lu nickte zu sich. »Ihre Ausrüstung?«

»*Alles bereit.*«

»Sehr gut. Überwachen Sie diese Frequenz. Ich lasse wieder von mir hören, wenn wir einlaufen.«

Zwei klickte seine Sendetaste zweimal.

Lu entspannte sich ein wenig.

Langsam fuhr die *Victoria* gegen eine Einknotenströmung die Südküste Grenadas hoch, vorbei an Glovers Island, und bog dann leicht backbords zur Bucht von l'Anse aux Pines ein. Die Bucht war dunkel, nur die Ankerlichter von ein paar buchtauf liegenden Jachten waren zu sehen. Viel weiter draußen in der Bucht, viel weiter als eine Jacht üblicherweise anlegte, warf die *Victoria* den Anker in einer Tiefe von acht Faden. Innerhalb von sechs Minuten wurde bereits das Schlauchboot mit einem 20-PS-Johnson-Motor zu Wasser gelassen. Der Erste Offizier übernahm das Steuer. Durch das Infrarotfernglas sah Lu die Lichter des Zoll- und Einwanderungsbüros aufleuchten und dann einen Mann mit einer glühenden Zigarette im Mund auf die Veranda treten.

Der Erste Offizier kam nach einer halben Stunde zurück. Die Besatzung der *Victoria* war in weißen Pullovern und mit Pomponmützen schweigend und diszipliniert angetreten. Auf Sanchezs Befehl stiegen sie die Bordleiter hinunter und ins Beiboot.

Sanchez ging als letzter von Bord. »Drei Uhr früh?«

Lu nickte. »Nicht eher. Behalten Sie Ihre Leute gut im Auge. Ich will keinerlei Zwischenfälle!«

Sanchez, der eine maßgeschneiderte weiße Kapitänsuniform trug, zuckte die Schultern, und die Goldtresse glitzerte im Schein der Deklenlichter. »Jawohl, Genosse.«

Lu wartete, bis das Beiboot in der Dunkelheit verschwunden war, dann ging er in den Salon, die Wendeltreppe hinunter und in seine Kabine. Er schlüpfte in eine dunkelblaue Montur mit einem gestickten Goldkormoran. Innerhalb des Flügelkreises standen die Buchstaben KSAC: Katana Shioji Air Cargo.

Über die Montur zog er eine schwarze Ölhautkluft an. Nachdem er sich in seine Gummistiefel geplagt hatte, setzte er eine wollene Wachkappe auf, dann putzte er sich noch drei Minuten lang die Zähne.

Schließlich kramte er in seinem Seesack herum und brachte zwei Halbliterflaschen mit bestem kubanischen Rum zum Vorschein. Er studierte die Aufkleber eingehend, dann brach er den Verschluß von einer Flasche, und goß etwa ein Drittel des Inhalts ins Waschbecken. Beide Flaschen verstaute er in einer Flugtasche, außerdem eine Drahtzange, ein kleines in Folie gehülltes Bündel, eine Rolle verzinkten Eisendraht, seinen Hochfrequenzsender und eine Taschenlampe.

Nun ging er zur kleinen Ladeluke und überprüfte die Bleisiegel. Sie waren unversehrt. Er durchtrennte sie mit der Drahtzange und zog die Klammern auf. Als nächstes schaltete er auf der Brücke den Strom für die Kranwinde ein, dann stieg er auf das Bootsdeck. Mit der Taschenlampe zwischen den Lippen schaltete er die Kontrollen so, daß der Kran, der normalerweise das acht Meter lange Beiboot ins Wasser hob und zurückholte, nach innen und über die Ladeluke schwang. Das Kabel rollte ab, bis siebeneinhalb Meter erreicht waren, dann schlug der schmiedeeiserne Haken dumpf auf der Luke auf.

Lu rannte zurück zum Vordeck. Aus dem Schrank des Bootsmanns holte er eine Stahlkabelspinne; er befestigte die Hakenenden an den geschweißten Zapfen auf der Luke und steckte den Haken des Hebeseils durch die Aufhängeöse. Dann stieg er wieder zum Bootsdeck hoch, um die Luke zu heben.

Es war eine zeitraubende Angelegenheit. Zwei von der Mannschaft hätten die Arbeit in einem Fünftel der Zeit geschafft, doch das wäre ein zusätzliches Sicherheitsrisiko gewesen. Lu hatte diese Routine achtmal im Mariel Harbor geübt, ehe die *Victoria* nach Kuba auslief. Bei seinem sechsten, siebten und achten Versuch hatte er jeweils neun Minuten gebraucht. Heute war mit knapp unter acht seine Bestzeit. Das Adrenalin, dachte er. Es kommt einem immer zugute. Doch später, das wußte er, würden seine Nerven prickeln wie ein kurzgeschlossener Stromkreis.

Er betätigte den Haken, hob die Ladeluke, schwang den Ladebaum in einem Zehngradbogen und setzte den Lukendeckel vorsichtig mit einem dumpfen Geräusch auf dem Deck ab. Dann schob er den Hebel der Winde. Das Kabel rollte ein paar Meter und wurde schlaff.

Er blickte auf die Uhr. Er lag nur fünf Minuten hinter seinem Zeitplan.

Als er an die nun offene Ladeluke trat, schlug ihm aus dem gähnend schwarzen Loch der Geruch von Schweiß und menschlichen Exkrementen entgegen.

»*Priwjot!*« rief er leise in die stille Dunkelheit hinunter.

Flüchtig blendete ihn der Strahl einer hellen Taschenlampe, dann wurde sie ausgeknipst.

»Rechts von Ihrer Hand ist eine Leiter, *Towarischtsch* Major«, antwortete eine Stimme auf russisch. Eine schwache Deckenlampe ging an und erhellte den Laderaum.

Er stank wie eine Höhle, in die sich Tiere zum Verenden zurückziehen. Der Raum war lediglich ein paar Quadratmeter groß und gerade hoch genug, daß man aufrecht stehen konnte.

In einer Ecke waren eine chemische Toilette vertäut und drei Wasserkanister aus Kunststoff. Auf der Seite gegenüber lagen drei Luftmatratzen nebeneinander. Eine Kiste, die neben den Matratzen festgebunden war, enthielt die Dosen und Verpackungen von verzehrter Marschverpflegung. Völlig vom Rest des Schiffes isoliert, ohne frische Luft, ohne Platz, sich körperlich fit zu halten, hatten drei Männer es sieben Tage lang in diesem Schwitzkasten ausgehalten. Der Gestank war so schlimm, daß Lu sich fast übergab.

Rasch atmete er noch tief die frische Nachtluft ein, dann kletterte er die Leiter hinunter, und zog das schlaffe Krankabel hinter sich her. Unten angekommen, drehte er sich um und musterte die Männer. Sie glänzten vor Schweiß, und ihre zerknitterte graue Mechanikermontur wies schmierige Flecken auf. Der ganz rechts Stehende salutierte.

»Alle in guter Verfassung und einsatzbereit, *Towarischtsch* Major.«

Lu kam sich ein wenig wie ein Betrüger vor, denn er hatte nie Soldaten befehligt, schon gar keine der *Speznas*-Elitetruppen, deshalb erwiderte er den Salut etwas verlegen.

In der Mitte des Laderaums befand sich ein weißer Glasfibercontainer, der mit dicken Seilen an Bodenringen vertäut war. Aus den Papieren wußte Lu, daß dieser Container genau einsneunzig hoch und einsdreiundsiebzig lang und breit war und etwas über fünfzehnhundert Kilo wog. Von ein paar japanischen Zeichen abgesehen, waren die Seiten unbeschriftet, und an einer klebte ein abziehbarer Umschlag mit den Frachtpapieren. Orangefarbige Pfeile deuteten international gültig an, welche Seite »oben« war.

»Der Inhalt des Behälters hat die Reise gut überstanden?«

Der Leutnant nickte. »Keine offensichtlichen Schäden.«

»Und die wasserdichten Siegel sind druckfest?«

»Sie wurden sorgsam überprüft, Major.«

»Wir sind ein wenig hinter unserem Zeitplan. Haben Sie Ihre Papiere?«

Der Leutnant nickte. »Norwegische Pässe, Seemannspapiere und jeder ein paar Kronen.«

»Nichts sonst, wodurch Sie identifiziert werden könnten?«

»Natürlich nicht, Towarischtsch Major.« Aus seinem Ton zu schließen, war der Leutnant leicht gekränkt, daß man ihm womöglich Unfähigkeit zutrauen könnte.

»Sehr gut. Lösen Sie die Vertäuung des Containers, gurten Sie die Polsterung um, und befestigen Sie dann den Haken. Ich bediene den Kran.«

Mit vereinten Kräften brauchten sie weitere dreizehn Minuten, den Container auszuladen. Einer der Sergeanten setzte sich in das motorisierte Zodiac-Schlauchboot und fuhr damit bis zur Ankerkette der *Victoria*. Er schlang ein Tau darum, dann ließ er das Zodiac an der Schiffsseite entlang zurücktreiben. Der Leutnant und der zweite Sergeant lösten die Vertäuung des Containers und zogen ihm mit viel Mühe eine wattierte Öltuchhülle über, ehe sie den Ladehaken in der Aufhängeöse befestigten. Vom Bootsdeck aus hievte Lu den Container behutsam durch die Luke und ließ ihn hinunter in die See, wo ein Schlepptau an ihm befestigt wurde. Dann setzte Lu den Lukendeckel wieder auf, schloß und versiegelte ihn.

Als die drei *Speznas*-Leute im Schlauchboot kauerten, schob Lu den Schalthebel auf vorwärts und begann die Dreikilometerreise. Das Schlepptau des Containers spannte sich. Mit dem Rumpf der *Victoria* zwischen dem Schlauchboot und der Küste fuhr Lu aus der Hafenbucht und entfernte sich etwa dreihundert Meter von der Küste, auf demselben Weg, den die Jacht bei der Herfahrt genommen hatte.

Die Seeluft war warm, und der Nachtwind trug den würzigen Duft von Hibiskus, Bougainvilleen, anderen Pflanzen und feuchter Erde herbei. Der Mond ging soeben am westlichen Horizont unter, doch die höheren Wolken waren noch silbergetönt.

Lu überließ das Steuern dem Leutnant und zog den Hochfrequenzsender aus seiner Flugtasche. »Zwei, hier spricht Eins. Hören Sie mich?«

Nach einigen Störgeräuschen kam die Antwort: *»Höre Sie.«*

»Wir kommen. Rechnen Sie mit fünfundsiebzig Minuten. Irgendwelche Patrouillen?«

»Keine. Schlafen alle.«

Der *Speznas*-Leutnant stupste ihn an. »Sagen Sie ihm ›zehn-vier‹.«

»Zehn-vier.«

»Kein Problem. Bin bereit. Geben Sie Bescheid, wenn Sie an Glovers Island vorbei sind und einwärts kommen.«

Zur Bestätigung klickte Lu zweimal auf den Sendeknopf, dann schaltete er aus.

Vierro hatte diesen Mann unter drei in Frage kommenden ausgewählt, nachdem Grenada als Transferpunkt feststand. Er war unkompliziert, ein Vagabund, ein paarmal wegen Drogenverdachts festgenommen, doch nie verurteilt, und verdiente sich momentan seinen Lebensunterhalt auf der Insel als Wächter des Zollagerhauses. Lu hatte die Akte des Mannes eingehend studiert. Er hatte weder Frau noch sonstige feste Bindung, keine engeren Freunde. Er war eine verpfuschte Existenz und verbrachte seine Freizeit mit Schnorren und mit Drogenhandel in kleinstem Stil. Die Welt würde Lennie C. Gluckmann nicht vermissen.

Lu tastete in seiner Flugtasche nach den zwei Rumflaschen. Eine schwappte, und ihr Schraubverschluß ließ sich leicht drehen. Er holte sie heraus und reichte sie dem Leutnant. »Es ist noch ein wenig Zeit. Wir wollen uns einen Schluck auf den bevorstehenden Erfolg gönnen.«

Die Zähne des Leutnants schimmerten in der Dunkelheit. Es kam nicht oft vor, daß ein Offizier an seine Männer dachte. Er hob die Flasche in stummem Toast, trank, und gab sie an den dienstälteren Sergeanten weiter, der sie, nachdem er ebenfalls einen Schluck genommen hatte, dem jüngeren Sergeanten reichte, der sich einen größeren Schluck gönnte. Lu besiegelte den Pakt. Er drückte die Flasche an die Lippen, schluckte jedoch sehr wenig.

Der Container am stählernen Schlepptau war halb unter Wasser und verursachte seine eigene kleine Bugwelle. Lu hatte den Gashebel so eingestellt, daß das Tau gleichmäßig, aber nicht übermäßig gespannt blieb. Mehr Gas wäre Vergeudung und außerdem zu laut. Trotzdem schaffte er mit der Strömung im Durchschnitt gut zwei Knoten. Er warf einen Blick auf seine Uhr. Nicht mehr ganz weitere vierzig Minuten. Sie hatten ein wenig Zeit aufgeholt.

Grenada war der logische Ort für den Transfer. Die *Victoria* konnte es von dort mühelos in zwei Tagen nach Kuba schaffen. Der Runway, der lang genug für eine Boeing 747 war, befand sich an der Südküste der Insel. Es wohnte niemand in der Nähe, es gab weder Patrouillen noch Zäune und nach Sonnenuntergang auch keinen Flugverkehr.

Durch sein Fernglas konnte Lu nun die Umrisse des Kontrollturms, des Terminals und der Hangars sehen. Er lächelte. Das Amüsante war, daß der Flughafen mit sowjetischen Mitteln und kubanischen Arbeitskräften erbaut worden war, ehe die Amerikaner die Revolution abgewürgt hatten. Die Ironie, Grenada als Transferpunkt zu benutzen, hatte dem Oberst gefallen. »Unsere Investition dort macht sich nun doch noch bezahlt«, hatte er gesagt.

Weitere fünfundzwanzig Minuten vergingen. Die dunkle Masse von Glovers Island wuchs. An der Küste dieser Insel lenkte Lu das Boot zur Hauptinsel und schaltete den Sender ein.

»Zwei, hier spricht Eins. Hören Sie mich?«

Die Antwort kam diesmal ohne Verzögerung. »*Höre Sie.*« Gluckmans Sender war nun viel besser zu empfangen.

»Wir sind an Glovers vorbei und noch etwa fünfhundert Meter vom Strand entfernt.«

»*Passen Sie auf!*«

Ein Licht leuchtete auf, dann etwas tiefer ein zweites.

»*Orten Sie?*«

Lu manövrierte Boot und Container und drehte wieder ostwärts, bis die Orientierungslichter schließlich in einer Linie und dann genau übereinander waren.

»*Geortet?*« Gluckmans Stimme klang eindringlicher.

Lu drückte auf den Sendeknopf. »Genau im Visier.«

»*Weichen Sie bloß nicht ab! Rechts von Ihnen ist ein Korallenriff!*«

Die Lichter wurden zusehends heller, und der Höhenabstand zwischen ihnen nahm zu. Die dunklen Dünen verbargen den entfernteren Horizont. Das Schlauchboot befand sich plötzlich in leichter Brandung, der Propeller des Außenbordmotors scharrte über den sandigen Grund, und Steinchen knirschten unter dem Bug.

Gluckman war nur ein tieferer Schatten in der Dunkelheit. Er watete zum Boot, griff nach der Fangleine, watete strandauf und befestigte sie.

Dann stapfte er schwerfällig durch den nachgiebigen Sand zurück zum Wasser und leuchtete mit einem Lämpchen am Kugelschreiber flüchtig auf die vier Männer. Er streckte die Rechte aus. »Ich bin Gluckman. Wo ist die Ladung?«

Lu ignorierte Gluckmans Hand. »In der Brandung, an einer Trosse. Der Container ist schwerer als ursprünglich angenommen. Dafür bekommen Sie dreitausend zusätzlich.«

»He, Mann – toll! Was ist denn in dem Container?«

»Ein Raketenmotor für einen Satelliten.«

»Nehmen Sie mich auf den Arm?«

»Und gut verpackt im Innern fünfzig Kilo reines Heroin.« Lu hatte das gut durchdacht. Gluckman verstand ein bißchen was vom Drogenhandel. Das war, was er erwartete, und das würde er auch glauben.

Gluckmans Knie knickten fast ein. »Fünfzig *Kilo*? Das hat einen Verkaufswert von …«

»Das ist wohl nicht Ihre Sache, Gluckman, nicht wahr?«

»Aber das Rauschgiftdezernat des Zolls in Florida – wenn sie den Stoff fänden, würden sie ihn hierher zurückverfolgen!«

»Der Container, der von Osaka verfrachtet wurde, hat bereits eine Klarierung durch den US-Zoll, da er Zubehör enthält, das von einer japanischen Firma für die NASA hergestellt wurde. Der amerikanische Zoll wird den Container nicht öffnen. Aber wir vergeuden kostbare Zeit. Haben Sie den Lastwagen?«

Gluckman deutete in die Dunkelheit. Ein Dieselmotor sprang an, Gänge rasteten ein, gleich darauf fuhr Gluckman einen Abschleppwagen rückwärts zum Wasser hinunter.

Sie brauchten elf Minuten, den Container auf aufblasbaren Rollen auf den Strand zu schaffen, dann weitere fünfzehn Minuten mit dem Kran des Wagens, ihn auf den Laster zu heben.

»Ist das Ihr Wagen?« fragte Lu.

»Gemietet. Hab' einer Werkstatt siebzig Dollar für die Nacht bezahlt. Sagte, ich hätte einen Auftrag, alte Motorblöcke zum Jachthafen zu transportieren, wo sie zur Verankerung benutzt würden.«

Lu kletterte auf den Beifahrersitz, nachdem er zuerst mehrere leere Bierflaschen und den Rest eines Sandwiches zur Seite geschoben hatte. Gluckman setzte sich hinter das Lenkrad. Der *Speznas*-Leutnant schwang sich hinten auf den Laster.

»Was ist mit den beiden anderen?« erkundigte sich Gluckman.

»Sie bleiben hier. Fahren Sie los. Wir hinken unserem Zeitplan bereits hinterher.«

Lu wußte genau, wie es weitergehen würde. Vor drei Wochen hatten zwei KGB-Leute, die sich als Dänen auf Hochzeitsreise ausgaben, einen ausführlichen Bericht zusammengestellt, mit detaillierten Karten, Fotos und der Hintergrundinformation über sechs Kandidaten, einschließlich ihrem Charakterbild. Gluckman schien genau richtig zu sein. Sobald die Entscheidung in Moskau gefallen war, flog Vierro als venezolanischer Tourist nach Grenada, suchte Gluckmans Bekanntschaft in seiner Stammkneipe und heuerte ihn an – für einen einfachen Drogentransport, wie er ihm erklärte.

Nun fuhr Gluckman, um zwölftausend Dollar in kleinen Scheinen reicher, auf der schmalen Straße, die parallel mit der Startbahn verlief. Er fuhr ohne Scheinwerfer im niedrigsten Gang und lenkte den Wagen im Sternenlicht; dabei fluchte er mit einer Hingabe und Ausdauer, daß es an Lus Nerven zerrte.

Im Kontrollturm war es dunkel, auch die Lichter der Start- und der Rollbahn waren ausgeschaltet, nur in der Nähe der Hangars am entgegengesetzten Ende der Startbahn, wo die SP-747 geparkt war, brannte Licht. Lu sah ein paar abgestellte Wartungswagen um das Flugzeug und hin und wieder einen Wachmann.

»Es werden zu dieser Nachtzeit keine Maschinen erwartet?« erkundigte sich Lu, um Gluckman auf die Probe zu stellen.

»Verdammt, nein, Mann. Vor acht Uhr früh tut sich da nichts.«

Sie brauchten weitere elf Minuten, bis der Laster über den Kies des Parkplatzes hinter den Zollagerhäusern rollte.

»Wer ist jetzt auf Wache?«

»Die nächsten zehn Minuten noch Zeke. Mein Freund.«

»Und Sie lösen ihn ab.«

»Ja. Um zwölf. Gewöhnlich setzen Zeke und ich uns noch zehn Minuten oder so zusammen, ratschen ein bißchen und rauchen einen Joint, dann geht er. Ich halte die Stellung bis acht. Vierzig lausige Scheinchen die Nacht – das sind sechzehn Yankee-Dollar für acht Stunden Arbeit. Mann, der Zuschuß für diesen Job heute nacht tut mir gut. Ich kann von hier verschwinden, in Kolumbien ein paar Kilo Koks kaufen und damit in Florida ein tolles Geschäft machen. Haben Sie dort gute Verbindungen?«

»Sieht so aus, nicht wahr?«

Gluckman wandte Lu strahlend das Gesicht zu. »Meinen Sie, Sie hätten wieder mal so 'nen Job hier für mich? Ich arrangiere alles ganz sorgfältig. Keine Schnitzer. Ich möchte gern das Handwerk von einem Profi lernen, allmählich ins große Geschäft einsteigen, verstehen Sie?«

»Das läßt sich machen«, antwortete Lu.

»Cool!« Gluckmann fuhr mit der Zunge über die Oberlippe. Er parkte den Wagen hinter dem Lagerhaus. »Geben Sie mir fünfzehn Minuten für die Wachablösung, dann zwanzig, um die Ladung zu holen.«

Lu griff nach Gluckmans Handgelenk und umklammerte es. »Drängen Sie den Mann nicht, den Sie ablösen. Tun Sie nichts Ungewöhnliches – benehmen Sie sich genauso wie sonst auch.«

»Klar, Chef!« antwortete Gluckman und drückte Daumen und Zeigefinger zu einem großen O zusammen. Dann holte er seinen Walkman aus dem Handschuhfach, zog sein Lunchköfferchen unter dem Fahrersitz heraus und sprang in die Nacht, in Richtung des dunklen Hangars.

Der Leutnant hatte lautlos den Laster verlassen.

»Folgen Sie ihm unbemerkt«, wies Lu ihn an. »Sichern Sie das Gebiet ab, sobald der andere Wachmann gegangen ist. Bleiben Sie mit den Kopfhörern auf Kanal 131 eingeschaltet. Rufen Sie mich, falls es Probleme geben sollte.«

Der Leutnant salutierte und folgte Gluckman in die Schwärze.

Mit den Kopfhörern fest auf den Ohren joggte Gluckman zur Musik, den Lunchkoffer schwang er im Takt dazu, und seine Sohlen knirschten im Rhythmus des Schlagzeugs. Er sang leise den hirnverbrannten Text der *Down and Out*, und hüpfte hin und wieder, während die Musik heiß auf ihn einhämmerte, denn Lennie war high. Zwölftausend! Und noch dreitausend dazu! In »Kokslumbien« konnte er mit den Scheinen rascheln und zwei Kilo Kokain erstehen. Eine Fahrt ins »Miami-Vice«-Land würde ihm zehn-, nein, fünfzehnfachen Gewinn bringen!

Was jedoch an seinem Gehirnkasten nagte, war, daß dieses erstklassige asiatische Heroin in dem Container verpackt war. Fünfzig Kilo! Es fiel ihm schwer, den Einkaufspreis davon abzuschätzen, geschweige denn, was der Stoff auf der Straße einbringen würde. Er überlegte, wie er vielleicht, ja nur vielleicht, ganz unauffällig auspakken könnte. Fünf Kilo etwa? Ein schneller Einkauf, und er wäre im Handumdrehen ein Megadollargewinner!

Doch tief im Innern wußte er, daß Männer wie dieser Gelbe es nicht so einfach hinnähmen, wenn jemand wie Lennie Gluckman ein bißchen was von der Ladung abkratzte. Nein, nichts zu machen, Mann. Er würde es ehrlich angehen, ganz cool und ganz vorsichtig. Profi spielen, das war die Masche! Im Drogengeschäft hatte man schnell einen Ruf, der für immer hängenblieb. Ein guter Ruf war Geld wert, und ein schlechter brachte einem rasch eine Kugel in einer dunklen Gasse ein.

Er schaute auf die Uhr und drückte auf den kleinen Lichtknopf. Kurz nach zwölf, die gute alte Geisterstunde.

Zeke, der Wachmann, den Lennie um Mitternacht ablöste, hatte seinen Posten im Wachhaus vor dem zweiten Lagerhaus. Er war ein dicker, älterer Bursche mit struppigem grauem Haar, er aß gern und spielte gern Fußballtoto. Vor sechzehn Jahren hatte er einmal tausend Pfund Sterling gewonnen und seither bestimmt fünfmal soviel eingesetzt, um das Glück noch mal herbeizuzwingen.

Lennie liebte es, Zeke zu erschrecken. Er schlich sich an die Baracke heran, und hämmerte mit beiden Fäusten dagegen. Seine Anstrengung wurde belohnt: er hörte, wie Zeke vom Hocker fiel.

»Zeke, mein Alter!« Lennie steckte den Kopf durchs offene Fenster. »Was ist denn los?«

»Du hast dich verspätet, du fischbauchweißer Hundesohn! Wie immer! Und ich sag' dir immer wieder, daß du mich nicht so erschrecken sollst!«

Zeke beklagte sich jedesmal, aber er war ein gutmütiger Bursche, und sie verstanden sich. Sie nahmen einander in Schutz. Und sie teilten ihre Kostbarkeiten miteinander. Zeke brachte so gut wie immer für Lennie ein extra Stück Bananenbrot mit, das seine Frau buk und in eine Stoffserviette einwickelte. Und Lennie hatte fast immer einen Joint, den er beim Wachwechsel mit Zeke teilte. An ihren freien Tagen tranken sie hin und wieder auch ein paar Bier zusammen bei Zeke zu Hause, oder sie schauten sich Kricketspiele am Fernseher in einer Rumkneipe an.

»Auf wen würdest du setzen?« fragte Zeke. »Blackpool oder Manchester?«

»Wer ist der Favorit?« erkundigte sich Lennie. Er zog zwei Joints aus seiner Tasche und zündete einen betont weltmännisch an.

»Blackpool mit drei Toren.«

»Dann nimm Manchester, Arschloch. Du weißt doch, daß die Buchmacher da immer ihre Hand im Spiel haben. Ist ja klar.«

Zeke nickte, spitzte die Lippen, und machte ein X auf seinem Totoschein.

Sie teilten den ersten Joint miteinander. Dann zündete Lennie den zweiten an. Es war dreizehn Minuten nach Mitternacht.

»Was gibt's Neues?« fragte Lennie und reichte ihm die Zigarette.

»Das übliche Zeug, das morgen durch den Zoll geht. Ist alles im Lagerhaus 2. Im anderen Lagerhaus« – er sog am Joint, hielt den Rauch in der Lunge, und deutete mit dem Daumen über die Schulter auf das äußere Lagerhaus – »sind kurz sechs oder sieben Container untergestellt, von dem japanischen Flugzeug, das gegen Mittag landete. Sie haben irgendwelche idiotischen mechanischen Probleme und mußten ihre ganze Fracht ausladen, um an die Leitungen oder was immer in ihrem Frachtraum ranzukommen. Die Stauer mußten

Überstunden machen, um das Zeug auszuladen und zum Lagerhaus zu schaffen. Die Mechaniker arbeiten schon die ganze Nacht an dem Vogel.« Er tupfte auf ein Ladungsmanifest auf dem Schreibtisch. »Alles da, ich hab's gecheckt.«

Lennie nahm einen tiefen Zug vom Joint. Er hielt ihn zu lange in der Lunge und mußte nun heftig husten. Der Stoff von Trinidad war zwar gut, aber ziemlich beißend. »Großartig – soll das heißen, sie werden verlangen, daß ich mitten in der verdammten Nacht das Lagerhaus aufsperren muß, damit sie ihr Zeug wieder holen?«

Zeke schüttelte langsam den Kopf, als beobachte er eine bedächtig kreisende Mücke. »Keine Angst, Junge. Die Besatzung hat sich gleich ins Spice Island Inn verzogen, nachdem ich eine echte Zeke-Predigt gehalten habe. Die Burschen kommen nicht vor acht zurück. Sagte ihnen, daß sie keine Stauer vor zwei Stunden nach dem Hahnenschrei kriegen, wenn sie nicht dreifachen Lohn für die Überstunden bezahlen.«

Lennie langte nach dem Ladungsmanifest. Acht Container in Lagerhaus 1, im Transit für KSAC-Charterflug 14. Er überflog die Aufstellung. *Nr. 6: Container LL-B-119 (1500 kg, 5,66 cbm), Einweg-Transport-System PAM-G445-M-5R, Nr. 006/2-113 auf Frachtbrief, entflammbare Materialien Klasse A2; Vorsicht beim Transport.* Rasch verglich er es mit dem Zettel, den ihm der Gelbe gegeben hatte. Ja, das war er!

»Okay, Zeke, alter Freund, paß gut auf, daß die Zombies dir nicht in den fetten schwarzen Arsch beißen.«

»Keine Angst, Bleichgesicht. Wenn jemand aufpassen muß, dann *du*. Uns Schwarze sehen sie im Dunkeln nicht, außerdem ziehen die Zombies weißes Fleisch vor.« Zeke lachte tief aus dem Bauch heraus, dann schlug er Lennie freundschaftlich auf die Schulter und ging hinaus zu seinem Moped. Wie üblich hatte er das Bananenbrot in einer makellos sauberen und frisch gebügelten Serviette für seinen jungen Freund dagelassen. Ein guter Mensch, dachte Lennie, ein sehr guter Mensch. Er biß genußvoll ab, und verfolgte das schwache Licht von Zekes Moped über die holprige Rollbahn zur Straße. Ich kaufe ihm einen neuen Farbfernseher, nahm sich Lennie vor. Mit einem großen Bildschirm und Fernbedienung. Wenn ihn das nicht umhauen wird!

Er ließ zehn Minuten verstreichen, dann rief er den Diensthabenden im Terminal an. »Nein, Mann, warum sollte ein Flugzeug erwartet werden? Und warum rufst du mich mitten in der Nacht an, Mann?

Der Stoff frißt dein bißchen Hirn noch ganz auf!« Schon knallte der andere den Hörer auf. Es war also nichts zu befürchten.

Lennie schloß die Personentür zum Lagerhaus 1 auf, dann drückte er auf den Torschalter. Das große Tor glitt schwerfällig auf seiner Schiene zurück. Als nächstes ließ er den Strahl seiner Taschenlampe über die Container schweifen. Der mit der Markierung LL-B-119 war der dritte in der Reihe. Er hatte die richtige Größe, auch das Gewicht, das darauf gestempelt war, stimmte. Alles war richtig, einfach perfekt!

Er brachte den mit Propangas betriebenen Gabelstapler in Betrieb, fuhr ihn zum Container und schob die Gabeln geschickt unter die Palette, dann steuerte er den Stapler mit seiner Ladung hinaus und zum Laster.

Der Wechsel ging glatt vonstatten. Innerhalb von dreißig Minuten war der ausgetauschte Container genau am selben Platz im Lagerhaus 1 wie der ursprüngliche. Vorsichtshalber hatte er die Stelle mit Kreide markiert. Er beseitigte die Kreidestriche sorgfältig, wischte den Container mit einem trockenen Lappen ab, fuhr den Gabelstapler in die Ecke, aus der er ihn geholt hatte, und verschloß und plombierte das Tor wieder.

Der Gelbe und der andere Bursche warteten im Laster. Zahltag! Noch dreitausend! Lennie bemühte sich um Lässigkeit: nur nicht nervös wirken! Er hatte sich Videoaufnahmen von *Miami Vice* angesehen, und er erinnerte sich an die Szene, zu der es häufig bei der Auszahlung kam, aber er sagte sich, daß er sich keine Sorgen machen mußte, denn schließlich war er bloß ein kleiner Fisch gegenüber diesen Riesenhaien.

Der Gelbe händigte ihm einen Umschlag aus. »Dreitausend US-Dollar in kleinen Scheinen.«

Lennie atmete erleichtert auf. Angenehme Arbeit mit Profis. Er versuchte richtig cool zu sein, und obwohl er es kaum erwarten konnte, das Geld zu zählen, schob er den Umschlag scheinbar gleichmütig unters Hemd. Dann streckte er die Hand aus. »War mir ein Vergnügen, mit Ihnen ins Geschäft zu kommen. Ging alles wie geschmiert, nicht wahr?«

»Sie haben gute Arbeit geleistet«, versicherte ihm der Gelbe. »Wir nehmen den Laster zum Strand mit, laden den Container ab, dann bringen wir ihn zurück. Wo sollen wir ihn abstellen?«

»Im Hangar 1. Schieben Sie den Zündschlüssel unter den Fahrersitz. Was ist mit den Reifenspuren im Sand? Es fahren nicht viele

Eingeborene an die Küste, nur hin und wieder mal ein paar Fischer. Bei Südwind lassen sich in den Buchten ganze Schwärme von Sprotten in Netzen fangen.«

»Die Reifenspuren werden von meinen Männern aufgefüllt, und dann kehren sie noch mit einem Besen darüber. Der Wetterbericht von Radio Barbados meldet für morgen starke Regenfälle durch den Sturm im Norden. Falls meine Männer tatsächlich irgend etwas übersehen sollten, dürfte es durch den Regen verwischt werden.«

Ein paar Sekunden standen sich der Gelbe und Lennie noch irgendwie verlegen gegenüber, als sollte noch was geklärt werden. »Wann haben Sie wieder so 'nen Job für mich?« fragte Lennie schließlich.

»Ich setze mich mit Ihnen in Verbindung. Vielleicht schon bald.« Dann holte der Gelbe ein Päckchen aus seiner Montur. »Kleine Geschenke erhalten die Freundschaft«, sagte er lächelnd. »Ich möchte Ihnen damit meine Anerkennung ausdrücken. Sie haben Ihre Sache sehr gut gemacht, Lennie.« Er drückte ihm das Päckchen in die Hand, dann drehte er sich ohne ein weiteres Wort um und stieg in den Laster.

Lennie schaute dem Lastwagen nach, als er wendete und schließlich in der Dunkelheit verschwand.

Dann trottete er zum Wachhaus zurück, mit dem kleinen Päckchen in der Hand und dem Umschlag, der sich angenehm warm auf der Brust anfühlte, unter dem Hemd.

Er legte den Hörer, den er abgehängt hatte, auf die Gabel zurück, und setzte sich. Keine Nachrichten an der Tür, niemand war dagewesen, alles cool wie Eiskrem. Er hatte es durchgezogen! Fünfzehn Riesen für eine leichte nächtliche Arbeit, mehr Geld, als er je auf einem Haufen gesehen hatte.

Gespannt riß er das Päckchen auf. Weitere Dollars, hoffte er, deshalb war er zunächst enttäuscht, als unter dem Papier eine kleine Dose zum Vorschein kam, die, nach der Aufschrift zu schließen, holländischen Pfeifentabak enthielt. Vorsichtig stemmte er den Deckel hoch. Die Dose war mit weißem kristallinen Pulver gefüllt. Er befeuchtete eine Fingerspitze mit der Zunge, steckte sie in das Pulver, und kostete. *Unverfälschter Stoff!* Mehr als eine Unze! Er hatte schon einmal Koks geschnupft, vor Jahren auf einer Party in Long Beach, aber nur eine Spur, gerade genug, um interessant zu sein, aber nicht genug, um high zu werden.

Wieviel war eine Unze in Grenada wert? Doch diesen Gedanken gab er sofort auf. Mit dem Geld, das er sich heute verdient hatte und was er noch von Geschäften mit dem Gelben verdienen konnte, wollte er doch das Risiko nicht eingehen, als Kleindealer erwischt zu werden. Nein, das kam gar nicht in Frage! Das hier war für den persönlichen Bedarf: ein Geschenk.

Er schaute auf die Uhr. Achtzehn nach eins. Niemand würde ihn stören. Also, zuerst das Geld. Er zählte es. Dreitausend ganz genau, alles in abgegriffenen Zehnern und Zwanzigern. Er schob den Umschlag wieder unters Hemd. Dann biß er vom Bananenbrot ab, öffnete eine Dose Bier und nahm einen Schluck. Er fühlte sich großartig. Es war alles perfekt gelaufen! So, und jetzt das Dessert.

Er holte sein Schweizer Armeemesser heraus und tauchte die Klinge in das Kokain. Mit der Menge war er sich nicht ganz schlüssig. Er tupfte die Klinge auf das Papier, dann fügte er noch ein bißchen was hinzu. Es war schließlich ein großzügiges Häufchen auf der Seite des Telefonbuchs, und er nahm sich viel Zeit, es mit der Klinge zu einer hübschen, dicken Linie zu formen. Dann holte er einen Geldschein aus seiner Tasche, rollte ihn zu einer dünnen Röhre zusammen und schnupfte die gesamte Linie hoch.

Huiiii! Dir Wirkung setzte sofort ein. Es war wie ein Beschuß: Artilleriegeschosse explodierten in seinem Kopf, das Schrapnell drang in sein Gehirn. Sein Herz raste zehnmillionenmal in der Minute. Er preßte die Hände an die Ohren, um den Lärm auszuschließen, und krümmte sich vor unerträglichem Schmerz im Brustkorb. Doch plötzlich begann der Lärm zu schwinden, genau wie der Schmerz, und ihm wurde bewußt, daß er hinüberglitt.

Ohne daß er noch etwas dagegen hätte tun können, sank sein Kopf auf die Seite des Telefonbuchs. Die Anzeige unter seinem Auge, verzerrt durch die verengte Pupille, war eine Werbung für kantonesische Speisen zum Mitnehmen aus dem Ju Tu Chinese Restaurant. Sein letzter Gedanke war: »Dieser gelbe Hundesohn ...« Aber nicht einmal ihn konnte er zu Ende bringen, ehe er starb.

Nachdem der Leutnant den Container in der Brandung ausgeladen hatte, fuhr er den Laster zurück und stellte ihn wie vereinbart ab. Hinter dem Lagerhaus 1 wartete er noch etwa fünf Minuten und lauschte. Dann ging er leise zum Lagerhaus 2 und wartete noch einmal fünf Minuten. In der tiefen Dunkelheit des überhängenden Daches beobachtete er ein paar weitere Minuten das Wachhaus. Schließlich warf er ein Steinchen gegen die Baracke. Es rührte sich nichts.

Nun schlich er zum Wachhaus und blickte hinein. Lennie lag zusammengesackt über dem Schreibtisch, sein Mund stand offen, die Augen waren blicklos. Als sorgfältiger Mann legte der Leutnant die Finger auf die Halsschlagader. Nein, kein Puls mehr. Er hätte sich auch sehr gewundert, wenn das Gegenteil der Fall gewesen wäre.

Als nächstes nahm er den Umschlag mit dem Geld an sich. Außer dem Hochfrequenzsender befanden sich nur noch ein Schinkenbrot, eine Orange und eine zweite Dose Bier in Lennies Lunchkoffer. Mit ein bißchen Glück würde Gluckmans Leiche nicht vor Sonnenaufgang entdeckt werden.

Den Sender hakte der Leutnant an seinen Gürtel, dann tauschte er die geöffnete Dose Kokain, das mit Zyankali vermischt war, gegen einen kleinen Stoffbeutel mit der Aufschrift eines englischen Hustenbonbonherstellers aus. In dem Beutel befanden sich drei winzige Plastikbriefchen mit reinem Kokain. Eines war offen. Mit einer Pinzette holte der Leutnant es heraus, schüttete ein bißchen von dem weißen Pulver auf die Telefonbuchseite und drückte Lennies noch warmes Gesicht darauf. Auf einer Tropeninsel, wo es keine Möglichkeit zur Balsamierung gab, würde der Tote schon vor Sonnenuntergang beerdigt werden.

Der Leutnant brachte noch ein paar Minuten damit zu, das Wachhaus zu durchsuchen und sich außerhalb umzuschauen. Es waren keine Fußabdrücke oder sonstige Spuren zu sehen. Dann überprüfte er das Schloß und die Plomben der Tür von Lagerhaus 1. Alles war, wie es sein sollte.

Einen Marsch der Roten Armee summend, beeilte sich der Leutnant nun, zum Strand zurückzukommen.

Lu saß bereits mit den beiden Sergeanten im Schlauchboot, das Schlepptau des Containers war befestigt und der Motor angeworfen.

Der Leutnant zog seine Stiefel aus, ging rückwärts über den Strand und verwischte die Fußabdrücke. Dann watete er durch die leichte Brandung und kletterte in das Schlauchboot.

»Alles in Ordnung«, meldete er. Er übergab Lu den Umschlag und die Dose mit dem tödlichen Kokain.

»Eine ausgezeichnete Operation, Leutnant. Ich werde Sie und Ihre Männer lobend in meinem Bericht erwähnen und für eine Beförderung vorschlagen.« Die drei Männer bedankten sich mit einem blitzenden Lächeln. Es ist wirklich bedauerlich, dachte er. Es waren gute, anständige Männer, die ihre Pflicht getan hatten.

Lu schob den Ganghebel auf vorwärts. Er ließ die Küste zurück und nahm Kurs vorbei an Glover's Island, Richtung offenes Meer.

Hinter Glover's Island wurde die See etwas rauher, nicht wirklich ungemütlich, nur ein stärkerer Wellengang. Die Sterne standen am Himmel, doch im Norden begann sich eine dünne Wolkendecke vorzuschieben. Genau wie vorhergesagt, dachte Lu. Es wird bestimmt regnen.

Er griff in seine Flugtasche und zog die halbleere Flasche Rum heraus. »Auf den Erfolg unserer Mission, Kameraden!« Er nahm einen Schluck, wischte sich die Lippen, dann beugte er sich vor, um dem Leutnant die Flasche zu reichen. Doch ehe dieser danach greifen konnte, ließ Lu sie fallen. Sie prallte auf der Wulst des Schlauchboots ab und rutschte ins Wasser, wo sie in die Dunkelheit getragen wurde.

»*Verdammt!*« fluchte er.

Der Leutnant lehnte sich weit hinaus und versuchte, die Flasche noch zu angeln, es gelang ihm jedoch nicht.

»Nicht so schlimm.« Lu lachte. »Wie bei allen gut vorbereiteten sowjetischen Unternehmen haben wir Entsatz hinter den Linien.« Er holte die zweite, ungeöffnete Flasche Rum aus der Tasche und überreichte sie feierlich dem Leutnant. »*Towarischtsch* Leutnant, dies ist ein strikter Befehl Ihres Vorgesetzten, auf den erfolgreichen Abschluß unserer Mission zu trinken. Ich erwarte, daß mein Befehl sofort ausgeführt wird.« Die drei *Speznas*-Leute lachten.

Der Leutnant drehte den ungebrochenen Verschluß auf, hob die Flasche im Salut, dann gönnte er sich einen tiefen Schluck. Daraufhin gab er sie dem rangälteren Sergeanten, der ebenfalls einen kräftigen Zug nahm, und sie dem jüngeren Sergeanten aushändigte. Schließlich kehrte sie zu Lu zurück. Er setzte sie an die Lippen, tat jedoch nur, als trinke er.

Die Flasche machte mehrere Runden, bis sie fast leer war. Lu hob sie als letzter noch einmal an die Lippen und warf sie schließlich ins Meer.

Der Außenbordmotor brummte dahin. Lu fuhr über die äußeren Bänke in tieferes Wasser. Die Küstenlinie von Grenada befand sich inzwischen einen Kilometer nördlich. Westlich lagen achtzehnhundert Kilometer offenes Meer.

Der Leutnant stimmte ein Marschlied an, und die beiden Sergeanten fielen ein. Allmählich wurde der Gesang schwächer, und einer nach dem anderen verstummte schließlich.

Die zwei Sergeanten waren am Einnicken. Das Kinn des dienstälteren ruhte schon fast auf der Brust, und er fing zu schnarchen an. Zwei Minuten später kippte der jüngere nach vorn und kauerte sich in Fötusstellung auf den Boden des Schlauchboots.

Der Leutnant schlief als letzter ein, da er etwas weniger getrunken hatte als seine Leute. Er machte keine feindselige Geste, wahrscheinlich war er dazu nicht mehr imstande. Er saß nur da, sein Kopf wurde immer schwerer, und auch wenn er es wollte, konnte er nicht gegen die Wirkung des Mittels ankämpfen. Aber trotz seiner Benommenheit hatte er zwei und zwei zusammengezählt. Immer wieder riß er den Kopf hoch und bemühte sich, bei Bewußtsein zu bleiben.

»Der Rum ...?« Seine Zunge war pelzig, und die Worte waren kaum verständlich.

»Ja«, antwortete Lu. »Der Rum. Er war hochprozentig. Machen Sie sich keine Sorgen. Ich werde es nicht melden. Schlafen Sie gut.«

Lu nahm weiterhin Südkurs und wartete noch zehn Minuten. Es widerstrebte ihm zu handeln. Die Männer lagen nun alle drei auf dem Boden, sie atmeten rasch und seicht. Es waren gute Männer, die ihrem Staat treu ergeben waren und ihm Ehre machten. Hunderttausende von Rubel waren für ihre Ausbildung ausgegeben worden. Er hatte ihre Namen nicht wissen und sie nicht als Kameraden ansehen wollen. Er bemühte sich, sie als abgeschossene Kugeln zu sehen – für den einmaligen Gebrauch, aber Treffer in einer schwierigen Schlacht –, doch er konnte es nicht. Er sah sie als anständige, pflichtbewußte Männer mit Familien, die ihr Vaterland liebten. Und er hatte sie wie Klopapier benutzt. Aber aus Sicherheitsgründen hatte der Oberst ihren Tod befohlen. Und er mußte diesen Befehl ausführen. Er wußte, daß er sich sinnlos betrinken würde, wenn er erst auf der *Victoria* zurück war.

Dieser Teil der Operation war fast erledigt. Fast.

Er drehte das Schlauchboot langsam nach Backbord und in den Wind, dann schaltete er den Außenbordmotor auf Leerlauf.

Alle drei Männer waren besinnungslos, lebten aber noch. Lu hoffte, daß sie keine Schmerzen leiden würden.

Mit der Schöpfleine band er ihre Knöchel zusammen, dann zog er das Schlepptau des Containers heran, löste es von der Öse an der Heckversteifung und befestigte die Knöchel der drei an der Schlaufe.

Den Druck aus dem Container zu lassen war schwieriger, als er erwartet hatte. Mit der Drahtzange schnitt er die Plomben durch, aber die vier Verschlüsse zu öffnen war nicht leicht, da der Container in dem leichten Wellengang schaukelte. Er brauchte beinahe zwanzig Minuten dazu.

Eine exakte Nachbildung des Containers mit einer Attrappe des Raketenmotors war in der Sowjetunion hergestellt und im Schlepptank des Aurora-Marineinstituts getestet worden. Mit offenen Luftklappen hatte der Container im Schnitt siebenunddreißig Minuten zum Versinken gebraucht.

Die westliche Strömung betrug über einen Knoten. Außerdem würde der Wind den Container, solange er noch über Wasser war, noch viel schneller westwärts treiben. Irgendein Ingenieur hatte wahrscheinlich zwei Tage über den Berechnungen gesessen, bis er zu dem Ergebnis gekommen war, daß der Container mit Rückenwind ungefähr 3,4317 Seemeilen treiben würde, ehe er versank. Es spielte nicht wirklich eine Rolle. Lu wußte, daß das Wasser hier gut fünfhundert Meter tief war.

Schon jetzt lag der Container sichtlich tiefer im Wasser. Lu rollte die drei Männer über die Bootsseite. Dann stand er da, mit den Knien gegen den Schlauchbootwulst gestemmt, und schaute dem langsam dahintreibenden Container nach, bis er in der Dunkelheit verschwand. Wie Wikinger, dachte er, Krieger, die mit ihrem sinkenden Schiff untergehen. Er salutierte.

Es fing zu nieseln an, die Sterne waren nicht mehr zu sehen. Er setzte sich auf den Boden des Bootes, schaltete auf vorwärts und beschleunigte, bis es über die Wellen schoß. Die paar Lichter von l'Ans aux Pines wurden über dem Bug zusehends heller. Sie waren nur abgeschossene Kugeln, redete er sich immer wieder ein.

15

16. Juli

Der Oberst lehnte sich in die mit Thaiseide überzogenen Polsterkissen des Sofas, verschränkte die Beine und drehte das Glas mit eisgekühltem Wodka zwischen den Händen. Aus Müdigkeit durch die Zeitverschiebung nach dem langen Flug wirkte sein Gesicht eingefallen, und sein Bauch war aufgebläht von einem zu reichlichen Mittagessen. Außerdem war er leicht angetrunken.

Vor dem Rauchglasfenster des Salons der *Victoria* blickte Lu über das schlammige Wasser, an dessen beiden Ufern sich Mangroven erstreckten. Ein kubanisches Patrouillenboot war an der gegenüberliegenden Seite der schmalen Bucht vertäut. Die *Pampero*, die in der vergangenen Nacht angekommen war, ankerte außer Sicht hinter der Biegung der Bucht, sollte jedoch noch vor Sonnenuntergang längsseits der *Victoria* gebracht werden.

Lu war mit diesem Anlegeplatz zufrieden. Er war wettergeschützt, die Gegend ringsum kubanisches Militärgebiet, wodurch völlige Sicherheit gewährleistet war, abgelegen und vom Meer doch nur drei Kilometer durch eine schmale Wasserstraße getrennt, die nicht in der Karte eingezeichnet war. Durch seinen KGB-Verbindungsmann in Havanna wußte Lu, daß den Kubanern diese Bucht von Cayo Mabi als Umschlagplatz diente, und zwar für Drogen aus Südamerika, die für den Norden bestimmt waren, und für Waffen aus dem Norden, die nach Süden gingen – ein profitables Nebengeschäft, das sowohl harte Währung einbrachte als auch politische Vorteile, die sich irgendwann einmal bezahlt machen würden.

Er war vor zwei Stunden mit der *Victoria* angekommen, die mit voller Kraft von Grenada durch die Karibik hierher nach Kuba gepflügt war. Sie hatte die tausendvierundneunzig Seemeilen mit fünfunddreißig Knoten im Durchschnitt gemacht. Lu hätte nie gedacht, daß eine Jacht bei diesem Wellengang ein solches Tempo halten würde. Widerwillig war seine Achtung für Sanchez gestiegen.

»Nach Ihrem Bericht ist Ihr Teil der Operation offenbar wunschgemäß verlaufen«, stellte der Oberst fest.

»Ja, wie geplant«, bestätigte Lu. »Es gab keine Probleme mit der Grenada-Operation.«

»Und auch nicht mit dem Rest des M-5R-Austauschs.« Er blickte zu Lu hoch und schaute ihm in die Augen. »Erfolg auf ganzer Linie. Unser Verbindungsmann auf dem Cape berichtete, daß der Raketenmotor sicher in Florida angekommen ist. Er war völlig in Ordnung und wird morgen in den japanischen GINGA eingebaut.« Er warf einen raschen Blick auf den Datumsanzeiger seiner Uhr. »Er wird mit dem *Star-Shot*-Satelliten in die Ladebucht des Shuttle verfrachtet. Der Abschuß soll in vier Tagen erfolgen.«

Die Patrioten hatten also die Oberhand gewonnen, dachte Lu erleichtert. »Dann darf ich annehmen, daß das Projekt vom Politbüro gebilligt wurde und wir die Genehmigung zur Weiterführung haben?«

Der Oberst trank sein Glas aus und streckte es Lu zum Nachfüllen entgegen. »Etwas mehr diesmal, Louis.«

Das bedeutete ein volles Glas. Lu ging zur Bar, öffnete das Tiefkühlfach und holte die Flasche Absolut-Wodka heraus. Sie war mit einer feinen Eisschicht überzogen, und der Wodka war wie zähes Öl. Er brachte dem Oberst das bis zum Rand gefüllte Glas. Der nahm es, hielt es in das schwindende Licht.

»Sie haben die großzügige Hand eines guten Gastgebers, Louis. *Na sdorowe!*«

Er goß etwa ein Drittel hinunter, dann lehnte er sich mit schweren Lidern wieder in die Kissen zurück. »Es gibt noch ein Problem, Louis. Das Projekt wurde vom Generalsekretär und den pazifistischen Mitgliedern des Politbüros, die in der Mehrzahl sind, unerbittlich abgelehnt. Sie kamen mit Bedenken wie globale politische Erwägungen, Fortschritte in den Abrüstungsverhandlungen, Furcht vor Entdekkung und ähnlichem Geschwätz. Suchen Sie sich irgendeinen der Gründe aus, mit denen diese revisionistischen, schwachköpfigen *Apparatschiks* aufwarten, aber Sie müssen sich klar sein, der wahre Grund ist, daß sie sich in die Hosen machen vor Angst, ein bißchen was zu riskieren, selbst wenn sie dadurch eine Menge gewinnen könnten!« Er hob sein Glas. «Einen Toast auf unsere feigen Führer, mein Freund. Mögen sie in brüderlicher und sozialistischer Einigkeit in der kapitalistischen Hölle schmoren, die sie selbst erschaffen haben!«

Lu überlief es kalt. So weit war er gekommen, so große Risiken war er eingegangen, hatte sich exponiert, hatte gute Männer geopfert und für die Zukunft seines Sohnes und seine eigene auf den Erfolg gesetzt. Nun wurde ihm das Projekt unter den Füßen weggezogen. Schlimmer noch, da die Mission aufgegeben wurde, würde man nach

Schuldigen suchen, und die Schuld würde wie Pferdeäpfel den Berg hinunterrollen und auf der untersten Ebene – seiner – kleben bleiben. Wahrscheinlich würde der Oberst ihm jetzt befehlen, sofort nach Moskau zurückzufliegen. Lu schätzte, daß er die nächsten fünfzehn Jahre, falls er Glück hatte, irgendeine KGB-Garnison an der türkischen Grenze befehligen durfte – aber es konnte durchaus schlimmer kommen. Und für Sascha würde es keine Zukunft mehr geben.

Doch irgendwie fühlte er, daß der Oberst sich nicht die Zeit genommen hätte, den weiten Weg nach Kuba zu fliegen, wenn es genügt hätte, eine Rückberufungsorder zu schicken. Lu erinnerte sich, wie er von seiner Mutter gelernt hatte, daß das chinesische Ideogramm für »Problem« eine Kombination der Symbole »Gefahr« und »Gelegenheit« war. Wie in dieser Situation war es eine Frage der Auslegung.

Er wandte sich vom Oberst ab, stützte die Arme auf das Fensterbrett und beobachtete die Möwen, die über den Abfällen des Patrouillenboots kreisten. Zwei junge chinesische Matrosen mit nach Marinevorschrift kahlgeschorenen Köpfen schwammen nackt in der Flut. Sie lachten und spritzten sich gegenseitig an wie ausgelassene Kinder. Wenn das Leben doch bloß so einfach wäre!

»Finden Sie etwas an der Ausführung meines Auftrags auszusetzen, Oberst?« fragte er und bemühte sich um eine ruhige Stimme.

Schweigen.

Lu drehte sich zu ihm um. »Nun?«

Der Oberst drückte das kalte Glas an die Wange, und schloß kurz die Augen. »Nein. Es gibt daran nichts auszusetzen, Louis«, sagte er weich. »Gar nichts.«

»Werden Sie das auch für meine Personalakte angeben, nun, da das Projekt aufgegeben wird?«

»Sie enttäuschen mich, Louis. Ist das alles, woran Sie denken? Ihren Arsch in Sicherheit zu bringen?« Der Oberst schüttelte den Kopf. »Natürlich würde ich Ihnen die höchste Belobigung für Ihre Leistung geben, und als Ihr Vorgesetzter notgedrungen auch einige Schuld auf mich nehmen. Aber so einfach ist es nicht. Nichts ist das je.«

Diese Reaktion verwirrte Lu, aber zumindest war der Oberst bereit, die Verantwortung mit ihm zu tragen, das verminderte zumindest die Möglichkeit der Gefahr. Nun ging es um die Gelegenheit. »Und woran denken Sie?« erkundigte er sich.

Der alte Mann drückte sich noch tiefer in die Kissen. Sein Gesicht war schlaff, doch seine Augen schienen in die Lus einzudringen. »Das Projekt fortzuführen, wie *wir* es planten, Louis.«

Wir war ein Wort, das auf Verschwörer hinwies und auf Hochverrat, wie Lu bewußt wurde. »Wenn ich Sie recht verstanden habe«, sagte er, »hat das Politbüro die Mission untersagt.«

Der Oberst stand auf und watschelte zur Bar. Er fand eine Dose mit Cashews, nahm sich einen Mundvoll, dann zog er den Absolut aus dem Tiefkühlfach und füllte sein Glas bis obenhin.

»Die Sache ist die, daß das Projekt bereits seit mehreren Monaten läuft; ›im Prinzip genehmigt‹, wie unsere Vorgesetzten euphemistisch sagten. Es wird anderen nicht schwerfallen, uns die Schuld zuzuschieben, aber bedenken Sie, daß die schwierigsten Phasen bereits erfolgreich durchgeführt sind. Wir beide wissen, daß der Plan eine ausgezeichnete Erfolgschance hat.«

»Selbst wenn, würden wir uns einer Politbürodirektive widersetzen. Auf Gehorsamsverweigerung steht die Todesstrafe.«

Der Oberst schüttelte den Kopf. »Sie haben solche Angst, Louis, daß sie kurzsichtig sind! Sie sehen nur ihre Nasenspitze und haben keine Ahnung, wie der Horizont aussieht! Überlegen Sie doch: Zwei Fraktionen innerhalb des Politbüros haben hitzig über dieses Projekt debattiert. Die Pazifisten gewannen mit einer geringen Stimmenmehrheit, doch es gibt nach wie vor eine mächtige Minderheit im Politbüro, hauptsächlich die Vertreter der Roten Armee, des Verteidigungsministeriums und des KGB. Sie alle unterstützen heimlich das Projekt, vorausgesetzt die vorhergesehenen Ergebnisse sind voll und ganz realisierbar.«

»Trotzdem war es ein Mehrheitsbeschluß des Politbüros. Das macht es endgültig.«

Der Oberst zuckte die Schultern, diese Logik hielt ihn nicht auf. »Sicher hätte ich die Anweisungen zur Rückziehung des Projekts erhalten, *wenn* ich noch einen Tag länger in Moskau geblieben wäre. Aber Marschall Njuchlow verständigte mich auf einer Geheimleitung innerhalb von fünf Minuten nach dem Beschluß des Politbüros und befahl mir, nach Kuba zu verschwinden, ehe irgend jemand in der Moskauer Hauptstelle Wind von der Sache kriegte. Njuchlow hatte bereits für den Fall, daß die Abstimmung falsch ausgehen würde, ein Flugzeug für mich bereitstellen lassen. Offiziell habe ich die Anweisung, das Projekt aufzugeben, gar nicht erhalten.«

»Aber man wird sich hier in Kuba mit Ihnen in Verbindung setzen.«

»Deshalb treffen wir uns ja hier statt in Mariel. Die Hauptstelle weiß weder, wo ich bin, noch, was ich mache. Also wie sollte sie mich da erreichen? Unser ursprünglicher Befehl lautete, die Einzelheiten des Projekts absolut geheimzuhalten, infolgedessen kennen nur Sie und ich sie. Nicht einmal Njuchlow erhielt die Planung schriftlich – es gab lediglich einige Besprechungen mit ihm –, damit er im Notfall alles abstreiten könnte. Und niemand außer Njuchlow weiß, wo ich bin. Mit zwei oder drei Tagen Herumschnüffeln könnte Moskau es vielleicht herauskriegen, aber bis dahin wird das Projekt entweder erfolgreich abgeschlossen oder gescheitert sein.«

Plötzlich klang die Stimme des Obersts nicht mehr alkoholschwer, als er fortfuhr: »Louis, meine Frage ist: Machen Sie mit? Ich möchte, daß Sie sich die Sache sorgfältig durch den Kopf gehen lassen und dann ohne Einschränkungen antworten. Keine Wenn und Aber. Absolute Bindung, wenn Sie mitmachen. Und wenn nicht, Garantie für absolutes Schweigen!«

Lu wußte, daß der Oberst sich nie mit einer mündlichen Garantie zufriedengeben würde, wenn er jetzt versuchte sich herauszuhalten. Er würde mit einer Kugel durch seinen Kopf dafür sorgen, daß er auch wirklich schwieg. »Ich war Ihnen immer treu ergeben, Oberst«, sagte er mit abgewandten Augen.

Der Oberst lächelte breit, tauchte die Finger in den Wodka, und bespritzte Lu mit Tropfen des russischen Weihwassers. »Ich freue mich über Ihre Loyalität, Louis, und über Ihren instinktiven Selbsterhaltungstrieb. Ein Mann muß schon Selbstvertrauen haben, um die Dinge hinzunehmen, wie sie sind und sein könnten.«

»Was geschieht mit uns, wenn wir mit der Operation Erfolg haben? Wir werden wohl immer mit dem Stigma des Befehlsverweigerers gezeichnet sein.«

»Die Politbüro-Pazifisten, die gegen das Projekt waren, werden es für angebracht halten, ihre Opposition zu vergessen, wenn sie ihre Köpfe behalten wollen. Die Patrioten, die die Mission unterstützen, werden an Glaubwürdigkeit enorm gewinnen – und potentiell an Macht. Sie kennen doch unser altes Sprichwort: Weisheit und Erfolg sprechen für sich selbst. Als Belohnung garantiert Njuchlow mir sofortige Beförderung, die Führung des KGB innerhalb der nächsten drei Jahre, und spätestens in fünf Jahren eine Kandidatur als Politbüromitglied. Und so wie ich in Macht und Amt aufsteige, werden auch Sie es.«

»Und wenn das Projekt schiefgeht?«

»Das wird es nicht, nicht bei unserem gemeinsamen und totalen Einsatz.«

»Und wenn doch?« beharrte Lu.

Der Oberst legte die Finger um die Nasenflügel und schnüffelte leicht. »Marschall Njuchlow würde sofort seines Amtes enthoben, vermutlich sogar hingerichtet werden. Auch für uns würde es brenzlig. Wahrscheinlich beriefe man uns zurück, und es käme zur Anklage. Ich wäre bereit wegzusehen, damit Sie verschwinden könnten – ›in Erfüllung seiner Pflicht ums Leben gekommen; Leiche konnte nicht geborgen werden‹, könnte ich in meinem Bericht schreiben. Ich weiß, daß Sie irgendwo im Westen Geld auf die Seite gebracht haben, außerdem haben Sie das dicke Bündel Reiseschecks. Ich bin sowohl Ihr Freund als auch ein loyaler KGB-Offizier, das müßte sich lange genug in der Waage halten. Ich würde weder etwas tun, das Ihnen schaden könnte, noch Ihnen helfen. Sie wären auf sich selbst gestellt. Was mich betrifft, Louis, ich bin alt. Ich würde ein strenges Verhör nicht überstehen. Und sie könnten mir nichts wegnehmen, was mir fehlen würde – außer Essen, Trinken, Frauen und die Privilegien meines Rangs. Ich würde mit einer Kugel durch den Kopf allem ein Ende machen. Und ohne mich, den sie in die Mangel nehmen könnten, wären Sie sicher, wohin Sie sich auch immer verziehen würden.«

»Sie ließen zu, daß ich verschwinde?«

»Das ist doch genau das, was Sie planen, Louis, nicht wahr?« Der Oberst hatte die Stimme gesenkt, sie war nun so spröde wie eine Weidengerte nach dem ersten strengen Frost.

»Nein, natürlich nicht. Ich ...«

Der Oberst unterbrach ihn. »Verdammt, wagen Sie es nicht mich anzulügen, Louis! Ich erhielt vor zehn Tagen eine Meldung. Kapitonow von der Urkundenabteilung rief mich an. Er erkundigte sich nach einem Transitvisum und einem Paß, den Sie sich mit meiner Vollmacht ausstellen ließen. Es war eine Routineanfrage, aber ich ging ihr nach. Der Paß war für Ihren Sohn.« Er legte den Miniaturjadetiger auf den Beistelltisch.

Lu brachte keinen Ton heraus.

Der Oberst blickte ihn lange durchdringend an, dann wurde seine Miene weicher. Er winkte gleichmütig ab, dabei verteilte er Zigarettenasche über seine Hose. »Keine Angst, Louis, dem Jungen geht es gut. Ich habe mich ein bißchen mit ihm unterhalten, allerdings war es eine recht einseitige Unterhaltung. Er leugnete, irgend etwas zu wissen. Ihr Schwager war unter Druck gesprächiger.« Er studierte die glühende Spitze seiner Zigarette und zuckte philosophisch die Schultern. »Alle Agenten im Außendienst kommen irgendwann einmal auf den Gedanken, sich abzusetzen. Sie sprechen nur nicht darüber, und die meisten haben Schiß, es wirklich zu versuchen.« Er stand auf und trat ans Fenster. »Zunächst nahm ich an, daß Sie beabsichtigten überzulaufen – zu irgendeinem westlichen Geheimdienst.« Er blickte Lu wieder an, und seine Augen waren hart wie Glasmurmeln. »Haben Sie das vor?«

Es hatte keinen Sinn, noch irgend etwas abzustreiten. Lu hatte gewußt, daß es einmal zu diesem Gespräch kommen würde – nur hatte er damit beginnen und es auf seine Weise sagen wollen. »Sie wissen genau, daß ich das nicht täte! Sie würden mich drei Jahre lang ausquetschen und dann fallenlassen. Das ist ihre Art. Und ob Sie es mir glauben oder nicht, ich bin dem Staat gegenüber immer noch loyal.« Er schüttelte den Kopf. »Nein, ich würde nicht überlaufen. Aber ich bin ausgebrannt. Ich will irgendwo in den Ruhestand gehen, wo meine Knochen nicht frieren und ich keine Augen im Rücken spüre. Hauptsächlich aber, weil mein Sohn krank ist und die Hilfe eines Spezialisten braucht – die er in unserem Vaterland nicht bekommen kann. Das ist der Grund.«

Nach langem Schweigen nickte der Oberst schließlich, als hätte er gerade eine Entscheidung getroffen. »Dumm und kurzsichtig, Louis. Das beschreibt, was Sie tun. Aber ich kann die Wahrheit riechen. Mir hätte Ihr Problem schon in Moskau bewußt werden müssen, dann hätte ich Ihnen dieses Projekt nie übertragen.« Nachdenklich strich er mit einem Fingernagel über sein Kinn. »Ich brauche Sie doch nicht daran zu erinnern, daß es der Tod Ihres Jungen wäre, wenn Sie je überliefen. Ich würde vielleicht nicht an Sie herankommen, aber an den Jungen ganz sicher. Das ist Ihnen doch klar, nicht wahr?«

»Sie müssen mir glauben, daß es mir nie auch nur in den Sinn käme überzulaufen. Ich habe diese Entscheidung aus rein persönlichen Gründen getroffen.«

»Ich glaube Ihnen, Louis. Ja, ich glaube Ihnen. Ich möchte nur, daß wir einander ganz genau verstehen!«

Lu sondierte vorsichtig: »Also, ob unser Projekt Erfolg hat oder nicht, Sie werden mich und den Jungen gehen lassen?«

»Das habe ich nicht gesagt, oder? Es ändert unsere Beziehung. Sie sind nicht mehr mein vertrauenswürdiger Untergebener und loyaler Sowjetoffizier. Sie arbeiten für sich selbst. Also müssen die Regeln geändert werden, um dieser neuen Beziehung gerecht zu werden.«

»Und wie sehen diese neuen Regeln aus?«

»Sie sind nach wie vor für Phase 1 verantwortlich: die Vernichtung der Raumfähre in den ersten Sekunden des Starts. Gleichgültig, ob Phase 1 erfolgreich ist oder nicht, werden wir uns wie geplant auf der *Victoria* in den Bahamas treffen. Nach Ihrer Ankunft ist es Ihre Aufgabe, die *Pampero* mit Besatzung zu vernichten. Zweifellos können wir es so hinstellen, als wären sie dabei ums Leben gekommen. Ich bin sicher, sie haben sich Ihren Abgang bereits gut überlegt.«

»Mein Sohn . . . ?«

»Wenn Sie Ihren Teil der Mission zu meiner Zufriedenheit beendet haben, wird er freigelassen. Er befindet sich zur Zeit mit Ihrem Schwager in einem Moskauer Apartment, unter Bewachung durch meine Leute. Meine Orders lauten, falls ich keine gegenteiligen Anweisungen erteile, Ihren Sohn und Ihren Schwager nach zehn Tagen laufenzulassen.«

»Und wenn Phase 1 nicht erfolgreich ist?«

Wieder drückte der Oberst das kalte Wodkaglas an seine Wange. »Dann sieht es anders aus. Wenn Sie versagen, müssen Sie sich damit abfinden, daß Ihr Sohn und Ihr Schwager für Ihr Versagen zu bezahlen haben. Ich glaube, Näheres brauche ich da nicht zu erklären.«

»Sie sagten selbst, daß die Erfolgschance nur dreiundneunzig Prozent beträgt, egal, wie gut die Operation verläuft.«

»Stimmt, Louis. Dreiundneunzig Prozent, vorausgesetzt, Sie können Raul und Vierro fünfzehn Minuten vor dem Start auf dem Strand absetzen. Die Chancen stehen also für Sie. Aus meiner Entfernung werde ich jedoch nicht zwischen einer fehlerhaften Operation und ganz einfachem Pech unterscheiden können. In beiden Fällen hätten Sie versagt.«

Er hatte keinen Verhandlungsspielraum, also blieb ihm nichts übrig, als sich mit dem Siebenprozentrisiko abzufinden. »Aber was ist, wenn der Start abgebrochen oder verschoben wird?«

»Ich stelle keine unsinnigen Anforderungen und lasse durchaus einen Spielraum zu. Soweit wir wissen, soll der Start des Shuttles am Morgen des Neunzehnten stattfinden. Wenn er nicht mehr als um einen Tag verschoben wird, bleiben Sie in der Nähe und versuchen es erneut. Doch nicht länger. Die *Pampero* über den Zwanzigsten hinaus in der Gegend sehen zu lassen, wäre bei den Streifen durch die Patrouillenboote ein zu großes Risiko. Wenn also der Start um mehr als vierundzwanzig Stunden verschoben wird, segeln Sie zu den Bahamas, und uns bleibt nur noch Phase 2.«

»Und Phase 2 führen Sie selbst durch?«

»Ja.« Der Oberst drückte seine Zigarette aus.

»Und ich springe für Sie ein?«

»So sieht der Plan es vor – falls ich aus irgendeinem Grund abgehalten werde. Doch so wie es bis jetzt den Anschein hat, ist diese Möglichkeit nicht zu befürchten.«

»Und nach Phase 2 – ob sie nun durchführbar ist oder nicht und vorausgesetzt, daß ich meine Sache wie erwartet mache – bin ich dann frei?«

»Freiheit ist eine Illusion, Louis. Aber ja, Sie und Ihr Sohn können gehen, und meine Augen werden anderswo sein.«

Die Sonne stand tief am Westhimmel, und ihr Licht, durch die dunkle Brille in goldenen Dunst verwandelt, hüllte den Salon in gedämpfte Bronzetöne. Der Oberst stieß eine Rauchfahne aus, die in dem Bernsteinlicht aufstieg und sich kräuselte wie ein Sternennebel einer fernen Galaxis.

»Also bleibt der ursprüngliche Plan des Projekts bestehen«, stellte Lu fest.

Der Oberst schwenkte seine Zigarette und lehnte sich wieder tief in die Kissen, während er beobachtete, wie sich der Rauch im Licht kräuselte. »Genau. Und um den Weg dafür zu pflastern, haben wir eine *Desinformatsija*-Kampagne gestartet. Der angebliche Zweck dieses Shuttleabschusses sickerte mit Hilfe japanischer Aerospace-Ingenieure im Sold der Moskauer Hauptstelle an die Weltpresse durch. Die Folgen sind durchaus zufriedenstellend. Ich nehme an, daß Sie noch nicht dazu gekommen sind, die neuesten Zeitungen zu lesen?«

»Nein, natürlich nicht.«

Der Oberst öffnete einen Aktenkoffer und legte einen fotokopierten Zeitungsausschnitt auf den Beistelltisch. Der Artikel war der *Washington Post* entnommen und von einem mit dem Pulitzerpreis ausgezeichneten Reporter verfaßt. Lu griff nach dem Ausschnitt, schaltete eine Stehlampe ein und begann eingehend zu lesen.

»Star-Wars«-Satellit angebliche Ladung des bevorstehenden Shuttlefluges

WASHINGTON, D.C.: Zwei verschiedenen vertrauenswürdigen Quellen der japanischen Verteidigungsindustrie ist zu entnehmen, daß der in Kürze startende Space Shuttle zwei Satelliten befördern wird, die für den ersten amerikanischen Kernwaffentest im Weltall im Rahmen der sogenannten Strategic Defense Initiative (SDI) bestimmt ist, die auch oft als »Star Wars« bezeichnet wird.

Eine Anzahl von Rüstungskontrollexperten weist darauf hin, daß ein solcher Test unzweifelhaft eine Verletzung des Versprechens wäre, das die US-Regierung den Sowjets gab, daß SDI-Forschungen auf das Labor beschränkt bleiben und keine Kernwaffen im Weltraum getestet werden.

Pentagon und NASA bestreiten das Gerücht energisch, daß für den Test ein US-Satellit mit einer Dreimegatonnennuklearbestükkung eingesetzt werden soll. Aus den japanischen Quellen geht hervor, daß dieser US-Versuchssatellit mit dem Kodenamen *Star Shot* den möglichen Einsatz von Kernenergie als »Pumpe« für Röntgenlaserwaffen zur Abwehr von Interkontinentalraketen testen soll.

Lu blickte von dem Ausschnitt hoch. »Sie haben diesen Aspekt der Operation bisher überhaupt noch nicht erwähnt. Was, zum Teufel, ist ein Röntgenlaser?«

»Das Röntgenstrahlenkonzept ist einfach, Louis, und doch das wirkungsvollste Weltraumverteidigungssystem, das erdacht wurde. Stellen Sie sich eine Röhre vor, vier Meter lang und zwei im Durchmesser, mit einem Dreimegatonnennuklearsprengkopf am unteren Ende, umgeben von metallenen Stäben, die alle unabhängig voneinander gesteuert werden. Vor dem Sprengkopf befindet sich ein Zielsuch-Infrarotteleskop. Sobald das Teleskop einen Schwarm Interkontinentalraketen entdeckt, der von den Raketenbasen der Sowjetunion aufsteigt, werden kleine Kurskorrekturraketen die Satellitenröhre in die ungefähre Richtung der Geschosse drehen. Ein eingebauter Computer wird daraufhin jeden Stab einzeln auf eines der Ziele ausrichten. Dann wird dieser Nuklearsprengkopf, in dem Artikel ›Pumpe‹ genannt, detonieren. In einer Milliardstelsekunde, ehe die Laserstäbe in der Kernexplosion verdampfen, werden sie gewaltige Mengen Röntgenstrahlen bündeln und auf die Geschosse richten.« Er warf die Hände hoch. »Puff! Keine Raketen mehr!«

»Aber eine solche Waffe eignete sich nur zum einmaligen Einsatz.«

»Stimmt. Die Amerikaner müßten gut zweihundert *Star-Shot*-Satelliten in den Weltraum schießen. Etwa fünfzehn könnten in einem Shuttle befördert werden. Also wären nur vierzehn Shuttle-Flüge notwendig, das gesamte amerikanische Star-Wars-Verteidigungssystem an Ort und Stelle zu transportieren. Es könnten jederzeit genügend über das Polargebiet gebracht werden, um jeglichen sowjetischen Angriff ernsthaft in Frage zu stellen. Unsere Experten schätzen, daß das amerikanische Weltraumverteidigungssystem einen Wirkungsgrad zwischen dreiundfünfzig und achtundsechzig Prozent haben würde, der sich mit weiteren Satelliten prozentuell erhöht. Für unsere Strategen wäre das eine untragbare Verlustrate.«

Der Oberst zündete sich eine neue Zigarette an, und deutete auf den Ausschnitt. »Lesen Sie weiter, Louis. Es wird noch interessanter.«

Der andere Satellit, der in diesem Experiment benutzt werden soll, wurde als SDI-Auftrag mit Mitteln aus dem U.S. Department for Energy von einem Konsortium japanischer Elektronik- und Aerospace-Firmen hergestellt. Dieser Satellit mit dem Kodenamen GINGA soll als Zielsimulation für eine größere, aber nicht angegebene Zahl sowjetischer SS-18-Interkontinentalraketen eingesetzt werden, die viele amerikanische Verteidigungsexperten für eine erstrangige sowjetische Angriffswaffe halten. Offizielle Daten des Verteidigungsministeriums über die sowjetische SS-18 geben an, daß die Bestückung der SS-18 aus vierzehn Einmegatonnensprengköpfen besteht.

Lu hob die Brauen. »Wieviel davon stimmt?«

»Genug, dem Gerücht Glaubwürdigkeit zu geben«, antwortete der Oberst lächelnd. Er schob seine Brille auf die Stirn, und beugte sich vor. »Wie wir beide wissen, sind in der Kunst und Praxis von *Desinformatsija* die glaubhaftesten Lügen jene, die eine fundamentale Wahrheit enthalten.« Er drückte seine Zigarette aus. »Wir haben eine ziemlich gute Vorstellung davon, wie das Weltraumexperiment durchgeführt wird. Der *Star-Shot*-Satellit ist auf den ersten Blick der Röntgenlaserwaffe ähnlich, nur daß er keine Nuklearausrüstung hat, sondern eine Anzahl von kommerziellen Lasern, wie sie zur Messung großer Entfernungen verwendet werden. Sobald der japanische GINGA-Satellit in erdnaher Umlaufbahn über der Sowjetunion ist, wird er eine große Zahl Strahlen aussenden, um die Wärmestrahlung von zwanzig unserer SS-18-Raketen zu simulieren. Die Aufgabe von *Star Shot* wird es sein, die Wärmemuster dieser simulierten Geschosse aufzuspüren, sie anzuvisieren und dann gleichzeitig die harmlosen Laserstrahlen auszulösen. Die japanischen Zielköpfe werden mit Sensoren ausgerüstet sein, die melden, wenn sie direkt und exakt von einem Laser angestrahlt worden sind. Diese Angaben werden telemetrisch an die amerikanische Kontrollstation geleitet.«

»Dann setzen die Amerikaner bei dieser Operation also gar keine Kernwaffen ein?«

»Natürlich nicht. So dumm sind sie nicht. Dies ist ein kritischer Schritt in der Entwicklung des Waffensystems. Der Zweck des Experiments ist, festzustellen, ob die Such-, Ziel- und Erkennungssysteme funktionieren.«

Lu zupfte nervös am Ohr. »Doch selbst wenn der Test erfolgreich verliefe, würden die Amerikaner letztendlich die Wirksamkeit des gesamten Waffensystems im Raum erproben müssen. Ein echter Test des von einer Nuklearwaffe betriebenen Röntgenlasers wäre eine eindeutige Verletzung der sowjetisch-amerikanischen Übereinkünfte im Hinblick auf die Interpretation des ABM-Vertrags. Weltweite Kritik, der Aufschrei aus der amerikanischen Öffentlichkeit, unsere eigenen Proteste in den Vereinten Nationen würden …«

»Ein nuklearer Weltraumtest ist wünschenswert, aber vielleicht nicht erforderlich«, unterbrach der Oberst ihn fest. Er strich sich über den kahlwerdenden Kopf. »Schon 1977 glaubten die Amerikaner, ihnen wäre ein theoretischer Durchbruch in der Entwicklung eines Röntgenlasers gelungen. Das ist etwas, das wir noch nicht erreicht haben. Sie haben über ein Jahrzehnt unter der Wüste von Nevada nuklear gepumpte Röntgenlaserwaffen getestet und perfektioniert. Deshalb erklärten wir den einseitigen Stopp für unterirdische Atomversuche. Wir wollten sie durch die weltweite öffentliche Meinung unter Druck setzen, die Tests abzubrechen, damit wir Zeit gewinnen, zu den gleichen Ergebnissen zu kommen, die ihren Durchbruch ermöglichten.

Doch sie machten weiter, und ihre Tests perfektionierten schließlich die Konstruktion der Waffe. Wenn der *Star-Shot*-Test erfolgreich verläuft, wird das amerikanische Militär zur Entwicklung eines einsatzfähigen Systems drängen. Reagan stellte die Mittel für *Star Shot* zur Verfügung. Die gegenwärtige Regierung setzt diese Politik stillschweigend fort, trotz der antinuklearen Äußerungen des neuen Präsidenten während seiner Wahlkampagne. Aufgrund des Vertrags können die Amerikaner keinen nuklear gepumpten Lasersatelliten im Weltraum testen, doch wenn das nukleare Pumpen und der Zielmechanismus unabhängig voneinander funktionieren, warum dann nicht beide Teile gemeinsam? Es ist nur eine Spekulation, doch eine logische.«

»Dann würde ein Erstschlag unsererseits neutralisiert.«

»Nicht völlig, aber genug, die Glaubwürdigkeit unserer Angriffsstrategie ernsthaft in Zweifel zu ziehen. Irgendwann könnten wir ein Verteidigungssystem ausarbeiten oder eine eigene *Star-Shot*-Waffe, doch bei unserer gegenwärtigen Politbüro-Führung bin ich sicher, daß es dazu nicht kommen wird. Auf jeden Fall würden wir Jahre und Milliarden Rubel brauchen, bis wir soweit wären, und wir können uns weder den einen noch den anderen Luxus leisten. Sie verstehen jetzt sicher, weshalb der Erfolg dieses Projekts so wichtig ist?«

Wichtig für wen, fragte sich Lu. Wichtig für das Überleben des sowjetischen Volkes oder der Anhänger des harten Kurses im Kreml und ihres Traumes von einer Welt unter dem roten Stern?

Der Oberst wartete auf eine Antwort – nein, auf mehr als das – auf eine verpflichtende Zusage.

Lu nickte. »Ja, ich verstehe, wie wichtig es ist, *Star Shot* zu stoppen.« Damit gab er die gewünschte Antwort, obwohl er nicht sicher war, daß er an das glaubte, was er sagte, aber er konnte sich Zweifel nicht mehr leisten. Er hatte seine eigenen Prioritäten.

Der Oberst brummte befriedigt, dann kramte er erneut in seinem Aktenkoffer und reichte Lu ein zweites Blatt Papier. Es war die Niederschrift einer Nachrichtensendung des BBC World Service.

Fünftausend Friedensaktivisten waren am Eingang des Kennedy Space Center zusammengekommen und hatten heftig gegen Kernwaffen im Weltraum protestiert. Steine waren geworfen worden, und Polizisten hatten mit Knüppeln auf die Demonstranten eingeschlagen. Vierhundert Personen waren verhaftet worden. Schwere Anklagen wegen Polizeibrutalität – mit Videoaufnahmen dokumentiert – wurden erhoben. Eine besonders erschütternde Szene von einer Demonstrantin wurde gezeigt, die sich mit Feuerzeugbenzin übergossen und angezündet hatte. Ihr Zustand war ernst, aber stabil.

»Beeindruckend«, stellte Lu schließlich fest. »Aber hat das irgendeine Wirkung auf die Planung von Phase 1?«

»Ja. Es hilft. Der größte Teil der Wachmannschaft wird höchstwahrscheinlich eingesetzt werden, um die Demonstranten von den Brücken vom Festland zu den Abschußrampen fernzuhalten. Das dürfte Ihren Job beachtlich erleichtern.« Der Oberst beugte sich vor und senkte die Stimme. »Bisher habe ich Sie über vieles im dunkeln gelassen, Louis. Aber jetzt möchte ich, daß Sie besser zu schätzen wissen, was sich tun wird.« Er holte einen Kugelschreiber aus seiner Hemdtasche, und zeichnete eine Skizze des japanischen Raketenmotors auf eine Serviette.

Der Oberst tippte mit dem Kugelschreiber auf die Skizze. »Mit Ausnahme einiger kleinerer Änderungen, die in den Laboratorien des Frunse-Rüstungswerks in Alma Ata vorgenommen wurden – ich habe sie hier schraffiert –, ist der Raketenmotor ein exaktes Duplikat des japanischen, den Sie vor Grenada versenkt haben. Es ist nichts weiter als eine bessere Rakete: eine Brennkammer, die festen Raketentreibstoff enthält, eine Zündvorrichtung, eine Steuerung und eine bewegliche Abgasdüse.«

Lu beugte sich nach vorn und studierte den schraffierten Teil. »Was ist anders?«

»In der Hülle sind ein paar elektronische Einrichtungen versteckt, aber der Hauptunterschied ist, daß wir statt des festen Treibstoffs den größten Teil des Gehäuses mit Plastiksprengstoff gefüllt haben. Das Gewicht ist dasselbe. Wenn keine Proben genommen werden, was sowieso verboten ist, müßten die Änderungen beim Checkout unbemerkt bleiben – und sind es beim ersten Checkout tatsächlich auch geblieben.

Wenn Raul seinen Teil getan hat, wird ein auf Erschütterung reagierender Mechanismus die über tausend Kilo Plastiksprengstoff zünden. Der Shuttle wird in Mikrosekunden explodieren. Es wird kein Stückchen übrigbleiben, das größer als eine Blechdose ist.«

»Aber die *Desinformatisija*-Kampagne hat dazu geführt, daß die amerikanische Öffentlichkeit glaubt, es befinde sich eine Nuklearwaffe an Bord. Wenn die Raumfähre explodiert, müßte es zumindest eine gewisse Radioaktivität geben.«

Der Oberst lehnte sich wieder zurück und lächelte. »Dafür ist bereits gesorgt, Louis. Dem Sprengstoff sind sieben Kilo Plutoniumgranulat beigemengt; genau für die Menge radioaktive Strahlung, die auch bei einer Dreimegatonnenatombombe auftreten würde. Vom Shuttle wird nichts übrigbleiben, aber der gesamte Bereich des Space Centers wird sehr lange verseucht und völlig unbenutzbar sein. Die Zuschauer, Wissenschaftler und Techniker werden diesen Staub einatmen, ebenso wie unzählige weitere im Falloutgebiet, das sich landeinwärts bis zur Grenze zwischen Florida und Georgia erstrecken wird. Falls Sie es nicht wissen sollten, Plutonium hat eine Halbwertzeit von vierundzwanzigtausend Jahren.«

Lu wurde plötzlich bewußt, daß er den Oberst mit offenem Mund anstarrte und kein Wort herausbrachte.

»Verstehen Sie jetzt?« fragte der Oberst. »Wenn der Unfall passiert, wird die *Desinformatsija,* die von den japanischen Ingenieuren durchgesickert ist, automatisch bestätigt. Und es werden keine wesentlichen Beweisstücke übrig sein, die dagegen sprechen könnten. Und selbst wenn es einen anders lautenden Regierungsbericht geben sollte, würde die Öffentlichkeit ihn nicht glauben. Die Verschleierungen durch frühere amerikanische Regierungen, durch die NASA und das Militär hat die Bevölkerung zynisch gemacht. Aufgrund des öffentlichen Aufschreis wird der Kongreß die Regierung zwingen, nicht nur ihr Star-Wars-Programm aufzugeben, sondern wahrscheinlich sogar einen großen Teil ihres nuklearen Arsenals. Mit einem einzigen Wurf falscher Würfel, Louis, hat die Sowjetunion die Möglichkeit, das Spiel zu gewinnen!«

Lu ließ sich in einen Sessel fallen. Die letzten Strahlen der untergehenden Sonne fielen auf sein Gesicht. Er war wie betäubt. Eine Zigarette! Er brauchte dringend eine Zigarette! Er griff nach der Schachtel des Obersts auf dem Beistelltisch, zog eine heraus und zündete sie an. Fast würgte er, doch dann kehrte das alte Verlangen nach Nikotin zurück. Der zweite Zug war schon besser, sein Kopf wurde leichter, und der dritte war beinahe beruhigend. Er blickte auf die Zigarette und sah, daß seine Hand zitterte.

»Es hinterläßt einen schlechten Geschmack im Mund, nicht wahr?« sagte der alte Mann.

»Wie viele Tote?«

»Sehr viele, Louis. Tausende in der unmittelbaren Umgebung, insgesamt mehrere hunderttausend. Das Plutonium wird zu Staub, der fein genug ist, eingeatmet zu werden. Das Zeug setzt sich in der Lunge fest. Die Folge ist in allen Fällen Krebs.« Der Oberst blickte Lu durchdringend an. »Sie haben jetzt wohl Bedenken?«

Lu wußte, daß er nicht mehr zurückkonnte. Er schüttelte den Kopf.

Der Oberst lächelte. »Es freut mich, daß Sie die Dinge sehen wie ich. Es ist mir natürlich klar, daß das Projekt seine unangenehmen Seiten hat, doch der Zweck heiligt die Mittel.«

Das war, was Lenin gepredigt, Stalin praktiziert und der Oberst perfektioniert hatte.

»Rauls Ausrüstung – ist sie bereit?«

Der Oberst nickte. »Sie wird heute nacht auf die *Pampero* gebracht.«

Lu hatte die Filme gesehen, die auf dem Schießplatz des Frunse Rüstungswerks aufgenommen worden waren. Zwar wurde die geplante Startzeit für militärische Shuttle-Missionen nie zuvor bekanntgegeben, doch sobald das Haupttriebwerk der Raumfähre gezündet wurde, gab es eine Verzögerung von sechs Sekunden, bis die Flüssigtreibstofftriebwerke volle Kraft erreicht hatten. Wenn die Computer am Ende dieser sechs Sekunden normale Leistungswerte anzeigten, würden die beiden Feststoffraketen gezündet, und der Shuttle würde nahezu augenblicklich abheben. Lus Aufgabe würde damit beendet sein, daß er Raul und Vierro etwa eineinhalb Kilometer von der Abschußrampe am Strand von Cape Canaveral absetzte, und zwar fünfzehn Minuten vor dem vorgesehenen Start. Mit einer 23-mm-Kanone mit Zielfernrohr mußte Raul nicht später schießen als drei Sekunden, nachdem das Haupttriebwerk gezündet hatte, da das Projektil fast zwei Sekunden bis zur Abschußrampe brauchte. Es war ein knapper Zeitplan, aber Raul, der in Kuba geübt hatte, schaffte eine Trefferquote von dreiundneunzig Prozent auf die Raketenattrappe unmittelbar über der Verbindungsstelle.

Der Oberst hatte auch noch andere Untersuchungen angeordnet. In den Frunse-Werken hatte man Hochgeschwindigkeitsfilmaufnahmen von einem Dreiundzwanzigmillimetergeschoß beim Aufschlag auf ein Stück einer sowjetischen Imitation der Feststoffrakete gemacht. Nur eine winzige Rauchwolke wurde an der Oberfläche der Rakete sichtbar, aber nachdem das Geschoß die Zwölfmillimeterstahlwand durchschlagen hatte, zersplitterte es in Tausende von Fragmenten, die durch den festen Treibstoff rasten. Es dauerte weitere zwölf bis fünfzehn Sekunden, bis die Verbrennung den durchsiebten Treibstoff erreichte. Doch sobald es soweit war, geriet die Verbrennung außer Kontrolle, schmolz ein Loch in die Raketenhülle und fraß sich durch die dünne Wand des Sauerstoff- und Treibstofftanks des Hauptantriebs. Die Folge war die völlige Vernichtung von Raumfähre, Antrieb und Treibstofftanks – eine fast genaue Wiederholung der Challenger-Katastrophe. Die Amerikaner erwarteten ein weiteres Shuttle-Unglück, weil ihnen eingeimpft war, daß es passieren konnte – und deshalb wieder passieren *würde*.

Er versuchte das Bild von Tausenden von Toten von seinem inneren Auge zu verdrängen. »Und Phase 2 – wie funktioniert die?«

»Wie sie funktioniert, was sie tut, braucht Sie nicht zu interessieren, einzig und allein ihre Ausführung, und auch nur, wenn ich ausfalle.«

»Wie wird Phase 2 durchgeführt?«

»Durch ein verschlüsseltes Funksignal von den Satellitenempfangsantennen der *Victoria*. Für den Fall, daß Raul sein Ziel verfehlt, befindet sich ein kleiner Empfänger in dem nachgebauten japanischen Startmotorgehäuse, der sich automatisch einschalten und das Signal empfangen wird.«

»Dieses Funksignal – Sie senden es von der *Victoria* während des Abhebens, wenn Raul nicht trifft?«

»Nein. Das wäre zwar eine ideale Rückversicherung, ist aber nicht ausführbar. Die beiden Satelliten werden in der Ladebucht des Shuttle befördert. Diese Ladebucht ist von den Ladebuchttüren umschlossen, die aus Verbundmetall und Kunststoff bestehen. Solange die Türen geschlossen sind, würde jedes Funksignal vom Metall abgeschirmt werden. Es ist in etwa dasselbe Prinzip wie bei einem Autoradio, wenn man unter einer eisernen Brücke durchfährt – der Empfang verschlechtert sich oder verschwindet, weil das Metall der Brücke das Signal des Radiosenders auffängt. Nein, das Signal kann erst gesendet werden, sobald die Fähre im Orbit ist. Dann erst wird sie die Unterseite nach oben drehen und die Ladebuchttüren öffnen. Ein weiterer wesentlicher Punkt ist, daß der Satellit sich im Signalsichtbereich der *Victoria* befinden muß.«

»Wie weiß man den genauen Sendezeitpunkt?«

»Der läßt sich erst nach dem Start bestimmen. Er ist gegenwärtig noch nicht bekannt, weil die US-Militärs den exakten Zeitpunkt eines militärischen Starts nicht bekanntgeben. Doch sobald der Shuttle in der Umlaufbahn ist, werden sowjetische Radarstationen seinen Kurs verfolgen und alles weitere berechnen können. Außerdem befindet sich eine bemannte *Sojus* in ungefähr gleicher Umlaufbahn, sie wird sich an der Beobachtung der Fähre beteiligen. Sobald Orbit- und Startdaten feststehen, wird die Moskauer Zentrale den Befehl an die *Victoria* übermitteln, und ich sende das Signal.«

»Warum an die *Victoria*? Könnte es nicht auch von einem unserer U-Boote oder Fangschiffe gesendet werden?«

Der Oberst schüttelte den Kopf. »Wenn das eine offiziell gebilligte Operation wäre, könnte ich jegliche Sendeeinrichtung benutzen, die der Sowjetregierung zur Verfügung steht. Aber das, Louis, ist keine offiziell genehmigte Operation. Njuchlow kann es nicht riskieren, irgendwelche Einheiten der Sowjetstreitkräfte oder des KGB zu sehr in diese Operation zu verwickeln. Das Zündsignal *muß* von der *Victoria* kommen.«

»Und wie bekommen Sie die Information von Moskau?«

Längeres Schweigen folgte, während der Oberst mit seinem leeren Glas spielte. »Auf die sicherste Weise überhaupt. Njuchlow hat einen direkten Draht zum stellvertretenden Leiter von Radio Moskau. Radio Moskau, das rund um die Uhr auf dreizehn verschiedenen Frequenzen in englischer Sprache sendet, wird seine Übertragung für genau dreiundvierzig Sekunden unterbrechen. Dann wird der Ansager sich entschuldigen und sagen: ›Wir bedauern, unser Programm wurde wegen technischer Schwierigkeiten unterbrochen.‹ Sofort nach dem Wort *unterbrochen* drücke ich auf meine Stoppuhr. Zwei Minuten und zehn Sekunden danach werde ich das Signal senden. Ich habe einen Spielraum von zwölf Sekunden davor und danach.«

»Was geschieht, wenn das Signal empfangen wird?«

»Das hieße aus der Schule plaudern, Louis.«

Noch lange nachdem der alte Mann gegangen war, stand Lu am Fenster und blickte hinaus in die Dunkelheit.

16

16. Juli, 23 Uhr

Jean Hutchinson tanzte eine langsame Pirouette unter der Dusche. Mit geschlossenen Augen ließ sie das Wasser über ihren Körper rinnen, und ihre Poren reagierten unter den nadelspitzen Wasserstrahlen. Noch einmal drehte sie sich ganz langsam und stellte sich vor, sie wäre ein Otter unter einem Wasserfall. Sie genoß die Bäche, die sinnlich über ihren Körper flossen. Es war ein herrliches Gefühl, wieder sauber zu sein!

Sie trat aus dem Duschstrahl und seifte ihr Haar zum dritten Mal ein. Den Schaum formte sie zu einer Krone, dann tauchte sie zurück unter die Dusche, Kopf und Oberkörper vorgebeugt, und ließ sich vom Wasser Kopf, Hals und Rücken massieren. Dieses Gefühl berauschte sie fast.

Eine lange Zeit blieb sie in dieser Haltung, und die Wärme des Wassers drang durch die Haut bis tief in die Knochen. Sie dachte nicht an die verpfuschte Vergangenheit, auch nicht an die unbestimmte Zukunft. Sie genoß nur das Jetzt.

Widerwillig drehte sie die Dusche ab und trat auf die Badematte, dann rubbelte sie ihr Haar mit einem Frottiertuch.

Mit noch rosiger Haut vom warmen Wasser musterte sie sich in dem beschlagenen Spiegel. Sie war schon ein bißchen über den Anfang der Dreißig hinaus, aber ihr Körper war immer noch straff, ihre üppigen Brüste fest und nach oben geschwungen. Bracken hatte sie einmal »keck« genannt, als sie auf der *Pampero* gemeinsam duschten. Obwohl sie sich insgeheim darüber freute, hatte sie doch gesagt, er sei ein männliches Chauvinistenschweinchen. Er hatte sich zu ihr umgedreht, mit geschrumpeltem Ding als Folge langer Liebesnacht.

»Was soll dieser Schweinchen-Blödsinn?«

»Ganz einfach, weil du nicht genug Speck und Schinken für die Oberliga hast.« Da hatte er sie herumgewirbelt und ihr einen gar nicht so sanften Klaps auf den Hintern versetzt. Wie sehr sie sich wünschte, er wäre bei ihr, denn sie wollte mit ihm reden. Aber jetzt an Bord der *Victoria* war sie allein – in einer abgeschlossenen Kabine, getrennt von Bracken.

Er kannte ihre Vergangenheit immer noch nicht und deshalb auch nicht den Grund, weshalb sie auf der *Pampero* angeheuert hatte.

Doch nun hatte sie beschlossen, mit ihm darüber zu reden. Sie würde es ihm erzählen, sobald sie wieder einmal allein waren. Sie mußte eben daran glauben, daß er sie verstehen würde!

Sie tappte aus dem Bad in die geräumige Kabine und setzte sich aufs Bett. Zuerst kämmte sie ihr Haar, dann fönte sie es. Sie war vor Erschöpfung immer noch ein wenig benommen, trotzdem ließ sie sich die Ereignisse des vergangenen Tages noch einmal durch den Kopf gehen.

Ein kubanisches Marinepatrouillenboot war der *Pampero* an der Küste von Cayo Mambi entgegengekommen und hatte sie dann durch einen nicht auf der Karte eingetragenen Kanal zu einer schmalen, sumpfigen Bucht gebracht und sie angewiesen, Anker zu werfen. Nach Einbruch der Dunkelheit waren Männer in militärischen Arbeitsmonturen von einem Motorboot an Bord der *Pampero* gekommen und hatten den alten Schoner längsseits zur *Victoria* gebracht, die kurz zuvor erst angekommen war. Als er vertäut war, hatte sich Sanchez auf der Brücke der Luxusjacht sehen lassen. Er glänzte in einer weißen Smokingjacke und karierten Bermudas. In einer Hand hielt er ein Megaphon, in der anderen eine offene Flasche Sekt. Offenbar war er nicht mehr ganz nüchtern.

»Willkommen, meine teuren Freunde, in der Volksrepublik Kuba. Die Besatzungsmitglieder der *Pampero* werden gebeten, alles Notwendige für eine Übernachtung auf der *Victoria* zusammenzupacken. Auf der *Pampero* müssen einige Reparaturen vorgenommen werden. Sie werden dieselben Kabinen bekommen wie bei Ihrem Aufenthalt in Les Saintes. Nachdem Sie Gelegenheit gehabt hatten, sich frisch zu machen, erwartet Sie ein kaltes Büfett im Salon.« Er rülpste in den Schalltrichter, lachte, und kehrte ein wenig schwankend auf die Brücke zurück.

Jean hatte ein paar Sachen zusammengepackt: den Kulturbeutel, Unterwäsche und das weiße Baumwollkleid, das Bracken ihr in St. Barts gekauft hatte. Außerdem ihren Walkman. Nachdem sie alles in einer Flugtasche verstaut hatte, stieg sie an Deck. Ein schon etwas älterer Orientale in weißer Stewardjacke hatte sie an der Gangway mit einer Verbeugung begrüßt und sie zu ihrer alten Kabine geführt.

»Das Büfett wird in wenigen Stunden angerichtet, Miß«, versicherte er ihr höflich. Fast hätte sie gekichert, aber er war so *echt* mit seinem ausdrucklosen Gesicht – der perfekte orientalische Butler. Was ihre Mutter nicht geben würde, wenn sie so einen Butler für ihr Haus in Arlington bekommen könnte!

Jetzt saß sie in einem Sessel, in den weiten, schiffseigenen Bademantel gehüllt, mit trockenem Haar, und fragte sich, wie ihr nächster Schritt aussehen würde. Vorausgesetzt natürlich, sie konnte noch irgendwelche Schritte unternehmen, was momentan ziemlich unwahrscheinlich schien. Solche Situationen wurden bei der Ausbildung der Drug Enforcement Agency nicht durchgenommen. Und alles drehte sich um diese verdammte Diskette!

Als die Floppy von Gander nach Ottawa geschickt worden war, hatten die Kanadier versucht, das Ding zu knacken. Es gelang ihnen jedoch nicht, darum hatten sie die Floppy-disk an ihre CIA-Vettern in Langley in Virginia weitergegeben. Die CIA hatte ihr Glück versucht, und schließlich nach sieben Tagen Dekodierungsarbeit mit einem CRAY III, dem besten und klügsten CIA-Computer, herausgefunden, daß das Schlüsselwort für die Phase-1-Datei *Humpty Dumpty* war. Phase 2 hatte offenbar ein noch komplizierteres Kodewort, und die CIA meinte, daß es Monate dauern könnte, es zu knacken. Sie hatten gesagt, daß sie bereit wären, es zu versuchen, nur daß sie der Information der Phase-1-Datei entnommen hatten, daß es sich um eine Drogen-Operation in der Karibik handle. Also gab die CIA die Diskette mit einem süßen Lächeln der Erleichterung an die DEA weiter. Und so kam Jean Hutchinson ins Spiel.

Sie hatte romanische Sprachen in Bryn Mawr studiert und ihr Bakkalaureat gemacht und angenommen, daß sie einen staatlichen Zuschuß bekommen würde, um weiterzustudieren. Aber Reagan hatte die meisten Zuschüsse gestrichen, deshalb blieb ihr nichts anderes übrig, als sich um eine Stelle als Übersetzerin umzusehen. Als erstes hatte sie sich beim Innenministerium beworben. Da war gerade keine Stelle frei, aber man riet ihr dort, eine bestimmte Nummer anzurufen, die man ihr gab. Sie dachte, es handle sich um die UNO, doch es stellte sich heraus, daß es die DEA war, die Drogenbekämpfungsbehörde, die Übersetzer für Spanisch und Italienisch suchte.

Die nächsten drei Jahre saß Jean in einem winzigen Büro, mit Kopfhörern, die auf die Ohren drückten, und übertrug Bandaufnahmen von der elektronischen Überwachung mutmaßlicher Drogenhändler im Gebiet von Washington, D.C. Es war nichts Großes, nur Aufnahmen durch Wanzen, die in Pizzerien und den Schrottplatzbüros der Mafia versteckt gewesen waren. Es gab keine Verhaftungen, keine Gerichtsverfahren, aber sie lernte fließend auf spanisch fluchen und wußte, wo es die besten und billigsten italienischen Restaurants zwischen Miami und Boston gab.

Ihr Privatleben war nichts Überwältigendes, aber in Ordnung. Ihr Freund Fletcher, der für das Finanzministerium arbeitete, hatte im vergangenen Jahr viel ihrer Freizeit beansprucht. Er war charmant, begabt, aus guter Familie und sehr korrekt. Er hatte sie zum Abendessen ausgeführt, in Konzerte, ins Theater und lange Ausflüge entlang der Küste von Maryland mit ihr unternommen, doch es war nie zu intimen Begegnungen gekommen. Sie hielt sein Zögern für altmodische Moral und fand es erfrischend. Und sie hatte sich mehr oder weniger eingeredet, daß sie ihn liebte. Ihre Freundinnen versicherten ihr, daß es eine gute Ehe werden würde.

Nach einem Jahr des Händchenhaltens, doch einer ansonsten sexlosen Beziehung, hatte sie die Initiative ergriffen. Sie lud Fletcher zum Abendessen ein: Wein, Schwertfisch mit Honigsenfsoße, Artischocken, grünem Salat und Pudding als Nachspeise. Die starke Birne der Nachttischlampe hatte sie gegen eine gedämpfte, rötlich getönte ausgetauscht, hatte sich ein hübsches Negligé gekauft, das ihre Reize betonte, und parfümiertes Badeöl zurechtgestellt – für danach, wenn sie ihre winzige Badewanne miteinander teilen würden.

Schon zu Beginn dieses Abends war ihr seine Verlegenheit aufgefallen und mit dem fortschreitenden Abend sein wachsendes Unbehagen. Schließlich gestand er, daß er ein Verhältnis hatte – mit einem großartigen Burschen, einem Kollegen. Fletcher war lieb und nett, doch als er ihr seine sexuelle Neigung erklärte, weinte sie, und verdammt, da hatte er ihre Hand getätschelt und ihr versichert, daß er ihr immer ein guter und aufrichtiger Freund sein würde.

Innerhalb von drei Monaten, nachdem Fletcher für sie gestorben war, hatte sie zwei Freunde verkonsumiert und zahllose Brie-und-Chablis-Partys besucht, die fast ausschließlich von der besonderen Gattung der Washingtoner Yuppies frequentiert wurden. Bei den Gesprächen ging es nicht um Politik oder die Bedeutung des Lebens, sondern hauptsächlich um sozialen Aufstieg, Aktienbezugsrechte, progressive Tagesschulen und um die Frage, welcher Werkstatt man seine Honda zur Reparatur anvertrauen konnte. Schließlich hing ihr das zum Hals heraus, und statt zu Partys ging sie ins Kino und schaute sich ohne Begleitung alle alten Bergman-Filme an. Sie wußte, daß sie würgen würde, wenn sie je wieder Brie aß.

Vier Monate und einen Tag, nachdem Fletcher aus ihrem Leben geschieden war, hatte Byron, ihr Vorgesetzter bei der DEA, ihr den Mund mit einem Auftrag wäßrig gemacht. Er lautete: Reisen Sie in die Karibik, versuchen Sie, auf dem Charterschiff *Pampero* unterzukommen, und finden Sie heraus, welche Art von Drogengeschäft ein gewisser Kapitän John Bracken plant. Ihr Vorgesetzter hatte Bracken in den schwärzesten Farben gemalt und in ihm den wahrscheinlichen Boß eines Drogenschmuggelrings gesehen.

Dann hatte er die Sache mit der gestohlenen Floppy-disk erklärt und ihr die neuste Ausrüstung versprochen. Er brachte einen Laptop an, dem die Phase-1- und Phase-2-Dateien eingegeben waren und ein Textverarbeitungsprogramm. Gemeinsam hatten sie die Deckgeschichte von der angehenden Autorin erfunden, die ein Seefahrerkochbuch zusammenstellte.

Dann hatte er sie mit einem drahtlosen Miniaturmikrophon ausgestattet. Es sendete zu einem Empfänger, der in einem dafür modifizierten Walkman versteckt war. »Hundert Meter Reichweite«, hatte er gesagt. »Das Neueste und Beste.«

Die Phase-1-Datei war geknackt worden, doch Phase 2 immer noch nicht zugängig. Bracken, der ein heruntergekommener Bursche der schlimmsten Sorte war, würde wahrscheinlich wissen, worum es bei Phase 2 ging, und er kannte zweifellos das Kodewort. Wenn Jean es herausfinden konnte – bei diesem Punkt hatte ihr Vorgesetzter die haarlosen Brauen hochgezogen und gezwinkert, hoho, ein so attraktives Mädchen! –, würde sie es in den Laptop eingeben können und so den Fall lösen.

Von den Anspielungen auf eine sexuelle Verwicklung abgesehen, war sie darauf geflogen. Es bedeutete einen großen Schritt aufwärts in ihrer Karriere. Außerdem hatte es das persönliche Plus, daß es ihr einen strategischen Rückzug aus ihrem zerbröckelnden Privatleben bot. Also hatte sie den Auftrag angenommen, sich zwei James-Bond-Filme angesehen, um ihre Kenntnisse über das Handwerk eines Geheimagenten zu vervollkommnen, und sich mit Spesengeld mehrere Bikinis und ein Buch über die Kunst des Segelns gekauft. Dann war sie mit PanAm nach Antigua geflogen.

Als sie English Harbour auf Antigua erreichte, lag die *Pampero* im Hafen, und Jean trieb sich in der Nähe herum, bis Nan Hogan, John Brackens Schiffsköchin, an Land kam, um die Post für die Besatzung abzuholen. Es war verhältnismäßig leicht gewesen, das Mädchen loszuwerden. Bei einem gemütlichen Plauderstündchen über einigen Gläsern Rumpunsch kam heraus, daß Nan nie Steuern bezahlte. »Wer tut das hier schon? Das meinst du doch nicht im Ernst!« hatte sie erstaunt gesagt. Jean hatte daraufhin ihren DEA-Ausweis gezückt und dem Mädchen Immunität vor den Steuerfahndern versprochen –

ein leichtfertiges Versprechen –, wenn sie verschwinden würde. Hogan kapierte und gab am nächsten Tag ihren Job auf. Eine halbe Stunde später stellte sich Jean als die beste Köchin in diesem Teil der Welt vor und wurde von einem etwas verwirrten, aber dankbaren Kapitän Bracken angeheuert.

Sie blickte auf die Uhr. Noch eine halbe Stunde bis zum Büfett, aber fast schon Mitternacht. Und immer noch einige ernsthafte Überlegungen.

Bracken war natürlich in keinerlei Drogengeschäfte verwickelt. Das stand nach Les Saintes absolut fest. Naiv war er, ja. Er neigte dazu, idiotische Risiken einzugehen, und steckte bis zum Hals in Schulden. Aber sie wußte, daß sie ihn liebte, gnade ihr Gott; denn in ihm hatte sie einen Mann gefunden, der nicht nur nehmen, sondern auch geben konnte.

Ihre Gedanken waren vom Unmittelbaren abgeschweift, nun holte sie sie in die Gegenwart zurück und malte sich eine Zukunft aus, zu der es vielleicht nicht kommen würde. Sanchez, Raul und Vierro waren offenbar mit irgendeiner Schmuggeloperation beschäftigt. Zwar hatten sie keine Drogen mit an Bord gebracht, aber vielleicht bekamen sie die erst jetzt auf Kuba.

Bracken hatte sich kaufen lassen, dann war ihm schließlich bewußt geworden, daß viel mehr auf dem Spiel stand, als er ursprünglich gedacht hatte. Und jetzt gab es kein Zurück mehr für ihn. Also war es an ihr, einen Ausweg zu finden.

Viele Möglichkeiten hatte sie nicht. Im Grund genommen nur eine. Sie mußte die Wanze verstecken und konnte nur hoffen, daß Sanchez, Vierro und Raul eine Besprechung hatten, in der das Schlüsselwort für Phase 2 fallen würde, oder zumindest einige Einzelheiten zu Sprache kämen. Sobald die *Pampero* im Funkbereich der U.S. Coast Guard war, könnte sie ihnen Bescheid geben, sofern es Bracken und Walroß gelang, Raul und Vierro zu überwältigen.

Sie stand auf, zog BH, Slip und Kleid an, dann kämmte sie sich und tupfte ein paar Tropfen Parfüm auf den Hals. Großartiger Plan, gar nicht so besondere Sonderagentin Jean Hutchinson! Auf einer Punkteskala von zehn wäre sie im Höchstfall eine Zwei. Sie schob die Wanze in eine Schale ihres BHs, und wartete ab wie ein gutes Kind, bis man sie zum Spielen hinauslassen würde.

Kurz nach Mitternacht schloß der Orientale ihre Tür auf. Sie folgte ihm zu Kabine A, wo Pam wartete. Pam trug einen weißen Bodysuit, der ihre Reize ohne überflüssige Unterwäsche betonte. Aber sie hatte schwarze Ringe um die Augen. Als sie dem Orientalen die Treppe zum Salon hoch folgten, drückte Pam rasch heftig ihren Arm, blickte dabei jedoch starr geradeaus.

»Gib Sanchez, was er möchte, Honey«, flüsterte sie. »Vierro hat mich eingeweiht, als wir heute abend an Bord gingen. Nur so wirst du mit heiler Haut herauskommen.«

Jean verstand es nicht, bis sie das Salondeck erreicht hatten. Kein Bracken, kein Walroß. Nur Vierro, Sanchez und ein älterer Mann, der bereits mit zurückgeworfenem Kopf auf der Couch schnarchte. Seine gelben Zähne sahen wie eine Reihe alter Grabsteine aus. Der Orientale bezog, eine Serviette um den Unterarm drapiert, seinen Posten hinter dem Büfett.

Sie studierte sie. Sanchez und Vierro waren betrunken, aber immer noch gefährlich. Beide trugen die schiffseigenen weißen Bademäntel und vermutlich nichts darunter.

Sanchez kam leicht taumelnd auf die Füße und verbeugte sich schwankend. Wirres schwarzes Haar und eine goldene Kette mit Kreuz waren innerhalb des V-Ausschnitts seines Bademantels zu sehen. »*Buenas tardes, Señoritas.* Wir haben eine Auswahl an Hummer, Garnelen, Paste aus schwarzen Bohnen, Tortillas, und Avokadoscheiben mit meiner eigenen speziellen Salatsoße. Und natürlich Champagner.«

»Wo sind Kapitän Bracken und sein Erster Offizier?«

Sanchez zuckte die Schultern. »Sie sind müde und zogen es vor, allein in ihren Kabinen zu speisen. Unhöflich von ihnen, aber ich verstehe ihr Bedürfnis nach Ruhe.«

Das war natürlich eine hundsgemeine Lüge. Jean wandte sich um Unterstützung heischend an Pam, doch das Mädchen war bereits in ihre Rolle geschlüpft. Sie hatte das Büfett ignoriert, sich ein Glas Champagner eingeschenkt und saß neben Vierro, mit dem Arm um seinen Hals, und strich ihm übers Haar.

Jean drehte sich langsam wieder zu Sanchez um, und verstand, daß sie ihm für diese Nacht zugeteilt war. Er lächelte sie an und zeigte die Zähne. Sein Gesichtsausdruck verriet ihr, daß es sanft oder gewalttätig sein könnte – und daß er letzteres vorziehen würde.

Zitternd schlang sie die Arme umeinander und um ihre Taille, und bemühte sich, ihre Angst zu unterdrücken. Sanchez brachte ihr ein Glas Champagner und drückte es in ihre leicht zitternde Hand.

»Ihnen ist ja kalt«, sagte er mit falscher Besorgnis. »Sie brauchen etwas zum Aufwärmen. Wie gedankenlos von mir.«. Er spielte mit ihrem Haar, griff nach ein paar Strähnen und ließ sie durch seine Hände gleiten. »Würden Sie lieber in Ihre Kabine zurückkehren? Ich persönlich bringe Ihnen Garnelen und Wein. Wir werden uns unterhalten. Nichts weiter, natürlich.«

Sie war nahe daran, ihm zu sagen, wohin er sich scheren sollte, unterließ es aber im letzten Augenblick, denn sie wollte am nächsten Morgen kein blutiges Häufchen sein.

»Das wäre nett«, war alles, was sie herausbrachte.

Sanchez nickte. »Schön. Unsere Freundschaft fängt gut an. Kapitän Bracken wünscht, daß Sie und Pamela ein paar Tage auf der *Victoria* bleiben. Er vertraut Sie beide meinem Schutz an, während er etwas Wichtiges zu erledigen hat.« Er legte die Hand auf ihren Arm und drückte ihn. »Wir werden Freunde sein, Jean.« Dicht brachte er sein Gesicht an ihres und lächelte. Hummerstückchen steckten zwischen den auseinanderstehenden Zähnen, und sein Atem stank wie eine fischverarbeitende Fabrik. »*Momento, por favor.* Ich muß meinem Diener noch Anweisungen erteilen.«

Sanchez drehte sich um und watschelte zu dem Orientalen, der hinter dem Büfett stand. Er sprach auf spanisch zu ihm, und Jean spitzte die Ohren.

»Ich geh' mit ihr ins Bett. Um wieviel Uhr ist morgen die Besprechung?«

»Sie machen sich lächerlich, Sanchez. Und ich möchte nicht, daß der Frau auch nur das geringste zustößt!«

»Ich scheiß' auf Sie und auf die Leute, die Sie geschickt haben, und auf dieses besoffene Russenschwein, für das Sie arbeiten! *Ich* kommandiere dieses Schiff, und wir befinden uns in kubanischem Gebiet, also geb' ich den Ton an! Sie ist scharf auf mich, das sieht ein Blinder!«

Der Orientale beugte sich mit ausdruckslosem Gesicht und harten Augen vor. »Sie sind betrunken, Sanchez, und Sie reden zu laut! Sie versteht vielleicht, was Sie sagen!«

»Nein! Sie ist eine dumme *Norteamericana.* Vierro hat gesagt, daß sie nicht Spanisch kann!«

»Was Sie mit dieser Frau privat tun, ist Ihre Sache. Aber ich warne Sie, ihr darf nichts zustoßen! Sie ist der Hebel, mit dem wir Bracken unter Druck setzen können, und wir brauchen seine Mitarbeit! Wenn sie auch nur einen Kratzer abbekommt, könnte schon das meine Pläne in Gefahr bringen!«

Sanchez hob beruhigend die Hände. »He! Kein Problem, mein

Freund. Sie ist scharf auf mich, kapiert? Das einzige, was passieren kann, ist, daß ihre Augen morgen früh vor Liebe strahlen!«

Der Orientale beugte sich noch dichter über Sanchez. »Spielen Sie Ihre Spielchen, Sanchez, aber sorgen Sie dafür, daß sie nicht zu rauh werden. Letzte Besprechung morgen um acht Uhr in der Kabine des Obersts. Sie haben dort zu sein, und nüchtern, verstanden?«

»*Comprendo.*« Sanchez wich von dem Orientalen zurück, und salutierte lässig mit der Faust. »Ich tue es unter persönlichem Opfer, Genosse, für die Partei und die kubanisch-amerikanischen Beziehungen.«

Jean hatte sich von ihnen abgewandt. Sie täuschte vor, gelangweilt zu sein, verstand jedoch das meiste des Gesprächs. Mit gleichmütiger Miene trat sie an das Büfett, und arbeitete sich, da und dort eine Kostprobe nehmend, näher an die zwei Männer heran. Gerade, als Sanchez sich von dem Orientalen trennte, hob sie eine offene Flasche Champagner aus dem Sektkübel und drehte sich ihm mit aufforderndem Lächeln zu.

»Könnten Sie bitte ein paar Garnelen und noch eine Flasche Champagner mitbringen?«

Sanchez lächelte, daß sich sein sonnenverbranntes Gesicht zu einem Netz von Fältchen verzog. »Natürlich, meine Liebe.« Er machte sich daran, einen Teller zu beladen, da legte sie eine Hand auf seinen Arm.

»Geben Sie mir bitte den Schlüssel. Ich möchte voraus in meine Kabine gehen, und mich – ah, zurechtmachen, Sie wissen schon.«

»Dabei helfe ich Ihnen. Das wird mir viel Spaß machen.« Er schlang den Arm um ihre Taille, zog sie heran und drückte sie an sich.

Sie überlegte, und ließ die Ideen fast so rasch wieder fallen, wie sie ihr einfielen, da keine wirklich etwas taugte. Doch plötzlich kam ihr eine, völlig ausgereift. Sie entwand sich seinem Griff. »Aber ich hätte eine Bitte. Sie könnten mir einen Gefallen tun, der das Ganze noch viel wundervoller machen würde.«

Seine Augen leuchteten auf. »Sie brauchen es bloß zu sagen.«

»Glauben Sie, Ihr Koch könnte eine Flasche Öl entbehren?« Sie rieb die Finger aneinander und lächelte. »Es ist so schön glitschig, wissen Sie?«

Nun weiteten sich seine Augen, und es fehlte nicht viel, daß ihm der Geifer aus dem Mund rann. »Aber ja, ich verstehe. Mit wahrer Hingabe zu lieben ist der Götter Nektar kosten!«

Himmel! Aus welchem zweitklassigen Film hatte das Schwein diesen Spruch? Sie schaffte einen schwülen Blick. »Fünf Minuten.« Er drückte ihr den Schlüsselring in die ausgestreckte Hand.

Pam und Vierro hatten sich bereits zurückgezogen, zweifellos in ihre Kabine. Der alte Mann schnarchte immer noch. Er sah harmlos aus, fast mitleiderregend. Aber sie hatten von ihm als »Russen« und als »Oberst« gesprochen. Das warf ein völlig neues Licht auf die Sache.

Als sie sich umdrehte, um die Treppe hinunterzugehen, schaute sie kurz zurück. Sanchez war bereits auf dem Weg zur Kombüse, doch der Orientale stand noch da und blickte ihr interessiert nach. Sie winkte ihm zu, dann stieg sie die Stufen hinunter.

Fünf Minuten. Mit zittrigen Fingern fand sie den Schlüssel für Kabine D, öffnete die Tür, und eilte zu ihrem Kulturbeutel. Sie hatte ein paar Kapseln Nembutal eingesteckt, für den Fall, daß sie nicht einschlafen konnte. Eine Kapsel genügte gewöhnlich, sie nach zehn Minuten ins Land der Träume zu schicken, und garantierte achtstündigen Schlaf.

Die Champagnerflasche war noch dreiviertel voll. Sie nahm einen Schluck, dann goß sie den größten Teil in die Toilette, daß nur ein knappes Drittel zurückblieb.

Nur noch zwei Minuten. Sie öffnete drei Kapseln, leerte sie in die Flasche, dann schüttelte sie sie vorsichtig. Das würde ein Pferd umwerfen, nach ein paar Minuten jedenfalls. Und diese paar Minuten mußte sie erkaufen.

Sie schlüpfte rasch aus dem Kleid. BH und Slip waren aprikosenfarbig und halbdurchsichtig. Sie waren als Anreiz für Bracken gedacht gewesen. Sie schwor sich, beides nach dieser Nacht zu verbrennen.

Mit schnellen Strichen bürstete sie ihr Haar, dann besprühte sie sich mit ein bißchen Parfüm. Als sie einen Blick aus der Tür warf, kam Sanchez gerade mit gerötetem Gesicht an.

Er hielt eine Flasche hoch. »Olivenöl aus Spanien, und schön glitschig.«

Sie würde also auch noch wie angemachter Salat riechen!

Sie ging in die Kabine zurück und wiegte die Hüften, wie sie glaubte, daß eine Stripperin es machen würde. Und Sanchez hielt plötzlich den Atem an.

»Zieh deinen Bademantel aus, und leg dich aufs Bett!« befahl sie sanft.

Sein Gesicht bewölkte sich. »Ich entscheide, wie es getan wird.«

Sie langte nach ihren Jeans über der Stuhllehne, zog den Ledergürtel aus den Schlaufen, nahm beide Enden fest in die Hand und klatschte ihn auf ihren Handteller. »Du bist ein ungezogener Junge. Wenn du mir nicht gehorchst, muß ich dich schlagen.«

Seine Augen glänzten.

Sie riß seinen Frotteegürtel weg und zog ihm den Bademantel aus. Ein Wanst überhing den zweiten und dieser einen dritten – eine Kaskade aus Fett. Sie bemühte sich, ins Nichts zu blicken, damit die Einzelheiten seines Unterleibs vor ihren Augen verschwammen. »Marsch, auf den Bauch!« befahl sie. Sie nahm ihm die Flasche Öl ab und öffnete sie.

Die Sprungfedern der Matratze knarrten. Sanchez vibrierte fast vor Erwartung.

Sie reichte ihm die Champagnerflasche. »Trink zuerst! Du brauchst Stärkung für das Kommende!«

Er nahm einen Schluck und verzog das Gesicht. »Er ist verdorben!«

»Trink aus! Ich werde mit deiner Züchtigung nicht anfangen, ehe die Flasche leer ist.«

Gehorsam trank er in gluckernden Zügen.

Sie beugte sich über ihn, schüttete Olivenöl auf die Hand und verteilte es mit langen streichenden Bewegungen auf seiner Haut. Dann kniete sie sich nieder und trommelte hart mit den Fäusten auf seine Muskeln.

»*Cristo!* Das tut weh!«

Sie lachte sinnlich und schwang den Gürtelriemen auf sein Gesäß. »Es wird noch weher tun, wenn du nicht folgsam bist, Sklave!«

Sie bemühte sich, sich genauer an einen Pornofilm zu erinnern, den sie bei einer der verrückten Parties mit hatte ansehen müssen. Sanchez genoß es. Sie zog ihm den Riemen erneut über, fing an den Fußsohlen an und arbeitete sich zu den Schulterblättern hoch, daß rote Striemen wie eine Schraffierung auf seiner Haut zurückblieben. Er wand sich vor Ekstase, seine Fäuste trommelten begeistert auf die Matratze, sein Kopf rollte von Seite zu Seite, und er stöhnte vor Schmerz und Lust.

»Jetzt!« krächzte er. »Ich muß dich jetzt haben!«

Sie schlug schwer auf die bereits gerötete Haut seines Gesäßes. »*Schlimmer ...*« Hieb. »*Bube.*« Hieb. »Das entscheide ich, nicht du. Doch zuerst werde ich deine Schmerzen lindern.« Großer Gott! Wo nahm sie bloß diese Worte her? Sie goß noch etwas Olivenöl auf seine Haut und massierte es ein.

Er machte sich daran, sich umzudrehen. »Ich will die ganze Flasche über mein Ding. Es schreit nach Befriedigung!«

Grob drückte sie ihn wieder auf den Bauch. »Noch nicht. O nein, noch nicht, mein ungezogener kleiner Junge!« Verzweifelt bearbeitete sie seine Rückenmuskeln. Inzwischen waren etwa fünf Minuten vergangen, und sie hatte keine Ahnung, wie lange es dauern würde, bis das Nembutal bei ihm wirkte. Doch hoffentlich keine weiteren fünf Minuten mehr!

Immer noch drehte er den Kopf von Seite zu Seite, doch zusehends langsamer. Sie hörte mit der Massage auf und ließ die Fingerspitzen sanft sein Rückgrat hoch wandern, dann wieder hinunter, als zähle sie jeden einzelnen Wirbel.

Dann hielt sein Kopf allmählich still, als wäre er eine Puppe, deren Batterie leer war.

Einmal schreckte er schnaufend hoch, da massierte sie rasch weiter. »Bald«, gurrte sie in sein Ohr. »Bald, mein Schatz.« Da lächelte er verträumt.

Sie wartete weitere fünfzehn Minuten, dann drückte sie mit dem Fingernagel auf seine Haut. Er rührte sich nicht. Sie drückte stärker, bohrte ihn hinein, dann schlug sie den Riemen fest auf seine Oberschenkel. Das Fett schwabbelte nicht einmal.

Sie überprüfte seinen Herzschlag. Schnell, aber kräftig. Er würde am Morgen den Kater aller Kater haben.

Ein Blick auf die Uhr verriet ihr, daß es fast eins war. Sie duschte und zog ihren Bademantel an, ohne sich Zeit zum Abtrocknen zu nehmen.

Vorsichtig spähte sie durch ihre Kabinentür.

Einer von der Mannschaft saß zusammengesackt am Fuß der Treppe, die zum Salon führte. Neben ihm auf dem Läufer lag eine Maschinenpistole.

Sie suchte nach dem Schlüssel für Kabine C und schloß leise die Tür auf.

»Bracken – bist du da?« flüsterte sie.

Ein würgendes Geräusch antwortete.

Sie schloß die Tür und tastete nach dem Lichtschalter. Bracken lag auf dem Bett, an Händen wie Füßen mit einem Plastikseil gefesselt. Sein Mund war mit Verbandpflaster zugeklebt. Sie zog es vorsichtig ab, legte es auf das Nachtkästchen, dann machte sie sich daran, die Knoten seiner Fesseln zu lösen.

»Nein, nicht!« warnte er. »Wenn du sie aufmachst, kriegst du sie wahrscheinlich nicht mehr zu, und dann wissen sie, daß du hier warst.«

Sie setzte sich auf die Bettkante, und streichelte sein Gesicht. »Bracken – wir stecken tief in der Tinte.« Sie erzählte ihm vom Gespräch zwischen dem Orientalen und Sanchez, bei dem die Worte »Russe« und »Oberst« gefallen waren.

Bracken runzelte die Stirn. »Bist du sicher, daß du richtig gehört hast? Dein Spanisch ist nicht besonders gut.«

»Es ist nicht bloß gut, Bracken, es ist perfekt«, entgegnete sie. Dann erzählte sie ihm die ganze Geschichte von ihrem DEA-Auftrag, der Floppy-disk, dem Laptop, und dem Grund, weshalb sie an Bord der *Pampero* gekommen war.

Er schloß die Augen, seine Stimme war tonlos. »Dann bist du also mit der Absicht zu den Westindischen Inseln gekommen, mir den Drogenhandel nachzuweisen? Alles, was du gesagt und getan hast, war Teil deines Auftrags?«

Sie vergrub das Gesicht an seiner Brust, und schüttelte den Kopf. »Nein, Bracken, nein! Versuch nicht, mir Schuldgefühle einzuimpfen. Seit dem Abend, als wir in Antigua miteinander ausgingen, liebe ich dich, aber ich war trotzdem noch überzeugt, daß du in Drogenschmuggel verwickelt seist. Es machte mir schwer zu schaffen, bis wir uns in jener Nacht in den Saintes an Bord der *Victoria* liebten. Selbst da war ich noch nicht sicher, ob du nun was mit Drogen zu tun hattest oder nicht, aber es war mir egal. Bracken, du mußt mir glauben, ich liebe dich – ohne jede Einschränkung!«

Beide schwiegen eine lange Weile, und die Minuten tickten dahin. Aber Bracken spürte die Nässe ihrer Tränen auf seiner Brust. Er konnte sich nicht richtig bewegen, konnte sie nicht in die Arme nehmen, fühlte sich hilflos – was in letzter Zeit offenbar zum Dauerzustand geworden war.

»Der Obersteward, oder was er auch ist«, sagte er schließlich. »Ich habe ihn nie aus der Nähe gesehen, du schon. Ist dir irgend etwas Besonderes an ihm aufgefallen?«

Sie zuckte die Schultern. »Jedenfalls ist nicht Sanchez sein Boß, wie sie tun, sondern umgekehrt. Er ist etwa fünfzig, weder schön noch häßlich, du weißt schon, nichts Ungewöhnliches, außer ...«

»Außer was?«

»Hm, seine Augen. Das Licht im Salon war gedämpft, aber mir fiel trotzdem auf, daß seine Augen seltsam waren, anders. Grau, oder graublau, ich weiß es nicht genau.«

Unwillkürlich holte Bracken laut Atem und hielt ihn an. Es war unwahrscheinlich, doch nicht unmöglich. Er dachte an den Morgen in Les Saintes, an den Mann, der auf der Brücke der *Victoria* gestanden hatte, reglos, mit unbewegtem Gesicht, irgendwie vertraut, und wiederum auch nicht.

»Hat Sanchez ihn beim Namen genannt?«

»Nein, nur ›Genosse‹.«

»Der andere, den Sanchez einen russischen Oberst genannt hatte – was ist mit ihm?«

»Ich habe ihn nur kurz gesehen. Älter, Übergewicht, schlechte Zähne, schütteres Haar, fast Glatze, und stockbesoffen. Aber seine Züge waren irgendwie slawisch.« Sie zögerte. »Verdammt, Bracken, ich bin mir nicht sicher. Es war lediglich mein Eindruck auf den zweiten Blick.«

Er war wie benommen, Bilder von Lu, Willie und Vietnam überfluteten ihn: die Erniedrigung, der Schmerz, die Niederlage, die er hatte einstecken müssen und über die er nie hatte hinwegkommen können. Mit plötzlicher Klarheit wurde ihm bewußt, daß sein Lebensweg seit Vietnam seinen eigenen, ihm so gut wie aufgezwungenen Verlauf genommen hatte. Und Lu hatte ihn diktiert!

Das erste, was ihm in den Sinn kam, war Flucht. Es war zwar unmöglich, mit der *Pampero* wegzukommen, aber er hatte das Schlauchboot mit dem Außenbordmotor. Mit genügend Treibstoff könnten sie wenigstens weit genug von der kubanischen Küste fortkommen, um internationale Gewässer zu erreichen, wo sie zweifellos ein Frachtschiff fänden, das sie an Bord nehmen würde. Es verkehrten ja genug zwischen den Inseln. Aber die Logik sagte ihm, daß sie nicht weit kämen. Das kubanische Patrouillenboot war schnell, und zweifellos hatte es Radar. Selbst wenn sie Walroß fänden und heil von der *Victoria* wegkämen, müßten sie schon sehr viel Glück haben, es aus der Bucht zu schaffen, ohne daß sie abgeschossen würden.

Und da war etwas Quälendes tief in seinem Gehirn eingebettet. Wenn das hier eine kubanisch-sowjetische Operation war – was hatten die Burschen vor? Es mußte etwas Wesentliches sein, denn die Ausgaben für diese Operation waren zweifellos enorm. Aber was war der Zweck?

Er dachte darüber nach, bis ihm klar wurde, daß Stackhill ihm die Antwort gegeben hatte: Männer und Ausrüstung an der nordamerikanischen Küste absetzen, wahrscheinlich in Florida. Es mußte also ein militärisches Ziel sein. Er grübelte über das Handbuch mit Aufnahmen, Zeichnungen von Zylindern und Zeitplänen nach, das mit dem Inhalt der Phase-1-Datei zusammenhing, den Jean ihm beschrieben hatte. Irgend etwas Zylindrisches, Großes. Treibstofftanks, vielleicht. Möglicherweise ein SAC-Stützpunkt, oder vielleicht die Naval Air Station von Jacksonville, oder – o Gott! Plötzlich wußte er mit absoluter Sicherheit, wohin er die Männer und Ausrüstung würde bringen müssen.

Sein Kopf schmerzte, wo Vierro ihm eine übergezogen hatte, glühende Nadeln stachen in seinen Schädel. Seine Rippen taten immer noch weh, sein Körper war kraftlos, sein Magen leer, Hand- und Fußgelenke waren wund von den Plastikschnüren. Aber er fühlte jetzt auch noch etwas anderes, etwas, das er seit zwanzig Jahren nicht mehr empfunden hatte – den Willen, aus einem anderen Grund zu siegen als aus Eigennutz. Patriotismus und Loyalität? Nicht ganz, obwohl es dazu gehörte. Blöde nationalistische Konditionierung? Vergiß es, Mann. Nein, er erkannte es mit einemmal: Es war eine Mischung aus Stolz und Rachsucht. Sicher nicht die edelsten menschlichen Regungen, aber bestimmt die stärksten.

»Jean?«

Sie nickte an seiner Brust.

»Die Wanze, die du da hast. Weißt du, in welcher Kabine die Besprechung stattfinden wird?«

Sie zögerte und überlegte. »In F, hat der Orientale zu Sanchez gesagt.«

»Ich weiß, daß ich viel verlange, aber du mußt sie dort verstecken. Nimm dir Zeit dazu, geh kein Risiko ein. Wenn der Russe so betrunken ist, wie du glaubst, wird er so gut wie bewußtlos sein. Wenn er anfängt, sich zu rühren, dann verhalt dich ganz still. Glaub es einem, der seine Erfahrung mit Schnaps hat – Betrunkene nehmen nur sehr wenig wahr, und auch das nur flüchtig.«

»Und dann?«

»Kehrst du in deine Kabine zurück. Sieh zu, daß du um acht Uhr wach bist. Hör zu, was gesprochen wird.«

»Wenn es auf spanisch ist, gut. Aber wenn sie russisch sprechen?«

»Kannst du es mitschneiden?«

»Ja.«

»Okay. Sie werden wahrscheinlich bis nach der Besprechung warten, ehe sie uns zur *Pampero* zurückbringen. Verstau die Kassette getrennt vom Walkman, für den Fall, daß sie dich durchsuchen.«

Sie hob den Kopf und blickte zu ihm hinunter. Ihr Haar streifte über sein Gesicht. »Das habe ich dir noch nicht gesagt. Sanchez will Pam und mich als Geiseln auf der *Victoria* behalten. Er sagte, wir würden zu den Bahamas fahren und euch dort treffen.«

»*Verdammt!*«

Sie strich mit Finger sanft über seinen Nasenrücken. »Bracken, was geht hier vor?«

»Ich glaube, es ist eine sowjetische Operation, mit der auch die Kubaner irgend etwas zu tun haben, und ich vermute, sie hängt irgendwie mit unserem Space Center zusammen. Gott weiß, was sie vorhaben, aber es könnte sein, daß sie etwas über die Versuche mit militärischer Hardware herausfinden wollen, möglicherweise der Trident D-5 SLBM. Sie ist der heiße Tip. Die Sowjets nennen sie jedenfalls ›Erstangriffswaffe‹.«

»Aber wie könntest du sie daran hindern?«

Er biß sich auf die Lippen. »Walroß und ich hätten Raul und Vierro ohne weiteres schon überwältigen können. Aber wir taten es nicht, weil ich zu viele Bedenken hatte: Mir ging's ums Chartergeld, deine Sicherheit, meine eigene Haut, ich hatte Angst, ich könnte es verpatzen – ich könnte noch mit tausend anderen Ausreden kommen, aber mehr als Ausreden wären es eben nicht. Das ist jetzt vorbei. Ich habe eine Walther an Bord der *Pampero*, von der die Kubaner nichts wissen. Walroß und ich werden uns einen Plan ausdenken, wie wir Raul und Vierro ausschalten können, und dann kommen wir zu den Bahamas und holen dich und Pam.« Während er sprach, wurde ihm bewußt, wie vage sein Plan war. »Aber wir haben ein großes Problem – wir müssen die Kassette aus deiner Kabine zur *Pampero* kriegen. Wenn ich sie mir anhören kann, werde ich mehr wissen. Falls sie in Russisch ist, verstehe ich vermutlich genug, um mir wenigstens in etwa vorstellen zu können, was sie vorhaben – vielleicht fällt sogar das Schlüsselwort für die Phase-2-Datei.«

»Meine Kabine befindet sich an der Seite, wo die *Pampero* vertäut ist. Ich habe ein Bullauge. Ich zeichne die Besprechung auf, und werfe in dem Augenblick in dem ihr auslauft, die Kassette auf das Deck der *Pampero*.«

»Zu riskant. Matrosen von der *Victoria* werden an Deck mithelfen, die Leinen zu lösen. Wie leicht könnte einer die Kassette sehen, und dann steckten wir erst richtig in der Scheiße.«

»Okay, dann Plan zwei. Ich habe ein Röllchen Zahnseide. Ich werde ein Ende um die Kassette binden, sie ins Wasser werfen, und das andere Ende an ein Tau der Gummifender binden. Sobald ihr weg seid von der *Victoria*, soll Walroß die Fender einholen, wie er es auch sonst tut. Auf diese Weise bekommt ihr die Kassette am unauffälligsten an Bord.«

»Schon besser, aber die Kassette wird patschnaß.«

»Dann wäschst du das Band eben in Franzbranntwein. Nach drei bis vier Stunden ist es trocken und abspielbar. Laß es in der Stereoanlage des Schiffes schnell vor- und zurücklaufen, damit es ordentlich aufgespult wird.« Sie schaute auf die Uhr. Fast zwei. Rasch beugte sie sich über Bracken, nahm seinen Kopf in beide Hände, und küßte ihn. »Ich muß gehen.«

»Glaubst du, daß du auf der *Victoria* sicher sein wirst?«

»Keine Angst. Ich habe die Sache fest im Griff.«

»Sanchez ist ein gefährlicher Schleimer. Paß bloß auf!«

»Ich werde schon mit ihm fertig.«

»Wie?«

Sie lächelte und schaltete das Licht aus. »Vertrau mir.«

Sanchez lag quer über dem Bett, das Leintuch war mit Olivenöl getränkt, er grunzte im Schlaf. Da er sich auf den Rücken gewälzt hatte, wandte sie zuerst den Blick ab. Dann schaute sie. Und *davor* hatte sie Angst gehabt? Es war schwer zu glauben, daß es so was wie Penisneid gab. Aber ihr war auch bewußt, daß es die hundertdreißig Kilo Fett hinter dem Ding waren, die den Schaden anrichten würden.

Sie fühlte seinen Puls. Er war jetzt langsamer, normaler, aber es war nichts zu befürchten. Wieder schaute sie auf die Uhr. Viel Schlaf gab es heute nacht nicht für sie.

Sie holte die Wanze aus dem Kassettenrecorder und überprüfte sie. Dann kramte sie nach ihrem Kugelschreiberlämpchen. Ein Blick auf den Korridor beruhigte sie. Der Bursche, der Wache halten sollte, schlief immer noch. Jetzt kam der schwierige Teil. Falls jemand den russischen Oberst in seine Kabine getragen hatte, wie tief schlief er? Sie öffnete die Tür von F, schirmte das ohnehin schwache Licht des Kugelschreibers ab, und leuchtete herum. Allah sei Dank! Die Kabine war leer. Sie legte die Wanze oben auf den Spiegelrahmen, dann trat sie zurück, um zu schauen, ob sie sichtbar war. Sie war es nicht.

Auf Zehenspitzen kehrte sie in ihre Kabine zurück. Ihr Herz schlug wie eine Kesselpauke. Ruhig, Jean, Ganz ruhig! Sie steckte den Schlüsselring in die Tasche von Sanchez' Bademantel zurück.

Noch ein Problem. Sanchez war um seine Befriedigung betrogen worden und würde wahrscheinlich morgen noch schärfer darauf sein.

In ihrem Kulturbeutel hatte sie ein Fläschchen Mercurochrom, das sie zur Desinfizierung kleiner Wunden benutzte. Sie kramte es hervor, und bemalte damit Sanchezs schrumpeligen Penis leuchtend gelb. Er zuckte nicht einmal zusammen. Nur ein Tropfen, summte sie vor sich hin, während sie eine zweite Schicht auf das welke Ding auftrug und es so tieforange färbte.

Sie hatte den Wecker ihrer Armbanduhr auf sieben Uhr fünfundvierzig gestellt. Das eindringliche Piepsen riß sie nach nur fünf Stunden Schlaf aus ihren Träumen. Sie war erschöpft, ihre Lider waren schwer, und sie hatte den schlechten Geschmack von saurem Wein im Mund. Wie gern sie sich wieder umdrehen und alles vergessen würde! Aber das durfte sie nicht. Sie schwankte aus dem Bett, duschte sich kalt und schlüpfte in ihre Jeans und die Polobluse. Sieben vor acht. Sie schüttelte Sanchez. Fest, fester, dann noch heftiger. Seine Lider flatterten.

»Liebling – wach auf. Du hast gesagt, du hast um acht eine Besprechung.«

Er runzelte die Stirn, blinzelte. »Acht? Acht was?« Er drehte sich um und schnarchte weiter.

Sie tätschelte ihm die Wangen. »Aufwachen! Aufwachen! Acht Uhr. Du hast gesagt, daß ich dich unbedingt aufwecken muß! Du hast eine Besprechung oder so was, hast du gesagt!«

»Habe ich? Wo? Wer ...?« Schon war er wieder eingeschlafen.

Sie brauchte eine volle Minute, ihn aus dem Bett zu zerren. Er taumelte auf den Füßen, das Schlafmittel wirkte noch.

»Duschen!« bestimmte sie, und schob ihn zum Bad. Sie drehte das Wasser an. *»Hinein!«* befahl sie und schob ihn erneut. Zunächst stand er wie ein halbtotes Tier unter dem Wasserstrahl und rührte sich nicht. Sie drehte den Hahn ganz auf und allmählich auf immer wärmer. Sanchez begann, wenigstens geringe Lebenszeichen von sich zu geben. Automatisch drehte er sich unter der Dusche, öffnete den Mund, füllte ihn mit Wasser und spuckte es aus. Dann flatterte er wie ein Huhn mit den Armen und bespritzte sich die Achselhöhlen. Wie schön! Zufrieden mit der Wiederbelebung drehte sie den Hahn auf »kalt« und beobachtete zufrieden, wie er unter den eisigen Nadeln des Wasserstrahls einen Jig tanzte. Schließlich ließ sie ihn hinaus.

»Acht Uhr!« wiederholte sie. »Sei nicht böse auf mich, du hast darauf bestanden, daß ich dich aufwecke!« Während er sich abtrocknete, stand sie hinter ihm und knetete seine Schultermuskeln. »Du warst umwerfend, Liebling. Eine wundervolle Nacht, nicht wahr?«

»Ja?« Er verzog das Gesicht, als er es im beschlagenen Spiegel betrachtete. »Ja, natürlich.« Ein Lächeln stahl sich über seine Züge, und er wurde ein bißchen lebendiger. Dann schüttelte er den Kopf, um ihn klar zu bekommen. »Ja, natürlich, ich war großartig!«

»Ich freue mich jetzt schon auf heute nacht«, sagte sie schmachtend, ohne den Blick von seinen Augen im Spiegel zu lassen, und wartete auf das Unvermeidliche. Endlich blickte er an sich hinunter.

»*Nuestro Señor!* Es ist gelb!«

Sie schlang beide Arme um ihn und drückte die Hände auf seinen schwabbeligen Bauch, um ihn fest an sich zu ziehen. «Ach, das ist nichts. Ich habe eine unbedeutende Infektion. Das vergeht schnell, wenn du Tabletten nimmst. Wirklich nichts von Bedeutung. Nur ein bißchen lästig.«

Er wirbelte herum und löste sich aus ihren Armen. »Diese Infektion – wie heißt sie?« Er war am Rand der Panik.

»Nichts. Wirklich nicht. Der Facharzt sagte mir, daß es eine mutierte Form von etwas ist, das gerade verbreitet ist. Das Risiko, daß es ernsten Schaden anrichtet, ist gering.«

Er wich von ihr zurück. »Der Name der Krankheit! *Was ist es?*«

Sie senkte die Augen. »Ich kann mir medizinische Ausdrücke schlecht merken. Der Arzt nannte es Genital und irgendwas. Wie Warzen oder so.« Dann blickte sie lächelnd zu ihm auf. »Wenn ein Mann es kriegt, ist es das beste, wenn er einen Senfverband um sein Ding wickelt. Brennt ein bißchen, aber ...«

Er wich noch weiter von ihr zurück und schlüpfte in seinen Bademantel »*Du schmutzige kleine Hure!*« schrie er, stürmte hinaus und schmetterte die Tür vor ihrer Nase zu.

»Vergiß den Senfverband nicht, Sanchez!« rief sie ihm nach und lächelte in süßer Befriedigung.

Bracken erwachte in der dunklen Kabine, weil jemand die Tür öffnete und wieder schloß. Die Gardinen vor dem Bullauge schluckten das meiste Licht, trotzdem konnte er einen Mann, der ihn beobachtete, neben seinem Bett stehen sehen.

Der Mann streckte die Hand aus und riß ihm das Pflaster von den Lippen.

»Guten Morgen, Captain John R. Bracken, U.S. Air Force, Personenkennziffer 29574A. Es ist lange her, nicht wahr?«

Der Mann beugte sich über das Nachtkästchen, schaltete die Nachttischlampe ein, dann nahm er seine Sonnenbrille ab. Er trug die gleiche Kleidung, in der Bracken ihn das letzte Mal gesehen hatte: eine Windjacke von der *Victoria*, Khakihose und Polohemd. Er war jetzt natürlich älter als in Vietnam, hatte tiefe Krähenfüße um die Augen, und sein Haar war schütterer. Aber ansonsten war das Gesicht noch dasselbe wie vor fast zwei Jahrzehnten, über eineinhalb Millionen Kilometer entfernt.

Von all den mächtigen und widersprüchlichen Gefühlen, die sich nun zu regen begannen, konzentrierte sich Bracken auf eines und fragte: »Haben Sie Williams anständig unter die Erde gebracht?«

Lu ging zu einem Sessel und ließ sich hineinfallen, dann verschränkte er die Beine. »Ja. Wir legten ihn in ein Soldatengrab mit drei unserer eigenen Männer, Opfer eines Bombenangriffs. Jemand, ich habe vergessen wer, hat einmal gesagt: ›Im Tod sind alle Menschen Kameraden.‹« Lus Worte forderten Zynismus heraus, aber es hatte geklungen, als glaubte er sie.

»Binden Sie mich los«, sagte Bracken.

»Sie würden mich gern umbringen, nicht wahr? O nein, noch nicht gleich, Bracken. Nicht, ehe wir zu einer Übereinkunft gekommen sind.«

»Übereinkunft? Sie haben mein Leben ruiniert!«

Lu stand auf, ging zum Bullauge und zog die Gardinen zurück. Morgensonne strömte in die Kabine. Er ließ die Gardinen los und drehte sich zu Bracken um. »Nicht ich habe Ihr Leben ruiniert, sondern Sie selbst, durch eine Kombination von Habgier und Selbstsucht und indem Sie sich immer wieder zur falschen Zeit an den falschen Ort begaben.«

»Das war in Vietnam. Doch in der Karibik gibt es bestimmt gut fünfzig Boote wie die *Pampero*, und sicher hätten es die Eigner von mindestens zehn davon für das Geld getan.«

»Möglich. Das heißt, wenn Geld der hauptsächliche Beweggrund gewesen wäre. Aber, wissen Sie, Leute, die etwas nur für Geld tun, sind manchmal unzuverlässig, wenn es brenzlig wird.« Er holte tief Luft und stieß sie langsam aus. »Sie haben Williams getötet, nicht wahr, Bracken?«

Seltsame Frage, aber die Antwort sprang ihm auf die Lippen. »Ich mußte es.«

»Stimmt. Das war mir klar. Unter den Umständen hätte ich das gleiche getan. Aber wenn Hanoi Ihre Regierung davon informierte, würde sie es ebenso sehen? Sie würde es vielleicht Mord nennen. Und was ist mit der Information, die Sie mir über die Kernwaffen gaben? Sehen Sie jetzt, wo das Problem ist?«

»Das würden Sie mir wirklich antun, nicht wahr?«

»Genauso wie Sie mir, wenn Sie in meinen Schuhen steckten. Wir führten einmal ein langes Gespräch miteinander, erinnern Sie sich? Beide waren wir damals nichts weiter als Werkzeug unserer eigenen Staaten. Ich bin es immer noch. Eine Rolle spielt jetzt nur, wie Sie auf meinen Vorschlag reagieren.«

»Sie arbeiten für die Sowjets?«

Lu nickte. »Die sich um den Weltfrieden bemühen.«

»Was absolute Heuchelei ist, wie wir beide wissen.«

Lu stieß aufgebracht die Luft aus. »Was wollen Sie und Ihr Land wirklich, Bracken? Daß die Sowjetunion völlig abrüstet und alles auf sich zukommen läßt? Wenn Sie nicht taub und blind sind, wissen Sie, daß die Medien der ganzen Welt seit drei Jahren über Glasnost und Reformen in der Sowjetunion berichten. Wir haben Zehntausende von Dissidenten freigelassen, haben einschneidende Rüstungskontrollmaßnahmen ergriffen und führen weitreichende Reformen in der Innenpolitik durch. Wir bemühen uns um ein gutes Einverständnis und Frieden mit dem Westen. Doch es gibt immer noch einige wie Sie und Ihre Militärs, die uns entweder nicht trauen oder gar versuchen, uns Prügel in den Weg zum Frieden zu werfen.«

Bracken stöhnte. »Großer Gott, Lu, wie oft habe ich dieses Geschwätz schon gehört! Ihr Burschen betet es uns immer wieder vor und erwartet, daß die große Lüge schließlich doch einmal geglaubt wird!«

Lu warf erst einen Blick auf seine Uhr, dann schüttelte er den Kopf. »Wir haben nicht viel Zeit, und ich bin nicht hergekommen, um mich mit Ihnen über Politik zu streiten, sondern um Ihnen ein paar Vorschläge zu machen.« Er tippte auf etwas, das sich unter seiner Jacke abhob. »Ich trage eine Automatik, Bracken. Und ich würde nicht zögern, nach ihr zu greifen. Versprechen Sie mir, sich zusammenzunehmen?«

Zusammengeschnürt wie er war, konnte Bracken nichts unternehmen. Und Versprechen unter Zwang verpflichteten zu nichts. »Warum nicht?«

Lu brachte ein Taschenmesser zum Vorschein und schnitt die Plastikschnüre um Brackens Hand- und Fußgelenke auf. »Bleiben Sie auf dem Bett liegen. Und keine hastigen Bewegungen – okay?«

»Es ist Ihre Show.«

»Ich erkläre Ihnen, worum es geht«, sagte Lu. »Im vergangenen Herbst wurde ein Abkommen unterzeichnet, das sowohl der UdSSR wie den USA verbietet, sich außerhalb des Labors mit der Entwicklung, Herstellung oder Erprobung von militärischer Weltraum-Technologie zu beschäftigen. Die Sowjetunion hat sich getreulich an diese Abmachung gehalten. Die USA nicht!« Er zog einen Zeitungsausschnitt aus seiner Windjacke. »Lesen Sie das!«

Bracken las. Gerüchte über einen Nuklearsatelliten, der entgegen dem Abkommen vom Verteidigungsministerum in den Weltraum gebracht werden sollte. Demonstranten mit Knüppeln niedergeschlagen. Die Regierung bezeichnet die Gerüchte als Lügen, verweigert jedoch die Untersuchung der Satelliten durch einen Ausschuß.

Bracken blickte hoch. »Sie könnten das Zeug gefälscht haben!«

»Unwahrscheinlich. Und wenn Sie eine Bestätigung wollen, brauchen Sie bloß das Radio einzuschalten. Unser Geheimdienst versichert, daß die Gerüchte der Wahrheit entsprechen, und wenn der wahre Grund des Satellitenstarts nicht bekanntgegeben wird, ist es Ihr Land, das das Abkommen bricht, nicht meines. Ich habe den Auftrag, die wirkliche Art dieser Mission aufzudecken, und so zu verhindern, daß Ihr Militär die Waffe testet. Wenn das möglich ist, wird die Sache vor den Internationalen Gerichtshof in Den Haag gebracht. Die Sowjetunion vertritt den Standpunkt, daß dieser Vorfall den Fortschritt, den unsere beiden Nationen zum Frieden machen, nicht behindern wird, solange die für diese Verletzung des Abkommens Verantwortlichen bestraft werden und eine Überprüfung aller zukünftigen Satellitenstarts durch sowjetische Techniker freigestellt ist.«

»Und wie wollen Sie mich dabei einsetzen?«

»Sie werden die *Pampero* ins Küstengewässer vor Cape Canaveral bringen. Raul und Vierro begeben sich vor dem Start des Shuttle an Land und stellen ihre telemetrische Monitorausrüstung nahe der Flutlinie auf. Die Information, die während der Startphase ausgestrahlt wird, wird uns helfen, der Welt zu beweisen, daß der Start ein illegaler Test von Star-Wars-Technologie ist.«

»Das hört sich wie eine ausgekochte Lüge an! Sie könnten das gleiche mit Ihren eigenen Schiffen machen!«

»Wenn sie dazu imstande wären, würde es mir die Sache sehr erleichtern, aber leider ist es nicht möglich. Die Telemetrie für diesen Shuttlestart wird während der Anfangsphase des Starts durch eine sehr trennscharfe Hochleistungsantenne übertragen. Nur eine Empfangsantenne direkt auf dem Cape wird imstande sein, die Signale aufzufangen. Ich bin kein Ingenieur, Bracken. Ich kann nur wiederholen, was mir gesagt wurde, und es ist offensichtlich, daß unsere Ingenieure genau wissen, womit sie es zu tun haben, wenn die Sowjetunion so weit geht.«

Es ging also nicht bloß um Interkontinentalraketen. Lu sprach vom Shuttle. »Und was erwarten Sie von mir?«

»Sie und Ihr Erster Offizier bringen die *Pampero* zum Cape. Ihre Schiffsköchin und Pamela bleiben als Garantie für Ihre Kooperation auf der *Victoria*. Sobald die *Pampero* im Küstengewässer ist, werden Raul und Vierro von einem Dritten im Schlauchboot zum Strand gebracht werden. Dieser Dritte begibt sich hier in Kuba auf Ihr Schiff. Er wird an Bord bleiben, um Ihnen und Ihrem Mann die nötigen Anweisungen zu erteilen. Raul und Vierro werden eine mobile Telemetrieantenne aufstellen, die Daten aufnehmen und dann wieder an Bord genommen werden. Nach dem Start fahren Sie die *Pampero* nach North West Cay in den Bahamas, wo die *Victoria* wartet. Meine Leute und ich werden auf die *Victoria* zurückkehren, Ihr Mädchen und Pamela auf die *Pampero*. Ab da trennen sich unsere Wege.«

»Was könnte Sie daran hindern, Ihren Plan ein bißchen zu ändern, sobald wir zu den Bahamas kommen? Sie könnten mich und meine Besatzung töten.«

»Warum sollte ich? Sobald ich den Beweis für die illegalen Aktivitäten der USA habe, übergebe ich ihn meinen Vorgesetzten. Es wäre mir egal, ob Sie den Mund halten oder nicht. Ich glaube sogar, daß bestimmte Stellen in Ihrem Land nicht sehr glücklich wären, falls Sie ihn tatsächlich aufrissen. Sie müßten vielleicht mit einer Anklage wegen Spionage gegen Ihr eigenes Land rechnen. Und ich würde dafür sorgen, daß Hanoi die Verhöraufnahmen freigäbe, die wir in Vietnam gemacht haben. Sie sehen also, daß ich keinen Grund habe, Ihnen oder Ihrer Besatzung zu schaden, solange Sie alles tun, wie ich es Ihnen erklärt habe. Rein und raus, Bracken. Eine saubere Sache, ohne dauerhafte Folgen. Und, ob sie mir glauben oder nicht, ein bedeutender Dienst für den Frieden.«

»Und wenn ich nicht mitmachen will?«

»Es gibt auch noch andere hier in Kuba, die mit Ihrem Schiff umgehen können, wenn es sein muß. Aber ich ziehe Sie vor. Es hängt zuviel davon ab, als daß ich irgendwelche halben Dinge machen möchte.«

Wenn er sich einverstanden erklärte, würde es ihm die Zeit kaufen, die er brauchte. Weigerte er sich dagegen, war er schon so gut wie tot. Bracken setzte sich auf und rieb die Handgelenke. »Okay, Lu, die Sache stinkt, aber Sie lassen mir ja keine große Wahl. Ich bin dabei.«

Überraschenderweise lächelte Lu.

Aber dabei werde ich dir den Hals brechen, Lu Duc Lee oder wie immer du heißt, dachte Bracken, und lächelte zurück. Darauf kannst du dich verlassen!

17

18. Juli, 11 Uhr

Der alte Kahn schien neues Leben in den alten Eichenknochen zu spüren, Kraft zog durch die Mahagonisehnen. Die *Pampero* war fast sechzig Jahre alt, aber das Schiff brauste nur so dahin.

Sechsundzwanzig Stunden nachdem es Kuba verlassen hatte, war es am Rand der Großen Bahamabank vorbei durch den Santaren-Kanal in die Floridastraße gefahren. Der Golfstrom beschleunigte seine elfeinviertel Knoten noch um zweieinhalb.

Der Wind toste aus Südost mit scharfen dreißig Knoten, und die Kämme der höheren Wellen krönten sich mit Gischt. Die *Pampero* rollte und pflügte und stürzte sich durch die Wogen, bis an den Rand ihrer Belastbarkeit. Aber es war eine großartige Fahrt!

Von einem Streifen Golfstromwolken abgesehen, fuhr die *Pampero* unter einem klaren blauen Himmel dahin, der am Horizont leicht dunstig wurde. Ihr Bugspriet tauchte auf und nieder, ihr Stampfstock furchte die See, ihr Kielwasser schäumte weiß.

Am Spätnachmittag begleitete eine Schar Tümmler sie über eine Stunde lang. Sie tauchten, schwammen kreuz und quer vor ihrem Bug her, drehten sich hin und wieder seitwärts und grinsten, um aufs neue zu tauchen. Dann und wann schwammen sie zur Seite, um sich einen kleinen Barsch oder eine Makrele zu gönnen, doch sie kamen rasch zurück, weil es ihnen Spaß machte, ihre Spiele unter der tosenden Bugwelle zu treiben.

Die *Pampero* war einem Traumbild ihres Eigners entsprungen; entworfen hatte sie Sam Crocker, entstanden war sie auf der Reed-Werft in Winthrop, Massachusetts, und im Mai 1931 dort vom Stapel gelaufen.

Der Kostenvoranschlag für sie war 1929 vor der Weltwirtschaftskrise abgesegnet und der volle Preis im voraus bezahlt worden. Sie sollte einen Dieselmotor bekommen, Nußbaumtäfelung, getöntes Glas für die Schrankfenster, Messingverzierungen und das Neueste an Geräten. Außerdem sollten die gesamten Planken aus Honduras-Mahagoni sein, ihre Rundhölzer aus Sitkafichten, und sie sollte einen Kiel aus Blei haben. Für das Deck war Teakholz vorgeschrieben, fünf Zentimeter dick, mit der Maserung vertikal genommen – gut genug, ein ganzes Leben zu halten.

Die Polsterbezüge im Salon waren in Costa Rica aus dem Fell ungeborener Kälber handgefertigt, die Stevenbretter handgeschnitzt, genau wie das in Haiti angefertigte Namensbrett am Heckspiegel. Die Mastbeschläge waren aus Bronze, die Ösfasser, die Belegklampen und die Ruderanlage, alles in Lunenburg in Neuschottland spezialangefertigt.

Die Stevenbretter waren längst erneuert worden und die Schnitzereien am Heckspiegel geglättet von über einem halben Jahrhundert des Abschmirgelns und neu Bestreichens. Die Bronzebeschläge waren abgescheuert oder durch neue aus verzinktem Eisen ersetzt worden. Doch das spielte jetzt keine Rolle, denn alle, die etwas mit ihrem Bau zu tun gehabt hatten oder auf ihr gesegelt waren, würden sich heute aus Freude über ihren Anblick, wie sie so den Golfstrom mit Rumpffahrt hochbrauste, die Seele aus dem Leib gebrüllt haben.

Bracken stand schwitzend am Ruder. Er mußte sich voll konzentrieren, denn wenn er vom Kurs abkäme, würde er sie drehen. Oder die Segel zerfetzen oder querschlagen. Oder alles miteinander.

Er wußte, daß die Bilgepumpe gleichmäßig arbeitete. Die *Pampero* ließ unter dem starken Segeldruck Wasser ein wie ein Sieb, aber das hatte er erwartet, und die Pumpe würde es schaffen. Heutzutage gerieten Besitzer von Kunststoffbooten schon allein bei dem Gedanken in Panik, daß eine Tasse voll Wasser in ihre Bilge dringen könnte. Eigner von hölzernen Schiffen dagegen sagten sich, daß eindringendes und wieder gelenztes Salzwasser die Bilge »süß« hielt. Zumindest erzählte man sich das an den Jachtclubbars, wenn die Wirklichkeit von ein paar Gin-Tonics getönt wurde. Tatsächlich ist ein hölzernes Boot eine Sammlung von Planken, die in Formation schwimmen und mehr oder weniger durch Gewohnheit zusammengehalten werden. Der Druck des Seewassers preßt die Planken gegen die Spanten und erschwert dem Wasser so das Eindringen. Aber es dringt ein, vor allem bei alten Booten mit genagelten Beschlägen, wenn sie durch rauhe See pflügen. Bracken zweifelte daran, daß es in der Karibik auch nur einen Liter Wasser gab, der nicht durch die *Pampero* gepumpt worden war.

Walroß, erschöpft, mit tiefen Tränensäcken unter den Augen, die Faust um eine Dose Bier, löste ihn um Mittag ab. Bracken hatte seit Kuba noch keine Gelegenheit gehabt, ungestört mit ihm zu sprechen. Das hatte ihr Wachplan wie auch Lus Anwesenheit oder die eines der anderen Männer in der Plicht verhindert. Raul, der gewöhnlich die Wache von mittags bis sechzehn Uhr übernahm, war noch nicht aufgetaucht, und Vierro war unten und spielte Navigator. Jetzt war Bracken zum erstenmal allein mit Walroß.

»Welcher Kurs, Skip?« Walroß ließ sich auf dem Rudergängersitz nieder.

»Steure drei-vierzig. Vierro holt sich gerade eine Satnavbestimmung. Er wird dir wahrscheinlich in etwa zwanzig Minuten die Kursänderung mitteilen.«

»Bist du schon dahintergekommen, wohin es geht?« Walroß blickte Bracken nicht an. Seine Augen waren auf den Kompaß gerichtet.

»Cape Canaveral.«

Walroß zog die Brauen hoch, runzelte die Stirn, dann kratzte er sein unrasiertes Kinn. »Paßt. Dieses Foto vom Strand – der Turm im Hintergrund – könnte eine Abschußrampe sein. Hab' Rauls Handbuch ein paarmal durchgelesen, aber ich kann nicht viel mehr sagen, als daß es ein Zeitplan ist mit Information über Kompaßpeilung vom Meer zum Strand. Die Frage ist, was, zum Teufel, führen sie im Schild?«

»Geheiminformation sammeln, behauptet Lu. Sie wollen Telemetriedaten über einen Satellitenstart.« Er berichtete Walroß von Lus Erklärung.

»Die Raumfähre?«

»Richtig.«

Ehe Bracken die Morgenwache übernahm, hatte er eine Radio-Talkshow von Key West empfangen. Sie bestätigte die Echtheit des Zeitungsausschnitts, den Lu ihm gezeigt hatte.

Ein Shuttlestart war für irgendwann am nächsten Morgen geplant – eine vertrauliche Mission des Verteidigungsministeriums, über die keine Einzelheiten angegeben wurden. Von den Organisatoren eines halben Dutzends Friedensgruppen angespornt, hatten sechstausend Demonstranten sich auf dem NASA-Damm niedergelassen, der zum Startrampenkomplex des Shuttle führte. Die National Guard drohte, sie mit Bulldozern zu entfernen. Über sechshundert Festnahmen waren in den vergangenen vierundzwanzig Stunden erfolgt, doch immer mehr Demonstranten trafen ein und füllten die geschrumpften Reihen wieder auf. Im Kongreß erhob sich Protestgeschrei. Das Weiße Haus und das Pentagon versuchten es mit Verschleppungstaktik. Und die Medien hatten ihren großen Tag.

»Weißt du, was ich glaube? Lu versucht, dich mit einem Haufen Lügen anzuschmieren.«

»Was meinst du genau?«

»Der Kerl ist derselbe, der dich in Vietnam bearbeitet hat, richtig? Es ist sein Job, Leute zu manipulieren. Warum glaubst du ihm jetzt?«

»Ich habe nicht behauptet, daß ich ihm glaube. Nur, daß die Telemetriesache logisch klingt, wenn man sie in Verbindung mit den Zeitungsberichten bringt. Es deutet wirklich alles auf eine illegale Ladung hin, und weiß Gott, weder NASA noch Regierung waren bisher offen zur Bevölkerung. Was könnten sie sonst vorhaben?«

»Wenn du meine schlimmste Befürchtung hören möchtest – Sabotage am Shuttle.«

»Ach ja? Sie schleichen mit einer Bombe an Land, klettern über einen elektrischen Zaun, entgehen der Entdeckung durch die Hubschrauber, stiefeln über eineinhalb Kilometer Sumpf, in dem es von Klapperschlangen wimmelt, verstecken sich vor Patrouillen, und jagen die Fähre in die Luft.«

»Nicht ganz. Sie könnten sowas wie eine Stinger-Handraketenwaffe benutzen.«

Bracken schüttelte den Kopf. »Daran hatte ich auch gedacht, aber das geht nicht. Eine Stinger oder dergleichen hinterläßt einen Abgasstreifen. Natürlich könnte sie einen Shuttle vernichten, aber innerhalb von Minuten würden die NASA-Leute und die Coast Guard über den gesamten Strand schwärmen. Und wenn die Regierung es für eine sowjetische Operation hielte, wäre es so gut wie gleichbedeutend mit dem sofortigen Ausbruch des dritten Weltkriegs.« Er griff nach Walroß' Bier, nahm einen Schluck, und gab ihm die Dose zurück. »Nein, ganz sicher nicht – es muß verdammt viel subtiler sein, und die Telemetriesache klingt immer noch am logischsten.«

Walroß war anderer Meinung. »Vielleicht klingt es plausibel, Skip, aber die Russen hätten ohne weiteres die Hilfe irgendeiner Antiatomwaffenorganisation bekommen können, wie Greenpeace beispielsweise, die Raul und Vierro mit der sogenannten Telemetrieausrüstung am Strand absetzen würde – wenn es tatsächlich eine so unblutige Operation ist.«

Bracken, dem die Augen vor Schlafmangel schmerzten, bemühte sich logisch zu denken. Lu hatte ihn und Walroß als die einzigen Rudergänger eingeteilt, jede Wache jeweils zwei Stunden. Dazu kamen Segelwechsel, Navigation, Wartung und Kochen. Dadurch waren sie voneinander getrennt und beide erschöpft. »Aber wenn es Sabotage ist, was Lu plant, wie wollen sie es dann angehen?«

Nach dem letzten Schluck Bier zerquetschte Walroß die Dose in der Hand und warf sie über Bord. »Da bin ich überfragt.«

Halbtonn, der Kraftprotz, der mit Lu, kurz ehe sie von Kuba ausliefen, an Bord der *Pampero* gekommen war, stieß den Kopf aus dem Niedergang und beobachtete die beiden interessiert. Er war ohne Zweifel Kubaner, und er sprach kein Englisch. Tatsächlich gab er so gut wie nie einen Ton von sich, außer hin und wieder etwas, das sich wie ein Grunzen anhörte. Obwohl ihm nicht viel auf hundertfünfzig Kilo fehlten, war Halbtonn leichtfüßig. Er war offensichtlich gleichzeitig Revolvermann und Aufpasser. Ein gedungener Bursche, schätzte Bracken, aber tüchtig. Mehr als tüchtig. Alles deutete darauf hin, daß er ein eiskalter Profi war. Und da außer ihm auch Lu, Vierro und Raul an Bord waren, hatte sich die Menge der Bösen, die auf einen Guten kamen, von tragbar auf fast unmöglich erhöht.

Halbtonn trug Shorts, sein schweißglitzernder Oberkörper war nackt, abgesehen von der Schulterhalfter mit Revolver. Er bedachte Bracken mit dem Lächeln eines Leichenbestatters, dann hob er die Hände, Knöchel an Knöchel, und spreizte sie, als Aufforderung für Bracken und Walroß, sich zu trennen.

»Bist du mit der Walther weitergekommen?« erkundigte sich Bracken rasch.

»Ich habe sie im Werkzeugschrank in der Back verstaut. Die Abzugsfeder ist von Batteriesäure durchgefressen, und der Bolzen klemmt, aber ich werde weiter damit herumbasteln. Kostet mich vielleicht noch zwei oder drei Stunden Arbeit, und dann bin ich nicht sicher, ob sie funktioniert.«

»Sie ist das einzige, was wir haben, Walroß! Sie muß bis heute abend verwendbar sein!«

»Dein Wort in Gottes Gehörgang, Skip. Nur werden wir eben nicht wissen, ob was mit ihr anzufangen ist, bis wir abdrücken. Und wenn sie nicht gleich beim ersten Mal was leistet, könnten wir in große Verlegenheit kommen.«

Die Untertreibung des Jahrhunderts, dachte Bracken.

Bracken stieg hinunter, setzte sich an den Navigationstisch, und studierte die NOS-Karte 11484. Aus Rauls Handbuch zu schließen, befand sich die Startrampe des Shuttle mindestens zwei Kilometer von dem Punkt entfernt, an dem Raul und Vierro landen würden. Wahrscheinlich gab es einen Drahtzaun unmittelbar über der Brandungslinie, der zweifellos mit Hochspannung geladen und mit Sicherheitssensoren ausgestattet war. Also unmöglich, daß Raul nahe genug an den Shuttle herankam, um ihm irgendwelchen Schaden zuzufügen. Die Telemetriegeschichte klang immer noch logisch, trotz Walroß' Argwohn. Aber wirklich Aufschluß vermochte vermutlich nur die Kassette zu geben, vorausgesetzt, er konnte sie abspielen.

Jeans überstürzter Plan war soweit erfolgreich gewesen. Walroß hatte die Kassette bergen können, ohne daß jemand es bemerkte, und Bracken hatte sie sofort in Franzbranntwein gelegt, fünf Minuten mit mehrmaligem Schwenken darin gelassen und sie dann zum Trocknen hinter den Generator gelegt. Zweimal in den vergangenen dreißig Stunden hatte er die Spulen mit einem Bleistift gedreht, und offenbar klebte das Band nicht. Es wäre vermutlich möglich, sie schon heute abend durch die Stereoanlage der *Pampero* laufen zu lassen. Doch das Problem war, daß Lu oder einer seiner Kumpane es hören würde, selbst wenn er sie noch so leise abspielte. Weder Walroß noch er hatten einen Walkman, und Jean hatte ihren dabei. Also blieb eben nur die Schiffsstereoanlage.

Die Schiffsuhr schlug. Ohne aufzublicken, langte Bracken nach oben, um die Hochfrequenzanlage einzuschalten. Er wollte den letzten Wetterbericht für die Floridastraße hören. Seine Hand griff durch leere Luft. Die Halterung war noch da, die Anlage nicht, genausowenig wie der Anschluß.

Er stand auf, stapfte nach achtern und schlug mit der Faust auf die Kajütentür.

Ein paar Sekunden vergingen – Stimmen waren zu hören –, dann öffnete Lu mit einer Drahtzange in der Hand. »Sie haben Freiwache. Legen Sie sich ins Bett«, riet er ihm mit gelangweilter Stimme.

»Was ist mit dem Funkgerät?«

»Ich installiere es hier.«

»Warum? Ich brauche das verdammte Ding!«

Lu stieß gereizt einen müden Seufzer aus. »Ich möchte nicht, daß Sie etwas ohne meine Erlaubnis senden, also habe ich die Versuchung entfernt. Ich werde Ihnen den Wetterbericht mitteilen.« Er schlug die Tür vor Brackens Nase zu, wie eine Hausfrau, die einen lästigen Staubsaugervertreter loswerden will.

Bracken warf sich mit aller Kraft gegen die Tür, und sie sprang krachend auf. Lu verlor das Gleichgewicht, er stolperte rückwärts. Durch die offene Tür sah Bracken Vierro auf seiner Koje aufsitzen, die Decke zurückwerfen, und schon hielt er seinen Revolver in der Hand. Lu wandte sich ihm zu, stieß den Lauf zur Seite und sagte etwas auf spanisch, doch zu schnell und mit zu starkem Akzent, als daß Bracken es verstanden hätte. Wütend antwortete Vierro etwas, steckte den Revolver jedoch weg und legte sich wieder nieder, nachdem er Bracken angefunkelt hatte.

Lu drehte sich zu Bracken um. »In den Salon mit Ihnen. Ich glaube, wir werden miteinander reden müssen. Ich komme in wenigen Minuten nach.«

Bracken kehrte in den Salon zurück und ließ sich auf den Stuhl am Navigationstisch fallen. Da sah er etwas, das ihm zuvor entgangen war: einen Zettel mit den Satnavkoordinaten von Mittag, die Lu aufgeschrieben hatte. Bracken steckte die Position ab. Er war leicht überrascht, denn sie waren bereits querab vom St. Lucie Inlet, längst schon an Palm Beach vorbei. Der Golfstrom war schneller gewesen, als er geschätzt hatte. Er steckte Kurs und Entfernung nach Cape Canaveral ab. Mißweisender Kurs drei-fünf-eins, etwa fünfundsiebzig Meilen. Er gab das in den Rechner ein und schätzte, daß sie gegen neunzehn Uhr dort sein würden, also gegen Ende der Dämmerung.

Lu kam in einem Overall an, mit einer Flasche Rum in der Hand. »Trinken Sie einen Schluck mit mir, Bracken?«

»Warum nicht?«

Lu schenkte in Plastikbecher ein, und reichte einen Bracken. »Auf Ihre und meine Zukunft«, toastete er. Er hob den Becher und trank die bernsteinfarbige Flüssigkeit in kleinen Schlucken. Schließlich setzte er sich auf das Sofa und stützte das Kinn auf die Hand. »Ich dachte, wir wären uns einig«, sagte er. »Aber wenn Sie ein Problem haben, sagen Sie es mir.«

»Die Hochfrequenzanlage.«

»Das ist zweifellos nicht Ihr Problem! Was macht Ihnen sonst noch zu schaffen?«

»Eine verdammte Menge.«

»Reden Sie.« Lu war die personifizierte Geduld.

»Außer Ihnen sind drei Ihrer Leute an Bord, alle bewaffnet. Es sind immer wenigstens zwei auf Wache. Walroß und ich können uns nicht mal umdrehen, ohne daß jemand einen Revolver auf uns richtet. Ich möchte, daß Sie sie zurückpfeifen!«

»Was noch, Bracken?«

»Walroß und ich können uns kaum noch auf den Beinen halten. Ich möchte, daß Vierro und Raul Ruderwachen übernehmen, sobald der Wind nicht mehr so stark ist.«

Lu lächelte. »Ist das alles?«

»Nein. Ich möchte mir diese Telemetrieausrüstung ansehen, ehe Raul und Vierro von Bord gehen. Nur um sicherzugehen, daß sie wirklich das ist, was Sie sagen.«

»Und das ist *alles?*« Lu zog fragend die Brauen hoch.

»Ja – für den Anfang.«

»Haben Sie Nachsicht mit mir, Bracken. Versuchen Sie zu verstehen, von woher ich komme. Es ist mein letzter Einsatz im Außendienst, und es ist eine schrecklich wichtige Operation, weil es um den Weltfrieden geht. Und um etwas Privates: Ich habe einen halbwüchsigen Sohn. Ich möchte mit ihm zusammensein, ihn selbst großziehen, dafür sorgen, daß er die richtigen Schulen besucht und einen Vater hat, der ihm jederzeit mit Rat und Tat beistehen kann. Hauptsächlich aber bin ich dieses Spieles müde, und ich möchte mich zurückziehen. Aus all diesen Gründen will ich, daß diese Operation sicher und sauber für alle Betroffenen ist und ohne Probleme – der Schwanengesang eines alten Mannes. Langweilig, nicht wahr?« Er machte eine Pause. »Sie waren ebenfalls verheiratet?« Halb Frage, halb Feststellung. Sehr geschickt. Die rührende Masche.

»Es ging nicht gut. Sie verließ mich.«

»Ja. Penny, wie ich Ihrem Dossier entnahm. Und Jean? Bedeutet Sie Ihnen etwas?«

Noch geschickter. Ein kleiner Hinweis auf das, was er verlieren könnte. »Wir kommen miteinander aus.«

Lu stand auf und goß sich nach, dann hob er die Flasche und blickte Bracken fragend an. »Nein? Dann muß ich allein trinken.« Er blieb stehen. »Wissen Sie, was sich geändert hat, Bracken? Wir führten beide ein gefährliches Leben, so wie es uns Spaß machte. Doch wir haben den schlimmen Fehler begangen, uns an jemanden zu binden. Das macht uns menschlich, verwundbar und anfällig für Druck von außen. Was Sie verlangen, ist nicht unvernünftig. Aber ich habe einen Auftrag zu erfüllen. Sie bekommen gutes Geld, Sie erklärten sich einverstanden, den Job zu tun, und ich bezahle. Deshalb werden die Dinge auf meine Weise gemacht. Ich kann Ihren Wünschen nicht nachgeben.«

Bracken hatte keine zwei Stunden Schlaf. Sein Wecker riß ihn aus einer schwarzen, traumlosen Betäubung. Er stand auf, tauchte sein Gesicht ins Wasser, schluckte zwei Koffeintabletten, schlüpfte in die Windjacke und stapfte zum Cockpit.

Walroß konnte am Ruder kaum noch die Augen offenhalten. Die Sonne stand bereits tiefer, es war kurz nach vier Uhr nachmittags.

»Hast du gut geschlafen?«

»Nicht genug.« Er übernahm das Ruder, prüfte den Kompaß und den Himmel im Nordwesten. Die unverkennbaren Zeichen einer Kaltfront; morgen würde es rauh sein, schätzte er.

Halbtonn war auf Wache, doch nicht im Cockpit. Er lag ausgestreckt auf dem Vorderdeck und sonnte sich, wahrscheinlich döste er. Die Sicherheitsmaßnahmen nahmen allmählich ein berechenbares Muster an.

»Hast du die Kassette schon abgespielt?« fragte Walroß leise.

Bracken schüttelte den Kopf. »Keine Gelegenheit. Sie ist ziemlich trocken, und die Spulen drehen sich, ohne steckenzubleiben. Aber die einzige Möglichkeit, sie abzuspielen, ist mit der Stereoanlage.«

»Raul hat Kopfhörer. Hast du das gewußt?«

»Bist du sicher, der Klinkenstecker hat die richtige Größe?«

»Glaub' schon. Sieht nach Standard aus, nicht nach Miniatur.«

Halbtonn setzte sich jetzt auf. Er bedeutete den beiden mit einem Daumenzucken auseinanderzugehen, dann machte er sich daran aufzustehen.

»Ich werde es versuchen«, flüsterte Walroß und stieg den Niedergang hinunter.

Walroß fand Vierro dösend auf dem Salonsofa ausgestreckt. Er schob eine Kassette der Miami Sound Machine in den Stereorecorder. Er schaltete ein und drehte die Lautstärke hoch. Die Lautsprecher waren groß, der Verstärker hatte pro Kanal fünfzig Watt. Die Glasscheiben des Barschranks fingen an, im Rhythmus zu vibrieren.

Erschrocken richtete sich Vierro auf und schlug sich den Kopf am Schott an. »Schalten Sie das verdammte Ding aus! Ich versuche zu schlafen!«

»Gönnen Sie mir doch auch eine Entspannung, Mann!«

»Dann schalten Sie das Ding leiser!«

Walroß spielte mit den Knöpfen herum. Er senkte zwar die Lautstärke, drehte jedoch den Baßregler hoch. Jetzt vibrierte die Schottvertäfelung aus Sympathie mit dem Beat.

»Aufhören!« brüllte Vierro.

»Raul hat doch Kopfhörer, oder? Wenn ich sie ausborgen kann, wären wir beide zufrieden.«

Drei Minuten später spielte Walroß die Kassette ab.

Während der Abenddämmerung näherte sich die *Pampero* der Küste von Florida, bis sie noch etwa fünfzehn Kilometer entfernt war. Der starke Südostwind ließ nach, und das Licht tönte sich zu gebranntem Umbra, als die Sonne in den Dunst sank.

Vorbei an Vero Beach, Sebastian, Palm Bay und Melbourne. Selbst aus fünfzehn Kilometer Entfernung konnte Bracken die Türme der Hochhäuser von Gold Coast weiß im letzten Sonnenschein schimmern sehen; die untergehende Sonne brach sich blitzend in ihren Fenstern.

Der Wind war am frühen Nachmittag auf zwanzig Knoten gefallen, bis zur Dämmerung auf fünfzehn und dann bei Einbruch der Dunkelheit unter zehn. Hin und wieder erhaschte Bracken einen Blick auf Jachten von Sportfischern näher zur Küste hin, die zum Hafen zurückkehrten. Er stellte sich ihre typischen Eigner vor, in schreienden kurzärmeligen Hemden, mit protzigen Goldketten um den Hals und kupferner Sonnenbräune. Und ihre typischen Begleiterinnen waren noch dunkler gebräunt (ihre Sonnenschutzlotions mit exotischen Emollienzien nach streng geheimen Rezepten angereichert); sie trugen weiße Bikinis, die für fünfzig Dollar die Unze verkauft wurden. Eine Menge Gin mit Tonic wurde verkonsumiert, und die Nacht war vielversprechend. Bracken, wie jeder andere Chartersegler, verachtete die Vorstellung einer solchen Lebensweise und sehnte sich doch insgeheim danach. Im Augenblick würde er jedenfalls gern in der Haut dieser Großkotzigen stecken.

Lu hatte gerade eine Kursänderung parallel zur Küste heraufgerufen. Halbtonn lungerte vorn im Cockpit, er stocherte in den Zähnen und betastete seinen Revolver, als wäre er ein intimer Körperteil.

Hoch oben am Himmelsgewölbe hatten Zirruswolken im Norden begonnen, lange, fedrige Fahnen auszustrecken und das Kommen einer Kaltfront anzukünden. Morgen würde nicht die Art von Wetter sein, mit der die Handelskammer von Florida gern prahlte. Damen mit blaugetöntem Haar, die sich in Modellbadeanzüge, zwei Nummern zu klein, gezwängt hatten, würden morgen vormittag in knöchellange Nerzmäntel gehüllt von ebenso blaugetönten Pudeln in Nerzmäntelchen zu den modischsten Boutiquen gezerrt werden. Morgen abend würden die Landstreicher unter den heutigen Zeitungen bibbern und die Pflanzer von Zitrusfrüchten fluchend Rauchtöpfe anzünden, um den vernichtenden Frost abzuwehren. Unter den vom Nordwind geschaffenen Umständen würden ein paar Schneeflocken auf das sonst so sonnige Florida fallen und Schlagzeilen in den

Zeitungen von New England garantieren, ebenso ein paar Sekunden in den Fernsehnachrichten. Bracken wußte, daß der Nordwind auf Teufel komm raus blasen und den Golfstrom aufwühlen würde, daß man sich in eine Waschmaschinentrommel versetzt fühlen könnte.

Im abflauenden Wind kroch die *Pampero* die Küste hoch. Sie bewegte sich kaum durch das Wasser, wurde jedoch immer noch von einem küsteneinwärts fließenden Arm des Golfstroms vorwärtsgetrieben. Vorbei an den Badestränden von Indialantic, Satellite und Cocoa ging es; Ansammlungen verschiedenfarbiger Lichter zeigten die einzelnen Orte an, ihr Schein beleuchtete die Bäuche der sich auflösenden Haufenwolken an der Küste. Nachdem die Sonne untergegangen war und es dunkel wurde, erspähte Bracken am nördlichen Horizont zuerst den Leuchtturm von Merritt Island und dahinter ein Schimmern der Flutlichter des Kennedy Space Center.

Lu kam mit einer großen Tasse Kaffee den Niedergang hoch. Flüchtig hob sich seine Silhouette im Licht von unten ab, dann ging er auf Deck nach vorn, schnupperte in den Wind und studierte den Horizont. Mehrere Minuten blieb er reglos stehen, und Bracken fragte sich, was er wohl dachte.

Schließlich drehte Lu sich um und ging nach achtern zum Cockpit. Halbtonn bedeutete er, sich nach unten zu verziehen.

Minutenlang saß er in der Dunkelheit, und gegen den etwas helleren Horizont sah sein Profil in seiner Unbewegtheit wie ein Scherenschnitt aus.

»Haben Sie den Wetterbericht gehört?« erkundigte sich Bracken, um etwas zu sagen.

Lu drehte sich ihm zu. Seine Stimme klang leicht verärgert, weil er aus seinen Gedanken gerissen worden war. »Mäßiger Südostwind bis zum Vormittag, dann Durchzug einer Kaltfront mit starkem Nordwind und Temperatursturz bis fünf Grad. Ergibt sich dadurch ein Problem?«

»Nicht für uns. Nordwind gibt uns guten Rückenwind zurück durch den Golfstrom zu den Bahamas. Es wird eine stürmische und nasse Rückfahrt, aber eine schnelle. Die NASA wird den Shuttlestart so früh am Morgen wie nur möglich durchführen müssen, auf jeden Fall, ehe die Kaltfront eintrifft. Denn wenn sie es nicht rechtzeitig schaffen, müssen sie ihn wegen des starken Windes und der tiefen Temperatur um vierundzwanzig Stunden verschieben. O-Ringdichtungen, Winddruck, und dergleichen. Das würde den Start zu riskant machen.«

»Ähnliche Bedingungen führten zur Challenger-Katastrophe«, sagte Lu, und es klang wie eine trockene Feststellung.

»Ja, wie bei der *Challenger*«, echote Bracken. Die Fernsehaufnahmen spulten sich vor seinem inneren Auge ab: Die Flammen, die gegen den Hintergrund des tiefblauen Florida-Himmels wie Feuerblumen aufblühten, Trümmer von Shuttle, Tank und Antriebsraketen, die durch Rauchwolken wirbelten wie sich in Zeitlupe entfaltende Blütenblätter. Als er damals die Filmausschnitte sah, hatte er zum erstenmal seit Jahren geweint. So viele Träume in diesem schrecklichen Augenblick zerstört! Mehr als nur die Träume einzelner. Die Träume, die Zuversicht und das Vertrauen einer ganzen Nation.

Plötzlich legte sich eine eisige Hand um sein Herz. Die Zerstörung dieses Shuttle würde das amerikanische Weltraumprogramm vernichten. Nicht nur für ein paar Jahre – sondern für immer. Walroß hatte recht. Trotz der Wärme der Florida-Nacht wurde ihm kalt. Irgendwie wußte er nun, *was* morgen passieren würde; nicht genau wie, nur daß es geschehen würde. Er sah den gleichen furchtbaren Film aufs neue vor seinem inneren Auge abrollen. Er hatte noch keine Gewißheit, trotzdem wußte er tief im Innern, was Lu beabsichtigte. Er atmete vier- oder fünfmal tief ein und aus. »Diese Telemetriesache?« fragte er.

»Ja – was ist damit?«

»Ich würde trotz allem gerne die Ausrüstung sehen.«

»Warum sollte ich sie Ihnen zeigen, Bracken? Ich kann sie nicht auspacken. Sie ist in einem wasserdichten Behälter versiegelt.«

»Sagen wir, weil ich mich dann besser fühlen würde, okay?«

Lu stand auf, streckte sich, und drehte sich zu Bracken um. »Ich habe persönlich die Demonstration damit gesehen. Es ist lediglich ein kleiner Empfänger, ein Kassettenrecorder und eine Teleskopantenne. Etwa zwanzig Kilo schwer, in einem Plastikschlauch verpackt und wasserdicht versiegelt. Ich würde Ihre Neugier ja befriedigen, aber ich habe die Befugnis nicht, das Zeug zu öffnen.«

Wie praktisch! Bracken bohrte nicht mehr nach, damit Lu nicht mißtrauisch wurde. Sie hatten schließlich noch die Kassette, was immer sie auch wert war. Jedenfalls hatte Lu jetzt neue Zweifel in ihm geweckt.

Bracken zuckte die Schultern, als gäbe er sich mit der Erklärung zufrieden. »Wie sieht unser Plan aus?«

»Sobald die *Victoria* mir die Startzeit durchgegeben hat, berechne ich unseren Kurs, so daß wir eineinhalb Stunden vor dem Start ungefähr drei Kilometer vor dem Cape sind.«

»Man kann sich nicht so einfach am Cape herumtreiben, Lu. Nicht, wenn ein Shuttlestart geplant ist. Die Richtlinien sind im *U.S. Coast Pilot*, Band 4, festgelegt. Alles seewärts vom Cape bis zu etwa fünfzehn Kilometer ist Sperrzone.«

»Die Sperrzone wird erst eine Stunde vor dem Start abgeriegelt. Bis dahin kann jedes Schiff sie passieren.«

»Aber die NASA gibt die genauen Startzeiten für Militärshuttlestarts nicht bekannt!«

»O doch, Bracken. In diesem Augenblick ergehen Anweisungen an Beobachtungsstationen auf der ganzen Welt, ebenso wie an Kamera- und Telemetrie-Teams und die Techniker am Cape. Wir sind in der Lage, die Übermittlung dieser Information abzuhören. Sobald sie bekannt ist, wird die *Victoria* benachrichtigt. Und von dort erfahre ich sie über Einseitenbandsender.«

»Sie haben alles bestens organisiert.«

»Soweit so etwas bei all den Unsicherheitsfaktoren möglich ist.« Ein Hauch von Stolz schwang in seiner Stimme mit.

»Noch etwas verwundert mich, Lu. Warum treffen wir die *Victoria* in den Bahamas? Ich hätte sie in Cayo Mambi warten und dort den Geiselaustausch vornehmen lassen.«

»Das ist doch offensichtlich. Wir brauchen neutrales Hoheitsgebiet. Fände der Austausch in Kuba statt, könnte ich nicht garantieren, daß die Kubaner Sie gehen lassen. Es ist zu Ihrem eigenen Schutz, Bracken. Das schulde ich Ihnen.«

Fürsorglich, dachte Bracken. Wie gut, wenn man Freunde hat. »Aber Ihr Vorgesetzter ist an Bord der *Victoria*. ›Oberst‹, nannte Sanchez ihn. Ich würde denken, er hätte es nicht gern, in einem prowestlichen Land identifiziert zu werden, denn es könnte ja sein, daß die Küstenwache an Bord kommt.« Der Teil über Sanchez war gelogen, aber Lu konnte es unmöglich überprüfen.

»Er wollte es so«, antwortete Lu abwesend. Er war offenbar durch Sanchez' angebliche Indiskretion irritiert.

Nichts Bestimmtes, dachte Bracken, doch immerhin deutete es auf die Möglichkeit hin, daß es *tatsächlich* zwei Phasen der Operation gab, von der eventuell eine die andere unterstützte, aber vielleicht jede mit einem anderen Ziel. Ihm war klar, daß er sich auf dünnes Eis begab, deshalb wechselte er das Thema. »Sie sagten, daß Sie einen Sohn haben?«

Lus Stimme erwärmte sich um ein paar Grad. »Er ist vierzehn, fast schon fünfzehn. Er wohnt in einem Vorort von Moskau.«

Also war der Junge nach Vietnam geboren. Er mußte ebenfalls asiatisches Blut haben. »Ihre Frau – lebt sie auch dort?«

»Meine Frau ist tot, Bracken.« Jetzt war Lus Stimme frostig.

Ein komplexer Mann, dachte Bracken. Bei ihm trügt der Schein. Aber er gab nicht auf, und sondierte vorsichtig Lus Psyche.

»Oh, tut mir leid. Schlimm für Sie, noch schlimmer für Ihren Sohn, daß er ganz ohne Eltern aufwachsen muß!« Das konnte als Mitgefühl aufgefaßt werden, aber auch als milde Anklage wegen Vernachlässigung, und Bracken hatte es mit voller Absicht so formuliert.

Doch Lu reagierte nur mit Schweigen. Bracken wurde bewußt, daß er ein paar Minuten unverfänglich mit ihm plaudern mußte, damit das Eis schmelzen konnte und Lu aus seinem tiefen Brunnen der Erinnerungen wieder auftauchte. »Wie heißt Ihr Junge?«

Kein Zögern diesmal. »Sascha. Er ist Schachmeister seiner Schule. Sehr intelligent.« Er machte eine Pause, versank aufs neue in seine privaten Gedanken. »Sie werden nie wissen, was Ihnen gefehlt hat, bis Sie einen eigenen Sohn haben.« Lus Stimme klang nun gelöst. Der Strom seiner privaten Gedanken floß nun dahin.

»Was möchte er werden?«

»Maler oder Dichter, Künstler jedenfalls. Er hat den Verstand, den Willen und die Begabung für fast alles.«

»Auch für KGB-Arbeit?«

Als dunkle Silhouette gegen die beleuchtete Küste wandte sich Lu ihm zu. »Ich bin Offizier, Bracken. Ich schwor, mein Vaterland zu verteidigen. Manche Offiziere benutzen Waffen, so wie Sie es taten. Andere, wie ich, sammeln Information.« Seine Stimme klang wieder etwas weicher. »Aber wir, Sie und ich, sind eine ältere Generation: Teil des Problems, ohne daß uns bewußt gewesen wäre, daß es eine Lösung gab. Wegen Männern wie uns lernte keines unserer Länder seine Lektion früh genug, deshalb haben wir über vier Jahrzehnte einen sinnlosen kalten Krieg geführt. Sie und ich können mithelfen, frühere Fehler zu korrigieren, wenn wir diese Mission zu Ende bringen. Und vielleicht werden unsere Söhne Freunde werden. Das würde ich gern sehen, Bracken.«

Machte Lu ihm was vor? Oder meinte er es ehrlich? Es klang so verdammt überzeugend, daß Bracken ihm glauben *wollte* – aber er wußte aus Erfahrung, daß er es nicht konnte. Er schaute auf die Uhr –

Walroß würde ihn in Kürze ablösen. Er brauchte handfeste Einzelheiten. »Also, wie sieht die Operation morgen aus?«

»Das sage ich Ihnen, wenn es soweit ist. Nicht nötig, daß Sie es jetzt schon wissen.« Er bemühte sich, die Oberhand zu behalten.

Bracken brauste wohlberechnet auf. »Sie blöder Affe! Ich will die Sache hinter mich bringen! Meinen Scheck einstecken, mein Mädchen zurückhaben und dann nichts als weg mit heiler Haut! Wir haben zwar nicht die gleiche politische Anschauung, aber das gleiche unmittelbare Ziel. Ehe ich nicht Bescheid weiß, kann ich mich auch nicht auf mögliche Schwierigkeiten einstellen. Wir sind nur zwei, die die ganze Arbeit auf dem Schiff machen, die dafür sorgen, daß es einwandfrei läuft. Ich muß wissen, wie es weitergeht, sonst kann ich nicht dafür garantieren, daß nichts schiefgeht!«

Lu seufzte, als wäre ihm gerade sein Schnürsenkel abgerissen – eine kleine Unannehmlichkeit, ärgerlich, aber etwas, das sich leicht beheben ließ. »Na gut. Dann werde ich sie in groben Zügen einweihen. Wir halten weiter Nordkurs, bis die *Victoria* mir die ungefähre Startzeit mitteilt. Dann kehren wir zum Cape um und halten uns näher an die Küste, bis wir eine halbe Stunde vor dem Start vor Titusville sind. Zu diesem Zeitpunkt werfen Sie Anker.«

»Sie haben höchstwahrscheinlich Radar am Cape! Sie werden uns orten, und ein Erkundungsboot ausschicken!«

»Unwahrscheinlich, die Sperrzone wird zu diesem Zeitpunkt noch nicht abgeriegelt sein. Vielleicht sollten Sie auch wissen, daß einer unserer Gründe, weshalb unsere Wahl auf die *Pampero* fiel, die Tatsache ist, daß sowohl ihr Rumpf als auch ihre Masten aus Holz sind. Das erschwert die Ortung, und selbst wenn wir entdeckt werden, gibt es keinen Grund zum Argwohn. Wir werden uns über drei Kilometer von der Küste entfernt befinden, das ist nicht verboten. Durch unsere Umrisse und stationäre Position werden wir in etwa wie Treibnetzfischer aussehen, die nach meiner Information in dieser Gegend alles andere als selten sind.«

»Und dann?«

»Der Mann, den ich in Cayo Mambi an Bord brachte – und den Sie so zutreffend ›Halbtonn‹ nennen –, ist ein kubanischer Matrose mit großer Erfahrung in amphibischen Operationen. Er wird mit Ihrem Außenborder mit Hilfe von Kompaßpeilung und Seezeichen bis etwa zweihundert Meter vor die Küste fahren. Dort werden Raul und Vierro aussteigen, zur Brandungslinie schwimmen und zum Grund tauchen. Jeder wird eine Taucherausrüstung mit drei Sauerstofflaschen tragen. Auf dem Grund werden sie sich bis etwa fünfzehn Minuten vor dem Start ruhig verhalten und so Sauerstoff sparen. Dann legen sie ihre Preßluftflaschen ab und begeben sich mit ihrer Ausrüstung an den Strand. Selbst bei leichten Verzögerungen dürften sie ihre Instrumente zehn Minuten vor dem Start aufgebaut haben.«

»Was ist mit Strandpatrouillen und den Hubschraubern, die bis zum Start ihre Runden drehen?«

»Die gibt es natürlich, aber man zieht sie aus Sicherheitsgründen fünfzehn Minuten vor dem Start ab. Raul und Vierro werden zwischen elf und zwölf Minuten haben, an Land zu kommen, ihre Geräte aufzubauen, ein Tarnnetz über sich zu ziehen und auf den Start zu warten.«

»Und was ist, wenn sich der Start verzögert?«

»In der sauerstoffsparenden Ruhestellung auf dem Grund können sie neun Stunden durchhalten. Wenn sich eine Startverzögerung von mehr als drei oder vier Stunden ergibt, wird der Start gewöhnlich ganz fallengelassen und erst nach peinlicher Überprüfung für einen anderen Zeitpunkt neu festgelegt. Und wenn er gestrichen ist, wird die Sperrzone fast unmittelbar wieder geöffnet. Wir würden dann zurücksegeln und unsere Leute drei oder vier Kilometer vor der Küste wieder an Bord nehmen. Wir würden die Sauerstoffflaschen neu füllen und es am nächsten Morgen nochmals versuchen.« Lu blickte zum Nachthimmel. Die Zirrus der näherkommenden Kaltfront verbargen bereits die Sterne. »Aber ich glaube, sie werden ihr möglichstes tun, den Start so früh am Morgen wie nur möglich durchzuführen, selbst wenn die NASA einen Sicherheitskompromiß eingehen muß. Die Demonstranten und die Presse ...« Er machte eine wegwerfende Handbewegung.

Ja, wahrhaftig, dachte Bracken, die Demonstranten und die Presse. Sie würden eine Verzögerung benutzen, sich um weitere Unterstützung durch den Kongreß zu bemühen, damit der Start auf unbestimmte Zeit verschoben werden müßte, bis eine eingehende Untersuchung der Shuttleladung ergeben hatte, was der verdächtige Satellit tatsächlich enthielt. Und wenn die NASA und das Militär über die Ladung logen, wäre es eine Wiederholung von »Irangate«, nur ohne einen redegewandten Ollie North.

»Und was passiert, wenn uns ein Küstenwachboot aufhält?«

»Meine Kollegen und ich haben gültige panamaische Reisepässe und einen gültigen Chartervertrag für dieses Schiff. Das wäre kein großes Problem, würde uns nur Zeit kosten – das allerdings könnte die erfolgreiche Durchführung meines Teils der Operation verhindern.«

Ein Lapsus, dachte Bracken. Lu mußte müde sein. Aber da war es wieder. Lu leitete nur einen Teil der Mission und der Oberst den anderen von der *Victoria* aus.

»Also, angenommen, sie kommen an Bord. Gegen Sie ist nichts einzuwenden, aber was ist mit mir und der *Pampero*? Da ist immer noch der Gerichtsentscheid!«

»Auf der in Amerika registrierten *Pampero*, Bracken, aber dieses Schiff fährt jetzt unter panamaischer Flagge. Die Coast Guard hat zwar das Recht, ein ausländisches Schiff zu durchsuchen, doch nicht, es festzuhalten, jedenfalls nicht ohne Beweis, daß es für etwas Illegales benutzt wird. Gewisse hohe Tiere in Panama sind bereit, diplomatische Beschwerde gegen die Coast Guard zu erheben, sollte man versuchen, die Sache zu weit zu verfolgen.«

»Doch bei einer Verzögerung wäre die ganze Mühe umsonst.«

Lu antwortete nicht sofort. Er blickte auf die Küste, dann beugte er sich über den Kompaß, und überprüfte den Kurs. In dem schwachen roten Licht wirkten seine Gesichtsmuskeln angespannt. »Die Konsequenzen eines Mißerfolgs wären für mich äußerst unangenehm, Bracken, egal, ob menschliches Versagen daran schuld wäre oder eben reines Pech. Aber wenn wir uns an unseren Zeitplan halten und der Sperrzone fernbleiben, solange der Zutritt verboten ist, dürfte es keine Probleme geben.«

Die Puzzleteilchen von Phase 1 fügten sich allmählich zusammen. Es mußte sich um Sabotage handeln! Aber was wurde mit Phase 2 bezweckt? Die Antwort darauf fand sich hoffentlich auf der Kassette. In wenigen Minuten würde Bracken es wissen.

Lu streckte sich und gähnte. »Wann übernimmt Ihr Erster Offizier die Ruderwache?«

»In etwa fünfzehn Minuten.«

»Gut. Sobald er sie abgelöst hat, möchte ich, daß Sie den Druck der Sauerstoffflaschen messen und sie mit dem Kompressor auffüllen, den wir in Kuba installiert haben.«

»Scheiße! Ich habe viel zuwenig Schlaf, und mit den Ruderwachen, den Wartungsarbeiten und dem Betrieb des Schiffs habe ich dazu einfach keine Zeit. Lassen Sie es doch von Vierro oder Raul machen. Die haben sonst nichts zu tun!«

Mit Ungeduld in der Stimme fauchte Lu: »Vierro und Raul haben einen anstrengenden Tag vor sich. Sie müssen in Bestform sein! Deshalb werden *Sie* sich um die Sauerstoffflaschen kümmern!«

Bracken hatte die im Maschinenraum festgegurteten Flaschen gesehen, neun Stück waren es, und auch den Luftkompressor, der während ihres Aufenthalts in Kuba installiert worden war. Es würde eine leichte Arbeit sein, aber seine Schlafenszeit noch weiter verkürzen. »Dann soll sich doch Halbtonn darum kümmern!«

»*Sie* werden es tun, Bracken. Und keine Widerrede mehr!«

»Okay, okay – es ist keine große Sache. Ich überprüfe die Flaschen und fülle sie nach, falls es nötig ist. Wie wär's, wenn Sie hier übernehmen würden, bis Walroß kommt? Dann könnte ich wenigstens schon eine Viertelstunde früher damit anfangen.« Bracken hatte den Ton seiner Antwort geschickt zwischen leicht protestierend und schmeichlerisch gehalten.

Lu klopfte auf das Achterkajütenluk, und drei Minuten später kam Halbtonn den Niedergang hoch. Lu sagte etwas auf spanisch zu ihm, woraufhin Halbtonn nickte und wieder hinunterstieg. Weitere drei Minuten später war Walroß an Deck. Er fluchte, weil man ihm nicht einmal Zeit ließ, sich eine Tasse Kaffee zu machen.

»Wie sieht's aus, Skip?« brummte er und setzte sich gähnend auf den Rudergängersitz.

»Wir laufen parallel zur Küste, Abstand zwischen fünfzehn und sechzehn Kilometer. Ein guter Kurs wäre etwa drei fünfundvierzig.« Bracken trat näher und beugte sich über Walroß' Schulter, als beobachte er den Kompaß. Mit dem Blick auf Lu, der sich umgedreht hatte und zur Küste spähte, fragte er leise: »Was war auf der Kassette?«

»Die Aufnahme ist fürchterlich, schrecklich viel Rauschen, und ich konnte sie nicht ganz abspielen, weil Raul sich den Kopfhörer holte, und ich die Kassette herausnehmen mußte. Aber da war allerhand Interessantes ...«

Lu, der sich wieder ihnen zuwandte, wurde offenbar bewußt, daß die beiden eine private Unterhaltung führten. »Ich dachte, ich hätte mich deutlich genug ausgedrückt, daß ich keine Privatgespräche zwischen Ihnen dulde, wenn nicht Vierro oder ich dabei sind.«

»Machen Sie sich nicht in die Hose«, brummte Bracken. »Und falls es Ihnen nicht selbst aufgefallen ist: Sie *sind* dabei!«

»Worüber haben Sie sich unterhalten, Bracken?«

Walroß antwortete für ihn: »Bloß, daß der Kompressor der Kühlanlage Mucken hat. Er hat Seewasser abgekriegt, und seine Lager sind wahrscheinlich im Eimer. Hört sich an, als hätte jemand eine Ladung Steine hineingekippt. So leistet er jedenfalls nichts mehr!«

Was bezweckte Walroß? Der Kompressor war abgeschaltet, seit die Bilgen während des Sturms vollgelaufen waren.

»Wir haben genug Eis«, sagte Lu. »Mehr als genug für die nächsten Tage. Ich nehme an, Sie haben ihn abgeschaltet?«

»Ja, jetzt gerade«, antwortete Walroß. »Ich dachte, ich könnte ihn vielleicht richten, aber das dicke Betriebsanweisungsding ist zu technisch für mich. Vielleicht kommst du damit zurecht, Skip.«

»Ich werde es mir mal ansehen. Ich muß sowieso die Preßluftflaschen überprüfen.«

Lu nickte offenbar befriedigt. »Dann fangen Sie schon an, Bracken. Die Sauerstoffflaschen als erstes. Wenn Sie danach noch mit der Kühlung herumspielen wollen, meinetwegen, aber jammern Sie mir dann nicht vor, daß Sie zuwenig Schlaf kriegen.«

Halbtonn kam den Niedergang herauf und stopfte eine Gabel gebackene Bohnen nach der anderen aus einer Dose in sich hinein. Lu bedeutete ihm, die Überwachung zu übernehmen. Er trat auf die oberste Stufe des Niedergangs, dann drehte er sich noch einmal um. »Keine Unterhaltung mehr. Kommen Sie gleich mit, Bracken.« Er blieb stehen und wartete.

Bracken drückte Walroß' Arm, ehe er Lu folgte. Unten warf er einen Blick auf das Barometer und ging dann zum Navigationstisch. Lu beugte sich bereits über die NOS-Karte 11484 und studierte sie.

»Ziemlich seicht hier.« Bracken deutete auf die Ohio- und Hetzel-Untiefen.

»Tief genug«, antwortete Lu tonlos. »Überlassen Sie die Navigation mir und kümmern Sie sich jetzt um die Flaschen! Sofort!«

Bracken seufzte, als wäre es eine schlimme Zumutung. »Wenn Sie befehlen, Boß.« Lus Kiefer mahlten, aber er schwieg.

Bracken betrat den Maschinenraum, schaltete das Licht ein und ging zu den neun Preßluftflaschen. Er überprüfte ihre Druckmesser. Wahrscheinlich waren sie alle in Kuba gefüllt worden, doch ihre Werte waren unter Maximum – wahrscheinlich, weil der, der sie gefüllt hatte, sich nicht die Mühe gemacht hatte, sie zu kühlen, ehe er komprimierte Luft hineinpumpte. Grundregel: Sauerstoffflaschen immer in einen Eimer mit kaltem Wasser stellen, denn die Luft, die eingefüllt wird, ist durch den Kompressor erwärmt, und das reduziert das Fassungsvermögen. Kühlt man die Flaschen und dadurch die komprimierte Luft nicht, wird die eingepumpte Luftmenge um etwa hundert Pfund geringer sein, als sie aufnehmen könnten. Das war keine große Sache, aber es genügte, den Flascheninhalt um zehn bis zwölf Prozent zu reduzieren.

Doch nicht an den Flaschen war er interessiert, sondern an der Zeit, die er allein im Maschinenraum sein konnte. Walroß hatte von der Betriebsanweisung gesprochen. Die Sache war, daß es gar keine gab, wohl aber ein allgemeines Handbuch, das oben im Werkzeugkasten verstaut war. Er konnte nicht erwarten, es zu lesen, doch lieber noch nicht gleich.

Genau, wie er vermutet hatte, kam Lu in den Maschinenraum geschlichen. Er hatte ihn nicht gehört, nicht gesehen, doch er wußte, daß er da war: er spürte, wie sich Lus Blick in seinen Rücken bohrte.

»Was ist los?« erkundigte sich Lu, und beugte sich über Brackens Schulter.

Bracken drehte sich scheinbar erstaunt um. »Nichts. Der Druck in den Flaschen ist etwas niedrig, aber noch im Grün. Sie sind in Ordnung.« Er erhob sich aus seiner Kauerstellung, wischte sich die Hände an den Jeans ab und steckte die Taschenlampe, die er zusätzlich benutzt hatte, in ihre Halterung zurück. »Ich hau' mich jetzt aufs Ohr. Halbtonn soll mich aufwecken – fünfzehn Minuten, bevor ich Walroß ablösen muß.« Er stand nun vor Lu und verlagerte ungeduldig sein Gewicht, weil Lu den Weg zur Tür blockierte. Er bemühte sich, einigermaßen kooperativ zu wirken, allerdings mit dem anklagenden Ausdruck eines Arbeiters, dem sein Boß unbezahlte Überstunden abverlangt.

»Machen Sie weiter, Bracken«, befahl Lu unbewegt. »Ich will, daß diese Flaschen *maximal* gefüllt werden!«

Lu hatte angebissen, aber er mußte nicht nur den Köder, sondern auch noch den Haken schlucken.

»Hören Sie zu, Lu. Diese Flaschen haben einen durchschnittlichen Druck von 2800 psi. Sie lassen sich auf 3000 auffüllen, gekühlt vielleicht sogar auf 3200. Aber mit einem Kompressor von dieser Größe braucht man für die letzten paar hundert eine Ewigkeit

»Wieviel Zeit würde ein Taucher damit gewinnen?«

»Kommt drauf an, wieviel Kraft er braucht, wie tief er ist, aber viel ist es nicht. Sagen wir im Höchstfall zwanzig Minuten pro Flasche. Etwa eine Stunde mit drei Flaschen.«

Die imaginäre Angelschnur wurde Bracken beinahe aus der Hand gerissen, als Lu den Haken verschluckte und sich in die Tiefe verzog, bis die ganze Leine abgespult war, und die Rolle rauchte.

»*Ich will diese verdammten Flaschen maximal gefüllt haben!*« Lus Augen waren jetzt hart und dunkel wie die eines Raubfischs.

Bracken kratzte sich am Kopf, scharrte mit den Füßen und wich dem Blick Lus aus, als sähe er ein, daß der andere den längeren Arm hatte. Eine Menge Sekunden tickten dahin, und schließlich zuckte er einlenkend die Schultern. »Na gut, kein Problem. Ich pumpe noch so zweihundert psi in die Flaschen, aber dazu brauche ich Eis. Jeden einzelnen Eiswürfel, den wir haben, und das gesamte gekühlte Wasser im Kühlschrank.«

»Also, machen Sie schon!« Lu hörte sich an, als enttäusche ihn die Kapitulation, aber auch als sähe er sich wie ein gerechter Boß gezwungen, treue Dienste anzuerkennen.

Er drehte sich um und hatte schon den halben Weg zum Salon zurückgelegt, als Bracken ihm nachrief: »He, ich brauche Hilfe! Sie müssen Eis aus dem Kühlschrank holen, während ich den Kompressor in Gang bringe.«

Der süßeste Laut aller Zeit war für Bracken, als Lu die Salontür hinter sich zuschmetterte. Das war eine Garantie, daß er zumindest eine Weile in Ruhe arbeiten konnte. Er summte die Titelmelodie von *Rocky IV* vor sich hin und machte sich ans Werk.

Fast alle Kompressoren für Tauchgeräte, die Bracken bisher gesehen hatte, liefen mit Benzinmotor, dieser jedoch mit Elektromotor. Nicht sehr leistungsfähig, nicht sehr schnell, aber ihm war klar, weshalb sie ihn gewählt hatten. Im Gegensatz zu benzinbetriebenen, die aufgrund ihrer entzündbaren Dämpfe auf Deck angebracht werden mußten, konnten die elektrischen unter Deck installiert werden, wo sie vor Korrosion durch Salzwasser geschützt waren.

Bracken las die Angaben auf dem Motorblock. Zwei PS – dafür war eine Menge Strom erforderlich.

Er überprüfte den Ölstand des Onan-Generators und die Kühlung, dann drückte er auf den Knopf.

Die Maschine brummte, hustete und sprang an. Das System des Kompressors war einfach. Er hatte einen flexiblen Schlauch, der durch einen Anschluß an Deck frische Luft ansaugte. Sie wurde in den Kompressor geleitet, auf 3300 psi komprimiert, durch Chemikalien gefiltert, um sie von Geruchsstoffen zu reinigen und dann durch Hochdruckleitungen in die Flaschen gepumpt.

Bracken verband den Hochdruckschlauch mit der ersten Flasche und öffnete das Kompressorventil. Dann ging er zur Kombüse und füllte einen großen Plastikeimer mit Eis aus dem Kühlschrank. Auf dem Rückweg zum Maschinenraum bemerkte er, daß Lu nicht mehr im Salon und die Tür der Steuerbordkajüte geschlossen war. Offenbar machte er ein Nickerchen. Die Tür der Achterkajüte war ebenfalls geschlossen. Also hatten sich auch Vierro und Raul zurückgezogen und es Halbtonn überlassen, auf Walroß aufzupassen.

Bracken stellte die erste Sauerstoffflasche in den Eimer. Es würde etwa zehn Minuten dauern, sie zu füllen, schätzte er. Nun holte er verschiedene Zangen aus dem Werkzeugkasten, und verteilte sie malerisch auf dem Boden. Dann wandte er sich, den Rücken der Maschinenraumtür zugedreht, dem Kompressor der Kühlanlage zu und holte das Wartungslog aus dem Werkzeugkasten. Falls Lu oder einer sein Kumpane hereinschaute, würde Bracken wie ein Mechaniker aussehen, der in einem Handbuch nachschlug.

Es war nicht viel, was Walroß auf die letzte Seite des Logbuchs geschrieben hatte. Das Papier wies Ölflecken auf, die Tinte war verschmiert, trotzdem hatte Bracken mit dem Lesen keine Schwierigkeiten.

Band noch feucht, läuft aber. Schlechte Aufnahme mit viel Rauschen und einigen Aussetzern. Muß erst noch ganz trocknen. Habe die Kasette hinter dem Generator versteckt. Unterhaltung erst auf russisch – Lu und irgendein anderer. *Nix kapito,* Skip. Dann kamen Vierro, Sanchez und Raul dazu. Jetzt wurde englisch mit ein paar spanischen Brocken gesprochen. Das meiste habe ich mitgekriegt. Folgender Plan: Raul und Vierro sollen mit Schlauchboot wegfahren und sich mit Taucherausrüstung in Strandnähe auf den Grund verziehen und bis fünfzehn Minuten vor dem Start warten.

Angebliche »Telemetrieausrüstung« ist in Wirklichkeit eine Art großkalibriges Gewehr. Raul nannte es »ZSU«. ZSU ist ein 23-mm-Geschütz, das sowjetische Kampfhubschrauber in Afghanistan und Nicaragua einsetzten. Raul sagte was von einem Zielfernrohr. Reichweite ist etwas über drei Kilometer, und es kann entweder panzerbrechende Geschosse oder Brandgeschosse feuern.

Nach dem Zeitplan schießt Raul erst, kurz nachdem die Haupttriebwerke zünden, aber vor der Zündung der Feststoffrakete. Ca. 6 Sekunden dazwischen, damit der Schuß im Brüllen des Haupttriebwerks untergeht. Ziel ist direkt über der ersten Befestigung der Feststoffrakete – genau wie 1986 bei der *Challenger.*

Bracken schwitzte jetzt, und seine Hand zitterte, als er die Seite umdrehte.

Habe etwa eine Minute des Gesprächs nicht mitgekriegt, weil ein Stück des Bandes noch naß war – Verzerrung und Rauschen. Dann ging es wieder. Nur Lu und der Alte – die anderen waren weg. Ganz auf russisch, habe nichts verstanden, außer *Jabber*-irgendwas. Vielleicht kommen wir dahinter, wenn das Band ganz trocken ist.

Bedauere, daß es nicht mehr ist, aber ich versuche es noch mal, sobald es geht.

Walroß

Das Sicherheitsventil des Kompressors zischte. Erschrocken drehte sich Bracken um. Der Meter zeigte 3400 psi an. Er schaltete das Zufuhrventil ab, löste die Schraubbefestigung und griff nach der nächsten Flasche. Erst eine voll, noch acht zu füllen! Er überlegte. Er mußte die Operation verhindern, aber so, daß Lu gar nicht auf den Gedanken von Sabotage kommen, sondern glauben würde, am Strand sei was schiefgegangen. Wenn es Raul und Vierro nicht gelang, den Shuttle zu vernichten, hätte Lu keine Möglichkeit, den Grund dafür herauszufinden. Ihm bliebe dann gar nichts anderes übrig, als mit eingezogenem Schwanz zu den Bahamas zu fahren, und das wiederum gäbe Bracken vielleicht die Gelegenheit, etwas gegen Phase 2 zu unternehmen.

Gut, aber wie?

Er betrachtete die Flasche, dann den Schlauch, dann den Kompressor. Sein Blick folgte den verschiedenen Leitungen, dem Luftansaugschlauch, der durch die Decke führte. Die Montage war ziemlich primitiv. Irgendein Schiffszimmermann hatte in Kuba eine Öffnung durch das Deck geschnitten und eine Muffe eingefügt. An Deck befand sich ein komplizierter Luftfilter, offenbar eine Spezialanfertigung. Der flexible Luftansaugeschlauch war mit einer Schlauchklemme an der Muffe befestigt.

Es war der Luftansaugeschlauch, der ihn interessierte. Tauchen mit Atemgerät birgt mancherlei Gefahren. Die meisten hingen davon ab, wie ein Taucher seine Ausrüstung benutzte, wie tief er tauchen konnte und wie lange er in den verschiedenen Stadien des Aufstiegs zur Oberfläche warten mußte, um zu verhindern, daß sich im Blutstrom Stickstoffblasen bildeten.

Eine weitere Gefahrenquelle, die zum Unfall führen konnte, lag in der Qualität und der Wartung der Taucherausrüstung. Es war angebracht, die beste zu kaufen und sie mit fanatischer Sorgfalt zu pflegen.

Aber eine fundamentale Gefahr beim Sporttauchen – und eine, auf die häufig nicht geachtet wurde, ist die potentielle Verseuchung der Luft, die zum Füllen der Sauerstoffflaschen benutzt wird.

Bracken hatte Ende der sechziger Jahre einen Taucherkurs in Petit St. Vincent gemacht. Der Lehrer, ein stämmiger, umgänglicher Australier, ungemein tüchtig, aber mit einem fürchterlichen Akzent, hatte ihn sich bei der Grundausbildung vorgenommen. Bracken hatte versprochen, sich auch mit den scheinbar nicht so wichtigen Einzelheiten zu befassen, hatte es aber nie getan. Er erinnerte sich jedoch, daß der Lehrer immer wieder die Gefahr betont hatte, die sich beim Füllen der Sauerstoffflaschen ergeben konnte. Der Luftansaugstutzen mußte so liegen, daß auf keinen Fall die Gefahr bestand, er könnte Abgase von Diesel- oder Benzinmotoren aufnehmen, da diese Abgase Kohlenmonoxid enthielten. Kohlenmonoxid ist geschmack- und geruchlos, jedoch schon in geringer Konzentration tödlich für einen Taucher. Bracken konnte sich nicht erinnern, in welcher Konzentration, ja nicht einmal, wie sie sich auf einen Taucher auswirkte, aber er war bereit, Raul und Vierro als Versuchstiere zu benutzen. Es war sicher besser, die Konzentration zu hoch als zu gering zu halten.

Er öffnete zuerst das Ventil der Flasche, die er gerade aufgefüllt hatte, und senkte den Druck auf 2000 psi. Dann verband er die Hochdruckleitung des Kompressors wieder mit dem Flaschenanschluß.

Als nächstes untersuchte er das Ansaugsystem des Kompressors. Es war geschweißt, bot also keine Möglichkeit hineinzukommen, ohne es zu zerstören, und schlimmer noch, es würde ziemlichen Lärm machen.

Doch eine gab es, eine riskante allerdings. Bracken öffnete vorsichtig das Bullauge des Maschinenraums. Unmittelbar darunter befand sich der Auspuffstutzen des Generators. Die *Pampero* krängte nicht sehr, und er konnte durch das Bullauge die Spiegelung der See sehen; kleine Wellen kräuselten sich und leckten an der Schiffsseite, während sie durch den leichten Wind nordwärts fuhr. Wieviel Abgas würde das Saugsystem des Generators aufnehmen? Viel oder wenig? Er hatte keine Ahnung. Aber eine andere durchführbare Idee hatte er nicht.

Er schloß das Bullauge, ohne es zu verriegeln, dann ging er zur

Kombüse, kratzte das letzte Eis heraus und goß Eiswasser aus dem Kühlschrank in den Eimer. Es würde genügen.

Auf dem Rückweg zum Maschinenraum lauschte er an der Salontür, dann öffnete er sie einen Spalt. Lu war noch nicht auf, und die Tür der Achterkajüte war noch geschlossen. Er schloß die Salontür wieder, betrat den Maschinenraum und verkeilte die Tür mit einem Stemmeisen, daß sie nicht so leicht zu öffnen sein würde.

Er schraubte die Klemme vom Luftansaugeschlauch des Kompressors ab, löste den Schlauch aus der Muffe und schob ihn aus dem Bullauge, so daß er frei in der Nähe der Generatorauspuffmuffe hing. Das genügte nicht ganz. Der Ansaugestutzen des Schlauchs schwang hin und her, manchmal direkt in den Abwindstrom des Generators, manchmal in die reine Nachtluft. Bracken riß Isolierband von einer Rolle, und klebte den Schlauch an die Seite des Schiffsrumpfs. Gehorsam schnupperte der Schlauchstutzen am Auspuff, bereit Dieselabgas, Feuchtigkeit, Kohlenstoffmonoxyd und Tod aufzusaugen.

Bracken warf den Schalter herum, und hörte zu, wie der Kompressormotor brummend schneller wurde. Die Druckmesser an der Sauerstoffflasche ruckten ein wenig, und der Druck stieg.

Rauls Schicksal lag nun in den Händen der Götter.

18

19. Juli, 4.45 Uhr

Die Sterne waren nun ganz hinter den immer dichter werdenden Wolken verborgen. Langsame, größere Seen begannen die kleinen Wellen aus dem Süden zu überlagern, als Lu an Deck kam.

Er warf einen Blick auf den Kompaß, dann auf die verstreuten Lichtpunkte am westlichen Horizont. Minuten vergingen. Schließlich schaute er auf die Uhr. »Die *Victoria* hat mir die Startzeit durchgegeben, wir werden jetzt also Richtung Cape fahren. Drehen Sie achtern, bis auf zwei fünf fünf Grad. Wenn Sie diesen Kurs haben, dürften die Lichter von New Smyrna Beach vor uns sein.«

»Rufen Sie Walroß hoch. Ich werde Hilfe brauchen.«

»Vergessen Sie Ihren Ersten Offizier. Ich will, daß der Zeitplan genau eingehalten wird. Also drehen Sie nach meiner Anweisung!«

Bracken brummte verärgert. »Wollen Sie, daß ich die Masten verliere? Das hier ist ein Segelschiff, Lu. Wir haben achterlichen Dwarswind und müssen steuerbord halsen. Ich muß die gesamten Segel überschwingen, mich um Marsstenge und Backstagen kümmern und dann auf diesem Kurs trimmen. Das hier ist kein Motorboot, auf dem man nur am Steuerrad zu stehen braucht. Ich brauche jemanden hier, der sich auskennt!«

Er übertrieb nicht. Er würde die *Pampero* windab drehen. Und da der Wind direkt von achtern kam, würde das Leeliek, sobald die Windrichtung von einer Seite des Segels zur anderen wechselte, flattern, sich dann füllen, und die Spiere unkontrollierbar über das Deck schwingen.

»*Job twoju mat!*« fluchte Lu. Er hämmerte mit der Faust auf das Achterkajütenluk und brüllte Befehle auf spanisch wie Maschinengewehrfeuer hinunter. Halbtonn war in dreißig Sekunden auf Deck, Walroß in fünfzig.

Bracken übergab Lu das Ruder und erklärte ihm, daß er das Rad ganz langsam drehen und anhalten mußte, wenn sie direkt im Fallwind lagen, damit sie sich um das Großsegel kümmern konnten, und dann erst weiter zum neuen Kurs drehen durfte. Als die *Pampero* nach Backbord drehte, schwangen Bracken und Walroß Großschot und Fockschot herum, bis sie straff waren, dann die Achterstags, und schließlich machten sie die Vorschoten bereit zum Übergehen.

Wie eine Ente, die sich leewärts dreht, den Hintern dem Wind zugewandt, wendete die *Pampero*. Die Groß- und Focksegelspieren schwangen herum, die Dacronsegel füllten sich jetzt auf der anderen Seite wieder, und wurden doch von den Schoten in Zaum gehalten. Bracken und Walroß lockerten die Schoten der Schragsegel und schwangen die Vorsegel über. Es dauerte mehr als fünf Minuten, und Lu war wütend, weil sein schöner Navigationszeitplan im Eimer war. Er rannte hinunter, um eine neue Satnav-Ortung durchzuführen. Bracken fuhr indes weiter südlich entlang der Küste. Nach einer ungefähren Berechnung von Zeit und Entfernung schloß Bracken, daß die *Pampero* gegen fünf Uhr fünfzehn querab von Titusville sein würde. Was bedeutete, daß der Shuttlestart irgendwann zwischen sechs Uhr fünfundvierzig und sieben Uhr dreißig stattfinden mußte.

Das Problem war, daß er sich jetzt noch weniger sicher war, was das Kohlenmonoxid betraf. Nach seiner groben Schätzung, und auch nur wenn der Ansaugschlauch sich direkt über dem Auspuffstutzen befunden hatte, zweifelte er, daß die Konzentration des Kohlenmonoxyds höher als fünf Prozent war – eher weniger. Raul und Vierro starben vielleicht schließlich daran, aber früh genug, daß sie den Shuttle nicht vernichten konnten? Und noch etwas beunruhigte ihn. Lu hatte gesagt, daß es höchstens zwei Versuche innerhalb von vierundzwanzig Stunden geben würde. Gewiß hatte die Sicherheit zumindest zum Teil etwas damit zu tun. Wie lange würde die Coast Guard zusehen, daß sich ein Schiff vor dem Cape herumtrieb, ehe sie es sich näher ansah?

Allein die Vorstellung, daß die Sowjets ohne Reserveoperation aufgeben würden, war unwahrscheinlich. Der Gedanke bestätigte ihm wieder, daß Phase 2 ein Alternativplan war, den Shuttle im Flug zu zerstören, unabhängig von Lus Phase-1-Ziel, den Shuttle beim Start zu vernichten. Es mußte etwas sein, das sich sogar aus einer so weiten Entfernung wie den Bahamas ausführen ließ. Das konnte nur bedeuten, daß ein genaues Richtfunksignal zur Vernichtung des Shuttle benutzt würde.

Er dachte an Les Saintes und versuchte sich an Einzelheiten der *Victoria* zu erinnern. Und allmählich fügte es sich zusammen. Deshalb hatte die Jacht eine Kuppel achtern von der Brücke. Nicht für terrestrische Ort-zu-Ort-Verbindung via Satellit, sondern als Präzisionsschaltung zur Beobachtung des Shuttle und zur Übermittlung des Vernichtungssignals.

Je länger er darüber nachdachte, desto überzeugter war er davon, nur eine Frage machte ihm noch zu schaffen: Warum sollte Lu zuerst versuchen, den Shuttle auf der Startrampe zu zerstören, mit all den Sicherheitsrisiken, zwei Männer auf den Strand zu bringen, wenn es durch ein einfaches Funksignal von außerhalb der USA zuverlässig vernichtet werden konnte?

Die einzige Antwort darauf mußte sein: Das Projekt war so wichtig, daß es sowohl einen Haupt- als auch einen Ersatzplan gab, jeder für sich fast perfekt und gemeinsam so gut wie hundertprozentig.

Lu war an Deck zurückgekommen, er kaute an einem Apfel und bemühte sich, auf dem schlingernden Schiff das Gleichgewicht zu halten. Die Lichter von New Smyrna Beach blinkten in der bewegten Luft, und sie wurden heller, je näher die *Pampero* an die Küste herankam. Er drehte sich um, warf einen raschen Blick auf den Kompaß und war offensichtlich zufrieden.

»Könnte ein interessanter Tag werden, Bracken. Ich habe gerade eine Radio-Talkshow von Fort Lauderdale gehört. Ein Sprecher der Demonstranten auf dem Damm erklärte, daß im Morgengrauen viertausend von ihnen die National-Guard-Stellungen stürmen werden. Noch interessanter ist der Bericht eines lokalen UPI-Reporters. Vierzehn SDI-Spitzenwissenschaftler aus den Lawrence-Livermore-Laboratorien wurden gestern heimlich mit einem Militärflugzeug zum Cape gebracht.«

»Wieso ist das so was Besonderes?«

»Acht davon sind Kernphysiker, die an den unterirdischen Nuklearröntgenlaserexperimenten in der Wüste von Nevada gearbeitet haben. Dieser Start deutet wahrhaftig darauf hin, daß Ihr Land an einem geheimen Weltraum-Atomwaffen-Programm arbeitet.«

»Und was ist mit dem Star-Wars-Programm Ihres Landes? Ich habe über die Synchron-Radaranlagen in Krasnojarsk gelesen und über illegale Versuche mit sowjetischen Interkontinental-Abwehrraketen. Nach den in *Janes Defense Weekly* genannten Zahlen hat die UdSSR im Lauf der vergangenen zehn Jahre für militärische Weltraum-Projekte hundertfünfzig Milliarden Dollar ausgegeben. Und Sie wollen mir weismachen, daß die Sowjetunion eine weiße Weste hat?«

»Nicht reinweiß, Bracken, aber auch nicht schmutzig. Doch wenn die USA den Test eines atomaren Weltraum-Verteidigungssystems erfolgreich durchführen, werden die Männer des harten Kurses im Politbüro dafür plädieren, zuzuschlagen, ehe die Amerikaner ein solches System einsetzen können. Wenn es *uns*« – er betonte das Wort –

»gelingt, diesen Wahnsinn zu stoppen, sichern wir der Welt eine weitere Dekade des Friedens.«

Hübsch gesagt. Überzeugend. Aber Bracken wußte, daß »diesen Wahnsinn zu stoppen« nicht durch eine Vorladung vor den Internationalen Gerichtshof geschehen sollte und auch nicht, indem die Sowjets dem Sicherheitsrat der Vereinten Nationen elektronische Beweise vorlegten. Nein, nichts so Sauberes. Es sollte durch den feigen Mord an fünf Astronauten und die Vernichtung von Ausrüstung im Wert von sieben Milliarden Dollar geschehen, und das alles vor den Augen von zweihundertsechzig Millionen Amerikanern, die gebannt auf den Bildschirm starrten. Wenn es in seiner Macht lag, würde er das nicht zulassen, selbst wenn der Versuch ihn das Leben kostete.

»Sind Sie nicht meiner Meinung, Bracken?« bohrte Lu.

»Ich bin dabei.«

Lu nickte befriedigt und warf den Apfelbutzen über die Reling. »Gut. Wenn das vorbei ist, sehen wir einander vielleicht als Freunde. Und wenn schon nicht als Freunde, dann doch wenigstens als Kameraden, die gemeinsam für den Frieden arbeiteten.«

»Das bezweifle ich«, murmelte Bracken, doch selbst wenn er es laut geäußert hätte, würde ihn Lu in seiner Geistesabwesenheit nicht gehört haben.

Wieder blickte Lu auf seine Uhr. Mit einem Kopfnicken deutete er auf die Küste, die nur noch wenige Kilometer entfernt war. »Sobald wir die 3-Faden-Linie überqueren, möchte ich, daß Sie weiter südwärts und parallel zur Küste drehen. Wir müssen um fünf Uhr neun querab von der rotleuchtenden Boje sein. Wenn wir zu schnell sein sollten, reffen Sie die Segel ein wenig. Und falls wir zu langsam sind, schalten Sie den Motor ein.«

»Und dann?«

»Sage ich Ihnen, was Sie tun sollen. Ich gehe jetzt für eine letzte Satnav-Ortung hinunter.«

Die Sterne waren nun völlig verborgen, der Wind drehte und kam aus dem Nordwesten, er wurde etwas stärker, etwa zehn Knoten, doch böig. Die Kaltfront näherte sich rascher, als der Wetterbericht vorhergesagt hatte. Bracken schätzte, daß es selbst für einen Start um sieben Uhr fünfzehn knapp würde. Er überlegte, was passieren würde, wenn die NASA ihn um einen Tag verschob.

Der zweite Termin wäre Lus letzte Chance. Dann dachte er über die Gefahr für Walroß und ihn nach. Die *Pampero* hatte das sowjetisch-kubanische Team zur rechten Zeit an den rechten Ort gebracht. Lu und seine Kumpane konnten mit dem Schiff zwar nicht segeln, aber motorbetrieben kamen sie damit zurecht. Vierro hatte sich die Mühe gemacht, alles genau zu studieren. Er wußte, wie der Motor gestartet wurde, wo die Kontrollen waren. Es war genügend Dieseltreibstoff an Bord, und Lu war als Navigator offenbar sehr tüchtig. Bracken erkannte plötzlich, daß er nicht mehr wirklich gebraucht wurde.

Er wurde durch den an Deck zurückkehrenden Lu aus der kalten Logik seiner Gedanken gerissen. Raul folgte Lu mit Walroß, und Halbtonn machte die Nachhut mit einem um die Schulter geschlungenen SMG.

»Wir sind schon fast an der richtigen Position. Also, jetzt nach Süden.«

Bracken drehte das Steuerrad, ging auf hundertachtzig mißweisend. Walroß kümmerte sich um Großschot und Vorsegel.

Pünktlich um fünf Uhr neun waren sie querab von der rotblinkenden Boje. Lu überprüfte das Echolot, dann befahl er. »Beidrehen und ankern. Wir haben achtzehn Faden Wasser unter dem Kiel. Jetzt, Bracken!«

Bracken pfiff einmal kurz, und Walroß kam nach vorn. Während er die *Pampero* in den Wind drehte, pfiff Bracken zweimal lang. Der Anker sank, soweit es seine Kette gestattete, und dann ruckte das Schiff heftig. Walroß läutete zweimal die Schiffsglocke, um zu verkünden, daß der Anker fest war. Dann zogen Bracken und Walroß die Groß- und Focksegel ein und ließen nur das Vorsegel geheißt. »Anker ist geworfen«, sagte Bracken zu Lu. »Was jetzt?«

»Pumpen Sie das Schlauchboot auf, und installieren Sie den Außenbordmotor. Vergewissern Sie sich, daß der Tank voll ist.«

»Was ist mit der Walther?« flüsterte Bracken, während er mit Walroß das Beiboot aufpumpte.

»Der Bolzen funktioniert immer noch nicht so ganz, wie er soll, aber es wird schon besser. Ich muß noch etwa eine Stunde daran arbeiten.«

»Verdammt!«

Bis die beiden das Schlauchboot aufgepumpt, ins Wasser gelassen, und den 18-PS-Motor befestigt hatten, rief Lu seine Männer backbords für ein paar letzte Unterweisungen zusammen. Halbtonn stand ein wenig abseits, er hörte zu, hielt jedoch eine Maschinenpistole auf Bracken und Walroß gerichtet.

Lu leuchtete an Deck mit einer Taschenlampe, und Vierro ließ die Ausrüstung zu Raul hinunter, der bereits ins Schlauchboot gestiegen war. Süße Träume, dachte Bracken. Er hatte nur Zeit gehabt, sechs der Sauerstoffflaschen mit der von Generatorabgas verseuchten Luft zu füllen, dafür hatte er jedoch die sechs genommen, die offenbar neu waren. Die restlichen drei waren verkratzt und wiesen Rostspuren auf; sie dienten wahrscheinlich nur als Reserve.

Das Laden ging schnell. Lu trieb sie mit Flüchen an. Als erstes den wasserdichten Container mit der ZSU, der ungefähr zwei Meter lang war und anscheinend schwer. Dann ein Plastikbeutel mit zwei Unterwassertaschenlampen, eine Unterwasserwaffe und die Munition dazu.

Bisher war Bracken nicht klar gewesen, warum Vierro Raul begleitete, doch jetzt verstand er. Raul war der Schütze, und Vierro sollte ihn vor möglicherweise auftauchenden Haien oder Barrakudas schützen. Durch die Nähe des Golfstroms mit seiner riesigen Palette und Menge an Fischen gab es hier durchaus Haie, auch wenn Floridas Verkehrsämter sie höchstens im Kleingedruckten erwähnten. Lu hatte seine Hausaufgaben gemacht.

Bracken hatte auch einmal so einen Unterwasserschießprügel, Bang Stick genannt, gehabt. Es war ein ganz einfacher 1-Schuß-Gewehrlauf, mit einer Magnum-Patrone Kaliber 357. Wenn etwas mit größerem Maul als Gehirn einem Taucher zu nahe kam, brauchte man das Ding bloß an den Kopf des Fisches zu stoßen, dadurch wurde der Schuß ausgelöst und zerfetzte den Schädel. Nicht sehr schön, aber wirkungsvoll.

Vierro und Lu reichten nun die Sauerstoffflaschen hinunter, jeder einen Satz von drei Flaschen, die mit einem regulierbaren Verteiler miteinander verbunden waren.

Selbst im schwachen Schein der Taschenlampe sah Bracken, daß der zweite Satz nicht die neuen, manipulierten Flaschen waren, sondern die alten, für die er keine Zeit mehr gehabt hatte.

»He!« rief er. Halbtonn richtete seine Maschinenpistole auf Brackens Brust, als er auf Lu zuging.

»Was ist los?« knirschte Lu.

Bracken deutete hinunter auf die Flaschen und schüttelte den Kopf. »Das sind die Reserveflaschen. Ich habe sie nicht ganz aufgefüllt, weil mir das Eis zum Kühlen ausging.«

Raul fluchte in der Dunkelheit des Schlauchboots, dann richtete er eine Taschenlampe auf die Druckmesser. *»Dos mil ochocientas mil!«*

Lu wirbelte zu Bracken herum, packte ihn an der Windjacke und riß ihn mit erstaunlicher Kraft zu sich heran. »Blöder Hund! Sie sollten alle Flaschen füllen! Das sind Rauls eigene!«

»Keine Aufregung. Ich hole den anderen Satz. Sie sind auf vierunddreißighundert aufgepumpt. Bin gleich zurück.«

Raul spuckte einen ganzen Wildbach Spanisch aus, viel zu schnell, als daß Bracken auch nur ein Wort davon verstehen konnte.

Lu wandte sich an Bracken. »Er sagt, er wird nur mit seinen eigenen Flaschen tauchen. Sie sind ein persönliches Geschenk Fidels, mit dem Raul hin und wieder zusammen taucht. Der Druck ist niedrig, aber ausreichend, und wir haben die Zeit nicht, sie aufzufüllen. Die *Victoria* meldete, daß der Start für sieben Uhr zwanzig vorgesehen ist, und es gab keine Verzögerungen im Countdown. Unser Mann auf dem Cape teilte mit, daß die letzte Überprüfung gar nicht zufriedenstellender hätte sein können. Die Coast Guard wird innerhalb einer Stunde alle Schiffe auffordern, sich aus der Sperrzone zu entfernen.« Lu schaute wieder zu Raul hinunter. »Reichen Ihre Flaschen sieben Stunden?«

»*Sí, puedo.* Mindestens sechseinhalb, wenn ich langsam atme. Aber wenn ich zurückkomme, will ich ein Wörtchen mit unserem Kapitän reden. Allein!« Seine Zähne blitzten. »Nur kurz.«

»Fahren Sie jetzt los. Und machen Sie's gut!«

»Nicht gut, sondern perfekt«, versicherte ihm Vierro. Er salutierte Lu.

Halbtonn übergab Lu die Maschinenpistole, dann ließ er sich leichtfüßig ins Schlauchboot fallen. Beim zweiten Ziehen sprang der Motor an. Lu löste die Vorleine des Beiboots, und es verschwand in der Dunkelheit.

Noch lange nachdem der zunehmende Wind und das Rauschen der See das Dröhnen des Außenbordmotors verschluckt hatten, starrte Lu in die Finsternis. Schließlich drehte er sich um, fischte eine Zigarette aus der Brusttasche, und zündete sie an. »Humberto – Halbtonn, wie Sie ihn nennen – wird in fünfzehn Minuten zurück sein. Ich möchte, daß Sie bis dahin bereit sind, den Anker einzuholen und Südkurs zu nehmen.« Die Maschinenpistole hing über seiner Schulter, und er berührte sie. »Ich werde mich in die Wellenlänge der *Victoria* einschalten, für die letzte Bestätigung, daß mit dem Start alles in Ordnung geht. Sie und Ihr Erster Offizier bleiben auf Deck. Kein Licht, nichts Ungewöhnliches. Ich schalte die Sicherungen für die Ankerwinde, die Decklichter, die Positionslichter und die Maschinensteuerung aus.«

Bracken machte einen beiläufigen Schritt auf ihn zu, doch sofort hob Lu die MP. »Nichts Persönliches, Bracken. Es ist alles gut gelaufen, und ich möchte sichergehen, daß es auch gut ausgeht. Ich gebe Ihnen zwei Bier herauf. Sie brauchen bloß auf Deck zu bleiben und auf weitere Anweisungen zu warten.«

»Ihre Show.« Bracken blieb wie angewurzelt stehen.

»Ja, das ist sie wohl.« Lu schritt rückwärts, bis er den Niedergang erreichte, dann stieg er die Stufen hinunter, und der Lauf sicherte die Öffnung. Unten angelangt, schloß er das Luk und ging zum Maschinenraum, wo er die Sicherungen ausschaltete. Das Kompaßlicht ging aus. Bracken versuchte die Salinglichter. Nichts.

»Noch Zweifel?« fragte Walroß.

»Keine.« Bracken schaute auf seine Uhr. Etwa eine Stunde und vierzig Minuten bis zum Start. Das war nicht lange. »Vierro wird wahrscheinlich fünfzehn Minuten nach Einschalten des Atemgerätes tot sein, und wenn nicht tot, dann doch ziemlich erledigt. Aber Raul hat gute Luft.« Er erklärte Walroß, was er mit den Flaschen getan hatte. »Wie auch immer, wir müssen hinter Raul her oder die Coast Guard alarmieren.«

»Viel Glück mit der Coast Guard, Skip. So, wie ich sie kenne, werden sie erst nach deiner Registriernummer fragen, ob die Feuerlöscher vorschriftsgemäß sind und wie viele Schwimmwesten es an Bord gibt, ehe sie überhaupt auf dich hören.«

Traurig, aber wahr. Andere Länder wählten die Rekruten für ihre Küstenwache aus Fischerkreisen, und sie erlaubten ihnen eigene Initiative. Aber aus irgendeinem bizarren Grund glaubte die U.S. Coast Guard, sie brauche bloß Farmboys zu nehmen und sie nach einer zwölfwöchigen Ausbildung zum Dienst im rauhen Küstengewässer einzusetzen. Das Ergebnis war eine Katastrophe, obwohl die Boys sich bemühten. Sie bemühten sich so sehr, daß es weh tat. Ja, Walroß hatte recht. Die Chance, daß sie hilfreich sein würden, war gering.

Der Vorsegeltraveller schlug gegen seine Stopper. Mit dem nahenden Morgengrauen frischte der Wind auf.

»Wie schnell wird Halbtonn zurück sein?« erkundigte sich Walroß.

Bracken sah rasch noch einmal auf die Uhr. »In etwa zwölf Minuten.«

»Warten wir, bis er zurückkommt? Aber dann sind wir zwei gegen zwei, und Lu hat eine funktionierende Waffe, im Gegensatz zu uns.«

»Hör zu, Walroß. Vierro schläft vielleicht ein, doch das ändert nichts daran, daß Raul etwa dreißig Meter vom Strand entfernt ist. Wenn wir nicht an ihn herankommen, vernichtet er den Shuttle.«

»Irgendwelche Ideen?«

»Wir müssen Lu überwältigen.« Die Erfolgschance war allerdings nicht groß. Ein Kamikazeangriff den Niedergang hinunter, auf ein 40-Schuß-Steckmagazin mit 9-mm-Patronen zu.

Wieder schmetterte das Vorsegel gegen seinen Stopper. Der Wind wurde stärker, und als die *Pampero* über ihren Anker getrieben wurde und sich die Windrichtung änderte, donnerte das Vorsegel von einer Seite zur anderen.

»Wir müssen das Vorsegel reffen«, meinte Walroß. »Die Nähte sind nicht sehr stabil. Es hält nicht mehr lange durch!«

»Halbtonn wird spätestens in zehn Minuten zurück sein. Laß es oben!«

»In höchstens fünf Minuten platzt eine Naht.«

Mindestens zwei Mann waren nötig, das verdammte Ding zu fieren und zu bergen. Drei wären besser. In Brackens Gehirn klickte es. »Okay, Walroß. Wir bergen es. Ich hole Lu an Deck. Wenn ich rufe, ›loslassen‹, dann laß Piek- und Klaufallen und Toppnant gleichzeitig los. Kein vorsichtiges Fieren.«

»Es wird wie ein Stein fallen!« Doch plötzlich blitzten Walroß' Zähne in der Dunkelheit. »Kapiert!«

Eine gedämpfte Stimme erklang von unten.

»Lu!« brüllte Bracken. »Kommen Sie rauf!«

»Zurück, Bracken.« Lu erschien auf dem Niedergang mit zwei Flaschen Bier in der Linken und der Maschinenpistole in der Rechten. »Was ist los?«

»Wir müssen das Vorsegel bergen, es peitscht sich kaputt. Wir brauchen es aber, um über den Golfstrom zu kommen, und ich habe kein Ersatzsegel.«

»Dann bergen Sie es doch, Idiot!«

»Dazu gehören drei – Walroß kümmert sich um die Fallen, ich um die Spieren, und Sie helfen beschlagen, das schaffe ich bei dem Wind nicht allein.« Was natürlich gelogen war. Um die Dringlichkeit zu betonen, schwang die *Pampero* nach Backbord, das Vorsegel schmetterte herum, die Travellerstopper klirrten, und das ganze Deck erzitterte. Lu zuckte zusammen.

»Also gut, Bracken, Sie gehen ans Außenbordende der Spieren, und ich versuche das Segel vom Peitschen abzuhalten. Nur eines – ich will nicht, daß Sie mir näher als zehn Schritte kommen! Sie bleiben auf der anderen Seite des Baums, und dasselbe gilt für Ihren Ersten Offizier.« Er schwenkte die Maschinenpistole. »Ich traue Ihnen bis zu einem bestimmten Grad, aber nicht weiter.«

»Kein Problem. Wir wollen schließlich alle heil zu den Bahamas zurück. Mein Wort, daß wir Ihnen nicht zu nahe kommen!«

Lu schlang sich den Riemen der Maschinenpistole um die Schulter und bezog seinen Posten mitschiffs, die Hände zum Segel erhoben. Bracken wartete, daß die *Pampero* sich wieder über ihre Ankerkette schwang. Das tat sie nach dreißig Sekunden. Perfekt. Er löste die Vorsegelschot und rief Walroß zu: »Bereitmachen zum Loslassen!«

»Bereit!«

Das Vorsegel ist ein Trapezoid. Seine Unterseite ist an den Vorsegelbaum gebunden, der durch einen an seinem Außenbordende befestigte Toppnant horizontal gehalten wird. Normalerweise fiert man das Segel, indem sowohl Piek- und Klaufallen gelockert werden, so daß die Gaffel, die an der Oberseite des Segels gebändselt ist, gleichmäßig und sanft gesenkt werden kann. Wenn man es richtig macht, wird die Gaffel schließlich auf dem Vorsegelbaum zu ruhen kommen, dann kann das Segel zwischen beiden Spieren gesichert werden. Aber das war nicht, was Bracken vorhatte.

»Loslassen!« brüllte Bracken.

Siebenundfünfzig Quadratmeter 12-Ounces-Dacron donnerten mit dem fünfeinhalb Meter langen Vorsegelbaum herunter, gefolgt von der noch längeren Gaffel. Von oben hörte Bracken, wie eine Leine unter der großen Belastung riß und durch den Doppelblock des Toppnants sirrte.

Lu hielt die Hände hoch, um das fallende Segel zu halten. Zu spät wurde ihm bewußt, daß die Gaffel nicht nur herabkam, sondern auch kein Klaufall gesichert war, um sie aufzuhalten. Er bekam das volle Gewicht des Vorsegelbaums auf Kopf und Schultern. Der Riemen seiner Maschinenpistole riß unter der Wucht des Aufpralls, und sie flog in die Dunkelheit. Bracken warf sich auf Lu und drückte seine Schultern unter die peitschende Masse des Segeltuchs. Walroß kam ihm zu Hilfe, und gemeinsam schoben sie Lu unter dem ganzen Zeug hervor.

Lu war halb bewußtlos, seine Nase flachgedrückt. Er spuckte Blut und würgte.

Walroß schloß ihn mit Reffbändseln kurz, und zwar mit den Füßen hinter dem Rücken, die Beine zusammen- und an die Handgelenke gebunden. Er leuchtete mit einer Taschenlampe auf Lu, um sein

Werk zu überprüfen, dann auf das Segel. »Verdammt, Blut und Erbrochenes! Ob die Flecken je wieder rausgehen?«

Das war die geringste von Brackens Sorgen. Nun war das Zahlenverhältnis zwei zu eins für sie. »Machen wir weiter. Halbtonn dürfte jeden Augenblick zurückkommen. Wir können ihn leicht überwältigen, wenn er an Bord steigt. Er ist nicht bewaffnet.«

»Da hast du dich aber getäuscht«, widersprach Walroß. »Er hat einen Revolver in einem Knöchelhalfter. Kaliber achtunddreißig. Polizeiwaffe.«

»Scheiße!« Bracken überlegte. »Du bleibst auf Deck, suchst Lus Maschinenpistole und hältst nach Halbtonn Ausschau. Ich versuche die Coast Guard zu rufen. Selbst wenn es uns nicht gelingen sollte, Halbtonn zu überwältigen, wird zumindest jemand Bescheid wissen.« Ohne auf eine Antwort zu warten, sprang Bracken über das Kajütdeck, raste den Niedergang hinunter und in die Achterkajüte.

Ein unbeschreiblicher Saustall! Die Betten ungemacht und dreckig, Brandlöcher im Teppichboden, das Klo übelkeiterregend.

Der Satnav war noch eingeschaltet und spuckte überflüssige Daten aus, die besagten, daß die *Pampero* sich in gleichbleibender Position befand, Geschwindigkeit Null. Radar war aus. Seitenbandradio aus.

Die Hochfrequenzanlage war auf die Kommodenplatte geschraubt. Bracken schaltete sie ein, drehte auf Kanal sechzehn und griff nach dem Mikro.

Zwei Fischer unterhielten sich auf sechzehn, beide mit starkem Signal. Etwas über Lucy, die in Freddies Raw Bar arbeitete.

Titten, wie du sie dir nicht vorstellen kannst, Kumpel. Wenn sie sie herumschwingt, hast du Ohrensausen. Dann lautes Gelächter.

»*Mayday! Mayday!*« brüllte Bracken in das Mikro.

Als er den Mikroknopf losließ, hörte er Kumpel Numero eins, das stärkere Signal, immer noch Lucys Reize preisen. Seine Stimme war so laut, daß man meinen konnte, er habe das Mikrophon verschluckt. Bracken versuchte es wieder und brüllte mehrmals *Mayday*, ohne Reaktion von irgend jemandem, schon gar nicht von Kumpel Numero zwei, der schimpfte, wie seine Bank ihn behandelte, nur weil er zwei Monate mit seinen Raten im Rückstand war.

Bracken drehte auf Kanal einundzwanzig, die Coast-Guard-Frequenz.

»*Mayday, Mayday.* Jacht *Pampero*, Whiskey Bravo sechs fünf vier null. Hört mich jemand?«

Sofort antwortete eine weiche Floridastimme mit einem Akzent, der an frittierte Magnolienblüten, Hush-Brot und Corn Puppies erinnerte – oder was immer man hier unten aß.

»Rufendes Schiff, bitte nennen Sie noch einmal Schiffsnamen und Nummer. Hier ist die U.S. Coast Guard Station Vero Beach, Florida.«

Gott sei Dank, dachte Bracken, und antwortete: »Jacht *Pampero,* Whiskey Bravo sechs fünf vier null. Ein Notfall.«

»Käpten, befindet sich Ihr Schiff in unmittelbarer Gefahr zu sinken, oder haben Sie einen Schwerkranken oder Schwerverletzten an Bord?«

Wie üblich hatte er sein Mundwerk vor seinem Verstand in Bewegung gesetzt. »Nein. Aber wir liegen vor dem Cape, und da schwimmt ein Kerl – nein – er ist in einem Schlauchboot, aber ...« Ihm fiel nicht ein, wie er es formulieren sollte. »Er hat ein Gewehr!« platzte er heraus.

Corn Puppie machte eine Pause, um das erst mal zu verdauen, dann sagte er: *»Geben Sie Ihre Position, Käpten, und noch einmal den Namen Ihres Schiffes.«*

Walroß klopfte heftig auf das Luk der Achterkajüte, und Bracken öffnete es.

»Schwierigkeiten, Skip. Ich höre den Schlauchbootmotor.«

Der Empfänger knackte. *»Schiff in Not, ich wiederhole: Geben Sie Position durch, Käpten, den Namen Ihres Schiffes, Namen des Eigners und Registriernummer.«*

Bracken ignorierte das Funkgerät. »Hast du Lus Maschinenpistole gefunden?«

»Nein. Sie muß über Bord geflogen sein, als ihn der Baum traf.«

»Verdammt!« Keine Zeit mehr für die Funkverbindung. Keine Zeit mehr für irgend etwas, außer Halbtonn aufzuhalten. Er raste zum Maschinenraum, knipste die Sicherungen wieder ein, dann rannte er, drei Stufen auf einmal nehmend, den Niedergang hinauf. Im ersten Augenblick verschluckte der Wind das Geräusch des Außenbordmotors. Dann konnte er ihn hören. Irgendwo hinter der *Pampero,* ganz langsam, vorsichtig, gedrosselt kam es näher.

»Hast du eine gute Idee, Skip?« Walroß kauerte plötzlich neben ihm.

Bracken hatte keine. »Wir stürzen uns auf ihn, würde ich sagen.«

Walroß reichte Bracken einen Belegnagel. Er sah nicht gefährlich aus, aber er war aus solider Bronze und wog etwa vier Kilo.

Bracken war, als läge ihm ein Bleiklumpen im Magen, und seine

Nerven flatterten wie eine Fahne im Wind. Belegnägel gegen eine Achtunddreißiger. »Okay, wir versuchen es. Aber wenn er das Schlauchboot losläßt, taucht der erste von uns über Bord und holt es zurück. Wir brauchen es, um zu Raul zu kommen.«

»Ich mag es gar nicht, wenn Salzwasser an meinen Schnurrbart kommt«, brummte Walroß.

Beide schlichen sie geduckt nach achtern, dann legten sie sich zu beiden Seiten des Großsegel-Schottravellers auf den Bauch. Halbtonn konnte sowohl zur einen als auch zur anderen Seite der Plicht hochkommen. Die Chance war fünfzig zu fünfzig.

Der Außenbordmotor wurde lauter, das Schlauchboot war noch etwa fünfzehn Meter entfernt, dann zehn, fünf, der Motor wurde gedrosselt und erstarb schließlich. Bracken konnte hören, wie die Wellen unter dem Bug des Bootes klatschten, als es unter den Spiegel trieb. Es hörte sich an, als würde Halbtonn an Backbord hochkommen, das war Brackens Seite. Er umklammerte den Belegnagel fester, er war glitschig vom Schweiß seiner Hand.

Ein Stück zusammengerolltes Tau schlängelte sich zum Cockpit hoch – die Fangleine des Schlauchboots. Halbtonn machte sich daran hochzusteigen.

Ein kehliger Ruf auf spanisch erklang und wurde zweimal wiederholt.

Aus der Hochfrequenzanlage unten kamen ebenfalls Rufe, Aufforderungen, das Schiff möge sich melden, gefolgt von einer unverständlichen Reihe von Fragen. Bracken hörte, daß Halbtonn die Luft einsog. Der Bursche mochte zwar Englisch nicht sehr gut verstehen, aber das Gegackere aus der Funkanlage verriet ihm zweifellos, daß irgend etwas Unvorhergesehenes passiert war.

Walroß stand auf der anderen Seite der Plicht auf, und rief hinunter: »Dein Boß ist unten am Funkgerät. Ich soll dir heraufhelfen.« Walroß' Stimme klang gleichgültig, als wiederhole er nur einen Befehl.

Halbtonn stand im Schlauchboot plötzlich auf. Er befand sich nun fast in Augenhöhe mit Bracken, hatte die 38er jedoch schräg auf Walroß gerichtet. Bracken hatte nicht genügend Platz, den Belegnagel zu schwingen, also stieß er Halbtonn mit gestrecktem Arm das Ende ins Gesicht.

Er traf es nicht direkt, streifte aber mit voller Wucht den Kopf. Die 38er spuckte, der Knall war betäubend, das Mündungsfeuer blendete. Ein zweiter Schuß ging dicht an Bracken vorbei. Verdammt dicht! Er sah flüchtig, wie Walroß seinen Belegnagel überhand schlug, und hörte das Krachen von Metall auf Holz. Dann dreißig Sekunden nichts.

Walroß' Stimme erklang dicht neben ihm. »Alles in Ordnung mit dir?«

»Glaub' schon.«

»Ich habe ihn flüchtig gesehen. Er duckt sich ins Boot. Dein Schlag hat ihn erwischt, aber nicht hart genug. Meiner ging daneben.«

»Bist du verletzt?«

Walroß legte sich wieder auf den Bauch. »Meine Flosse ist leicht angekratzt. Brennt, aber nicht weiter schlimm. Noch irgendwelche Scheißideen?«

Die Fangleine des Schlauchboots rollte langsam ab, entweder, weil Halbtonn sie zurückzog, oder weil das Boot wegtrieb und sie mitnahm. Bracken griff nach dem Schlingenende des Taus und warf es über eine Klampe, dann wickelte er es zum Sichern zweimal herum. Die Leine rollte noch ein wenig ab, dann straffte sie sich. Jetzt war Plan 2 dran, wie immer der sein mochte.

»Also so sieht es aus«, flüsterte Bracken. Er ging ganz nach den Vorschriften des Handbuchs für Offiziere, Ausbildung 101, 1. Lektion, vor. Man sollte seine Mannschaft in den Plan einweihen, selbst wenn man keinen hatte. Das stärkte das Selbstvertrauen. »Er kann nicht über den Spiegel kommen, weil er dort damit rechnen muß, daß wir ihm den Schädel einschlagen. Und er kann nicht direkt auf uns zielen, weil er dazu aufstehen müßte, wodurch wir an ihn heran kämen. Ein Patt.«

»Großartig! Also, was tun wir? Ihn mit Bierflaschen bombardieren?« Walroß zögerte, dann legte er die Hand auf Brackens Arm. »Horch!« Ein schwaches Sägegeräusch war zu hören, und die Fangleine des Bootes vibrierte. »Er schneidet das Tau durch! Er will weg!«

Was bedeutete, daß Halbtonn sich über den Bug des Schlauchboots beugen mußte. Wahrscheinlich hielt er sich mit einer Hand fest, während er das Messer mit der anderen führte. Und falls er nicht eine dritte hatte, die die 38er hielt ...

Rasch löste Bracken die Fangleine von der Klampe, reichte sie Walroß, und flüsterte: »Zieh mit aller Kraft, wenn ich ›jetzt‹ rufe.«

Er langte über das Cockpit, strich mit den Fingerspitzen über die Schalter, bis er den richtigen hatte, dann drehte er sich wieder Walroß zu, der die Fangleine mit beiden Händen hielt. »Halt dich bereit ...« Er zündete die Lichter der Großmastsaling an, sprang auf und schwang den Belegnagel zurück. »Jetzt!«

Halbtonn, noch über die Fangleine gebeugt, die .38er in der Rechten, ein Messer in der Linken, schaute hoch. Bracken warf den Belegnagel und sah ihn von Halbtonns Schulter abprallen. Während sich Brackens Silhouette gegen die Salinglichter abhob, zielte Halbtonn auf ihn. In diesem Moment riß Walroß die Fangleine straff. Der Schuß ging hoch in die Luft. Das Schlauchboot wurde ruckartig nach vorn gezerrt, und Halbtonn verlor das Gleichgewicht und taumelte rückwärts. Noch ein Ruck, und Halbtonn fiel über den Außenbordmotor, dabei löste sich ein weiterer Schuß, während er flach auf dem Rücken im Wasser landete.

Ein Platschen war zu hören. Halbtonn hatte den Revolver verloren, und schlug mit den Armen um sich. Verzweifelt versuchte er zum Schlauchboot zurückzukommen.

»Der arme Hund kann nicht besonders gut schwimmen«, stellte Bracken fest. Er griff nach einem Rettungsring und warf ihn. Der Wind erfaßte ihn und trieb ihn an den platschenden Armen des Kubaners vorbei.

Halbtonn zögerte, dann drehte er sich, daß er den Wind im Rücken hatte, und verfolgte mit seltsamen Kraulbewegungen den auf den Wellen hüpfenden Rettungsring.

»Warum, zum Teufel, hast du das getan?« brüllte Walroß. »Laß den Hundesohn doch ersaufen!«

»Mit dem Rettungsring kann er nicht hierher zurückschwimmen. Die Strömung hat mindestens einen halben Knoten. Wenn die Haie nicht hungrig sind, ist er morgen früh in Palm Beach.«

Etwa eine Minute blickten sie ihm noch nach. Das automatische Licht am Rettungsring begann zu blinken, wurde jedoch immer schwächer, je weiter es windab kam. Bracken wurde bewußt, daß niemand lange gegen eine Strömung von einem halben Knoten schwimmen konnte. Er fröstelte, obwohl ihm nicht kalt war.

Walroß zündete sich eine Camel an und warf das Streichholz in die Dunkelheit. »Sieht so aus, als hätten wir die erste Runde gewonnen, Skip.«

»Ja, aber wie man so schön sagt, es ist nicht vorbei, ehe es nicht vorbei ist«, entgegnete Bracken.

Noch etwa eine halbe Stunde bis Sonnenaufgang. Die ersten bleichen Streifen des Morgens am windigen Himmel waren bereits erhellt. Bracken hatte ein bißchen Zeit zum Überlegen, aber nicht viel.

Zu zweit hatten sie Lu hinuntergeschleppt und auf eine Koje der Achterkajüte gebunden. Er war nicht in bester Verfassung, immer noch halb bewußtlos, und Blut sickerte aus seiner Nase.

»Vielleicht innere Blutungen, vielleicht Gehirnerschütterung«, meinte Walroß.

»Im Augenblick können wir nichts für ihn tun.« Bracken straffte den letzten Gurt und verknotete ihn. Selbst in bester Verfassung hätte Lu sich jetzt nicht rühren können. »Ich gehe ans Funkgerät«, erklärte Bracken über die Schulter.

Er rief Corn Puppie auf Kanal 21. Keine Antwort zunächst. Dann kam eine glatte Ostküstenstimme auf der Frequenz.

»Pampero, *hier ist die U.S. Coast Guard, Vero Beach. Hören Sie mich?*« Eine befehlsgewohnte Stimme, ein Offizier wahrscheinlich.

Bracken erstarrte kurz. Vorsicht war geraten. »Vero Beach, hier ist die *Pampero*. Ich habe einen Notfall zu melden. Hören Sie mich?«

»Pampero. *Hier spricht Korvettenkapitän Gage von der U.S. Coast Guard. Geben Sie Ihre Position und den Namen des Eigners an.*«

Unwillkürlich schaute Bracken zum Satnav. Achtundzwanzig, siebenunddreißig Strich fünf Nord, achtzig dreiunddreißig Strich sechs West. Er wollte gerade antworten, als er sah, wie Walroß den Kopf schüttelte.

»Was ist?«

Walroß, der einen blutigen Lappen um die Hand gewickelt hatte, beobachtete ihn angespannt. »Du hast ihnen schon einmal den Namen der *Pampero* und das Rufsignal genannt. Überleg doch! Zweifellos haben sie als eifrige kleine Bohnenzähler bereits ihren Computer befragt. Auf der *Pampero* ist immer noch die gerichtliche Verfügung, und nach wie vor ist dein Name als Eigner eingetragen. Und du stehst auf der Fahndungsliste, weil du illegalerweise mit ihr die US-Hoheitsgewässer verlassen hast. Dann brauchst du bloß noch dazuzuzählen, daß man dich verdächtigt, Drogen zu schmuggeln, wie dein Mädchen dir gesagt hat. Bestimmt tauschen die Coast Guard und die DEA ihre Listen aus. Egal, was du ihnen sagen wirst, die Coast Guard wird als erstes mal dich und das Schiff in die Klauen kriegen wollen, ehe sie irgendwas anderes unternehmen.«

Und wenn sie ihm nicht sofort glaubten und auf seine Information hin augenblicklich handelten, würde die Fähre vernichtet werden.

Mit dem Mikro in der Hand hing er zwischen Vernunft und irrationaler Hoffnung. Aber er hatte keine Wahl. Er mußte sie dazu bringen, ihm zu glauben!

»Coast Guard, Vero Beach, hier ist die *Pampero*. Sie haben feindliche Kubaner an der Küste von Cape Canaveral.«

»Wiederholen Sie, Segelschiff Pampero, Ihre letzte Sendung wurde abgebrochen.«

Bracken hob das Mikro an die Lippen, und wollte gerade wieder senden, als Walroß es ihm aus der Hand riß. »Vielleicht haben Sie deine letzte Sendung nicht verstanden, aber denk doch logisch, Skip! Hast du denn erwähnt, daß sie ein Segelschiff ist?«

»Nein.«

»Woher wissen Sie es dann? Der Idiot hat den Fehler gemacht, Informationen auszuplaudern, die er vom Computer hat. Er will dich nur lange genug hinhalten, daß seine Leute eine Funkortung vornehmen können!«

Das war ein weiteres typisches Beispiel dafür, daß man in die Scheiße langen konnte, ganz gleich wie man sich entschied. Walroß hatte recht. Bracken nickte und schaltete die Anlage aus.

Dann blickte er auf die Uhr. Fünf Uhr achtunddreißig. In zehn Minuten dämmerte es. Im ersten Tageslicht würden Patrouillenhubschrauber und Flugzeuge aufsteigen und Schiffe aus der Sperrzone weisen. Ihnen folgten Küstenwachboote, die bis kurz vor dem Start patrouillieren würden. Doch sie kämen zu spät, Raul aufzuhalten.

»Wir müssen ran und die beiden finden«, sagte Bracken schließlich.

Walroß zuckte die Schultern. »Dachte ich mir schon.«

Sie hatten keine großartige Ausrüstung, die ihnen helfen würde, lediglich ein altes Tauchgerät, das Bracken für den Fall an Bord gebracht hatte, daß eine dringende Unterwasserreparatur vorgenommen werden mußte, einen Regulator, einen Bleigürtel, eine verrostete Harpunenbüchse, verschiedene Schwimmflossen und Tauchmasken.

Das Tageslicht war bereits kräftiger, als sie mit dem Schlauchboot von der *Pampero* ablegten. Bracken steuerte den Außenborder und nahm den Kurs, der auf den Aufnahmen angegeben gewesen war: zwei acht ein Grad mißweisend, ausgerichtet auf den Eisenbahnwasserturm nördlich von Titusville.

Bracken setzte sich auf das Backborddollbord des Schlauchboots,

Walroß gegenüber. Das Boot beschleunigte allmählich und kam auf Gleitfahrt.

Gischt von den steilen Wellen schlug ihnen ins Gesicht. Vereinzelte größere Seen warfen ganze Schwälle auf sie, die der Wind über sie verteilte.

Als es heller wurde, konnte Bracken die Startrampe 39 südlich sehen: eine Masse verwinkelter Träger und die zylindrischen Formen der Raumfähre, die in der beginnenden Dämmerung im Flutlicht schimmerten.

»Er wird den Außenborder kommen hören!« brüllte Walroß über das Dröhnen des Motors.

Bracken nickte. Ein Taucher unter Wasser vernahm als erstes das Surren der Schraube, dann das hohle Knattern des Auspuffs, und zwar lange ehe ein Außenborder über das offene Wasser zu hören war. Nur hatten Raul und Vierro strikte Anweisung, bis fünfzehn Minuten vor dem Start auf dem Grund zu bleiben. Raul würde sie hören, aber nichts unternehmen.

»Wie sieht es mit der Kreuzpeilung aus?« brüllte Bracken.

Walroß nahm den Handpeilkompaß, schwenkte ihn nach Norden und visierte die Richtung an. »Noch zwölf Grad. Sagen wir eine Viertelmeile auf dem gegenwärtigen Kurs. Ist dir schon was eingefallen?«

Bracken drosselte den Motor. Das Schlauchboot kam aus der Gleitfahrt und kroch jetzt dahin. Sie hatten die Entfernung schneller zurückgelegt als angenommen. Im Leiselauf konnten sie sich besser unterhalten. Er ging auf Nullstellung und stellte den Motor ab. Das Boot wurde langsamer, dann schaukelte es seitwärts in der Dünung.

Bracken machte sich daran, die Gurte des Tauchgeräts anzulegen. »Ich schwimme auf diesem Kurs auf die Küste zu. Raul und Vierro liegen irgendwo dicht hinter der Brandungslinie auf dem Grund. Ich werde sie schon finden.«

»Gib mir das Tauchgerät, Skip. Du wirst zu alt für so was. Ich bin ein besserer Taucher, außerdem acht Jahre jünger, und du verstehst auch nichts vom Nahkampf.«

Bracken, der sich nach vorn gebeugt hatte, um den Gürtel festzuschnallen, schaute zu Walroß hoch. Er überlegte. Alles, was Walroß vorgebracht hatte, stimmte, nur komplizierte ein zusätzliches Problem die Situation. Beide hatten sie das 44er Magnumrohr nicht erwähnt, das Lu Vierro und Raul gegen Haie mitgegeben hatte. In diesem Fall brauchte man das Wort *Haie* bloß gegen *Menschen* auszutauschen. Walroß hatte recht, nur eben doch nicht, denn das war nicht sein Kampf. Bracken schüttelte den Kopf.

Walroß zuckte die Schultern. »Was soll ich tun?«

»Halte eine Minute mit langsamer Fahrt nordwärts, dann ändere den Kurs direkt auf die Küste zu. Wenn Raul den Außenborder hört, wird er abgelenkt. Ich gehe ihn von hinten an.«

»Und wenn du ihn nicht ausschalten kannst?«

»Versteck dich in den Dünen. Er muß das Gewehr aufstellen und das Visier justieren. Streck ihn mit einem Stein nieder. Schieb ihm einen Skorpion in den Hintern. Benutz deine Phantasie, Walroß.«

»Also ehrlich, Skip, du hast zu viele von diesen *Hornblower*-Romanen gelesen.« Walroß zündete eine Zigarette an. Er reichte sie Bracken, der einen Zug nahm und sie zurückgab. «Du bist sicher, daß du es so machen willst?«

»Ja.« Er gab Walroß die Hand, der sie kurz festhielt.

»Viel Glück«, sagte Walroß leise.

Bracken steckte den Regulator in den Mund, griff nach der Harpunenbüchse und rollte sich rückwärts ins Wasser.

19

19. Juli, 6.11 Uhr

Als er hinabtauchte, blieben das dumpfe Platschen der Wellen und das Pfeifen des Windes zurück. Sie wurden abgelöst von dem hohlen Geräusch seines eigenen, unregelmäßigen Atems, dem Rasseln des Regulators beim Einatmen und dem Blubbern der aufsteigenden Blasen aus dem Auslaßventil.

Die Sichtweite betrug etwa sechs bis sieben Meter, beschränkt durch einen blaugrünen Dunst aus Plankton. Ein paar kleinere Makrelen schwammen an ihm vorbei, neugierig machten sie eine S-Biegung, um zu ihm zurückzublicken, dann schossen sie weiter in die dunkle Tiefe.

Bracken prüfte seinen Kompaß. Es war kein richtiger Taucherkompaß, sondern der Handpeilkompaß, den Walroß benutzt hatte. Es war schwierig, ihn richtig abzulesen. Er würde ihn fallen lassen müssen, sobald er die Kubaner entdeckt hatte. Hundertundacht Dollar hatte er dafür bei Loulou in St. Barts bezahlt, die er jetzt abschreiben konnte. Im Augenblick jedenfalls war er unbezahlbar.

Er stieß sich hinunter, preßte dabei den Druck aus den Ohren, und versuchte gleichmäßig zu atmen, um kostbaren Sauerstoff zu sparen.

Kurs. Wieder konsultierte er den Kompaß. Er war um zwanzig Grad abgekommen. Verdammt schwierig, in dieser Düsternis einen geraden Kurs einzuhalten. Er kam ab und versuchte gegenzuhalten.

Unerwartet streifte er den Grund, ohne ihn gleich zu sehen. Es war fast konturloser Sand, nur ein paar Halme Seegras ragten heraus und da und dort kleine Buckel, die Behausung von Krebsen. Ein erneuter Blick auf den Kompaß. Auf Kurs.

Er schätzte, daß er etwa fünfzehn Meter tief war. Mit kräftigen Stößen der Schwimmflossen folgte er dicht auf dem Grund seinem Kurs, darauf bedacht, jede Deckung zu nutzen.

Seine Harpunenbüchse war ein spanisches Fabrikat und drei Jahre alt. Wie üblich hatte er das Billigste gekauft. Er brauchte ja auch nur etwas, um hin und wieder einen Fisch zum Abendessen zu erlegen oder damit seine Chartergäste imaginäre Seeungeheuer abwehren konnten. Das verdammte Ding war nicht viel mehr als ein Spielzeug, eine Muräne ließ sich damit genausowenig aufhalten wie ein Mensch.

Inzwischen war genug Zeit verstrichen, daß die verunreinigte Luft ihre Wirkung auf Vierro haben mußte. Raul hatte nur die Wahl, seine eigene, reine Luft mit Vierro zu teilen oder ihn aufzugeben. Bracken konnte sich denken, welche Entscheidung er treffen würde. Raul war ein Profi, mit dem Mitgefühl eines Eisblocks.

Bracken versuchte sich vorzustellen, was in Rauls Kopf vorging. Der Mann lag auf dem Grund, vielleicht ein bißchen bewegt durch die Widersee, atmete langsam und machte sich Gedanken um Vierro. Es gab keinen direkten Beweis, daß etwas nicht stimmte, aber Raul würde verständlicherweise schließen, daß Vierros Flaschen verseucht waren, daß bei der Auffüllung auf der *Pampero* schlechte Luft eingepumpt worden war.

Was er jetzt wohl machte? Auf die Uhr sehen, ungeduldig die Sekunden dahinticken lassen, vielleicht mit extrem geschärften Sinnen für jedes Geräusch und jede verschwommene Form in seinem Blickfeld, mit der Hand um den Bang Stick. Im Gegensatz zu seiner Harpunenbüchse konnte der Bang Stick Fleisch zerfetzen, daß das Blut in Strömen floß, was die Haie herbeilocken würde, die zunächst nur herumschwimmen, dann aber angreifen und sich den Bauch vollschlagen würden, bis die See ein blutiger Teich war. Kein schöner Gedanke! Nein, wirklich nichts, woran er jetzt denken sollte.

Gleich darauf vernahm er das schwache Summen eines Außenborders. Nicht deutlich, aber vorhanden: ein gedämpftes Geräusch rechts von ihm. Es kam näher, dann schwand es; die Richtung wechselte.

Was würde Raul jetzt denken, wenn er es ebenfalls hörte? Würde er in Panik geraten? Unwahrscheinlich. Er würde sich vermutlich fragen, was für eine Art von Boot das war und was es hier machte; es könnte ein Fischerboot sein, die Coast Guard oder eine Patrouille der NASA, die sich in den letzten Minuten vor dem Start in der Sperrzone nach möglichen Unbefugten umsah.

Aber Rauls Anweisungen waren unmißverständlich. Auf dem Grund bleiben, bis fünfzehn Minuten vor dem geplanten Start, dann auftauchen. Sich über Funk auf den letzten Stand bringen lassen, dann an den Strand, in die Dünen steigen, das Gewehr mit dem Zielfernrohr aufstellen, Startrampe 39B anvisieren, auf die Feststoffrakete richten, zwischen den Positionen 1491 und 1498, unmittelbar über der Befestigung, genau wie im Handbuch angegeben. Die Medien, all die Auguren der öffentlichen Meinung, die Schwarzseher und Besserwisser würden daherkommen und mit anklagender

Stimme rufen: »Wir haben es ja gleich gesagt!« Und der Beweis, daß sie recht gehabt hatten, würden immer wieder aufs neue abgespielte Videos der flammenden Trümmer sein, die aus einer Rauch- und Feuerwolke wirbeln.

Der Meeresboden unter seinen Füßen begann allmählich anzusteigen. Bracken schwamm vorbei an emporragenden roten Korallen, vorbei an müde winkenden Venusfächern, vorbei an einem riesigen Geschwader winziger, silbriger Fische, die alle einzeln schwammen, doch in exaktem Abstand zu ihren Staffelkameraden und eine genaue Position in der Formation einhielten, als das Geschwader abrupt die Richtung änderte. Wie zum Teufel machten sie das? Welche Signale wurden gegeben, wer war der Geschwaderkommandeur? Weshalb ein so plötzlicher Richtungswechsel? Und wohin wollten sie? Er nahm sich vor, sich darüber zu informieren. Wahrscheinlich fand er etwas darüber in einer Ausgabe des *National Geographic* – wenn er noch lange genug lebte, daß er es lesen konnte.

Wieder konsultierte er den Kompaß. Etwa fünf Grad nach rechts, aber er schätzte, daß es ein guter Kurs war, der die Südwärtsdrift durch die küstennahe Gegenströmung ausglich.

Wie würden sie liegen? Mit dem Gesicht zum Meer oder zur Küste gerichtet? Der Bang Stick – wie groß war seine tödliche Reichweite? Lauter Unbekannte. Bracken bemühte sich, seine Unsicherheit zu überwinden.

Die Sicht wurde etwas besser, und er spürte die Bewegung der Wellen über sich, als er dem ansteigenden Meeresboden folgte. Die Abnahme des Drucks machte sich in Brackens Ohren bemerkbar. Er schaute durch die beschlagene Tauchmaske hoch und sah die Oberfläche, den aufgewühlten Übergang zwischen Wasser und Luft, den das erste Licht des Morgens mit roten und orangefarbenen Strahlen durchdrang.

Wieder schaute er auf den Kompaß. Eine Spur nördlich vom Kurs. Raul und Vierro mußten irgendwo entlang dieser Linie sein, wahrscheinlich südlich, und wenn Raul dem Kurs zum Strand gefolgt war, keine fünfzig Meter entfernt.

Bracken überprüfte die Harpunenbüchse. Er entsicherte, hielt sie nach vorn ausgestreckt und schwamm langsam einen Bogen nach links. Er wußte, daß er den Vorteil der Überraschung hatte, aber andererseits auch nur einen einzigen Schuß.

Noch größere Mengen Fische, die die zurückgeworfene Brandung patrouillierten. Die großen fraßen die kleinen. Die Torpedoform eines Barrakudas schoß, ebenfalls südwärts, an ihm vorbei. Gesamtlänge etwa einssachtzig. Er drehte nach Osten ab, war kurz außerhalb Sichtweite, dann brauste er wieder herbei und vorüber und funkelte Bracken mit seinen großen Glotzaugen an, als wäre er in ein verbotenes Revier eingedrungen.

Barrakudas griffen Menschen nicht an, richtig? Das sagten alle. Kein hübscher Anblick, aber keine Menschenfresser, richtig? Sie schwammen mit offenem Maul, und zeigten ihre ineinandergreifenden nadelscharfen Zähne auf den langen Kiefern. Das hatte er alles schon öfter gehört, allerdings auf festem Land, nicht in einem feindseligen Meer, wo ein tödliches 50-Kilo-Torpedo mit einem Gefechtskopf mörderischer Zähne an einem vorbeizischte.

Der Barrakuda verschwand im Dunst vor ihm, zweifellos um in einen neuerlichen U-Bogen zurückzukehren. Bracken hatte von Barrakuda-Angriffen gehört. Sie waren zwar selten, kamen jedoch hin und wieder vor, nicht in klarem, tiefem Wasser, aber in der Brandung, wo die Sicht beschränkt war. Sie gingen auf helles, glänzendes Zeug los, wie Armbanduhren und Armbänder. Wie *seine* Taucheruhr – eine japanische Digitaluhr mit glänzendem Metallband. Bracken erschrak. Er ließ sich auf den Grund sinken, klemmte die Harpunenbüchse unter den Arm und öffnete mit zitternden Fingern den Verschluß des Uhrenbands. Hastig schob er die Uhr in die Badehose. Idiotisch! Noch dümmer hätte er sich nicht anstellen können! In seiner gegenwärtigen Lage war Dummheit gleichbedeutend mit dem Tod.

Aus den Augenwinkeln wurde er auf eine Bewegung zu seiner Linken aufmerksam. Er drehte sich vorsichtig in diese Richtung, hob die Harpunenbüchse und zielte. Die Entfernung war noch zu groß, etwa fünfzehn Meter, das Ziel gerade am Rand des Blickfelds. Langsam ließ er sich auf den Grund sinken, um nicht so leicht gesehen zu werden. Ein Venusfächer streifte wie mit einem violetten Pinsel über seine Brust.

Bracken konnte nicht erkennen, welcher der Kubaner es war, denn beide trugen Taucheranzüge und Tauchermasken, die den größten Teil des Gesichts verbargen. Doch dann sah er, daß die Sauerstoffflaschen des Mannes die neueren, jene von gleichmäßigem stumpfen Grau waren. Vierro! Aber wo zum Teufel war Raul?

Bracken verrenkte sich fast den Hals nach ihm. Er hielt den Atem an, damit keine Luftblasen seine Position verrieten.

Vierro lag auf dem sandigen Grund. Seine Bewegungen waren

schwerfällig, er paddelte schwach mit den Händen, als versuche er sich irgendwo hinzubegeben. Inzwischen mußte sein Gehirn schon geschädigt sein. Und Vierro hatte den Bang Stick!

Sich mit der Linken immer wieder an Büscheln Seegras festhaltend, zog Bracken sich vorsichtig vorwärts, und die Entfernung verringerte sich zusehends. Die Harpunenbüchse hielt er schußbereit in der Rechten. Er gestattete sich ein rasches Ausatmen, dann holte er tief frische Luft. Noch etwa fünf Meter, und immer näher.

Dann entdeckte er Raul, zunächst nur den oberen Teil seines Kopfes, dann sein Gesicht. Er kniete direkt hinter Vierro im Sand und überprüfte methodisch dessen Schlauchverbindungen und den Druckmesser. Er mußte das Blubbern der Luftblasen gehört haben, denn er blickte plötzlich hoch.

Er hat mich gesehen, dachte Bracken. Er kann mich gar nicht übersehen haben!

Eine Wolke feinen Sandes und Schlicks stieg auf, als Raul nach etwas auf dem Boden suchte. Er hob es, und der Lauf des Bang Stick schwang in Brackens Richtung.

Das war kein Bang Stick, wie Bracken ihn vor sechs Jahren benutzt hatte. Damals war ein Bang Stick eine einschüssige Verteidigungswaffe gewesen, mit der man berühren mußte, was man davon abhalten wollte, einen zu fressen. Diese Waffe aber war der letzte Schrei der Macho-Taucherclique. Sie wurde in Kalifornien hergestellt, und zu Recht Big Banger genannt. Man konnte ihn unter Wasser nachladen, und statt ihn gegen einen Angreifer pressen zu müssen, ließ er sich mit einem Auslöser abfeuern. Er hatte unter Wasser eine tödliche Reichweite von ungefähr einem Meter. Erst vor einem Monat hatte Bracken eine Anzeige dafür im *Sport-Diver*-Magazin gesehen und das ganze Getue um Bang Sticks idiotisch gefunden. Damals. Aber jetzt nicht mehr, nicht wenn er in einen Lauf starrte, aus dem eine 44er-Magnumpatrone kommen würde.

Noch war er über zwei Meter entfernt. Wenn Raul jetzt abdrückte, würde das Geschoß ihm vielleicht eine Schramme verpassen, ihn aber nicht töten. Doch Bracken hatte keine Wahl. Er mußte näher heran, denn seine Harpunenbüchse war ein Spielzeug mit geringer Leistung, und ein Schuß, der tödlich sein sollte, mußte auf Brust oder Bauch und aus einem Abstand von unter einem Meter abgegeben werden.

Seine gesamten Gehirnzellen schrien ihm zu, umzudrehen und abzuhauen. Aber er wußte, daß es keine Flucht für ihn gab, denn Raul war gut fünfzehn Jahre jünger als er, ohne erschlaffte Muskeln und überschüssiges Fett durch Alkoholkonsum über die Jahre. Da mochte ein Zweikampf für ihn selber mit größter Wahrscheinlichkeit mit dem Bang Stick im Hintern enden. Er streckte die Harpunenbüchse aus und stürmte in einem Schleier aus Luftblasen und Schlick auf die beiden zu, wobei er Luft wie ein hungriger Kompressor schluckte.

Raul hantierte an Vierros Bleigürtel. Als er ihn gelöst hatte, begann Vierro mit schwachen Kraulbewegungen zur Oberfläche aufzusteigen.

Ablenkung. Bracken hatte seine Harpunenbüchse gehoben, als Vierro aufstieg, nun mußte er sie wieder tiefer halten, auf Raul. Aber Raul erhob sich ebenfalls, und sein Bang Stick richtete sich erneut auf Brackens Brust. Während er zielte, war ein Großteil seines Körpers ungedeckt, ebenso sein Kopf.

Bracken drückte auf den Abzug. Er spürte, wie die Harpunenbüchse in seiner Hand hochruckte. Dann tauchte er, trat mit den Füßen und stieß zum Grund. Er hatte keine Ahnung, was aus seinem Schuß geworden war, er wußte nur, daß er einen möglichst großen Abstand zwischen sich und Raul legen mußte, der jeden Moment schießen würde.

Ein Torpedo zischte keinen halben Meter von seinem Kopf entfernt an Bracken vorbei. Er hatte den Eindruck, ein endloser Güterzug brause mit großer Geschwindigkeit vorüber. Es erinnerte ihn an seine Kindheit, als er und seine Freunde einander herausforderten, ihren Mut zu beweisen, indem man sich so nahe wie möglich an die Schienen stellte, wenn der Portland-Güterzug vorbeidonnerte. Doch diesmal war es kein Zug, sondern ein angreifender Barrakuda.

Vor ihm im Wasser erfolgte eine Explosion, dann entstand eine Wolke aus schwarzbraunem Blut und Innereien, die sich ausbreitete.

Bracken stieß sich rückwärts, ohne sein Tempo verringern zu können. Er wand sich, um dem unappetitlichen schwimmenden Zeug auszuweichen, streifte jedoch trotzdem den Rand, und blutige Innereien trieben dicht vor seinem Gesicht vorbei.

Den Barrakuda hatte es voll erwischt, sein Bauch war weggepustet, trotzdem mahlten seine Kiefer noch, und seine Flossen schlugen – er wußte nicht, daß er bereits tot war.

Bracken ließ die Harpunenbüchse fallen und zog sein Messer aus der Plastikscheide an seinem Bein. Da sah er Raul offenbar unverletzt seitwärts drehen, um ihm den Fluchtweg abzuschneiden.

Bracken trieb seine ermüdenden Beinmuskeln zur Höchstleistung, daß die Schwimmflossen durch das Wasser wirbelten, und stieß auf ihn zu.

Ein Fehler, ein verdammter Fehler, denn Raul, kühl wie Eiskrem, berechnete Abweichung, Entfernung und Geschwindigkeit, dann rammte er die Patrone in den Lauf, und schnappte den Verschluß zu. Im Zeitlupentempo hob er den Bang Stick, richtete ihn auf Brackens Brust und wartete auf den Zusammenprall von Projektil und Körper, eine gute halbe Sekunde verfrüht.

Bracken streckte sich, schlug den Bang Stick mit der Linken zur Seite, rollte sich halb zusammen und schnitt mit der Sägezahnklinge über Rauls Brust. Er spürte die Wucht des Aufpralls den rechten Arm hoch bis ins Schultergelenk. Ganz nahe sah er Rauls Gesicht oder eigentlich nur die vor Schmerzen weit aufgerissenen Augen und die plötzliche Explosion von Luftblasen aus Rauls Tauchermaske. Der Kubaner stieß Bracken mit den Füßen weg und versuchte verzweifelt, den Bang Stick zum tödlichen Schuß hochzuziehen.

Ein roter Streifen zog sich über Rauls Brust, aber sein Brustkorb hatte die Messerspitze abgleiten lassen. Blut sickerte hervor, doch es war keine klaffende Wunde.

Vorhang! Ganz hinten in Brackens Gehirn berechneten seine klugen, immer aktiven Neurotransmitter, daß die Chance nun drei zu null war, und selbst die 3. Liga würde Bracken jetzt wegen fortgesetzt schlechter Leistung als Versager in die Wüste schicken. Nur hörte er nicht zu, er reagierte lediglich. Er wand sich aufrecht, kraulte nach der Oberfläche, und wartete, daß die Kugel ihm einen Tunnel durch den Bauch reißen würde.

Er hörte und spürte die Explosion und die Druckwelle des Geschosses, als es durchs Wasser dicht neben seinem linken Ohr brauste, und dann wurde ihm bewußt, daß auch Raul danebengeschossen hatte. Er krümmte sich zusammen und stieß sich vorwärts.

Raul hatte bereits eine neue Patrone in der Hand und war dabei, sie in den Lauf zu schieben.

Bracken rammte ihn, stach ein Stück Fleisch aus seiner Schulter, schoß über ihn hinaus, wand sich herum, stieß sich zurück. Raul arretierte den Verschluß seines Bang Stick, hob ihn, sein Finger krümmte sich um den Auslöser. In Brackens Gehirn war jede Mikrosekunde ein Einzelbild, war jede Bewegung fast erstarrt, als wäre die Zeit dabei, anzuhalten.

Es war ein Urknall wie bei der Entstehung des Universums, den seine Neurotransmitter aufzeichneten. Weißglühendes Eisen riß durch seine Seite. Alles beendend, alles durchströmend, grenzenlos. Und seine Lippen lobten den Herrn, den Vater, den Sohn und den Heiligen Geist, nur daß es vorbei und zu Ende war und gerade begann. Er krallte sich zur Oberfläche hoch, durchstieß die gleißende Grenze zwischen See und Himmel und trieb in den Wellen im grellen Morgenlicht.

Ein weiterer Schnellzug fegte ihn zur Seite, brauste südwärts und in die Tiefe, raubte ihm den Atem, und schliff mit einem drei Meter langen, groben Sandpapier die Haut von seiner Schulter.

Bracken riß Tauchermaske und Regulator vom Gesicht, rang keuchend nach Luft, und würgte an einer Lungevoll Salzwasser.

Zwei Haie schossen aus dem Osten herbei wie ein Dobermannpaar, das um die Wette zu einem Napf voll rohem Fleisch rast. Er kauerte sich in Fötusstellung zusammen, bedeckte unbewußt die Hoden mit beiden Händen, weil er einmal etwas in einer Zeitschrift gelesen hatte, das sich tief in der Furchtlade seines Gehirns festgefressen hatte: Die Biester fraßen immer zuerst die zartesten Stücke.

Das Haipaar schoß an ihm vorbei. Ihre Flossen durchschnitten die Wasseroberfläche, ehe sie in einem Schaumstreifen tiefer gingen. Das war der erste berüchtigte Durchgang, möglicherweise folgte ein zweiter, doch dann der Angriff.

Bracken versuchte sich umzudrehen, um sie sehen zu können. Er zog die Beine hoch und an, bekam Salzwasser in Mund und Augen, seine tüchtigen Neurotransmitter waren gar nicht mehr objektiv und logisch, sondern heulten vor primitiver Furcht.

Das Wasser um ihn war mit Streifen von Blut und Gedärmen durchzogen, alles brodelte jetzt an die Oberfläche, wie die Fleischeinlage in einem riesigen Topf. Weitere Haie im Süden, etwa fünf, die näherkamen. Peitschten einander, drehten sich, schraubten sich auf und nieder, stießen in ihrer Gier immer wieder aus dem Wasser.

Er hatte es überhaupt nicht kommen hören. Sein Arm wurde ihm fast aus dem Gelenk gerissen. Er wollte mit der freien Faust zuschlagen, da wurde ihm erst bewußt, was geschah. Das Schlauchboot war neben ihm, noch in voller Fahrt. Walroß hatte ihn fest am Handgelenk, versuchte, ihn über die Seite zu ziehen. Das Gummizeug war glitschig, und Bracken hustete heftig, das verschluckte Salzwasser würgte ihn.

»Rein ins gottverdammte Boot! Zwei kommen direkt auf dich zu!«

Bracken schlug mit den Beinen um sich, griff mit der freien Hand wild nach irgendeinem Halt, schwang sich mühsam über das Dollbord und sackte auf dem Boden des Bootes zusammen. Er wappnete sich gegen den Aufprall. Ein heftiger Aufschlag erfolgte, das Boot schaukelte seitwärts, als wäre es unter Wasser gegen einen Fels geschmettert, dann drehte es sich in wildem Gischt um hundertachtzig Grad. Eine zweite Flosse schoß vorbei, die Spitze weit über einen halben Meter aus dem Wasser, die Haut ein fleckiges Weiß und mit Narben durchzogen. Das Auge des Hais so groß und schwarz wie eine Billardkugel.

Walroß drehte den Knüppel des Motors, beschleunigte, dann wendete er und raste hinaus aufs Meer. Bracken kämpfte grimmig gegen eine Ohnmacht an, das Schlagen des Bootes gegen die Wellen verursachte ihm unerträglichen Schmerz, Galle füllte seinen Hals. Er plagte sich über das Dollbord und spuckte Erbrochenes gegen die Bootseite. Dann blickte er zurück. Das Haipaar schoß näher. Bracken brauchte ihn nicht zu warnen: Walroß hatte sie ebenfalls bemerkt und ging auf Höchstgeschwindigkeit. Das Boot war bereits auf Gleitfahrt, schnellte über die Wellenkämme und ließ die Haie zurück, die unerklärlicherweise nach Süden wendeten.

Walroß deutete mit dem Finger. Zwanzig Meter steuerbord plagte sich Vierro mit noch umgeschnalltem Tauchgerät durch das Wasser. Ein Schaft ragte aus seiner Schulter. Er winkte schwach und machte eine Schwimmbewegung auf das Boot zu.

Die Haie rammten ihn in einer Explosion gischtenden Wassers und Blutes. Wie zwei unartige Kinder, die sich um eine Puppe stritten, sausten sie in verschiedene Richtungen davon, jeder mit Teilen von Vierro zwischen den Kiefern. In Sekundenschnelle war alles vorüber. Ein kleinerer Hai schwamm herbei, um den Picknickplatz zu säubern, während das Zwillingspaar sich küstennäheren, blutigeren Gefilden zuwandte.

Walroß drosselte den Motor, dann riß er sein T-Shirt über den Kopf und beugte sich über Bracken.

»Eine verteufelte Weise abzunehmen, Skip«, sagte er, und preßte das Baumwollhemd in die Wunde an Brackens Seite.

Die Sonne war eine glühend rote Scheibe am Osthorizont. Bei kräftigem Nordwind und gischtender See stemmte Walroß Bracken aus dem Schlauchboot über die Reling auf das Deck der *Pampero*. Er lehnte ihn gegen den Kajütaufbau und verschwand nach unten; mit dem Erste-Hilfe-Koffer kehrte er zurück. »Ich werde dir keine ganze

Ampulle Morphium spritzen, nur mit etwa einem Drittel um die Wunde herum einstechen für eine örtliche Betäubung. Ist dir das recht?«

Bracken nickte. Er hätte zwar lieber die ganze gehabt, aber er wußte, daß Walroß ihn brauchen würde, um die *Pampero* auf den Weg zu den Bahamas zu bringen.

Nachdem er um den Rand der Wunde herum eingestochen hatte, wusch Walroß das zerfetzte Fleisch mit Wodka, puderte Antibiotika darauf und flickte sie mit einer Segelnadel und Dacronzwirn zusammen. »Nur eine Fleischwunde«, kommentierte er, machte den letzten Stich und einen Kreuzknoten. »Sauber durch das Fett an deiner Hüfte. Möglicherweise ist eine Rippe angeknackst. Wie fühlst du dich?« Bracken stöhnte überzeugend. »Okay, es tut also weh. Aber schlimm ist es nicht.«

Walroß legte Verbandstoff auf die Wunde und befestigte ihn mit Klebeband. »Gönn dir zwei Flaschen Mount Gay und mir zwei Stunden Schlaf.« Er wischte sich die Hände an den Jeans ab. »Meinst du, du hast Raul ausgeschaltet?«

»Er blutete ein bißchen an ein paar Stellen, wo ich ihn erwischt habe. Keine tödlichen Verletzungen, aber das dürfte den Haien egal sein. Wahrscheinlich sieht Raul sich bereits den Verdauungstrakt eines Hammerhais von innen an.« Angeheitert von dem Morphium kicherte Bracken. Er schätzte, daß Raul gegen Mittag Haischeiße sein würde – Flaschen, Maske, Bleigürtel und der ganze Rest.

Die Sonne, nicht mehr rot, sondern golden, stand nun etwa zwei Fingerbreit über dem Horizont. Sie mußten los, mußten verschwunden sein, ehe die Coast Guard sich hier umsah. Wenn sie an Bord kam, war jede Möglichkeit verspielt, Jean von der *Victoria* zu holen.

Bracken startete den Motor, schob den Schalter auf vorwärts und fuhr über die Kette, als die Ankerwinde Glied um Glied einholte. Walroß zog an den Fallen, und setzte Groß- und Vorsegel. Bei diesem Wind wäre es besser, ein Reff einzubinden und den kleineren Klüver anzuschlagen. Aber die Zeit drängte, und er konnte sich Vorsicht nicht leisten.

Der Oberst würde am Funkgerät auf die Meldung warten, daß der Shuttle vernichtet war. Und wenn er unversehrt blieb, was dann? Wenn er es richtig sah, würde der Oberst auf den Start warten und den Shuttle dann auf irgendeine andere Weise zerstören.

Wieder dachte er daran, die Coast Guard zu rufen. Aber dann käme es zu den ganzen Formalitäten mit den bahamischen Behörden. Bahamisches Hoheitsgewässer. Und so grün waren die beiden Länder sich nicht.

Das Einzelbandradio fiel ihm ein. Es hatte eine große Reichweite. Er könnte damit vermutlich die NASA direkt erreichen, aber auf welcher Frequenz? Lu wußte, wie man mit dem verdammten Ding umging. Aber selbst wenn es ihm ohne seine Hilfe gelänge, mit dem Gerät zurechtzukommen und die Frequenz zu finden, war immer noch fraglich, ob man ihm glauben würde. Bestenfalls würden sie ihn für einen Verrückten halten; im schlimmsten Fall könnten sie ihm glauben, und das würde dazu führen, daß die bahamische Polizei die *Victoria* stürmte. Weder das eine noch das andere wäre eine Lösung. Er hatte lediglich noch eine Karte zum Ausspielen: Lus Kenntnis von Phase 2 – das Schlüsselwort.

Als Groß- und Focksegel oben waren, straffte sich die Ankerkette, der Anker löste sich aus dem sandigen Grund. Walroß holte ihn ein und heißte Stagsegel und Klüver. Zehn Minuten später pflügte die *Pampero* raumachterlich über den Golfstrom, und die Seen spülten über das Deck. Über neunzig Meilen zu den Bahamas, doch mit etwas Glück würden sie gegen Sonnenuntergang dort sein. Aber was er dann tun würde, wußte Bracken noch nicht.

8.12 Uhr

Bracken saß am Ruder, seine Seite schmerzte, und sein Kopf war benommen. Walroß war vor einer Weile hinuntergegangen und kehrte jetzt mit zwei lauwarmen Bieren zurück. »Lu ist wieder klar, aber er klagt über Schmerzen. Er möchte eine Tablette. Unter dem Spülbecken in der Kombüse steht Rattengift.«

Bracken übergab Walroß das Ruder. »Steuere in etwa eins fünfundvierzig. Sobald ich den Satnav konsultiert habe, kriegst du die Kursänderung.«

Walroß nickte bestätigend.

Auf Deck hatte sich die *Pampero* felsenfest angefühlt, doch unten spürte er, wie das ganze Schiff erbebte und ächzte, wenn es gegen die Brecher des Golfstroms schmetterte. Bereits jetzt hörte er Bilgewasser unten gegen den Boden schwappen. Es würde ein endloser Tag werden, und bei seiner Müdigkeit und den Schmerzen hätte Bracken nicht darauf gewettet, daß er den nächsten Tag erleben würde. Unwillkürlich lächelte er. Wenn nicht, fand er wenigstens seine Ruhe.

Lus Gesicht hatte die Konsistenz und Farbe von Brotteig, und es glitzerte von Schweißperlen. Er rollte die Augen seitwärts, als Bracken die Achterkajüte betrat.

»Wo sind Vierro und Raul?« Seine Stimme war ein flüsterndes Krächzen.«

»In einem Haimagen.«

»Humberto ...?«

»Halbtonn? Weiß ich nicht genau. Er entschloß sich zu schwimmen. Dürfte schon fast in West Palm sein. Aber keine Angst. Sobald er an den Strand watet, wird die Einwanderungsbehörde ihm sofort die Staatsbürgerschaft geben, dazu Essenmarken für ein Jahr und eine unbegrenzte Mitgliedschaft im Polo-Club.«

Lu wandte den Kopf ab. »Ihr Humor ist wohl zu hoch für mich, Bracken. Der Shuttle ...?«

»Wurde noch nicht gestartet, denn wenn, hätten wir es sehen müssen. Der Verlust Ihrer 23-mm-Telemetrie-Ausrüstung tut mir leid. Ich hätte sie liebend gern dem Internationalen Gerichtshof oder den Vereinten Nationen ausgehändigt. Ich frage mich, welche Folgen es gehabt hätte.«

»Keine, Bracken. Sowohl Vierro wie Raul waren kubanische DGI-Agenten, die während Carters Mariel-Affäre in die USA geschickt wurden. Beide haben Aufenthaltsgenehmigungen. Für den Fall, daß sie erwischt worden wären, war alles so arrangiert, daß die Behörden sie für Terroristen einer radikalen Anti-Castro-Gruppe gehalten hätten. Deshalb haben wir auch Kubaner für diesen Teil der Operation eingesetzt. Keinerlei Spuren, die darauf hinweisen könnten, daß Sowjets die Hand im Spiel haben.« Er drehte sich wieder zu Bracken um. »Ich möchte losgebunden werden, Bracken. Und ich brauche etwas gegen die Schmerzen.«

Bracken wollte diesen Moment genießen, aber er konnte es nicht. Er versuchte die Erinnerungen heraufzubeschwören, als ihm die Arme aus den Gelenken sprangen, an die Bambusstöcke, an Willie, aber es war so vage, so fern. »Wo haben Sie Schmerzen?«

»In Schulter und Brust, die Nase ist gebrochen und mein Kopf hämmert.«

Bracken beugte sich über ihn, und untersuchte als erstes Lus Augen. Die Pupillen waren erweitert, das war kein gutes Zeichen. Er fühlte Lus Stirn, klamm und übermäßiger Schweiß. Er konnte keine Diagnose stellen, aber er nahm an, daß Lu eine Gehirnerschütterung hatte.

Die Nase war nicht nur gebrochen, sie war zerschmettert. Es gab Schwellungen, und das Fleisch unter den Augen färbte sich purpurn. Er öffnete Lus Hemd. Blutergüsse und Abschürfungen, aber anscheinend nichts gebrochen. Dann der Kopf. Wie ein Ei, aber keine offenen Wunden, nur äußerst empfindlich.

»Au!« schrie Lu, als Bracken ihn vorsichtig betastete.

»Nichts von Bedeutung. Ich habe schon Schlimmeres gesehen. Das Problem ist nur, was soll ich mit Ihnen tun?«

»Binden Sie mich los.« Er versucht immer noch zu befehlen, dachte Bracken. Manche geben eben nie auf.

»Laufen Sie nicht davon, ich schaue nach, ob ich etwas gegen die Schmerzen habe.«

Bracken steckte den Kopf durch das Niedergangsluk. Walroß trank das zweite Bier und brummelte vor sich hin.

»Ist der Shuttle schon zu sehen?« brüllte Bracken über den Wind.

Walroß schüttelte den Kopf.

Wieder unten schaltete Bracken das Schiffsradio ein. Er mußte sich fünf Minuten Sportergebnisse und drei Minuten Werbung anhören, ehe er etwas über die Raumfähre erfuhr. Es wurde erwogen, den Start auf morgen zu verschieben. Starke Windböen und die Kaltfront, die Florida früher als vorhergesagt erreicht hatte, wurden als Grund angegeben.

Bracken schaltete ab. Da in den nächsten vierundzwanzig Stunden voraussichtlich nichts unternommen werden konnte, rechnete der Oberst zweifellos damit, daß die *Pampero* irgendwo vor dem Cape blieb, schließlich sollten seine Leute es am nächsten Tag noch einmal versuchen. Er würde also sicher nicht erwarten, daß die *Pampero* schon an diesem Abend in North West Cay auftauchte.

Aus dem Schiffssafe holte er eine Morphiumampulle. Blieben noch drei. Er hätte gern eine für sich selbst benutzt, aber das konnte er sich nicht leisten. Er mußte sich mit Kodein zufriedengeben.

Er stapfte nach achtern und stemmte sich gegen das Schlingern des Schiffes. In der Kajüte hielt er das Morphium hoch. Lus Augen glitzerten kurz erwartungsvoll.

»Hier ist das Zeug, aber vielleicht könnten wir uns zuvor noch ein wenig unterhalten?«

Lu starrte ein paar Sekunden an die Decke, dann wandte er das

Gesicht Bracken zu. »Von mir bekommen Sie keine Information. Nichts!«

»Okay. Ich bekomme also nichts. Dann kriegen auch Sie nichts. Nur fair.« Er ließ sich auf die gegenüberliegende Koje fallen und lehnte sich an das Schott. »Wir segeln nach North West Cay. Es wird eine ungemütliche Fahrt.«

»Verdammt, Bracken! Ich brauche was gegen die Schmerzen.«

»Erheben Sie doch Anklage. Das tun alle. Vergessen Sie die Schmerzensgeldforderung nicht. Und schlagen Sie Sachbeschädigung drauf. Eine Million läßt sich damit mindestens herausschlagen. Wissen Sie was? Ich verweise Sie sogar noch an ein New Yorker Anwaltsbüro, das sich auf Charterversicherungsbetrug spezialisiert.«

Langes Schweigen. Lu wandte den Kopf wieder ab. Er hatte die Zähne zusammengebissen, ob aus Schmerzen oder Entschlossenheit war schwer zu sagen.

Schließlich sagte er: »Ich weiß nichts, was Sie inzwischen nicht auch schon wissen. Die ganze Operation war aufgeteilt. Mein Job war, die *Pampero*, Humberto, Raul und Vierro zum Cape zu bringen.« Seine Augen schwammen. »Geben Sie mir jetzt die Spritze, Bracken. Ich habe Ihnen gesagt, was ich weiß.«

»Wie *Humpty Dumpty*, Phase 1. Sie haben mir alles darüber erzählt, nicht wahr?«

Lu war sichtlich erstaunt. »Woher wissen Sie ...?«

»Sie sind nicht in einer Position, irgendwelche Fragen zu stellen.« Er legte die Finger über Lus gebrochene Nase. »Ziemlich verdreht, Ihr Riechorgan, Lu. Muß gerichtet werden. Hatte einen Onkel, der Farmer war. Brach seine Nase mit einem Schraubenschlüssel, der ihm ausgerutscht ist, als er seinen Traktor reparierte. Hat einfach seine Nase zwischen die Finger genommen und gedreht.« Er drückte leicht auf das geschwollene Fleisch, und Lu schrie.

»Schmerzt, nicht wahr? Aber nicht so schlimm wie ein aus dem Gelenk gezerrter Arm. Oder wie ein Bein, das zum Abfallen brandig ist. Nicht so anhaltend, als wenn man sich von Rattendreck und fauligen Kürbissen ernähren muß und einem der Hunger die Eingeweide zerfrißt. Nur ein bißchen schmerzhaft.« Er drückte härter, faßte die Nase mit zwei Fingern und drehte sie vorsichtig. Lu stieß einen langen, schrillen Schrei aus, bäumte sich gegen seine Fesseln auf und sackte wieder auf die Matratze zurück.

»*Humpty Dumpty*. Das war Phase 1, aber Ihr Boß traute es Ihnen nicht ganz zu, daß Sie sie mit Erfolg zu Ende führen würden, deshalb dachte er sich noch einen Ersatzplan aus. Irgendwie kann er den Shuttle zerstören, wenn es in der Umlaufbahn ist, nicht wahr? Durch ein Funksignal, nehme ich an. Was ist das Schlüsselwort für Phase 2, Lu?«

»Ich kenne keine Einzelheiten. Er hat es mir nicht gesagt, und es würde Ihnen auch nichts nützen, wenn ich mehr wüßte.«

Also ein neuer Versuch. Bracken tupfte mit dem Zeigefinger auf den geschwollensten Teil von Lus Nase. Wieder schrie Lu gellend, er preßte die Lider zusammen, trotzdem rannen ihm Tränen über die Wangen. »Morphium!« krächzte er.

»Erst wenn ich das Schlüsselwort habe!« Bracken verließ die Kajüte und betrat den Maschinenraum. Das Schwappen war stärker. Er startete den Generator und schaltete die Bilgepumpe ein, dann holte er eine Zange aus dem Werkzeugkasten.

Lu zerrte mit Händen und Füßen an den Stricken und bäumte sich in seinen Fesseln auf.

Die Zange öffnend und schließend, näherte sich Bracken ihm. »Meine eigene Version von Phase 2. Die Finger waren Phase 1, jetzt ist die Zange dran.«

»Weg!« gellte Lu. Nun sprach echte Angst aus seinen Augen, und Bracken wußte, daß er weitermachen mußte. Er hielt die Zange über Lus Nase, senkte sie und berührte den Rand der Nase nur unmerklich. Lu starrte mit flehendem Blick zu ihm hoch.

»Ziemlich krumm, Ihr Zinken, Major Lu. Aber ich kriege ihn schon wieder gerade mit meinem alten, zuverlässigen, rostigen Naseneinrichter.« Er drückte ganz leicht.

»Jabberwocky«, schrillte Lu. »Das ist der Name des Gedichts, aber mehr weiß ich nicht. Ich kenne die Verse nicht, und weiß auch nicht, wie Phase 2 funktioniert. Ich weiß nur, daß der Plan ein Funksignal von der Schüsselantenne auf der *Victoria* zu dem japanischen GINGA-Satelliten vorsieht. Aber was passiert, wenn es empfangen wird, weiß ich nicht.«

»Sie wissen noch mehr! Wenn er Ihnen den Namen des Gedichts sagte, warum dann nicht den Text?«

»Auf Befehl seines Vorgesetzten war ich der Ersatzmann.«

»Warum sollte ein Ersatzmann erforderlich sein?«

»Er hat ein schwaches Herz und Übergewicht. Er hatte bereits zwei leichtere Schlaganfälle. Falls er starb, komatös würde oder stockbesoffen – wie auch immer, wenn er dazu nicht imstande war, sollte ich die Kodewörter für Phase 2 aus dem Schiffssafe der *Victoria* bekommen, und das Funksignal nach dieser Information senden.«

»Von wem ist das Gedicht?«

Lu schwang den Kopf von einer zur anderen Seite. »Lewis Carroll. Der Oberst war nach dem Zweiten Weltkrieg als Geheimdienstoffizier in England stationiert. Englische Literatur ist eines seiner Hobbies.«

»Wieso hat er Ihnen überhaupt soviel verraten?«

»Er war betrunken. Und wenn er betrunken ist, redet er mehr, als für ihn gut ist. Jedenfalls brachte ich ihn dazu, mir den Namen des Gedichts zu nennen. An dem Morgen, als wir Kuba verließen, versuchte ich noch mehr über Phase 2 von ihm zu erfahren, aber da wurde er sehr ungemütlich.«

Bracken legte die Zange zur Seite und griff nach der Morphiumspritze. Lus Augen hafteten auf ihr wie die eines Verhungernden auf einer Platte mit Roastbeef und Kartoffeln, die gerade auf den Tisch kam.

»Wo sind die restlichen Waffen? Vierro hatte eine 22-mm-Pistole, und es gab eine zweite Maschinenpistole.«

»Ziehen Sie die unterste Lade der Kommode heraus. Ganz hinten, in Mülleimerbeuteln.«

Bracken zog die Beutel heraus und leerte sie auf den Kajütenboden. Die 22er war etwa so nützlich wie Zitzen an einem Keiler, aber die Maschinenpistole, eine kubanische SMG-22, Kaliber 9 mm, hatte zwei volle Ladestreifen mit je vierzig Patronen dabei.

»Jetzt das Morphium, Bracken. Ich habe Ihnen alles gesagt, was ich weiß.«

Es gab noch eine Menge unbeantworteter Fragen. Information, die er brauchte. Aber für den Augenblick mußte er sich mit dem Wesentlichen begnügen.

Er hielt die Spritze hoch und nahm den Verschluß ab. »Noch nicht. Noch nicht ganz.« Er zog sein T-Shirt hoch. Die Klebestreifen hielten, aber der Verband war rot getränkt. »Das ist das letzte Morphium, Lu. Schauen Sie her! Ein Großkaliberloch von einem Bang Stick. Fünf Zentimeter weiter links, und ich wäre tot. Aber ich sage Ihnen noch was. Es tut verteufelt weh. Also befinde ich mich in einem Dilemma: Ob ich das Morphium Ihnen oder mir spritzen soll.«

»Sie haben es mir versprochen. Verdammt, Bracken, Sie haben es mir versprochen!«

In vorgetäuschter Verwunderung zog Bracken die Brauen hoch.

»Tatsächlich? Ich glaube nicht, daß ich es Ihnen versprochen habe, Lu. Aber ich bin müde. Kann nicht mehr klar denken. Es spielt ja nicht wirklich eine Rolle, oder? Wenn man Ihre Lage bedenkt, und meine.«

»Ich weiß bestimmt nicht mehr. Das ist die reine Wahrheit!«

Es klang nicht ganz echt. Zu schnell. Ein sechster Sinn ließ Bracken nicht Ruhe geben. Behutsam legte er die Spritze auf die Kommode. »Was noch, Lu? Was ist mit dem Zeug?« Er fragte es auf gut Glück. Er wußte nicht, ob es tatsächlich noch was gab, aber »Zeug« war ein gutes Wort – anwendbar für so ziemlich alles.

Lu zögerte gerade lange genug, um Bracken zu überzeugen, daß es »Zeug« gab. Was immer es war.

»Was ist mit dem Zeug, Lu?« wiederholte er.

Lu schüttelte den Kopf, doch seine Augen logen.

Bracken nahm die Spritze, drehte Lu den Rücken zu und ging zur Tür.

»In der Bilge, unter den Bodenbrettern der Kombüse ... sind zehn Kilo Plastiksprengstoff. Der Detonator hängt an einer Art Verzögerungszünder.«

»Wie wird er gezündet?«

»Vom Detonator führt eine Plastikangelschnur zu einer Leiste unter dem Kühlschrank. Sobald wir in den Bahamas angekommen wären, hätte die *Victoria* die zwei Mädchen herübergeschickt. Meine Männer und ich wären dann mit dem Beiboot zur *Victoria* gefahren. Bevor ich an Deck ging, sollte ich an der Angelschnur ziehen. Die Zündung wäre sechzig Minuten später erfolgt. Zu der Zeit wären Sie schon auf Südkurs auf dem offenen Meer gewesen.«

»Schön, Lu.« Er stach die Nadel in Lus Hüfte und drückte auf die Spritze. Fast unmittelbar ließ Lu mit weiten Augen den Kopf ins Kissen zurückfallen, seine Züge entspannten sich, seine Gesichtsmuskeln erschlafften. »Ich dachte nicht, daß Sie es mir doch noch geben würden, Bracken.«

»Wenn Sie noch mal eine brauchen, unterhalten wir uns wieder.«

Lu lächelte und glitt die endlose Rampe hinunter in Euphorie.

»Hast du den neuen Kurs?« brüllte Walroß über das Heulen des Windes hinweg, als Bracken den Niedergang hochkam. Es war kalt, unter zehn Grad, und der steife Nordwind blies mit fünfunddreißig Knoten.

»Eins zweiunddreißig mißweisend. Wie ist die Fahrt?«

»Rauh. Hast du nach der Bilge gesehen?«

»Hab' soeben die Pumpe eingeschaltet. Wir lecken ein bißchen.«

Walroß wischte über seinen tropfenden Schnurrbart und quetschte das Salzwasser aus den hängenden Haaren. Walroß hatte kein Vertrauen zu elektrischen Bilgepumpen. Er sagte immer, die verläßlichste Pumpe sei ein Mann, dem das Wasser über die Knie schwappt und der mit einem Eimer schöpft, um nicht zu ersaufen.

»Ich komme gleich wieder«, brüllte Bracken.

»Bring mir meine Pijacke, mir friert's die Eier ab.«

Bracken tauchte wieder nach unten, schob eine Kodeintablette in den Mund, holte aus der Kajüte warme, wasserdichte Sachen und aus der Kombüse Bananen und Bier.

Zurück auf Deck kämpfte er sich nach achtern zum Cockpit und duckte sich, als eine Welle über die Reling schlug.

»Wie geht es unserem Freund?« Die Banane verschwand mit zwei Bissen in Walroß' Mund, die Schale warf er nach Lee, und sie verschwand achteraus im schäumenden Kielwasser.

»Ich habe ihm Morphium gegeben. Er wird überleben.«

»Hast du was rausgefunden?«

»*Jabberwocky* ist der Name eines Gedichts. Sein Text enthält die Schlüsselwörter für Phase 2.«

»Shit! Ich hab's schon mal gelesen.« Er schnippte mit den Fingern. »Englischer Schriftsteller – ah, ah – sein Name liegt mir auf der Zunge ... *Dodgson!* Charles Lutwidge Dodgson. Aus *Through the Looking Glass.*«

»Falsch. Lewis Carroll.«

»Pseudonym. Lewis Carroll war Dodgsons Pseudonym.«

»Wann hast du was anderes gelesen als Melville, Mansfield und Micky Maus?«

Walroß bedachte Bracken mit einem finsteren Blick. »Was hast du gegen Poesie?«

»Nichts. Es überrascht mich bloß. Wie kommt es, daß du dich daran erinnerst?«

»Carroll schrieb auch das Gedicht vom Walroß und vom Zimmermann, das ist ebenfalls aus *Through the Looking Glass.*«

»Hast du es an Bord?«

Walroß lehnte sich im Rudergängersitz zurück und überlegte. Schließlich schüttelte er den Kopf. »Wahrscheinlich nicht das ganze Gedicht, aber in gekürzter Form. Im *Penguin Dictionary of Quotations* müßte es zu finden sein. Hat Lu sonst noch ein paar Perlen der Weisheit von sich gegeben?«

»Wir sitzen auf einer Bombe. Sie haben sie in Kuba installiert, vielleicht sogar schon früher.«

Walroß zog die triefenden Brauen hoch. »Wie soll sie gezündet werden?«

»Der Detonator hat einen Zeitzünder. Man zieht an einer Schnur, und sechzig Minuten später geht sie in die Luft. Verstehst du was davon?«

Die *Pampero* stieß in eine riesige Welle. Der Bug grub sich hindurch, und als er sich wieder hob, rauschte blaues Wasser das Deck hinunter. Bracken spürte den Schauder, der durch das Schiff zog, sah wie die Masten sich gegen die Takelung stemmten. Großer Gott, fragte er sich, wie lange kann das Schiff das durchhalten, ehe es auseinanderbricht?

Walroß brüllte etwas zurück, aber der Wind verschlang die Worte.

»Ich sagte, ich hab' die übliche Ausbildung mit Sprengkörpern im Camp Lejeune gehabt, als ich beim Korps war. Kein Problem, sie zu entschärfen, sofern die Kubaner nicht irgendwelche Fallen eingebaut haben.«

»Das muß als erstes erledigt werden. Dann kommt erst das Buch dran. Schaust du mal nach der Bombe?«

»Dafür bezahlst du mich ja, Skip. Daß ich idiotische Risiken eingehe.« Walroß rutschte hinter dem Steuerrad hervor, und hielt es fest, bis Bracken es übernommen hatte. »Soll ich das Schlauchboot an Deck bringen?«

»Was sollte ich mit dem Ding an Deck?« fragte Bracken.

»Für den Fall, daß ich die Drähte durcheinanderbringe.«

»Wenn sie explodiert, bist du gefeuert, Walroß, und wir beide sind tot.«

»Ja, wie es so schön heißt: Asche zu Asche, Staub zu Staub. Das Gute daran ist, daß wir alle biologisch abbaubar, ja sogar wiederverwertbar sind.« Er stapfte zum Niedergang und stieg hinunter.

»Ich hoffe nur, daß du bei der Ausbildung nicht geschlafen hast!« brüllte Bracken ihm nach. Aber das würde sich ja bald herausstellen.

12.00 Uhr

Der Wind blies immer noch heftig aus dem Norden, aber sie hatten den schlimmsten Teil des Golfstroms hinter sich, und die aus dem Norden herbeirollenden Aquamarinwogen wurden länger. Die Kaltfront färbte den Musselinhimmel weiß, und wo er mit dem Meer zusammentraf, hatte der Horizont einen Zackenrand grüner Brecher.

Walroß hatte ein Penguin-Taschenbuch mit eingemerkter Seite auf dem Salontisch bereitgelegt, doch zuerst nahm er sich den Sprengkörper vor.

Bracken stützte sich auf den Tisch und studierte die Plastikbombe. Walroß hatte sie in Frottiertücher gebettet und das ganze Zeug in einen Karton gepackt und mit Abfederungsseil festgebunden. Der Detonator war ein kleiner Zylinder mit Zugring, an den eine fünf Meter lange Angelleine gebunden war. Genau wie Lu es beschrieben hatte, mit einer Ausnahme. In den Zeitzünder war etwas eingeprägt: *10 Segs*. Die Abkürzung für *segundos*, also Sekunden. Lu hätte es nicht einmal an Deck geschafft, ehe das Schiff in die Luft flog. Die *Pampero* hatte zwölfhundert Liter Dieseltreibstoff an Bord und zwei Flaschen Propangas. Sie wäre aufgeflammt wie Seidenpapier in einem Buschfeuer. Der Oberst wollte keine überlebenden Mitwisser! Interessant. Er fragte sich, wie Lu auf diese Neuigkeit reagieren würde.

Als nächstes schaute Bracken nach dem Satnav. Sie kamen gut voran. Er setzte sich an den Navigationstisch, um das Besteck zu nehmen und zu berechnen, wann sie in North West Cay eintreffen würden. Stechzirkel, Kurslineal, Entfernung abstecken, das Ergebnis in den Rechner tippen. Er kam auf frühestens neunzehn Uhr, im letzten Licht der Abenddämmerung. Dann wandte er sich dem Nautischen Jahrbuch zu, Mondaufgang null Uhr elf.

Ihm wurde bewußt, daß er zwar berechnete, wie die *Pampero* von Punkt A nach Punkt B kam, ohne jedoch eine Ahnung zu haben, wie es bei Punkt B weitergehen würde. Den alten Bluff mit einem vorgeschlagenen Austausch durchziehen? Schwerlich, da sie nur noch Lu für Jean und Pam anzubieten hatten. Trotzdem war es die einzige Möglichkeit, denn ein Versuch, die *Victoria* zu stürmen, würde bedeuten, daß acht oder neun automatische Waffen seiner einen gegenüberstanden. Um es auch nur mit der kleinsten Erfolgschance durchführen zu können, brauchte er Lus Mithilfe, selbst wenn sie nicht freiwillig sein würde. Aber eine Kanone im Rücken war ein überzeugendes Argument.

Unbewußt hatte er etwas wie einen Vogel gekritzelt. Der Jabberwocky? Er erinnerte sich jetzt an das Gedicht aus seiner High-School-Zeit. Es war ein Nonsens-Gedicht, das weder er noch seine Klassenkameraden verstanden hatten. Vage entsann er sich, daß ihr Englischlehrer einen inzwischen vergessenen Grund genannt hatte, weshalb sie dieses Gedicht lernen sollten. Aber damals hatte er sich mehr dafür interessiert, wie er es anstellen sollte, Sue Zborowsky zu einer Mondscheinfahrt in seinem 1937er Chevy zu überreden.

Jabberwocky: Der Schlüssel zu Phase 2. Er schlug das Buch an der eingemerkten Seite auf. Er überflog sie nach irgendeinem Hinweis auf den »Jabberwocky« fand jedoch nur einen:

Beware the Jabberwock, my son!
The jaws that bite, the claws that catch!
Beware the Jubjub bird, and shun
The frumious Bandersnatch!

Vielversprechend. Sehr dunkle Untertöne. In der Kapitänskajüte zog er Jeans portablen Computer aus seinem Versteck unter der Koje hervor. Er schaltete ihn nach der Anleitung auf dem Deckel ein und tippte die Gedichtzeilen ein.

Der Computer schnarrte und rügte ihn mit der Bildschirmanzeige:

PASSWORD(S) INCORRECT

Er versuchte sich zu erinnern, was Jean gesagt hatte. Irgendwas, daß die besten Schlüsselwörter solche ohne erkennbare Bedeutung waren. Beim Knacken von verschlüsseltem Text suchten Computer nach bekannten Buchstabenkombinationen und -verteilungen.

Er probierte es ohne Erfolg mit einem anderen Zitat, dann blätterte er zurück und las:

Twas brillig, and the slithy toves
Did gyre and gimble in the wabe;
All mimsy were the borogroves,
And the mome raths outgrabe.

Mit zitternden Fingern tippte er die ersten beiden Zeilen, dann drückte er spontan auf die Eingabetaste. Der Computer seufzte ein wenig, als bedauere er es, schon so schnell sein Geheimnis preisgeben zu müssen, und erklärte ihm auf dem Schirm:

PASSWORD(S) APPROVED PHASE TWO
SELECT MENU ITEM

20

19. Juli, 12.35 Uhr

Es war alles da, in fünf verschiedenen Dateien: die aufgrund der Startzeit ermittelte polare Umlaufbahn, die geschätzten Zeiten, wann der Shuttle in Funkreichweite der Bahamas sein würde, Konstruktionszeichnungen des japanischen GINGA-Satelliten, eine detaillierte Darstellung der Ereignisse nach Sendung des Funksignals von der *Victoria* und ein Überblick über die sowjetische Bergungsoperation.

Nach der ganzen Paranoia, die Bracken durchgemacht hatte, erkannte er nun, daß die Sowjets die Raumfähre nicht direkt vernichten würden. Nein, nicht so simpel, nicht so direkt. Seine Annahme war naheliegend gewesen, aber falsch. Er überflog die Dateien und konzentrierte sich schließlich auf eine Tabelle der REM-Wert-Entwicklung und -Stärke.

Von Atomphysik verstand er nicht viel, wohl aber das Grundprinzip und was sich daraus folgern ließ. Das Wichtigste waren die REM-Zahlen, und sie waren verdammt hoch, bis über achttausend in den ersten fünfzehn Minuten nach dem Empfang des Funksignals.

Phase 2 war so subtil wie ein Vorschlaghammer. Wenn die Sowjets sie durchziehen konnten, würde die Entwicklung der amerikanischen bemannten Weltraumfahrt um ein Jahrzehnt oder länger zurückgeworfen werden. Zweifellos würde es in der Regierung zu totaler Verwirrung und Verteufelung kommen, zu zahllosen Prozessen, zu einer Jahre dauernden Untersuchung durch den Kongreß, und die Nation würde sich Jahrzehnte lang einer Selbstgeißelung unterziehen. Ob nun gut oder schlecht, das SDI-Programm würde auf dem Zeichentisch und in den Laboratorien sterben. Doch was vielleicht am wesentlichsten war, die Sowjets würden in der Weltraumverteidigungstechnologie zwei Generationen überspringen, was garantierte, daß ein sowjetischer Erstschlag unbestraft bliebe. Die Folgerungen waren erschreckend. Das Ganze war so simpel und doch einfach brillant.

»Skip! Komm hoch! Schnell!«

Bracken schaffte es zum Kopf des Niedergangs in fünf Sekunden, und sein Blick folgte Walroß' deutendem Finger. Ein greller Flammenpunkt auf einem weißen Abgasschaft schoß durch die Troposphäre nach Süden auf seine polare Umlaufbahn zu. Gebannt beobachtete Bracken, wie er immer kleiner wurde und die Schwärze des Alls ihn schließlich verschluckte. Also hatte die NASA bis zum letzten möglichen Moment gewartet und den Start doch noch heute durchgeführt!

Eine Nachrichtensendung aus Miami bestätigte es. Ein unerwartet seine Richtung änderndes Tiefdruckgebiet aus dem Golf von Mexiko war am Vormittag zuvorkommenderweise über die Südspitze Floridas herbeigezogen, hatte den Höhenwind abgeschwächt und die Temperatur im Süden schnell wieder ansteigen lassen. Irgend jemand hoch oben in der NASA mit vielleicht mehr Mut als Verstand hatte für einen raschen Start plädiert, und die NASA hatte ihn mit kollektiv gehaltenem Daumen gewagt. Der schließlich erfolgte Countdown und Liftoff wurden vom Nachrichtensprecher als »mustergültig« bezeichnet. Nach einem Blick auf die Uhr schätzte Bracken die Startzeit, dann überprüfte er die vorhergesehenen Orbitangaben am Computer. Die Zeit könnte gerade noch reichen.

Bracken kehrte in die Plicht zurück und ließ sich neben Walroß fallen. »Sie könnten es schaffen.«

»Wer könnte was schaffen?«

»Die *Victoria* den Shuttle vernichten.« Er erklärte es mit einfachen Worten.

»Diese verfluchten Hunde! Diese verdammten borschtschfressenden Hunde!« Walroß' Gesicht war eine bleiche Maske von Grimm. »Was ist der früheste Zeitpunkt, an dem sie senden könnten?«

»Ich habe gerade die Berechnungen der polaren Umlaufbahn auf Jeans Computer überprüft. Der Shuttle dürfte um etwa einundzwanzig Uhr zwanzig in Sendereichweite der Bahamas sein. Wir müßten ungefähr um neunzehn Uhr dreißig dort sein.«

»Wir haben also maximal eine Stunde und fünfzig Minuten«, stellte Walroß fest. Er zündete sich eine feuchte Camel an und sog heftig, um sie zum Brennen zu bringen.

»Pam und Jean ...« Bracken hatte nicht vorgehabt, es zu sagen, es kam ganz von allein.

»Denk um Himmels willen nicht an sie! Wenn die Armee einem befiehlt, die Anhöhe zu nehmen, stellt man keine Fragen, und man denkt besser nicht an die Menschen, die einem nahestehen. Man salutiert nur zackig, dann stürmt man den Hang hoch, bis man umfällt. Man darf nicht anhalten, bis man oben ist. Und dann zählt man die Verluste.«

Bracken nickte, ihm wurde bewußt, wie gering ihre Chancen waren.

»Hast du schon eine Vorstellung, was wir machen werden?«

»Erst mal eine Inventur: Wir haben ein kubanisches SMG und dazu zwei Ladestreifen mit je vierzig Patronen, die halbautomatische 22er mit einem Ladestreifen, die Walther, falls du sie zum Funktionieren bringst, und den Plastiksprengstoff. Wenn wir versuchten, die *Victoria* gemeinsam zu stürmen, würden wir, so wie ich es sehe, aus den Sätteln geschossen, noch ehe wir das Deck erreichten. Wir müssen getrennt versuchen, die *Victoria* in die Luft zu jagen und das Radom zu zerstören. Sowohl das eine wie das andere würde verhindern, daß das Signal gesendet werden kann, und es würde unsere Chance, den Job zu Ende zu bringen, verdoppeln. Walroß, du hast mehr Erfahrung mit Sprengstoffen als ich. Glaubst du, du könntest den explosiven Teil unserer Operation übernehmen?«

»Hab' bereits darüber nachgedacht. Ja, mach' ich.«

»Dann kümmere ich mich um das Radom. Sind die Kuppeln dieser Dinger sehr widerstandsfähig?«

»Es ist eine dünne Hülle; dürfte keine große Sache sein. Unter ihr ist die Schüssel und die Steuerung, mit der sie auf einen Satelliten ausgerichtet werden kann. Hab' die gleiche auf der *Shango II* gesehen, dem großen Blecheimer, auf dem Gordo Kapitän war. Du brauchst nur die Kuppel gut genug zu treffen, daß die Antenne darunter irreparabel hinüber ist.«

»Würde ein Vierzigpatronenladestreifen reichen?«

»So viele Schuß brauchst du gar nicht. Eine von einem computergesteuertem Kreisel bewegte Hydraulik hält die Schüssel ausgerichtet. Es genügt, wenn du eine Leitung triffst, dann ist die ganze Hydraulik im Eimer. Noch besser ist es, wenn du die Schüssel selbst triffst, oder die elektrischen Kabel der Steuerung. Wenn du vom Strand aus im Liegen feuerst, müßtest du es schaffen.«

Bracken nickte. Aber vom Strand aus zu schießen wäre nicht nahe genug. Er mußte näher heran. Viel näher. Von Bord der *Victoria* aus, um sicherzugehen, daß er es richtig machte. «Ich erledige das Radom, Walroß, aber wenn es möglich ist, hole ich zuerst die Mädchen vom Schiff herunter. Das ist mein Problem. Du machst deinen Job und bringst dich gleich in Sicherheit, wenn du kannst.«

Walroß lehnte sich im Sitz zurück und schaute auf das sanft wogende Meer. Schließlich drehte er sich zu Bracken um. »Ich überlege gerade. Nachdem ich den Sprengkörper angebracht habe, schwimme ich zum Strand zurück. Ich glaube, daß ich dir durch ein Ablenkungsmanöver ein bißchen Zeit verschaffen kann, und dann gebe ich dir Flankendeckung, wenn du mit den Damen an Land kommst. Aber denk bloß daran, daß ihr vor zwanzig nach neun weit genug von der Jacht weg sein müßt, sonst fliegt ihr mit den anderen in die Luft.«

»Keine Heldentaten, Walroß! Mach deine Arbeit, und kehr zur *Pampero* zurück. Hiev den Anker, und starte den Motor, und wenn du Schüsse vom Strand hörst, dann sieh zu, daß du sofort verschwindest.«

»Du bezahlst mir nicht genug, Bracken, daß du mir sagen könntest, was ich tun kann und was nicht. Wenn ich bleiben will, bleibe ich. Außerdem hab' ich was für Pam übrig. Ich krieg' wahrscheinlich keinen Orden, aber vielleicht ist sie mir verdammt dankbar.«

Bracken glaubte ihm nicht, er wußte, daß Walroß ihn um nichts in der Welt im Stich lassen wollte, aber er mußte es akzeptieren, denn er würde an seiner Stelle nicht anders handeln.

Es entschlüpfte ihm, ehe er sich auf die Zunge beißen konnte. »Sie ist käuflich, oder hast du das nicht gewußt?«

»Sind wir das nicht alle?« Walroß blickte zur Seite, er lächelte leicht. »Nur unsere Preise sind verschieden.«

16.30 Uhr

Der Oberst beugte sich über die Schulter des Ersten Offiziers der *Victoria* und beobachtete das Radar. Es überstrich die maximale Reichweite von sechzig Kilometern.

»Irgendwas zu sehen?« erkundigte er sich.

»Nichts Neues, Genosse Oberst«, antwortete der Mann. »Nur der kleine Frachter auf Südkurs. Er hat ihn nicht geändert. Wahrscheinlich will er nach Port Everglades.«

Der Oberst legte flüchtig die Hand auf die Schulter des Mannes. »Rufen Sie mich, wenn Sie etwas aus dem Nordwesten orten. Es wird wahrscheinlich nur ein schwacher Impuls sein.«

»Der Schoner?«

»Ja.« Der Oberst atmete tief ein und aus. »Der Schoner.« Er wandte sich ab, ging zur Bar und schenkte sich einen Schuß Wodka ein. Er würde sich mit dem Trinken beherrschen müssen, bis alles vorbei war, aber im Augenblick brauchte er was zum Aufwärmen.

Er würde grob geschätzt noch fünf Stunden warten müssen, eine lange Zeit. Bis dahin war die Raumfähre außer Funkbereich, weit hinter dem Horizont, auf einer Kreisbahn zwischen den Polen, und zog, während sich die Erde drehte, alle zweiundneunzig Minuten Bahnen über die Meridiane. Aber um einundzwanzig Uhr einundzwanzig würde der Shuttle im Bereich des UHF-Signals der *Victoria* über Alabama südostwärts ziehen. Die Ladebuchttore standen dann offen, und der Shuttle würde mit der Oberseite nach unten fliegen, wie immer in antriebslosem Orbit, und das ermöglichte es dem Satelliten in der Ladebucht schließlich, ein Funksignal zu empfangen.

Er goß Wodka nach. Der Oberst war Gewohnheitstrinker. Er akzeptierte diese Tatsache, ja begrüßte sie sogar, denn sie gehörte zu seiner Stellung, seinem Lebensstil, und sie betäubte den malmenden Druck, der auf ihm lastete. Er kam gut damit zurecht und schaffte den Balanceakt zwischen den Bedürfnissen und Leistungen seines Körpers. Das gelang ihm schon seit neununddreißig Jahren, nur sein Herz wollte manchmal nicht mehr recht mitmachen, und seine Hände zitterten nach einer langen Nacht, wenn er tief in die Flasche geschaut hatte.

Die Klimaanlage in der Brücke summte leicht. Durch seine Schuhsohlen spürte er ein ganz leichtes Vibrieren der Generatoren. Er ließ sich auf dem Kapitänssitz nieder, blickte über den Bug und nippte bewußt langsam an seinem Wodka.

Die *Victoria* lag in der Union Bay auf der Leeseite von North West Cay vor Anker. Auf der Insel wohnten lediglich ein paar Eingeborenenfamilien, die meisten davon auf der Atlantikseite in einer Ortschaft namens Hopeville. An der Südseite der Insel gab es zwei immer nur zeitweilig benutzte Fischerkaten, eine verlassene Fischkonservenfabrik und einen baufälligen Pier. Die Insel lag außerhalb der Route der Drogenschmuggler und war für Makler uninteressant. Doch für das Vorhaben des Obersts war sie perfekt.

Noch ein kleiner Schluck Wodka. Er behielt das kalte Feuer eine Weile im Mund, obwohl der Zahn mit der Metallfüllung empfindlich reagierte, dann schluckte er es. Er spürte, wie ihn Selbstvertrauen durchfloß. Dann zündete er sich eine Zigarette an.

Wo war Lu, was war schiefgegangen? Das machte ihm zu schaffen. Nach Lus Meldung über den Seitenbandsender letzte Nacht hatte er keinerlei Probleme gehabt. Doch vor dreißig Minuten war die verschlüsselte Nachricht von Moskau gekommen, daß die Raumfähre ohne Zwischenfall gestartet war und daß Phase 2 durchgeführt werden mußte.

Was war passiert? Er ließ sich die Möglichkeiten durch den Kopf gehen.

Numero eins: Lu hatte die ganze Sache hingeschmissen und sich aus dem Staub gemacht.

Aber das glaubte der Oberst nicht. Lus Leben drehte sich jetzt darum, aus der Sowjetunion wegzukommen und mit seinem Sohn im »Ruhestand« zu leben.

Zwei: Bracken und sein Erster Offizier hatten Lu und die drei anderen gut bewaffneten Männer überwältigt.

Unmöglich. Lu war in diesem letzten, kritischen Stadium der Operation zweifellos besonders vorsichtig gewesen. Der Oberst nahm einen weiteren Schluck und schaute auf das in der Sonne glitzernde Wasser der Bucht. Was dann?

Drei: Raul hatte sein Ziel verfehlt, oder er hatte irgendwelche Schwierigkeiten mit der Waffe gehabt.

Möglich, aber unwahrscheinlich. Raul hatte unter allen nur möglichen Bedingungen geübt und den Zielpunkt nie um mehr als höchstens einen halben Meter verfehlt. Außerdem war die Waffe ebenso einfach zu bedienen wie zuverlässig.

Vier: Vierro und Raul waren von der Sicherheitspolizei des Kennedy Space Center aufgegriffen worden.

Die wahrscheinlichste Möglichkeit. Das war natürlich immer das Risiko gewesen. Doch der Oberst machte sich wenig Sorgen um die möglichen Folgen.

Raul war ein professioneller Killer, ein Spezialist mit großkalibrigen Waffen auf weite Entfernung. Er war bereits zweimal von Gaddafi eingesetzt worden, einmal von den Bulgaren, und mehrmals vom KGB.

Raul und Vierro waren angewiesen worden, sich einer Festnahme nicht zu widersetzen. Keiner von ihnen würde reden, außer sich wortreich in Spanisch darüber auszulassen, wie die Vereinigten Staaten die Castrogegner in der Schweinebucht im Stich gelassen, wie John F. Kennedy die ganze kubanische Freiheitskämpferbewegung verraten hatte und wie ihre eigene Organisation *Muerte a los Traidores* diesen mehrfachen amerikanischen Verrat rächen würde.

Während der vergangenen sechs Wochen hatte man der Polizei von Miami durch anonyme Spitzel Informationsbrocken zukommen lassen. Das FBI würde annehmmen, daß diese beiden Kubaner zwei gemeingefährliche Irre waren, die Castro während der Mariel-Affäre entlassen hatte. In ihren Dossiers stand, daß sie ihren fanatischen

Hang zu kubanischem radikalem, politisch rechtsgerichtetem Aktivismus mit Drogenhandel finanzierten. In Rauls billiger Absteige in South Miami würden »Beweise« die Polizeiakten untermauern: primitiv gedruckte Handzettel, eine Tonbandaufnahme – sie sollte telefonisch an Radio Miami durchgegeben werden –, die besagte, daß die Terroristengruppe *Muerte a los Traidores* die kubanischen Freiheitskämpfer gerächt hatte, indem sie die Raumfähre in die Luft sprengte, und ein Notizbuch mit einer Eintragung über den Kauf eines ZSU-Gewehrs von einem kolumbianischen Drogenhändler, der passenderweise nicht mehr unter den Lebenden weilte. Die DEA hatte seine Leiche vor zwei Wochen am MacArthur Causeway gefunden, der zur Beach führte. Der Beton unter dem schlimm zugerichteten Toten hatte sich mit Blut vollgesogen, und als ob die Stichwunden nicht gereicht hätten, hatte man dem Mann die Gurgel noch mit einem kolumbianischen Strick zugeschnürt. Damit wäre der Fall für die Polizei abgeschlossen.

Natürlich gäbe es noch ein paar lose Fäden, aber weder FBI, NASA noch die Regierung würden je zugeben wollen, daß Irre so nahe an den Shuttle herankommen konnten, also würde die Sache vertuscht werden. Die beiden würde man einer psychiatrischen Untersuchung unterziehen, ihnen hinter Gittern eine Umerziehung angedeihen lassen und sie nach dem Absitzen ihrer Strafe in ein Land deportieren, das bereit war, sie aufzunehmen. Alles vorausgesetzt natürlich, daß Raul und Vierro den Mund hielten. Aber natürlich wußte der Oberst, daß sie ihre Zeit in der Strafanstalt nicht überleben würden.

Er hörte scharrende Schritte und schweren Atem hinter sich. In der spiegelnden Glasscheibe des Ruderhauses sah er Sanchez' Kopf aus dem Niedergang auftauchen, der vom Unterdeck auf die Brücke führte. Er drehte sich nicht um.

»Haben Sie meine Befehle ausgeführt?« erkundigte er sich. Er wußte, daß Sanchez die Antwort auf lateinamerikanische Weise mit unwichtigen Einzelheiten ausschmücken würde.

Keuch ... keuch. Der schwere Atem war nun näher. »Alles erledigt, Genosse Oberst. Ich habe mich persönlich um alles Kritische angenommen. Der zweite Generator ist eingeschaltet. *Keuch.* Die Mannschaft, von der Wache im Maschinenraum abgesehen, der Erste Offizier, der momentan am Radar sitzt, und ich werden alle um achtzehn Uhr in der Back zu Abend essen.« Noch ein ausgedehntes *Keuch*, um zu betonen, welch anstrengende Arbeit Señor Sanchez hinter sich hatte.

»Funktioniert die Satellitenschüssel richtig?« Der Oberst wußte natürlich, daß alles in Ordnung war, aber er wollte wissen, ob Sanchez tatsächlich nachgesehen hatte.

»Es ist mir eine Freude, Ihnen berichten zu dürfen, daß sie bestens funktioniert. Sie brauchen mir nur Kurs, Azimut und Koordinaten des Satelliten zu geben, den Sie haben möchten.«

»Das, Sanchez, werde ich selbst übernehmen, wenn es soweit ist.«

Sanchez ließ sich auf die ledergepolsterte Bank hinter dem Oberst fallen. »Wie Sie meinen. Sind Sie bisher zufrieden?«

»Verhältnismäßig zufrieden.«

»Gut, ich bin zufrieden, daß Sie verhältnismäßig zufrieden sind. Ich wäre nicht abgeneigt, mir ebenfalls einen Drink zu genehmigen. Es ist ungewöhnlich heiß, und die Arbeit ist anstrengend.«

Der Oberst nickte und deutete auf die Bar, dann hob er sein Glas, in dem bereits Ebbe herrschte. »Holen Sie sich was, und bringen Sie mir noch ein Glas mit, Sanchez.«

»Ich werde den Steward rufen. Eine Platte mit Toast, Pastete und Käse wäre willkommen.« Es klang etwas verärgert. Wahrscheinlich fand Sanchez, daß Männer seiner Position sich nicht selbst Drinks richteten und schon gar nicht anderen.

»Keinen Steward und nur die Drinks. Nichts liegt mir ferner, als Ihnen Umstände zu machen, aber ich habe etwas streng Geheimes mit Ihnen zu besprechen. Dazu müssen wir allein sein – völlig allein! *Comprende?*« Es war ihm nicht ganz gelungen, seine Verachtung zu verbergen, ein Hauch davon hatte in seiner Stimme mitgeschwungen. In der Glasscheibe sah er, wie Sanchez sein Vollmondgesicht verzog. Sanchez wußte nicht, worum es bei der Operation ging. Der KGB bezahlte ihn lediglich dafür, sich um die *Victoria* zu kümmern. Aber offenbar juckte es ihn, Näheres zu erfahren, und er war neugierig wie ein Bauernjunge auf einem Kollektiv, der unbedingt durch ein Astloch in den Pferdezuchtstall schauen mußte.

»*Selbstverständlich*, Genosse Oberst«, antwortete Sanchez und plagte sich mit seiner Masse wieder hoch. »Es ist mir ein Vergnügen, unter diesen Umständen den Gastgeber für Sie zu spielen.« Es hörte sich nicht so an, als wäre es ihm wirklich ein Vergnügen, aber es war Teil der Routine, sein Gesicht zu wahren – ein Hauch von Nachgiebigkeit und ein Hauch von Aufbegehren.

Sanchez kehrte mit zwei Gläsern zurück, das des Obersts schwappte leicht über.

Ich muß mich zurückhalten, dachte der Oberst, als er nach dem

Glas griff. Und was essen. Es wird eine lange Nacht für mich. Aber eine noch längere für die Amerikaner.

Mit voller Absicht wartete er, bis Sanchez wieder saß, dann sagte er: »Schließen Sie die verdammte Tür, Sanchez, oder wollen Sie vielleicht, daß der Erste Offizier hört, was ich Ihnen sage?« Blöder *Durak*, fluchte er insgeheim.

Sanchez kehrte zurück und ließ sich heftig auf die Bank fallen. Sein Gesicht war rot. »Zufrieden?« erkundigte er sich beißend.

Der Oberst zündete sich eine Zigarette am Stummel seiner niederbrennenden an. Er beschloß einzulenken. »Entschuldigen Sie. Die Anspannung, die bei einer so wichtigen Mission wohl unvermeidlich ist. Was machen die Frauen?«

Sanchez wirkte besänftigt. »Sie sind in der Kabine eingesperrt. Ich lasse ihnen das Essen bringen, es ist besser, wenn sie nicht in den Salon kommen.«

»Sie sind doch keiner zu nahe getreten?«

Ein gekränkter Unschuldsblick. »Beide sind Huren. Geschlechtskrank. Sehe ich wie ein Narr aus?«

Der Oberst zuckte die Schultern. »Bringen Sie mich nicht in Versuchung, das ehrlich zu beantworten, Sanchez.« Er machte eine Pause und nippte an Mütterchen Rußlands Milch. »Die Maschinen – wurden sie gewartet?«

»Selbstverständlich.«

»Zeigen Sie mir jetzt, wie die Ankerwinde und der Autopilot eingeschaltet werden.«

Sanchez zeigte es ihm, er sprudelte vor Eifer fast über. Der Oberst hatte eine lange Kontrolliste in seinem Aktenkoffer. Er war die ganze Prozedur an einer Attrappe in Rußland durchgegangen, aber er wollte, wie in allem, sicher sein. Schließlich schlug er Sanchez kameradschaftlich auf die Schulter. »Ausgezeichnet. Sie sind sehr tüchtig. Bitte setzen Sie sich wieder, und hören Sie mir gut zu.«

Sanchez verteilte seine Masse erneut auf der Bank und blickte mit verschwörerischer Miene auf sein Gegenüber. »Ihre Mission, Genosse Oberst, sie ist offenbar sehr wichtig.«

»Und Sie werden darin eine wichtige Rolle spielen.« Der Oberst lehnte sich auf dem gepolsterten Sitz zurück und schloß die Augen. »Wenn die Mannschaft zu essen beginnt, werden Sie den Männern persönlich mitteilen, daß sie aufgrund der erforderlichen strengen Geheimhaltung unserer Operation auf ein paar Stunden in der Back eingesperrt werden müssen.«

»Eingesperrt?«

»Das sagte ich, Sanchez. Sie werden ihnen ein paar Flaschen kubanischen Rum und einen Kasten Bier überlassen. Der Erste Offizier wird es gerecht verteilen. Teilen Sie den Männern mit, daß wir kurz nach zweiundzwanzig Uhr Anker lichten. Sie und ich werden das Schiff allein zur Zielposition bringen und die Männer dann aus der Back lassen, damit sie wieder ihren Pflichten nachgehen können. Sagen Sie ihnen, daß wir morgen am Spätnachmittag aller Voraussicht nach zurück in Kuba sein werden. Dort übergebe ich Ihnen das Kommando über die *Victoria* wieder, und Sie erhalten von mir ein Schreiben, in dem lobend die unschätzbaren Dienste erwähnt werden, die Sie der internationalen sozialistischen Sache geleistet haben. Ich könnte mir denken, daß Fidel stolz auf Ihre Arbeit sein wird.«

Sanchez strahlte. »Sehr großmütig von Ihnen, Genosse Oberst, aber ich verstehe nicht, weshalb nur Sie und ich das Schiff auf Kurs bringen sollen.«

»Es ist unwahrscheinlich, aber es könnte doch sein, daß der Schoner vor unserer Abfahrt eintrifft. Über diesen Punkt bin ich mir selbst nicht klar, aber falls es dazu kommt, muß er vernichtet werden. Wenn Ihre Mannschaft das sieht, würde sie vielleicht den Mund nicht halten. Was sie nicht weiß, macht sie nicht heiß.«

»Ah, jetzt verstehe ich. Es ist eine Freude, mit einem Mann wie Ihnen zu arbeiten, der so sorgfältig plant.«

Der Oberst wehrte das Lob mit einer Bewegung ab, als hätte eine Fliege auf seiner Hand gesessen.

»Und wie lautet mein Auftrag?«

»Bestellen Sie als erstes ein Abendessen für uns beide. Wir werden um neunzehn Uhr essen. Danach bleiben Sie am Radar und halten Ausschau nach der *Pampero*. Falls der Schoner tatsächlich eintrifft, nehmen Sie sich einen Mann zur Bewachung und schaffen die beiden Mädchen mit dem Beiboot zum Schoner, von dort bringen Sie meine Leute mit. Sobald Sie mit ihnen wieder an Bord sind, brechen wir auf.«

»Nichts weiter?«

»Falls sonst noch etwas erforderlich ist, sage ich es Ihnen.«

»Was ist mit den Rollen? Genosse Lu sagte, sie enthalten Karten für die Bahama-Phase der Operation und ich soll sie an einem sicheren Ort aufbewahren, bis er zurück ist. Werden Sie sie benötigen?«

»Welche Karten? Ich habe alle, die ich brauche!« Der Oberst schnippte nervös die Zigarettenasche von sich.

Sanchez stand auf, hob den Sitz der Bank, und brachte drei dicke Plastikrollen zum Vorschein, jede etwa einen Meter lang, die Enden mit Klebestreifen gesichert. Er überreichte sie dem Oberst.

Mit seinem Taschenmesser schnitt der Oberst den Klebestreifen von einer auf, nahm den Verschluß ab, und zog den Inhalt ein paar Zentimeter heraus. Es war ein Gemälde.

Die Gedanken des Obersts überschlugen sich. Das also war Lus Altersvorsorge! Der Oberst verstand wenig von Kunstsschätzen, aber er war nicht dumm. Bestimmt würden die Gemälde auf dem schwarzen Markt der Sammler, auch wenn es weit unter ihrem Wert wäre, Millionen einbringen.

»Schon gut, Sanchez. Ich erinnere mich wieder. Genosse Lu erwähnte die Karten, als wir in Kuba waren.«

»Vielleicht sollten wir sie uns ansehen?«

Der Oberst drehte sich um und betrachtete ihn mit der Miene eines Leichenbestatters, der die Maße eines Kunden für einen Sarg abschätzt. »Unsere Besprechung ist zu Ende, Sanchez. Bringen Sie mir noch ein Glas Wodka, und schließen Sie dann die Tür hinter sich. Ich habe zu tun.«

Eine lange Weile spielte der Oberst mit dem Glas in seiner Hand. Er drückte es an die Stirn, gestattete seiner Haut, die Kälte aufzusaugen, und bemühte sich, seine Gedanken zu beruhigen.

Lu. Der Verräter Lu, der Ausländer Lu. Der Lu, den er aufgepäppelt, den er während der letzten zwanzig Jahre gefördert und in die Nomenklatura erhoben hatte, schneller wahrscheinlich, als er es verdiente. Lu, der aus krankhafter Liebe zu einem Jungen, den er nie wirklich gekannt und um dessentwillen er Kunstschätze gestohlen hatte, sein Vaterland verlassen wollte. Schon vor Monaten hatte der Oberst seinen Entschluß gefaßt. Lu mußte erledigt werden – ein ausgefranster Faden, der vom Gewebe der Operation abzuschneiden war.

Er nahm einen größeren Schluck Wodka, schaltete den Laptop ein und tippte die ersten zwei Zeilen von »Jabberwocky«, dann überflog er die Dateien.

Verdammter Lu! Die ungeheuren Ausgaben! Der Mann war unfähig! Die Vernichtung der Raumfähre während der ersten Flugsekunden wäre ideal gewesen. Nicht nur wäre sie den Amerikanern direkt in die Fresse gepustet worden, die Verseuchung durch das im Antrieb des Satelliten versteckte Plutonium 239 hätte schließlich auch die Crème de la crème der NASA und der Wissenschaftler umgebracht, denen der Vorsprung in der Star-Wars-Forschung zu verdanken war. Das Cape wäre auf Jahre hinaus verseucht geblieben und durch den Nordwind zur Startzeit auch der größte Teil von Miami. Immerhin gab es noch Phase 2, die nicht weniger lohnend war, nach Ansicht des Obersts sogar lohnender. »Eine technisch großartige Lösung«, hatten die Wissenschaftler gemeint, die sie entworfen hatten.

Er rief mit ein paar Tastenbewegungen die Konstruktionszeichnung der Antriebsvorrichtung des japanischen Satelliten auf. Normal in fast jeder Hinsicht. Das Triebwerk würde sich auf Kommando ausrichten, die Steuerungseinheit funktionierte, alles war bei den Checkouts im Cape gründlich überprüft worden. Doch eines hatten die Techniker im Cape nicht tun können: das Triebwerk zünden. Der Feststoffantrieb war eine einfache Pyrotechnik, nicht komplizierter als Schwarzpulver in einem Feuerwerkskörper. Ihn auszuprobieren wäre gleichbedeutend mit Abbrennen. Ihn zu sondieren würde seine Brenncharakteristik verändern. Es war eine unumstößliche Tatsache, daß ein Feuerwerkskörper in die Luft ging, wenn man ein brennendes Streichholz an seine Zündschnur hielt.

Der Plan zeigte den Antrieb als eine kompakte, homogene Masse, abgesehen von einem Kästchen, sechs kleinen, traubenartig angeordneten Klumpen am oberen Ende des Antriebs und kleinen Metallblenden zur Trennung der Klumpen voneinander.

Jeder Klumpen war ein Kiloblock Plutonium, insgesamt sechs Kilo des reinsten Plutoniums, das sowjetische Kernreaktoren herstellen konnten. Die Blenden waren acht Millimeter dicke Kadmiumstreifen, jede eine kleine Guillotine, die in Schlitzen, direkt im festen Treibstoff steckten und durch einen einfachen Mechanismus herausgezogen werden konnten. Das Kästchen war ein einfacher Empfänger, verbunden mit einer Lithiumbatterie, von der Leitungen zu den Senkvorrichtungen verliefen.

Es war keine Nuklearwaffe, sondern ein simpler Reaktorkern. Jeder Plutoniumblock war genau einundzwanzig Zentimeter vom nächsten entfernt, in etwa in der Anordnung von sechs Erbsen, die gleichmäßig über die Oberfläche eines Tischtennisballs verteilt waren. Durch die isolierenden Kadmiumstreifen blieb der Wert des Neutronenausstoßes unter dem der Neutronenspaltung. Der Kern war »subkritisch«.

Doch sobald der Empfänger das Signal auffing, flossen geringe elektrische Ströme zu den Senkvorrichtungen. Langsam, ganz langsam würden die Kadmiumstreifen zwischen den Plutoniumblöcken herausgezogen werden, wodurch die Masse allmählich den kritischen Zustand erreichte. Die Neutronenanzahl würde zu steigen beginnen, zunächst langsam, sich in den ersten zehn Minuten jede Minute verdoppeln, und dann rasch zum Hochgehen des Reaktors führen. Starke Hitze würde entstehen, und mit ihr würden Ströme beschleunigter Neutronen in alle Richtungen schießen. Innerhalb der ersten fünfzehn Minuten würden die Werte auf über achttausend REM steigen.

Das käme dem Durchschmelzen eines Reaktors gleich, nur daß das Plutonium in Ermangelung von Schwerkraft nicht nach *unten* durchschmelzen würde wie im klassischen »China-Syndrom«. Tatsächlich würde es sich nicht von der Stelle rühren, sondern sich zu einer Masse brodelnden flüssigen Metalls zusammenballen und tödliche subatomare Teilchen ausschütten, die sich mit Lichtgeschwindigkeit bewegten.

Die verhältnismäßig dünnen Wände der Raumfähre würden die Neutronen nicht aufhalten. In den ersten paar Minuten würden die Astronauten nichts weiter bemerken, als daß ihre Breitbandstrahlenmesser zu knattern anfingen.

Sonneneruptionen, Teil des Van-Allen-Gürtels oder was? Wenn die Strahlenwerte stiegen, würden die Astronauten panikerfüllt versuchen, die Ursache zu finden. Die Bodenkontrolle wäre ratlos, völlig hilflos.

Man würde die bordeigenen Strahlenmesser auf größere Selektivität einstellen. Keine kosmische Strahlung, keine Alpha-, keine Beta-, keine Gamma-, sondern – Neutronenstrahlung. Und die einzige vorstellbare Ursache für eine so große Konzentration von beschleunigten Neutronen war eine Atomwaffe, deren Kernspaltung eingesetzt hatte. Und die einzig mögliche Schlußfolgerung wäre, daß sich eine Kernwaffe an Bord befand, die unerwartet kritische Masse erreicht hatte.

Die Astronauten bei diesem Start waren Militärs. Hart, diszipliniert, aber sie kannten die Wirkung radioaktiver Strahlung und wußten, wie sie sterben würden. Einer würde vielleicht eine Verwünschung ausstoßen: daß die Operation, die sie hatten durchführen sollen, die Aussetzung eines chemischen Lasersatelliten sei, nicht eines nuklearen. Und die Gespräche zwischen Houston und dem Shuttle würden aufgezeichnet und schließlich von Nicht-NASA-Leuten immer wieder abgespielt werden.

Innerhalb von zehn Minuten würden die Astronauten zunächst

übererregbar werden und ihre Urteilskraft verlieren, danach die Muskelkoordination. Schließlich, dem Tod nahe, würden sie Blut erbrechen, die Kontrolle über ihre Körperfunktionen verlieren und in Bewußtlosigkeit sinken. Innerhalb von dreißig Minuten wären sie tot oder so gut wie tot. Nach einer Stunde, wenn die pulsierenden Kurven der Herz- und Atemfunktionen auf den Schirmen der Bodenstation zu flachen Lichtlinien zusammenfielen, würde es keinen Zweifel mehr geben.

Der Oberst lehnte sich zurück, zündete sich eine Zigarette an und blies den grauen Rauch an die Decke. Es war die Idee eines Kernphysikers in Kasputin Jar gewesen, der ursprünglich hinzugezogen worden war, um die biologischen Auswirkungen des Plutoniums zu berechnen, wenn die Raumfähre während des Starts – Phase 1 – explodierte.

Sergeji ... Sergeji irgendwas. Sergeji Tschutschkin. Ein kleiner, wieselgesichtiger Atomphysiker. Er hatte berechnet, wenn die Menge Plutonium über der kritischen Masse lag, aber in sechs Teile zerlegt und durch Kadmiumblenden separiert und gedämpft wurde, die langsam entfernt werden konnten, würde das Plutonium erst dann wieder kritische Masse erreichen. Aus dieser simplen Idee hatte sich Phase 2 entwickelt.

Wegen seines brillanten Einfalls hatte Sergeji einen tödlichen Autounfall gehabt. Der Oberst hatte dies mit der Vermeidung »loser Fäden« gerechtfertigt.

Er goß den restlichen Wodka in sich hinein. Er empfand nichts, war ganz locker. Entspannt. Aber er würde mit der Einteilung strenger sein müssen. Er wandte sich wieder dem Computer zu und gab die Datei *Bergungsoperationen* ein.

Sojus 881 befand sich bereits in einer sinkenden Umlaufbahn, um in einundzwanzig Stunden an der MIR-Raumstation anzukoppeln. Die Besatzung bestand aus vier der besten Männer des sowjetischen Kosmonautenkorps. Jeder war durch eingehende Ausbildung mit den Bordsystemen der Raumfähre vertraut gemacht worden. Drei hatten ausreichende Erfahrung im freien Weltraumspaziergang, den die Amerikaner so gern für die glotzenden Massen vor der Kamera vorführten.

Wieder ein Blick auf die Uhr: 17.15. Noch gute vier Stunden. Dann dreißig Minuten, bis das Plutonium schmolz. Also etwa einundzwanzig Uhr fünfzig. Inzwischen würde die Weltöffentlichkeit wissen, daß die Raumfähre Leichen beherbergte, daß die Besatzung durch ein fehlgeschlagenes, tödliches Star-Wars-Experiment der Amerikaner ums Leben gekommen war.

Selbstverständlich würde die Sowjetunion ihre Hilfe anbieten – ob man sie darum ersuchte oder nicht –, natürlich wäre es schön, wenn sie von den Amerikanern darum angefleht würde. Der Oberst lächelte bei dem Gedanken. Wie auch immer, die Amerikaner wären hilflos, weil sie mindestens neun Tage für die Vorbereitungen zu einem neuen Shuttlestart brauchten. Es würden auf jeden Fall die Sowjets sein, die das Rendezvousmanöver durchführten. Alles im Namen der Menschlichkeit: eine neue Variante der alten Seefahrertradition, daß Männer, die über die Meere fahren, selbstlos den in Seenot Geratenen helfen müssen.

Sojus 881 würde ihren Antrieb zünden, um in die Umlaufbahn des Shuttle zu gelangen, und schließlich noch einmal, um es einzuholen. Alles in allem würde das Andocken über neunzehn Stunden dauern.

Natürlich würden die amerikanischen Astronauten tot sein, aber die Strahlung war immer noch stark. Genauer gesagt, tödlich.

Einer der sowjetischen Kosmonauten an Bord von *Sojus 881* war Nikolai Sitnikow. Er war ein tüchtiger junger Kosmonaut, »der es weit bringen könnte«, stand in seiner Personalakte. Nur daß er Myelome hatte – bösartige Knochenmarksgeschwülste – und die Ärzte ihm nicht viel mehr als drei Monate gaben.

Sobald *Sojus 881* etwa einen Kilometer von der Raumfähre entfernt war, würde Nikolai Sitnikow in einen Raumanzug schlüpfen und den Abstand zwischen den beiden Raumfahrzeugen mit dem Düsenantrieb überbrücken. Wie der GINGA-Satellit am Boden der Ladebucht befestigt war, hatte der KGB durch japanische Mittelsmänner erfahren. Zwei mechanische Verschlüsse mußten geöffnet werden, dann ein elektrischer. Nikolai hatte das richtige Werkzeug dafür. Er würde den Satelliten aus seinen Haltegurten befreien, die Verschlüsse öffnen und den Schleudermechanismus manuell auslösen. Er war nicht viel mehr als eine Sprungfeder, aber er erzeugte genug Schub, den Satelliten mit einer Geschwindigkeit von 0,42 Meter pro Sekunde aus der Ladebucht zu stoßen. In vierzig Sekunden würde der Satellit über einen Kilometer von der Raumfähre entfernt sein, und aus dieser Entfernung war die Neutronenstrahlung des Plutoniums 239 unschädlich.

Bedauerlicherweise würde Nikolai nicht so lange leben, daß er seinen Enkeln die Geschichte erzählen könnte. Er wußte, daß er durch die Neutronenstrahlung sterben würde, doch dafür bekäme seine Familie eine ungewöhnlich großzügige Rente, es gäbe posthume Auszeichnungen und eine Gedenktafel an der Kremlmauer. Das war es mehr als wert.

Dann würde die Bergungsoperation beginnen.

Sojus 881 würde ihre Steuerraketen zünden, näher herangehen, und dann ankoppeln. Zwei der Kosmonauten würden die Raumfähre durch die Luftschleuse betreten und fünf Tote, doch einen völlig unbeschädigten Shuttle vorfinden. Sie würden die Verbindung zur Bodenkontrolle wieder herstellen und unkodiert auf einem offenen Kanal senden, damit die ganze Welt die grimmigen Einzelheiten der Katastrophe hören konnte. Das würde der größte Propaganda-Coup aller Zeit sein!

Als erstes würden sie berichten, wie Nikolai den *Star-Shot*-Satelliten aus dem Shuttle entfernt habe, in der Hoffnung, die amerikanischen Astronauten könnten gerettet werden, ohne zu ahnen, wie stark die Strahlung war. Dann würden sie melden, daß Nikolai bereits im Koma liege, und sie würden die Worte wiederholen, die er mit letzter Kraft hervorgebracht hatte: »Ich wollte sie retten! Sie sind Männer wie wir, die versuchen, nach den Sternen zu greifen.« Rührend, dachte der Oberst. Das würde ein Spruch sein, der in die Geschichtsbücher einging, selbst wenn er ein bißchen abgedroschen war.

Und natürlich war der Shuttle ein Schatzschiff. Die wesentliche Ausrüstung würde ausgebaut und zur *Sojus 881* geschafft werden. Nicht alles natürlich, aber das, womit die Amerikaner ihnen weit voraus waren. Der Oberst hatte die Wunschliste der Raumfahrtwissenschaftler:

Trägheitsnavigationsgeräte
Laser-Ringkreisel
IFF-Kode-Systeme
Daten- und Sprachverschlüsselungsprogramme und -geräte
Astronavigationssysteme
Infrarot-Spektrometer
Hauptcomputer-CPU und -EPROMs
Supraleitfähigkeits-S-2-Experimentalchip in Kammer 28M-B11, an der Backbordseite des oberen Flugdecks
Alle Handbücher und Pläne.

Und schließlich – den *Star-Shot*-Satelliten selbst. Die Ladebucht von *Sojus 881* war eigens abgeändert worden, um den Satelliten aufnehmen zu können. Er war im Raum zwar schwerelos, obwohl er auf der Erde Tonnen wog, aber das änderte nichts an seiner beachtlichen Masse. Zwei Kosmonauten würden über eine Stunde brauchen, ihn von der Fähre zur *Sojus* zu bringen, aber es war zu machen, und man würde es schaffen!

Von diesem technologischen Transfer durch die Kosmonauten würde selbstverständlich nichts erwähnt werden. Aber die Männer hatten gut einstudierte Texte, die in erschütternden Einzelheiten den tragischen Tod der Astronauten beschrieben. Auch eine kurze Trauerfeier würde von Bord der Raumfähre übertragen werden. Per Lifeübertragung über alle großen Fernsehsender würde die ganze Welt zuhören und zuschauen – wirklich die ganze Welt!

Wie bei den traditionellen Bestattungen auf See würden die Toten ihrem Schöpfer anempfohlen und dem All übergeben. Einer der Kosmonauten würde dieses Ereignis mit einer Handkamera aufnehmen: Wie den Astronauten die Raumanzüge angelegt wurden; wie man sie in die offene Ladebucht brachte; wie die bei einer Bestattung auf See üblichen Abschiedsworte von einem russischen Kosmonauten in unbeholfenem Englisch gesprochen wurden; wie die Toten mit einem sanften Stoß in den Weltraum geschoben wurden. Die Leichen würden sich langsam drehen, die Sonne würde auf den Sichtscheiben ihrer Helme glitzern, das Weiß ihrer Anzüge in ihrem Schein leuchten und mit dem Hintergrund des blauen Planeten immer kleiner werden. Es würde ein unvergeßliches Schauspiel werden für alle, die zusahen.

Nach der Trauerfeier und Bestattung der Astronauten würde auch der Kosmonaut Nikolai Sitnikow im Weltraum beigesetzt werden. Die Kamera würde zu den zwei anderen Kosmonauten in der Ladebucht schwenken. Sie würden sich zunächst über den Toten beugen und mit ihren Sichtscheiben seine berühren, dann einen Schritt zurücktreten, stramm stehen und langsam salutieren. Der Text, den der Erste Offizier der *Sojus* hatte auswenig lernen müssen, lautete: »Wir nehmen Abschied von dir, Nikolai. Schlafe in Frieden, in der Gewißheit, daß nie wieder ein Verbrechen wie dieses in der Unberührtheit des Weltraums begangen werden wird.«

Allen, die zuhörten, würde diese Botschaft klar sein – der ganzen Welt. Die Vereinigten Staaten hatten das Gesetz übertreten, indem sie Kernwaffen in den Weltraum befördert hatten. Die erfolgende

Verurteilung durch die Welt würde furchtbar und endgültig sein. Von nun an würden die USA der Verbrecher, der Verachtete, der Ausgestoßene sein!

Der Oberst lehnte sich zurück und zündete eine neue Zigarette an. Er blies den blauen Rauch gegen das harte Licht. Die Sonne ging unter, bald würde es Nacht sein. Er hatte Hunger, und zum Abendessen würde er sich die letzte Flasche georgischen Weins leisten und ein paar Gläser des aserbaidschanischen Weinbrands. Es würde eine lange Nacht werden, und er hielt es für nötig, gut zu essen und zu trinken, wenn er unter Streß stand, weil es ihm sein Gefühl für Normalität zurückgab und sein Urteilsvermögen.

Er überflog den Rest des Programms, drückte auf die Tasten und ging den Ablauf durch.

Ursprünglich hatten die sowjetischen Planer überlegt, ob sie nicht den Shuttle selbst bergen könnten, indem sie einen Kosmonauten an Bord zurückließen, um einen Wiedereintritt zu versuchen. Doch die Statistiker hatten die Erfolgsaussicht auf nur eins zu vier berechnet, die Wahrscheinlichkeit, daß die Raumfähre beim Wiedereintritt verglühen würde, war zu groß. Nicht daß man sie für das sowjetische Raumfahrtsprogramm benötigte. Da gab es bereits ein eigenes Projekt, es war anders und ehrgeiziger als die inzwischen achtzehn Jahre alten Entwicklungen der Amerikaner. Also wurde ein sauberer Kompromiß geschlossen. Kurz ehe die Kosmonauten den Shuttle verließen, würden sie die Raketenmotoren entgegen der Fortbewegungsrichtung für eine genau festgelegte Zeitspanne zünden. Allmählich würde der Bahnradius des Shuttle abnehmen, und innerhalb von sechs Stunden würde die irreversible Wiedereintrittsphase beginnen und schließlich ihr feuriges Ende in der Atmosphäre über Michigan finden. Sowjetische Raumfahrtexperten errechneten als Aufschlaggebiet für die Metallüberreste die Gegend um Houston. Ein weiterer grandioser Einfall, fand der Oberst. Der eigene Weltraumschrott würde im Hinterhof von Houston-Center einschlagen.

Der Oberst hob sein Glas und toastete stumm dem Shuttle, zweihundertzweiundvierzig Kilometer weit draußen im Weltraum, im Augenblick über Indien, wo es sich mit dreißigtausend Stundenkilometern dem Nordpol näherte. »Du gehörst uns!« versprach er.

21

19. Juli, 17.40 Uhr

Jean spielte abwesend mit ihrem Haar und strich lustlos die Bürste durch die langen Strähnen. Zum x-tenmal blickte sie auf die Uhr. Schließlich stand sie auf, trat ans Bullauge und blickte hinaus auf den Ankerplatz. Niedrige Hügel im Osten, eigentlich nicht mehr als Dünen mit vereinzelten Halmen Riedgras und da und dort ein bißchen Gestrüpp. Seit gestern hatte sich nicht das geringste am Strand gerührt, und keinerlei Spuren von Mensch oder Tier waren zu sehen. Es war wahrhaftig ein Ort, mit dessen Schöpfung Gott offenbar nicht zufrieden war und den er deshalb vergessen hatte.

Sie kehrte zu ihrem Bett zurück und setzte sich leise, um Pam nicht zu wecken. Pam lag auf der anderen Hälfte des Doppelbetts, in einen Bademantel gehüllt, den Kopf zurückgelegt, ohne Make-up und mit offenem Mund, und schnarchte leise. In der grellen Nachmittagssonne, die durchs Bullauge schien, lagen Pams Züge halb im Licht, halb im Schatten.

Jean hatte dieses Luder hassen wollen, weil Pam versucht hatte, Bracken zu verführen. Doch das fiel ihr immer schwerer. Die Dame führte ihre eigene Apotheke mit Aufputsch- und Beruhigungsmitteln und allem möglichen anderen mit sich, aber trotzdem war sie im Grunde genommen ein guter Mensch. Die meisten Facetten von Pams Persönlichkeit waren ungeschliffen – beispielsweise ihre Sprache –, dafür waren andere, die sie zu verbergen versuchte, makellos.

Sie sprach offen davon, daß sie sich als Callgirl ihren Lebensunterhalt verdiente. So konnte sie ihre Rechnungen bezahlen, und manchmal machte es auch Spaß, aber sie mochte keine Perversen. Dann, in der zweiten Nacht, nach der zweiten Flasche Wein, erzählte sie von drei spanischen und zwei schwarzen Kindern in Liberty City, für die sie die Patenschaft durch Spenden an ein katholisches Waisenhaus übernommen hatte. Sie kannte ihre Namen, hatte Fotos von ihnen, machte sich Sorgen, wenn sie schlechte Noten bekamen, und freute sich, wenn sie erfuhr, daß sie gut vorankamen. Ein Junge, Emanuel, hatte angefangen, sich für Mathematik zu interessieren, und würde sicher einmal in eine Handelsschule gehen. Ein anderes ihrer Kinder, eine beachtlich hübsche Farbige, war ganz verrückt nach den Medien, sie machte öffentliche Ansagen über die Schulanlage und schrieb für die Schulzeitung. Pam erzählte angeregt und voll Liebe von »ihren Kindern«, als wären es tatsächlich ihre eigenen. Im Grunde genommen waren sie das wohl auch, weil sich sonst kaum jemand um sie sorgte.

Eine Lektion fürs Leben: Wir sollten nicht vorschnell in selbstgerechter Moral über andere urteilen, dachte Jean. Der Schein trügt so manches Mal.

Ihr wurde bewußt, daß sich Pam nicht gerührt, wohl aber die Augen geöffnet hatte und leicht lächelte. »Du wirst die Bürste abnutzen, Jean. Oder dein Haar.«

»Die Nerven. Nichts zu tun, keine Bewegungsfreiheit. Und ich mache mir Sorgen um Bracken und Walroß.«

»Ich würde sagen, sie kommen schon zurecht.« Pam setzte sich auf, schüttelte ihr Haar wie ein nasser Hund, dann glättete sie es, indem sie mit den Fingern durchstrich. Sie zündete sich eine Zigarette an. »Himmel! Das ist meine letzte Schachtel! Wir müssen raus aus diesem Gefängnis. Was tut sich?«

»Nichts. Sie haben kein Mittagessen gebracht, also habe ich dich auch nicht aufgeweckt. Kurz nach vier hörte ich Schritte draußen auf dem Gang. Die Generatoren sind an, das Licht läßt sich einschalten, die Dusche funktioniert, das Wasser ist heiß, aber sonst tut sich absolut nichts. Es ist wie in einer gemütlichen Gruft.« Da wurde ihr die unpassende Wortwahl bewußt.

Pam trat ans Bullauge und starrte auf den Strand. »Welch großartige Aussicht! Nichts zu sehen außer Möwen, die dabei sind, mehr Möwen zu machen.«

Eigentlich gar kein richtiges Bullauge, dachte Jean. Es war eine Scheibe aus getöntem Plastik, einen guten Zentimeter dick, fünfundvierzig Zentimeter breit und dreißig hoch, in einem Aluminiumrahmen, der sich nach oben und innen schwenken lassen sollte. Der Schwenkrahmen saß in einem festen Rahmen, ebenfalls aus Aluminium, der seinerseits mit sechs Aluminiumschrauben und -flügelmuttern befestigt war. Jean hatte sich schon in Kuba plagen müssen, die Flügelmuttern aufzuschrauben, um die Kassette zur *Pampero* zu werfen, und jetzt war es so gut wie aussichtslos.

Zehn Minuten, nachdem die *Pampero* abgelegt hatte, war Sanchez in die Kabine gekommen und hatte gesehen, daß das Bullauge offen war. Fluchend hatte er es geschlossen und war verschwunden. Innerhalb von Minuten war ein Mechaniker aus dem Maschinenraum gekommen und hatte unter Sanchez' Aufsicht das Gewinde der

Schrauben mit einem Hammer flach geschlagen, was es unmöglich machte, die Flügelmuttern zu lösen.

»Ich werde mit niemandem darüber reden«, hatte Sanchez gezischt, und sein Kopf war rot vor Ärger gewesen, »und dafür sollten Sie mir dankbar sein. Die Klimaanlage funktioniert sehr gut. Sie brauchen keine Seeluft!« Damit hatte er die Tür zugeschmettert und abgeschlossen.

Pam blickte immer noch auf den Strand. Die Spätnachmittagsonne hatte einen rötlichen Ton, was Pams Bräune vertiefte. Vierzig, vielleicht, dachte Jean, aber immer noch verdammt attraktiv. Pam wandte sich wieder zu ihr um.

»Glaubst du, die *Pampero* kommt zurück?« Sie setzte sich auf Jeans Bett.

»Ich weiß es nicht, Pam. Ich weiß es wirklich nicht. Wenn sie können, werden sie zurückkommen.«

»Und wenn nicht? Du weißt, was passieren wird, nicht wahr? Das gleiche wie mit Stackhill. Ich schwimme zwar wie ein Fisch, aber ich *hasse* diese verdammten Viecher mit den scharfen Zähnen, die da unten herumwimmeln.« Tränen stiegen ihr in die Augen. »O Gott – ich will nicht so sterben.«

Pams Nerven fingen nun wirklich an, sie zu verlassen. Die Ängste, die sie bisher gut unter Verschluß gehalten hatte, drängten nach oben. Es war die alte, quälende Frage: »Was ist, wenn ...« Nur, daß das »Wenn« gar nicht mehr so fraglich war.

Jean hatte die inneren Maße des Bullauges nachgeformt, indem sie metallene Kleiderbügel aus dem Schrank zu einem Rechteck von fünfundvierzig mal dreißig bog. Dann hatte sie versucht, es sich überzuziehen. Es kratzte ein wenig, aber sie kam hindurch. Pam hatte breitere Schultern als sie. Aber wirklich würden sie erst wissen, ob sie hindurchkommen konnten, wenn sie es am Fenster selbst versuchten. Vielleicht ging es, wenn sie sich dick mit den Nachtcremes einschmierten, die Pam in ihrem Kulturbeutel dabei hatte.

»Wir kommen hinaus«, sagte sie leise. »Zumindest haben wir eine Chance!«

»Von wegen!« fauchte Pam. »Diese verdammten Muttern lassen sich nicht drehen, weil Sanchez dafür gesorgt hat, daß die Schrauben unbrauchbar sind.«

»Vielleicht können wir die Plastikscheibe rausbrechen.«

»Das stellst du dir zu einfach vor! Versuch mal, zentimeterdickes Plastik auch bloß zu beschädigen! Dazu brauchtest du einen Schmiedehammer. Aber dieses Zeug ist kein normales Plastik, Kindchen. Es ist *Lexan*. Kugelsicher! Ich kenne einen Kerl drüben in Miami Beach, der zwei Partner hat, die nichts so gern möchten, als daß er sich schlimm verkühlt – so sagt man in den dortigen Kreisen zu einem schnellen, sehr unangenehmen Tod. Er gab fünfzigtausend Dollar aus, seinen Mercedes kugelsicher machen zu lassen, und er ließ Lexanscheiben einsetzen. Sieht aus wie Glas, hält aber alles ab, selbst eine Magnumkugel.« Sie deutete mit dem Kopf auf das Bullauge. »Ich bin verdammt sicher, daß es das gleiche Zeug ist.«

Ein Schlüssel wurde ins Schloß gesteckt und umgedreht. Kein höfliches Klopfen.

Sanchez schob einen der lateinamerikanischen Hilfsköche vor sich herein.

»Essen«, sagte er knapp. Der Lateinamerikaner stellte ein Tablett ab. Darauf befanden sich eine Schüssel – Bohnen und Reis zusammen breiig gekocht, in einer Art dunklen Soße –, zwei Löffel und ein paar Sechserpackungen Crackers.

»Mit der Gastronomie hier wird es immer schlimmer«, stellte Pam ätzend fest.

»Es hängt von der Art von Gästen ab, wie man sie bewirtet«, entgegnete Sanchez. »Es ist eine einfache Logik: Huren gibt man eben für Huren passendes Essen.«

Sie spuckte ihn an. Zielsicher. Der Speichel verteilte sich auf dem Glas seiner Sonnenbrille. Sein Kopf färbte sich tiefrot, er schlug ihr mit der Faust in die Magengrube und ohrfeigte sie mit der Linken so heftig, daß sie gegen das Schott flog und daran auf den Boden rutschte.

Dann wandte er sich an Jean, und sagte mit rauher Stimme mit sarkastischem Ton: »Entschuldigen Sie mich bitte, ich habe anderweitig zu tun.« Er schmetterte die Tür hinter sich zu und drehte den Schlüssel.

Wenn die Geschäftsführung unfreundlich wurde, war es Zeit, die Rechnung zu bezahlen und zu verschwinden. Aber Jean bezweifelte, daß Sanchez ihre Kreditkarte akzeptierte.

Pam war nicht wirklich bewußtlos, sie hatte es nur recht gut gespielt.

Jean beugte sich besorgt über sie, doch Pam schob sie sanft zur Seite. »Nichts passiert. Ich habe schon Schlimmeres einstecken müssen – und ausgeteilt. Dieser Hurenbock! Ich würde ihm liebend gern die Eier mit einer stumpfen Schere abzwicken!«

»Wie wär's mit einem Schweizer Kommißmesser?« fragte Jean leise.

18.11 Uhr

Lu kam langsam zu sich, kämpfte sich allmählich ins Bewußtsein zurück und begann das Puzzle von Geräuschen und Sinnen zusammenzufügen. Er beeilte sich nicht damit, denn er wußte, daß mit der Zeit alles klar werden würde. Wie alles brauchte eben auch das seine Weile.

Sein Körper hob sich sanft, als läge er auf einem gigantischen schlafenden Tier, das langsam atmete. Er gelangte empor zu einer weiteren Bewußtseinsebene, in der er zu ergründen versuchte, wo er sich befand. Es wurde ihm schließlich bewußt, daß es das wogende Meer war, das seine Bewegung durch das Schiff sandte, durch die Matratze der Koje in seinen Körper.

Er zwang sich, sich auf die unmittelbaren Umstände zu konzentrieren.

Er befand sich auf einem Schiff. Er lauschte mit geschlossenen Augen und hörte das kaum vernehmbare Rauschen des Wassers, das an den Planken des Schiffes vorbeifloß, das Knarren des Großmasts im Mastloch, das Ächzen der belasteten Blöcke, das Summen des Passats in der Takelung.

Behutsam versuchte er die Augen zu öffnen und stellte fest, daß es nicht ging – nicht ganz jedenfalls. Er konnte sehen, aber seine Sicht war durch die Geschwulst um Nase und Augen beschränkt. Sein Schädel pochte, sein Gesicht war ein einziger Schmerz, doch er war offenbar noch in einem Stück, und er konnte sich bewegen, ein bißchen wenigstens.

Die Bändsel, mit denen seine Hand- und Fußgelenke gefesselt gewesen waren, hatte man entfernt, aber über Kreuz gespannte Nylonseile, die durch frisch gebohrte Löcher entlang der Kojenseiten gefädelt waren, hielten ihn von Kopf bis Fuß auf der Matratze fest – wie eine Fliege in einem Spinnennetz. Bracken hatte dafür gesorgt, nachdem er ihm das Morphium gespritzt hatte.

Der Schoner rollte sanft in den Wellen, Sonnenstrahlen fielen auf den Kajütenboden, über sein Gesicht und auf das Schott neben ihm. Die Sonne mußte demnach tief am Horizont stehen, also war es bereits Spätnachmittag. An Deck rührte sich nichts, doch er konnte das Ächzen der Ruderanlage hören, wenn das Steuerrad bewegt wurde.

Bracken hatte etwas von einer voraussichtlichen Ankunft in North West Cay um etwa neunzehn Uhr dreißig erwähnt. Die Sonne ging in diesen Breiten gegen halb sieben unter. Ihm blieb demnach ungefähr eine Stunde, sich einen Plan auszudenken und ihn durchzuführen, wenn es überhaupt noch dazu kommen sollte.

Eines stand jedenfalls fest. Er hatte versagt. Der Shuttle war nicht zerstört. Vielleicht gestartet, vielleicht auch nicht, aber ganz gewiß nicht vernichtet. Also mußte er etwas mit dem Oberst aushandeln. Doch um das tun zu können, war es erforderlich, irgendwie Kontakt mit dem Oberst aufzunehmen, ehe Bracken an ihn herankam.

Die Stufen des Niedergangs knarrten. Lu schloß die Augen bis auf einen Spalt, so konnte er sehen und erweckte doch den Eindruck eines Schlafenden. Er lauschte.

Durch die Wimpern erkannte er Bracken, der einen Blick in die Kabine warf und dann weiterging. Geräusche kamen aus dem Maschinenraum; der Generator wurde abgeschaltet.

Die Tür zum Maschinenraum schmetterte zu. Dann Geräusche aus der Kombüse: das Öffnen und Schließen des Kühlschranks, das Klappern einer Pfanne auf dem Herd. Er hörte Bracken nicht kommen. Plötzlich stand er an der Tür der Achterkajüte.

»Sind Sie wach?«

»Ja.«

»Wie geht's dem alten Zinken?«

»Tut weh. Kopfschmerzen. Ich hätte gern einen Schluck Wasser.«

Bracken entfernte sich eine Minute, dann kehrte er mit einem Glas und einem Trinkhalm zurück. Er knickte ihn zu einem L und schob das kürzere Ende zwischen Lus Lippen. Lu trank das halbe Glas in einem Zug, dann die andere Hälfte, daß kaum ein Tropfen übrigblieb. Er legte den Kopf wieder aufs Kissen, und nickte.

»Danke, Bracken.«

»Nichts zu danken. Ich möchte Ihnen etwas zeigen.« Aus seiner Hemdtasche holte er etwas, das in Watte gewickelt war, und hielt es dicht vor Lus Augen. »Der Zünder, von dem Sie mir erzählten. Walroß hat ihn herausgezogen, mitsamt dem Plastiksprengstoff. Ich dachte, es interessiert Sie, was der Oberst mit Ihnen beabsichtigt hatte.« Bracken drehte den winzigen Zylinder so, daß das *10 seg* sichtbar war. »Kein Sechzigminutenzeitzünder, Lu. Das da wäre zehn Sekunden, nachdem Sie die Angelschnur herausgezogen hätten, losgegangen. Sie hätten es nicht einmal bis aufs Deck geschafft. Ihr Chef wollte offenbar nicht, daß Sie und Ihre Kumpel zurückkehrten. Warum?«

Es kam nicht überraschend. Auch das fiel unter die Kategorie »lose Fäden«, und seit Kuba hatte Lu geahnt, daß er einer davon war. »Das weiß ich nicht, Bracken. Vielleicht ein Versehen. Die Kubaner sind schlampig.«

»Und es berührt Sie nicht weiter?«

Innerlich kochte Lu, aber seine Miene war unbewegt, und seine Stimme verriet nichts. »Vielleicht doch. Aber das ändert nichts an dem Los, das der Oberst Ihnen und Ihren Leuten zugedacht hat. Ob so oder so, er wird nicht zulassen, daß die *Pampero* North West Cay verläßt. Vielleicht plant er dasselbe für mich.«

Bracken ließ sich auf die gegenüberliegende Koje fallen. Er studierte die ICOM-Einzelbandanlage: ein japanisches Marinefunktelefon, kompakt, aber sehr leistungsstark. Mit dem Kopf deutete er auf das Gerät. »Haben Sie eine bestimmte Übertragungszeit mit der *Victoria* ausgemacht?«

»Nein, nur die kurze Nachricht, die ich gestern abend durchgab, war geplant. Ich teilte ihm auf spanisch mit, daß das Fischen gut sei, was im Klartext bedeutete, daß ich mich ohne vorhersehbare Probleme in Position vor dem Cape befand. Wir benutzten die Namen von bekannten Fischerkähnen, die vor Key West operieren.«

»Was wäre gewesen, wenn Sie Probleme gehabt hätten?«

»Da sollte ich nach eigenem Ermessen vorgehen. Falls es etwas Wesentliches war, sollte ich ihn anrufen und eine andere vereinbarte Nachricht durchgeben.«

Bracken räusperte sich verärgert. »Okay, Lu, ich bin bereit, einen Handel mit Ihnen zu machen. Sie rufen die *Victoria*. Sagen Sie Ihrem Chef, daß es Vierro, Raul und Halbtonn gutgeht und sie bloß nicht an den Strand herankamen, weil es wegen der Demonstranten vor Patrouillen wimmelte. Und daß der Shuttle ohne große Vorwarnung startete. Sagen Sie ihm, daß Sie das Cape gleich nach dem Start verlassen haben und etwa gegen zwei Uhr morgen North West Cay erreichen dürften.«

»Die Raumfähre ist gestartet?«

»Allerdings. Ein großartiger Start! Walroß und ich sahen sie heute nachmittag über dem Südhorizont verschwinden. Die Radiostationen haben bestätigt, daß der Start ohne Probleme verlief. Der Shuttle ist inzwischen im Orbit.«

Lu schloß die Augen. Bis jetzt hatte er immer noch vage gehofft, irgend etwas mit dem Shuttle würde schiefgehen. In dem Fall hätte der Oberst angenommen, daß Raul seinen Job getan hatte. Aber jetzt war Phase 1 ein Fehlschlag, und der Oberst hatte deutlich genug klargemacht, welche Folgen das haben würde. Sascha würde nicht freikommen, und er selbst könnte nicht in den Ruhestand gehen oder höchstens mit einer Kugel im Kopf. Außer ...

»Sie erwähnten einen ›Handel‹, Bracken. Was springt für mich dabei heraus, wenn ich den Oberst überzeuge?«

»Ganz einfach: Ihre heile Haut. Wir erreichen North West Cay um etwa neunzehn Uhr dreißig und ankern an der Ostseite der Insel, wo ihr Radar uns nicht aufspüren kann. Dann spazieren Walroß und ich über die Insel und versuchen die Satellitenschüssel der *Victoria* aus dem Verkehr zu ziehen. Wenn es möglich ist, holen wir die Frauen, kehren zur *Pampero* zurück und verschwinden. Sobald wir Anker geworfen haben, bleiben Sie an Bord der *Pampero*, da, wo Sie jetzt sind, bis wir zurückkommen. Wenn wir zurückkommen, und das ist ein ziemlich großes Wenn, setze ich Sie heil am Strand ab.«

»Das soll ich glauben? Sie werden mich töten, Bracken.«

»Ich sagte, heil, Lu. Lebend!«

»Warum?«

»Weil mir Ihre Mithilfe wichtiger ist, als Ihnen das Gehirn wegzupusten. Ich muß verhindern, daß das Signal gesendet wird, und ich will mein Mädchen zurück und dann nichts als von dort verschwinden. Es ist ja ganz offensichtlich, daß der Oberst nicht vorhatte, Sie lebendig vom Schiff zu lassen. Ich nehme also an, daß der KGB Sie irgendwie, irgendwo auf eine viel originellere Weise erledigen wird, als ich es fertigbrächte. So einfach ist das.«

»Ich mache Ihnen einen Gegenvorschlag, Bracken. Ich tue, genau wie Sie es verlangen, nur müssen Sie mir Ihr Wort geben, daß Sie den Oberst töten; daß Sie dafür sorgen, daß er wirklich tot ist!«

»Wie, zum Teufel, könnte ich so was versprechen? Ich muß die Satnavschüssel auf dem Brückendeck zerstören, damit kein Signal gesendet werden kann. Wenn ich Glück habe, kriege ich die Frauen frei. Und wenn wirklich alles klappt, kann ich die *Victoria* soweit fahruntüchtig machen, daß sie uns nicht verfolgen kann. Aber er hat mindestens fünfzehn Mann an Bord.«

Lu schüttelte den Kopf. »Den Oberst eingeschlossen sind es dreizehn.«

»Und sie sind bewaffnet?«

»Mit Selbstladern. Hauptsächlich AK-47er.«

»Also vergessen Sie, daß ich den Oberst ausschalten könnte. Ich habe lediglich die Maschinenpistole und die 22er. Ein Magazin für die Satellitenschüssel und eines für was immer sich danach tut. Vielleicht fliegt er in die Luft, vielleicht nicht. Ich kann es nicht garantieren. Sie müssen schon annehmen, was ich anbieten kann, Lu, denn wenn nicht, sind Sie Haifutter.«

»Sie werden mich nicht über Bord werfen. Sie wissen es, ich weiß es. Diese Gelegenheit hatten Sie bereits vor der Küste von Florida.«

Bracken beugte sich über Lu, bis die beiden Gesichter einander ganz nahe waren. »Sie haben Willie umgebracht, Lu! Es gibt nicht viele Gründe, weshalb ich Sie nicht umlegen sollte, aber wenn Willie noch lebte, würde er mit diesem Angebot einverstanden sein, weil soviel auf dem Spiel steht. Eines Tages werden Ihre eigenen verdammten Leute Sie ins Jenseits befördern. Aber wenn Sie jetzt nicht mitmachen, nehme ich ihnen die Arbeit ab. Also, entscheiden Sie sich!«

Trotz der grimmigen Worte glaubte ihm Lu nicht wirklich. John Bracken mochte ziemlich verzweifelt sein, aber ihm fehlten sowohl die Kraft als auch der Wille zu töten. Und was Lu selbst betraf, er würde sich ans Leben klammern, und wenn nur, um für den Tod des Obersts zu sorgen, wie immer sich das auch bewerkstelligen lassen mochte.

Bedächtig wandte er Bracken wieder das Gesicht zu. »Also gut, ich tue, was Sie verlangen. Lösen Sie die Seile, helfen Sie mir hoch, und lassen Sie mich aufs Klo gehen. Sie können inzwischen schon mal das Funkgerät warmlaufen lassen.«

Bracken beugte sich wieder über Lu und musterte sein Gesicht eindringlich. »Wenn Sie versuchen mich hereinzulegen, verwende ich Ihre Därme als Hosenträger! Führen Sie das Gespräch mit einfachen, verständlichen Worten. Sind irgendwelche Kodeworte ausgemacht, die ihn warnen sollen, daß Sie nicht freiwillig senden?«

»Für den Fall, daß die Coast Guard an Bord kommt, sollte ich ein Kodewort unauffällig in einen unverfänglichen Satz über Fischergeräte einbauen – ›gebrochener Ausleger‹. Davon abgesehen, sollte das Gespräch kurz und völlig normal gehalten werden – also etwas, was jemand, der mithört, von Fischern erwartet.«

»Das ist alles? Sonst nichts?«

Lu schüttelte vorsichtig den Kopf. »Das Klo, Bracken. Ich möchte nicht, daß es ins Bett geht.«

Das Nylonseil war wie ein Schuhsenkel um Lu geschnürt. Es war nur etwa einen halben Zentimeter stark, aber das genügte. Lu hatte es mit den Händen ausprobiert. Es gab nach, riß jedoch nicht.

Bracken löste einen Knoten an der Unterseite der Koje, zog das leichte Nylonseil aus den Löchern auf beiden Seiten und löste so Stück um Stück die Verschnürung. Es brauchte seine Zeit.

Bracken stützte Lu, als er ihn zur Tür, dann über den Gang zur Toilette führte. Lu machte sich mit voller Absicht schwer, damit Bracken das volle Gewicht zu schleppen hatte.

»Tut mir leid. Meine Beine sind wie Gummi.«

Bracken lehnte ihn gegen das Waschbecken, dann öffnete er den Spiegelschrank und holte einen Rasierapparat und eine Schachtel mit Klingen heraus. »Nur damit Sie nicht auf dumme Gedanken kommen, Lu.«

Lu zog den Reißverschluß seiner Hose hinunter, und blickte zu Bracken hinüber. »Ich habe nicht die Absicht, mich umzubringen. Würden Sie mich jetzt bitte kurz alleinlassen?« Bracken zuckte die Schultern und schloß die Tür.

Das Schiff krängte leicht, und Lu wurde flüchtig schwindelig und übel. Die Toilette hatte weder Bullauge noch Oberlicht, und er hatte sein Gleichgewichtsgefühl verloren. Mühsam stemmte er er sich gegen das Schott und begann in die Kloschüssel zu urinieren. Mit der freien Hand öffnete er währenddessen leise und vorsichtig den Spiegelschrank. Bracken hatte den Rasierapparat und die Klingen herausgenommen, wahrscheinlich eher, weil er dachte, Lu würde sich vielleicht umbringen, als weil er befürchtete, er könne versuchen zu fliehen. Die Fächer waren rostig und fast leer, sie enthielten nur ein paar Röhrchen mit Schmerztabletten, eine Packung Aspirin, eine Schachtel Heftpflaster, eine halbleere Tube Zahnpasta, ein Röhrchen mit Zahnseide und eine Flasche Rasierwasser.

Er hatte weder mehr noch weniger erwartet. Es würde seinen Zweck erfüllen, aber das mochte lange dauern. Er schob, was er sich angeeignet hatte, in seine Unterhose, schloß die Schranktür, urinierte zu Ende und zog den Hosenreißverschluß hoch.

Als er die Spülung betätigte, schwang die Tür auf.

»Fertig?«

»Nicht fertig, aber besser.«

»Welche Frequenz?«

»Vier Komma eins drei drei. Oberes Seitenband. Das Rufzeichen der *Victoria* ist diesmal *Tigre;* unseres *Gato Negro*. Ich kann ihm nicht die ganze Information durchgeben, die Sie möchten, aber er wird das Wesentliche heraushören. Wie wollen Sie es formulieren?«

Bracken kritzelte rasch mit einem Bleistift auf ein Stück Papier und schob es Lu zu. »Sagen Sie ihm, daß Sie etwa zwei Stunden nach Mitternacht eintreffen werden. Der Besatzung ginge es gut, nur seien alle ein wenig enttäuscht, weil der Fang nicht wie erhofft war. Wird er das abkaufen?«

Lu hielt den Kopf stocksteif, während er den Zettel las, dann nickte er bedächtig. »Es ist vage genug. In etwa, was er erwarten würde, wenn er bereits weiß, daß die Fähre erfolgreich gestartet wurde.«

»Also, dann senden Sie.«

Lu gab die Frequenz ein, drehte den Frequenzpegel hoch, stellte den Mikrophonpegel ein, und drückte die Tasten. Nach dem fünften Anruf meldete sich der Oberst in geschraubtem Spanisch, das sich alkoholschwer anhörte.

18.43 Uhr

Auf den Bahamas war die Sonne untergegangen, die Wolken hatten sich in überlagernden Schichten blutrot, orange und gold gefärbt. Der Wind war zu einem Lüftchen abgeflaut, wehte jedoch immer noch aus dem Norden.

Der Oberst hatte den Hörer des Einzelbandgeräts aufgelegt und lehnte sich gegen die Schiebetür zur Brücke.

Es war Lu gewesen. Seine Stimme, sein Tonfall waren unverkennbar, trotz der Verzerrung durch die Übertragung. Also hatte er versagt und kehrte nun wie ein Hund mit eingezogenem Schwanz zu seinem Herrn zurück. Es spielte keine Rolle mehr. Lu und alle andern an Bord der *Pampero* würden in die Luft gehen.

Der Oberst hatte seinen Teller mit auf die Brücke genommen, als der Anruf durchkam, und nun aß er weiter: Lammrücken, gebratene Brotfrucht, Karotten Julienne, und ein Sorbet. Der Wein war Ausschuß; Sanchez hatte ihn in Panama erstanden, es war französischer, zu teuer und bitter, aber mit einem vornehmen gold-grünen Etikett. Sanchez fand ihn *exquisit*.

Er leerte seinen Teller und schob ihn zur Seite. Es war noch Zeit für ein Nickerchen. Er stellte den Wecker seiner Armbanduhr auf zwanzig Uhr dreißig, dann warf er einen Blick in den Salon. Sanchez hatte seinen Teller bereits zum drittenmal gehäuft und stopfte große Gabelvoll in den Mund. Er blickte auf.

»Gibt es irgendwas Neues, Oberst?«

»Nichts Wichtiges. Ich werde mich ein wenig ausruhen. Bleiben Sie am Radar. Geben Sie mir sofort Bescheid, wenn Sie etwas orten, das auf uns zukommt.«

»Selbstverständlich.« Er lächelte den Oberst noch einmal an, dann setzte er seinen Angriff auf den Lammbraten fort.

»Und die Mannschaft?«

»Wie Sie befahlen. Alle außer den drei tüchtigsten Männern sind beim Abendessen in der Messe. Ich habe ihnen persönlich zwei Flaschen Rum gebracht, ihnen einen Kasten Bier überlassen und ihnen erklärt, daß sie aufgrund der Geheimhaltungsstufe Ihrer Mission eine Weile eingesperrt werden müßten. Wie gute Matrosen gehorchen sie ihrem Kapitän ohne Widerrede.«

Wie bedauerlich, dachte der Oberst, daß sie alle sterben müssen, mit oder ohne Widerrede.

19.24 Uhr

Die Dunkelheit war fast undurchdringlich, der Wind nicht mehr als ein kalter Hauch aus dem Norden, und das Echolot zeigte an, daß der Meeresgrund unter der *Pampero* plötzlich anstieg.

Bracken hielt das Ruder, Walroß stand am Bug und starrte auf den schwarzen Horizont. Vor zehn Minuten hatten sie kurz das Radar eingeschaltet, die schwache Ortung von North West Kay aufgenommen und den Kurs danach ausgerichtet. Bracken steuerte nun auf diesem Kurs, den Blick abwechselnd auf Log und Echolot, und beobachtete, wie die Meilen dahinklickten und aus den achtzig Fuß Tiefe siebzig wurden, dann sechzig. Die Entfernung betrug nur noch eine Viertelmeile, und immer noch war kein Land in Sicht.

Vom Bug schrillte ein Pfiff. Bracken drehte das Steuerrad, und die *Pampero* wendete langsam um hundertachtzig Grad, gegen den Wind, in den Mittstrom. Er hörte, wie der Anker gefiert wurde, das Rasseln der Kette und wie sie auslief. Die Echolotanzeigen bewegten sich zwischen vierzig und fünfundvierzig Fuß und wurden schließlich immer niedriger. Sie hatten es sehr knapp hingekriegt, denn an der Ostseite der Insel stieg der Meeresgrund rasch von großer Tiefe zu Korallenriffs an, die in gleicher Höhe mit dem nur fünfundzwanzig Meter entfernten Ufer lagen.

Bracken spürte, wie der Schoner sich gegen die Kette wehrte, dann stillhielt und schließlich noch ein Stück weitertrieb, als Walroß ein wenig Kette nachgab. Das Echolot zeigte nun nur achtundzwanzig Fuß an, also keine zehn Meter Tiefe. Walroß gab noch etwas Kette, bis die *Pampero* wieder ruckartig anhielt. Jetzt war die Tiefe unter dem Kiel fünf Meter. Gott sei Dank war der Wind kaum nennenswert, denn an einer Leeküste anzulegen war der Alptraum aller Seeleute. Wenn der Anker schleifte, wäre der alte Eimer in Sekunden auf den Riffen.

Walroß tauchte aus der Finsternis auf. Er beugte sich leicht vor, legte schützend die Hände um eine Zigarette und zündete sie an. »Ich habe fünfzig Meter Kette auslaufen lassen und sie gesichert. Sie hält gut.«

Bracken sah auf die Leuchtzeiger seiner Uhr. Neunzehn Uhr siebenunddreißig. Hatte ganz den Anschein, daß er immer nur pünktlich irgendwo war, wenn er gar nicht wirklich dort sein wollte. Er blickte achteraus. Die Insel war immer noch nicht zu sehen. Nun, nicht richtig zumindest. Nur eine dunkle Masse, dunkler als der Rest der Nacht.

»Dann wollen wir mal«, murmelte er.

Sie hatten den größten Teil der Ausrüstung bereits an Deck geschafft. Die Maschinenpistole und die 22er Halbautomatik in einem grünen Plastikmüllbeutel, die P-38 mit ihrer Schachtel Patronen, eine Rolle Isolierband, eine Spule Angelschnur, eine Luftmatratze, eine Rolle Gartenschlauch, eine Preßluftflasche, einen Regulator, eine Tauchermaske, zwei Paar Schwimmflossen, einen Schnorchel und zwei wasserdichte Taschenlampen, jedenfalls verkaufte man sie in Jachtbedarfsläden als Unterwasserlampen.

Mit vereinten Kräften ließen sie das Schlauchboot ins Wasser.

»Motor brauchen wir nicht, stimmt's?«

Da der Wind zur Küste blies, war ihr Plan, ein Ende eines leichten Nylonseils an den Heckklampen der *Pampero* zu befestigen und das andere am Bugschäkel des Beiboots. Der Wind würde sie dann über das Riff tragen, und sobald sie in seichtem Wasser waren, wollten sie das Schlauchboot über die Gezeitengrenze tragen. Wenn sie zurückkehrten, brauchten sie das Boot bloß wieder ins Wasser zu setzen und sich an dem Seil zum Schoner zurückzuziehen. Die wesentlichen Worte waren, »*wenn* sie zurückkehrten«.

»Glaub' nicht.«

Walroß zuckte die Schultern. »Mir ist's recht, Skip.«

»Bin gleich zurück.« Bracken tauchte den Niedergang hinunter und schwang sich nach links zur Achterkajüte.

Lu döste offenbar. Bracken hatte vier Kodeintabletten für ihn auf die Kommode gelegt, nahe genug, daß Lu sie erreichen konnte. Drei waren schon weg.

Er tupfte auf Lus Brust. »He!«

Lu hob flatternd die Lider, die Augen versuchten sich zu konzentrieren, doch dann schlossen sie sich wieder.

Bracken stupste ihn etwas stärker und beugte sich über ihn. »Wir brechen jetzt auf. Das Schiff ist gut verankert. Sie dürften hier sicher sein. Ich lasse die Bilgepumpe auf Automatik.«

»Und wenn sie nicht zurückkommen?« Die Stimme klang hohl, benommen von Schlaf und Schmerzmitteln.

»Hier ist jedenfalls alles in Ordnung. Es gibt nichts zu tun. Schlafen Sie sich gesund.«

»Aber wenn sie nicht zurückkommen? Was wird dann aus mir?« Die Stimme war nun etwas klarer, etwas eindringlicher. Wieder öffneten sich Lus Lider flatternd.

»Benutzen Sie Ihre Phantasie.«

Lu lauschte den Schritten auf Deck, dem Rasseln der Ausrüstung auf den Aluminiumbodenplanken des Bootes, dem Platschen, dann der einsetzenden Stille.

Er hob die Knie, drückte gegen das leichte Nylonseil, daß es sich straffte. Zufrieden holte er das Röhrchen mit Zahnseide aus seiner Unterhose und fing an, mit der winzigen Sägekante, mit der man die Seide abschneiden konnte, am Seil zu sägen. Es gelang ihm, einen dünnen Strang nach dem anderen zu durchtrennen. Insgesamt brauchte er qualvolle zehn Minuten, bis das Seil zersprang.

Er zitterte am ganzen Körper, sein Kopf fühlte sich an, als versuche jemand, ihn mit Nägeln zu spicken, aber er kam zurecht. Das Kodein hatte er nicht eingenommen, sondern sich die drei Tabletten für später eingesteckt. Aspirin würde den schlimmsten Schmerz vertreiben, ohne ihn schläfrig zu machen. Er nahm sich Tabletten aus dem Spiegelschrank im Klo und schluckte vier Stück auf einmal.

Er mußte jetzt gleich los, aber er ging dabei methodisch vor, genau nach der Liste, die er sich vor über einer Stunde eingeprägt hatte.

Den Kolani, den der Erste Offizier manchmal trug – etwas zu groß, aber dunkel und warm. Er schlüpfte hinein und knöpfte ihn zu.

Essen. Ein halber Topf gebackene Bohnen standen auf der Spülbekkenablage in der Kombüse. Er löffelte sie in sich hinein, dann kramte er im Kühlschrank und fand ein Päckchen mit Würstchen. Er aß drei ungewärmt und würgte fast an dem Fett.

Aktenkoffer. Er enthielt die Reisepässe und Reiseschecks. Bracken hatte die Verschlüsse aufgebrochen, doch das Geheimfach nicht entdeckt. Mit einem Stück des Nylonseils band er ihn zu.

Wie lange war Bracken schon weg? Wohl nicht ganz fünfzehn Minuten.

Das Deck war etwas abschüssig, als die *Pampero* sich gegen eine leichte See aus dem Norden aufbäumte. Lu lauschte kurz, dann tastete er sich vorwärts. Das Sunfish-Segelbeiboot war an Deck vertäut, das Segel bereits am Mast, der daneben vertäut war. In seiner Freizeit in Kuba, wo er den Marinehafen von Mariel benutzen durfte, hatte Lu gut genug segeln gelernt, daß er mit einem so kleinen Boot wie diesem umzugehen vermochte. Die Vertäuung löste er mit seinem Messer.

Seine Augen hatten sich an die Dunkelheit gewöhnt, so sah er, daß der Außenbordmotor noch unter dem Segeltuch backbords vom Großmast festgebunden war. Merkwürdig, daß sie ihn nicht benutzt hatten.

Er tastete sich achtern, bis er am Spiegel war. Er sah nachts erstaunlich gut – immer schon, außer als er eine Weile ein starker Raucher gewesen war –, und so erspähte er rasch das fluoreszierende Wasser kleiner Brecher, sowohl auf dem Riff als auch auf dem Sandstrand, der beängstigend nahe war, bestimmt nicht weiter als einen Steinwurf entfernt.

Etwas Helles bewegte sich vor seinen Füßen. Er blickte hinunter. Eine weißes Seil hob sich vom dunklen Wasser unter dem Spiegel ab. Er kniete nieder, um es zu betasten. Es war kein einfaches Seil, sondern eine Schlinge, die über einen behelfsmäßig montierten Block lief. Er verstand. Statt sich lediglich zum Ufer treiben zu lassen, hatten Bracken und sein Erster Offizier eine fortlaufende Schlinge aus Nylonseil zwischen der *Pampero* und dem Strand gezogen, indem sie sich vom leichten Wind treiben ließen und vielleicht auch ein bißchen mit den Paddeln nachhalfen. Um zur *Pampero* zurückzukehren, brauchten sie sich lediglich am schlaffen Teil des Seils zurückzuziehen. Deshalb hatten sie den Außenbordmotor nicht mitgenommen!

Er zog vorsichtig am Seil, dann etwas stärker, doch es gab nur ein wenig nach, weil es elastisch war. Natürlich! Sie hatten das Schlauchboot zweifellos über die Flutlinie getragen.

Er holte vom Seil ein, soviel er konnte, warf es über die Fockschotwinde und wickelte es fünfmal um die Trommel. Dann steckte er die Kurbel in die Winde und fing zu drehen an. Zunächst tat sich nichts, er spürte nur den zunehmenden Druck auf die Kurbel und die summende Straffung des Nylonseils, das sich wie die Sehne eines Bogens spannte. Dann plötzlich Bewegung. Er kurbelte heftig. Wieder sehnenstraff – es mußte sich verfangen haben. Er lockerte das Seil etwa drei Meter und kurbelte wieder wie wild. Das Seil spannte sich und schnellte plötzlich frei. Gerissen! Er stand auf, nahm das Seil von der Winde, und zog aufs neue daran, verbittert über die Folgen seiner Ungeduld. Er holte zehn oder zwölf Meter des Seils ein, dann spürte er eine leichte Spannung als zöge er einen großen Fisch an Land, der aufgehört hatte sich zu wehren. Zwei Minuten später schaukelte das Schlauchboot unter ihm.

Er benötigte ein paar Minuten, den Außenbordmotor loszubinden, den Kraftstoffbehälter zu finden und beides in das Boot hinabzulassen. Dann kletterte er hinunter, hängte den Motor über den Spiegel, schloß die Benzinleitung an und öffnete den Choke. Der Motor war ähnlich dem, den er nach Grenada benutzt hatte, und vom gleichen Hersteller. Er drehte den Gashebel halb auf, zog den Choke und riß an der Anlasserschnur. Der Motor sprang beim zweitenmal an, erstarb aber gleich wieder. Lu schob den Choke zurück und versuchte es erneut. Der Motor sprang an und heulte auf. Lu drosselte ihn rasch zu einem ruhigen Lauf. Der Wind wehte landeinwärts und würde den Motorenlärm weit tragen. Doch das spielte keine Rolle. Bracken kehrte nicht um, ganz sicher nicht, egal, was er zu hören glaubte, weil ihm ganz einfach die Zeit dazu fehlte.

Zwanzig Uhr zweiundzwanzig.

Es war nun ein Wettrennen.

22

20.27 Uhr

Mit der Feile ihres Schweizer Armeemessers sägte Jean methodisch an der Aluminiumschraube des Bullauges, dicht unter der Flügelmutter. Drei der sechs waren bereits abgetrennt und die Muttern abgenommen, und diese vierte zwei Drittel durch. Blieben also nur noch zwei.

Die Feile war kaum mehr als ein Spielzeug, nur etwa drei Millimeter stark und fünf Zentimeter lang, eher etwas zur Pflege der Fingernägel als zum Durchschneiden von eineinhalb Zentimeter dicken Schrauben. Doch es ging, wenn auch langsam. Sie schätzte, daß sie noch zwischen zwanzig und dreißig Minuten brauchen würden, bis alle Schrauben ab waren. Und dann Adieu, *Victoria.*

Ihr Handgelenk schmerzte von dem steten Druck, den sie auf die Klinge ausüben mußte. Das Feilen war nicht überlaut, aber doch laut genug, deshalb hatten sie versucht, es mit anderen, normaleren Geräuschen zu übertönen. Sie und Pam lösten sich alle zehn Minuten beim Sägen ab, und während die eine sägte, drückte die andere das Ohr an die Tür, um rechtzeitig zu hören, falls sich etwas auf dem Korridor tat. Um zehn nach acht hatte Pam Jean zugezischt innezuhalten. Beide lauschten mit pochendem Herzen. Auf dem Gang bewegten sich leise Schritte auf und ab, und hin und wieder war das metallische Klicken einer Waffe gegen die Uniformknöpfe der Wache zu hören. Pam hatte versucht, das Feilen zu übertönen, indem sie die Dusche laufen ließ, sang, ein unsinniges Gespräch mit sich selbst führte und mit einem Löffel in einem Glas rührte, als wolle sie sich den vollkommenen trockenen Martini mixen. Aber vorsichtshalber hatte sie einen Stuhl unter die Türklinke geklemmt.

»Ich bin dran«, flüsterte Pam.

Jean nickte. Die Feile war schon fast durch das Gewinde, aber sie fing an, gegen die Seiten zu kratzen, wenn sie sie nicht genau lotrecht zum unteren Teil des Schnittes hielt.

Pam übernahm das Sägen, und Jean, der plötzlich dieser tolle Einfall kam, kramte ihren Föhn heraus. Großartiger Lärmmacher! Warum hatte sie nicht schon eher daran gedacht?

»Sch … eiße!« Pam stand mit wütender Miene, aber in verzweifelter Haltung da: Die Feile war abgebrochen. Das Stück, etwa drei Viertel ihrer Länge, lag auf dem Teppich.

Pam zitterte sichtlich. »Verdammt, verdammt, verdammt!« knirschte sie mit zusammengebissenen Zähnen, und Tränen traten in ihre Augen.

Jean legte tröstend einen Arm um ihre Schultern. »Ist doch nicht deine Schuld. Außerdem ist noch Garantie darauf. Wenn man es an den Hersteller schickt, kriegt man Ersatz. Hast du vielleicht eine Sandpapier- oder Smaragdnagelfeile?«

Pam nickte. »Beides.«

»Okay. Dann arbeiten wir jetzt beide daran, denn damit wird es viel langsamer gehen. Aber in einer Stunde haben wir die letzten beiden Schrauben bestimmt durch.«

Pam blickte sie dankbar an, zog schluchzend die Nase hoch, dann lächelte sie schwach. »Ja, das machen wir! Und wenn wir uns vorstellen, daß wir an Teilen von Sanchez' Anatomie herumsäbeln, geht es bestimmt ein bißchen schneller.«

Sie würden ihr Bestes tun, aber es würde Stunden dauern, dessen war sich Jean bewußt. Und sie zweifelte nicht daran, daß auch Pam es wußte.

20.38 Uhr

Es hatte länger gedauert, den Dreiviertelkilometer über die Insel zurückzulegen, als Bracken angenommen hatte. Sie hatten vorgehabt, ihn im Laufschritt zu schaffen, mit den kleineren Sachen in ihren Rucksäcken und den anderen – Preßluftflasche, Schlauchrolle und Regulator – in einer provisorischen Schlinge zwischen sich. Doch Bracken hatte nicht mit der Schlammzone und mit den Moskitos gerechnet.

Das Innere von North West Cay war eine einzige riesige Schlammfläche, wahrscheinlich meistens knochentrocken, doch jetzt nach dem Regen, den Hannah gebracht hatte, ein Morast. Und der sintflutartige Regen hatte auch Schwärme von stechenden und beißenden Insekten hervorgebracht. Schließlich waren Bracken und Walroß stehengeblieben und hatten das Gesicht und alle unbedeckten Körperteile mit Schlamm eingeschmiert, um sich gegen die Insekten zu schützen.

Jetzt standen sie in einer Mulde zwischen zwei großen Dünen und blickten hinaus auf den Ankerplatz. Da war nichts. Keine Lichter, nichts außer schwarzer Leere.

»Glaubst du, sie haben sich aus dem Staub gemacht?« fragte Walroß. »Soweit ich mich an die Schüssel auf der *Shango* erinnere, kann das Ding auch auf See Verbindung mit einem Satelliten aufnehmen. Sie könnten schon halb auf Kuba sein und trotzdem ihren Auftrag noch ausführen.«

Bracken antwortete nicht sofort. Die *Victoria* mußte da draußen sein; denn wenn der Oberst glaubte, daß Lu und die Kubaner unterwegs hierher waren, würde er nicht wegwollen, ehe er sie und die *Pampero* in die Luft gesprengt hatte. Und es war logisch, daß sie kein Licht eingeschaltet hatten, außer vielleicht ein ganz schwaches, das durch die getönten Scheiben nicht zu sehen war. Trotzdem hatte er erwartet, das Schiff zu sehen, weil anzunehmen war, daß es ziemlich nahe am Strand ankerte, um nicht von der Dünung erfaßt zu werden, die immer noch von Norden herbeirollte.

Er stapfte zum Wasser hinunter und watete hinein, bis es ihm über die Hüften reichte. Dann planschte er herum, wusch den an ihm klebenden Schlamm weg und tauchte den Kopf unter. Er spülte gerade das Haar aus, als er das Summen hörte. Er hielt inne, kam hoch, um Luft zu holen, dann tauchte er den Kopf wieder ganz unter. Es war kein lautes Summen, und klang so, wie ein Taucher einen entfernten Außenborder hören mochte.

Er kam wieder hoch. Walroß stand neben ihm, auch er wusch sich den Schlamm ab.

»Hast du es gehört?« fragte ihn Bracken.

»Ja. Wahrscheinlich ein Generator. Höhere Drehzahl als ein Schiffsmotor. Die *Victoria* ist da draußen, aber verdammt viel weiter, als ich dachte.«

»Dann wollen wir.«

Sie sprinteten zurück zwischen die Dünen. Walroß schloß den Regulator an, schnallte sich das Atemgerät um, schlang sich den Wasserschlauch um die Schulter und stieg den Strand hinunter. Dann zog er die Schwimmflossen an und spülte die Tauchermaske aus. »Gib mir einen Vorsprung von zehn Minuten, Skip.« Sie verglichen die Zeit: 20.41 Uhr. »Ich müßte es vor neun gut schaffen. Dann komme ich an den Strand zurück und spiele Zielscheibe. Also rechne damit, daß es kurz nach neun losgeht. Die Hauptsache ist, daß ich um einundzwanzig Uhr zwanzig an der Schnur ziehe, richtig?«

Viel Zeit ließ ihnen das nicht, nicht einmal ganz neununddreißig

Minuten. »Ja, es ist etwas knapp, aber daran läßt sich nichts ändern. Wir müssen uns beeilen. Wenn ich um einundzwanzig Uhr dreißig nicht zurück bin, dann sieh zu, daß du zur *Pampero* kommst. Ich habe die Einzelbandanlage so eingestellt, daß du sie bloß einzuschalten und zu rufen brauchst. Sie steht auf der Frequenz der Coast Guard von Portsmouth in Virginia. Melde ihnen Mayday und sieh zu, daß du sie dazu bringen kannst, einen ihrer großen Kutter zu schicken und vielleicht auch einen Hubschrauber.«

»Blödsinn! Ich werde hier warten. Wenigstens bis zum Morgengrauen. Wenn du nicht auftauchst, packe ich die Sache auf meine Art an.« Er streckte Bracken die Hand entgegen. »War schön, mit dir zusammenzuarbeiten, John. Hat Spaß gemacht, alles.«

Da blieb nichts mehr zu sagen, das es besser ausgedrückt hätte. Bracken nickte. »Das gleiche wollte ich dir sagen, Tom. Und jetzt, los.«

20.46 Uhr

Schwer schnaufend blies Bracken die Luftmatratze auf. Dann griff er nach der Maschinenpistole, die er in den mit wasserdichtem Klebeband verschlossenen Müllbeutel verpackt hatte. Als nächstes überprüfte er die Versiegelung des Gefrierbeutels, der die 22er Halbautomatik vor Feuchtigkeit bewahren sollte, und klebte sie sich mit Isolierband an die Wade. Er wußte nicht so recht, weshalb er sie mitnahm, außer daß jegliche Schußwaffe ein Plus war.

Er watete ins Wasser, legte erst die Maschinenpistole auf die Luftmatratze, dann sich selbst, so daß sie unter seiner Brust lag, stieß sich vom Strand ab und paddelte mit den Händen in die Richtung, wo er die *Victoria* vermutete.

Hin und wieder hielt er an, um sich auszuruhen, und wurde von dem schwachen Wind leicht seewärts getrieben. Das Summen wurde lauter – etwas weiter links. Er blickte zum Himmel. Alle vertrauten Freunde marschierten in dichtgeschlossenem Kreis um den Pol, nur der Nordstern stand reglos exakt im Norden.

Nach weiteren achtzig Paddelschlägen sah er die *Victoria* – das heißt, er sah sie eigentlich nicht, sondern ahnte die länglichen Umrisse, die die Sterne am Westhorizont verdeckten. Sie war keine vierzig Meter mehr entfernt. Die Generatoren waren nun laut über das Wasser zu hören, und er hoffte, daß sie sein leises Platschen übertönten.

Er änderte die Richtung, damit er achtern, etwa dreißig Meter entfernt, an ihr vorbeikam. Er hatte Jeans und einen dunklen Rolli angezogen. Das unterschied sich kaum von dem, was auch die Mannschaft der *Victoria* auf See trug, und war auch dunkel genug, um in der Schwärze des Wassers nicht aufzufallen. Aber er kam sich nackt vor. Falls irgend jemand sich achtern an Deck aufhielt, war die Chance groß, daß er entdeckt wurde, und das war gleichbedeutend mit einem Todesurteil.

In der Theorie war der Plan einfach. Walroß würde seine Sache erledigen, zum Strand zurückschwimmen und dann mit der Walther P-38 das Feuer eröffnen, obwohl er nach jedem Schuß laden mußte. Der automatische Transport war noch immer blockiert und die verrostete Hahnspannfeder durch ein dickes Gummiband ersetzt. Trotzdem meinte Walroß, daß sich damit schießen ließ, wenn auch immer nur einmal, wie mit einer umgebastelten Spielzeugpistole. »Verrückte Art, Krieg zu führen, Skip«, hatte er festgestellt.

Da die *Victoria* im Nordwind schwoite, lag die Steuerbordseite parallel zur Küste, und Bracken schätzte, daß der Oberst Wachen auf dieser Seite postiert hatte. Wie bei den meisten Motorbooten ragte unmittelbar über der Wasserlinie eine Teakholzplattform aus dem Rumpf. Auf sie schwamm Bracken zu. Von ihr führte eine schmale eingebaute Leiter durch eine Gangway zu dem hinteren Cockpit. Nach ihrer großartigen Theorie sollte Bracken unbemerkt an Bord klettern können, sobald Walroß am Strand das Feuer eröffnete und es von der *Victoria* erwidert wurde. Aber mehr als eine Theorie war es nicht. Und danach mußte Bracken sehen, wie er weiterkam.

Er befand sich nun direkt achtern von der Jacht, immer noch in einem Abstand von dreißig Metern. Mit den Handrücken rieb er sich das Salzwasser aus den Augen, ruhte sich aus und studierte das Deck der *Victoria*. Keine Bewegung war zu sehen, kein verräterisches Glühen einer Zigarette, aber wer rauchte auch heutzutage schon noch?

Die Minuten tickten dahin. Er blickte auf die Uhr: 20.53 Uhr. Zeit für seinen Zug.

Vorsichtig rollte er von der Matratze, ließ sie los, hielt die Maschinenpistole über den Kopf und kraulte mit dem freien Arm zum Heck der *Victoria*.

Das Summen der Generatoren klang nun lauter, und seine Lunge brannte von den Abgasen, die sie abbekam. Noch zwanzig Meter ... zehn ... fünf.

Das Boot war fast über ihm, es drehte sich in einem Bogen auf das Heck zu und wurde langsamer, als sein Fahrer den Motor drosselte. Bracken hatte es wegen des Lärms der Generatorenauspuffe nicht kommen gehört, bis es fast über ihm war. Zwei Meter, dann einer. Schwer atmend zog er sich unter die Plattform. Die Maschinenpistole mußte er untertauchen, um sie außer Sicht zu bringen. Mit einer Hand klammerte er sich an ein stark mit Entenmuscheln überkrustetes Rohr, das die Plattform stützte, und hielt sein Gesicht nur knapp aus dem Wasser.

Die Geschwindigkeit des Bootes verringerte sich nun rasch. Es trieb mit dem Motor im Leerlauf zur Plattform; erst kurz davor wurde dieser abgestellt. Der Bug des Bootes stupste etwa fünfunddreißig Zentimeter von Brackens Kopf entfernt gegen die Plattform, und er erkannte die auf den Bug gemalte Schrift. Es war das Schlauchboot der *Pampero*! Im Boot stand jemand auf und warf eine Leine auf das Deck der *Victoria*.

»Atención! Hay alguien ahi?«

Es war ein grauenvoller Akzent, und die Stimme klang verzerrt, als hätte sich der Sprecher den Mund mit Bananen vollgestopft. Unverkennbar Lu!

Wie in drei Teufels Namen hatte er sich befreien können? Der Kerl mußte zäh wie Sohlenleder sein – viel zäher, als Bracken es je für möglich gehalten hätte.

Lu rief erneut nach irgend jemandem an Deck, doch auch jetzt antwortete niemand. Sollte er den Hundesohn umbringen? Aber er konnte es nicht. Beide Waffen waren noch in den versiegelten Plastikbeuteln, und er würde selbst unter den idealsten Umständen eine gute halbe Minute brauchen, eine davon herauszukriegen. Und, was wesentlicher war, er war nicht hier, um Lu zu töten.

Es spielte ohnehin keine Rolle. Lu sprang auf die Plattform. Seine nackten Füße landeten nur Zentimeter entfernt von Brackens Hand. Sekunden später war er die Leiter hoch. Bracken hörte die Achtergangwaytür heftig aufschwingen, sich klickend schließen, dann Lus weiche Schritte an Deck vorwärts, Richtung Brücke, gehen.

Wahrhaftig, jetzt war die Katze aus dem Sack!

Walroß hatte jeglichen Orientierungssinn verloren und stieß sich blind wie durch Tinte. Vorsichtig hob er den Kopf aus dem Wasser und schaute sich um. Die Umrisse der *Victoria* waren links von ihm statt hinter ihm. Verdammt! Er leerte das angesammelte Seewasser aus seiner Tauchermaske, drehte sich kraulend zur dunklen Küste um und tauchte wieder.

Jeder Instinkt schrie, er solle umkehren, aber da war der Plan, und er mußte sich danach richten. Seinen Teil hatte er schneller als erwartet hinter sich gebracht.

Er hatte das Ende des zwanzig Meter langen Gartenschlauchs mit dem Plastiksprengstoff gefüllt, den er behutsam auf dem Kombüsenofen geschmolzen hatte. Und dieses Ende war nun um den Ruderschaft geschlungen und mit Angelschnur daran festgebunden.

Als das erledigt war, hatte Walroß sich langsam, eine Hand nach der anderen, am Kiel der *Victoria* vorwärtsgetastet und nach irgend etwas am Rumpf gesucht, wo er das andere Schlauchende befestigen könnte – und schließlich etwas gefunden. Sorgfältig tastete er es mit den Fingern ab. Es mußte das Gehäuse eines Unterwassergeschwindigkeitsmessers sein. Es schützte einen kleinen Kunststoffpropeller in seiner Halterung. Dieser Sumlog war eine verbreitete Einrichtung: Der Propeller – oder richtiger *Impeller* – wurde vom Fahrtstrom angetrieben, und seine Umdrehungen wurden mechanisch über eine flexible Welle auf ein Anzeigegerät in der Brücke übertragen. Damit ließen sich sowohl Fahrtgeschwindigkeit als auch die zurückgelegte Distanz messen.

Um ganz sicherzugehen, schaltete Walroß kurz die Unterwassertaschenlampe an. Er hatte sich nicht getäuscht. Er schlang den Schlauch durch die Halterung und band ihn mit Angelschnur an sich selbst fest.

Der Zehnsekundenzünder war fest in das Ende des Schlauches gestopft. Ein heftiger Zug an seinem Ring – und alles würde rasch vorbei sein. Der Detonator würde den Sprengstoff im Gartenschlauch zünden, und verstärkt durch das Wasser und den seichten Grund würde die Sprengkraft den Boden der *Victoria* vom Vorsteven bis zum Heck zerreißen. Wasserdichte Kabinen schützten in so einem Fall nicht.

Walroß befestigte das Ende der Angelschnurspule am Abzugsring, zog den Arretierstift heraus und schwamm, die Spule vorsichtig abrollend, zum Strand. Er achtete peinlichst darauf, daß er die Schnur nicht spannte.

Nur einmal tauchte er flüchtig hoch. Die *Victoria* konnte er nicht mehr sehen, wohl aber die Küste. Er stellte fest, daß er ein wenig zu weit nach Norden gekommen war. Er öffnete die Schnalle seines Tauchgeräts, schlüpfte aus den Gurten und schwamm mit kräftigen Zügen in Richtung der beiden größten Dünen – sein Wegweiser zu der Walther. Möge die Schlacht beginnen! Flüchtig dachte er daran, daß er noch nie zuvor einen Schuß aus Wut abgegeben hatte. Das würde er jetzt nachholen!

21.02 Uhr

Lu hatte die Brücke schon fast erreicht, als er endlich auf eine Wache stieß. Der Mann lehnte lässig an der Tür und rauchte eine Zigarette. Abrupt hob er den Lauf seiner Maschinenpistole.

Lu stieß die Waffe zur Seite. »Idiot!« knirschte er. »Rasch zur Steuerbordreling! Ein Angriff steht bevor!« brüllte er auf spanisch. Er drehte sich um, rannte das leere Deck hoch, hämmerte mit den Fäusten auf die Beschläge und kletterte schließlich die Leiter zur Brücke hoch. Er versuchte die Tür aufzuschieben, mußte jedoch feststellen, daß sie verschlossen war. Mit den Knöcheln klopfte er laut auf die Glasscheibe. Nur vage konnte er die schwach beleuchteten Instrumente der Armaturentafel sehen und ein abgeschirmtes Licht über dem Kartentisch, alles durch den Bronzeton des Glases verschwommen.

Plötzlich stand Sanchez hinter ihm. »Was machen Sie hier? Sagten Sie nicht, Sie würden erst gegen Mitternacht ankommen?« Die Sicherung eines Revolvers klickte.

Der Lauf drückte in seine Rippen. Vorsichtig stellte Lu seinen Aktenkoffer auf den Boden und hob die Hände. »Wir haben keine Zeit für dumme Spielchen, Sanchez. Ich muß sofort den Oberst sprechen!«

Sanchez trat einen Schritt rückwärts, als Lu sich umdrehte. Er richtete die Waffe nun auf die Brust, dann knipste er seine Taschenlampe an, und blendete Lu. »*Dios mio!* Was ist mit Ihrem Gesicht passiert?«

»Der Oberst – wir dürfen keine Zeit ...«

Die Tür glitt zurück. »Schalten Sie die Lampe aus, Sanchez!« Der

Oberst nahm Lu am Arm und zog ihn in die Brücke, dann richtete er das Kartentischlicht auf Lu. »*Mat traju!* Was ist passiert?«

»Bracken gelang es irgendwie, einen Molotowcocktail herzustellen. Als Raul, Vierro und der andere Kubaner ins Beiboot stiegen, zündete er ihn und warf ihn. Sie starben.«

»Und was zum Teufel machten Sie, Sie *Durak?* Sie waren für die Bewachung Brackens und des anderen verantwortlich, während die Kubaner ihren Auftrag durchzuführen hatten!« Er griff in ein Fach über dem Kartentisch, fummelte herum und brachte ein Päckchen Zigaretten zum Vorschein. Er zündete sich eine an, dann erst bot er Lu eine an, der jedoch den Kopf schüttelte.

»Nicht jetzt. Nachdem Bracken das getan hatte, schlug er mit einem Bleirohr auf mich ein. Ich wehrte mich und verletzte ihn, aber ich konnte nichts sehen. Doch das ist jetzt alles nicht wichtig. Er ist hierher unterwegs!«

»Was soll das heißen? Der Radar hat nichts angezeigt.«

»Er hat einen Bogen nach Osten gemacht und an der Ostküste Anker geworfen. Die niedrigen Sandhügel dazwischen verhindern eine Radarortung. Er ließ mich verschnürt zurück und marschierte dann mit seinem Ersten Offizier los, quer über die Insel. Ich konnte mich befreien und stahl ihr Schlauchboot. Bracken weiß Bescheid über Phase zwei, über den Zeitplan. Wahrscheinlich wird er einen Angriff auf die *Victoria* versuchen.«

»Wie?«

»Er hat einen Revolver, den er irgendwo auf der *Pampero* versteckt gehabt hatte.«

Das Gesicht des Obersts wurde erst weiß, dann rot. »Sanchez!« brüllte er. »Lassen Sie die Männer aus der Messe. Sie sollen sich sofort bewaffnen. Stellen Sie zwei auf dem Oberdeck zur Bewachung der Satellitenkuppel auf und zwei weitere an die Scheinwerfer. Der Rest soll sich an Deck verteilen. Auf alles, was sich bewegt, wird geschossen. Sie sollen nach Schwimmern Ausschau halten! Beeilen Sie sich!«

21.05 Uhr

Bracken biß die Zähne zusammen und zog sich auf die Plattform. Das Salzwasser hatte seinen Musselinverband durchdrungen, und die Wunde in seiner Seite brannte unerträglich. Ein paar Sekunden blieb er keuchend auf der Plattform liegen und wartete, bis der Schmerz ein wenig nachließ.

Dann riß er den Klebestreifen auf, öffnete den Plastikbeutel, und zog die Maschinenpistole heraus. Das verdammte Ding war ebenfalls mit Salzwasser getränkt! Wahrscheinlich hatte er den Beutel an den Entenmuscheln aufgerissen. Wie auch immer, die MP mußte getrocknet werden, und zwar rasch, denn mit Wasser im Lauf und Mechanismus funktionierte sie vielleicht nicht, oder, schlimmer noch, es zerfetzte sie ihm in den Händen. Er schüttelte sie wie ein nasses Hündchen und konnte nur hoffen.

Nicht ganz eine Minute war vergangen, seit Lu an Bord gestiegen war. Bracken blieben im Höchstfall vierzehn Minuten, das war ihm klar.

Jean hatte man zweifellos in einer der Kabinen eingesperrt. Er konnte sich acht Minuten für den Befreiungsversuch leisten, dann mußte er, ob er sie nun gefunden hatte oder nicht, zur Satellitenschüssel.

Er schlang sich die SMG an ihrem Riemen über den Rücken und kletterte ins Cockpit. Das Teakdeck war noch warm, und ein paar Klappstühle standen um einen Tisch mit Sonnenschirm. Er huschte geduckt unter den Fenstern des Salons vorbei und tastete nach der Tür. Sie war nicht verschlossen. Er richtete sich auf und drehte den Türknauf, als gehöre ihm das Schiff.

»*Me llamo?*« Eine Höflichkeitsfloskel, und seine Betonung des Spanischen klang ganz gut. Doch niemand antwortete.

Er schlich hinein und tauchte hinter die Couch. Es war dunkel wie in einer Gruft, nicht eine Lampe war eingeschaltet, aber unter der Tür, die zur Messe und Kombüse führte, war ein schmaler Lichtstreifen. Er spürte die sanfte Vibration der Generatoren unter den Füßen.

Kostbare Sekunden vergingen. Auf allen vieren kroch er über den dicken Teppichboden und stieß immer wieder gegen irgendwelche Möbelstücke. Er versuchte sich an die Einrichtung des Salons zu erinnern und entsann sich, daß sich die Treppe zu den Gästekabinen irgendwo an der Steuerbordseite befand, gleich neben der Bar und dem Barschrank.

Mit gesenktem Kopf prallte er wie ein Idiot gegen einen Schrank, dabei rutschte ihm die Maschinenpistole vom Rücken und krachte gegen das Holz.

Verdammt! Er hielt an und lauschte angespannt. Nichts. Vorsichtig betastete er das Hindernis. Es war die Bar. Im Spülbecken stand ein Eiskübel, seine Hand berührte den Wasserhahn, dann auf der Bar zwei leere Gläser und eine Flasche. Nun streiften seine Finger ein Spiralkabel, das zu einem Wandtelefon führte. Er erinnerte sich, daß alle Kabinen und Arbeitsräume mit solch einem Apparat ausgestattet waren.

Eine Idee regte sich. Könnte funktionieren. Er stand langsam auf, schlang sich die MP wieder auf den Rücken, zog die Taschenlampe aus dem Gürtel und leuchtete mit gedämpftem Strahl auf das Schott neben dem Telefon.

Tatsächlich hing da eine Liste der Anschlüsse.

1: Brücke

2: Maschinenraum

3: Kombüse

Sein Blick wanderte die Liste abwärts. Die Kabinen hatten die Wählnummern 12 bis 17. *Kabine C?* Er versuchte sich zu erinnern. War das ihre Kabine gewesen? Oder seine? Eins von beiden jedenfalls.

Er drückte auf die 1, dann auf die 4 für Kabine C. Es läutete zweimal.

»*Digame.*«

Verdammt. »Ah ... *Perdone ... ah ... me equi ... ah.*« Hastig drückte er auf die Gabel und unterbrach die Verbindung.

Kalter Schweiß trat ihm aus. Irgendein Kubaner war unten in C. Sanchez? Nein, das war nicht Sanchez' Stimme gewesen. Wahrscheinlich eine Wache.

Er mußte es noch einmal versuchen, denn die Entschuldigung »falsche Nummer« mußte den Kubaner mißtrauisch machen, außer das Schiffstelefon läutete gleich darauf in einer anderen Kabine ... Es könnte ja die Kombüse sein, die sich erkundigte, ob noch jemand einen Bissen wollte.

Bracken versuchte D. Wieder läutete das Telefon zweimal. Dann: »Hallo?« Zögernd, leise, kehlig, nervös, eine Frauenstimme, aber nicht Jeans. Pams!

Vielleicht erkannte sie seine Stimme am Telefon nicht sofort, oder sie hängte auf, oder sie platzte mit seinem Namen heraus. Leise sagte er: »Guten Abend, Ma'am. Wir machen eine Umfrage und bitten Sie, uns zu sagen, ob Sie sicheren Sex oder Enthaltsamkeit vorziehen. Und wenn du weißt, wer hier spricht, dann sag nichts, sondern hör nur zu. Ich bin oben im Salon. Ist Jean bei dir? Wenn du antwortest, nenn mich Sanchez.«

Er hörte, wie sie tief ausatmete. »Oh! *Seen-jor* Sanchez. Schön von Ihnen zu hören. Jean und ich fragten uns schon, wann wir zu Ihnen hoch dürften, aber der miese kleine Kerl auf dem Korridor hat uns eingesperrt. Er hat so einen großen Schießprügel mit vielen Kugeln. Vielleicht ist es besser, wenn Sie herunterkommen und uns besuchen, hm?«

»Nicht übertreiben, Mädchen. Laß Jean an den Apparat, nachdem du sie eingeweiht hast. Beeil dich!«

Dreißig heftige Herzschläge.

»Hallo, Sanchez. Wie ...?«

»Keine Zeit, Jean. Wie sieht's mit eurem Wächter aus?«

Sie senkte die Stimme zum Flüstern. »Er hat seinen Posten in der Kabine gegenüber bezogen. Benützt das Klo dort, und war zweimal am Sprechgerät. Hat auf spanisch nachgefragt, wann er endlich was zu essen kriegt.«

»Was hat er für eine Waffe?«

»Weiß nicht. Gewöhnlich fuchteln sie mit diesen russischen AK-Dingern mit dem kurzen Lauf herum.«

»Glaubst du, du könntest seine Aufmerksamkeit auf euch lenken? Vielleicht, indem du an die Tür klopfst, und ihn was fragst? Mit betörender Stimme?«

»Wann?«

Er blickte auf die Leuchtziffern seiner Uhr: 21.07. »In dreißig Sekunden.« Er hängte auf.

Bracken wartete dreißig Sekunden, dann stieg er langsam die Treppe hinunter. Er schob den Kopf vorsichtig um die Ecke und hielt die SMG bereit.

Der Wächter stand lächelnd vor der Tür von Kabine D, zupfte seine Uniform zurecht und strich das Haar zurück.

Die Tür ging auf, und Licht fiel auf den Korridor.

Bracken hörte Jeans Stimme. »Können Sie uns bitte helfen, *Commandante?*« bat sie auf spanisch. »Wir kriegen die Weinflasche nicht auf.«

Der Wächter, der seine AK-47 über die Schulter geschlungen hatte, schwankte leicht und stierte mit großen Augen. Dann grinste er breit. Bracken zählte bis fünf und huschte hinter ihm her. Er hielt seine MP am Lauf und Kolben wie einen Prügel.

»*Ay, que melones jugosos!*« wisperte der Mann und starrte in die Kabine.

Bracken war nun hinter ihm und Pam vor dem Wächter – mit

nacktem Oberkörper. Ihr Blick flog zu Bracken, sie öffnete den Mund. Der Wächter wollte sich umdrehen, da schlug Bracken ihm den Kolben der Maschinenpistole auf den Kopf.

Hastig zog er den Kubaner in die Kabine und schloß die Tür hinter sich. Pam hatte den Kopf abgewandt, und Jean übergab sich im Badezimmer.

Nachdem Bracken festgestellt hatte, daß der Kubaner tot war, warf er die Bettdecke über ihn und nahm seine AK-47. Volles Magazin, Patrone in der Kammer, gesichert. Ein Blick auf die Uhr: 21.08. Es blieb ihm nicht mehr viel Zeit, wenn das Computerprogramm stimmte und das Signal um zwanzig nach neun gesendet werden sollte.

Er faßte Pam heftig an der Schulter und drehte sie um. »Ihr müßt euch beide sofort anziehen. Folgt mir zum Salon, dann durch die hintere Tür auf das Sonnendeck und über den Spiegel. Versucht möglichst leise einzutauchen. Schwimmt zum Strand. Wenn ihr dort seid, achtet darauf, daß der Wind auf eurer linken Gesichtsseite ist, überquert die Insel, dann kommt ihr zur Atlantikseite. Marschiert nordwärts weiter – mit dem Wind im Gesicht –, dann werdet ihr die *Pampero* sehen. Schwimmt hinüber und wartet. Walroß und ich kommen ein bißchen später nach.«

»Wieviel später, verdammt?« Jean wischte sich den Mund mit einem Frottiertuch ab. Ihre Augen waren rot, und sie zitterte am ganzen Körper.

»Tu ausnahmsweise einmal, was ich sage. Ihr habt dreißig Sekunden, was anzuziehen. Ich gebe euch Deckung, bis ihr über Bord seid.«

Pam schlüpfte bereits in einen grauen Seidenoverall. Sie zwinkerte Bracken zu.

»Käpten Hook, du hast es verdammt wieder mal geschafft! Möge Allah im Paradies einen besonderen Platz für Männer wie dich reservieren.« Sie lächelte, jetzt offenbar furchtlos.

Jean schob sie zur Seite, setzte sich auf das Bett und schlüpfte in Jeans und T-Shirt.

»Kommt, kommt! Beeilt euch!« Bracken überlegte, ob er die AK-47 mitnehmen sollte, und hob sie hoch. Zu groß. Seine Maschinenpistole war handlicher. Er reichte Jean die Kalaschnikow. »Wenn du feuern mußt, dann halte sie mit beiden Händen und drücke auf den Auslöser. Sie ist entsichert.«

»Erwartest du etwa, daß ich mit diesem Ding schwimme?«

»Nein, laß sie im Wasser einfach fallen, wenn du soweit kommst. Aber jetzt los!«

Er ging ihnen voraus auf den Korridor. Noch tat sich nichts. Die Mädchen folgten ihm dichtauf, als er sich die Wendeltreppe hochtastete. »Auf alle viere!« wies er sie an. Er schlich zur Salontür und öffnete sie vorsichtig einen Spalt.

Die Innenraum-Schalldämpfung hatte die Geräusche an Deck nicht durchdringen lassen. Doch nun, da die Tür offenstand, hörte er schwere Schritte und Befehle von jemandem, der auf dem Vorderdeck stand.

Er schlich hinaus und bedeutete den Mädchen zu warten. Er versteckte sich hinter dem Aufbau und warf einen raschen Blick über das Steuerborddeck. Ein Mann stand vorne, nahe der Gangway, mit einer AK-47 in den Händen. Seine Silhouette hob sich vom Licht des Scheinwerfers auf dem Brückendeck ab, der über das Wasser des Ankerplatzes streifte.

Dann erklang ein bellender Befehl auf spanisch von der Brücke, das Licht wechselte seine Richtung und schwenkte nun in Richtung Strand.

Bracken schaute sich auf der Backbordseite um. Vier oder fünf Männer mit Taschenlampen. Zwei montierten ein 12,7mm-Degtjarew-Maschinengewehr auf eine Halterung auf der Reling. Weitere Männer schleppten Kisten mit Munition aus einem Luk.

Wenn sie es überhaupt noch schaffen sollten, mußten die Mädchen sofort weg. »Pam! Du zuerst. Duck dich, und sei ganz leise«, mahnte er wispernd.

Im Vorübergehen hauchte sie ihm einen Kuß auf die Wange. »Bis später, Hook.« Sekunden später war sie durch die Achtergangwaytür zur Plattform gestiegen und schon im Wasser. Sie schwamm davon wie ein Seehund, den ein Festmahl mit sieben Gängen erwartete. Sekunden später hatte die Dunkelheit sie verschluckt.

Bracken faßte Jean am Arm. »Jetzt du!«

Sie entriß ihm den Arm. »Ich gehe nicht, Bracken. Nicht ohne dich. Ich wurde bei der DEA ausgebildet, ich gebe dir Deckung.«

»Zum Teufel damit, du wirst gehen!«

»Um Himmels willen, nicht so laut! Ich wiederhole: Ich gehe nicht! Nicht, solange du noch an Bord bist. Basta!«

Dem Aufprall einer Kugel auf dem Schiffsrumpf folgte der gedämpfte Knall eines einzelnen Schusses am Ufer. Die Hölle brach auf der *Victoria* los, als mehrere Automatikwaffen zu rattern begannen und die Geschosse zum Strand sirrten.

Bracken blickte auf die Uhr: 21.11. »Ich hatte nicht gedacht, daß er es wirklich fertigbringen würde, aber er hat es geschafft! Walroß hat Sprengstoff am Schiff befestigt. Er zündet in zwei Minuten, bis dahin müssen wir verschwunden sein.«

Jean blickte zu ihm hoch. Sein Gesicht war nur ein vages Weiß in der Schwärze. »Wir schaffen es gemeinsam, Bracken, oder überhaupt nicht. Also, dann los.« Er spürte ihre Anspannung.

Er schüttelte den Kopf. »Warte, bis Walroß wieder schießt. Wenn sie auf den Strand ballern, tauchen wir.« Er beugte sich über sie und preßte seine Lippen auf ihre.

Langsam legte er seine Maschinenpistole auf den Boden, dann tat er das gleiche mit ihrer. »Achte darauf, daß du weit genug von der Reling wegspringst und tief tauchst. Halte den Atem an, solange du kannst, dann komm nur kurz zum Luftholen hoch und tauch gleich wieder unter. Wenn niemand auf uns schießt, schwimmen wir hundert Meter nach Lee und biegen dann zur Küste ab.«

Stumm drückte sie seine Hand.

Dreißig, vierzig Sekunden vergingen, dann knallte ein weiterer Schuß am Strand. Der Krach, als die *Victoria*-Mannschaft Dauerfeuer abgab, war ohrenbetäubend.

»Jetzt!« Er versetzte ihr einen Klaps auf den Hintern und fing an vorwärts zu sprinten, neben Jean her. Sie schwang sich über die Reling und tauchte in die See.

Bracken prallte gegen die Reling. Er hielt nach Jean Ausschau, doch sie war nicht zu sehen. Dann hob er die SMG auf, betrat den Salon und schlich zu dem Licht, das durch den Spalt unter der Kombüsentür fiel.

21.12 Uhr

Walroß, der unmittelbar hinter der Düne lag, legte eine neue Patrone ein, zog den Hahn und richtete das Visier höher, um die Entfernung auszugleichen. Die Brücke der *Victoria* lag teilweise im Licht eines Scheinwerfers.

Eine Ladung Geschosse, die vom Heck abgefeuert worden waren, bohrte sich in den Sand vor ihm.

Er richtete das Visier etwas nach links, wo er das Mündungsfeuer gesehen hatte, und drückte ab. Ein Schrei belohnte ihn. Er sprang auf. Der Scheinwerfer schweifte über die Düne und erfaßte ihn. Er schaffte es gerade noch rechtzeitig, dahinterzutauchen, und entging so dem Geschoßhagel, der über ihm die Luft zerriß. Hastig schlüpfte er aus dem Sweatshirt, damit sein weißes T-Shirt zu sehen war, sprintete hinter die Düne, schob im Laufen eine weitere Patrone in die Kammer, und spannte den Hahn. Er hatte nur noch einundzwanzig Patronen in seiner Tasche.

Wenn sie verschossen waren …

An der entgegengesetzten Seite der Düne sprang er hervor, gute fünfzehn Meter von der Stelle entfernt, wo er gerade gefeuert hatte. Der Scheinwerfer entdeckte ihn innerhalb von vier Sekunden. Er schoß, dann tauchte er in die sandige Mulde. Unmittelbar darauf bestrichen Kugeln den Sand über ihm.

Er versuchte den Eindruck zu erwecken, als seien zwei Männer mit verschiedenen Waffen dabei, aus verschiedenen Stellungen zu schießen. Das funktionierte offenbar auch, aber er schwor sich, ein Jahr lang dem Bier zu entsagen, falls er hier mit heiler Haut herauskam. Einen Speckgürtel mit sich herumzuschleppen hatte selbst für ein Walroß Nachteile.

12.13 Uhr

Im Kurzwellenradio spielte der Sender Moskau Prokofiews klassische Sinfonie in D-Dur, Opus 25, den Gavotte-Satz. Lu erkannte sie sofort, wie jeder gebildete Sowjetbürger. Es war das Lieblingsstück seiner Frau gewesen. Er konnte sich erinnern, wie sie es sich gemeinsam im Bett angehört hatten, nachdem sie sich zum erstenmal geliebt hatten.

Das MG an Deck feuerte nur noch sporadisch. Sanchez hatte vor wenigen Minuten gemeldet, daß sowohl Bracken als auch sein Erster Offizier am Strand festsaßen.

»Radio Moskau ist spät dran. Sie hätten das Zeichen bereits geben müssen.« Der Oberst schlug die Faust auf den Kartentisch. »Ich wußte es! Verdammt, ich wußte es! Njuchlow hat Schiß gekriegt und läßt mich jetzt im Stich. Oder die Pazifisten im Politbüro haben Wind von der Operation bekommen.«

Wieder studierte der Oberst den Computerschirm. Die projizierte Bahn des Shuttle bog über Kentucky hinunter und befand sich nun schon fast in Visierlinie. Oben war die Steuerung der Antennenschüssel auf die Koordinaten eingestellt. Sie würde sich sofort auf die Raumfähre richten, sobald sie sich in Reichweite und Visierlinie befand, und von diesem Punkt an würde sie ihr automatisch folgen.

Lu hatte gestoßenes Eis in ein Handtuch gewickelt, das er auf sein geschwollenes Gesicht drückte. Bracken und sein Erster Offizier waren aus dem Weg, und außer einem Zufallstreffer war von ihnen nichts zu befürchten. Ob der Oberst den Shuttle vernichten konnte oder nicht, war nicht Lus Problem. Er hatte ein anderes.

»Ich habe Phase zwei gerettet«, sagte er ruhig, fast gleichmütig.

Der Oberst legte den Kopf schief und schaute zu ihm hoch. Er war zutiefst erregt und sein Gesicht schweißgebadet. »Gar nichts haben Sie gerettet, Sie gelber Affe. Im Gegenteil! Sie haben eine sorgfältig geplante Operation zu einem totalen, beschissenen Desaster gemacht! Dabei habe ich Sie vor vier Tagen ausdrücklich vor den Folgen eines Versagens gewarnt!«

Lu wollte zurückbrüllen, wollte ihm die Jahre der Diskriminierung ins Gesicht schleudern, das furchtbare Leben, das er über zwei Jahrzehnte hatte führen müssen; wollte ihm an den Kopf werfen, daß er ständig belogen worden war; daß er von dem Zeitzünder der Sprengladung auf der *Pampero* wußte und daß er mit in die Luft hätte gehen sollen. Aber das würde ihm die Zugeständnisse nicht bringen, die er brauchte. Fliegen ließen sich besser mit Honig fangen als mit Essig.

»Vielleicht hätte ich es besser machen müssen, aber ich wiederhole: Indem ich mein Leben riskierte, um hierherzukommen und Sie vor Brackens Plan zu warnen, habe ich Phase zwei gerettet.«

»Wollen Sie vielleicht einen Orden, Lu? Ist es das, was Sie wollen?«

»Nein. Ich möchte meinen Sohn und meine Freiheit«, antwortete er ruhig und überlegt.

»Und obendrein wollten Sie sich Bilder unter den Nagel reißen! Gemälde, die Millionen von Rubel wert sind; Kunstwerke, die dem sowjetischen Volk gehören!«

»Das leugne ich nicht.«

Der Oberst drehte den Knopf des Kurzwellenradios, um den besten Empfang zu erwischen. Soeben begannen die ersten Takte des Schlußsatzes, *molto vivace*.

»Ich bringe sie in die Sowjetunion zurück«, sagte der Oberst.

»Die Gemälde sind Eigentum des Staates, und ich bin offenbar der einzige, der hier noch die Interessen der Sowjetunion vertritt.«

»Ich kenne jemanden in Singapur, der die Gemälde verkaufen kann. Er ist ein sehr diskreter Mann; ein Mann, dem man vertrauen kann. Der Erlös jedes Bildes wird gerecht geteilt, und auf zwei Nummernkonten eingezahlt. Halbe-halbe.«

»Sie sind verrückt! Was sollte ich mit dem Geld? Glauben Sie, ich könnte es in die Sowjetunion bringen, ohne Verdacht zu erregen, egal wie mächtig ich bin?«

Lus Gesicht blieb unbewegt, aber er spürte bereits den Erfolg. »Ich bin überzeugt, daß das bei Ihrer Klugheit und Ihren Verbindungen kein Problem sein dürfte, Oberst.«

Am Rand des Kartentischs stand eine Karaffe mit klarer Flüssigkeit. Der Oberst schenkte den Rest in ein Glas und goß es in einem Schluck hinunter. Er spitzte die Lippen und verzog das Gesicht. »Welche Garantie hätte ich, daß ich meine Hälfte bekomme?«

»Der Erlös wird auf zwei Nummernkonten in Hongkong eingezahlt. Ich bin überzeugt, daß Sie die Möglichkeiten haben, mich aufzuspüren, falls ich Sie betrügen würde. Wenn Sie jedoch meinen Vorschlag annehmen, kann ich sicher sein, daß Sie schweigen werden, weil Sie dann ein Mitverschwörer sind. Wie Sie sehen« – Lu bediente sich hier mit voller Absicht der Gegenwartsform – »endet unsere Verbindung nicht heute abend. Sie wird bestehen bleiben, solange wir leben – mit einem gegenseitigen Einverständnis der Geheimhaltung.«

»Was bringen die Gemälde – nach Abzug der Kommission dieses ... Vermittlers?«

»Aufgrund ihres zweifelhaften Erwerbs natürlich nicht ganz soviel wie ihren echten Marktwert. Aber Ihr Anteil würde etwa vier Millionen US-Dollar betragen.«

Eine Kugel schlug auf dem Brückenaufbau auf, ihr folgten mehrere Feuerstöße vom Deck der *Victoria*.

»Hartnäckige Teufel, nicht wahr?« bemerkte der Oberst. Eine Antwort war nicht erforderlich. Er trommelte mit seinem Bleistift auf den Kartentisch, offenbar in Gedanken versunken.

»Ich brauche Ihre Entscheidung, Oberst.«

»Sie hatten sich das alles von Anfang an ausgedacht, nicht wahr?«

»Ja, natürlich. Doch es hatte keinen Einfluß darauf, daß ich mein Bestes tat. Es war reines Pech!«

Die Übertragung von Radio Moskau endete plötzlich in Störgeräuschen. Im gleichen Augenblick leuchtete der Satellitenempfangsanzeiger auf, erlosch, blinkte aufs neue. Das grüne Suchlicht beleuchtete die Kuppel, die das sanfte Summen der sich drehenden Parabolantennen erfüllte.

Die Wanduhr zeigte 21.16 Uhr an.

Der Oberst langte in die Tiefe des Bücherregals über dem Kartentisch. Er holte mit der Linken einen winzigen Kassettenrecorder heraus, der noch auf Aufnahme geschaltet war. In der Rechten hielt er eine 9mm Makarow, die halbautomatische Standarddienstwaffe. Er richtete sie auf Lus Bauch.

»Durch meine Befugnisse als ranghöherer Offizier, und unter den Kriterien der Staatsgefährdung nach Abschnitt elf, Artikel drei, beschuldige ich Sie hochverräterischen Verhaltens sowohl gegenüber der Sowjetunion als auch dem Komitet Gosudarstwennoi Besopasnosti. Sie haben Ihre Verbrechen gegen den Staat zugegeben. Aufgrund dieses Geständnisses und Abschnitt zwölf, Artikel elf, bin ich befugt, Sie in einem Schnellverfahren zu verurteilen und hinzurichten, was ich jetzt tue.« Der Oberst spannte den Hahn.

23

21.17 Uhr

Bracken kroch auf Händen und Knien auf das Licht zu, das durch den Spalt unter der Tür einfiel, und hielt den Kopf geduckt, damit er nicht über die Fensterbretter ragte. Zweimal sah er die verschwommenen Silhouetten von Männern, die das Deck entlangrannten, und Mündungsfeuer von ihren Maschinenpistolen, als sie zum Strand schossen.

Ehe er die Tür öffnete, hielt er an und lauschte. Keine Bewegung, keine Stimmen. Etwa eine Sekunde würde er dem Licht ausgesetzt sein, doch dieses Risiko mußte er eingehen.

Er schob vorsichtig die Tür auf, kroch mit erhobener Maschinenpistole hindurch und schloß die Tür rasch hinter sich.

Er hatte gedacht, dahinter wäre die Kombüse, doch tatsächlich war es ein schmaler Gang, der quer von Backbord nach Steuerbord führte, mit wasserdichten Türen an beiden Enden zu den Seitendecks. Vorn befanden sich zwei weitere. Die nach Steuerbord stand offen. Bracken sah eine schwach beleuchtete Kombüse mit Kühl- und Gefrierschränken, einem Speisenaufzug zur Messe am unteren Deck und Spülbekken, die voll fettigen Geschirrs waren.

An der Backbordtür stand: TAGESKABINE DES DECKOFFIZIERS, und darunter: *Zutritt für Unbefugte verboten*. Diese Tür war geschlossen.

Er probierte den Knauf, er ließ sich drehen. Mit dem Ohr an die Tür gedrückt, hörte Bracken lediglich das Summen eines Geräts.

Er mußte weg aus diesem verdammten Gang! Durch das getönte Glas des Oberlichts war von Deck aus sicher nicht viel zu sehen, trotzdem kam er sich wie auf dem Präsentierteller vor. Behutsam drehte er den Knauf, dann riß er die Tür auf, bereit sofort zu schießen. Die Kabine war leer, obgleich eine abgeschirmte Schreibtischlampe brannte. Steuerbords war eine zerknüllte Koje; backbords ein Radargerät, ein Satnav, ein Schreibtisch und ein Bücherregal. Ein Feldstecher hing von einem Wandbrett am Außenschott, auf dem sich auch eine Kiste mit Signalflaggen befand. Die Aufschrift auf der Tür stimmte: Es war ein Raum, in dem sich der Wachoffizier auf einer langen Fahrt ausruhen und trotzdem überwachen konnte, was das Schiff machte, ohne auf die Brücke gehen zu müssen.

Am vorderen Ende dieser Tageskabine befand sich eine ähnliche Tür mit einer Bronzetafel, in die *Brücke* graviert war. Als er das Ohr darauf drückte, konnte er Stimmen hören, die russisch sprachen. Wie viele Personen? Und wie gut bewaffnet? Er lauschte weitere zwanzig Sekunden. Soweit er beurteilen konnte, nur zwei Mann. Eine Stimme war Lus, zögernd, doch ruhig. Die andere mußte die des Obersts sein.

Ganz vorsichtig probierte er den Knauf. Auch diese Tür war nicht zugesperrt.

Er prägte sich die Einrichtung der Tageskabine ein, dämpfte die Anzeigen des Radars und schaltete die Schreibtischlampe aus, um sich nicht von der Hintergrundbeleuchtung abzuheben. Dann gestattete er seinen Augen dreißig Sekunden, sich anzupassen, ehe er den Knauf behutsam drehte. Vorsichtig, Millimeter um Millimeter, öffnete er die Tür, bis er durch den etwa zentimeterbreiten Spalt auf das Brückendeck zu spähen vermochte. Rechts, in der schwachen Beleuchtung des Radarschirms und der Armaturentafel, konnte er den Rücken Lus sehen, der offenbar auf einem Hocker saß. Lu wirkte angespannt, er hatte die Schultern leicht hochgezogen und den Kopf starr auf die Person vor ihm gerichtet.

Der andere Russe, auf den Lu die Aussicht versperrte, redete jetzt. Seine Stimme klang rauh, wahrscheinlich von Jahren des Kettenrauchens. Das mußte der Oberst sein.

Bracken verstand nur wenig, aber der Ton war hart und unfreundlich, als würde Lu gerügt. Kein Wunder, dachte Bracken mit der Spur eines Lächelns.

Er öffnete die Tür noch um ein winziges bißchen. Sie bewegte sich in gut geölten Angeln.

Nun konnte er Lus ganzen Rücken sehen und einen Teil vom Kopf des Obersts. Da bewegte sich der ältere Russe ein Stück seitwärts, wodurch ein Ausschnitt seines Oberkörpers für Bracken sichtbar wurde. Der Mann hielt etwas in der Hand, das er Lu entgegenstreckte. Eine Kaffeetasse? Plötzlich verkrampfte sich Lu, als hätte er diese Geste nicht erwartet. Bracken erkannte es aus der Haltung seiner Schultern, dem mechanischen Erstarren seiner Bewegungen.

Bracken hatte nicht viel über diesen Moment nachgedacht. Im Grunde genommen hatte er wohl nie wirklich geglaubt, daß er so weit kommen würde. Abstrakterweise war er imstande gewesen, sich mit der Möglichkeit seines Todes abzufinden, doch nun ging es nicht nur um sein eigenes Leben, sondern auch um die Zukunft seines Landes.

Die Stimme des Obersts hatte sich plötzlich zu einer Stakkatotirade erhoben, ja er brüllte fast. Da wurde Bracken bewußt, daß sowohl Lu als auch der Oberst momentan nichts anderes hören und sehen würde.

Bracken warf die Schulter gegen die Tür, schmetterte sie gegen ihren Puffer und hielt seine Maschinenpistole im Anschlag. Er versuchte seine Stimme hart klingen zu lassen, als meinte er es wirklich ernst. Es war zu witzig.

»Hände hoch! Keinen Mucks! Wird's bald?!«

Eine Sekunde lang rührte sich keiner der zwei Russen – als hätten sie nicht gehört oder es wäre ihnen gleichgültig. Dann hob Lu langsam die Hände. Bracken starrte den Oberst fünf Sekunden durchdringend an, ohne daß einer von ihnen sich rührte. »Sie ebenfalls, Arschloch! *Sofort!* Verstehen Sie etwa kein Englisch?«

»Oh, ich spreche Englisch sehr gut, Bracken«, antwortete der Oberst höflich mit nur einer Spur von Akzent. Er lächelte, als würde er es wirklich genießen. »Und was kann ich für Sie tun? In der Thermosflasche ist noch etwas Kaffee. Bitte bedienen Sie sich, dann können wir uns unterhalten.«

»Die Hände hoch! Verschränken Sie sie auf dem Nacken, und knien Sie sich nieder. Sie beide! Und keinen Laut!«

Lu stand langsam von seinem Hocker auf. Er faltete die noch erhobenen Hände hinter seinem Kopf und atmete schwer. Von seinem Atem und den schwachen Störgeräuschen aus dem Radio abgesehen, war es völlig still in der Brücke. Der Oberst lächelte doch tatsächlich! »Verbinden Sie mir die Augen, und bieten Sie mir noch eine letzte Zigarette an, Bracken?« Als fände er das Ganze sehr komisch.

Dann, ohne Vorwarnung, erklang aus dem Lautsprecher des in das Schott eingebauten Kurzwellenradios die Stimme des Ansagers: »Hier ist der Überseesender von Radio Moskau. Wir bedauern, unsere Übertragung wurde wegen technischer Schwierigkeiten unterbrochen. Wir fahren nun mit unserem Programm fort ...« Beruhigende Klänge klassischer Musik setzten ein.

Ohne den Blick von Bracken zu nehmen, fing der Oberst mit leiser Stimme wie ein kleines Kind zu leiern an und nickte dazu im Takt: »Eins-zwei-drei-vier-fünf-sechs ...«

Plötzlich begriff Bracken, und sein Gehirn schrie eine Warnung, aber es war bereits zu spät.

Der Oberst sprang nach rechts und schirmte seinen Körper mit dem Lus ab.

»Was, zum Teufel ...«

Das zweimalige Husten einer Kleinkaliberwaffe dicht hintereinander. Lu zwischen ihnen zuckte unter dem Aufschlag zurück und sackte zusammen. Rascher Blick auf den Oberst in der klassischen Schußposition, die Waffe in beiden Händen. Die Laufmündung schwang hoch. Noch ein Husten, Mündungsknall und –feuer. Die Kugel verfehlte Bracken und schmetterte wenige Zentimeter von seinem Gesicht entfernt gegen den stählernen Türrahmen. Er spürte, wie ihm Feuer ins Gesicht stach, plötzliche Nässe, schwindende Sicht, Dunkelheit. In reiner Reflexbewegung drückte er auf den Abzug der Maschinenpistole, taumelte rückwärts, die Füße stolperten über die Schwelle zur Tageskabine, Arme und Beine schlugen um sich, die MP spuckte die volle Ladung des Magazins in langem, knatterndem Stakkato aus, behagelte das Brückendeck durch den Rückstoß der Waffe, die sich in Brackens Rechter aufbäumte, mit Geschossen nach oben zum Oberlicht.

Als er rückwärts stürzte, griff Bracken in dumpfer Verzweiflung mit der Linken nach dem Knauf der Tür, und irgendwie schloß er sie teilweise hinter sich. Noch zwei Schüsse, die Kugeln prallten gegen den Stahl auf der anderen Türseite. Dann schmetterte die Tür ganz zu, und sogleich wurde der Riegel vorgeschoben. Auf der anderen Seite brüllte jemand »*Sanchez!*«, und Bruchteile von Sekunden später hallte der Ruf aus den Lautsprechern der Sprechanlage nach.

Bracken lag ausgestreckt auf dem Rücken, benommen, keuchend, warme unangenehme Feuchtigkeit auf dem ganzen Gesicht, und er wußte, daß er es verpatzt hatte. Er wischte über das Blut auf seinem Gesicht. Eine große klaffende Wunde über dem rechten Auge und ein paar weitere, kleine Verletzungen von Bleisplittern.

Soweit er sich erinnerte, gab es keine Bullaugen in der Tageskabine. Er schaltete die Schreibtischlampe ein. Nicht daß er glaubte, Sanchez' Männer würden einen Sturmangriff auf die Tageskabine starten, trotzdem hielt er es für sicherer, die wasserdichte Tür zum Gang zu verriegeln. Dann fummelte er in seiner Jacke nach dem anderen Ladestreifen und legte ihn ein. Vierzig Schuß noch.

Warum hatte der Oberst Zahlen geleiert? Ohne weiter nachdenken zu müssen, wußte er es plötzlich, denn in der Computerdatei von Phase zwei hatte es gestanden! Der Oberst hatte die Sekunden gezählt. Sicher gab es eine Uhr auf dem Brückendeck, doch weil er den Blick nicht von Bracken abwenden wollte, hatte er mitgezählt.

Das Zündsignal sollte zwei Minuten und zehn Sekunden nach der

Unterbrechung von Radio Moskau auf 9,288 Megahertz gesendet werden. Und mindestens dreißig dieser Sekunden waren inzwischen vergangen.

Vage hatte er die Konturen der Satellitensendeanlage neben dem Navigationstisch bemerkt. Aber die Satellitenkuppel war viel weiter achtern auf dem Oberdeck, sieben Meter bestimmt. Das bedeutete, daß die Leitungen vom Sender auf der Brücke nach achtern durchs Schiff und durchs Oberlicht dorthin verlaufen mußten. Welche Art von Leitungen? Walroß meinte, daß diese Dinger hydraulisch betrieben wurden. Ganz sicher mußte es ein Koaxialkabel für den RF-Ausgang geben, ebenso wie andere elektronische Steuerungskabel.

Gedämpftes Gebrüll, dann der Versuch, die hintere verriegelte Tür zu öffnen, gefolgt vom Hämmern, vermutlich mit schweren Gewehrkolben, danach ein Feuerstoß aus einer Maschinenpistole. Doch die Tür gab nicht nach, und nicht eine Kugel war durch den Stahl gedrungen. Sanchez' nächster Schritt? Wahrscheinlich würden sie Plastiksprengstoff benutzen, um die Tür vom Gang aus aus den Angeln zu sprengen. Bracken schätzte, daß er noch zwei Minuten leben würde. Also dann, sagte er sich, handle! Schließlich bist du ja deshalb hergekommen!

Er richtete die Schreibtischlampe zur Decke: dieselbe Vertäfelung aus furniertem Sperrholz wie an den Wänden.

Er stolperte in die hintere Ecke und zog den Schreibtischsessel vor sich, um ein bißchen Schutz vor Querschlägern zu haben, dann gab er einen kurzen Feuerstoß auf die Stelle ab, wo die Decke das Schott berührte. Die Holzverkleidung zersplitterte, Holzstückchen und Schaumstoffisolierung regneten auf die Koje darunter. Ein paar Kugeln prallten von dem Metall dahinter ab, trafen ihn jedoch nicht. Noch ein Feuerstoß, ein etwas längerer diesmal – ein Hin- und Hersprenkeln wie ein Gärtner mit dem Wasserschlauch, und die Verbindung von Decke mit Schott wurde mit Blei getränkt. In der Kabine stank es nach Rauch und Kordit. Brackens Hand vibrierte von den Rückstößen; er konnte kaum etwas sehen. Ein weiterer Feuerstoß, ein noch längerer.

Dem Himmel sei Dank! Rosa Hydraulikflüssigkeit unter sehr hohem Druck spritzte wie aus einer Düse aus einem Kabelbündel, das nun durch die zersplitterte Verkleidung freilag.

Wie viele Kugeln noch? Er nahm den Ladestreifen heraus und zählte mit den Fingerspitzen. Es waren höchstens noch ein Drittel übrig, aber jetzt wußte er, wo er fündig würde. Er kroch auf dem

Boden entlang, bis er sich unmittelbar unter dem Kabelbündel befand. Dann drückte er für zwei schnelle Feuerstöße auf den Abzug, bis das Magazin leer war.

21.23 Uhr

Die Hydraulik der Satellitenschüssel lag im Sterben, doch es war ein langsamer Tod durch Verbluten, kein schneller durch eine tödliche Verletzung ihrer Eingeweide. Ihr Lebenssaft, rosa Hydrauliköl bester Qualität, spritzte aus drei ihrer geborstenen Arterien. Das verlangsamte die Bewegungselemente, welche die Antenne auf den Shuttle gerichtet hielten. Aber es gab eine Fünfzehnliterreserve ihres Lebenssafts in einem Druckbehälter, und die Transfusion würde bis zum letzten Tropfen durchgeführt werden. Etwa fünf Liter waren noch übrig, und die dumme Maschine, die nicht programmiert war, die Symptome ihres eigenen Todes zu erkennen, lebte und funktionierte noch, nicht hundertprozentig, aber doch auf gewisse Weise.

Auch Lu lebte und funktionierte noch, auf gewisse Weise. Er hatte sich auf dem Teakboden der Brücke, tief unter dem gedämpften Licht des Navigationstisches, in Fötushaltung zusammengekrümmt. Blut sickerte durch seine Jacke, sein Gehirn heulte vor Schmerzen, sein betäubter Kortex war nicht imstande zu funktionieren, aber auch er lebte noch. Auf gewisse Weise.

Nichts paßte zusammen, aber sein Erinnerungschaos spielte immer wieder eine Szene ab, als er dreizehn gewesen war und idiotischerweise versucht hatte, zwei Jungs zu trennen, die auf dem Schulhof rauften. Den beiden hatte seine Einmischung nicht gefallen, und sie hatten seine gute Absicht mit Fausthieben belohnt. Gemeinsam waren sie wegmarschiert, als mißtrauische Verbündete, die gemeinsam einen leichten Sieg errungen hatten, und ihn ließen sie mit gebrochener Nase und zwei lockeren Zähnen im Dreck liegen. Er kam sich jetzt genau so dumm vor wie damals.

Der Boden fühlte sich kühl gegen sein Gesicht an, und er wollte nur schlafen, seinem Körper Zeit zum Heilen geben, sich ausruhen, aber seine innere Alarmanlage hörte nicht zu schrillen auf. Stück um Stück fielen die Ereignisse an ihren Platz, allerdings völlig durcheinander, was die Reihenfolge betraf.

Der Oberst hatte zuerst geschossen, daran erinnerte Lu sich. Und davor? Ein Geräusch. Das Krachen der Schottür. Und dann war John

Bracken aus dem Nichts erschienen, und hatte etwas verlangt. Der Oberst hatte geantwortet, doch während er redete, hatte er seine Makarow zwischen Lus Arm und Brustkorb gedrückt, und Lu sowohl als Schild wie als Ziel benutzt. Dann zwei sengende Stöße von Schmerzen, Flammen und Lärm.

Nun erinnerte sich Lu, daß der Oberst ihn rückwärts geschubst hatte; und wieder erlebte er den langen, zeitlosen Sturz, wie ein vielfacher Salto einen Aufzugsschacht hinunter, und während er noch fiel, war sein Kopf vor Schmerzen explodiert. Betäubt, seine ganze Seite wie in Flammen, die Augen blicklos auf die unerträgliche Helligkeit gerichtet, hörte er in der Ferne weitere einzelne Schüsse, dann das ohrenbetäubende Donnern einer automatischen Waffe.

Er hörte, wie die wasserdichte Tür zugeschmettert und verriegelt wurde, dann, wie der Oberst nach Sanchez brüllte; Befehle wurden erteilt, Männer rannten. Da hatte Lu die Augen geöffnet und beim Hochsehen den Oberst verschwommen doppelt über sich gesehen. Er hatte den Lauf der Makarow auf eine prickelnde Stelle auf Lus Stirn gedrückt.

«Sie haben ihn hierhergebracht! Sie sind an allem beteiligt! Gelber Bastard!« Dann hatte er die Stimme zum Flüstern gesenkt. »Wenn Sie mich noch hören können, Lu, dann denken Sie über den Tod nach, denn ich werde Sie töten, aber erst wenn ich mehr Zeit habe, denn ich will es ganz langsam tun, auf meine Weise.« Daraufhin hatte er Lu zwischen die Beine getreten. Lu hatte so heftig nach Luft gejapst, daß er seinen Schmerz nicht einmal hatte hinausschreien können.

Das alles schien ihm nun Jahre zurückzuliegen, nein, Jahrhunderte, Jahrtausende. Noch halb betäubt machte Lu Bestandsaufnahme. Die Hoden schmerzten, aber glücklicherweise hatten die Zehen des Obersts sie nicht direkt getroffen. Lu blinzelte, zog die Brauen zusammen und zwang sich, alles, was er doppelt vor Augen hatte, normal zu sehen. Er betastete die linke Kopfseite mit der Rechten. Stark geblutet hatte er offenbar nicht, aber da war dieser pochende Schmerz in Seite und Schulter. Dann mühte er sich ab, die Finger seiner Linken zu bewegen, aber er spürte sie nicht. Entweder waren sie taub – oder gar nicht mehr da.

Weitere Feuerstöße. Er fühlte sogar, wie sich Stahlmantelgeschosse ganz in der Nähe wie Preßlufthämmer in Stahl bohrten, und hörte das erwidernde Rattern von AKs. Bracken mußte inzwischen tot sein. Und ich bin als nächster dran, dachte er. Er blickte hoch zum Rücken des Obersts. Der hatte sich nach vorn gebeugt, hielt eine

Stoppuhr in der Linken und zählte mit Kopfnicken, wie eine mechanische Puppe, die Sekunden.

Auf dem Navigationstisch stand der Computer. Die Spur des Shuttle zog langsam über Alabama. Unter den Fingerspitzen der Rechten befand sich die Computertastatur.

Lu wußte, daß er ein lebender Toter war. Sobald der Oberst das Signal gesendet hatte, würde er sich vergewissern, daß Bracken tot war, und dann würde er die angekündigte Hinrichtung durchführen. Aber Lu wollte nicht sterben. Weder jetzt noch überhaupt. Er bezweifelte, daß er den Oberst mit roher Gewalt überwältigen könnte; er brauchte unbedingt eine Waffe, einen Stock, ja sogar mit einem festen Schuh würde er sich begnügen, mit *irgendwas!* Er streckte vorsichtig den rechten Arm aus, tastete mit den Fingerspitzen um sich, in der Hoffnung, etwas zu finden, das ihm helfen mochte. Seine Finger streiften ein paar leere Patronenhülsen, eine ausgedrückte Zigarre und einen Bleistift, der sich selbständig gemacht hatte. Und dann berührte er das kühle Leder seines Aktenkoffers. Er tastete sich daran entlang, bis er die getarnte Nadel im Scharnier fand. Behutsam zog er sie heraus.

21.25 Uhr

Der Oberst war nicht der Typ, den interessierte, wie etwas funktionierte und was es zum Funktionieren brachte. Ganz sicher verstand er nichts von der Arbeitsweise von Funk und Radio oder Computern; ja kaum daß er die Gefühle von Frauen verstand oder die persönlichen Motivationen von Untergebenen. Er *benutzte* sie nur und erwartete berechenbare Ergebnisse. Regel Nummer eins des guten Managements. Es zählte nicht, *wie* etwas funktionierte, nur *wie gut.*

In der vergangenen Minute war das Licht des Kontrollers der Parabolantennen zweimal kurz aus und wieder angegangen. Ohne Zweifel stimmte etwas mit dem verdammten Ding nicht. Das Warnlämpchen am Hydraulikdruckanzeiger leuchtete jetzt ununterbrochen. Doch er hatte die Bestätigung, daß die Parabolantenne noch immer auf den Empfänger im Satelliten ausgerichtet war. Nur noch vierunddreißig Sekunden, bis das Sprengsignal gesendet werden konnte.

Die Ingenieure im Frunse-Institut hatten ausdrücklich darauf hingewiesen, daß das Signal genau zur angewiesenen Zeit gesendet werden mußte. Es gab lediglich einen Spielraum von zwölf Sekunden.

Wurde es zu früh gesendet, hielt der Empfänger es möglicherweise für ein falsches Signal, und bevor er erneut empfangsbereit war, würden dreißig kostbare Sekunden vergehen. Bis dahin wäre die Raumfähre bereits zu weit über dem Horizont, als daß die Antenne sich erneut darauf ausrichten könnte.

»Auf keinen Fall später als zwölf Sekunden nach den vorgesehenen zwei Minuten und zehn Sekunden! Es müssen genau die richtigen Tasten gedrückt werden, und in der richtigen Reihenfolge!« Das hatten sie ausdrücklich betont, und der Oberst respektierte präzise Angaben.

Die Tastatur des Computers diente als Auslöser. Sechs Tasten waren in einer bestimmten Reihenfolge zu drücken und, sobald sie auf dem Computerschirm erschienen, die Entertaste. Der Computer verwandelte danach die Sequenz in ein Zündsignal und schickte es über die serielle Schnittstelle zum Sender. Die Sequenz war leicht zu merken, da es die Zeichen der ersten sechs Tasten der obersten Reihe waren, von links nach rechts gelesen. QWERTY.

Nur noch zwanzig Sekunden. Wo zum Teufel blieb Sanchez? Wieso hatten seine Leute die Tageskabine nicht aufgebrochen und Schluß mit Bracken gemacht? Oder hatten sie? Jetzt erst registrierte er, daß die Knallerei aufgehört hatte. Vielleicht war Bracken ausgeschaltet. Aber im Grunde genommen spielte es keine Rolle. Die Tür zwischen Brücke und Tageskabine war verriegelt, und wenn Bracken versuchen sollte, über die Seitendecks zur Brücke zu gelangen, würde er rasch als Schweizer Käse enden. Dafür zumindest war Sanchez gut.

Noch fünfzehn Sekunden. Er gäbe jetzt viel für einen Drink, doch das mußte warten. Zuerst Louis. Eine Kugel hinter das Ohr. In den fünfziger Jahren hatte man das den Berijakuß genannt. Aber auch Berija selbst hatte dieses Ende gefunden, nicht wahr? Eine unvergeßliche Warnung im KGB für jene, die versuchten, ihre eigenen Regeln aufzustellen.

Neun – acht – sieben Sekunden. Sein Herz hämmerte vor Anspannung, und Schweiß tropfte von seiner Stirn auf die Tastatur, und das trotz der Klimaanlage. Er hielt den rechten Zeigefinger über den Tasten bereit, um die Zeichen einzugeben.

Der Stich in seinem Bein war nicht schlimmer als der eines Moskitos. Zunächst achtete er nicht darauf. Die Stechmücken waren eine solche Plage, daß Sanchez sie die *Summbomber* nannte, die des Nachts von ihren Stützpunkten in den Schlammzonen der Insel aus angriffen. Selbst in seiner Kabine mit Klimaanlage war der Oberst in der vergangenen Nacht tüchtig zerstochen worden. An seinen Armen und Beinen reihten sich die roten, geschwollenen Flecken dicht an dicht. Doch jetzt hatte er keine Zeit, nach dem verdammten Ding zu schlagen, so unerträglich sein Stich auch war.

Drei – zwei – eins – Zero. Es war soweit.

Sorgfältig drückte er auf das Q und vergewisserte sich, daß der Buchstabe auf dem Bildschirm erschien. Dann das W. Schmerz schoß sein Bein hoch. Sein Herz tobte gegen den Brustkorb wie eine Katze in einer engen Kiste.

Etwas ging nicht mit rechten Dingen zu. Entweder stimmte was mit seinen Augen nicht oder mit dem Monitor: Das W dehnte sich zu einer Reihe überlappender Vs aus wie die Zähne einer Säge. Er hatte zu viel aufs Spiel gesetzt, als daß er jetzt versagen durfte! Doch ihm war bereits klar, daß es nicht der Computer war, sondern sein Herz, das ihn im Stich ließ.

Es beschleunigte seinen Schlag wie eine Schnarrtrommel und wurde zum Kammerflattern. Das war ihm schon dreimal passiert. Zunächst ein Schmerz in der Achselhöhle und Spannung in der Brust, dann stärkerer Schmerz. Doch diesmal war es schlimmer, viel schlimmer. Mit taubem Finger schlug er auf das E, dann drückte er auf das R, und auf dem Bildschirm erschienen Legionen dieses Buchstaben. Sein Blickfeld zog sich zusammen und wurde dunkel, als hätte er einen langen Tunnel betreten, ohne Licht am anderen Ende.

Ein heftigerer Schmerz, der immer tiefer drang. Das Insekt bohrte sich seine Oberschenkelarterie hoch wie eine ausgehungerte Made, erreichte seine Lende, seine Gedärme, seine Lunge.

T. Nächster Buchstabe. Spasmodisches Zucken schüttelte ihn. Vage wurde ihm bewußt, daß er die Kontrolle über seine Körperfunktionen verlor. Seine Blase leerte sich, sein Schließmuskel öffnete sich.

T, drängte sein halbtotes Gehirn. Er stieß einen Finger auf die Taste hinunter, mußte sie jedoch irgendwie verfehlt haben, denn auf dem Monitor reihten sich *5en* aneinander. *Narr!* brüllte sein sterbendes Gehirn über das Dröhnen seines berstenden Herzens, und in einer letzten Verzweiflungshandlung schmetterte der Oberst die Faust auf die Tastatur.

Er war tot, ehe er auf dem Boden aufschlug.

Schwindlig von der Anstrengung lehnte sich Lu über den Oberst. Betastete die Halsschlagader. Kein Puls. Er empfand ein seltsames

Gefühl des Verlusts und gleichzeitig des Triumphs. Er hatte den Oberst gehaßt und ihn doch respektiert – nein, sich vielleicht nur mit ihm identifiziert – , auf die gleiche bizarre Weise, auf die Gefolterte sich mit ihren Folterern identifizieren. Und er hatte keine andere Wahl gehabt, als ihn zu töten. Mit der Zeit würde er seine Gefühle analysieren können, doch das lag noch Jahre und Kontinente entfernt.

Er schob den Scharnierstift zurück und achtete darauf, daß die Injektionsnadel richtig im Federbolzen saß, dann kämpfte er sich schmerzhaft auf die Füße. Ihm wurde übel, aber er kämpfte mit aller Willenskraft dagegen an und schluckte das gallige Zeug, das ihm hochstieg.

Nur noch wenig Blut drang durch die zerfetzte Haut seiner Achselhöhle. Im Schein der Navigationstischlampe betastete er behutsam die Verwundung. Schmauchspuren und zerrissene Haut an Arminnenseite und Brustkorb. Es sah schlimm aus, war es jedoch nicht. Versuchsweise atmete er tief, die Brust schmerzte nicht, also waren weder die Lunge noch die Rippen verletzt worden. Bestimmt würde er den Rest seiner Tage mit Narben herumlaufen müssen, aber er lebte!

Er zog die Makarow aus dem Gürtel des Obersts und nahm das Magazin heraus. Nur zwei Patronen übrig. Er kramte in dem Fach herum, aus dem der Oberst sie geholt hatte. In dem Halfter befand sich ein Reservemagazin mit sieben Schuß, Standardausstattung. Er lud das volle Magazin und steckte das andere ein. Insgesamt neun Schuß. Das würde genügen, dachte er.

In der Ecke standen die drei Verpackungsrollen aus Kunststoff. Sie waren versiegelt, aber er hatte jetzt nicht die Zeit, sie zu öffnen und nachzusehen, ob sie noch den richtigen Inhalt hatten. Er holte sie heraus und legte sie auf die Bank.

Was noch? Er mußte die Funk- und Satellitenverbindung zerstören. Auf keinen Fall durfte Sanchez Kuba durch Hilferufe warnen.

Beide Geräte hatten Stahlgehäuse, beide waren vom gleichen japanischen Hersteller. Er schaltete sie aus und öffnete die Gehäuse. Wie alle elektronischen Geräte waren sie vollgestopft mit Schaltelementen, Mikrochips, eng gewickelten Drahtspulen und Elektrolytkondensatoren. Mit dem Kolben der Makarow schlug er auf diese Innereien ein, und um sicherzugehen, verteilte er den Rest Kaffee aus der Thermosflasche gerecht in beide Geräte. Dann probierte er sie aus. Der Satellitensender sprühte Funken, dann sprang die Sicherung heraus. Der andere summte, begann jedoch zu rauchen und zu knallen, die Anzeiger leuchteten auf und wurden wieder dunkel.

Jetzt blieb nur noch eines: von der *Victoria* zu verschwinden. Und dazu brauchte er Hilfe.

Zur Explosion, die Walroß hätte auslösen sollen, war es nicht gekommen, aber das Ergebnis stand trotzdem fest: Er würde sterben, ob nun durch Feuer oder Wasser, sein Tod war sicher. Über zwei Minuten waren vergangen, seit Bracken die letzten Kugeln auf die Leitung geballert hatte. Er hatte keine Ahnung, ob es ihm gelungen war, die Übermittlung des Signals zu verhindern. Und nun konnte er nichts mehr tun, als hilflos auf seinen Tod zu warten. Und die wahrscheinlichste Ursache dafür wurde durch das rote Glühen der Achtertür angekündigt, die auf der anderen Seite mit einem Schneidbrenner bearbeitet wurde.

Inzwischen vermuteten sie sicher schon, daß ihm die Munition ausgegangen war. Aber er bezweifelte, daß sie ihm die Chance ließen, sich zu ergeben. Sobald sie erst ein ausreichend großes Loch in die Tür geschweißt hatten, würden sie eine MP hindurchstecken und die Kabine mit Streufeuer eindecken. Dann blieben ihm vielleicht noch drei Sekunden, oder wenn er optimistisch war, vier. In jedem Fall hatte er eine ganze Ewigkeit, über seinen Tod nachzudenken und über die Bedeutung des Lebens nach dem Tod und wohin Pechvögel wie er kommen würden. Nun, da er wußte, daß das Ende unausbleiblich war, sehnte er sich schon fast danach.

Der Stahl der Tür war entweder besonders hart oder die Flammenspitze des Schneidbrenners zu klein für diese Arbeit, und sie kamen deshalb nur langsam voran. Langsam, aber sicher. Er schätzte, daß sie in zwei bis drei Minuten den Kreis von etwa fünfzehn Zentimetern fertig haben würden.

Bracken hatte immer noch die 22er, die er jetzt aus der Beinhalterung löste. Er hatte keine Ahnung, wie viele Patronen ihr Magazin enthielt, etwa vierzehn nahm er an. Aber es gehörte schon Glück dazu, mit diesem Spielzeug auch nur eine größere Ratte umzubringen. Und er bezweifelte, daß er noch eine Chance bekommen würde, sie zu benutzen.

Was ihm alles durch den Kopf ging! Er hoffte von ganzem Herzen, daß Jean es geschafft hatte. Pam dürfte keine Schwierigkeiten gehabt haben. Er blickte auf seine Uhr. Walroß hätte schon vor mindestens fünf Minuten den Boden aus dem Schiff sprengen müssen. Irgendwas war schiefgegangen.

Aber wenigstens war er sicher, daß Walroß sich um die Mädchen kümmern würde, sobald ihm klar war, daß sein Skipper nicht zurückkehrte. Davon abgesehen gab es eigentlich nichts mehr, worüber er sich Gedanken machen müßte, außer über seinen eigenen Tod. Verrückterweise wünschte er sich eine Henkersmahlzeit, bestehend aus einem Big Mac, einer Portion Pommes frites und einer Flasche Bier.

Das Sprechgerät summte zweimal, und nach kurzer Pause wieder zweimal. Zuerst wußte Bracken mit dem Geräusch nichts anzufangen, dann erkannte er, daß es das Schiffstelefon über der Koje war. Scheiße! Sein Abonnement für *Time* war wahrscheinlich abgelaufen. Oder sie wollten wissen, was er für ein Müsli zum Frühstück wünschte. Oder vielleicht schlug der Oberst ihm einen Handel vor; aber verdammt, er wüßte nicht, was er für sein Leben bieten könnte. Er griff nach dem Hörer, und vernahm schweres Atmen.

»Vorderer Befehlsstand, Siebte Marine-Division, Bracken am Apparat.«

»Hübsch, Bracken. Ich habe nicht viel Zeit. Ich mache Ihnen ein Angebot – keine Alternativen, keine Verhandlungen, entweder Sie machen mit oder nicht.«

Lu! »Okay. Sagen wir, ich höre. Ist es Ihr Angebot oder eins des Obersts?«

»Der Oberst ist tot. Und Sanchez ist mit seinen sämtlichen Leuten hinten im Gang. Kein Beschuß mehr von der Küste, also nehmen sie an, daß sie Ihren Ersten Offizier erwischt haben. Jeder will dabei sein, wenn es um Ihren Kragen geht, deshalb bin ich der einzige auf der Brücke. Sobald sie ein Loch durch die Tür gebrannt haben, wird Sanchez eine Granate hineinwerfen. Keine schöne Art zu sterben, Bracken.«

»Vielleicht, vielleicht auch nicht. Ich habe noch ein volles Magazin in der MP.«

»Sie lügen, Bracken. Es gab nur zwei Ladestreifen auf der *Pampero*, und Sie haben beide leergeschossen. Sie sind schon so gut wie tot.«

»Dann bin ich eben tot. Weiß Gott, ich habe dringend Ruhe nötig.«

»Sie könnten am Leben bleiben, Bracken.«

Hoffnung, als er bereits nicht mehr daran glaubte, daß es noch Hoffnung gab. Eine blaue Flammenzunge stieß durch die Tür. Der Schneidbrenner besprühte die Kabine mit Funken geschmolzenen

Metalls. Entweder hatten sie die Spitzen ausgetauscht oder den Tankdruck erhöhen können.

»Ihr Vorschlag?«

»Ich habe eine Waffe, Bracken. Ich öffne die Riegel der Brückentür. Sie schieben die Maschinenpistole hindurch. Wenn ich es sage, aber erst dann, kommen sie herein – mit den Händen im Nacken verschränkt.«

»Welche Garantie habe ich, daß Sie mich nicht töten?«

»Keine. Aber warum sollte ich, wenn Sie sowieso in drei Minuten sterben werden, ohne daß ich ein persönliches Risiko eingehen muß. Entscheiden Sie sich!«

»Und wenn Sie mich nicht töten, was passiert dann?« Der Schneidbrenner hatte inzwischen ein Drittel des Fünfzehnzentimeterkreises geschafft. Die Ränder des Schnittes glühten, kleine Metallstücke flogen durch den Druck heraus. Drei Minuten waren purer Optimismus. Viel, viel weniger!

»Keine Zeit für Erklärungen. Wollen Sie am Leben bleiben oder nicht? Rasch, entscheiden Sie sich!«

»Okay. Einverstanden.«

Der Hörer klickte. Innerhalb von Sekunden war der Riegel zurückgezogen.

Erstaunlich, wie ein bißchen Hoffnung die Lebensgeister weckte und sich sofort listige Gedanken breitmachten. Lu mußte angenommen haben, daß Walroß mit der 22er vom Strand schoß und daß Bracken nur mit der MP bewaffnet war. Folgerung: Lu erwartete nicht, daß er bewaffnet war. Vorsichtig schob Bracken die 22er unter den Bund seiner Jeans, daß der Lauf zwischen den Gesäßbakken ruhte. Dann zog er sein Sweatshirt darüber, hob die leere Maschinenpistole auf und drückte gegen die Tür. Sie öffnete sich einige Zentimeter, ehe sie gegen Widerstand stieß.

»Wie ich schon sagte, Bracken«, erklang es von der anderen Türseite, »zuerst die Maschinenpistole.«

Lu stand vermutlich dicht an der Tür und blockierte sie mit dem Körper. Bracken streckte die MP mit dem Kolben voraus in den Spalt und schob sie hindurch. Klappernd landete sie auf dem Boden.

»Und jetzt Sie.«

Der Druck auf die Tür ließ plötzlich nach, und Bracken stolperte über die Schwelle. Als er sein Gleichgewicht wiedergefunden hatte, stand er Lu gegenüber, der einen Selbstlader in der Hand hielt.

Seine Windjacke war getränkt mit Blut, das bereits verkrustete. Sein linker Arm wirkte schlaff.

»Konnte das Signal zur Fähre gesendet werden?«

Lu hob die Schultern, als interessiere es ihn nicht sonderlich. »Nein. Der Oberst starb, ehe er die komplette Sequenz eingeben konnte.« Lu stupste mit dem Fuß nach etwas auf dem Boden, ohne den Blick von Bracken zu lassen.

Bracken schaute auf den Boden und sah, daß die Leiche unter dem Navigationstisch lag.

Lu deutete mit dem Lauf der Makarow auf die Verpackungsrollen. »Ich kann meinen linken Arm nicht bewegen, Bracken, und ich kann nicht gleichzeitig die Waffe und die Rollen halten. Heben Sie sie auf.«

Es waren drei Rollen aus Kunststoff, zwischen gut einem halben und einem Meter lang, etwa fünfzehn Zentimeter im Durchmesser, die Enden mit Plastikdeckeln verschlossen und zusätzlich mit Isolierband versiegelt.

Er blickte Lu fragend an, doch Lu deutete mit der Schußwaffe ungeduldig seitwärts. »Machen Sie schon! Heben Sie sie auf. Und den Aktenkoffer neben dem Terminal ebenfalls.«

Bracken blickte auf die Wanduhr: 21.30. Der Schlauch mit dem Plastiksprengstoff hätte bereits explodieren müssen, und er wußte, daß Walroß es mit der Zeit genau nahm. Er ließ den Blick rasch durch die Brücke schweifen. Schiebetüren sowohl Backbord wie Steuerbord. Falls der Sprengstoff doch noch losging, war er darauf vorbereitet. Er würde den Augenblick nutzen, Lu die Rollen zuwerfen, ihn mit der 22er erschießen, über Bord springen, und schwimmen, als wären Furien hinter ihm her.

»Aufheben, Bracken. *Sofort!*«

Bracken klemmte das Ganze unter den Arm. »Was ist das für ein Zeug?«

»Keine Zeit für Erklärungen. Tun Sie genau, was ich sage, und nur, was ich sage, und keine Fragen. Wenn es uns gelingt, den Strand zu erreichen, können Sie gehen, genau wie Sie es mir versprochen hatten.«

Bracken glaubte das genausowenig, wie er an den Osterhasen glaubte. »Sie werden uns verfolgen!«

»Nein, werden sie nicht. Ich befehle Sanchez, sofort mit der *Victoria* nach Kuba zurückzufahren. Ich behaupte, auf der Seenotwelle sei durchgegeben worden, daß ein Kutter der bahamischen Küstenwache unterwegs sei, der Schießerei hier nachzugehen. Er wird sich rasch in internationales Gewässer begeben müssen. Überlassen Sie das ruhig mir.«

Lu schloß die Tür zur Tageskabine und schob den Riegel vor. Mit einem Kopfnicken deutete er zum Bug. »Raus aus der Brücke, dann drei Stufen hinunter. Etwa vier Meter von den Stufen entfernt ist ein Luk, das zu den Mannschaftsunterkünften und der Messe führt. Achtern davon liegt die Hauptkombüse. Dahinter ist ein Weinlagerraum und eine Tür auf den Korridor zu den unteren Gästekabinen. Sie waren schon mal dort. Wenn Sie am Fuß der Wendeltreppe ankommen, warten Sie, bis Sie mich zweimal mit den Fingern schnippen hören. Ich werde im Salon am Kopf der Treppe sein.«

Zweiunddreißig nach. »Was ist, wenn mich einer der Besatzung unten sieht ...?«

»Das wäre Ihr Pech, Bracken. Und meines.« Er schob die Tür zum Deck auf, spähte nach achtern, um sich zu vergewissern, daß sich niemand auf dem Seitendeck aufhielt, und winkte mit einem Nicken. Lu führte immer noch das Kommando, doch Bracken hatte keine Wahl. Er war ein Blatt, hilflos im Wind.

»Niemand zu sehen«, sagte Lu leise. Er faßte Bracken an der Schulter und schob ihn durch die Tür. »Los!«

Es gefiel ihm nicht, daß er Bracken trauen mußte, aber er hatte keine andere Wahl. Er sah, wie Bracken das Luk erreichte und nach unten verschwand. Dann wandte Lu sich wieder der Brücke zu und griff nach dem Durchsagemikrophon. Oben plärrte ein Lautsprecher.

»Genosse Sanchez, beenden Sie die Schneidbrenneraktion sofort. Postieren Sie zwei Mann vor der Tür und kommen Sie mit den anderen sofort zur Brücke. Das ist ein Befehl!«

Sanchez erschien keuchend in nicht einmal ganz dreißig Sekunden mit einer Schar Männer, die sich auf das Brückenseitendeck drängten.

Sanchez meldete zackig: »Wir haben ihn! Wir brauchen nur noch ein paar Sekunden mit dem Schneidbrenner, dann sind wir durch!« Jetzt erst bemerkte er Lus blutgetränkte Jacke. Er wollte eine Frage stellen, doch Lu wehrte ab.

»Wir haben keine Zeit mehr. Die Aufregung durch Brackens Angriff war zuviel für das bereits geschwächte Herz des Obersts. Ihre Schuld, Sanchez, denn Sie waren für die Sicherheit dieses Schiffes zuständig. Fast hätte es auch mich das Leben gekostet. Zwei Ihrer Leute sollen die Tür der Tageskabine bewachen. Versuchen Sie nicht weiter, sie zu öffnen. Er ist wie ein in die Enge getriebenes Raubtier und schwerbewaffnet!«

»Aber wir haben ihn!«

»Und wenn Sie dieses Schiff nicht sofort von hier weg und in internationales Gewässer bringen, wird die bahamische Küstenwache *uns* haben. Vor einer Minute berichtete die bahamische Fregatte *Squallus* einem kleineren Kutter von der Schießerei, die von den Bewohnern von North West Cay gemeldet wurde. Die Fregatte befindet sich nur zwanzig Meilen südlich und ist bereits mit Volldampf hierher unterwegs. Werfen Sie die Maschinen an, und fahren Sie in tiefes Gewässer. Wir haben erledigt, weshalb wir hierherkamen. Bracken kann warten, bis wir auf See sind.«

Sanchez bellte Befehle. Zwei seiner Männer salutierten, und eilten die Stufen hinunter zur Ankerwinde.

»Sie übernehmen die Brücke, Sanchez. Ich muß meine Verletzung verbinden und mich dann hinlegen. Wecken Sie mich in drei Stunden. Inzwischen haben Sie das Kommando.« Er streifte an zwei Besatzungsmitgliedern vorbei, als er hinaus aufs Brückenseitendeck ging und von dort aus nach achtern durch den Salon.

Bracken war bereit. Eine halbe Minute später saßen sie im Schlauchboot, hatten die Fangleine gelöst, und trieben mit dem Wind. Als sie gute hundert Meter von der *Victoria* entfernt waren, deutete Lu mit einem Kopfnicken auf den Motor. »Werfen Sie ihn an, und fahren Sie zum Südende der Insel, zur Haul Away Bay.«

Walroß lag in einer Mulde, die er sich am Strand selbst ausgebuddelt hatte – sein höchstpersönlicher Schützengraben. Vor sieben Minuten hatte er genau zur vereinbarten Zeit vorsichtig an der Angelschnur gezogen, bis sie straff war. Die Schnur war einstrangig, mit zwanzig Kilo Belastungstest, und nagelneu. Der Arretierungsstift würde schon mit weniger als einem halben Kilo Zug aus dem Sprengzünder herauskommen. Er zog. Die Schnur wurde straff wie eine Bogensehne. Er zerrte stärker. Nichts.

Noch stärker. Er ließ er sie los, und riß heftig ruckweise. Nichts tat sich.

Inzwischen war Bracken bestimmt vom Schiff. Aber wie auch immer, es mußte jetzt geschehen, darauf hatten sie sich geeinigt. Walroß mußte einfach hoffen, daß er in Sicherheit war. Aber die verdammte Schnur hatte sich an irgend etwas verfangen, vielleicht an Korallen. Möglicherweise war Bracken nicht von Bord gekommen, doch daran wollte er jetzt nicht denken, er *mußte* seine gottverdammte Aufgabe durchführen. Er stand auf und machte sich daran, ins Wasser zu waten.

»Wo willst du hin?«

Jean war hinter ihm, sie kam zwischen den beiden Dünen herausgerannt.

»Das verfluchte Ding ist nicht losgegangen! Die Schnur hängt irgendwo fest. Ich muß nachsehen, wo.«

»Bracken ...?«

»Ich sag' dir doch, daß er okay ist. Er wußte, wann er von Bord verschwinden mußte!« erinnerte Walroß sie, der Verzweiflung nahe. »Es war ausgemacht, daß er mit dem Wind von der *Victoria* wegschwimmt, bis er die Küste erreicht, und daß er dann direkt auf die *Pampero* geht. Das dauert natürlich seine Zeit. Aber jetzt sieh zu, daß du Pam auf den Schoner bringst. Ihr seid beide unterkühlt. Sobald ich die Sache erledigt habe, warte ich hier auf ihn.«

»Ich bleibe, Walroß.«

Walroß zuckte die Schultern. »Habe ich mir fast gedacht.« Er watete in die Brandung und stieß sich mit den Flossen vorwärts, immer der Schnur nach.

Es gab eine Strömung in der Bucht. Und die Angelschnur hatte sich nicht an Korallen verfangen, sondern am zersplitterten Rahmen einer längst nicht mehr benutzten Hummerfalle. Je mehr er an der Schnur gezogen hatte, desto tiefer hatte sie sich in dem gespaltenen Holz verkeilt. Zwischen der *Victoria* und der Hummerfalle hing die Schnur etwa zehn Meter schlaff.

Die Ankerkette der *Victoria* wurde bereits Glied um Glied eingeholt. Unter Wasser begann der Antrieb zu dröhnen. Erschrocken über den plötzlichen Krach stoben die Fische davon.

Der Anker löste sich aus dem Sand und kam an die Oberfläche. Der Klang der Motoren wurde kräftiger. Die *Victoria* drehte sich zum offenen Meer. Und während sie das tat, straffte sich die Schnur zum Zünder.

Walroß befand sich keine zehn Meter von der Brandungslinie entfernt, als die *Victoria* explodierte, zunächst mit einem dumpfen Krachen, dann mit gewaltigem Schmettern. Ein langer Streifen der Metallverkleidung riß über der Wasserlinie auf, wie bei einer frisch geöffneten Sardinenbüchse. Die Lichter gingen aus, züngelnde Flammen lösten sie ab und eine Reihe feuriger Folgeexplosionen.

Trümmer flogen durch die Luft, Männer, von den Flammen beleuchtet, liefen an Deck und sprangen über Bord. Brüllen, Kreischen von sich verbiegendem und Krachen von berstendem Metall. Scheiben zersprangen durch die Hitze. Todesschreie gellten.

Es dauerte keine zwei Minuten, und die *Victoria* versank. Dampf zischte, als heißes Metall mit der See in Berührung kam. Und dann verteilten sich acht Tonnen Öl aus ihren geborstenen Treibstofftanks auf dem Wasser der Bucht, entzündeten sich und brannten wie Höllenfeuer. Walroß schaute benommen zu, dann ließ er sich auf den Strand fallen.

Jean setzte sich neben ihn. Im Glühen des brennenden Öls sah Walroß die Tränen über ihre Wangen rinnen. Er nahm ihre Hand in seine. »Keine Angst, er schafft es.«

Aber er war sich nicht so sicher.

24

21.50 Uhr

Lu schaute zurück auf das Inferno, das die *Victoria* gewesen war. »Profiarbeit. Ich dachte mir schon, daß Sie gute Verwendung für den Plastiksprengstoff haben würden. Ihr Werk oder das Ihres Ersten Offiziers?«

Bracken hob die Schultern. »Walroß ist der Experte. Eine Menge Lärm für ein bißchen Zeug, das wie Modellierton aussieht.«

Lu nickte ungerührt. »Gut gemacht. Zu dumm, daß sich die *Victoria* nicht in tiefem Wasser befunden hatte. So wird es zu einer Untersuchung kommen. Aber ich bezweifle, daß irgend jemand da sein wird, um Fragen zu beantworten.« Er lehnte sich gegen das Dollbord des Schlauchboots und entspannte sich. »Sie können jetzt Gas geben. Die Haul Away Bay ist nur drei Kilometer entfernt.«

Bracken hatte die Haul Away Bay auf der Karte von North West Cay gesehen. Es gab dort nur eine alte Fischfabrik, einen Pier und ein paar windschiefe Hütten. Alles war verlassen, seit die englische Firma, die das Ganze erbaut hatte, vor etwa zehn Jahren Pleite gemacht hatte.

Acht Minuten später bogen sie um die Landspitze. Bracken fuhr am Pier entlang zum Strand, und schon scharrte das Schlauchboot über den Sand. Der Außenbordmotor bockte im seichten Wasser, und der Propeller wühlte sich in den Grund, ehe Bracken ihn abstellen konnte.

Das Boot schaukelte in der Dünung, der Kiel kratzte über Kies. Es stank nach verwesendem Fisch und verrottendem Holz: der Geruch der Vergänglichkeit.

»Steigen Sie aus, Bracken.«

Im Sternenlicht konnte Bracken die Umrisse der Makarow sehen, die auf seine Magengrube gerichtet war. Er kletterte rückwärts aus dem Schlauchboot in die Brandung und schlurfte landeinwärts. Auf seinem Rücken schien die Stelle regelrecht zu brennen, auf die Lus Waffe gerichtet war.

»Bleiben Sie stehen.«

»Und was geschieht jetzt?«

Lu watete keine zwei Meter hinter ihm an Land. »Wie ich sagte: Sobald wir am Strand sind, können Sie gehen.«

»Einfach so?«

»Ich habe Ihnen mein Wort gegeben.«

Was so gut wie nichts wert ist, dachte Bracken. Er war der einzige, der wußte, daß Lu bei der Explosion der *Victoria* nicht umgekommen und mit ihr versunken war. Er zweifelte nicht, daß er keine drei Meter den Strand hoch kommen würde, ehe Lu ihm eine Kugel in den Rücken jagte. Er mußte Zeit schinden, um sich etwas einfallen zu lassen.

»Was ist mit den Kunststoffrollen?«

»Meine Zukunft.« Lu schwenkte den Lauf der Makarow. »Drehen Sie sich um und gehen Sie weiter.«

Er brauchte Zeit, Zeit um jeden Preis. »Was ist mit meinem Schlauchboot? Mit dem Außenbordmotor ist es gut zweitausend Dollar wert.«

»Ich fürchte, das brauche ich. Aber sehen Sie es als gutes Tauschgeschäft an. Sie haben immer noch Ihren Schoner und Ihr Leben.«

Wie lange noch? Bracken hob einen Fuß und stieß mit den Zehenspitzen nach dem Sand. Die 22er steckte unter seinem Hosenbund. Er würde mindestens eineinhalb Sekunden benötigen, sie herauszuziehen, zu entsichern und zu feuern. Lu konnte viel schneller reagieren. Er brauchte unbedingt eine Ablenkung von wenigstens zwei Sekunden.

»Nicht, daß ich Ihnen nicht traue, aber ich würde mich bedeutend wohler fühlen, wenn Sie aufhörten, mit diesem Ding herumzufuchteln.«

»Sie sind größer als ich, Bracken. Mein linker Arm ist verletzt. Sie könnten auf dumme Gedanken kommen. Und es gibt noch andere Leute, für die ich sie vielleicht brauche.«

Er konnte es sich nicht leisten, Lu jetzt zu verärgern. »Ja, ich verstehe. Jedenfalls danke, daß Sie mich von der *Victoria* wegbrachten.«

»Ich brauche Ihren Dank nicht. Wenn ich meinen linken Arm benutzen könnte, wären Sie vor fünfzehn Minuten auf dem Schiff gestorben. Aber ich brauchte jemanden, der die Rollen und den Aktenkoffer an Sanchez vorbeibrachte. Sie waren nur mein Packpferd.«

Lus Stimme war plötzlich kalt und spröde, so kalt und spröde wie Eis auf einer Wasserlache. Wenn Bracken irgendwelche Illusionen gehabt hatte, daß Lu ihn gehen lassen würde, vergingen sie jetzt. Das beste ist, dachte er, wenn ich im Zickzack davonsprinte, mich hinwerfe, herumrolle und die 22er ziehe. Trotzdem würde das zuviel

Zeit kosten, und Lu hatte eine Taschenlampe und eine Waffe mit viel größerem Kaliber. Die Chancen waren ein bißchen besser, als wehrlos eine Kugel in den Rücken zu kriegen, aber nicht gut genug.

Es mußte doch etwas geben, das Lu überraschen oder ablenken konnte! Er versuchte sich Lus Verfassung vorzustellen. Seit vierundzwanzig Stunden kein Schlaf, zweifellos erschöpft, und die Verwundungen zehrten an seiner Energie. Er konnte sich bestimmt nur noch mit Mühe auf den Beinen halten, und seine Reaktion war vermindert. Und mir geht es kaum besser, dachte Bracken.

Er sank auf ein Knie und nahm den Kopf in beide Hände. »O Gott, mir ist schwindlig!«

»Weiter, Bracken.«

»Einen Moment bloß.« Er schüttelte den Kopf, als wolle er die Benommenheit vertreiben. »Haben Sie eine Zigarette?«

»Ja. Für eine Zigarettenpause ist noch Zeit.« Lu kramte nach einem Päckchen und warf es Bracken mit einem Einwegfeuerzeug zu. »Zünden Sie auch für mich eine an.«

Zittrig tat Bracken es, dann warf er Lu eine zu, der sie mit der Linken vom Sand aufhob. Bracken hatte gehofft, Lu würde seine gute Rechte dafür benutzen, mit der er die Makarow hielt. Aber nein. Diesen Plan konnte er vergessen.

Er mußte Lu zum Reden bringen und suchte nach einem Thema. »Etwas verstehe ich nicht, Lu. Sie haben soviel auf sich genommen, um die Raumfähre zu vernichten, und dann verhinderten Sie höchstpersönlich, daß das Signal gesendet wurde. Warum?«

Lu schwieg eine Weile. Bracken konnte seine Augen nicht sehen, wohl aber die Umrisse der Makarow, die kein bißchen schwankten. Schließlich antwortete Lu bedächtig: »Um alte Rechnungen zu begleichen, um Jahre der Ungerechtigkeit heimzuzahlen. Und wegen meines Sohnes. Komisch, Bracken, wenn es mich nicht zum KGB verschlagen hätte, wäre ich wahrscheinlich ein Dissident geworden. Verstehen Sie das, wenn Sie können. Und nun bin ich hier schließlich zum absoluten Dissidenten geworden – ein Überläufer, ein Verräter meines Vaterlands.« Er schnippte die Glut von der Zigarette, und winzige Funken sprühten.

Jenseits des Piers, weit draußen in der Bucht, blinkten die Lichter der Boje, die den Steuerbordrand der Fahrrinne in die Haul Away Bay anzeigte. Plötzlich fügten sich die Puzzlestücke zusammen. Lu hatte nie beabsichtigt, mit der *Victoria* nach Kuba zurückzukehren. Er benutzte die Boje als Treffpunkt mit einem anderen Schiff.

»Wann wird das Schiff hier sein?«

Lu hob das Kinn ein wenig und blickte Bracken an. »Sie meinen den Frachter? Irgendwann zwischen jetzt und dem Morgengrauen.« Brackens Frage verwunderte ihn offenbar nicht im geringsten.

Unwillkürlich platzte er heraus: »Sie hatten nie vor, mich gehen zu lassen, nicht wahr?«

Nach einer langen Pause, einer Ewigkeit, wie es Bracken schien, antwortete Lu. »Nein. Sie sind der einzige, der weiß, daß ich da draußen nicht mit den anderen draufgegangen bin. Wenn es Sie nicht gibt, gibt es auch mich nicht.«

»Blödsinn! Warum sollte ich was sagen? Ihr Plan ging schief, und wenn ich den Mund aufmachte, begäbe ich mich, quasi als Komplize, in größte Schwierigkeiten.«

»Ich kann das Risiko nicht eingehen, Ihnen zu trauen, Bracken. Ich möchte Ihnen ja glauben, aber irgendwie würde es irgendwann einmal herauskommen.« Er stand langsam auf. »Tut mir leid, Bracken. Es wird nicht weh tun, das verspreche ich Ihnen.«

»Großer Gott! Einfach so? Peng, peng, und dann ist es vorbei. Mit dem ganzen Bedauern und Schuldbewußtsein, das man vielleicht empfindet, wenn man einem Huhn den Kopf abschlägt. Sind das Ihre Gefühle?«

»Ich erklärte Ihnen meine Gründe bereits. Das Ende ist hier und jetzt.«

Bracken steckte eine Zigarette zwischen die zitternden Lippen, schloß jedoch die Augen, um sein Sehvermögen nicht zu beeinträchtigen, das sich an die Dunkelheit gewöhnt hatte. Die Zigarette schmeckte wie Katzenhaar, die Magensäure war gestiegen, seine Nerven schrillten Alarm, aber die Zigarette hatte ihm noch ein paar Sekunden gesichert. Er mußte das Gespräch fortsetzen. »Finden Sie es nicht auch idiotisch? Wir zwei hier auf einem gottverlassenen Strand, wir glauben beide an denselben fundamentalen Mist – wie Freiheit und Liebe und Verantwortung, und es scheint doch keine andere Lösung für uns zu geben, als daß einer den anderen zu töten versucht! Fangen nicht Kriege auf diese Weise an?«

»Stimmt, Bracken. So fangen Kriege an. Ich würde mich viel lieber auf einen Drink mit Ihnen zusammensetzen, Ihnen die Hand drücken und weggehen. Aber das geht leider nicht. Ich habe lange darüber nachgedacht, doch es gibt keine Alternative. Tut mir leid wegen Vietnam, wegen Williams und weil das hier so enden muß.

Ich weiß, daß Sie mit Ihren Mitteln Ihr Bestes taten. Sie haben es mir verdammt schwergemacht.« Das klang ehrlich.

Noch eine Minute dehnte Bracken seine Zigarette aus. Er wünschte sich, sie würde ewig brennen, aber die Glut erreichte den Filter und erlosch.

In der Stille der Nacht war das Spannen des Hahnes unüberhörbar.

»Beugen Sie Ihren Kopf nach vorn, Bracken. Es ist schmerzlos.«

»Nicht auf den Knien, Lu! Nicht so wie die verdammten Nordvietnamesen Kriegsgefangene hinrichteten. Ich will aufrecht stehen!« Ehe Lu zu protestieren vermochte, schnippte Bracken den Zigarettenstummel zur Seite, drückte die Hände hinter sich in den Sand, und machte sich daran sich hochzustemmen. Doch während er das mit einer Hand tatsächlich tat, tastete die andere nach dem Griff der 22er. Mit dem Daumen entsicherte er sie, zog sie aus dem Hosenbund, und hielt sie hinter dem Rücken, bis er sich in Kauerstellung befand. Aus der Nähe und ins Gesicht würde sie ihren Zweck erfüllen. Nur wußte er, daß Lu schon allein als Reflexhandlung ebenfalls schießen würde. Und aus dieser Entfernung würde ein 9mm-Geschoß vermutlich tödlich sein, egal, welchen Körperteil es traf. Er brauchte einen winzigen Vorteil, etwas ...

Da sah er, als er an Lu vorbeischaute, Lichter, oder glaubte es zumindest. Schwach, sehr schwach und weit entfernt. Einbildung? Doch nun waren die roten und grünen Positionslichter zu erkennen und die weißen Lichter auf den Mastspitzen. Zwar noch Meilen entfernt, aber zweifellos mit Kurs auf die Boje. »Und das ist das verdammte Schiff, auf das Sie warten?«

Der Lauf blieb auf Bracken gerichtet, als Lu einen Schritt zurückmachte, ohne sich umzudrehen. »Wovon reden Sie?«

»Von dem Schiff, das da kommt.«

»Aber es sollte doch erst ...« Lus Stimme verklang. Er tat einen weiteren Rückwärtsschritt, dann drehte er sich halb um und blickte südwärts. Das genügte Bracken.

Er schoß dreimal, sah Lu rückwärts stolpern, dann bohrte die Makarow zwei Flammenlöcher in die Nacht. Das Mündungsfeuer blendete ihn, und er schoß rasch noch dreimal auf die Stelle, wo Lu gewesen war, bis ihm bewußt wurde, daß Lu auf dem Boden sein mußte. Er senkte den Lauf der 22er und gab zwei weitere Schuß ab, dann warf er sich in den Sand und rollte nach links. Seine Rippen brannten vor Schmerz, als bohrten Spieße durch seine Brust. Zwei weitere Flammenzungen und das Grollen von Druckwellen, als zwei Kugeln an seinem Ohr vorbeipfiffen, dann die Echos von den verlassenen Bauten her. Aber er war unverletzt, und er hatte noch etwa sechs Schuß in der 22er. Ein großer Vorteil, denn wenn er richtig gerechnet hatte, durfte Lu nur noch zwei Schuß übrighaben. Drei im Höchstfall.

Statt sich zu rühren, verhielt er sich völlig still und lauschte. Ein Ächzen und das leichte Rascheln von Sand unter Lus Körper, als er sich bewegte. Verwundet? Mußte er wohl sein. Bracken war sicher, daß er zumindest einmal getroffen hatte.

Bewegte Lu sich rückwärts oder seitwärts? Nach links oder rechts? Es galt, die Sache rasch hinter sich zu bringen, so oder so. Nun gab es kein Weglaufen mehr. Jetzt war der Vorteil auf seiner Seite, und er hatte nicht vor, ein Unentschieden hinzunehmen. Siegen war Leben, und darum ging es.

Aus der Überlebensausbildung durch die Air Force in Stead erinnerte er sich, daß man unter Streß dazu neigte, in der Dunkelheit etwas nach oben und nach rechts zu schießen. Er nahm an, daß Lu eine ähnliche Waffenausbildung hatte, schließlich war er ja ein Profi. Doch er hatte nur noch zwei oder drei Schuß, und das war mit extremem Streß vergleichbar.

Der Trick war, ein bißchen nach links und unter das Mündungsfeuer des Feindes zu zielen. Bracken nahm die 22er in die Linke, streckte den Arm aus, und schoß in die Richtung, in der er Lu vermutete, dann rollte er sich sofort nach rechts, fort von der Stelle, auf die Lu zweifellos das Antwortfeuer eröffnen würde.

Die Makarow knallte dreimal, die Kugeln wühlten den Sand links von ihm auf. Bracken hatte das Mündungsfeuer gesehen, er zielte und schoß.

Diesmal erwiderte Lu das Feuer nicht. Aber er stöhnte und holte einmal laut Luft.

Bracken hatte nicht mehr mitgezählt. Wie viele Schuß hatte er noch? Fünf? Sechs? Er hatte Lu wahrscheinlich getroffen, aber tot war er jedenfalls nicht. Und Bracken wußte, daß er kein Risiko eingehen durfte, nicht jetzt, wo er so nahe daran war, das Spiel ums Leben zu gewinnen. Vorsichtig rollte er sich noch einmal nach rechts, hielt an und lauschte.

Lus Atem ging schwer. Er versuchte gar nicht, das Geräusch zu unterdrücken – wahrscheinlich, weil er dazu gar nicht imstande war. Bracken dachte daran, noch einen Schuß in diese Richtung zu feuern, aber er konnte nicht genau abschätzen, wo Lu lag. Er beschloß abzuwarten.

Minuten vergingen.

Schließlich: »Bracken! Hören Sie mich?« Nicht sehr nahe. Mindestens acht oder neun Meter entfernt.

Er antwortete nicht.

»Bracken, Sie sind da draußen! Sie hören mich. Ich habe keine Patronen mehr. Hören Sie auf zu feuern und gehen Sie. Dann bleiben wir beide am Leben.«

Bracken antwortete nicht. Er wußte, daß es nur eine List sein konnte.

»Bracken.« Ein Hustenanfall, Spucken. »Es hat doch keinen Sinn, damit weiterzumachen.«

Irgendwie war Bracken da nicht seiner Meinung. Etwas, das gar nicht er selbst zu sein schien, reagierte für ihn. Er vergeudete keinen Gedanken daran, warum er so handeln würde.

Seine Gene waren ein Produkt Tausender Generationen der Erfahrung: die immer wiederkehrende, unabänderliche Aufeinanderfolge von Kampf, Sieg, Unterwerfung des Verlierers, Rache, Tod, Vergewaltigung, Raub und Plünderung. So alt wie der Kodex von Cäsars Legionen oder der der großen Khane. Älter, noch viel älter. So alt wie der Urbeginn, als die ersten Krieger nach einem Stein griffen und damit den Feind erschlugen.

Seine Haut prickelte, Adrenalin flutete in seinen Körper. Töte den Feind und trink sein Blut aus dem Kelch seines Schädels. »Wenn das so ist«, brüllte er jetzt heiser zurück, »dann knipsen Sie ihre verdammte Taschenlampe an und halten die Makarow in den Lichtschein, damit ich sie sehen kann!«

Bracken zählte: zwölf, dreizehn, vierzehn rasche Herzschläge. Dann schaltete Lu die Taschenlampe an. Weiter rechts, als er geschätzt hatte. Eine Spur im Sand, wie die Fährte einer Echse, zeigte an, wie Lu sich bewegt hatte.

Er hielt die Taschenlampe unbeholfen in der lahmen Linken, und ihr Strahl fiel auf die Makarow in seiner Rechten. Der Schieber war hinten eingerastet, wie es bei leerem Magazin der Fall sein würde.

»Drücken Sie auf den Magazinausklinker, Lu, alter Kumpel, und werfen Sie das Ding so weit, wie Sie nur können.«

Der stumpfschwarze Ladestreifen fiel in den Sand. Lu fummelte einen Augenblick, hielt ihn in den Lichtstrahl, dann warf er ihn ins Wasser, wo er platschend eintauchte.

»Werfen Sie die Makarow etwa zwei Meter weit vor ihnen auf den Boden, dann richten Sie die Taschenlampe darauf, damit ich sie sehen kann.«

Ein gedämpfter Aufschlag war zu hören. Der Lichtstrahl tastete sich suchend vorwärts, bis er sich auf der Waffe spiegelte.

»Gut gemacht – wirklich verdammt außergewöhnlich gut.« Er hatte kaum seinen Körper und Verstand im Griff, aber er fühlte sich, als wäre er Herr der ganzen Welt, und er würde dafür sorgen, daß es so blieb. Jetzt war die Zeit der Abrechnung, und er beabsichtigte zu kassieren. »So, und jetzt strecken Sie die Taschenlampe mit beiden Händen vor sich aus, und leuchten Sie sich direkt in die Augen. Spielen Sie Eule.«

»Bracken – ich hätte Sie nach Belieben jederzeit töten können. Aber das habe ich nicht. Und ich hätte es nicht. Das müssen sie mir glauben!«

»Ja, genauso wie ich an den Weihnachtsmann glaube. Das Licht, Lu! Leuchten Sie!«

Lu richtete den Schein auf sein Gesicht und blinzelte heftig. Blut sickerte aus seinem Ohr, das aussah wie durch den Fleischwolf gedreht.

Bracken hob sich in Kauerstellung, pirschte vorwärts, die winzige Waffe stetig auf Lus Gesicht gerichtet, bis er knappe zwei Meter entfernt stehenblieb. Mit dem Fuß stieß er die Makarow zur Seite.

»Sie haben Williams erwähnt. Sie erinnern sich tatsächlich an ihn? An den Gestank, der von seinem Bein aufstieg, an seine Schmerzen und die scheußliche Art, wie er starb?«

Lu nickte schwach.

»Vor verdammt langer Zeit schwor ich mir, etwas für ihn zu tun. Nichts wirklich Ausgefallenes. Nur, daß ich Sie umbringen würde! Eines Tages. Und dieser Tag ist heute, Sie Scheißer! Endlich kann ich mein Versprechen halten.«

Lu senkte das Gesicht. »Ich habe keine Kraft mehr, Bracken. Ich bin ausgelaugt. Aber ich werde nicht betteln. Ich möchte Sie nur um zweierlei bitten: daß Sie mich rasch töten; und daß Sie irgendwann meinem Sohn einen Brief schreiben. Kein Absender, keine Unterschrift. Schreiben Sie ihm bloß, daß wir Freunde waren. Seine Adresse ist in meinem Aktenkoffer. Nur ein ganz einfacher Brief, Bracken. Schreiben Sie ihm, daß ich ihn von ganzem Herzen liebte. Ich bin überzeugt, daß er das weiß, aber ich glaube nicht, daß ich es ihm je wirklich gesagt habe.«

Verdammt, verdammt, verdammt! Bracken hatte die 22er auf Lus Stirn gerichtet und den Finger um den Abzug. Doch plötzlich schwand der Haß vollkommen, der emotionale Stöpsel war weg, und nichts blieb, nichts, nur eine völlige Leere. *Verdammt, Willie, was willst du? Blut? Seines oder meines? Antworte!*

Keine Antwort. Nur das Rauschen des Windes und das sanfte Plätschern kleiner Wellen.

Lu hatte die Lider zusammengepreßt, den Rücken gekrümmt, die Gesichtsmuskeln verkrampft. Tränen! Gottverdammte Tränen! Irgendwie wirkte er geschrumpft, als wüßte sein Körper bereits, daß sein Blut im Sand versickern würde, daß im Morgengrauen die Krabben über sein Fleisch herfallen würden und bis morgen abend die Flut bereits davongespült hatte, was sie übrigließen.

Brackens Finger begann sich um den Abzug zu verkrampfen. Unerbittlich drückte er immer fester, obwohl Bracken es nicht wollte. Als steckten zwei gegensätzliche Kräfte in ihm, die um die Herrschaft rangen: eine von Vernunft geleitet, die andere nicht; und beide schrien widersprüchliche Befehle.

Seine Linke schoß hoch, schlug die Rechte zur Seite. Der Auslöser war bereits gedrückt. Der Hebel sprang vorwärts, die Waffe schlug in seiner Hand aus, ein Schuß, zwei, drei, der Bogen wurde immer höher, vier, fünf, bis er die letzte Kugel zu den Sternen schoß, Millionen Lichtjahre entfernt. Das Magazin war leer.

Langsam sank er in die Knie, völlig erledigt. Lu lag still, rührte sich nicht, aber er schluchzte heftig.

Bracken schleuderte die 22er über den Strand, sah ihr zu, wie sie flog und wie sich hin und wieder Sternenlicht auf ihrem glänzenden Metall spiegelte, bis sie in der Schwärze verschwand.

Es gab wirklich eine Hölle, hatte Brackens Vater ihm einst erzählt, als er noch kurze Hosen trug. Sein alter Herr hatte ihn jeden Samstag vormittag zum Pfarrhaus begleitet, doch es nie mit ihm betreten. Auf die Religionsstunden beharrte seine Mutter, eine gläubige Katholikin, eine gute, warmherzige Frau, nicht sein Vater, der, ohne seine Überzeugung anderen aufdrängen zu wollen, daran glaubte, daß jeder Mensch soviel von Gott in sich trug, wie er brauchte.

Diese Hölle war nicht von der Art, über die die Pfaffen solchen Unsinn erfanden, hatte sein Vater gesagt und mit seinen Arbeitsschuhen Zweigstücke zur Seite gestoßen, die der nächtliche Sturm abgebrochen hatte. Sie war auch nicht etwa die ewige Verdammung. So ein Unsinn! Wenn man starb, war man tot.

»Nein, die Hölle ist verdammt viel schlimmer als dieser ganze Quatsch. Die wirkliche Hölle ist, wenn man sein ganzes Leben lang mit dem Bewußtsein herumlaufen muß, daß man etwas Furchtbares getan hat, das nie wieder gutzumachen ist.«

Bracken stolperte den Strand hinunter. Das Adrenalin war noch stark in ihm. Es schrie noch nach der Katharsis des Tötens, die ihm verwehrt wurde.

Er fand die Fangleine des Schlauchboots und zog den Bug herum.

»Sie werden das Boot nicht nehmen, Bracken!«

Er wirbelte herum. Lu stand da, etwa vier Schritte vom Wasserrand entfernt, mit der Makarow in der Hand.

»Wie wollen Sie mich daran hindern? Sie haben keine Munition mehr.«

Die Makarow spuckte einmal Feuer. Der Knall war betäubend. »Der Gegenbeweis. Ich hatte noch ein Ersatzmagazin, aber ich konnte mich nicht auf einen Zufallstreffer verlassen. Außerdem wußte ich, daß Sie es nicht fertigbringen würden, mich umzubringen. Das haben Sie schon früher bewiesen. So, starten Sie jetzt den Außenborder. Das Schiff ist auf Kurs zur Boje, und mir bleibt nicht mehr viel Zeit.«

Bracken war keines klaren Gedankens fähig. Er beugte sich nach vorn und zog an der Anlasserschnur. Der Motor hustete und startete beim zweiten Ziehen.

Lu watete hinaus, bis er auf der gegenüberliegenden Bootsseite angelangt war. Nur ein Meter trennte sie voneinander. »Und jetzt marschieren Sie den Strand hoch, Bracken. Ganz langsam – und keinen unüberlegten Schritt!«

Bracken wappnete sich gegen den Aufschlag der Kugel, die seine Wirbelsäule zerschmettern, seine Lunge herausreißen, sein Herz sprengen würde. Er befahl seinen Beinen zu laufen, aber sie reagierten nicht, als wären sie die ersten Teile von ihm, die starben. So gottverdammt müde, keinen Kampfgeist mehr – nur noch warten auf den Todesschuß wie ein Stier im Schlachthaus.

»Drehen Sie sich zu mir um.«

Bracken konnte es nicht, er war wie gelähmt.

»Drehen sie sich zu mir um, Bracken!«

Lange Sekunden, eine Ewigkeit, stand Lu mit der angelegten Makarow da. Dann senkte er sie langsam und sicherte sie. Ein langer Seufzer entquoll ihm. Er schüttelte den Kopf. »Nein, es ist vorbei zwischen uns, Bracken. Das Töten endet hier – es wurde schon zu viel Blut vergossen, alles vergeudet. Und ich verdanke Ihnen mein Leben. Dafür gebe ich Ihnen Ihres.«

Lu blickte rasch auf das Schiff, das nur noch etwa eine Meile entfernt war. »Wird Zeit, daß ich losfahre.« Er hielt offensichtlich überlegend inne, dann lachte er leise, und warf eine der Kunststoffrollen vor Brackens Füße. »Nur ein kleines Geschenk – etwas, das Sie vielleicht im Salon der *Pampero* aufhängen möchten, als Andenken an mich.«

Er drückte den Hebel in den Rückwärtsgang, setzte langsam in tieferes Wasser zurück und nahm den Gang heraus.

»Unter anderen Umständen hätten wir vielleicht Freunde sein können, Bracken.« Er hob die Hand zum Gruß, senkte sie, schob den Ganghebel auf vorwärts, gab Gas, wendete das Schlauchboot, und fuhr hinaus zu dem Frachter. Das Wasser schäumte hinter ihm, als das Boot Geschwindigkeit aufnahm und in der Dunkelheit verschwand.

Fast automatisch erwiderte Bracken den Gruß, dann ließ er die Hand an die Seite fallen, physisch und emotional erschöpft.

Freunde? Verdammt unwahrscheinlich.

Aber keine Feinde mehr.

GOLF VON MEXICO
FLORIDA
Cape Canaveral
North West Kay
Miami
Nassau
BAHAMAS
FLORIDASTRASSE
Havanna
ALTER BAHAMA-KANAL
YUCATAN-KANAL
KUBA
MEXICO
Cayo Mambi
Port
JAMAIKA
Kingston
HONDURAS
KARIBISCHES MEER
NICARAGUA
Managua
COSTA RICA
KOLUMB
Panama
PANAMA